设计者 上

一个人若是知道自己为什么而活，
就可以忍受任何一种生活

▶ **唐小蓝 / 辛木**　　著

海南出版社
HAINAN PUBLISHING HOUSE

版权所有　不得翻印

图书在版编目（CIP）数据

设计者：全 2 册 / 唐小蓝，辛木著 . —— 海口：海南出版社，2018.1

ISBN 978-7-5443-7852-9

Ⅰ.①设… Ⅱ.①唐… ②辛… Ⅲ.①长篇小说 – 中国 – 当代 Ⅳ.① I247.5

中国版本图书馆 CIP 数据核字 (2017) 第 323031 号

设计者

作　　者：唐小蓝　辛　木

监　　制：冉子健

丛书策划：冉子健　刘军民　陈　娟

责任编辑：孙　芳

执行编辑：朱庭萱

封面设计：不绿不蓝

责任印制：杨　程

印刷装订：北京盛彩捷印刷有限公司

读者服务：蔡爱霞　郗亚楠

出版发行：海南出版社

总社地址：海口市金盘开发区建设三横路 2 号　　邮编：570216

北京地址：北京市朝阳区红军营南路 15 号瑞普大厦 C 座 1802 室

电　　话：0898-66830929　　010-64828814-602

投稿邮箱：hnbook@263.net

经　　销：全国新华书店经销

出版日期：2018 年 1 月第 1 版　2018 年 1 月第 1 次印刷

开　　本：787mm×1092mm　　1/16

印　　张：27.75

字　　数：412 千字

书　　号：ISBN 978-7-5443-7852-9

定　　价：56.00 元（全两册）

目 录 contents

上 册

❀ 案件 1 号　《上元夜》

第 1 章　　　／002

第 2 章　　　／019

第 3 章　　　／036

第 4 章　　　／052

❀ 案件 2 号　《不负》

第 5 章　　　／070

第 6 章　　　／089

第 7 章　　　／105

第 8 章　　　／121

案件 3 号　《灰度空间》

第 9 章　　　／138

第 10 章　　　／155

第 11 章　　　／173

第 12 章　　　／191

下　册

案件 4 号　《代号》

第 13 章　　　／210

第 14 章　　　／229

第 15 章　　　／247

第 16 章　　　／266

案件 5 号　《槲寄生》

第 17 章　　　／284

第 18 章　　　／302

第 19 章　　　／321

第 20 章　　　／345

案件 6 号　《暗月》

第 21 章　　　／362

第 22 章　　　／380

第 23 章　　　／400

第 24 章　　　／420

案件 1 号

《上元夜》

第 1 章

2017 年 2 月 11 日，正月十五。

一轮圆月之下，海风呼啸中，造型华丽缤纷的各式烟花璀璨盛放，将夜空映照得更有节日氛围。元宵节烟花大会，是望海市的传统节日，这里地处中国西南，因为三面向海而得名，凛冽的海风与生猛的海鲜一样，都是这个城市的鲜明特色。

现场舞台上搭起的灯架有近六七米高，用来配合烟花燃放和进行精彩的灯光表演，两侧的 LED 大屏幕则通过不同角度对烟花表演进行现场直播以及网络直播。音乐声转而恢宏大气，表演进行到高潮，同时有三组烟花冲上天际，溢彩流光，火树银花，引得人群中欢呼声一片。但也在那一刻，狂风自海上呼啸而至。舞台两侧的大屏幕几乎在同一时刻剧烈闪烁，所有光亮被熄灭，观众们还没反应过来，在烟花接二连三的爆炸鸣响中，舞台在狂风里无力地颤抖了几下，忽然向后倾翻，挟着巨大的力道砸向地面！

网络直播的画面突然中断，电光火石间，灯架随之被拉扯开，散落成无数块，从高空纷纷坠落！后台的工作人员慌忙抱头躲闪，观众目瞪口呆，一片哗然……风声、重物击中地面的声音、尖叫声、烟火爆裂声统统混杂在一起，乱成一团。然而这仿佛只是一瞬间的事情，在狂风呼啸中，一切恐惧渐渐平息，人们惊魂未定地从躲藏的地方出来，四下张望，关切地互相询问是否有人受伤。

然而有人眼尖，当场惊叫了一声："你们看那边！"

散落的灯架底下横躺着一个男人，一动不动，空气中不知道什么时候开始弥漫起浓重的血腥气味。几个大胆的人小心翼翼地上前查看情况，下一秒，惊讶的呼喊通过仍然没有中断的网络直播，瞬间传送到了这个城市的每个角落："啊……砸死人了！"

坐在观众席第一排的晚会特别嘉宾——望海市警察局局长周志东腾地站了起来。在他头顶上方，烟花依然在盛放，但此时此刻，再也没有人有这个心情去抬头多看一眼。

死亡，在光亮与黑暗完美融合的那一刻，悄然降临。

一小时前，望海市九库商业街。

临海有港，原本用于存储货物的第九号仓库，在港口拆迁废弃不用之后，被改建成为了一所带有浓厚怀旧工业特色的休闲文化商街，取名"九库"。"九库"有"酒库"的谐音，不知道是故意还是巧合，后来开起了很多特色酒吧，因为酒水消费便宜，成为文艺青年和年轻学生的聚集地。

张凡凡坐在酒吧卡座的一角，面前放着一杯加了冰块的苏打水。她短发及肩，素颜，睫毛浓郁，五官精致立体，穿着简单的衬衫长裤，一副冰山美人的姿态，方圆十米之内的男士，无一敢上前搭讪。她对面摆着一台笔记本电脑，电脑旁边是一瓶果酒，从电脑屏幕背后露出一截俏皮的马尾。

张凡凡并不太喜欢这种灯光昏暗又嘈杂的环境，总觉得嗓子有些不舒服，抿了一口水，问："还要多久？"

电脑后面，周晴抬起头来，笑出一对可爱的弯眉毛和小酒窝，马尾在身后晃了晃："行了，接上了。"

她拖着凳子动作笨拙地往张凡凡的身边挪了挪，顺手把电脑移过去，指着屏幕上的16格监控画面问她："是这里吗？"

张凡凡扫了一眼，仔细辨认片刻，说："不是。"

周晴顿时成了泄气的河豚，用手捂脸哀嚎："又不是啊！哎呀！这都是今晚的第12家啦！对比个案发地点怎么这么难啊！"

她刚想关电脑，张凡凡突然抬手抵在屏幕边缘，果断了一点："等等！"

周晴茫然地看向她，张凡凡果断地点了点某个画面，说："这个，放大。"

酒吧里的监控摄像头分布隐秘，而且覆盖十分全面，周晴早就得到店主的允许接入这里的监控网络，立刻顺从地把画面放大，卫生间洗手池的公共区域，两个男人躲在墙角，肩抵肩窃窃私语。

张凡凡面不改色，但语气明显加快："你看他们在干什么？"

周晴看到一个男人从口袋里掏出了白花花的小塑料袋，神神秘秘地塞进了另一个男人手里，对方塞了一叠钱作为交换。

她差点喊出声来，用力捂住嘴，逼着自己小声说话："他们在交易！毒品交易？"

相比之下，张凡凡就冷静得多，她只是合眼点头："嗯。"

周晴有点紧张，手无意识地在桌面上乱挠："我们现在应该怎么办？"

张凡凡动作缓慢地解开衬衫的袖扣，把衣袖往上挽了一截，说："报警。"

周晴瞪圆眼睛指着自己，语气有点结巴："可我们……就是警察啊！"

张凡凡站了起来："保存好视频，打110，你去门口等我。"

周晴站起来想追她，但是又坐下了，她有点慌，打电话时手都在抖，好在握着鼠标的手操作熟练，她拼命安慰自己说："我不害怕，我不害怕，实习的网警也是警察……"

张凡凡果断大步往洗手间去，刚刚那两个做了交易的男人恰好勾肩搭背地正往外走，在门外的走廊上，他们正巧打了个照面。她在看到隐藏在黑色连帽衫底下那双眼睛时，顿时一愣，而对方坦然迎上张凡凡的目光，勾着嘴角，漫不经心地回了一笑。张凡凡脑海里顿时闪过一个久未出现的画面，年轻英俊的少年穿着警察制服，站在高大的槐树下等人，深紫色的槐花被风吹得翩然落下，拂过他的肩头，轻飘飘地坠向地面，他听见她轻声喊他的名字，也是那样抬起头来，回了漫不经心的一笑。

程皓。

那个名字险些脱口而出，张凡凡冷静了一下，赶紧假装若无其事地低下头，推门快步走进了女卫生间。

与程皓勾肩搭背那人目光跟着张凡凡而去，不知道是有了防备还是真的好奇："哎？这妞总看你干什么？"

"应该是觉得我帅，看上我了吧。"

程皓得意地歪着脑袋指着自己的脸说："没办法，我这人就是这样，小姑娘从来都一拨一拨地往身上扑，拦都拦不住。"

对方作势照着他的肋下来了一拳："还要脸吗你？"

程皓抬手挡拆，笑着问："华哥还有多久能到？"

对方看了看手机："再有 15 分钟吧！"

程皓懒洋洋打了个呵欠，眼底似乎有了亮光："你先去里面坐会儿，我去找美人聊聊哈！"

对方白了他一眼："别耽搁正事。"

程皓双指并在一起，在太阳穴上点了一点，顺势划开，示意："麻烦！知道了。"

他看着那人走了，把自己团巴团巴倚在水池旁的墙上，眯着眼四下环视一圈，立刻侧身拉低帽檐，身形敏捷地推门进了女卫生间，还不忘飞快地反手锁门。背后风来得急，张凡凡根本没给他反应的机会，直接简单粗暴，照着他的脸一拳砸了下去！

程皓单手把她的拳头攥住了，笑吟吟地说："哟！脾气见长啊！"

张凡凡一言不发，冷着脸飞起一脚，程皓被迫松开她的手后退，张凡凡上手抓他的肩膀，警察擒拿格斗固定的套路，直接扭着手臂就把人往地上按。

程皓轻描淡写地挣脱开，目光一挑骤然发力，单手擒住了张凡凡的喉咙，稍微往前一带，将她直接抵在了墙上！张凡凡双手抓住程皓的手臂，用力往外推，但愣是一点也没推动，因为被卡住了喉咙，她的呼吸急促起来，脸也涨得通红。

程皓目光在她身上扫了一圈，最后落在张凡凡的领口，他盯着她衬衫上一颗松了线摇摇欲坠的扣子，靠过去轻声说："哎，你还是跟以前一样，不会缝扣子。"

张凡凡的目光一滞，程皓用另一只手点点张凡凡的领口，又指指自己的扣子，说："你看，我的扣子是我自己缝的，还不错吧？"

她顺着程皓所指的扣子看了一眼，抓着他手臂的手渐渐松开，因为她认出那并不是一枚普通的扣子，而是经过伪装、警方专用的通讯器。张凡凡莫名其妙地在心里松了一口气，抗拒性也没那么强了。

程皓放开对她喉咙要害的钳制，退开后整理自己的衣袖，问："你一个人来的吗？"

张凡凡也在边整理，边回答："我跟朋友一起来的。"

程皓说："赶紧带她走，越快越好。"拉开洗手间的门，做了个"请"的手势。

张凡凡想起她临出来时让周晴报警的事情，说："我们看到了你们的交易，我朋友已经报警了。"

程皓困扰地扶着头："唉，真麻烦。"

他抬手看了看表，说："时间不太够，麻烦！"

话音未落，冷不防抬手揽上张凡凡的肩膀，用力捏了一下，张凡凡这才注意到刚刚那个男人又回来了，她于是配合地往程皓怀里靠了靠，还难得露出个笑容。

男人走近，调笑着说："哟！这么快就约上了啊！"

程皓揽着张凡凡的手收紧了紧，炫耀一样地扬起下巴："就是这么帅，别太嫉妒哦！"

男人白他一眼，严肃起来："我们得走了，别耽误正事。"

程皓反问："不是华哥过来吗？"

男人说："情况有变。"

程皓不再追问，亲昵地拍拍张凡凡的手臂："先回去，完事儿了打电话给你。"

他走出两步，转身朝她做了个飞吻，手收到耳边做了个打电话的动作："等我哦！"

张凡凡乖顺地点头，看着程皓和男人勾肩搭背快步远去的身影消失在走廊尽头，瞬间想起了什么，快步跑回去找周晴。周晴已经报了警，站在门口惴惴不安。张凡凡看着程皓和男人出门，才敢迎上去，把她拉到门后隐蔽的位置，问："指挥中心怎么说？"

周晴说："我报了警号，他们说就近出警，应该很快会到，让我们盯紧嫌疑人。"

张凡凡说："赶紧再打个电话，让他们取消出警。"

周晴不解："为什么啊？"

张凡凡躲在玻璃门后面，看着程皓和男人一起上了停在酒吧门口的一辆车，说："禁毒大队今天可能有行动。"

"天啊！"周晴吓了一跳，拍着自己的胸口又连忙打电话给110指挥中心，张凡凡看到两辆车已经跟在了程皓那辆车的后面，她望着那个方向，喃喃地说："一切顺利。"

程皓坐在车里，望着窗外流光溢彩的霓虹灯，看似无聊地转着他手中的香烟。他的耳朵里隐藏着旁人看不到的耳机，此刻是行动总指挥、禁毒大队的副队长老侯在说话："程队，刚刚指挥中心通知我们，110出警已经撤销了，一号车和二号车会交替跟着你，你自己见机行事，注意安全。"

程皓表面上不动声色，但眼睛里却仿佛燃起了一团火光。车子在城市华丽的夜色里转了两圈，终于缓缓驶入了一条小巷。巷子里有个幽静的茶馆，门口挂着应景的红灯笼。

程皓跳下车，漫不经心地伸了个懒腰，懒洋洋打着呵欠环视四周："哟！这地儿看起来不错！"

男人把他往里推："赶紧走，别磨磨蹭蹭的！"

程皓收回目光，这个地方位置十分隐蔽，巷子狭窄，跟在他后面的车跟进来容易暴露，只能停在外围策应。原本只要程皓确定华哥的位置，禁毒大队就会立刻实时抓捕，但华哥临时提出更改见面地点，他们事先在九库的部署都被打乱了，老侯一边确认所有行动人员的位置，一边对程皓说："A组已经到位，B组和C组还在路上，程队长，你需要拖延时间，至少需要10分钟。"

程皓笑笑，一语双关："好啦好啦！这就走！"

华哥在包间里等他们，门口有4个人守着，男人边走边对程皓说："一会儿你见了华哥，可别胡说八道啊！"

程皓不服气:"我哪里胡说八道了?"

对方说:"你天天就会说自己长得帅,华哥不喜欢自恋的人,你注意点。"

程皓夸张地把五官挤成一团:"什么自恋,我说的都是事实好不好?"

两个人推推搡搡地走到包间门口,男人立刻就站得端端正正,程皓见了,于是也整了整自己的衣领,扯直了袖子。有人帮他们打开门,里面坐着正在喝功夫茶的人,平静地抬起头来看他们。

程皓认出这人确实是照片上的"华哥",对方已经为他介绍:"这位就是华哥,华哥,这是刘磊。"

华哥眯着眼睛打量他,语气不紧不慢:"我怎么听说,刘磊是个胖子啊?"

程皓面不改色地笑:"是啊,我去年这时候还190斤呢!后来不是觉得太胖了不好看嘛!我就办了张健身卡,天天运动,这不,就瘦了嘛!你看,还是瘦点好,瘦点显得帅,是不是?"

华哥被他一大串话搞得头晕,又问:"你原来是混老挝那边的?"

程皓一边在心里估算着时间,一边开始满嘴跑火车:"华哥您贵人事忙,可能记错了吧,我长这么大,就去过两次老挝,仰光和清迈我还比较熟!尤其是仰光,我从小可是在那里长大的!"

华哥点点头,表面上看,是对程皓的回答比较满意。但程皓看到他的脚尖已经转向了一边,而不是对着自己,眼角配合微微下垂,这是典型的不想继续对话的表现,他立刻意识到华哥似乎对自己起了疑。

华哥放下手里的茶杯,忽然盯着他又问:"你去过清迈,那清迈萍河水路,有个叫阿阳的人,你知道吗?"

程皓笑着说:"知道啊!他在那一带挺有名的,混得开,人也挺好的。"

他这话说得跟开玩笑一样,华哥挑眉,原本垂下去的眼角又提了起来:"有没有人说过,你跟他,长得有点像……"

程皓摸着头反问:"呀,您也见过他?他确实长得挺帅的,不过,我觉得,我还是比他稍稍帅那么一点的。您说是不是?"

华哥笑了,朝他招手:"坐吧,一起喝杯茶。"

程皓看他的脚尖又转了回去，应该是怀疑减轻了不少，于是他笑呵呵地坐了下来，接过华哥递过来的茶杯，开始有一搭没一搭地跟华哥搭讪，一边在心里盘算着拖延的时间够不够。直到耳机里老侯又有了动静："A组正门，B组后院，C组支援，预计2分钟后到位，程队，你可以选择合适的时机，向我们发出抓捕讯号。"

3组警察悄无声息地潜入夜幕当中，墙上的时钟正指在8点的位置。天空中一轮圆月皎洁明亮，不知道是从哪里来的烟花，正燃得热闹，将夜晚勾勒成一幅火树银花不夜天。

华哥转头，透过开着的窗看向夜空，似乎是对自己说话，又好像在问别人："今天，是正月十五？"

程皓不动声色地站了起来，走向窗口，抿着茶接话："元宵节，上元夜，是个阖家团圆的好日子。"

华哥忽然说："四年前，我曾经见过阿阳一面，清迈萍河畔，大家都会喊他一声'阳哥'……"

程皓如临大敌，表面上沉默抿着茶水，但目光已经瞟到顾向华的手正在往桌下移动。黑夜里，潜伏的身影骤然而动，在烟火声声的掩映下，迅速汇入各处。原本埋伏在各处的警戒点被迅速清理，所有人小心翼翼地向程皓所在的位置集中。程皓想起出发前，他和老侯商定抓捕讯号时的情景。

老侯敲着黑板上华哥的照片说："抓了他，打掉这条毒品通道，这个元宵节，也算是没白忙活！"

程皓懒懒一笑："我记得师父以前说过，对警察来说，是没有节日的。每到节日，我们奔波在黑夜里，看遍万家灯火，守护他们的阖家团圆，这是职责，也是身为一个警察的骄傲。所以今晚的抓捕讯号，不如就叫'阖家团圆'吧。"

枪声骤然而起，却不知道是从什么地方传出来的。华哥瞬间警觉，此时程皓已经如同恶鹰扑食一般地飞身上前！门口的4个男人听到动静瞬间冲进来，就看到程皓动作敏捷地按住华哥的手，干脆利落地卸掉他手中的枪，然后侧身屈起手肘，狠狠撞在华哥的太阳穴上！华哥被撞得眼前一黑，身体飞出去摔倒在地。程皓将抢来的枪在指尖旋转了半圈，枪口偏转，勾着扳机连开两枪，冲在前面的两个人还没来得及做任何反抗就应声倒地。后面的两人连忙隐蔽，举枪朝着程皓就要还击，程皓身子低下去，顺势滚到茶几旁边，单手把茶几掀翻朝着他们扔出去，茶几顿时就被射成了筛子。茶几摔在地上碎成好几段，程皓把枪交到左手，身形一晃，人已经移动到了其中一个人的身边，抓着他的手腕往下一扭，然后就着他的手扣动扳机！射出的子弹打穿了另一个人的肩膀，程皓拽着那只胳膊把人来了个过肩摔，然后跟着补上一脚，听到骨头折断的声音，他从对方手中抽出手枪，左右手各一支，分别对准了窗口和地板。跟程皓一起来的男人想要趁乱翻窗，忽然一声枪响，子弹带着巨大的冲击力，贴着他的耳畔飞过，带着空气一路灼烧，半幅玻璃瞬间碎裂，纷纷倾斜而下。华哥刚想爬起来，下一秒一枚子弹打在他脚边，嵌入地板，散发着火药燃烧过后呛人的烟尘。

程皓站在一地凌乱当中，持枪而立，背后黑夜深邃，月光温柔洒落，他声音慵懒，却带着浴血杀戮的意味，仿佛死神降临人间："劝你们别动，枪走火这种事，我可说不准啊！"

"不许动！"

缉毒警察披着一身寒气冲入房间，将华哥的手臂扭过来，抵着他的手背直接往地下压，很快有人上来帮忙，几乎在瞬间就制住了这个房间里的另外两个人。

程皓将两把枪都扔在地上，从同事手中接过手铐，熟练地将华哥的双手铐在背后，这才站起来，低头对着他的通讯器说："耶！搞定了！收工！"

华哥死死盯着他，似乎要用目光在他的脸上戳两个洞："你……"

程皓毫不示弱地反过来瞅着他："我是不是该像电影里演的那样，回答一句'对不起，我是警察'？"

现场的警察都被他逗笑了，华哥又盯着程皓的脸看，被警察硬生生给拽走了，还不死心地转头要看他。

程皓摸摸自己的脸："长得太帅了，有时候还真是麻烦！"

大伙儿哄笑了一阵，但仍然各司其职，有条不紊地善后。

抓捕行动很快结束，警察们将毒贩们押上车，禁毒大队副队长老侯站在门口，看到程皓立刻迎上来，感谢道："程队长，这次真是太谢谢你了！"

程皓笑得很客气："应该的。"

程皓夹了一支烟在手里来回转，老侯看到了，掏出打火机要帮他点上，被他摇了摇手拒绝："戒了。"

老侯又问："你今晚回九山吗？还是在市里住一宿？要不要我帮你安排一下？"

程皓摇摇手："不麻烦了，我约了人。"

他顺手把那支烟塞回口袋里，看了看表："完了！完了！我迟到了！都怪那个华哥，非要改地方见面！可把我害惨了！"

老侯十分八卦地笑："约了女朋友？"

程皓崩溃地抓乱了自己的头发："比女朋友可怕多了！"

行动时手机都要上交，他跟老侯领回了自己的手机，果然上面已经列了一长串未接来电和微信，署名全都是今晚跟他有约的夏寒。

程皓匆忙跑出去打车，一边往车上爬一边说"到望海广场"，刚坐稳就立刻回微信语音，语气温柔又讨好："迟到了是我不对，今晚晚饭夜宵一条龙全归我，求再等我5分钟，我5分钟之后肯定到！"

出租车司机开着车，冷静地看他满嘴跑火车，在他说完的前一秒戳穿真相："10分钟能到就不错了！"

程皓悲愤地捂脸，夏寒很快回复："程皓，你这个骗子。"

夏寒正端坐在桌边，面前摆着的透明玻璃杯里装着柠檬水，窗外就是望海广场的开阔全景，灯火通明，璀璨绚烂。他的声音很温柔，就算是骂人的时候，依然还是带着温文尔雅的斯文劲儿，字正腔圆，比程皓不知道正经了多少倍。

程皓一路上催了司机不下20次，终于在10分钟之内赶到了望海广场，焰火晚会早已经开始了，人围得里三层外三层的，夏寒早就在附近的饭店定了个露台的观景位，程皓停下来看了一眼地址，顿时一阵狂风吹得他差点站不稳跟跄出去，下一秒就听到广场中央的舞台处传来一声震耳欲聋的巨响！他循着声音看去，在弄清楚发生了什么事之后，连半点迟疑都没有，立刻朝着舞台跑去！他一边跑一边给夏寒发微信语音："舞台倒了，夏寒，我去现场看看有没有什么需要帮忙的。"

夏寒从座位上站了起来："我马上过来找你，舞台旁边会合。"

程皓跑得很快，他冲过人群直接往警戒线里跳，一路上听到好多人在议论"砸死了人"。

周志东原本是被邀请来做晚会嘉宾的，现在临时担任了现场应急总指挥，安排现有警力疏散人群、维持秩序和救治伤员。

程皓看到周志东站在舞台旁边组织人员开会，立刻跑过去喊："师父！"

周志东一愣："程皓？你怎么在这儿？"

程皓边挽袖子边答："朋友约我来看烟花表演，我看这边出了事，有没有什么我能帮得上忙的？"

周志东说："你来得正好。"

他对身边的人说："按照我刚才说的，赶紧办吧！"然后又对程皓说："你跟我来。"

周志东把程皓领到后台，这里已经被警戒线完全围了起来，有两名民警在看守着，不让闲杂人等靠近。

身后夏寒的声音骤然响起："程皓！"

他转过头，夏寒已经走了过来，推着他的金丝边框眼镜，跟周志东打了个招呼："周局。"

周志东挺诧异的："你们俩认识？"

程皓点头："就他，忒无趣，约我来看无聊的烟花表演。"

夏寒面不改色地用手肘使劲戳了他一下，说："有什么我能帮得上忙的吗？"

周志东说："夏老师你来得正好，这个死亡现场，有点奇怪，可能要听听你的专业意见。"

程皓在警戒线外停了停，有点犹豫地问："师父，邵队没来，我和夏寒先进去是不是不太好？"

周志东笑道："你程皓还有知道'不太好'的时候啊？"

程皓故意扭捏："我这不是还没正式调到市局呢！这就先开始办案子了，我怕邵队这个刑警队的正牌队长会有意见。"

周志东抬手点点他："你就别跟我贫了！邵彬那边案子多，就由你带二队帮他分担一下吧！他们一会儿就到了。"

程皓并腿立正，抬手行了个礼："是！"这才撑开警戒线，在周志东的带领下进入案发现场。

夏寒悠悠地评价："二队，嗯，适合你。"程皓边走边用手肘去戳夏寒，被他躲开。

"死者名叫何兴远，是现场的保安经理。"周志东指着地上的尸体说，"活动开始之后，他就回到了后台休息，就是现在死亡的这个位置，这里通常都没什么人。舞台倒的时候，他没跑出来，被砸死了。幸亏水箱里面的人鱼表演已经结束了，不然死的恐怕还不止他一个。"

舞台上的背板已经完全塌了，舞台后面的玻璃水箱已经被压得四分五裂，玻璃碎片散落在周围，水箱里面的水流了一地。程皓看到男人伏趴在地上，头上有明显的血迹，呈喷溅状，但是并不多。左手五指微微蜷缩，手掌面向地面，手掌下还压着半截黑色的电线。舞台背板已经被挪开了，周围有一把被砸倒了的椅子，椅子背有些畸形。尸体的周围还有一些未干的水渍。

程皓蹲下来，用手指沾了一点儿地上的水渍，放在鼻子间嗅了嗅，用舌尖沾了一点儿，过了几秒钟之后，皱着眉点了点头："确实有消毒水的味道，应该是水箱里流出来的水。"

周志东拍了拍他的肩，说道："你呀，还是这么谨慎小心，谁都不信！"

程皓笑得很随性，答道："是啊，自己最靠谱，嘿嘿！"

突然像是发现了什么，他朝着背后伸了伸手。夏寒心领神会，从口袋里掏出一包纸巾递给他。程皓抽了一张抖开，拿在手上，小心翼翼地避开血迹，从尸体旁边捡起一张用密封袋装起来的标本。

手掌大小，粉色漏斗状花冠，五裂花瓣，叶柄扁平，被人风干了之后压扁，黏在了一张白纸上。

夏寒摸了摸下巴，说："夹竹桃标本，白色的。"

程皓站起来，把标本递给一旁的警察，问道："夏老师你怎么看？"

夏寒笑了，眼睛弯弯的，一半抱怨一半开玩笑："哎！你真拿我当百科全书呐？"

程皓笑出酒窝，特真诚地说："你不是百科全书，你是百度知道。"

夏寒没好气地看了他一眼，这才回答："我记得 John Douglas 和 Corinne Munn 曾经说过，犯罪现场的三种罪犯行为特征中，只有标记在犯罪中是完全不必要的。凶手遗留在现场或者取走某些特殊物品或者记号，从而传达某种特定的意义，比如祭奠、宣泄、挑衅、示威等等。我觉得，这标本，应该是个标记。"

周志东皱着眉头仔细端详："这个标本非常精美，要么是专程购买，要么是有人提前制作的，这个标记，带有非常强的目的性和针对性，所以一定不是冲动型犯罪。"

程皓又打岔："看，我就说你是百度知道吧！"

夏寒完全无视程皓："周局，凶手能进入案发现场做标记，他一定是能够自由出入后台的人。"

周志东看了这两个后生一眼，问道："你们是觉得，这不是意外，而是谋杀吗？"

程皓举着双手，表示自己无辜："我可什么都没说，都是他说的。"

夏寒作势要踹他："程皓，我有时真想一脚把你踹海里你知不知道！"

这时候，望海市刑警大队的两辆警车驶入了现场，车身侧面印着 6 个蓝色的大字：刑事现场勘查。

刑警队成员和法医都到了。张凡凡跟程皓之前见过，两个人不经意间对望了一眼，然后各自沉默，无声移开目光。夏寒安静地站在尸体旁边，维持着双手抱在胸前的姿势一动不动，正思考问题，不经意转头看过来，没想到这一眼扫过，张凡凡身边的小警察顿时胆怯地吞了吞口水，整个人都怂了。

这时夏寒优雅地笑着点头问候："你好。"

方贺感觉自己的整个脑袋都开始疼了，夏寒是市局特聘的心理咨询师，也是他们刑警队头号避之不及的人物。他太紧张了，直接来了一句："夏……夏老师？你怎么也在呀？"

刑警们个个都是热血汉子，让他们枪林弹雨跟歹徒搏斗，连眉头都不带皱一下的。然而让他们去接受心理咨询、心理辅导，感觉像自己得了精神病抑郁症一样，谁都不承认自己有问题，谁都拉不下这个脸，看见夏寒恨不得都绕着走。偏偏夏寒脑子里跟装了电子眼似的，他们张嘴说不了几句话就被看穿了，一个个只能灰头土脸，老老实实。

张凡凡迅速瞪他一眼，冷冷地说："闭嘴！"

方贺缩了缩脖子，旁边的法医徐晓蒙忍不住笑着出来打圆场："夏老师您千万别介意，就当小方子是个吉祥物就行了。"

程皓看到这一幕倒是好奇得不行："怎么？他给你做心理辅导的时候吓唬你了？我跟你说，你可以投诉……"

周志东实在看不下去了，清了清嗓子介绍："这是程皓，二队的新队长。"方贺和徐晓蒙连忙乖巧地问好。

程皓挥了挥手："问好就先不用了，先查案吧。法医先验尸，剩下人分别去找目击者问问情况，夏寒，你跟我去办件事儿。周局，您还有什么别的指示吗？"

周志东想了想说："你先自己去。夏老师，我有点事想跟你单独聊聊。"

程皓轻描淡写地一笑："好的。那我一会儿给你发定位。"他朝着夏寒扬了扬手机，随后脚步轻快地转身走了。程皓原本脸上还是笑着的，但是转过身的那一刻，忽然露出了无比凝重的表情。

徐晓蒙打开勘查箱，从里面拿出手套，开始验尸。他看起来不过20岁出头，实际上今年已经25，刚刚出师，能够自己独当一面，因为住在市局的宿舍里，近水楼台，所以经常成为突发案件的首选……

尸体检验的程序是从上到下、从外到内。徐晓蒙看完表面，又从尸体的身体下面摸出那半截电线来，外面的黑色胶皮有些烂了，露出里面金色的电线来。

"死者的头部是出血最多的地方，鼻下有一小串殷红的血迹，头部有明确的骨擦感，存在严重的颅骨骨折。死者面色苍白，肌肉僵硬，手掌处有灰黄色的电流斑，表面干燥，摸着有硬硬的感觉，这是触电造成的。当然，更详细的尸检报告，还要等回去之后详细检验才知道。"

与此同时，夏寒跟周志东私下说了几句话，又去找程皓，程皓正围着舞台转了两圈，停下来抬起头，站在原地张望，好像在寻找什么。

见到程皓仰着头，一双眼睛滴溜溜乱转的模样，夏寒问道："你是想找高点？"

程皓点点头："我想我应该知道舞台为什么会倒了，不过，我需要再确认一下。"夏寒也跟着左右看了看，这里地势开阔，旁边最高的建筑也只有两层楼而已，完全没有高点可以用来俯瞰。

消防车的警笛声由远及近，夏寒灵机一动："你想要多高？"程皓看到夏寒闪闪发亮的眼睛，莫名其妙地打了个寒战。

消防车上带有云梯设备，程皓把自己的需求告诉了周志东，成功获得来自消防方面的协助，夏寒站在旁边看他站上云梯，目光在他的身上扫过，然后饶有兴趣地推了一下镜框。程皓单手扶在云梯的边缘，看起来笑得不怎么走心，但是夏寒却注意到他的另一只手在轻轻地拍自己的大腿。随着高度的不断上升，空中的风越来越大，程皓觉得自己有点站不稳了。不知道什么时候视线里已经满是红色，新鲜、悲壮，血一样的颜色。他用力揪了一下大腿侧的裤线，连续深呼吸，紧闭眼睛再次睁开，眼前的颜色终于恢复了正常。

这个高度恰好可以让他居高临下，将整个舞台都收入视野当中。程皓拿出手机，选了好几个角度拍下照片，然后才向下面发了个信号，消防车很快收起了云梯，程皓回到地面的时候，夏寒朝他伸出了手，程皓习惯性地扶上去撑了一下，借了个力道，稳稳站直。夏寒不动声色地收回手抄进裤子口袋里，意味深长地看了对方一眼，果然如同他预料的一样，程皓的手心里，全是汗。

程皓把照片拿给周志东看，说："舞台是朝向后台的方向倒塌的，导致倒塌的原因是今天的风力，超过了舞台的重量，说白了，就是舞台的配重出现了问题。"

周志东说："需要把活动的施工负责人找来问话？"

程皓摸摸头："听说受伤送进医院了，我和夏寒一会儿就去找他问话。"

周志东问他："你和夏寒很熟吗？什么时候认识的？"

程皓掰着手指头盘算日子："大概不到 2 年，以前在美国进修的时候，我们是同学。"

周志东又问："他现在是市局特聘的心理咨询师，你知道吗？"

程皓点点头："我知道，他跟我提过一次。"

周志东盯着他看了一会儿，又慢慢地说："来市局报道之前，按照流程，要再为你做一次心理评估，这次评估，将由夏寒负责。"

程皓愣了一下，极为克制地做了个吞咽的动作，若无其事地答道："是，周局。"

停车场里，程皓已经恢复了常态，殷勤地揽上夏寒的肩膀，伸手去他的裤兜里掏车钥匙："你开车来的对不对？车借我用一下呗！"

夏寒把他的手拍开："又想开我的车，做梦！"

程皓开始耍无赖："要不然你送我去吧！"

夏寒甩开他的手，朝他抬开掌心："给双倍车钱，我就送你去。"

程皓完全不理，把人揽住了往前推："给给给，先记着，破了案一起算！"两个人推推搡搡的就走了。

夏寒开一辆凯迪拉克 SUV，车里干干净净，几乎没什么饰品，只在后视镜上绑了个小挂件，程皓坐上副驾驶，所有的注意力就都被婴儿拳头大小的一串风车吸引了，用手拨来拨去地转着玩儿。

夏寒开着车，压低声音从鼻子里哼出一句吐槽："幼稚。"

程皓不以为然，笑嘻嘻地反击："你挂的，你不幼稚？"

夏寒被怼得哑口无言，干脆当程皓是空气，专心把车当飞机开。程皓见他不说话，又拨弄了两下风车，自己倒是话又多了起来："我记得我以前跟你说过吧？我弟弟跟你一样，也很喜欢风车。很小的时候，我还给他做过，用纸折的，用图钉按在筷子上的那种，他特别喜欢，拿着到处跑……"

夏寒扶在方向盘上的手紧了紧，程皓似乎什么都没看到，只盯着微微转动的风车吊坠，又说："他太开心了，跑得太快了，结果就摔了，图钉掉下来，正好扎在了他的脸上，差2厘米，就是眼睛……"程皓说着低下头，用手捂住了眼睛。

夏寒腾出一只手，拍了拍他的肩膀，安慰道："那是意外。"

程皓深吸了一口气，用手搓了搓眼睛，又说："后来事情发展得就有点搞笑了，我弟弟本来就体弱多病，我就很皮实，我妈不知道从哪儿找了个算命先生，非说我命硬克了他，18岁之前，我们俩要少见面，越少越好，所以我妈在家里死闹活闹的，逼着我爸把我送到外婆家去了。"

夏寒不知道该怎么说，只能把手搭在程皓的肩膀上来回蹭了蹭，用力捏了一下。

程皓说："当时我觉得他们对我很不公平，凭什么为了弟弟好，我就不能回家？我想啊，反正既然你们已经有一个儿子了，少我一个，也没什么大不了对吧。我上寄宿学校，后来考警校，一直过了很多年，我都没有回过家……"

夏寒沉默了半天，终于说了一句话："你后悔了。"

程皓笑得很悲伤："我以为在我的字典里，是没有'后悔'这两个字的。"

夏寒停下来等红灯，转头看他，眼睛里有温暖但洞悉一切的光："但你还是后悔了，否则，当年在美国，我们第一次见面的时候，你不会跟我说'你挺像我弟弟的，他跟你一样，也喜欢风车'。"

程皓咧开嘴角，似乎是笑得很开心的样子，但眼睛却并没有笑意："其实你们一点都不像，那只是个搭讪的借口，我骗你的。"

"你啊……"夏寒无奈地摇摇头，抬头看灯从红变绿，白色的车子从红绿灯下快速驶过，冲入无尽的璀璨夜色当中。

可是，这个世界上，谁没有说过谎呢？

第 2 章

程皓和夏寒抵达第六人民医院，时间已经接近午夜。风似乎没有晚上那么大了。只是空中乌云越积越多，黑沉沉的，程皓抬头看了看天，说："这天变得真快，怎么又要下雨了。"

夏寒跟着看了一眼，不以为然地说："天空中有积云，上升气流造成积云内部小范围空间内水滴之间碰撞加剧，迅速增大，就会形成阵雨。"

程皓摸了摸下巴："好吧，你果然是百度知道。"

医院的大堂依然灯火通明，夏寒双手抱在胸前，一脸凝重地跟在程皓身后，他有点路盲，所以一般都习惯跟着别人走路，不然总会拐错方向。程皓回头看了他一眼，似乎是觉得这里气氛实在太过压抑，于是用玩笑的语气说："你不喜欢医院？"

夏寒没好气："谁喜欢医院。"

程皓直指他此刻的动作："双手抱胸，典型的自我控制保护性动作。你害怕医院？不喜欢医院？"

夏寒无奈地笑笑："人的大部分行为，并不代表对所有人都具有普遍意义。"

程皓看着他微微调整了自己的姿势，看起来平静了许多，只是眼帘垂下去，说："别人我不知道，但我们认识这么久了，我应该算是了解你的人吧？"

夏寒看着他，眼睛里的温度似乎降了几分，半天才说："你应该知道一句话，叫'医生能医人而不能自医'。"

程皓挑眉问："你有病？"

夏寒反问："你有药？"

程皓拍拍胸口："我没药，但是我能治。"

夏寒看他满脸都是不正经的表情，只是顺着他说话："怎么治？"

程皓笑嘻嘻地伸出手拍了拍他的肩膀，说："我记得心理治疗上有一种方法，叫作冲击疗法，是吧？"

夏寒摇摇手："你可算了吧，我承认还不行吗，我只是有点惧旷症，但没有那么严重，不用治，能克服的。"

程皓一脸奸计得逞的笑，夏寒抬手点点程皓："我越来越发现，跟你做朋友太危险了，随时随地被你套话，你就是个骗子！"

程皓欠揍地耸肩："现在才知道？晚啦！"他摇摇晃晃地摸着口袋走到值班小护士那里打听事去了。

值班小护士看起来挺精神的，瞪着一对圆溜溜的大眼睛，充满警觉地看着程皓："你找周富？"

程皓努力让自己看起来温柔又绅士："是啊，我是警察，有事情想要找他协助调查，你能告诉我他住在哪个病房吗？"

小护士眯着眼睛上下打量了程皓一番，胡子拉碴，穿一身叮叮当当又是铆钉又是链子的，怎么看也不像个警察，她怀疑地问："你是警察，有警官证吗？"

程皓把浑身上下摸了个遍，无奈地摊手："实在不好意思，我忘带了。"

小护士坚决地说："实在抱歉，那我不能配合。"

程皓向来对姑娘只能动嘴，没胆子动手，小护士一强硬，他倒先没辙了，立刻用求助的目光看向夏寒，眼神仿佛在说：帮个忙呗！

夏寒露出一副温文尔雅的笑容，走到小护士面前，把程皓往边儿上推了推，把证件递了过去，说："我是市局的心理咨询师，这是我在市局的出入通行证，我证明，这位同志他的确是警察，您看，能不能通融一下？"

小护士被夏寒的笑容晃得心都快要化了，眼睛里扑棱扑棱地往外冒着心，她看了一眼夏寒递过去的出入证，低头翻了翻登记表，说："周富在

12 楼骨科，1248 病房。"

夏寒礼貌地道谢，程皓一脸被打击的表情："喂！这双标也太严重了吧！"

小护士脸颊绯红，低下头，又忍不住偷偷看夏寒，程皓凑上去揽着他的肩膀，把半边身子都快挂他身上了，说："她竟然不相信我！我可是货真价实的警察啊！"

夏寒已经很习惯程皓这种日常走路的姿势，他们一起往电梯走，他说："没带警官证，还穿的跟花蝴蝶一样，谁相信你是警察？"

程皓愤愤不平："我今天出的任务是跟毒贩子接头，当然要穿成这样啦！还带警官证，是嫌自己死得不够快吗？"

他们走进电梯，夏寒伸手按了 12 楼，程皓终于肯放开他的肩膀，改为跟个水母一样靠在电梯墙上，夏寒依然站得笔直："抓捕毒贩不是禁毒大队的事儿吗？"

反正电梯里挺无聊的，程皓看着数字一格一格往上蹦，说："还没结案呢，照规矩不能跟你说太多。你知道我之前查的那个灭门案，凶手抓着了，在他家里翻出 150 克海洛因，审了才知道这家伙还是个散货的下线，顺着这条线起出来的，今晚收的网，我就是去帮个忙。"

夏寒对这种案情的日常就跟听八卦一样，没什么感兴趣不感兴趣的，只是打趣到："能让程队你亲自出马的，抓着的应该是条大鱼吧？"

程皓得意地说："那是，听老侯说，一条通道的负责人呢！"

夏寒点头："那挺好，就是老侯他们这阵子估计有得忙了。"

这时候电梯到了，两个人一前一后地出了电梯。程皓找到 1248 病房，和夏寒对望了一眼，然后抬手敲门，夏寒把手机拿出来，调到了录音的模式。周富刚回病房不久，打了石膏坐在轮椅上正晾着，一脸痛苦的表情，五官都快皱在一起了。

程皓也不跟他客气，开门见山："我是刑警队的，想问你几个问题，请你配合。"

夏寒默不作声地站在一旁，只把手机打开录音，放在了周富旁边的桌子上。周富看起来有些忐忑不安，双手交叠在一起搓来搓去，回答："好，好。"

程皓问："你是今晚的烟花大会现场搭建工程的负责人？"

周富点点头，程皓又问："舞台是从什么时候开始施工的，几点完工的，你还记得吧？"

"记得，昨晚进场比较晚，是晚上 11 点多，好在风不大，因为第二天早上还要彩排，所以是连夜搭建的，凌晨 4 点多完的工。"

程皓接着问："今天广场上的阵风比较大，你们有没有做什么防护措施？"

周富点头："我们之前也在这里搭建过舞台，知道这边风要比市区里大一些，所以我特地让工人多带了一些配重的沙袋，给桁架做了加固。"

程皓似乎在听，但是有点心不在焉地转着自己袖子上的一段链子，问："舞台用的是什么材质的桁架？"

周富此时不再搓手，而是双手搭在了大腿上，十指用力地抠着裤子，指节泛白。听到程皓的问话，他用力捏了一下裤子，回答："就是按照甲方的要求标准，用的普通舞台桁架。"

程皓眉毛一挑，顿时锋芒尽显："你确定全部按照甲方的标准，没有例外？"

周富僵硬地回答："没有例外，绝对没有。"

夏寒笑了，语气浅淡而温柔地说："机械重复反应。"

周富完全愣住了，程皓也笑了，补充道："他的意思是说，你在撒谎。"

他指指周富此刻还放在大腿上的手，说："人类天生具有应对危险的能力，大脑的边缘系统会根据外界环境自动发出指导讯号，操纵身体避免危险或者不适，最终目的是保证人类能够生存下去。所以，当边缘系统感觉到不适的时候，就会出现一系列的自我安慰行为，比如像你现在正在做的这个动作……"

他拖长了语气，然而周富突然跟触了电一样把手收了回去，慌张地不知道把手放在哪里好，最后摸了摸自己的脖子。

程皓又说："搓腿和抚摸脖颈，都是典型的安慰行为，目的是能让人在短时间内消除紧张感，看来，你现在心里十分不安，你知道现场舞台倒了，砸死了人，在这件事情上，你有不可推卸的责任，对不对？"

周富用手捂住了脸，懊恼地说："我让工人带够了配重的，绝对够了的，我以为不会有事……谁知道……"

程皓接着他的话往下说："你以为只要舞台配重足够，舞台稳定，就不会有人注意到你在搭建过程中采用了劣质的固定螺栓，是吗？"

周富绝望地争辩："不是我，其实很多人都在用……甲方给的费用那么少，我也是想要节约成本啊！"

夏寒在一旁，默默地摇了摇头，程皓神情严肃起来，又说："我劝你明天最好主动到市局刑警队去说清楚，现在打110也行，坦白从宽抗拒从严，你有连带责任，配合警方调查，是你唯一的选择。我希望你能帮忙列一张人员清单，所有参加过舞台搭建的人员，包括力工、杂工等等，早点查出真相，对我们大家都有好处。"

周富泄气地点点头，身子瘫在轮椅上："我明白，我让人立刻就整理名单。"

程皓这时候又笑了，拍拍他的肩膀，说："对了，在名单里面，最好标注一下，哪些人是凌晨4点场地搭建完成之后就离开了，哪些一直留到事故发生的时候，还有男女性别，最好也有年龄和工作职务。"

周富很快打电话让项目副经理把现场人员名单按照程皓的要求整理好，发到他指定的邮箱。看他放下电话，程皓又问："你最后一次检查舞台配重，是什么时候？"

周富说："大概是下午四点半不到五点的时候吧，甲方的领导来了现场，感觉风有点大，担心舞台撑不住，我就带他去后台检查了一轮，当时我们都确认过，舞台没问题。"

程皓把烟卷拿出来在手上转着，问："之后你没有再回后台吗？"

周富摇摇头："看完舞台，我陪领导们巡场，巡完场去附近的饭店吃了饭，回去的时候大概是7点40分吧，我接了个电话，就在舞台附近跟人聊电话，一直到事故发生的时候。"他说着看了看自己打着厚厚石膏的腿。

程皓说："你7点40分回去的时候，没发现舞台有问题吗？"

周富摇摇头："没注意。"

程皓又问："你给我的这张名单上的人，有多少人知道你采用了劣质的固定螺栓？"

周富想了想："除了我之外，只有项目副经理，还有 2 个工程师。"

程皓点点头："你注意过有谁移动过配重的沙袋，或者在舞台附近出入，举止比较异常吗？"

周富摇头："搬沙袋的基本上都是工人。"

程皓盘算了一下觉得该问的都问了，最后又记下了周富的电话号码，叮嘱他要尽快提供名单。夏寒把桌上的手机收了，保存好录音，程皓走在前面，但是出门的时候停步等夏寒跟上来，才又继续往前走。

夏寒问："你相信周富的话吗？"

程皓回答："我只相信我自己。我在现场看到散落在地上崩裂的螺栓断片，证明周富确实在施工当中采用了劣质的产品，所以在舞台倒塌的时候，灯架差不多全部都断开了。但配重的事情，根据现场沙袋的总数量来计算，周富应该没有撒谎。不过……"

夏寒回忆起现场的某些情形，顿时也有所领悟："不过有一些沙袋并没有用于固定舞台，我就说现场总觉得看起来哪里怪怪的，操控台、导视背板、路引，还有很多地方，使用的配重几乎都多了一倍。"

程皓点头："有人把原本应该用于固定舞台的配重，陆续分散到了各处，在旁人看来，可能是因为风大，很多地方需要配重加固，但是，舞台的配重在逐渐减少，当阵风风力和舞台自身重量产生差值的时候，舞台，自然就倒了。"

夏寒扶了一下他的眼镜："据周富所说，5 点之前就已经起了风，也有领导检查过舞台，配重是完全没问题的。所以凶手只能在 5 点钟到事故发生这段时间，陆续挪动沙袋。"

程皓点头："所以可以排除那些搭建完成之后就离开现场的工人，重点关注 5 点之后仍然留在舞台区域，并且接触过沙袋的人，尤其是事先就知道工程采用了劣质固定螺栓的人。"

夏寒耸肩："范围还是不小。"

两人走到电梯口，程皓把身边的人推进电梯，问："你会画像吗？"

夏寒很无奈地看他："具体指哪种？心理画像、犯罪画像、地理画像，还是心理尸检？如果你指的是犯罪画像的话，我其实是不太认同在刑事侦查分析当中加入犯罪画像的，虽然从 1970 年开始，美国联邦调查局就开始使用犯罪画像的方式参与调查办理案件，并将其称为应用犯罪学，但是经过科学评估，当代犯罪画像的研究实际上还存在两个基本缺陷……"

程皓很崩溃地打断他的话："我只是想问，从你专业的角度，你觉得这个凶手是出于什么样的心理，才设计了这样一个看似很复杂的杀人计划？"

夏寒随意地单手撑住电梯扶手："很抱歉，上述四点，除了第一点之外，其他的都不在我的工作范畴之内，我只是个心理咨询师，不是警察。"

程皓眨巴着眼睛看他："就算是帮我也不行？"

夏寒反问："你确定需要帮忙吗？我们在佛罗里达跟的是同一个老师，学的是同样的犯罪心理学课程。你心里结论不确定，想用我来做印证，抱歉，这个锅我可不想背。"

程皓被硬生生怼了回去，电梯里的照明灯忽然闪了一下，一瞬间的黑暗之后，夏寒看到程皓少有地缩进了角落里，双手抱在胸前。他们的目光对视了一下，程皓已经若无其事地重新站好。

这时电梯门缓缓打开，从外面忽然传出一声巨大的雷声，程皓立刻抱着双手拍拍肩膀，作惊恐状："哇！这么大的雷声，吓死人了！"

夏寒叹了口气，率先迈步走了出去，刚拐个弯就被程皓揪着袖子直接给拽了回来，指指反方向："这边！"夏寒愣了一下，然后面无表情地把这件事翻篇，一脸"刚才什么都没发生"的表情。

车停的地方距离大门口不远，夏寒拿钥匙开锁，程皓憋着笑追了上去，说："先送我回市局呗！"

夏寒朝他挥挥手，还没说话程皓就主动接话："我知道，双倍车钱，一起算！"

程皓迅速爬上车，找到自己最舒服的位置，顺手戳了一下挂着的小风车，看到它们活泼地转了起来，于是很开心，笑着露出一个酒窝。

程皓想事情的时候习惯手里拿点东西，于是就又把烟掏了出来，转了一会儿忽然问："夏寒，你要不要猜一猜，我心里有什么疑问想要听听你的意见？"

夏寒果断地打转向灯左转，说："不要。"

程皓崩溃地差点去敲车窗："喂！"

夏寒又说："我不希望用不确定的猜测和推论误导你，警察办案，最终还是要看证据的。"

程皓套话失败，于是又说："我只想知道，凶手是基于什么样的心理，把白色夹竹桃的标本放进了案发现场。你说过，那是标记。"

夏寒又转了一个弯，言辞明确地拒绝："你的疑问就是我的疑问，所以很抱歉，我暂时给不了你任何意见。"

这话题显然就没办法继续了，程皓的眼珠子转了一圈，说："'暂时'的意思是，以后还是可以给我意见的是吧？"夏寒对他这种耍无赖的态度，简直是一点办法也没有，干脆什么也不回答，让程皓自生自灭好了。

后半夜街上的车很少，但是程皓的猜测非常准确，夏寒在拐到第3个路口的时候，果然开始下雨了。雨下得很急，冲刷着车窗，夏寒打开了雨刷，程皓盯着窗外看，叮嘱他："雨太大了，你开慢一点。"

下雨天司机的视线很容易受到路上积水反光的影响，造成一定程度的盲区。夏寒"嗯"了一声，很快就把车速降了下来。

雨越来越大，将天空和大地的界面彻底模糊，只能听到刷刷的雨声不断，一切景物似乎都已经被湮灭在雨幕当中。

这个春天的一场雨，来得如此妖异而突然，瞬间而来，瞬间而去，不带有一丝留恋。

刑警队正在通宵。

周晴的电脑上播放着现场照片的幻灯片，方贺拿着一张记录重量的表格走过来，递给她："这是你要的今天案发时的风速和风向，还有舞台的平面图……"

周晴笑得很开心，摸摸方贺的头："谢谢，贺贺你最棒了！"

方贺瞪了她一眼："不要弄乱我的发型。"

他怀疑地看着周晴在做舞台模拟："用这些真的就能做出现场模拟还原吗？"

周晴看了看照片，又看了看表格，胸有成竹地指指自己："那是必须能滴！我可是电脑小神童！科技小先锋！"周晴边说边目不转睛地盯着电脑屏幕，把数据依次输入系统。

　　屏幕上很快出现一个 3D 立体的舞台，方贺瞪大了眼睛，看到周晴在键盘上又敲击了几个数字之后，轻轻点了一下 ENTER 按键。屏幕上的模拟舞台在瞬间倒塌，而且模拟的画面方向、时间竟然与烟花大会现场舞台被风吹倒塌的都一模一样。

　　方贺看得目瞪口呆："天哪！真的这么神奇！"

　　周晴拍案而起："赶紧通知程队，他的推测没错，舞台的倒塌，确实是人为造成的。"

　　法医中心的检验室里，徐晓蒙在检查何兴远的尸体，他注意到死者手腕上有个圆形印记，手掌上有灰黄色的斑痕。他忽然想起来，在案发现场，他曾经从尸体下面摸出半截电线，外面的黑色胶皮有些烂了，露出了里面金色的电线。

　　徐晓蒙立刻抬头看向一旁桌上排列的证物，迟疑片刻，上前拿起死者的手表对比了一下，发现痕迹与死者手腕上的圆形印记相符，而死者的衣服上也有烧焦的痕迹。

　　徐晓蒙愣了一下，忽然自言自语地疑惑起来："触电？怎么可能？"

　　盘山滨海路上，刚刚结束狂欢的年轻人们神色略有些疲惫，各自靠在车座上合着眼睛似乎已经沉沉睡去，轮胎蹚过水湾，发出清脆的响声。

　　开车的是个精瘦的年轻男人，他打着呵欠，在连续转弯的时候扭开了远光灯，光亮所到之处，除了被地上雨水折射出来的一团白光之外，他突然看到路边参天的大树底下，草丛里，依稀有一团白花花的东西，在这样一个冷清而寂静的深夜里，显出有些惨白的诡异感。连续的弯路让车子减速不少，司机带着几分好奇心，慢慢踩下刹车，试图让自己看得更清楚些。然而更近的距离，让草丛里的那团事物越发清晰，他缓缓把车停下，顺着挡风玻璃斜角往外看，顿时被吓了一跳！

他用力推揉着身边的女朋友，将她从睡梦中喊醒，急促地说："你快看路边，你看那是什么？！"

浅眠被吵醒的年轻女人不耐烦地顺着他所指的方向看去，车窗玻璃上还有些雨水没有干掉，她似乎是看到了什么，匆忙地放下车窗确认，眼睛瞪得很大，随即用双手紧紧捂住了嘴巴，倒吸一口冷气，这才颤抖着说："是……是个人……"

车上所有的人都醒了，大家几乎不约而同地被惊吓到，因为草丛里躺着的，是一个几乎没穿衣服的女人，伏趴在那里，身上好像有血迹。

他们谁也不敢动弹，似乎是都被施了魔法，你看看我，我看看你，最后大家的目光都落在了司机的身上，女朋友推他的手臂，颤抖着说："你，你下去看看吧！看她需不需要帮忙……"

司机算是他们这一群人当中胆子最大的了，鼓起勇气开门下车，慢慢地朝着路边走去。那个女人的脸埋在草丛里，一动不动，司机轻轻推了她一下，但是却发现她的身体异常冰冷，他吓得把手缩了回去，一狠心，咬紧牙把人往旁边推开，女人苍白的脸露了出来，湿漉漉的头发一缕一缕黏在脸上，双眼紧闭，看起来根本不像个活人。司机颤巍巍地伸手去试探她的鼻息，只探了一下就差点没跌坐到地上去，感觉后背凉飕飕的都是汗，他努力定了定神，转头朝着车上的同伴说："死……死了！"

车上的人全体脸色发白，更有胆小的吓得直接往男朋友怀里缩，身体瑟瑟发抖。司机的女朋友颤抖着掏出手机，只是110三个数字仿佛按了有一万年那么久。

而在距离这里不远的一处停车场里，一辆银色的凌志缓缓开走，四周光线昏暗，仿佛全数被黑暗笼罩，开车的男人看不清脸，只能看到他旁边的副驾驶座位上，白色夹竹桃标本微微折射出一丝微弱的光亮。

漆黑的山路，仅有昏暗的路灯和车灯照耀着那一小块地方，风穿过山林，发出萧瑟的悲鸣。

警车很快呼啸着到达现场，蓝红相间的警灯划破黑夜的深暗色，程皓觉得自己这个元宵节过得实在是太悲催了，一桩命案还不够，天还没亮的，竟然又来了一桩。徐晓蒙呵欠连天地从车上爬下来，站直了，立刻用力甩了甩头，抖擞精神，投入下一场"战斗"当中。

徐晓蒙戴着手套，仔细检查着已经被放平在地上的女尸："死者的全身已经出现了不同程度的僵硬，根据尸体温度和尸斑情况来看，死亡时间大概在 11 点左右。腿部的尸斑情况比较严重，是死后被人拖曳造成的……"

程皓皱着眉接过民警们在现场找到的死者钱包，里面有她的身份证："拖曳？这么说，这里不是第一案发现场。"

徐晓蒙点点死者头部的伤口，让旁边的警察乙拍照："这里不是第一案发现场，不过应该是案发现场附近。死者的侧脑组织处有出血和挫伤，而这一处的出血挫伤伴有头皮的损伤和颅骨骨折，说明死者的头部距离撞击处有一定的距离。可是从死者目前发现的倒地位置来看，地面上没有发现血迹。"

程皓看了一下身份证，上面的名字是"方虹"："杀人抛尸？凶器是什么？"

徐晓蒙说："死者的身上有不同程度的撞击、挫擦伤痕，并伴有皮下出血。至于这些痕迹是由什么造成的，还要回去后解剖看一下骨折情况。不过综合尸体表征，应该是交通事故致死。"

程皓立刻打电话给周晴："把昨晚 10 点到 12 点之间，滨海路中段各个路段的监控录像调出来查一下。另外，查一查方虹的通话记录，为什么她会出现在这里。"

周晴挂掉电话，沉沉叹了一口气。方贺在一旁呵欠连天地抱怨："真是太丧了，好好一个元宵节，死了一个何兴远还不够，现在连何兴远的老婆也死了！"

周晴把键盘敲得哗啦啦直响："方虹在昨天下午三点半给何兴远发过一个短信，问他几点能回家吃饭。然后，晚上八点半接过一个电话，但是号码是从基站上转过来的，所以是假的。"

情况已经很明显了，昨晚有人约了方虹，在滨海路见面。

程皓带着一身水汽匆匆走进周志东的办公室，他从回国之后就一直待在九山区，也就是望海市开发新区的刑警队，很少来市局，不过基本上他去过一次的地方，就能记住路线，所以走得轻车熟路。

周志东放下电话，用个搪瓷缸子喝茶水，就看到程皓嘻嘻哈哈地探头进来："师父！"一般人少的时候程皓才喊周志东"师父"，人多了或者工作场合就改口跟大家一样叫"周局"了。

周志东放下杯子朝他勾勾手："进来吧！"

程皓进门找了张椅子拖过来在周志东面前坐下，他是反着坐的，双手搭在椅背上，看着对面的人，说："您刚刚说情况有变化，发生什么事了？"

周志东冲他竖起2根手指："两件事，一个好消息，一个坏消息。"

程皓摊手："看您现在的表情，我深切地觉得两个都不是什么好消息。"

周志东十分严肃地对程皓说："市领导刚刚给我打过电话，副市长亲自点名的。这案子发生在元宵节，公开场合而且还有网络直播，影响非常大，他要求我们在36小时之内侦破案件，抓捕凶手，查清事故原因，稳定市民情绪。"

程皓看了看表："是从他打电话那一刻开始算，还是从舞台倒了的那一刻开始算？唉，反正怎么算，我们也都没有36小时了，唉……"

周志东说："不过还有个好消息……既然何兴远和方虹是夫妻关系，那就两案并一案，交给你一起调查吧！"

程皓不满地拍着椅背："师父你这是要我背锅啊！"

周志东义正辞严地说："这是组织对你的信任。"

程皓耸肩："我就说吧，我的直觉一向很准，两个都不是什么好消息。"

周志东又说："我已经通知二组全员集合，另外配了一个熟悉电脑技术的网警过来支援，原本主管二组的老陈去南京进修了，现在暂代组长的是张凡凡，一会儿，她会跟你交接一下。"

程皓一愣："张凡凡？"

周志东看程皓的眼睛里闪着光，于是问："怎么？你们认识？"

程皓耸肩："同学，以前警校的同学。"

周志东意味深长地盯着他："程皓啊，你师父我好歹也是个老警察。"

程皓被他探究的目光盯得直接认怂："晚上出任务的时候在酒吧遇见了，打了一架，还差点当场把我给铐了……"

周志东哈哈大笑："果然是这丫头能干出来的事儿！"

程皓摊手："惹不起啊！"

周志东看了一眼手机，站起来，说："他们都到了，走吧，我们下去先开个案情碰头会。"

刑警队的办公室很大，就是东西多，看起来堆得特别满，大伙儿已经都来了，围在一起看案情资料。程皓一眼就看到了站在人群当中的张凡凡，她留着利落的短发，袖子挽到手肘，不时弯腰跟电脑前的周晴说着什么。大家看到周志东纷纷站起来打招呼，周晴一眼就看到站在后面的程皓，诧异地抬手指指点点："你不是那个毒贩子嘛！不是……你真的是警察啊！"

张凡凡轻轻推了推她，周晴按住自己的嘴巴，做了个"不好意思说错话了"的表情，周志东看了她一眼，开口介绍："这是程皓，从九山区刑警队调过来的，任职刑警队副队长，以后就顶替老陈带二组了。"

程皓笑得很客气，彬彬有礼的样子："大家好，以后多多关照。"

张凡凡默默看了他一眼，周志东迎上她的目光说："程皓刚来，对这边还不熟，这次的案子，就麻烦凡凡你多照顾他点。"张凡凡点点头，不过脸上仍然没什么过多的表情。两个人不经意间对望了一眼，然后不约而同地把目光移开，装作什么都没有发生的样子。

法医送了一份初步的验尸报告过来，程皓拿了一份案情资料，走到白板前，拿出笔，一边说一边往上写要点。

"死者何兴远，男，42 岁，大兴保安公司的保安经理，负责本次烟花大会的安保工作。案发时间是晚上的 8 点 17 分，现场舞台倒塌后，有人在后台水箱附近发现了他的尸体，死者颅骨骨折，生前头部遭受过重击，身体软组织损伤严重，确认死因为遭受电击而导致的心跳骤停……"

他在白板上写了何兴远的基本资料，然后把一张案发现场的尸体照片贴了上去，目光环视一圈，又问道："谁是网警？"

周晴举手，马尾兴奋地在脑袋后面晃："我是！"

程皓勾起食指，在何兴远的名字旁边敲了敲："麻烦调一下何兴远的户籍资料。"周晴双手十指在键盘上飞快地敲击，何兴远的档案立刻通过投影仪接到墙上的大屏幕上。

程皓歪坐在桌角，一目十行扫得飞快，一行字落入他的视野，顿时有点惊讶，他抬手点了点："何兴远的工作履历，帮我放大一下。"

何兴远的工作履历上清楚地写着，他曾经在 2010—2014 年期间，在广西壮族自治区贺州市平桂区西湾街道派出所担任民警。

张凡凡有点意外："何兴远当过警察？"

程皓侧头想了一下，说："我建议查一下何兴远 2014 年至 2016 年这段时间的经历，他是贺州市人，但是辞职之后来了望海市工作，我们需要搞清楚他为什么辞职，也许这对案情会有帮助。"

周志东跟着补充了一句："联系上何兴远的家属了吗？"

张凡凡答道："何兴远的父母都在贺州，查到了他的妻子方虹的电话号码，但是一直没有人接听，周晴本来想要定一下位，但是突然就没有信号了。"

程皓沉了口气，说："那联络一下贺州那边的派出所吧！"

张凡凡点点头，用笔在本子上记了下来。程皓抿了抿嘴，一副拒绝说话的样子。

倒是张凡凡，看了他一眼，然后低声说道："你要是有什么想法，就说出来。"

"我不知道……"程皓似乎陷入了纠结，又问了一句，"现场有没有发现夹竹桃的标本？"

"目前没有传来消息，邵彬他们还在侦查现场。"

"那我猜就是没有了。"程皓说道，"何兴远死的时候，夹竹桃的标本就在他身边。凶手就是怕我们注意不到，所以才会放在这么明显的位置。"

"你会这么问，是觉得两起案件的凶手是同一个人吗？"

张凡凡挑了一下眉："可是不管是从犯案手法、现场遗留的证据来看，都不像是一个人所为。"

"也许是我想错了……"程皓打起精神,"不管怎么说,先分开调查吧!有没有关联,查查就知道了。"

很快联络上何兴远辞职前所在的派出所,程皓打了一会儿电话,在一张白纸上记了半页,放下电话对周晴说:"何兴远以前的同事说,他辞职的理由是要陪老婆去昆明做心脏手术,当时所里建议他休假,但是他拒绝了,坚持要辞职。跨省的病例,你能查到吗?"

周晴点点头:"能,但是要跟医院那边提前打个招呼。如果是心脏手术的话,那我大概知道应该是哪个医院了。"

果然,徐晓蒙确认方虹的身上有做过心脏手术的痕迹,再加上采集的她的指纹跟档案库里方虹港澳通行证上录取的指纹对比一致,于是当场确认,滨海路上发现的女尸,正是方虹。死者身上出现的骨折情况也得到了确认,是严重的开放性骨折,多发生于车速在 40 km/h 以上的车祸伤。切开皮肤检查深部组织,可见大量出血和组织挫碎。

程皓把结果汇报给周志东,随后又说:"周局,我觉得我需要去一趟贺州,我总觉得何兴远的死跟他突然辞职这件事有关系。"

周志东问:"理由?"

程皓笑嘻嘻地回答:"直觉。"

周志东抬手点点他,说:"你是警察,不能总凭着直觉办案。"

程皓清了清嗓子,说:"何兴远就算要陪老婆做手术,派出所已经答应让他休假了,可他坚持要辞职,而且方虹康复之后他们并没有留在贺州,而是来到了望海市,这些实在是有点说不通。"

周志东点点头:"好在也不远,明天一早你就去吧。"

程皓刚想走,周志东喊住了他:"何兴远的父母应该还在贺州,见老人的话,还是女的比较好说话,你带上张凡凡一起去吧!"

程皓点头,周志东又叮嘱说:"路上小心。"

走出周志东的办公室,程皓看到张凡凡还在拉着人仔细筛选资料,周晴看他进来了就朝他挥手,兴高采烈地说:"我拿到方虹的病历了!"病历上显示,方虹在 2014 年 4 月到 6 月期间做过 2 次心脏瓣膜修复手术。

程皓抽出那根烟卷随手在指尖转着玩,病历看完了被他丢在一边:

"两次手术，这可不便宜啊！"

周晴点头，随即飞快地敲击键盘："很穷，特别穷。"她轻车熟路地把所有的记录分门别类地整理好："何兴远每个月拿到手的工资只有不到3000元，他还要汇出去一部分给一个固定账户。让我查查这个账户是干吗的……"

程皓说："2014年以前的能不能查到？不但要何兴远的，还要方虹的。"

张凡凡不解："你怀疑何兴远有问题？"

程皓单手托着下巴，用烟卷在鼻尖附近蹭来蹭去："我只是在想，他一个警察，方虹做手术那么大笔手术费，他是怎么凑齐的呢？"

周晴不以为然地说："也许方虹或者方虹他们家有钱呢？"

程皓点点病历单："方虹第一次检查出来心脏有问题是在2012年12月份，当时医生给出的意见就是尽快进行手术，但她接受手术的时间是2014年的4月份，整整隔了一年多的时间，如果方虹家有钱，手术早就做了，根本不可能拖这么久，拖到方虹病情加剧，需要连做两次手术。"

张凡凡和周晴都是一副恍然大悟的表情，程皓对周晴说："小不点儿，你继续查查何兴远和方虹的银行账户，张凡凡跟我去趟贺州，天一亮就走。"

张凡凡"嗯"了一声，那边周晴已经跟只被踩了尾巴的小猫一样，站起来原地乱蹦："我不是小不点儿！不要喊我小不点儿啦！"

程皓站起来，从她头顶划了道线，比到自己肩膀："呐……小不点儿！"

周晴刚想炸毛，张凡凡从旁边拉住了她，边捏了捏她的手边摇头，示意她不要跟程皓一般见识。周晴鼓着脸白了程皓一眼，然后重新坐下，把键盘敲得噼里啪啦响。

张凡凡对程皓说："我要回家收拾一下行李。"

程皓自己也有东西需要整理，最重要的是要把他扔在家里的警官证给拿出来，他中途跑回九山区自己住的地方简单收拾了行李，再赶到机场，天已经亮了，从望海到贺州很方便，最快的办法是坐飞机到桂林，再转车就可以了。张凡凡只背了一个双肩包，穿得十分利落简单，程皓拎了一个手提袋，出门时随手抓了一副墨镜戴上，在机场门口一站，气场招摇得很。

值机的座位，程皓是靠窗的，张凡凡在中间，程皓晃着机票问她："你要不要坐窗边？"

　　张凡凡面无表情地拒绝："不用，谢谢。"

　　登机之后程皓又问了一次："你真的确定不坐窗边？"

　　张凡凡很明确地拒绝了他，系好自己的安全带："不用，谢谢。"

　　飞机很快起飞，张凡凡正在认真翻报纸，无意间发现程皓的手紧紧握在扶手上，因为用力青筋都凸出来，她转头看他："你怎么了？"

　　程皓笑得很勉强："我没吃早饭，饿得有点晕。"

　　张凡凡从口袋里摸了摸，找出块巧克力扔给他，程皓一边咬着巧克力，一边深呼吸。

　　张凡凡看他这个样子有点奇怪，问："真的没事？"

　　程皓用力挤出一个笑容："没事儿，我睡一会儿就好了。"

　　他说着就真的靠在座位上，很快睡着了，恍恍惚惚的睡梦中，有人从高楼上一跃而下，血肉模糊地摔在他面前，他小心地往前走近几步，却在血泊中看到了自己的脸。那个梦虚幻又真实，让他的心脏狂跳，完全乱了节奏。

　　迎着初升的朝阳，飞机冲上高空，直入云层，抵达航线的最高点。那一刻，程皓满头冷汗地从梦中惊醒。

第 3 章

上午的阳光很暖，夏寒在市局的心理辅导室里煮咖啡。

房间里回响着优美舒缓的交响乐，书架上摆着各种各样题材的书籍，旁边有几个多米诺骨牌摆起来的小装饰品，花瓶里插着新鲜水灵的郁金香。很显然，夏寒很喜欢这种节奏的生活，不疾不徐，慢条斯理，咖啡豆在手中被打碎，磨煮出醇香的饮料。

来做咨询的年轻警察满脸紧张，他从警校毕业之后第一次开枪，击中了嫌犯的后腰，鲜血淋漓，他当场就吐了。

夏寒把热气腾腾的咖啡摆在他面前，问："还做噩梦吗？"

小警察点点头，夏寒随手把摆在桌边的一个沙漏调过来放置，看着其中的黑沙缓缓流淌，宛若能捕捉到时间流逝的痕迹。

他在他身边坐下，语气温柔地问："你有没有读过尼采？我最喜欢的，是《查拉图斯特拉如是说之山上的树》。尼采通过查拉图斯特拉之口问一个少年，你为什么要因此而害怕呢？人与树，其实是相同的。他越是想上升到光明的高处，他的根就越是坚定地伸向泥土中，向下深入，向着罪恶，向着黑暗，无休无止……"

小警察并不明白他说的是什么，但是睁大了眼睛，捧着热气腾腾的咖啡，听得很认真。

夏寒在他面前坐下，又在他面前摆下甜杏仁味的曲奇饼干，他说："尼采一直认为，世界的本体是生命意志，而我们看到的，是意志个体化之后的表象。所以，光明和黑暗，道德和罪恶，超人和凡人，不但是对立的，更互为依赖而存在，这取决于每个人的意志……"

小警察似乎明白了什么，又似乎什么都没有听懂，一脸迷茫。

夏寒有些不好意思地笑了："其实我只是想说，每个人的心里，不可避免的都有黑暗存在，警察就像那个故事里说的树一样，扎根黑暗，是为了追求光明，守护别人的平安。所以，不必担心那样的黑暗，你没有错，也不必害怕。"

小警察小口抿着咖啡，垂着苍白的脸，轻轻点头。

这时候有人敲了敲心理辅导室的门，夏寒过去开门，看到周志东站在门口。小警察也腾得站了起来，紧张地喊了一声："周局。"

周志东看到有人在，觉得有些歉意："打扰你了夏老师，不好意思。"

夏寒浅笑："我等您很久了。"

小警察连忙说："周局您有事，我就先回去了。"

周志东认得他，安慰地拍拍他的肩膀，说："好好休息，别胡思乱想。"

小警察把咖啡喝得差不多了，点心倒是没动，夏寒扫了一眼，关上心理辅导室的门，他知道周志东不可能无缘无故来找自己，只是不点破，笑着问了句："周局，您喝点什么茶？"

周志东正被满屋子咖啡味熏得头痛，一听有茶可以喝立刻就精神了："铁观音就行。"

夏寒从茶叶罐子里倒茶叶，他的双手十指修长白皙，泡茶的动作看起来赏心悦目，随着白骨瓷杯子里沸水的注入，茶叶慢慢绽开。

他看到周志东正在吃桌上刚刚小警察没动的饼干，不动声色地把茶杯捧过去放下："我一直在等您把程皓的心理评估报告发给我。"

周志东咬碎饼干，舒适地双肩都放松下来，问："他的情况实在是有点麻烦，不过，还没有严重到影响他的工作的程度，我相信，他依然是位称职的警察。"

夏寒点点头，把小警察的杯子里的咖啡倒掉，自己倒了杯热水，在周志东对面坐下，彬彬有礼的态度："我不想在接下来对他的心理评估当中开后门。"

周志东皱了皱眉，又说："他是个好警察，也是我教过的，最出色的徒弟。"

夏寒弯起眼睛，看起来神色温柔，但又仿佛洞察一切："看来，他的上一次心理评估，结果非常糟糕。"周志东无奈地摇头。

夏寒反问："所以从他回国之后，您一直安排他在九山区，是希望能让他逐渐自我调节恢复？"

周志东点点头，语气不确定地说："我不知道他的情况到底好了多少，他的警觉性一直很高。"

夏寒想了想，说："每个人或多或少都会有点小心理上的小毛病，类似恐高、害怕幽闭的黑暗空间这种，倒不是什么特别大的问题，我和程皓都学过心理学，在自我心理调控这方面，我想您不必为他担心，他的心理意志力非常坚定，不是一些小问题就会轻易影响到的。"

周志东喝了两口茶水，说："看来你挺了解他的情况。"

夏寒温柔地笑着开玩笑："我们是朋友嘛！"

两人相视一笑，周志东站起来，夏寒看到他面前的盘子空了，于是说："周局，您稍等一下。"

他捧来装点心的盒子，双手递过去，说："压力大的时候，偶尔吃点甜食能舒缓心情。"

周志东有点不好意思，笑着说了句"谢谢"，倒是把饼干收下了。周志东走后，夏寒抿了一口水，觉得有些凉了，皱着眉放到一边，打开电脑。文档里只有一行字："黑暗与光明，往往只在一念之间。"

夏寒想了想，抬手在键盘上敲击，写下第二句："你决定选择什么，你就将成为什么。"

他写完这句，向后靠在椅子上，扬起头，正迎向窗外洒进来的温暖阳光，那金灿灿的暖意仿佛恋人的手掌，细腻温柔，拂过他的额头，他的眉眼，他的鼻尖，他的脸颊。

夏寒闭上眼睛，慢慢地，无声地，深深地，吐出一口气。

程皓却再也没办法睡去，那个噩梦十分真实，就仿佛上一秒发生在身边，鲜血的腥气萦绕在鼻息里。他跟空姐要了一杯咖啡，窝在座位里大口往下灌，他不怎么喜欢速溶的咖啡，甜得发腻，但是却恰好能冲淡此刻心中不适的感觉。

张凡凡此刻已经睡了，程皓心中庆幸她没看到自己此刻的模样，他抓了抓已经被汗水打湿的前额，干脆翻了张当日的报纸出来看，一张报纸来来回回地翻，一直到下飞机，其实他半个字都没看到心里去。不过，这不妨碍他适当调整自己的心理状态，程皓毕竟在国外进修过一段时间的犯罪心理学，而导师也是有名的心理学研究者，在自我调节方面，他确实很擅长，下飞机的时候，张凡凡已经看不出他情绪的异状，他看起来仍是平时那副看似正经但总有些吊儿郎当的样子，要外出查案，还特意换了一套衣服，水洗白的蓝色牛仔裤加一件白衬衫，那样子终于有点儿像个警察了。

贺州那边派了人过来接他们，关于何兴远的档案资料，他们拿到的其实已经算是非常完整了。不过总有些没写进档案的事情，是程皓更感兴趣的。

何兴远是个老实人，几乎派出所里所有认识他的警察都是这么说的，他踏实肯干，为人善良，谁需要请假换班，他都会第一个站出来答应帮他们替班，也正是因为这一点，大家对于他的死非常唏嘘。

张凡凡去见了何兴远的父母，程皓在所里的会议室跟几个与何兴远关系比较好的民警一起聊天，他把手机开了录音摆在一边，房间里满是烟味，几个民警都在抽烟，程皓却只是把自己带来的烟卷拿在手里转着，有人要给他点烟，他摇了摇手拒绝，说："戒了。"

有个看起来年纪比较大的民警说："戒了干吗还拿着？不想吗？"

程皓笑笑："想，但是得告诉自己，要抵得住诱惑。"

那民警说："真搞不懂你们年轻人。"

程皓把烟卷擦过鼻尖，顺手收了塞进口袋，说："我想问问你们，关于何兴远的事。"

几个民警脸上的表情都凝重起来，程皓也不看他们当中的谁，只是目光在他们当中环视了一圈："他辞职之前，有没有发生什么比较异常的事情？"

大家沉默地想了想，有人默默开腔，说："他老婆的病，他跟所里不少人借过钱，大家知道他们家里困难，又要凑那么一大笔手术费，所以组织过一次捐款，凑了几万块钱给他。"

另一个接话："但听说那一个手术要二十几万，所以他老婆的病就那么一直拖着，越来越严重。"

张凡凡来到何兴远的父母家，那只是一座老旧居民区的普通民房，红砖青瓦顶，楼下乱七八糟地停着车，孩子们吵嚷打闹，街上穿行着买菜归来的男女老少，是一个充满了烟火气息的地方。

张凡凡不知道该怎么说才好，她其实并不善言谈，尤其是跟人交流，更何况要把何兴远和方虹的死讯告诉他们，白发人送黑发人，她自己想想都觉得开不了口。好在陪她过来的还有一个女民警，应该是长期做社区工作的那种，连带着一边安慰一边劝，好歹是把何兴远的父母给劝住了，老人们哭了半天，感觉一瞬间就老了十岁的样子。

只是有些问题例行程序，还是要问的，张凡凡拿出本子和笔，尽量让自己的声音放得温柔一些："你们知道，何兴远为什么要辞职，和方虹一起去望海市吗？"

何兴远的母亲哭得有些哽咽，这时候还在平息自己的情绪，父亲显然要坚强一些，哽住哭腔说："我们当时也问过他原因，他说，他说，想去找份新的工作，找个地方，重新开始。"

张凡凡一愣："重新开始？"

何兴远的父亲点头："是，他当时是那么说的。"

张凡凡又问："那您知道，当时方虹的手术费，他是怎么凑齐的吗？"

何兴远的父亲说："他说，是参与了一个慈善计划，有位老板愿意资助我们一笔费用，不过其中一部分是需要以后分期来还的。"

张凡凡在本子上一边写着字，一边问："您知道那位老板的名字吗？或者是那个慈善计划的名字。"何兴远的父母对望了一眼，不约而同地摇摇头。

"慈善计划？"程皓也从几位民警的口中听到了同样的一个词语，他反问，"他没有说过关于资助人的事情吗？"

大家都摇摇头，程皓眼中光芒一闪，却想起了一件事，他拿出手机飞快地在微信群里发信息，让周晴去查一查方虹那笔住院费到底是谁支付的。就算何兴远的银行账户没有显示，医院总应该会有记录吧。

程皓转着手机思考，又问："何兴远的家境不好，那方虹呢？"

那位老民警又说："听说方虹父母双亡，家里的状况还不如何兴远，又得了那个病……唉！"

张凡凡这时候在群里发消息："何兴远的父亲说，曾经听到方虹和何兴远吵架。"程皓挑眉，眼睛一下子亮起来。

何兴远的父亲回忆说："他们那天似乎是在争执，钱，到底能不能收，具体的细节，我们也没听清楚，后来方虹就拿了包走了，兴远追了出去。我还劝他，有话要好好跟方虹说，方虹心脏不好，不能生气。"

张凡凡追问："后来呢？"

何兴远的母亲终于缓过来一点，慢慢地说："后来，我问过小虹，她说已经不生气了，她知道兴远是为了她好。她决定动手术，这我才放心。"

程皓飞快地打字："这笔钱的来历一定有问题！查！赶紧查！"

何兴远的案件在贺州算是取得了突破性的进展，而方虹车祸的案情也有了令人意想不到的发现。

周晴当天就调取了案发时间内滨海路中段的视频监控录像，在画面中可以看到，方虹第一次出现在视频中的时间，是晚上10点38分，出现的位置，在距离案发现场4.5公里外的一个下坡的转弯路口，当时雨下得很大，但是方虹并没有打伞，在雨里她的表情看起来有点模糊，不过那种焦急的神态却依然能看得清清楚楚。她躲在树下打电话，看到远处有车灯的光亮照过来，于是焦急地跑过去，迎上去，似乎在等什么人。然而雨中视线都不是很清楚，她站在山路的转弯处，又是下坡，迎面而来的是一辆面包车，车速很快，几乎是一瞬间的工夫，所有人都看着车子撞上了方虹，但是车子继续向前开去，方虹却不见了！

周晴把徐晓蒙叫过来一起看视频，大家都目瞪口呆，因为谁也没见过这种诡异的状况。徐晓蒙摸着脑袋难以置信地说："真是苍了个天了！怎么会这样？这就是说，方虹曾经在10点40分的时候被一辆经过的面包车撞了，然后尸体出现在 4.5 公里外的路边。"

方贺握拳捶了一下桌子，说："得去查查这辆面包车，把司机带回来问话。"

因为车牌被拍得很清楚，所以司机很快就被找到了，连带着撞人的车也被扣留下来协助调查。

"为什么方虹会在深夜出现在滨海路？我们在 9 点 20 分的时候给她打过一次电话，想要通知她何兴远的死讯，希望她能来市局认尸，但是方虹并没有接电话。方虹家住长兴路，到滨海路需要至少 20 分钟，很明显，她是特意过去的。"方贺列出一张通话清单，"9 点 20 分之后，方虹接到了两个电话，分别是在 9 点 25 分和 10 点 38 分，打电话给她的是同一个人，但是电话号码是个无效登记的匿名号码。"

疑点越来越明显，肇事司机的口供就显得十分重要，到底方虹的死是意外，还是蓄意谋杀？

那司机看起来只是个很普通的工人，在视频监控录像面前，他几乎是没有任何迟疑就承认了自己撞人的事实。

"昨晚雨下得太大了，我真没看清楚，就觉得好像撞了什么东西，前挡风玻璃都碎了，可我停车去看，又没看到地上有人，所以就赶紧开车跑了。"司机颤巍巍地说，"当时我都慌了，拼命踩油门，但是也不知道为什么，车子就是开不快，车速才刚过 20，邪门得很。"

方贺说："你没有看到自己撞了人？"

司机摇摇头："我真的没有看到！我中途停过车，前面后面什么都没有，我还以为自己遇上什么不干净的东西了呢！吓得我全身都是汗，我开出去能有十多分钟吧，雨小了点，过了一个拐弯，地上积水特别深，蹚过去之后我的车才好了，我吓得腿都软了，赶紧加速就跑了。"

方贺拿出一张方虹的照片，问："你认识她吗？"

司机辨认了一下，很快摇摇头。方贺又拿出何兴远的照片给他辨认，答案依然是不认识。

方贺给他看发现方虹尸体处的监控录像，上面清楚地显示，原本路边并没有尸体，但是在面包车开过之后，一具尸体就出现在了路边，翻滚了两下，脸朝下趴在了草丛里。

司机的脸都青了，连声喊冤："我真的不知道是怎么回事啊！这！这怎么可能嘛！"按照流程，司机被扣留在市局协助调查，他被带出审讯室的时候还是一脸崩溃的表情，看起来十分委屈。

夏寒正巧送报告经过，与那司机打了个照面，他停下来看了那人一眼，转身正好迎上周志东，就礼貌性地打了个招呼："周局。"

周志东其实上午才见过夏寒，见他追着那司机转头看过去，于是问："怎么？"

夏寒看似不经意地问："是个司机？"

周志东挑眉，夏寒看出他的疑惑，于是开口解释："他的鞋底，右脚比左脚要薄一些，前脚掌的磨损很大，应该是个以开车为职业的人。"

周志东点了点头："没错，他确实是个司机。"

夏寒笑了笑："看来我猜得没错。"

周志东知道夏寒看人向来很准，只是他从来不多话，也不多问，遇上了才开口说那么一两句，也都不会问到涉嫌保密的案情上去。他拍拍夏寒的肩膀，说："看人这么准，很有当警察的天赋啊！"

夏寒淡淡一笑："不骗您，其实我以前确实念过警校。"

周志东愣了一下："那怎么？"

夏寒无奈地摊开双手："体能最后一名，射击成绩从来没及过格，老师们都觉得我不适合当警察，后来我发现自己对心理学比当警察更感兴趣，就转学了。"

周志东叹了口气感慨："损失啊……损失了个人才。"

夏寒说："人各有命，我觉得现在这样也挺好。"

周志东定神看了看他，夏寒看起来年轻英俊，笑容温柔，只是眼睛里却是冷的，没有表情，让人很难透过他的眼神去洞察他的内心世界。他对任何人，任何事，都带着疏离与防备，看似亲近聊天，实际上，相隔甚远。

"周局！"这时候突然一个清脆的声音从不远的地方传来，周志东看到周晴迎面快步走过来，手里捧着个文件夹，敞开着，里面放着两页打印出来的纸张。

夏寒后退了半步，颔首，对周志东笑了笑，说："您忙，我先走了。"

他转身时，正好迎上一双清澈的眼睛，周晴的眼睛弯如新月，盛满了天真清朗的笑意，就如同大地上瞬间开满了向日葵，金灿灿，暖融融。

夏寒不自觉地顿住脚步，对面周晴见到他也是一愣，目不转睛地盯着他看了片刻，眼神中带着好奇与探寻。夏寒并不认识她，只是觉得她笑得很好看，出于礼貌，他没有保持高冷，而是也回了一个礼貌的笑容。周晴看到他的笑脸，顿时有点不好意思，避开他的目光低下头，小心地按了按自己发烫的脸颊。夏寒没打算做过多停留，只打了个招呼就匆匆擦肩而过。

周晴依依不舍地望着他的背影走远，这才转回头，把手中的文件夹递给周志东，顺手递上一支笔："这是申请对何兴远及方虹的银行个人账户进行冻结调查的书面材料。"

周志东一边低头看着，一边拔掉笔盖，准备在上面签名。

周晴趁机小声问："爸，刚才那个人是谁啊？刑警队新来的人吗？"

周志东的名字签了一半，停笔瞪她："你这丫头，又打的什么鬼主意？"

周晴朝他嘟嘴做了个鬼脸，摇头晃脑地卖萌："爸……"

周志东刷刷在上面空白处签上自己的名字，无可奈何地说："那是特聘的心理辅导专家，叫夏寒。"

周晴的眼睛里亮起一团小星星，慢慢重复着，一字一顿，每个音节都咬得很认真："夏……寒……"

周志东皱眉："不能影响工作，不要去烦人家，听见了没！"

周晴用力点头，接了文件，笑得非常像一只阴谋得逞的小狐狸："谢谢周局！"

她兴高采烈地把周志东签了名的文件传真给银行，把与何兴远一案有关的银行交易资料调取出来——对照研究，很快确认了何兴远每月固定汇款接受账户的所有人。

程皓那时候还在派出所里跟民警们有一搭没一搭地聊天，周晴把那个人的信息发到微信群里，并做了解释，这是一个公益基金会关于甘肃贫困学校接受捐款的指定账户，程皓看了一愣，随即抬头问："何兴远一直在资助贫困山区的学生，这事儿你们知道吗？"

大家都摇摇头："没听说过。"

"他从来没提过。"

程皓飞快地打字："从什么时候开始资助的？"

周晴回复："2014 年 7 月份开始汇出去的第一笔钱。"

张凡凡这时候也问了何兴远的父母，他们对此也一无所知。

程皓推测："看来，这些资助是从何兴远辞职之后开始的。"

他摸着下巴正在思考，周晴又在群里说："我刚联络了那个公益基金会，他们查到，何兴远除了资助这个贫困学生之外，还给一所希望小学捐了一笔钱，帮他们建了一间图书室。"

程皓越听越觉得事情不对："他捐了多少钱？"

周晴回复："5 万。"

张凡凡起身跟何兴远的父母告别，眼神里充满疑惑，程皓跟她有相同的疑惑："何兴远到底哪来那么多钱？"

周晴说："何兴远和方虹的账户里都没有这么大笔的资金往来记录，我问过医院，他们说，当时住院费和手术费何兴远是直接交的现金。"

程皓把事情从头到尾想了一次，说："我有一个大胆的想法。"

张凡凡坐进车里，低头打字，跟在他的后面说："那笔钱的来路，有问题。"

程皓抬头问几个民警："何兴远辞职之前，都办过什么案子，能不能帮我找找相关记录？"

当中有个民警点点头，说："我带你去找所长。"

程皓一边跟着对方快步走向所长的办公室，一边给张凡凡发微信，说："过来帮我个忙。"

张凡凡很快赶到，程皓正窝在沙发里看何兴远的出勤记录，还有经办案子的卷宗，他看到张凡凡来了，于是像看到了救星一样，朝她挥手，说："你终于来了，太好了！快帮我看看这些，我看得都快晕了！"

张凡凡默不作声地接过他手里的文件，程皓已经站了起来，伸了个懒腰，说："你先看着，我出去搞点吃的哈！"

他一溜小跑出门，忽然又回头趴着门框问："你想吃什么？还是红油抄手吗？"

张凡凡猛地抬起头直盯着他看，程皓冲她懒懒一笑："我知道，多放香菜不放醋，对吧？"他悠然转了身，晃晃悠悠走了。

张凡凡捏着那份文件，面无表情地发愣了3秒钟，等她低下头时，那些文件上的字却仿佛一个一个都飞了起来，在她的眼前盘旋，晃得她眼晕。

原来，他还记得，什么都记得。他记得她不会缝扣子，记得她喜欢吃红油抄手，就连多放香菜不放醋的习惯也记得。可是，他却装作什么事情都没发生过的样子，对当年的事情，没有做过半句解释。

张凡凡默默地把掉落下来挡在额前的碎发别在了耳后，她想起她和程皓上次一起去吃红油抄手的时候，她也是这样头发长了，差点掉到碗里去，程皓不知道从哪里摸出来一支发夹，笑嘻嘻地帮她把头发别了起来。

他说："明天我有空，陪你去剪头发吧！"

可是第二天，他并没有来。张凡凡等了他很久，最后一个人默默地把披肩的长发剪成了齐耳短发。她很想问程皓，当年，你到底为什么失约呢？可是后来她渐渐明白，就算知道了答案，他们又能怎么样呢？反正，他们都已经回不去了。

程皓很快买回来两份红油抄手，他看起来是真的饿了，捧着碗狼吞虎咽吃得很快。张凡凡吃东西很慢，一边吃一边翻看着那些出勤记录和卷宗。民警的生活其实有时候乏味杂陈，多数都是家长里短，充满了烟火气，有小夫妻闹离婚吵架动手的，有老太太的狗爬上树下不来的，有公园里老李头和老赵头下象棋下到打架的，两个人看了一下午，程皓趴在文件堆里昏昏欲睡，头一点一点，张凡凡却看得很认真，挺直了腰背，像个认真读书的好学生。

窗外的阳光和煦，天气温暖得不像冬天。

周晴的微信很及时地吵醒了几乎要睡过去的程皓，她说："已经证实了方虹的死因是车祸，肇事司机也找到了，检查过肇事车辆，确认是意外。"

程皓腾地一下子坐起来，诧异地说："意外？"

周晴发了一小段视频过来，说："这是技术科那边模拟的当时车祸发生的过程。"程皓点开视频,招呼张凡凡过来一起看。

自从找到肇事司机和车辆之后,就展开了对车辆的全面检查,经过多方面的检验,确认就是撞了方虹并导致其死亡的车辆。

市局的院子里,周晴和方贺正在给周志东讲解,同时现场正在根据痕迹检验科给出的案情猜想做验证试验。一辆与肇事车辆同款的白色面包车停在场地中央,有人在往雨刷上挂挡风玻璃橡胶圈。

"尸体当时是在距离车祸发生地点 4.5 公里的地方被发现的,假如司机并没有说谎,他察觉撞人之后没有发现尸体,那尸体又是如何被平移 4.5公里的呢?"方贺说,"我们在检查肇事车辆的时候,发现原来在死者附近发现的那条黑色橡胶圈,是面包车用来固定挡风玻璃的。"

程皓挑了挑眉,对着视频开始推测:"我记得当时发现尸体的时候,方虹身上的衣物不全,一大部分散落在沿途 1 公里范围内。假如是用黑色橡胶圈吊着她一路拖行的话,衣物与地面摩擦造成剥落的情况,是很有可能的。"

方贺又说:"我们猜测,当时车速过快,高速撞击,导致前挡风玻璃碎裂,橡胶圈脱落,一头套在了方虹的身上,当时正好在下雨,雨刮器是开着的,另一头就卡在了雨刮器上,方虹的身体被卷到了车底下,被橡胶圈吊着,一路拖行。这也能解释,为什么司机说他当时拼命踩油门,但是车速却一直很慢,只有 20 公里每小时。因为,车底下还拖着一个人。"

现场有人把重物用橡胶圈固定,吊在车底,另外一边有人开始测量距离。

程皓把视频定格在某处,指着上面的一个弯路说:"这里是滨海路中段一个非常有名的弯路,坡度和角度都很大,再加上弯路上当天积水严重,车子开过这里的时候,轮胎打滑,车身发生了倾斜,因此方虹的尸体从橡胶圈上脱落,被甩了出去。"

面包车开始缓缓行驶,速度很慢,但是吊在车底的重物却一直没有脱落。众人面色凝重,一动不动地盯着面包车。

张凡凡顺着他的猜测往下说:"假如方虹真的是被拖了 4.5 公里,那么她的身体与路面摩擦,在衣物被剥离的同时,磨损的尸体上很可能会留有沿途的沙土。"

程皓点头："我想，徐晓蒙现在应该已经在重新做尸检了。"

法医的解剖室里，徐晓蒙正在检查尸体，他从死者的尸体上提取了皮肤组织，然后对比现场取回来的沙土样本，最后得出结论："尸体锉平面组织当中确实存在少量沙土，与滨海路中段提取的沙土样本，是吻合的。"

于是他在报告上写下："确认死者曾被拖行，尸体锉平面及部分骨骼受到磨损，组织当中有与沿途相符的沙土。"

很多谜团都被解开了，但是张凡凡还是有一件事不明白，周晴也不明白，只是张凡凡在思考，周晴却第一时间问出口："可是，案发现场并没有找到方虹的手机，手机到底去哪儿了呢？"

程皓想了想，笑道："我想，他们已经找到方虹的手机了。"

张凡凡问："在哪儿？"

程皓说："既然手机没有掉在案发现场，也不在尸体附近。我猜，那一定在肇事的那辆车上。"

白色面包车一个转弯，果然，掉在车底的重物往旁边滑了出去，周志东点点头，说："果然是这样。"

徐晓蒙气喘吁吁地送来尸检报告，方贺接过来看了看，走回周志东身边，说："周局，已经证实了。方虹的尸体确实曾经被拖行，在肇事车辆上，我们也找到了一部手机，上面有方虹以及何兴远的指纹。"

周志东点头："看来，可以结案了。"

周晴不解地问："为什么方虹的手机会在车上啊？"

程皓解释说："方虹被撞的时候正在打电话，挡风玻璃碎了，电话很可能是从碎裂的缝隙飞进了车里。"

张凡凡有些忧虑："难道方虹的死，真的只是意外？"

程皓说："这也就能解释，为什么方虹尸体旁边，并没有白色夹竹桃花的标本，如果是同一个凶手作案，他不可能不留下标记。不过，方虹为什么会去滨海路？谁让她去的？"

张凡凡反问："难道是凶手？"

程皓点头："非常有可能，方虹被撞的时候在打电话，那个电话很重要，也许就是凶手打给她的！"

周晴说："是的，但是电话号码是基站打来的，无效号码。"

程皓翻着文件念念有词："可是凶手为什么要杀他们呢？还要留下白色夹竹桃花的标本，为了钱？为了私人恩怨？为了隐藏秘密？还是……为了报仇？"他眼睛一亮，突然抓起电话，打给夏寒。

夏寒正在写报告，他戴着一副金丝边框的眼镜，穿着笔挺的衬衫和西装，看起来文质彬彬的。他侧头看到振动的手机，似乎是不解程皓为什么会在这个时间给自己打电话，但还是接了起来："喂？"

程皓急得连开场白都不愿意说，开门见山地问："我记得你曾经买过一本书，是关于星座和花语的？"

夏寒愣了一下，抬头看向书架："嗯，对。"

程皓说："你帮我查一下，白色夹竹桃花的花语是什么？"

夏寒当时就懂了，说："你等一下。"

他放下电话，开了免提，到书架前把书抽出来，那本书还是崭新的，一看就是平时没怎么翻过的，他看着目录，翻到其中的一页，把上面的字读出来："白色夹竹桃花，象征着纯洁不变的友情。"

"啊？"程皓完全懵了，这跟他预料的完全不同，他说，"你是不是看错了？"

夏寒轻哼了一声："不信我，就不要来问我。"

程皓摸着头，手上转着一支笔："不对啊，要是白色夹竹桃的花语是友情，难道凶手跟何兴远是好朋友吗？这不合情理啊！"

夏寒说："原来是瞎猜的，都说了不能靠直觉，警察办案是讲证据的。"

程皓不服："喂！到底我是警察，还是你是警察呀！"

夏寒很直接地说："你是警察，所以，麻烦你自己去查，不要总来问我，好吗，警察同志？"

程皓被怼得没脾气："好吧……真的没有别的花语了吗？"

夏寒对他无可奈何："夹竹桃有红色、白色和黄色三种，其中红色夹竹桃的花语是咒骂，白色和黄色都寓意友情，但这两种颜色都是人工培育出来的品种。我知道的就只有这些，你再问我，我确实也不知道了。"

程皓只能暂时放弃这个想法："好吧，那谢谢你了。等我回去请你吃饭。"

夏寒说："吃饭就不必了，正常的心理评估倒是需要做一次，你有空来我这儿一趟吧！"

程皓听到"心理评估"四个字倒是面不改色，装傻充愣："去你那儿？你指的是哪儿？"

夏寒合上书本，重新放回书架上："你愿去哪儿去哪儿，反正，没有我签字的报告，你最后就只能回九山区刑警队待着了。"

程皓连忙求饶："行行行，等我破了这个案子，破了这个案子就去找你做心理评估，行不行？"

夏寒看了看表，说："行。反正副市长不就给你们 36 个小时吗？现在应该也没剩下多少时间了。"

程皓一听更崩溃了："你别提这个了，一提我头都要炸了。"

夏寒抿唇，慢慢地给自己的杯子里倒满了热水，他看着热气袅袅升腾，轻声地说："凶手选择当着几千名现场观众，还有数万名收看网络直播的观众，杀了何兴远，留下白色夹竹桃花的标本，你觉得这个行为，像什么？"

程皓愣了一下，随即反应过来："挑衅警方，又或者是，公开审判？不是吧？"

夏寒慢悠悠地抿了一口水，感觉全身上下都温暖了，他又说："我猜，凶手认为，何兴远是有罪的。"

程皓瞬间联想到了何兴远的那些慈善公益的捐赠和资助，顿时用力一拍桌子："我明白了！"

他对夏寒说："你简直就是我的救星啊！"

夏寒对着电话笑笑，说："我只是心理辅导师，给案情意见应该算是违规了，只此一次，下不为例。"

程皓连忙讨好："我懂，我明白。"

程皓挂断了电话，连忙开始翻找之前自己看过的那堆资料，翻得乱糟糟的，满桌子都是，连张凡凡都看不下去了，过来要帮他找："你要找什么？”

程皓兴冲冲地说："找谁能给何兴远那么一大笔钱！"

张凡凡立刻明白了，何兴远和方虹家境贫困，所谓的得到公益的资助，也许只是他接受了一笔贿赂，代价是，在某个案子当中暗中帮上一把。所以，凶手认为何兴远是有罪的，而何兴远自己，也是这么觉得。他辞职、搬离贺州，拼命给各种公益基金捐款，都是因为他内心巨大的愧疚和负罪感。

程皓的目光终于在掠过某个案件卷宗的时候，停了下来。他指着上面的文字，与张凡凡对望了一眼，说："应该就是这个。"

隐藏已久的真相，终于缓缓呈现在他们的面前了。

第 4 章

程皓和张凡凡行色匆匆，走进贺州市公安局刑警队的办公室。

走廊上，程皓对张凡凡说："我们要找的人，男性，30—50岁，懂一点工程，应该对电工也有点了解，长相不出众，可能干过力工，话少，没什么存在感，不是望海市人，很可能是贺州市人。"

张凡凡说："这太泛泛了，不好查。"

程皓的态度很坚决："不，很好查，在这个案子当中，只会有一个完全重合的人，他就是凶手。"

这里已经有人为他们准备好了档案资料，已经结案的卷宗厚厚一叠，因为存放已久，已经落了灰。

张凡凡问："你觉得两件案子之间存在关联？"

程皓点点太阳穴，笑得一如既往不靠谱："直觉。"

卷宗打开的扉页上写着：

案发时间：2014 年 2 月 14 日晚 22：32
案发地点：金华会所

程皓飞快地扫了一眼上面的案卷记录，从其中无数个人名当中迅速指出一个，对张凡凡说："确认一下，这个叫董志的人，是否在案发当天那份现场工人名单里，他可能会用化名，如果无法确定，就把他的照片传过去，让周富和几位工程师认人。"

张凡凡拿出名单和周晴开始查证比对，程皓开始看卷宗，那是何兴远在辞职之前经手的最后一起案子。一开始他们其实并没有注意到这个案子，因为这件案子当中，只有110的出警部分与何兴远有关，这是桩刑事案件，当时接手调查的是贺州市公安局刑警队。兜兜转转，他们看完了所有的卷宗，程皓才发现，只有这桩案件，才符合他们之前关于何兴远辞职所有的假想和推测。

2014年2月14日晚，元宵佳节，上元夜。

因为过节，派出所的食堂专程给留守值班的民警们准备了热气腾腾的元宵。

何兴远捧着一碗元宵坐在窗边叹气，有人走过来拍拍他的肩膀，关切地问："你老婆怎么样了啊？"

何兴远的声音都是沙哑的："唉！刚好一点，医生还是让赶紧做手术。"

对方拍拍他的肩膀，塞给他一个信封："这是大伙儿过节的加班费，你都拿着吧，再想办法凑凑钱，先治病，病治好了怎么都好说，对吧！"

何兴远连忙推辞："这怎么行，你们已经帮我们很多了，不能再连累你们了。"

大家都各自打哈哈说没事，何兴远还想把钱还给他们，大家正在僵持，这时候接了个110指挥中心的通知，说金华会所里有服务员报警，有人滋事打架。吃饭吃一半接到出警是正常的，大家立刻放下手里的碗，第一时间赶往现场。

金华会所是当地最有名气的高级会所，出入的都是商界富豪，还有一些富二代什么的，从大门到室内都是金碧辉煌的，墙上都贴着金箔，看起来豪华又气派。

何兴远和同事原以为是一个普通的打架案子，他们多数时候会协助双方调解，最多以涉嫌危害治安的罪名行政拘留几天，批评教育一下就允许保释了。但是这一次竟然不是，他们到了现场，才发现报警的那个人把事情说简单了。何兴远看到倒在一堆碎玻璃当中鲜血淋漓的年轻女孩尸体，以及散落了满地的白色粉末，他才意识到，这并不是一桩普通的民事案件。刑警队很快赶来接手，何兴远只需要把现场证人的口供和联系资料都转交给他们。三天后，警方通过官方微博通报了案情处理结果。

"根据现场目击证人的口供，当时有三名男客人在会所的包厢内吸毒，服务员董明娜发现之后上前阻止，双方发生了肢体冲突，其中一名客人因为吸毒之后神志不清，争执之中将董明娜推倒在茶几上，茶几的碎玻璃割断了董明娜的颈动脉，大量失血后导致死亡。"程皓读着卷宗转着一支铅笔，虚虚地在上面某处划了一道。

"刘安、秦文中还有另一个人赵杰是大学同学，趁着放假，刘安带他们去会所玩，现场还拿出了他刚买来的毒品招待他们。当时三个人都吸毒了，神志不清，唯一的目击证人是董明娜的同事许丽，她一开始指认推倒董明娜的人是刘安，但后来又改口说自己记错了，推倒董明娜的人是秦文中，秦文中后来认罪了，这案子就结了。"

程皓在刘安和秦文中两个人的名字下面各画了一道线，又在许丽的名字底下画了两条线，他说："这案子有点意思。"

张凡凡冷着一张脸评价："现在的大学生，有点钱就不知道怎么作了。"

程皓点头，把笔一转，敲敲卷宗："刘安家确实很有钱，他爸爸是房地产公司老板，手里有三个盘，年销售总额十几亿，这种富二代，作也是正常的。"

他叹了口气，声音低下来："可惜他们并不知道，毒品，到底是多么可怕的东西。"

程皓的眼底泛起黑沉沉的光，仿佛是黎明到来之前最深刻的黑暗，看不到过去和未来，也看不到世界的尽头。

张凡凡沉默无语，程皓深深吸了口气，重新抖擞精神，说："让周晴查查刘安在什么地方。"

张凡凡飞快地把程皓的安排告诉了周晴，她立刻在群里表示了不满："什么事儿都推给我查，当我是八爪鱼呐！"

程皓撇嘴笑得很邪性："八爪鱼可以做铁板烧。"

周晴愤愤地用手指在桌上挠了半天，重新埋头对着电脑噼里啪啦任劳任怨继续查案。

这时候被派去认人的纷纷传回来结果："周富说在现场见过这个人，

是工程师带来的一个助理。"

"工程师说这人叫老董,原来是干力工的,因为懂工程还懂点电工,所以就让他当自己的助理,他话不多,老实肯干,所以这场活动就让他负责帮忙巡场。"

程皓在遥远的贺州拍板:"他就是董志,金华会所命案的死者董明娜的父亲!立刻找到他!"

几辆车已经直奔董志住的地方而去,只是当他们赶到的时候,狭小的廉租房里已经空了,只留下几件衣服、工具箱和一些其他的生活用品。墙上贴着很多剪报,还有打印出来的网页新闻,都是关于金华会所命案的。桌上散落着302案现场的舞台施工图,上面用潦草的字迹抄写着角度、风速等等,旁边写着几个计算公式,还有当天的天气预报,以及用红色荧光笔特别标注出来的一条电源接线。

程皓坐在车上摇头:"这都不是直接证据。"

他用手抵住了额头,显得非常困扰:"没人看到他移动沙袋,也没有证据能证明他就是设计杀死何兴远的凶手,唉……"

开车的是张凡凡,他们从贺州市刑警队借了一辆警车,她扶着方向盘,车子开得飞快:"不管怎么样,先把人找到再说。"

程皓点头:"对,车站、机场、高速公路口,唉……真麻烦,这个时候,估计人都已经跑出去了。还是先找找他去了哪儿吧!"

周晴说:"我找到了!董志当天晚上就买了一张望海到贺州的车票,算时间,这时候应该已经在贺州了!"

程皓与张凡凡对望了一眼,两个人不约而同地说:"糟了!"

张凡凡语速飞快:"他的下一个目标?"

程皓深深吸了一口气,说:"刘安。"

他拿出手机,给周志东打电话,开门见山:"周局,我需要帮忙,在贺州寻找一个叫董志的人,照片周晴那里有,他可能就是杀死何兴远的凶手!"

周志东说:"好的!我马上联络贺州市公安局,请他们的110监控中心协助寻找这个人。"

程皓挂了电话又说:"我记得卷宗上有刘安的电话号码,查查手机定位,看看人在哪儿。"

周晴说:"呃……他换号了。"

程皓气愤得不行,使劲捶了一下方向盘。张凡凡灵机一动,猜测到:"他父亲的手机号应该没换吧?"

程皓说:"给他爸爸打电话。"

好在刘安的父亲刘国强的公司还在,他们很快联络上那位暴发户气质十足的房地产公司老板。刘国强还在公司办公,秘书给他送药,刘国强豪爽地吞下药片,干掉半杯水,这才傲慢地回答:"抱歉啊,我不知道我儿子在哪儿,也不知道他换了新手机号。他那么大个人,我可管不了他!"

张凡凡面无表情地说:"我们怀疑他被人绑架,有生命危险。您有30秒时间考虑是否要配合警方办案,又或者,坐在家里等着给你儿子收尸。"程皓发现张凡凡黑起脸来的时候真是比冰山还可怕,那气场,能视而不见的都是瞎子,连他看了都很想绕着走。

刘国强也算是见过不少风风雨雨的人物,但是一提到儿子的性命整个人立马都尿了:"他出什么事儿了?"

张凡凡没回答他,只是说:"我们需要他的手机号来确定他的位置,马上。"

刘国强犹豫了一会儿,不知道是不是被张凡凡吓唬到了,最后还是报出了一串号码。程皓拨了刘安的电话发现无人接听,但这并不影响周晴的定位工作。

周志东这时候的电话也来了,对程皓说:"贺州市110指挥中心已经找到了疑似董志的人,他目前驾驶一辆黑色桑塔纳,位于环城公路西段,开往滨江大道方向,现在临近的警力已经在做重点监控了,他们到时候会配合你们的行动。"

程皓还没来得及答话,周晴那边疑惑的声音已经响了起来:"咦?刘安在环城公路西段,而且,还在移动……"

程皓说:"周局,刘安也在董志的车上。"

周志东问:"抓捕时,一定要确保人质安全!"

程皓点头："是！"

他挂掉电话，对周晴说："随时追踪刘安的位置。"

刘国强找不到刘安心急如焚，在办公室里坐立不安。

周晴在有条不紊地通报董志的定位："我已经接进了贺州市110指挥中心给我提供的视频通道，目前看到董志的车已经驶入了滨江大道，前方200米就是滨江中心。滨江中心位于滨江大道的尽头，周围也没有别的建筑物，我觉得董志的目的地一定就是那里。"

程皓朝着张凡凡挥挥手，张凡凡把导航地图打开确认："周围只有滨江广场，场地很开阔，不利于隐藏。"

程皓拍了一下键盘，说："我们需要滨江中心的室内平面图。通知周局，就说，我们急需得到本地警方的协助，让他们到滨江中心跟我们会合。"

此刻望海市刑警队二组的办公室里乱成一团，周志东坐镇，所有人都在忙碌，有的随时监控董志车辆的位置，有的在二次确认程皓传回来的案件资料，有的在打电话跟贺州市110指挥中心沟通，有的在跟进董志的资料，有的在打电话跟滨江中心沟通索要内部平面图。

周晴在网络上搜索资料，她面前开着两台电脑，资料飞快地检索，她把它们读出来："滨江中心是国和置业有限公司开发的大型商业综合体项目，2015年3月项目奠基开工，预计将于2017年9月投入使用……"

"国和置业有限公司？"程皓反应过来，"那不是刘安的父亲刘国强的公司吗？"

张凡凡已经飞快地把刘国强的电话传了过去，就听到程皓说："找他拿资料，要他全面协助，反正救的可是他儿子！"

这边程皓跟着董志的位置一直追，他开得很快，在路上疾驰而过，呼啸如同一道闪电，但是他自己还嫌不够快，一边嘟囔一边拼命地加速。

张凡凡中途面无表情地说："你那不叫开得快，你是飞得太低了。"程皓愣了一秒，捶着键盘大笑起来。

冬季，天总是黑得很早。

红蓝相间的警灯一路呼啸着，穿过车水马龙的夜色，直奔滨江大道而去。周晴正式通报董志已经抵达滨江中心并停车的时候，程皓确认自己跟目标的距离已经不到 2 公里。

董志的车全程都在警方的严密监控下，应该不会跑掉，现在唯一不能确认的，是刘安的安全。但程皓对此却很笃定，他说："刘安暂时没有生命危险。"

张凡凡随口问了一句"为什么"，她看程皓的样子，以为他下一秒又要冒出他那句经典名言："直觉。"

然而出乎她意料的是，程皓并没有那么说，他只是说："假设，董志就是杀死何兴远的凶手，他作案的方式，带有非常明显的个人情感色彩。在数千名观众，还有几万名收看网络直播的市民面前，呈现何兴远的死亡，夏寒说，这就像是一场公开的审判。"

他正把车开得飞快，手机上显示着定位，随时追踪董志所在的位置，笃定地说："我猜，他一定会让刘安活着，去接受一场新的审判。"

程皓稳稳扶着方向盘，车子开向尚未正式竣工的滨江中心，路的两旁是滔滔江水，在夜色黄昏的灯光下，水面折射出深邃的光，迷离了这个城市的视线。

很快有人给程皓打来电话，说："程队长吗？我是滨江派出所的，我们接到通知，全力配合本次行动。"

程皓全神贯注地开车，把电话扔给张凡凡，张凡凡虽然话不多，但一路上所有的对接工作都完成得非常利落，有条不紊，所以程皓很放心地朝她做了个手势，张凡凡其实不太知道他的手势到底是什么意思，但还是按照自己的想法说："你好，程队在开车。"

张凡凡尽量将自己的语调放得很客气："董志已经到达滨江中心，目前不清楚他的动机，车上有一名人质，程队希望尽快疏散现场群众，设立路障，同时要求消防、救护到场待命。"程皓朝她竖起大拇指比了个赞。

与此同时，滨江中心里，工人们早已经陆续下班，只留下值班经理在现场检查，他巡查到变电箱的位置时，忽然感觉后脑一阵剧痛，还没来得及弄清楚发生了什么事，身体一软就倒了下去。

黑色桑塔纳不知道什么时候停在了尚未全部完工的大楼楼下。董志放下手中的木棒，把经理拖到一边，从他身上找出变电箱的钥匙，用钥匙打开门，然后举起了手中的手电筒。一道光亮闪过，他微微扬起嘴角，笑容隐没在黑暗中。

警车很快呼啸着赶到了现场，一共3辆，把董志的车围在中间，程皓比他们稍微晚到一点，把车甩了个尾停在院子里。程皓下车时已经收到了周晴发来的平面图，滨江中心分为两栋建筑，其中一栋是8层高的购物中心，另外一边是22层高的商住两用的公寓。目前大厦的外立面基本上完工，内部的工程也主要集中在室内装修方面，不过窗子都没有安装，只留着四方的空洞。

程皓和张凡凡都戴上耳机，保证能随时与后方联络。

他问："董志是不是有过在建筑工地工作的经历？"

有人回答："没错，董志曾经在建筑工地担任过工程副经理。"

程皓点点头，四下打量环境："怪不得他会带刘安来这儿。"

民警们迎上来，他们是110指挥中心派来支援的，滨江派出所距离这里最近，所以他们赶到得比较快。

程皓把警官证亮给他们看："我是程皓。"

这时候又有一辆车冲进院子，所有人都看过去，程皓一愣，就看到一个高个子的中年人跳下车，直奔他们而来。

那人穿的是便装，程皓指着他问："这是谁？"

民警们纷纷摇头表示不认识，程皓挥手："拦住他。"

立刻有人拦住了那人，对方粗壮的大嗓门高喊："让我进去，我儿子在里面！"

张凡凡认出那个声音，走过去问："你是刘国强？"

男人拼命点头，张凡凡示意让他进来。刘国强心急如焚，问："我儿子在哪儿？他怎么样了？"

张凡凡说："还不知道。"

这时候警察已经在大厦的四周拉起警戒线，检查了黑色桑塔纳中并没有发现刘安，程皓看到后备厢里散落在角落里的一些彩色小药片，他戴上手套，把药片拣出来看，说："是郁金香。"

张凡凡问："摇头丸？"

程皓点头："很可能是刘安的。"

刘国强脸都白了，想往里面跑，被程皓一把拽住："你不能上去！"

刘国强急了："可我儿子在里面！"

程皓随手把刘国强扔回给张凡凡，一边打开平面图看，一边问："这大厦有几个出入口？几部电梯？"

刘国强回答："应该只有一部电梯是好用的，具体出入口要问值班经理。"

程皓指指他："赶紧叫他来。"

刘国强打了几个电话都联系不上人，这时候突然有人喊："这里有人！"

民警在变电箱附近找到了被打晕的值班经理，他没受什么伤，往他脸上拍了点儿水人就醒了。

刘国强急切地问："刘安呢？"

值班经理还有点晕，揉着被打疼的后脑勺说："没看到啊！"

程皓严肃地问："看到是谁打晕了你吗？"

值班经理摇摇头。

程皓又问："现场有几个出入口？"

值班经理抬手指了一个方向："目前只开了这一个，通过后面那部升降机可以上去。"

程皓又确认了一下："只有升降机能用吗？没有别的办法可以上楼了吗？"

值班经理点点头，又摇摇头："楼梯也是好用的。"

程皓对张凡凡说："你留在楼下，守住出口。"

张凡凡点点头，程皓冷冷地对像热锅上的蚂蚁一样的刘国强说："你要是不想害死你儿子，就老实在这儿待着，听到没有？"刘国强被吓唬住了，连连点头。

程皓从腰间拔出配枪，开保险推子弹上膛，对几个民警说："走楼梯，一层一层找！"

徐徐上升的升降机里，董志看着地面上的一切逐渐变小，扯动嘴角，表情却不知道是想哭还是想笑，他看起来年过半百，两鬓斑白，历经沧桑，眼角边都是褶皱。

他看着像烂泥一样瘫在角落里傻笑的刘安，眼神阴郁，看起来心事重重。他弯下腰，在刘安身上摸索了几下，找出好几包彩色小药片，他很厌恶地把那些一股脑塞进了刘安的嘴里。上到8楼，正对着升降机门的是非常宽阔的空间，因为规划成高档购物中心，所有的窗都设计采用落地玻璃，此刻玻璃还没安装，呼啸着往里灌风。董志把刘安拖到窗边，他做完这些有点吃力，气喘吁吁的。刘安脸色发白，好像是被呛到了，董志随手捞起一瓶工人喝剩下不知道放了几天的水，给他灌下去一半，另一半直接浇在了他的头上。刘安原本在被董志带走之前就已经玩得有点大，摇头丸吃了不少，整个人都处于兴奋状态，现在更是变本加厉。

程皓带着几个警察爬楼梯，楼梯里还堆着一些没有及时清理的建筑垃圾，他们跑得有点艰难。楼下消防车和救护车都已经到位，消防员开始架设消防气垫，做一切可能有突发状况的准备。

张凡凡原本守在出入口，但是忽然听到从上方传来一阵疯狂而失常的笑声，抬头就看到有人站在窗边伸展双臂，兴奋地尖叫："星星！好多星星！"

刘国强吓得脚一软差点跌倒在地上，当即大喊："儿子！儿子你站住，危险啊儿子！"

张凡凡立刻对程皓说："刘安在8楼。"

程皓长叹一口气："感谢苍天，感谢大地，他没上22楼。"

他回忆了一下平面图，对身边的民警说："跟我来！"

程皓一口气爬上8楼，率先冲出楼梯间，大家都跑得很快，人命关天，每个人都打起了一百二十分的精神。他们听到有人在兴奋地喊叫，声音是从不远处空旷的地方传来的，循着声音跑过去，就看到刘安正兴奋踩在窗子的边缘，扑腾着手臂，傻兮兮地喊："我要飞！飞啦！飞啦！"董志冷冷地看他，仿佛是等着他再往前一步，一脚踩空，万劫不复。

程皓不敢走近，害怕惊动他，看到地上散落的药片，说："他看起来应该是服用了软性毒品，目前神志不太清醒。"

张凡凡看着消防员正在紧张地忙碌，回答："消防气垫还需要5分钟才能好。"

他朝着身后的警察做了个"暂停"的手势，董志转身看过来，盯着他们不出声。

程皓单手握枪，垂在身侧，没有回答，反问："你就是董志？"

董志冷哼一声，不说话，又去看刘安，刘安摇摇晃晃，踮着脚尖向着窗外伸手，看起来摇摇欲坠，十分危险，一个警察忍不住高喊："小心！"

刘安的脚一软，仿佛是被吓到了，径直就一个趔趄，大头朝下栽了下去！程皓当即一个箭步蹿过去，抬手拉住了刘安的胳膊！刘安半边身子挂在外面，还在嘿嘿地傻乐，眼睛直勾勾的。程皓看到楼下正撑开的消防气垫，还有旁边忙碌的人，停着的车，滨江水波里的流光倒影，在他的视线里，化作一片挥之不去的血色。

程皓被迫重重闭了闭眼，一瞬间的失神，刘安险些挣脱开他的手掉下去，他拼命在他手里挣扎，暴躁地喊着："我要飞！我要飞！"

幸好他及时睁开眼，眼底清明一片，紧紧抓住刘安往上拖，立刻有人上前帮忙，程皓满头大汗，终于把刘安给拖上来了。刘安倒在地上还不消停，又哭又笑地爬起来又要往外跳，被两个民警牢牢按在地上，然后用手铐把他铐在了一边的柱子上。

这时候董志才开口说了第一句话："这种败类人渣，你们为什么要救他？"

程皓神色凝重地看着他，义正辞严的模样："不管他曾经做过什么错事，救人，是我的职责。"

董志反问："那我女儿呢？为什么没有人救我女儿？这个畜生该死，为什么不让他就这么死了！你为什么要救他！"

程皓冷笑："谁该死，谁又不该死？你觉得自己有资格判定别人的生死吗？你所谓的公开审判，当众杀了何兴远，做的事情还不是跟他一样？他是人渣，是败类，那你呢？你又是什么？"

董志被骂了却笑了："我杀了何兴远？你们有什么证据是我杀了何兴远？"

程皓心里纠结还没找到直接证据，但表面依然理直气壮："我们可以带你回去，慢慢调查，总会找到证据的。"

董志说："好像你们并没有那么多时间慢慢调查吧？"

程皓看他的手慢慢揪住了裤子侧线，手指收紧，他立刻说："你不是说没有证据，没人能证明你杀了人？那你现在心里为什么那么紧张？你的手心出汗了吧？你在害怕什么？"

董志被他识穿，飞快地松开手："我没有害怕，没有紧张。"

程皓定神想了想，开始说："何兴远是被电死的，舞台倒塌时造成电路故障，正好他脚下就有一根电线，接头磨损，舞台倒下来的时候把他砸倒，正好摔在电线上……"

他正视董志，说得十分笃定："我们在你住的地方找到了一个工具箱，其中的工具上粘有跟电源线接头处一样的黑色胶带，你的手套上应该还有沙袋沙土的颗粒。另外，当天的活动是通过网络现场直播的，虽然几个机位来回切换，但是，所有机位都是全程录像的。"

他扬眉挑起一个笑容："在全景机位的视频录像里，不止一次拍到了你往各处移动沙袋的画面，你觉得，这些证据够吗？"张凡凡听得清楚，知道这些其实还是程皓的猜测，但他就是能一本正经地胡说八道到这种程度。

董志脸色骤变，但还是坚持撑着，说："我可以认罪，但是，你们要答应我一个条件。"

程皓说："我们有证据在手，为什么要跟你谈条件？"

董志忽然一个箭步冲向刘安，抽出一把刀架在他的脖子上，声音上扬，盯着程皓的眼睛看："现在可以跟我谈条件了吗？"

程皓把手枪的保险关上，重新装起来，双手撑开，做出一个试图和谈的姿势，问："你有什么条件，说来听听。"

董志说："我要见刘国强！现在，立刻，马上！"

程皓双手下移，试图安抚他的情绪："好的，你先不要激动，我马上让刘国强上来。你先把刀放下好吗？"

董志一愣，听出程皓话里的意思："他已经来了？"程皓点头表示了肯定。董志的嘴角上扬了一下，但很快平复，这一切都被程皓看在眼里，他注意到董志没有握刀的那只手，竟然轻快地在身侧敲了几下。他觉得很奇怪，刚刚董志分明非常紧张，可是当他听到刘国强马上会来，竟然整个人都轻松了。他到底在高兴什么？

他看到董志的眉毛不自觉上扬，但那只是一瞬间的事情，他对此感到迷茫，但他还是对张凡凡说："把刘国强带上来。"

程皓的脑海里飞快地盘算着，董志挟持刘安到滨江购物中心，但没有第一时间杀死刘安，他原本预估的那种充满仪式感的复仇并没有出现，董志看起来很想让刘安死，但是，在刘安被救之后，忽然提出要见刘国强。

就像是散落的拼图，缺少了最后一块就能复原整个画面，可是，他到底漏掉了什么呢？这时候升降机开始缓缓移动，发出沉闷的轰鸣声。应该是张凡凡把刘国强带上来了，程皓盯着董志，想要从对方身上寻找更多的破绽和线索，他擅长观察别人的微表情，这时候，正是这项技能派上用场的时候。他发觉董志正一动不动地死死盯着电梯。升降机的声响越来越大，似乎是马上就要上来了。程皓看到董志的眼角和眉毛开始慢慢下垂，他的眼神凄厉了起来。现场的民警们各自警戒，他们也盯着董志，但是更关注他手中正抵在刘安脖子上的刀。所以除了程皓，谁也没有注意到董志的另一只手慢慢往上，摸索在裤兜的某处凸起，然后，用力地按了下去！程皓不知道那是什么，但是直觉告诉他一定是很危险的事情，他如同一只矫健的狼，纵身扑向董志！

整座大楼里所有的照明灯在瞬间全部熄灭！仿佛整个世界陷入黑暗，但又在下一秒恢复光明，突如其来的光亮让所有人觉得有些刺眼。程皓几乎是在顷刻之间就卸掉了董志手中的刀，反手扭过他的手臂，牢牢将人按在地上，一手去摸董志的裤子口袋！但是就算他动作再快，已经发生的也无法改变了。就在程皓扑向董志的瞬间，升降机抵达8楼，突然的断电导致门并没有打开，而是在骤停之后，忽然爆出一阵火花光亮，然后径直朝着一楼坠落！

所有人都震惊了，也没有人反应过来到底发生了什么，巨大的响声从地下的方向传来，重物撞击地面，什么东西被烧糊了的味道，闻起来刺鼻又恶心。程皓从董志的口袋里摸出了一个很小的遥控器，他不懂这些电器的原理，但他明白，董志用这个控制了大楼的电源，制造了一次事故。升降机坠落的那一刻，他听见耳机里突然传来一声巨响，然后就变为沙沙的闷声，再也听不到张凡凡的声音。他感觉被人照着脸上重重打了两拳，头晕脑涨，就连胸口也涨得难受，呼吸困难。他终于明白过来，他从一开始就猜错了，董志的目标一直都不是刘安，而是刘国强！

程皓把董志牢牢按在地上，语调也跟着高了起来："你要杀的人是刘国强！"

董志笑得释然："没错。"

程皓深吸一口气，前因后果在脑海中终于全部被理顺，就像是摆成排的多米诺骨牌，轻轻一推，连串倒塌："你为什么那么恨刘国强？因为是他花钱收买了证人，帮他儿子脱罪？"

董志冷哼一声："还有那个警察，他偷偷把证人的电话给了刘国强，他们合起伙来找了个人顶罪，明明是刘安杀了人，他们却包庇他逍遥法外！"

程皓用手铐铐住董志，把他从地上拽起来，推给民警，飞快地喊张凡凡："张凡凡，张凡凡，你听得见吗？"

张凡凡并没有回应，耳机里一片沉默，程皓急切地对其他民警说："通知人马上开始搜救！"

董志笑得很苍凉，但也无所顾忌："就算他摔下去没死，刘国强还有心脏病，刚才的惊吓也足够要了他的命了！"

他仰头大笑："哈哈哈哈哈哈！小娜，这下好了，你可以安息了！爸爸终于帮你报仇了！"

程皓突然上前拽住董志的衣领，难以掩饰自己的愤怒："你为了报仇，就可以无视别人的性命吗？你才是人渣！是败类！是混蛋！"

董志被拽得摇摇晃晃，民警过来作势稍微拦了一下，程皓似乎是越来越愤怒，将他们一把推开，反手就是一拳，照着董志的面门砸下去！这一拳又准又狠，董志被打得踉跄后退，眼冒金星，脸上顿时就青了一大片，鼻血横流，显得狼狈不堪。

民警这次是真的上来拦他，怕他把董志打出个什么三长两短的，劝道："程队，程队你别这样！"

程皓被人拉走，还用手指点着董志："我警告你，要是张凡凡有什么事！我要你……"

这时候耳机里，张凡凡平静冷清的声音适时响起："你要怎么样？"

程皓一口气岔了，差点咬着自己舌头："张凡凡？你没事？"

张凡凡听到程皓欣喜的语气，难得露出好看的笑容，她看着身边揉着胸口瘫坐在地上的刘国强，答道："我没事，我没让他们上升降机。刚刚刘国强心脏病发，把我的耳机打掉了。"

程皓松了一口气，仿佛放下了一个巨大的包袱："谢天谢地！"然后才想起来问："刘国强没事吧？"

救护人员过来把刘国强扶上担架，他却固执地不肯走，说要等着见儿子。

张凡凡说："救得及时，已经没事了。"

程皓瞪着董志，气消了却忍不住刺激他："很遗憾地通知你，刘国强现在很好，平安无事。"

董志确实被气着了，愤怒地连青筋都爆出来，被按着胳膊依然奋力挣扎："你们为什么要救他！他该死！他该死啊！"

程皓瞪他一眼，严肃地说："他做过什么，你做过什么，我都会查清楚。"

他走过去，手掌按在董志的肩膀上，沉重地压下去，目光诚恳，郑重其事地保证："我答应你，我会帮你为董明娜讨回公道。"董志愣住了。

程皓挥了挥手："把他带走。"

升降机已经完全损坏，经过现场勘查，没有人员受伤。于是程皓他们只能走楼梯，董志中途一声不吭，刘安的药劲儿折腾过了，整个人就如同一摊烂泥，直接晕了过去。董志在楼下看见刘国强，还是愤怒地瞪着他，刘国强朝他撇了撇嘴，很不屑的样子，殷勤地去照顾刘安。

程皓走在董志后面，迎面就看到张凡凡，她还是那个平静如水的样子，但是程皓总有种失而复得的感觉，心里止不住的高兴，控制不住自己，张开双臂，扑上去用力地抱住了她。张凡凡没说话，感觉到他的双臂收紧，她默默地将他推开。

她平静地后退一步，和他拉开距离，说："我没事。"

程皓被拒绝，有点尴尬地笑了笑，也后退开半步，这时候刘国强、刘安被安置上了救护车，董志被带上警车，有个民警对程皓说："程队长，你跟着我们的车就行了。"

程皓点点头，嘱咐了一句："刘国强和刘安送进医院之后，要有专人24小时守着。"

一切都有条不紊地进行着，他们决定先去滨江派出所，立刻展开对董志的第一轮审讯。程皓依然开车，不过跟在警车后面，速度就慢了很多，也很轻松。张凡凡似乎是有些疲倦，坐在副驾驶的位置，一声不吭。

程皓心中一直有个疑问，这时候反正也闲来无事，就问："你不让人上去，是猜到升降机有问题吗？"

张凡凡说："你们上去之后，我又问了值班经理，他是在变电箱附近被人打晕的，变电箱的钥匙不见了。董志比我们早到，但是他带刘安上去的时间，其实比我们早不了多少，这其中有一段时间空当。我记得你曾经说过，董志也懂一定的电工知识，所以他很有可能趁这段时间，拿了钥匙，在变电箱上动了手脚。"

程皓欣赏地点头："你猜得没错，他应该是在变电箱上装了一个远程遥控器，可以根据他的需要随时关掉电闸。"

张凡凡又说："我问过值班经理，工地里用的是升降机，不是电梯，他们为了省钱，没有做任何防断电的保护措施，也没有备用电。相信董志就是知道了这一点，所以才设计了这个布局。"

程皓听到"布局"两个字突然眼睛一亮，反应过来了什么："这次是不是……没有白色夹竹桃标本？"

张凡凡点头："确实没有发现，董志身上有没有？"

程皓疑惑地说："如果跟何兴远一样的话，他应该提前把标本放在电梯里，但是勘查现场的时候，什么都没有发现。"

张凡凡把头发别到耳后："董志还有同伙？"

程皓摇摇头，看起来很困扰："我也不知道，但我总觉得，事情没这么简单。"

他的手指无意识地在方向盘左右绕来绕去，看起来是在思考："……希望，是我想多了。"

张凡凡疑惑地仿佛自言自语："白色夹竹桃，到底是什么意思呢？"

程皓摇摇头："但我总觉得，何兴远的死亡，意义是不同的。"

张凡凡表情柔和了一些："直觉吗？"

程皓说："董志的作案动机，源于董明娜的死，何兴远作为办案民警，把证人的电话私下透露给嫌疑人的父亲，导致证人被收买，真凶逍遥法外。之后他辞职，向各种公益基金会捐款，试图弥补自己内心的愧疚。但是，有些事情，一旦踏出那一步，无论有什么理由，做错了就是做错了，不是做多少好事、帮助多少人就能弥补的。"

张凡凡叹了口气："除非，他去自首……"

程皓又说："我记得师父曾经跟我说过，警察的心里，必须有道底线，一旦过线，就再也回不了头了，到时候只会害人害己，万劫不复。"

张凡凡问："你是不是答应了董志，要帮他重新调查金华会所的案子，给他女儿一个公道？"

程皓没有回答她，而是问："你还记得我们在警校的第一课吗？"

张凡凡点头："我记得，校长的讲话，他说，有的时候，真相和公义也会迟到……"

他们的车一路驶向远方，正月十六，圆月当空，平和宁静的夜晚，温柔如水的月光洒向繁华城市的每个角落。

程皓目视前方，夜色阑珊，却比不过他眼中灼灼如星的神采，接着她的话说下去："可每一个警察都坚信，真相和公义可以迟到，但，绝不能缺席。"

——案件1号《上元夜》完

案件
2
号

《不负》

第 5 章

审讯室里，张凡凡调亮了灯光。

董志看起来又苍老了不少，佝偻着腰背，低着头看桌面。程皓端了两杯咖啡进来，热腾腾的，带着熟悉的速溶咖啡的味道。他递了一杯给董志，另一杯移过去放张凡凡面前，她推了一下，看起来并不想要，程皓于是自己端着喝了两口，胃里终于暖融融的，有了点温度。

望海市突遇降温，一场大雪毫无征兆地悄然而至。

程皓和张凡凡等市局派来接他们的车肯定是早上，因为董志在贺州市滨江派出所的审讯室里始终一言不发，谁都拿他没辙，程皓干脆放弃了问话，直接在审讯室里陪着他坐到天亮。张凡凡原本想陪他一起守着，但后来实在熬不住，被程皓赶去沙发上眯了一会儿，醒来的时候发现身上披着程皓的外套，带着干净的洗衣液的清香，没有烟草呛人的味道。张凡凡抱着外套有片刻失神，但瞬间清醒过来，坐起来拿手机看时间。

早上五点半。

张凡凡揉了揉发酸的肩膀，把头发绑起来，发现自己的头发已经有点儿长了。市局派来的车估计 7 点才能到，她计算着时间，拿了钱包去找地方买早点。出门看到程皓在院子里跑步，他还穿着衬衫，袖子挽上去，头发塌下来，湿漉漉的，冬天的时候太阳出来得有点晚，五点半的时候天刚刚亮起来，它就像是从黑暗里跑出来的，背后还披着一层沉暗的光，像神话传说里，路西法堕天时张开的巨大黑色翅膀。

张凡凡很平静地问："我去买早点，你想吃什么？"

程皓随手蹭了一把额头上的汗，在她面前停下脚步，说："谢谢啦！随便来点儿，什么都行！"

张凡凡沉默了片刻，认真地问："雪糕行吗？"

程皓正双手叉着腰喘气，听了当即笑出声来，连声说："我错了！我错了！有包子给我来两个包子就行，要肉馅的。"

张凡凡点点头，转头出去找早点摊，程皓喊住她，说："给董志也带点。"

张凡凡说："我知道。"程皓看着她走了，用手擦了擦额头，看着一手的汗，去找地方洗脸。

张凡凡回来的时候还给他带了一杯咖啡，不知道是从哪里买的，竟然还是热的，程皓愣了一下，张凡凡淡淡补充了一句："不是速溶的。"

程皓感激地双手合十冲她摇了摇："好人啊！"

张凡凡给自己买的也是包子，小口嚼着，咽下去才问："你一直没睡？"

程皓大口咬着包子，很没吃相："没事儿，扛得住。"

张凡凡平静地喝了一口粥，说："回去路上我看着，你睡会儿。"

程皓摆摆手，大口把咖啡灌下去，烫得吐舌头："不用不用，我不困。"张凡凡瞪他一眼，不说话，继续埋头喝粥。

程皓也看不出她到底是生气了还是没生气，也猜不到她心里到底怎么想的，低头瞥了一眼她的坐姿，脚尖还是朝着自己的，他在心里松了一口气，嗯，还好，她至少没有不想跟他坐一起吃饭。

张凡凡吃得少，很快把东西都吃完，然后收拾好站起来，对程皓说："就这么定了。"

没头没尾的，程皓差点一口咖啡呛进气管里，诧异地抬头看她，眨着眼睛很无辜的样子："什么定了？"

他在心里迅速倒回到刚才他们俩的对话，这才反应过来她说的是回去路上让他休息的事儿，刚想再辩解两句，张凡凡根本没理他，已经走了。程皓心里顿时有种感觉，他就跟新生的海浪一样翻腾到不行，结果一个后浪打来，他直接让人拍到沙滩上了。明明应该觉得十分不爽，但是，不知道是不是喝了咖啡的关系，心里却是暖的。

市局的车早到了10分钟，张凡凡原本想坐到董志身边，结果程皓抢先挤了进去，占了那个位置，张凡凡瞪他一眼，程皓不知道什么时候又把那根烟拿出来在手上转，眨着大眼睛装出一无所知的模样。张凡凡面无表情地上车，坐到董志的另一边，顺便卸掉他一只手的手铐，铐在了自己的手腕上。程皓彻底傻眼，张凡凡把目光移开看窗外，懒得理他。警用面包车宽敞，3个成年人坐这个后座倒也不挤，只是都坐在一排看起来挺奇怪的，程皓没办法，只好磨蹭磨蹭挪动到门口的单座上去了。张凡凡看着他靠在座位上，只露出后脑勺上的一缕头发在那里微微地晃，终于轻轻地吐出一口气。不过程皓补眠的计划总是出岔子，他们开上高速不久，他就接到了贺州市刑警队大队长的电话，主要还是关于金华会所那个案子的，程皓话说得很客气，事情也都答应得十分爽快。

他放下电话，回头对董志说："贺州市刑警队已经开始重新对金华会所的案子进行调查取证，我答应了他们方队长，今天晚上6点前会交给他一份你的口供，这份口供到底要写什么，我希望，你仔细想清楚。"

张凡凡跟着补充了一句："你如果不肯合作的话，没有人能帮得了你，也没有人能为董明娜讨回公道。"

程皓看到董志的瞳孔放大了稍许，然后重重合上眼，双手用力揪住了裤线，整个肩膀都垮了下来。他知道，从那一刻开始，董志已经彻底向警方妥协了。

整个过程正如他们所料，金华会所案件结案之后，董志一直都对结果存疑，那位关键性证人许丽不久就离开了贺州，董志四处寻找，终于在望海市所辖的新金县找到了她，发现她竟然在当地包海搞养殖，开着名车，家里还盖起了别墅。董志找私家侦探调查了她很久，终于拿到一段她喝醉酒之后与丈夫对话的录音。原来她收了刘安的父亲刘国强一大笔钱，在警方那里更改了口供，帮刘安脱罪。后来私家侦探又找到了刘国强以前的助理，从他口中得知，刘国强曾经给过一个叫何兴远的派出所民警35万现金，帮助他的妻子方虹交手术费。可是私家侦探拿到的证据都是通过非法渠道获取，不能作为提交警方的证据。

董志在董明娜的墓前痛哭一场，他的妻子早逝，和女儿相依为命多年，却没想到白发人送黑发人。女儿死去整整三年，凶手却依然逍遥法外。他决定自己动手，为女儿报仇。

许丽是第一个。

"那天晚上下了很大的雨，我知道她经常出去应酬，喝酒之后还坚持自己开车，就偷偷去停车场撬开她的车，在她的刹车上动了手脚……"

董志戴着手铐的双手冰凉，握在纸杯上取暖，却仿佛被突然烫了一下，他连忙把手收回到了桌子底下，才觉得好了一些。张凡凡翻出从新金县公安局要来的卷宗，他们的确发现刹车有被人破坏的痕迹，推测许丽醉酒驾车并不是导致车祸的直接原因，但是在县辖区内几次排查，都没有找到可疑人员。程皓接过来翻着，现场照片拍摄得很清晰，他闭了闭眼，果然如他所料，没有白色夹竹桃标本，只是何兴远有。

程皓喝了口咖啡，梳理了自己的思路，问："舞台倒塌，何兴远死亡的时候，你就在旁边，是吗？"

董志点点头："我在演员休息区的篷房里，那里是安全区域。"

程皓翻了翻资料："你在周富那儿已经工作半年了，跟何兴远所在的保安公司也合作过好几次，你观察过他的工作习惯，知道他每到活动开始就会到舞台后面那个区域喝水休息，所以，你就利用当天人鱼表演的水箱，等舞台倒塌砸碎玻璃，把何兴远砸倒在你事先动过手脚的电线上，水箱里的水加速导电，电死了何兴远。是吗？"

董志点头："没错。我在篷房里看到何兴远不动了，他死了，我很高兴，如果不是他，刘国强就不会知道许丽是关键证人，更不会拿到她的电话，收买了她改口供！"

程皓提高了语调问："后来呢？你离开现场，去了哪儿？"

董志说："我给何兴远的妻子方虹打了个电话，我告诉她，我手里有何兴远接受贿赂的证据，要她一个人，带上一张有 5 万块钱的银行卡，到滨海路中段的路牌底下等我。"

程皓挑眉："你连她也想杀？"

董志冷笑："何兴远是为了给方虹治病才收了刘国强的钱，这么算起来，方虹也是帮凶，也该死。"程皓心底忽然涌起一股莫名的暴躁，愤怒地握起拳头，在文件夹上使劲捶了一下，忍住了没出声。

张凡凡突然用手肘推了一下程皓，说："能帮我拿杯咖啡吗？"

程皓被她打岔才稍微冷静了些，他摸了摸脸，也意识到自己的情绪有点过激了，于是站起来，顺手把自己的杯子也端出去了。

张凡凡没理会他出门，又对董志说："但是你没见到方虹。"

董志说："没错，我给她打电话的时候，看到她被车撞了。那辆车把她卷到车底去了，那么大的雨，当时我就觉得她应该活不了了。"

张凡凡从证物当中抽出白色夹竹桃的标本，推到董志面前："这是你放在何兴远尸体旁边的吗？"

董志张大嘴巴开始摇头，他的双手也不自觉地撑在桌上："不是，我没见过这个。"

张凡凡追问："你确定你离开的时候，何兴远的身边，并没有这个？"

董志坚决地摇头："没有。"

张凡凡又问："你知道这是什么花吗？"

董志看了看，摇头："茉莉？还是芍药？"

他满脸疑惑，张凡凡盯着看了一会儿，合上面前的文件夹，说："你先休息吧。"

她出门就看到程皓背抵着墙，仰头望着天花板，手里拎着个空杯子发呆。

她走过去，朝他伸手："咖啡呢？"

程皓冲她挤着五官勉强笑了笑："一会儿给你冲，行吗？"

张凡凡没回答，又问："累了？"

程皓站直了，揉揉眼睛，又撸了一把头发，让自己看起来精神点儿："没事儿，就是没睡好。"

张凡凡说："我来问，你去睡一会儿。"

程皓深吸了口气，说："不用，我能控制好情绪。"

张凡凡不再跟他僵持，只说："董志说，白色夹竹桃的标本，不是他放在何兴远身边的，我觉得他不像在说谎。"

程皓眼睛顿时亮起异样的光："我去再检查一遍董志家里找到的证物！"制作标本需要经过很复杂的过程，他现在回想起来，董志的家中并没有找到任何关于制作标本所用的工具和材料。

二组全员都在办公室，其中戴一副大黑框眼镜，穿着格子衬衫，一副宅男模样的高个子警察，头发乱得跟鸡窝差不多，他负责整理现场证物，程皓回想了一下，他应该叫方贺。方贺的本子写得很凌乱，程皓瞥了一眼发现半个字都看不懂，就跟看天书一样。然而方贺却对自己的本子非常宝贝，双手捧着本子兴致勃勃地念："我在网上查过了，制作标本，首先要对植物进行脱水干制，所以需要吸水纸，另外在制作白色标本的时候，还会把植物放进 1% ~ 4% 的亚硫酸溶液当中，然后放到日光下暴晒，直到标本漂成雪白为止。"

程皓扫了一眼桌上摊开一排的证物袋："结论是？"

方贺依依不舍地放下本子，说："亚硫酸溶液没有，吸水纸也没有。董志家里不但没看到夹竹桃的花和叶子，连花粉都没有……"

程皓说："花粉也能检测出来？"

方贺立刻就不好意思地笑了："检测不出来，就是我有花粉过敏，嘿嘿……那啥，工具箱里的工具我也检查过了，痕迹那边说，也没有发现类似植物的纤维。"

程皓手里转着自己的手机思考问题："这种标本能买到吗？"

方贺又捧着本子开始念："我去批发市场问过，他们一般只卖树叶标本、蝴蝶标本等等。学校里的植物标本大部分都是老师自己手工做的，我拿着证物的照片去了几家小学，问过自然老师，他们都说很少有人会用夹竹桃做标本，因为夹竹桃有毒，他们都会告诉学生要尽量不去接触，所以更不会带他们做标本了。"

程皓一愣："有毒？"

方贺点头："夹竹桃的叶、树皮、根、花和种子里都含有配醣体，所以毒性非常强，人或者牲畜如果误食的话，最严重的结果是会导致死亡。"

程皓皱紧了眉头："有毒的花啊。"

方贺继续说："所以我觉得这个夹竹桃的标本，应该不是买的。"

程皓用手撑着眉心，感觉有点乏力："不是董志的……那又会是谁的呢？"

此时，36小时的期限已经到了，董志也对自己的罪行供认不讳。但是，真相，现在似乎才只展露出了庞大冰山的一角。

程皓手肘撑在桌上，双手交叠，抵在额头上。他想不出来，没有任何头绪。周志东原本站在窗边接市领导的电话，刑警队卡在时间线上如期破案，新闻宣传处的消息都已经发了出去，媒体也都及时做了案情通报，上下都很满意这个结果。只有程皓在纠结，他连续熬了两个晚上没睡，眼睛里都是血丝，胡子拉碴的。

他不满地对周志东念叨："师父，不能就这么定案，董志背后一定还有一个人，那个在现场尸体旁边放夹竹桃标本的人。"

周志东知道他在担心什么，只能安慰他："现在只是案情通报，还没定案。已经过了36小时了，警方不能一点消息都不给，董志不是也已经认罪了吗，说出去也是合理的，我们也没冤枉他对不对？"

程皓扶着后颈，把僵硬的脖子扭来扭去地活动，就是觉得别扭："可是……这案子还没破啊！怎么能就说是董志一个人干的呢？"

周志东跟着忙了一天一夜，火气也跟着噌噌见长："怎么没破啊！董志都已经认罪了，你到底还纠结什么呢！"

程皓一听周志东的语调高了，声音不自觉地也被他带得高了八度："师父，真相一定不是这样的！"

他的脑海里翻涌起无数画面，舞台在风中的倒塌，水箱崩裂，何兴远的尸体，白色夹竹桃花……他越想越乱，越想越急："那花……花是有毒的！一定有别的寓意，一定有！一定有的！"

周志东看他暴躁到有点难以控制的样子，只能厉声喝止住他："程皓！"程皓抓着自己衬衫的领口拼命地往外拽，看起来就快不能呼吸了，周志东这一声倒是让他清醒了过来，触电一样地松开自己的手。

周志东走过去把手按在他的肩膀上，重重捏了一下，然后说："你也辛苦了，一会儿去食堂吃点东西，回去睡一觉，再回来处理后续吧。"

程皓把脸埋在手掌里，用力吸了一口气，有些脱力地回答："嗯。"

他是真的累了，至少，他自己清楚地感觉到了这一点。程皓去洗了把脸，想让自己看起来精神一些。肚子不饿，又或者是已经饿过了的原因，他抬手看了看表，食堂早就过了饭点，应该也剩不下什么菜了。

他看着桌上一堆七零八落的速溶咖啡袋，深深地吸了口气。他是真的真的真的，很不喜欢喝速溶咖啡啊！办公室里已经睡得东倒西歪了，只有他一个人睡不着，扭头看着窗外大雪纷飞，越来越觉得内心此刻比外面的天都要冷。

望海市冬天很少下雪，更别说是这种鹅毛大雪。外面的世界一片银装素裹，他觉得自己现在非常需要一杯咖啡来温暖自己，用咖啡豆现磨现煮的，就算不加奶和糖都行。然后他听见轻缓有节奏的脚步声，这脚步声听起来格外熟悉，程皓抬起头，看到夏寒站在门口，维持着一个要敲门的姿势。门开着，他原本习惯性地想要敲门，但是发现屋里睡倒了一片且睡得毫无形象，于是及时收住了动作。

他和程皓的目光对视，只一瞬间，程皓跟一只活泼的金毛那样从凳子上跳起来，直扑向夏寒，一手揽上他的腰就把人给推出去了。

夏寒莫名其妙但习以为常，非常平静地推开他的手："又干吗啊！"

程皓反问："不是你来找我吗？"

夏寒敲敲他的肩膀："谁找你啊！我是来找方贺的。"

程皓不满："你找他干吗！"

夏寒说："他上次让我给他推荐几本心理学入门的书，我给他列了个单子。"

程皓勾着夏寒的肩膀，一本正经地问："你那儿有咖啡吗？"

夏寒盯着他的眼睛看了一下，问："你几天没睡了？"

程皓不以为然地挥手："哎，没事儿，没事儿，小意思啦！"

夏寒把他搭在自己肩膀上的手拽下来，然后说："你等我一下！"

他把给方贺的单子对折，然后放到睡到流口水的小警察的桌子上，这才蹑手蹑脚地出去了。他朝着程皓勾勾手，后者立刻心领神会地跟上。

夏寒的心理辅导室程皓是第一次来，五楼东南角的一间独立办公室，比起楼下那些大开间有棱有角的办公室，这里的装潢显然是非常有针对性的，温暖和煦，色彩鲜明丰富。程皓歪倒在沙发上，靠着柔软的抱枕舒服地喘气，房间里有甜可可的味道，夏寒在烧水，他开始想象一杯热气腾腾的咖啡，兴奋地感觉到全身上下每一个细胞都在快乐地冒泡泡。然后，夏寒把一杯还在冒热气的牛奶放在了他面前。程皓觉得这就是一个晴天霹雳，他差点当场闪了下巴。

夏寒在他面前坐下来，白色的骨瓷杯子里装着热水，他几乎不喝饮料，偶尔碰一碰咖啡和茶，喝得最多的还是水。

程皓开始故作姿态地干嚎："为什么是牛奶！"

"你现在不需要提神。"

夏寒点了点他的眼睛，解释他这么做的原因，理由十分合理。

程皓欲哭无泪，刚想开口说点什么，夏寒扫了他一眼，说："咖啡因也是毒品的一种，大剂量或者长期使用会导致心律失常并容易诱发消化类肠道溃疡，正常生活每天摄入的咖啡因总量应该控制在 50 ~ 200 毫克以内，超过这个计量，就容易引发不良反应。"

程皓顿时觉得自己无比冤枉："我不就是想喝杯咖啡吗？"

夏寒站起来，又找出几包提子饼干扔给他，居高临下地站在那儿问："喝不喝？"

程皓摇摇头："不喝，坚决不喝。"

夏寒抽过桌上的文件夹，又拿了一支笔，说："那我们来做心理评估吧！"

程皓飞快地撕开饼干的包装袋，又灌了一大口牛奶，差点把自己给烫着，吐着舌头散热气："味道还不错。"

牛奶的温热似乎是唤起了他的胃口，饼干的味道此刻也好像香甜无比。程皓吃得狼吞虎咽，很快牛奶就见了底，他摸摸肚子，脸上的表情柔和了许多，没喝到咖啡，感觉其实也不错。

夏寒放下文件夹和笔，又找出一条毯子扔到他脸上："一小时之后我叫你。"

程皓顺势就着沙发躺倒，把薄毯抖开盖在身上，舒服地打了个呵欠，闭上了眼睛。夏寒随手把桌上的沙漏倒过来，黑色的细沙簌簌落下，发出细微的沙沙声。他从电脑里找了一首贝多芬的《月光奏鸣曲》外放，这种温柔舒缓的旋律最适合助眠，窗外飘着大雪，房间里依然温暖如春，优美动人的音乐声仿佛轻柔的月光一般，拂过他们的心。书架上摆满了书，各种各样，心理学、法学，还有艺术、小说和历史，多种多样，夏寒专注地盯着那些书看了一会儿，从中抽出一本。窗边的躺椅原本是为来做心理辅导的警察准备的，柔软舒服，夏寒自己也很喜欢。他从来没当程皓是外人，所以就直接坐在躺椅上，小桌上摆一杯温热的水，指节划过薄薄的纸页，动作优雅地翻动。

翻了两页，程皓不知道什么时候睁开眼看他，笑嘻嘻地说："我记得以前通宵写论文的时候，也是这样。我补眠，你给我当闹钟。"

夏寒没抬头，说："废话真多。"

程皓重新又闭上眼，往上扯了扯毯子，挪了个姿势。

夏寒看书看得很快，很快翻过一页，然后听到程皓又说："你给方贺推荐了什么书？尼采、叔本华还是弗洛伊德？"

夏寒猛地合上书，抬头看他，问："你有心事？"

程皓看起来笑得很欢畅："开玩笑，怎么可能？"

夏寒遥遥看着他，说："人正常的笑容会牵动颧肌，牵动嘴角呈现弯曲弧度，压缩下眼睑。你现在嘴角平伸，眼睑没有褶皱，说白了就是笑得很假你知道吗？"

程皓被识破也不罢休，努力想要狡辩一下："没有啊，哪有？我笑得多真诚。"

夏寒抬手点点他，一脸早就看穿了他的表情："你一有心事，话就特别多。"

他恢复了严肃，问："说吧，到底怎么回事。"

程皓笑容懒散又不正经："哎，你这儿有安眠药吗？"

夏寒挑眉反问："需要我把服用镇定性药物的副作用给你讲一遍吗？"

程皓连忙摆摆手："哎哟，您可别，饶了我吧夏老师！"

夏寒似乎是明白了点儿什么，接着问："你失眠多久了？"

程皓叹了口气，随手撸着自己的头发嘀咕："两天，其实也不算两天吧！我昨天在飞机上还睡了一会儿。后来是一直忙，唉，不知道是不是咖啡喝得太多了……"

夏寒顿时来了兴趣，书搁到一边，他站起来走到程皓旁边坐下，半开玩笑地说："我刚学会催眠，你要不要试试？"

程皓被他那个似笑非笑的表情看得当场一激灵，动作敏捷，跟只受了惊吓的耗子一样，他抱着毯子缩进沙发一角："我可不当小白鼠！"

夏寒无奈地笑着看他："反应挺快，应该没什么问题。睡不着可能是因为大脑太过兴奋了，暂时不用吃安眠药，你自己注意放松，别纠结，适当运动一下，估计到了晚上就好了。"

程皓歪着头无力地靠在沙发上叹气："不纠结才有鬼了！这案子，哪哪儿都不对啊！"

夏寒站起来四处找了找，从咖啡机后面摸出个糖果罐子，从里面拿出2块水果糖扔给他，问："不是已经抓到嫌疑犯了吗？我看微博上都出案情通报了。"

程皓兴致勃勃地拆了糖纸，两块糖吃得专心致志："凶手是抓到了，可是……唉，反正我就问你一句，你信不信我？"他说着冲夏寒扬了扬下巴。

夏寒非常郑重地把一块糖放进嘴里，罐子收好，这才反问："信你什么？那见了鬼一样灵验的直觉吗？"

程皓抿着糖，水蜜桃的味道清爽甜蜜，让他感觉到心情愉悦，他神秘兮兮地说："你知道吗，夹竹桃原来是有毒的。"

夏寒摇着头站起来，走到电脑桌前去翻了翻，从文件夹里抽出一张纸，递给程皓，上面是打印得整整齐齐的一张介绍。

夏寒坐回躺椅上，复述着上面的大致内容："夹竹桃，常绿直立大灌木，高可达5米，枝条灰绿色，花冠深红色或粉红色，白色为人工繁育品种，中国各省区有栽培，尤以中国南方为多。叶、树皮、根、花、种子均含有多种配醣体，毒性极强，人、畜误食能致死。叶、茎、皮可提制强心剂，但有毒，用时需慎重。"

程皓鼓着腮帮子，把纸页抖得哗啦哗啦直响："原来你已经知道了啊！"

夏寒说:"'百度百科'上写的,我不说了吗,关于你的疑问,也是我的疑问,我不确定答案,所以什么都不能回答你。"

程皓一激动把毯子给扔地上了:"现在也不行?"

夏寒摇摇头:"不行。"

程皓大步走到他面前:"我有种直觉,在尸体旁边留下这个标本的人,一定是想告诉我们一些特殊的意义。可是,他为什么选了这种有毒的花呢?"

夏寒听到这里轻轻叹了口气:"原来标本,不是凶手留下的。"

程皓一愣,摊手:"我什么都没说。"

夏寒耸肩:"哦,我什么都没听见。"

两人相视一笑,有些事情彼此心知肚明就好。未彻底侦破的案件理论上都需要遵守内部保密守则,只是夏寒实在是太敏感,程皓顺嘴一说就能猜个八九不离十。

夏寒想了想,还是跟着补充了一句:"如果嫌疑人没有说谎,那么,案情就要回到最开始,你说得对,为什么是夹竹桃,这是个关键。"

程皓揉着太阳穴:"麻烦,真麻烦!"

夏寒温柔地笑:"好久没听你说这句话了。"

程皓站起来用力伸了个懒腰:"当警察本来就麻烦,还是你聪明,没选当警察。"

夏寒实在是懒得在这个问题上跟他纠结,扭头看向窗外,看到窗外的景象,嘴角勾起温柔的笑:"雪停了。"

窗外的雪终于停了,出了太阳,阳光灿烂但温度却是冷的,到处一片银装素裹。夏寒忍不住把窗打开了,楼下院子里有人在扫雪,混合着笑声悠悠荡荡地飘上来,听起来热闹又诱人。程皓探头往下看了一眼,被满地雪光晃了一下眼睛,他定了定神,收回目光重新站稳。

空气清新,有湿润的雪的清香,他顿时来了兴趣,套上外套,兴奋地说:"我下去凑个热闹,你要不要一起?"

夏寒后退一步,双手捧着装满热水的杯子摇摇头:"太冷了,不去。"

程皓从口袋里翻出双手套扔进他怀里:"走吧,冻一冻,清醒一下,有利于思考。"夏寒虽然还是一脸的不情愿,但还是把杯子放下了,于是程皓上手直接把他推出门去。

下过雪之后确实很冷，这场突如其来的降温让人猝不及防，不过由于望海市实在是很少下雪，尤其是还下了这么厚，以往办公室里一个个黑着脸严肃工作办案的人，这会儿都变成了 3 岁小孩，笑声此起彼伏，跟进了幼儿园似的。尤其是刑警队二组那几个刚刚还睡得东倒西歪的，现在全都跑出来撒欢了。也可能是因为已经抓到嫌疑人的关系，大伙儿心情都很好，吵吵闹闹地一起扫雪，没扫几下就挥舞着扫帚打来打去，掀起雪花飞扬。张凡凡是唯一一个认真扫雪的人，她自带冰山气场，基本上往那儿一站，没人敢来找她麻烦，连打闹都是绕着她走的。

周晴向来对做好事很积极，扫雪当然少不了她，不过闹事儿她也最积极，一会儿朝着这个扔一捧雪，一会儿捏个雪球扔到那个人的脖领子里，然后自己站在原地，开心地都快笑疯了。当然这种身体力行作死的后果就是，没过多久，大伙儿就统一阵线，开始集体追打她一个。周晴体能不行，被围追堵截了半天，跑得气喘吁吁。她从张凡凡身边钻过去，躲过一个迎面砸过来的雪球，得意地回头做了个鬼脸。结果她脸上得意的笑还没消散，又有两三个雪球从不同的地方朝她飞了过来！周晴眼看着自己四面楚歌，无路可逃，只能转身，三步并作两步，飞快地往台阶上跳！下过雪的大理石台阶格外滑，周晴一脚没踩稳当，直接就着脸着地的劲头就往前扑倒！周晴一边往前摔，心里简直欲哭无泪，下意识地脑海里空白一片，只能闭紧了眼睛，双臂努力往前撑，想要保护自己摔得不那么狠。

但是，她伸出去的手并没有触碰到冰冷的地面，而是感觉到柔软微凉的触感，一双戴着黑色手套的手悄无声息地接住了她，她跌在他的臂弯里，迎面而来的，是混合着咖啡与牛奶的气息，香甜醇厚，令人心安。周晴小心翼翼地睁开眼，抬起头，此刻从天空洒下来的阳光，将他的身形描绘出温柔轮廓，那双眼正关切地望着她，眼底落满了焕然星辉，太过明亮，让她不敢直视。她如同受了惊吓的小麻雀，连忙从他怀里跳出来，规规矩矩地站在一边，羞涩地捏着衣角。

他往上推了推金丝边框眼镜，嘴角浮现出笑容，如同开启久封的酒，醇香在每个眼波荡漾的梦里。他的目光同笑容一起拂过她心上，却将温柔内敛，只剩初见一般的平静问候："没事吧？"周晴飞快地呼着气，明明是大冷天，可她还是感觉脸颊需要急速降温。

程皓从旁边懒洋洋地晃悠过来，开口插话说："走路小心一点嘛！小不点儿！"

周晴皱着鼻子狠狠瞪他："不要叫我小不点儿啦！哼！再喊就翻脸信不信！"

程皓抬手比划着他和她之间的身高差，贱兮兮地用嘴型喊着："小不点儿，小不点儿。"

周晴气得直跳脚，但是又不敢真的打他，夏寒这时候单手撑在程皓的肩上推了他一把，半笑半嗔地说："欺负新人，显得你很有本事是吧？"

程皓被他说得完全没脾气："好啦好啦，我不逗她了还不行嘛！"

夏寒转过头看周晴，脸上的笑容得体又优雅："他这个人，一贯都喜欢胡说八道，你别介意。"

周晴哪里还顾得上跟程皓生气，用星星眼看面前的人，话都说不顺溜了："没事，没事，刚刚，谢谢你啊！"

程皓被彻底无视，干脆跳下台阶，晃荡到围观的人群里去，提高了语调，似乎故意说给谁听一样："唉，重色轻友啊！"

夏寒瞪他一眼，只是对周晴笑道："不客气。"

周晴鼓起勇气朝他伸手，自我介绍："我是信息科的周晴，你好！很高兴认识你！"

夏寒慢条斯理地摘下手套，礼貌地伸出手，与她轻轻握了一下："你好，我是夏寒。"

很久之后，当夏寒再次回忆起这次相遇，他忽然想念她被冻红的脸上泛起的羞涩笑容，还有在她背后，阳光照在雪地上，折射出这个世界上，他所看到的，最美丽的一道光。那一瞬间，曾经照亮他的生命。但是那时候，他们都没有留意如此转瞬即逝的珍贵。

程皓摇着头继续感慨某人"重色轻友"，张凡凡拎着扫帚从他身边冷漠地经过，顺路丢下一句："谁是色？谁是友？"

夏寒目光撇过来，抿着嘴角笑："狐朋狗友，不要也罢。"

大家都憋着笑不敢出声，程皓抬手点点夏寒，皱起鼻子做了个万分嫌弃的表情。他原本还想说点什么的，但是被突然而来的一通电话给打断了。

　　大家嘻嘻哈哈地继续打闹，但是程皓背过身接电话，听着听着，神色却越发严肃起来："是，是，我知道了，我马上去。"

　　阳光灿烂，可气温仿佛瞬间降至冰点。程皓一言不发，沉默地快步转身，跑上台阶，匆匆穿过市局的大门，只留给所有人一个严肃的背影。

　　周晴眨巴着眼睛看夏寒："他怎么了？"

　　夏寒摇头："不知道，可能是有什么急事吧。"

　　程皓走得很快，他直接去了后楼的禁毒大队，迎面副队长老侯已经等在那里了，支队长带人去了外地协助办案还没回来，所以队里现在都是老侯在帮着管，老侯见他快步迎上来，十分亲切地问候说："程队。"

　　他看起来也十分疲惫，胡子拉碴，头发乱糟糟的，程皓当然也好不到哪儿去，两个人握了握手，程皓跟着他沿着长长的走廊，一边肩并肩往里走，一边说："周局已经给我打过电话了，让我尽量配合你，现在需要我做什么？"

　　老侯说："有人想见你，就是那天你亲手抓到的那个毒贩，叫阿华的。"

　　程皓一愣："什么？阿华？谁啊？啊，我想起来了……"

　　老侯解释说："审了两天了，他一开始什么都不肯说，刚刚才松了口，但也没说别的，就说要见你。"

　　程皓懵了："什么情况？这话我怎么听着不太对啊。"

　　老侯摇摇头："我也不知道他到底什么意思，不过，他的口供很重要，清迈那边据说贩毒集团的变动很大，我们需要他提供更多的具体信息，也许他愿意见你，说不定事情会有转机。"

　　两个人走着走着就到了审讯室门口，老侯正要推门，程皓突然抬手拦住他，说："等一下。"

　　老侯不解，程皓指了指隔壁的房间，说："给我5分钟。"

　　审讯室隔壁一般都是单向玻璃，从外面能看到审讯室里的情况，录像和监听设备也都安排在这里。老侯虽然不知道程皓想干什么，但还是点了点头，毕竟他们已经熬了两天了，如果再不问出点什么，也确实是很憋屈的。假如程皓能打破这个僵局，他想干什么，也都随他去好了。

程皓在大幅玻璃前站定，双手抱在胸前，用审视的目光望着玻璃那一端的阿华。他只是看着，一言不发，空气沉闷安静，连呼吸的声音仿佛都听得格外清楚。中年男人，如同他第一次见的时候一样，气场很沉，看得出是久经历练的，不像个穷凶极恶的毒贩。他看起来很平静，至少他脸上没什么多余的表情，看不出他内心所想。

程皓问："他这两天一直都这样吗？"

老侯点点头："是，给饭给水都照常吃喝，就是问什么都不说。"

程皓拿起一边的笔录，上面一片空白，他微微一笑："脾气挺硬。"

老侯颇有感慨："确实是个硬骨头，他硬扛着，我们真是拿他没辙。"

程皓稍稍眯起眼，目光转回阿华身上，落定，然后从上到下扫了两圈。老侯不解地跟着看去，程皓在这方面向来表现得神叨叨的，目光阴晴不定，但却又泾渭分明，似乎一切都在他的掌控之中。

他真的就那么一动不动地盯着阿华看了 5 分钟，然后捡起桌上的一支圆珠笔，在指尖上转了一圈，往本子上一扣，清脆的"啪"一声，跟着嘴角勾起一抹胸有成竹的笑："我看他还能硬多久！"

老侯小心地问："程队，你，有把握吗？"

程皓咧着嘴笑出一排白牙，点了点自己的太阳穴："你放心吧，我会读心术，所以，我知道他心里在想什么。"

老侯还是不太放心："要不要我找个人陪你一起进去？"

程皓轻松地摇手拒绝，笑着说："人就不用了，要是有咖啡，麻烦给我来一杯。"

老侯迭声说："有！有！"

程皓果断地推门走进审讯室，目光放低，正巧阿华听见动静看过来，两人对视了一眼，阿华悠悠地笑着说："你终于来了。"

这话里程皓听出些许不同寻常的意味，他却不戳破，只是随手把本子往阿华面前一扔，也不坐下，而是找了个在阿华视线斜对面的一面墙，直接懒洋洋地靠上去，跟没骨头的水母一样。老侯在单向玻璃的另一端继续监听，他们的对话清楚地传到他的耳朵里，画面也同时被审讯室里的摄像机记录下来。

程皓开始靠在那儿自顾自地转笔玩，似乎并不是来问话的。

阿华见他不出声，于是自己先开口打破瓶颈："你不想知道我为什么提出想见你吗？"

程皓连头都不抬："不想。"

阿华冷哼一声，脸上终于开始有了表情："那你为什么还要来？"

程皓笑嘻嘻地把笔攥在手心里，抬头的瞬间目光已经变得无比犀利："人嘛，总是会有点口是心非的。嘴上说不，但是身体却很诚实。"

他的目光让阿华心中一凉，如同锋利至极的手术刀，瞬间将他剥皮拆骨头，直达心底。阿华垂在桌子底下的手交错着攥紧了一下，才又缓缓张开。

程皓清楚地注意到了他的这个动作，扬起下巴笑了："看来，你有心事。"阿华的表情已经恢复之前的镇定，抬头看他，目光平静，似乎在用无声表示程皓的推测是错的。

程皓走到他面前，随意地往桌角一坐，也不管他愿不愿意听，自顾自地说起话来："我在九山区派出所待过一段时间，我记得有一天，有一对夫妻来报案，是我做的笔录。妻子说，她下班回家的时候，发现家里抽屉被撬开，里面的钱被偷了。她在说话的时候，我看到她丈夫的手，慢慢地从桌面上移动到了桌子底下，呐，就像你现在这样。"他抬手指了指，阿华仿佛一下子慌张了起来，戴着手铐的双手重新放上桌面，不自然地交握着。

程皓笑着又说："后来我把他们夫妻俩分开单独问了一下话，让他们把事情倒过来说，你猜猜，谁偷了抽屉里的钱？"

阿华似乎懂了些什么，肩膀瞬间垮下来："丈夫。"

程皓点头："你知道是什么让我起了怀疑吗？"

阿华苦笑："是手。"他的语气已经不如之前那么从容，气势上率先就输了一半。

程皓双手撑在一起，居高临下般地笑着看他："把双手藏起来，这种远离动作是典型的心理逃跑反应线索。你有非常愧疚，不想面对的人或者事情，对吗？"

阿华仰起头看他，说："我可以把你们想知道的都告诉你，但是我有一个条件。"

程皓竖起一根手指摇了摇："很抱歉，我这儿不接受讨价还价。"

阿华说："你放心，我不是为自己求情，干我们这行，被抓到了就注定是个死，我早就看开了。"程皓飞快地回忆着阿华的资料，明明是单身，能让他产生愧疚和逃避情绪的人，又会是谁呢？

阿华很快解答了他的疑惑："我有个妹妹，现在还在读大学，我们的父母死得早，她，是我在这个世界上唯一的亲人。"

他垂下头，双手不自觉地垂下去，放在自己的腿上："你们能不能不要告诉她关于我的事，我死了之后，也不要通知她，就当她，从来没有过我这个哥哥吧！"

程皓眼中不经意流露出一丝悲伤，但只是一瞬间就收敛干净："早知如此，何必当初。"

阿华笑得很无奈："一开始，我只想赚钱供她念书，给她存够嫁妆，好让她风风光光地出嫁。但是，谁会嫌钱多呢？尤其是当你习惯了这种生活之后……"

程皓反问："这样的要求，你为什么不直接跟侯队长说？"

阿华瞟了一眼门口，外面空无一人，他这才稍稍放松下来："因为，我不相信他们。"

程皓笑了："你相信我？"

阿华点头，他盯着程皓，一字一顿地说："没错，我只信你。"

程皓歪头看他："看来你对我这个人有点误解啊！我跟你说，我可向来都不是那么靠谱的。"

阿华摇摇头："不，你不会。"

程皓挑眉："何以见得？说个理由来听听，如果我觉得有道理，我就答应你。"

他转头看向开着的摄像机，想象着老侯在对面急得坐立不安的样子。事实证明他是对的，老侯确实快要坐不住了，就算他是个老实人的脾气，但也受不了程皓那个一句话说一半留一半的调调，阿华的条件在他看来是完全可以答应的，他实在搞不懂，到底程皓为什么非要一门心思地弄明白阿华的目的和用意。然而程皓才不管他着不着急，他朝着摄像机镜头斜斜挑了个嘴角，扬起一个得意的笑，就听到阿华漠然地说："我劝你还是不要听这个理由。"

程皓皱眉，转身一步步走到他面前，俯身双手撑在他面前的桌上："哦？"

阿华毫不畏惧地看着他，程皓长着一张英气十足的脸，眉目轮廓分明，凝眉则厉，气势冷若深冬寒月，但他笑时却又如同阳光般灿烂迷人，一体两面，让人捉摸不定。

他问："你确定要知道？"

程皓点头，身子再前倾稍许："我确定。"

阿华清楚地知道摄像机镜头的位置所在，程皓此刻所站的位置看似随意，其实却恰好挡住了镜头，虽然审讯室的四个角落也都安装有摄像监控，但是，它们离得不够近。阿华偏头稍许，缓慢地用唇语轻轻勾勒了两个字出来。程皓看懂他的口型，撑在桌上的手骤然收紧了一下，只是瞪着他，却没有开口说话。他毕竟还是沉得住气，虽然心中波涛汹涌，但表情依然控制得非常好，在老侯看来，他仍然是那副懒洋洋却又将一切掌控在自己手中的样子。

但阿华清楚地看到了那一刻他手上的动作，深知自己猜得不错，又说："我愿意以我妹妹的名义起誓，这件事我不会再告诉任何人。"

程皓叹了口气，随手往录像机的方向一指："你现在这么说，跟告诉他们又有什么区别？"

阿华笑着摇头："不，这不一样。"

程皓扁着嘴做出一个不耐烦甩手的姿势："行了行了，我答应你了，你说吧，你还知道什么？"

阿华的目光迅速沉下去，语气深邃，带着几分诡异的畏惧："宋濂，我的上家，是宋濂。"

在那一刻，程皓和老侯的脸色，同时变得十分难看。

第6章

办公室里，周志东在用他的大茶杯喝水，咕咚咕咚喝得很急。老侯向他汇报完案情，神色凝重地站在一边。

周志东喝完水，放下他的大茶杯，冷笑一声："我以为是谁，原来是宋濂。"

老侯说："根据顾向华交代，宋濂这次从加拿大回到清迈，主要是为了接手三年前康泰在金三角留下的生意。"

周志东敲了敲桌子，用劲儿倒是不大："当初是为了先抓康泰，才让他找到机会跑了，这回只要他敢把生意打到国内来，我绝对不会放过他！"

老侯笑道："您和宋濂，也算是老对手了。"

周志东说："杀鸡儆猴也好，敲山震虎也好，总之，决不能让宋濂舒舒服服地接了康泰的生意！"

老侯点头："明白。"

周志东的神情越发严肃："宋濂行事狠毒，不在康泰之下，我们决不能给他机会，让他再次打通望海市的毒品线。"

老侯立正站立，朝着周志东敬了个礼："是！"

正事说完了，周志东以为他会走，但是老侯却还是站在那里，欲言又止："周局，有句话，我不知道该不该说。"

周志东浅笑："不知道啊，那就别说了。"

老侯被怼了个正着，闹个大红脸："周局，您就别开玩笑了！"

周志东说："磨磨蹭蹭的，不像你啊！你不从来都是有话直说吗？"

老侯慢吞吞地说："是关于程队长的。"

周志东见他话说一半十分为难的样子，问："程皓？他怎么了？"

老侯心里打鼓，他知道周志东是程皓的师父，而且关系亲近。然而，就算这样，他还是觉得，一切应该以案件为先："程队长他，跟顾向华……"

周志东瞪了他一眼："到底怎么回事？"

老侯其实也有点觉得不好说，但是无奈心中疑问很大："我们之前审了两天，顾向华什么都不肯说，完全不配合，但又突然提出要见程皓，见了他之后，就什么都招了。当时，就他们两个人，单独在审讯室里……"

周志东打断他的话："老侯啊，我记得当时，可是你先找程皓去帮忙的。"

老侯一愣："不是，我不是那个意思。"

周志东笑呵呵："行了，我知道你这个人谨慎，宋濂的事情，我会立刻上报给省厅，至于程皓嘛……他是我的徒弟，你就算不信他，总不能连老头子我的眼光都信不过了吧？"

老侯连忙摇手："周局您可千万别这么说。"

周志东坚决地把茶杯攥在手里，一字一顿十分笃定地说："我向你保证，程皓绝对不会有问题。"他说得非常坚决，搞得老侯都不好意思再继续往下说了。

窗外的天渐渐暗下来，经历过一场大雪的城市，渐渐又恢复了往日那般柔和又浪漫的模样。程皓歪在办公室的沙发上，没脱鞋，盘腿坐着，看起来一点形象都没有，但他自己觉得舒服惬意，他手里抱着笔记本电脑，半眯着眼睛反反复复地看，那是董志的口供，他直接发了封邮件到贺州市刑警大队，方便他们重新调查这个案子。

办公室里的人大部分都走了，折腾了两天，案子总算有了一个结果，程皓留下写案件的报告，他心里很清楚这件事其实没完，至少尸体旁边标本的意义还没有弄清楚，假如董志没有说谎，连他都不知道那个人是谁，那这到底意味着什么？案发现场的特殊标记，代表着某种不寻常的目的，他想起曾经看过的类似的案例，有好几个都不是单一的案件，而是连环……不不不，程皓脑袋里忽然冒出这个大胆的想法，连他自己都被吓了一跳，他连忙摇摇头，电脑仍在沙发上，不能再想下去了！他忽然没来由地觉得疲惫，深入骨髓，好像每一寸骨头都往外冒着酸劲儿。累，但是睡不着，更不想合上眼睛，程皓随便抓过来谁扔在沙发上的薯片，塞在嘴里嚼着。

时间过得仿佛缓慢凝重，但是又飞快到一眼万年。程皓不知道自己是什么时候倒在沙发上晕过去的，又或者说，他并没有失去全部知觉，他还能感觉到自己在这个办公室里，躺在沙发上，但是，他却动不了。他看到天渐渐黑下来，夕阳落下，整个城市染上流光华彩，黑暗覆盖天空与大地，他听见女人声嘶力竭的哭喊，穿透整个黑夜，声音尖锐，刺得他头痛。老旧的居民区里空无一人，红砖脱落墙体，在地上碎成一堆粉末。黑夜里的灯光穿透窗子，在地上洒落斑驳的光影。从不高的居民楼上，忽然摔下一个如同破布娃娃一样的人，重重地砸落在地上。鲜血迅速涌出，沿着倾斜的陡坡迅速汇聚，最终积成一个小小的血泊。程皓依旧像从前那样，踮着脚走近，然后毫无悬念地在那团血泊之中，看到了自己的脸。

深夜时分，程皓从梦魇中惊醒，满身冷汗。他从沙发上乱糟糟的东西底下摸出一个在不停振动的手机，上面 110 三个数字清晰而触目惊心。程皓听完简短的电话神色凝重，抬手看表，晚间 22 点 43 分。他记下时间，然后用最快的动作跳下沙发，套上外套，直奔夜色深处匆匆而去。

两辆警车在 5 分钟后尖叫着冲出市局的大门口，伴随着一路红蓝相间刺眼的警灯光亮，驶向望海市云泉小区。原本静谧的普通居民区，寂静如水的深夜却被急促的警笛声打破平静，附近熟睡的人们被吵醒，穿着睡衣披着厚外套，睡眼惺忪地站在门口围观。现场已经有派出所民警拉起警戒线，整栋楼的居民都被疏散了出来，在警戒线外面等候。

警车停稳，程皓率先进入现场，他身后跟着方贺，因为他恰好就住在警局后面的宿舍楼，就近被程皓从床上给抓起来，呵欠连天就带到现场来了。张凡凡很快从家里赶来，跟他们几乎差不多时间抵达，穿着很厚的运动外套，戴着一副棕色镜框的眼镜，头发绑起来显得十分干练。现场负责的是云泉小区所属的辖区派出所，来的是两个片儿警，向他们介绍情况。

"出事的是云泉小区 13 号楼 501 的业主，名叫陆明，报警的是他的邻居，他们在 22 点 23 分报警，说闻到有煤气的味道，怀疑煤气泄漏，但找不到源头。110 指挥中心就近通知我们出警，我们在 22 点 38 分赶到现场，疏散这栋楼的居民，查到泄漏源头可能在 501。因为几次敲门都无人应答，我们直接开锁入户，结果发现人已经死了。"

程皓一边听着，一边环视了一下四周的情况。屋子是三室一厅，卧室和厨厕的门都紧闭着，把客厅单独圈成了一个独立的密封空间。客厅里面只有一扇窗户，此时开着，程皓问道："窗户是一直都开着吗？"

"不是。"片儿警说道，"本来是关着的，可是因为煤气泄漏，所以我们来的时候才给打开的。"程皓点了点头。

法医拎着勘察箱从门口挤进来："借，借过！"

死者的尸体就面朝下倒在沙发上。法医戴上手套，两只手小心翼翼地把死者的头给抬了起来。法医中心每天设有门诊，这次来的法医程皓没见过，也不知道是个什么脾气的，不敢贸然凑过去，就交代方贺盯着现场，自己走了出去。

老式居民区的走廊是半露天的，6 户共用一个走廊，上下楼的楼梯都在外面，夜风吹到脸上，感觉凉飕飕的，温度显然还没回升。外立面都是砖墙，刷着一层灰，因为久经雨打风吹，所以颜色陈旧，还有些地方墙皮脱落，凹凸不平。走廊倒是不长，程皓从这一边走到那一边，然后再走回来，也不知道自己逛到了哪里，目光陡然顿了顿，外面灯光暗，他摸索出手电，慢慢移动照过去。501 正好是最靠边的，厨房的窗子正对沿街，程皓在窗子底下凸起的砖墙上，看到一个半截的鞋印。

他盯着看了半天，手电的光斑几乎是一寸寸移动，把那个鞋印看得仔仔细细，终于朝着房间里面喊道："方贺！这里有个鞋印！"

方贺听到动静，抱着相机火急火燎地跑出来，程皓气定神闲地抬手一指，后者立刻小心谨慎地开始现场拍照。程皓站在一边看，双手背在身后，他终于给自己找到一点成就感，心情也没那么憋屈了。

张凡凡这时候问完话上来了，停在他身边，把问到的案情简略报告给他："报警的人是 503 的租客，一对小夫妻，晚上正好出去吃饭看电影回来，觉得楼道里味道不太对，就敲了隔壁几家的门问情况，大家都没找到到底是哪里煤气泄漏。后来味道越来越大，他们就报了警。"

程皓停下来想了想，然后往前走，直接趴在墙边，双手撑着往下看去。楼下停满了车，横七竖八的很没规矩，正对着楼的是一道高墙，隔壁是另一个小区。

程皓朝张凡凡勾勾手，说："陪我下去看看。"张凡凡也不问原因，双手揣在兜里，跟着他就下去了。

云泉小区是老式小区，没有物业，更别说保安和监控了。外面的几个路口倒是装有治安监控，张凡凡在程皓找到第一个摄像头的时候就猜到他要干什么，他在找能用的监控。正对着的这栋楼并没有监控，只有不远处一个摄像头的角度能拍到进单元门的人，至于另外高墙的那一边就更别说监控了，连个铁丝网都没有，估计一个成年人随随便便都能翻墙进来。

程皓站在楼下抬头往上看，他找到的那个鞋印正好在窗台边缘，他摸着下巴推测："看来是爬进去的。"

张凡凡心里计算了一下高度，说："徒手爬上 5 楼很难。"

程皓皱眉，有自己的想法："我可以。"

张凡凡认同他的观点："那么，凶手很有可能是个成年男性，身材健硕，至少，要有徒手攀爬 5 楼的能力。"

程皓摇摇手，说："不一定是 5 楼。"

张凡凡疑惑："为什么？"

程皓笑嘻嘻地问："这雪下了多长时间了？"

他可能是累了的关系，声音有点低哑，莫名磁性，像是在指尖滑落的一把白色的沙，细碎却有温柔的触感。

"从下午开始的。"张凡凡想了想，说道，"有八九个小时了吧。"

程皓又问："所以呢？"

张凡凡面无表情地瞪他一眼，转身快步往楼上走去，根本不理会他是不是跟上来了。他直愣愣地站在楼下，抬头看着张凡凡的身影在楼梯上闪过，一会儿出现，一会儿又被黑暗和光影遮挡。下午的那场大雪，并没有在地面上留下任何痕迹，没有积水，更不会有积雪，一切都来得快，去得也快，程皓眯起眼，四处巡查了一圈，又在一楼正对着窗子的地方四处查看，最后轻轻地松了一口气。

果然，不是5楼。

他追着张凡凡跑了上去，一边喊："哎！你等等我啊！"

张凡凡并没有一口气爬上5楼，而是去了2楼的走廊，开始用手电照着一点一点地找，但是也没说她到底在找什么。

程皓凑上去，假装好奇地问："你在找什么？"

张凡凡连头都懒得抬，反问："你说呢？"

程皓顺势靠在一边的墙上，望着她神秘兮兮地笑道："看样子，你懂了。"

张凡凡停下手里的动作，转身的时候用手电晃了他一下，程皓眯了眼睛，用手挡了脸："别生气嘛！"

张凡凡收了手电，继续开始低头找："那个鞋印，证明有人曾经进过陆明家的厨房。一楼地面没有水迹，墙上也没有鞋印，那个人应该不是从一楼爬上去的。"

程皓笑眯眯地看她："能在墙上留下那样的鞋印，肯定是踩了水，鞋印不一定只有那一个，找到别的鞋印，就知道他是从哪一层爬上去的了。"

张凡凡搜索完毕，瞪他一眼："站着说话不腰疼。"

程皓立刻拿出自己的手电，赔笑："一起找，一起找。"

后来，他们在3楼301的门口，发现了一个完整的鞋印。

程皓打电话把痕迹科的人喊下来，然后对张凡凡说："就近原则，你拿着这个鞋印，带几个人去，把3楼的住户都比对一下。"

张凡凡很灵敏地捕捉了他话中的重点信息："你怀疑是陆明的邻居干的？"

程皓说："要入室不被发现，需要了解小区的地形，同时知道陆明的作息时间。"

张凡凡点头："我知道了。如果鞋印没有吻合的，就留意谁曾经跟陆明有过争执、冲突，还有，谁有徒手攀爬两层楼的能力。"

程皓冲她比了个大拇指："聪明！"

回到现场，尸表检验结果已经出来了。

"死者的前额发紧，面部、口、唇呈樱桃色，嘴角有呕吐物，肌肉有抽搐后僵硬和衰弱的情况，小便失禁，四肢厥冷。"法医对程皓说道，"死者的死因基本可以确定是一氧化碳中毒。"

"报案的邻居说闻到很大的煤气的味道，民警到达现场的时候也证实了是门窗紧闭，这是不是可以确定为煤气中毒？"

"从现场来看没有明显的打斗痕迹，除非在死者身上还发现别的致死原因，否则是可以确定死因的。不过这就要把尸体带回法医中心才会知道了。"

程皓点了点头："谢谢。"

这时，方贺突然大呼小叫地指着尸体的方向开始结巴："程队！白……白色，白色的夹竹桃！"

程皓心头突突直跳，像是机关枪扫射一样，他箭一般地冲到沙发前。陆明已经被平放在沙发上，面容尚算平静，标本也随之悠悠飘落下来，先前看来是被尸体挡住了。

法医大概是见惯了各种各样的场面，声音完全没有什么起伏地说道："对，这就是我要告诉你的第二件事。"

程皓冷静了一下，缓缓戴上手套，拿起那张标本，在灯光下仔细观看。与何兴远死亡现场一模一样的白色夹竹桃标本，做工轻巧，细腻，白花安静，仿佛开到荼蘼，却在某一瞬间，因为染上了死亡的气息，变得诡异如妖。

程皓想起在警察局他那个一闪即逝的念头，第二次出现的标本证实了他之前的猜想，凶手真的不只董志一个人。他心中越发变得疑惑不定，也许董志，并不是那个主谋，也许有毒的花，本身就预示着死亡。

程皓把夹竹桃标本装进物证袋，交给方贺："这个收好，是很重要的证据。"方贺点了点头。

程皓走了出去，挑了个人少僻静的地方打了电话给周志东，开门见山："周局，需要并案了。"

周志东正为宋濂卷土重来的事情头痛，接到程皓的电话就更头痛了，那句"并案"意味着什么，他比谁都清楚。

　　程皓又说："死者表面上看是煤气中毒，可尸体旁边发现了跟何兴远案件一样的白色夹竹桃标本，我觉得可能他的死也跟何兴远一样，是谋杀，但被伪造成意外的方式。"

　　周志东沉默了一下，他需要思考："尽快查明案情，至少要证明两个案子之间存在共性，才能并案。"

　　程皓情急："白色夹竹桃标本还不算吗？"

　　他手指头按在墙面上，一边说，一边用力地，一下一下地抠着墙灰。

　　周志东语重心长地说："程皓，并案并不是小事，不是你说并就能并的。不过你放心，只要证据充分，我一定申请成立专案组，全面配合你调查这个案子。"

　　程皓的手在墙面瞬间收拢，因为用力过猛，一个指甲被他硬生生按断裂开，他仿佛用尽全力攥紧拳头，这才用看似平静的声音回答："是。"他挂断电话，心烦气躁地把烟拿出来在手中转，心定不下来，目光也定不下来，只好抬眼四下打量起这间并不大的房间。

　　技术部的同事正在检查门窗，采集现场的指纹和鞋印，黑粉撒得到处都是，程皓动也不敢动一下，生怕留下不该留下的痕迹，给物证采集带来麻烦，但是让他一动不动又实在是难受，看着方贺抱着相机进了厨房，就跟着他走了进去。

　　陆明家的厨房并不大，方贺戴着手套的手先是拉开了橱柜的抽屉，里面乱七八糟地摆放着不成套的碗筷。方贺举着相机拍了一张照片，一扭头差点儿撞到程皓的下巴，仰着脸，眼神特别无辜："程队长，你怎么也不出个声啊！"

　　程皓颇有些不好意思地摸了摸鼻头，但还是装出一副什么事儿都没有的样子："那不是怕影响你工作嘛！我说小方子，你这是在干什么？"

　　"我刚才无意中看到餐桌旁的椅子上落了好多灰，想看看死者的社交状况。"方贺一边说着，一边打开冰箱，从里面拿出一瓶辣椒酱，看了看瓶底的日期，然后拍了张照片，"你看冰箱里面除了水就是几瓶过了期的老干妈，还有抽屉里的碗还是豁了口的，他家里肯定好长时间没有来过人了，连最亲的亲人都没来过，不然肯定会把这些东西替换掉的。"

像是证明自己的猜测似的，方贺又翻了翻冰箱旁边地上放着的储物盒，里面装着好几大包的泡面："超市打折时候买来的五连包，一买就是好几提。单身独居的中年男子。"

程皓没想到方贺年纪轻轻竟然有这样的观察能力，不由得好奇："你在学校是学什么的？"

方贺不好意思地摸了摸头发："我是学刑事侦查的，不过我对痕迹鉴定更有兴趣。"

程皓拍了拍他的肩："好好干，你会有前途的。"

从厨房里出来，程皓退出房间，走到外面去打电话把周晴叫起来。

她睡眼惺忪，头发乱蓬蓬的，但还是立刻从床上爬起来，迅速收拾好准备出门，一出房间就看到周志东正坐在客厅里，周晴甜甜地喊了一声"爸"，周志东问："程皓给你打电话了？"

周晴点点头："他让我帮他找 110 天网系统的监控录像。"

周志东换鞋，打开门："局里不是有人值班吗？"

周晴换好鞋，背上装着电脑的双肩包："反正还有别的事儿，我就一起干了嘛！破案不是讲究黄金时间吗，我也想能早点帮程皓找到线索。"

周志东赞赏地拍拍自家女儿的肩膀："这么想就对了！这才像个警察样！"

周晴抱着周志东的胳膊摇来摇去，小姑娘撒娇的样子，眼睛笑成两道弯月："那我有没有奖励呀？！"

周志东拍拍她的头，说："奖励你一次顺风车！"

周晴歪着头笑："谢谢爸！"

周志东自己有车，他的级别足够配一辆好车，但他出门的时候，还是更喜欢开家里的那辆黑色的大众捷达，方便且低调。周晴窝在后座上睡得东倒西歪，中途自己睡得差点闪了脖子不说，还撞上车窗两回。周志东看她跟个小仓鼠一样缩着睡到歪来歪去的样子，嘴角一路都带着慈祥而幸福的笑意。

他把周晴送到市局，自己并没有下车，周晴打着呵欠诧异："爸，你不是来加班的？"

周志东笑着说："我刚加完班，可不想再重新加一次了。"

周晴眨着大眼睛这才反应过来，原来周志东那时候正好刚到家，而不是正要出门，她顿时眼睛里湿漉漉地闪着光："爸，你干吗不早说！我可以自己打车啊！"

周志东朝她挥挥手："送都送了，赶紧查案去，要是破了案，你可得请爸爸吃饭当答谢。"

周晴连忙点头："好嘞！没问题！"

周志东的车刚开走不一会儿，程皓就开着一辆警车跟火箭一样冲进来了，一个急甩尾横在两个停车位中间，霸气侧露。

程皓正想扭钥匙熄火，张凡凡面不改色地说："不会停车，我可以帮你。"

程皓顿时一"囧"，就听到张凡凡又说："没事，不丢人。"他默默地把手缩回去，把车重新开出去，规规矩矩地停好。

张凡凡这才下车，低头看手机，说："周晴说她已经到了。"

程皓一个箭步蹿出去："太好了！查案！赶紧查案！"

方贺默默地从警车的另外一个角落爬出来，他已经完全被这两个人无视了。

徐晓蒙被从宿舍拽起来，此刻已经在法医室验尸了。

周晴带着二组的几个人一起看监控录像，整晚的监控，大家看得头晕脑涨，感觉眼前都是金色的小星星，揉着脖子呵欠连天。

方贺从物证处那边取回现场指纹比对的记录，愁得不行："陆明的指纹在档案库里有录入，通过比对，证实案发现场只有他一个人的指纹，没有发现其他人的指纹。"

程皓翻看着现场照片，把它们一张一张贴在白板上："死者陆明，区交警大队体检站的文职警员。无不良生活习惯，独居。"

张凡凡看了一眼现场照片，说："在现场发现几组鞋印，比对过，是男士42号，问过3楼的5家住户，没找到吻合的。"

程皓皱眉："5家？还有一户呢？"

方贺说："已经打过电话了，302的业主是酒店餐饮部的经理，女性，独居，上的是夜班，傍晚5点就走了，所以案发的时候，她不在家。"

张凡凡又说："3楼的男住户暂时都有怀疑，但没有了解到他们跟陆明有什么冲突。"

方贺插话说："邻居们都说，陆明的性格非常好，从来没见他发过脾气，跟什么人吵过架。"

张凡凡想了想问："现场没有打斗的痕迹，那个人到底是什么时候进到陆明家的？"

方贺捧着自己记得跟天书一样的本子说："最先到场的民警证实，501的煤气确实泄漏了，民警到场关闭了总阀门，开窗通风。之后联络了煤气公司的维修人员检查了陆明家的管道，虽然连接煤气阀门和煤气灶的管道脱落了，可煤气阀门是关着的……所以，煤气到底是怎么泄漏的？"

程皓扶着额头问："阀门上，也只有陆明一个人的指纹吗？"

方贺点头："没错。"

张凡凡猜测："云泉小区是老小区，房屋修建于1970年前后，煤气管道和阀门都是老式的，如果管道老化，也是有可能煤气泄漏的。"

方贺拍拍脑袋："有自杀的可能性吗？"

张凡凡说："问过邻居，陆明虽然视力和听力都不太好，但性格很好，为人乐观，看起来不是那么容易想不开的人。"

程皓摇摇头："那倒不一定，不少抑郁症患者从表面上看起来都很正常，但是会有睡眠障碍、乏力、食欲减退，或者是躯体不适的症状，类似恶心、呕吐、心慌、胸闷等等。如果要确认陆明是不是有自杀的倾向，我建议去找一下陆明一年内的体检报告。"

方贺用非常崇拜的目光看着程皓："程队长你好厉害，这个你都懂啊！"

程皓挺直了腰背，感觉有点小骄傲，但还是尽量谦虚："小意思，我就是在美国学过一点心理学而已。"这话一说，方贺眼里的小星星更多了。

他整理了一下思路，说："周晴，抽空查一下陆明这个人。然后，明天张凡凡带方贺再去问问陆明单位的同事，看看他有没有跟人结怨，或者最近有什么异常举动之类的。”

张凡凡点头：“好。”

周晴从电脑后面伸出半个脑袋：“陆明的资料已经调档完毕了，你们要现在看吗？”

程皓站起来伸了个懒腰，不知道从哪儿冲了杯速溶咖啡喝着用来提神：“看！”

周晴把陆明的档案调出来，电脑接上投影机。照片上的陆明穿着警装，精神抖擞，跟他们所看到的那具苍老的尸体并不相同。

方贺突然“咦”了一声，诧异地说：“陆明还当过缉毒警？”

程皓原本坐在桌角，一目十行地看，听了方贺的话，目光落定，手跟着一抖，纸杯里的咖啡突然洒出来半杯，全都浇到了他的衬衫上！

程皓手忙脚乱地扯了纸巾擦咖啡，张凡凡问：“你没事吧？”

他摇摇头，嘴角挤出一个笑容，说：“没事儿，就是没拿稳，不要紧。”张凡凡静静地盯着他看了一眼，才把目光收回去。

程皓仰头把剩下半杯咖啡一饮而尽，捏扁了杯子顺手扔向垃圾桶，他低头看着自己的手，然后默默地把那只手揣进了裤子口袋里。

所有人忙活了一晚上，折腾得人仰马翻，天亮时分办公室里基本上已经全都累得睡倒了。只有程皓自己还醒着，坐在桌前翻着法医送来的验尸报告，手攥成拳头抵着紧皱的额头，额角隐隐跳动，疼得一抽一抽的。

他的指尖在打印出来的纸页上划过，失神的瞬间，被细小的锋芒割伤手指，他轻轻地“嘶”了一声，把手指放在嘴里吸了一下，伤口渗出一线血迹，在舌尖蔓延开隐约的血腥气。

用力闭了闭眼定神，程皓合上文件夹站起来。不知道为什么，心里不安的感觉越来越强烈。他怎么也没想到，陆明竟然与三年前的那件案子也曾经有关联。

禁毒大队就在后楼，老侯很早就到了，在小会议室里吃早饭。中途有人喊了他一声“侯队有人找”，老侯嘴里含着早饭应了一声，还没来得及站起来，一个人已经大步流星地走到了他的面前，神情严肃。老侯不知道程皓为什么突然过来了，但还是笑着问候："程队？怎么，找我有事儿？"

他刚想站起来，程皓已经在他面前坐下了，腰背挺得笔直，语气也十分郑重："侯队，我想跟你打听个人。"

老侯看他这神情就觉得不太对，表情一点点也跟着凝重起来，放下筷子："谁？"

程皓说："陆明。"

老侯的脸色一变，心中顿时有不太好的预感，毕竟程皓是刑警，如果他是为了案子来问资料的话，那么陆明他……老侯有些着急："他怎么了？"

程皓打开文件夹，文件上面别了一张案发现场的尸体照片，他把文件夹推过去，跟着解释说："法医的初步检验，死因是一氧化碳中毒，死亡时间，昨天晚上 22 点 12 分。"老侯先是瞪大了眼睛，随后难以置信地用双手捂住了眼睛，悲伤地低下了头。

程皓紧接着又说："我怀疑，他的死不是意外。"

老侯猛地抬起头，死死盯着他，一句话不说，但是眼神中却带着明晃晃询问的意味。

程皓语气沉下来："你能不能给我讲讲，他的事情？"

老侯眼里有了泪光，毕竟是曾经一起出生入死的兄弟，他们都是警察，从穿上那身制服开始，就已经做好了牺牲的准备，但是当死亡真正降临的瞬间，发现生命如此脆弱不堪一击，他的心里还是悲伤而绝望的。

老侯反问："不是意外，是谋杀？你认为，他之前的事情，会跟他的死有关吗？"

程皓茫然地摇头："我不知道，我不确定。但我只是有种直觉，我应该了解他的过去。"

老侯叹了口气："你想知道什么？"

程皓问："陆明三年前离开禁毒大队，转为文职之后，你们还经常见面吗？"

老侯说："倒是不经常见面，但是过年过节还是会打电话问候一下。"

程皓又问："那你觉得他的精神，哦，我是指心理状况，正常吗？"

老侯回忆了一下，说："当时确实有点不好，毕竟一下子……受了那么严重的伤，不能再留在队里，他也曾经有点想不开，后来是省里来了一位心理专家给他做了心理干预，大概过了三四个月，才渐渐好起来。"

程皓问："你还记得那位专家叫什么名字吗？"

老侯摇摇头："不记得了。"

程皓想了想，又问："三年前，他为什么……会受伤？"

老侯说："当时有一个针对境外贩毒集团的抓捕任务。"

他说到这里停了停，然后又说："程队长，这其中有些案情，保密级别比较高，所以，我想我得先请示一下周局。"

程皓露出一个淡淡的笑容，手指在文件夹上画了2道，轻声说："据我所知，三年来，市局保密级别最高的案子，应该是2013年底，望海市、贺州市连同西双版纳三地的警方成立专案组，共同抓捕金三角毒王康泰的那次行动，对不对？"

老侯有些意外："你也知道？"

程皓点头，似乎对此表现得很平静："听周局提过。"

老侯盯着程皓看，似乎要从他脸上看出点不一样的表情来，然而程皓并没有任何异常反应，就好像他知道这件事是理所应当一样。

老侯看不出任何异样，只能心怀疑惑，接着说下去："陆明就是在那次行动当中受的伤……"

程皓听着他的讲述，慢慢闭了闭眼。

清晨明亮的阳光迎面照在他的脸上，洒落一层暖融融的金光，从鼻尖拂过，贴合着每一寸皮肤，细细抚慰。晨光照耀大地，人们似乎暂时忘却了被黑暗笼罩的时刻。

但是在这个城市里，在他们看不见的地方，为了驱散黑暗，浴血的战士踏着同伴的鲜血和生命，义无反顾地继续前进，与炮火硝烟为伍，直面杀戮与死亡，是他们守卫这个世界的方式。

望海市，乐秀大街。

程皓缓缓把车停在路边，这里是望海市最繁华的商业区之一，还不到中午，这里已经车水马龙，人来人往。寒假仍未结束，学生们三三两两地背着书包，笑着打闹着走进街对面的麦当劳写作业，情侣们在商场门口的鲜花背板前驻足拍照，年轻母亲一手牵着年幼的孩子，另一只手拎着的袋子里，装着丰盛美好的食物。商场隔壁是繁华的酒吧一条街，白天是悠然静谧的咖啡厅，到了晚上就会亮起缤纷的霓虹灯，华彩闪烁，夜夜笙歌。每个人或者匆忙，或者悠闲，穿行于人潮当中，商场外的广场上还播放着喜庆的新年音乐，中国人的传统，没出正月仍是年。

一切繁华而安稳，岁月静好，他们当中的大部分人并不知道，或者不记得，三年前，这里曾经发生过的一切。

防弹车里持枪待命的特警，埋伏在天台上的狙击手，隐蔽在人群当中的便装缉毒警察，风声鹤唳，严阵以待……那是2013年12月20日，20点37分，老侯和陆明等人分别守在各自的指定位置，等待目标出现，行动总指挥下达抓捕命令。

三天前，多年来活跃于金三角一带的头号贩毒集团首脑康泰，以正当商人的身份入境，抵达望海市。康泰为人阴狠狡猾，多年来一直在境外活动，行事也小心谨慎，因此警方一直没有找到能指证他的实际性证据。

直到2013年12月底，警方接到可靠线报，康泰随身携带的一部电脑里，有他近年来所有交易的账目明细以及贩毒通道的线路、负责人资料，因此专案组决定，借着康泰这次来望海市与一位重量级香港买家见面的机会，将他抓获。然而谁也没有想到，康泰入境使用了合法身份，入境之后又立刻亮出4个替身，精心伪装，与他一起行动，警方尽管全力监控，但是碍于无法从中识别真正的康泰，又怕打草惊蛇，所以抓捕行动一直无法有效展开。

最终，专案组被迫将抓捕行动，定在康泰与香港买家见面的时候。在抓捕行动开始前一刻，康泰竟然察觉到危险，抢先开枪与警方对峙，双方因此发生枪战，康泰挟持一名人质逃跑，后来被包围，又扔出一枚微型爆炸弹，再次制造混乱以求脱身。当然，康泰最终还是没有逃过警方布下的天罗地网，他刚一踏足清迈的土地，就被埋伏在这里的中泰两国警方当场包围，康泰与手下负隅顽抗，双方发生激烈交火，后来康泰被警方狙击手当场击毙。当然那是后话。

当时在乐秀大街上，为了救人质，避免误伤现场其他人，陆明在爆炸前的生死关头，冲上去将炸弹捡起来扔向了远离人群的地方，而他也因此成了炸弹爆炸时距离爆炸点最近的人，受了重伤，视觉和听觉都受到了很大的损伤。

程皓站在那条街巷深处，此刻这里安静平和，但那一天，却惨烈仿佛人间地狱。他仿佛听见风里若有似无的哭泣，瞬间的爆炸声将整个黑夜撕裂开，人们惊吓得惨叫不断，抱头逃窜。霓虹灯牌纷纷碎裂倒塌，砸在地上，发出尖锐的声响，鲜血在不平整的地面上缓缓流淌，身体的温热随着血液渐渐散去，变得冰冷，如同冬日里的寒冰。

他闭上眼，却忍不住用手紧紧揪住自己的衣领，不能呼吸，不能动弹，不能说话，不能思考，大脑一片空白，心脏里仿佛埋了一吨火药，然后瞬间被点燃炸裂，灰飞烟灭，瞬间觉得眼前只剩下一片黑暗，一道光影投落，照亮一隅，陆明在血泊里挣扎着朝他伸出手，眼睛和耳朵里都带着血痕，微微张开的嘴巴发不出任何声音，只剩下哽在喉咙里混沌的呜咽。

程皓双手无力地撑在墙上，他长长地吐出一口气，轻声地对自己说："完了，这下麻烦了。"

第 7 章

夏寒接到程皓的电话，恰好在中午下课的时候。

他每周会在市局的心理辅导室坐班 2 天，处理预约的心理辅导或者心理评估个案，剩下的时间，他都在望海大学人文学院心理系担任讲师。等着夏老师课后答疑的女学生把讲台围了个水泄不通，几乎是课课如此。夏老师在学院里是出了名的温柔好脾气，在学生课后提问这件事上，几乎是有求必应，声音酥，讲课好，颜值更是秒杀所有校花校草，于是在学校里深受广大女学生欢迎，最近心理系的学生们都在抱怨，连英语系和数学系的女生都开始来跟他们抢着占座了。

然而今天夏老师并没有留下来回答问题，下课时他脸上还挂着云淡风轻的笑容，接了一个电话之后整个人都变了，顿时气场全开，不怒自威，冷着脸匆匆收拾了东西，一句话都没解释就拨开人群离开了教室。大家一开始猜测夏老师是不是约了女朋友跟女朋友吵架之类的，但在看到夏老师跑下楼，直奔停在教学楼门口那辆警车而去的时候，又纷纷松了一口气。

车窗是摇下去的，能看到开车的是个男人，戴着一副太阳镜，单手撑在车窗上，朝着夏寒挥手，笑嘻嘻地说："动作挺快啊！"

夏寒瞪他一眼，快步上车，讲台上教书育人的气场还没散，咄咄逼人："怎么回事？"

来的当然是程皓，他从乐秀大街开着警车直接过来找夏寒，这架势倒是把夏寒吓了一跳，还以为出了什么大事。

程皓在学校里不敢开快车，慢腾腾地挪："找个地儿吃饭，慢慢说吧，你下午还有课吗？"

夏寒抬手一指："前面左拐，然后直走，酸汤鱼，今天你请。"

程皓一拍方向盘，很豪爽地答应了："没问题。"

这家店似乎是夏寒经常来的，老板和他很熟悉，见他进门就热情地喊："夏老师来了啊！"

因为店里生意很好，他在学校又有点出名，于是沿途围观群众有点多，为了说话方便，夏寒跟老板要了个包间，程皓大喇喇坐着，闲着没事儿开始转桌上的筷子玩儿，夏寒也不问他，自己拿来菜单点了几样，等服务员走了，门一关就清静了。

程皓抬起头看他："怎么不坐外面？"

夏寒把手机拿出来看了一下时间，顺手摆在桌上："不是要说正事吗？"

程皓支支吾吾地说："其实吧，也没什么正事。"

夏寒审视的目光飘过去："到底什么事？"

程皓说："我听周局说，市局近 5 年内的心理干预报告都存在你那儿了？"

夏寒摇头："也不是，至少，你的那份并不在我这里。"

程皓脸色一变，假装不以为然地问："那你帮我查一查，有个叫陆明的人，三年前省里来过一位专家，给他做过心理干预，有没有当时的记录。"

夏寒很平静地说："有。"

程皓看他回答得这么快，有些难以置信："你确定？"

夏寒从手机里调出微信聊天记录，递给他看："周晴上午找过我了，让我帮她查查有没有这份记录。我已经把相关资料都发给她了。"

程皓眯起眼眸看他，没好气地念叨着："这个小不点儿，倒是知道找机会搭讪。"

夏寒下载了邮件，把报告打开给他看："呐，就是这个。"

程皓接过去看，扫了两眼，自己动手往邮箱里转发："我回去仔细看看。"

夏寒把 2 个杯子都给涮了涮，然后倒上热水，说："我看过这份报告，陆明当时的心理状态没有太大问题，至少达不到 PTSD 的程度。"

程皓原本正要把夏寒的手机放回桌上，结果手一抖，手机没拿稳直接砸在了桌面上。夏寒目光一凛，直接放下手里的杯子，行云流水地按住了他的手腕，直接压在桌上。

程皓顿时觉得四肢僵硬："你干什么？"

夏寒手指搭在程皓腕间，另一只手比了个噤声的手势："嘘……"

程皓连忙往回抽手，笑得尴尬无比："神神叨叨的干吗呢！"

夏寒此时心里已经有了结论："心跳这么快，你做了什么亏心事了？"

程皓硬着头皮装作不以为然的样子，摊手："怎么可能？我可能是饿了吧，你知道饿了，低血糖的话也会心跳过快的嘛！"

夏寒双手抱在胸前，一脸"我信你才有鬼"的表情："周局之前跟我提过，你目前的心理状况有点问题，让我在做心理评估的时候注意一下。我先前还以为你学过心理学，所以自我控制方面应该不会太差，现在看，恐怕是我错了。"

程皓低下头，用指尖一下下划着桌面："其实，也没有什么特别严重的。"

夏寒一针见血地反问："你还想要多严重？"

程皓坚决嘴硬："我就是有点睡不着……"

夏寒作势开始挽袖子："看来我现在就得给你做一次心理评估了。"

程皓连忙摇手："哎哎哎，你可千万别！"

夏寒停下手里的动作，平静而认真地盯着他，目光带着温和的善意："那你就说实话，否则我就只能跟周局打报告申请，要他把你停职了，然后再送到我这儿来慢慢处理。"

程皓耷拉着脑袋："你这是落井下石啊！"

夏寒一扬下巴："是，又怎么样？"

程皓委屈地趴在桌上："我不能怎么样啊！我就是想跟你要 2 片氟西汀而已。"

夏寒眼睛顿时一暗又一亮，听到那个熟悉的名词他基本上就知道程皓到底怎么了，他慢慢地打量着他："抑郁症？不，你这个状态应该不是，还是……PTSD？到底怎么回事？"

程皓长长地叹了口气，又习惯性转移话题："哎呀！突然好想喝咖啡啊！"

夏寒被他快要气笑了："失眠还喝咖啡，你这人真是能折腾。"

这时候服务员上菜了，热腾腾的鱼片浸泡在散发着酸辣味的浓汤里，对于程皓这样已经连续加班3天没吃过一顿完整饭的人来说，简直就是了不得的诱惑。

夏寒也饿了，所以拿起筷子："算了，暂时放过你，先吃饭。"

菜量很足，夏寒吃得慢条斯理，他是那种泰山崩于前也不会改变自己做事节奏的人，所以无论程皓吃得多快，他都依然保持着自己的速度。程皓感觉像是很久没吃过一顿饱饭了，风卷残云一样，自己干掉3碗饭，吃完了往椅子上一倒，心满意足地拍着肚子哼哼。

夏寒气定神闲地朝门外一指："吃饱了？去结账。"

程皓开始浑身上下摸钱包，夏寒瞪他一眼，说："别想赖账，你元宵节那天欠我的饭还没还。"程皓顿时被识破，笑嘻嘻地缩了手，直接站起来去找老板结账了。

夏寒抽空打了个电话，等到程皓揣好钱包回来的时候，他已经挂了电话搞定所有事。

程皓靠在门框上，半边身子都隐在门外，主动套近乎："你下午去哪儿，我送你呀！"

夏寒起身，拿外套："我正好要去市局，一起吧！"

上车之前，夏寒把程皓赶到了副驾驶的座位上，说他不想让一个3天没睡的人开车，危害自己的生命安全。程皓只好认命地把自己的警车交给夏寒，副驾驶座位往后挪了挪，直接就半躺着靠在那里休息。

午后的太阳暖融融的，照在脸上让人觉得舒适放松。吃饱饭之后据说身体的血液都会聚集在胃部，让大脑缺血缺氧而开始昏昏欲睡。但是程皓仍旧精神奕奕，没有半点睡意，不过他黑眼圈很重，近距离看，眼睛里被红血丝覆盖了一层，感觉下一秒就要滴出血来似的。

夏寒停车等红灯，转头看他，说："还是睡不着？"

程皓合上眼，对于夏寒的这个问题，他确实不想回答。只有他知道自己为什么不想睡着，因为一闭上眼，他就会重新回到那个噩梦当中去，被困住，被惊扰，可他极度厌恶那种对自己完全失去掌控的感觉。不安、彷徨、恐惧……那些都不应该出现在他的身上，他是个警察，他应该守护别人的岁月安宁，而不是像现在这样，需要别人的关心和保护。这感觉让他觉得糟透了。

夏寒腾出一只手拍拍程皓的肩膀："行了，别装睡了。我有话跟你说。"

程皓慢吞吞睁开眼，夏寒目视前方开车，速度极快，但车子开得却仍然四平八稳："你记不记得，在 George 的课上，我们曾经打过一个赌？"George 是他们在美国时心理学课程的指导教授，一位有名的社会心理学研究专家。

程皓很快回忆起那些，表情是快乐轻松的："记得，那个关于 PTSD 的辩论，对不对？当时我们谁也不能说服谁，连 George 也没办法评判对错，于是，你说，既然如此，那就赌一赌吧！"

夏寒笑道："然后，你赢了。"

程皓笑出整齐的白牙："事实证明，我的运气一向很好。"

夏寒反问："敢不敢再跟我打个赌？"

程皓懒洋洋地撑起眼皮："赌什么？"

夏寒意味深长地说："赌一场输赢。"

程皓来了兴趣："哦？怎么赌？"

夏寒说："赌你赢，还是我赢，你先选。"

程皓扬起嘴角："我赌你赢，所以我输了，就是赢了。夏老师，这对你来说，太不合适了吧？"

夏寒毫不示弱："所以游戏规则，由我来定。"

他单手扶住方向盘，右手摊开在程皓面前："怎么样，敢不敢？"

"当然！"程皓撑起身坐直，郑重地抬手与他击掌，清脆声响代表着某种无形的承诺，随后双手紧握，眼神交错，彼此的暗中较量，由此开始。

夏寒把车开进市局大院，嘴角一抹阴谋得逞的笑容。

根据程皓对他的了解，通常夏老师流露出这种表情的时候，心里的打算都是要把人往死里整的……他忽然觉得后背吹过阵阵冷风，心理崩溃地想，自己干吗这么立场不坚定，被夏寒一激就立刻答应了呢。现在反悔，还来得及吗？

市局办公楼和宿舍之间有一片空地，于是兼具娱乐性和实用性的需求，在这里修了一片训练场，其实说白了就是一个露天操场，然后挨着操场的宿舍楼一边打通三层楼，里面放一些训练器械，布置成个健身房。在这里最有趣的是健身房入口的一面攀岩墙，很多人都喜欢没事上去玩一玩，挑战一下自我极限。程皓刚来市局不久，还没进过健身房，再加上某些历史原因，他只愿意跑步，偶尔上器械，攀岩这种运动听名字都要敬而远之，怎么可能自己主动往上撞？夏寒把他领进门，健身房里竟然空无一人，冷冷清清的，显然是有人事先已经来清过场了。

程皓看到门口的攀岩墙，立刻就明白夏寒刚才要坑他的眼神到底是什么意思了。他目光迅速投向夏寒，警觉地问："你不是要……"

夏寒坦然地脱外套，规规矩矩地挂在一边，挑眉，瞥了一眼攀岩墙又看他："试试？"

程皓立刻就理顺了夏寒的逻辑，丧气地把脑袋耷拉下来："哎！不用玩这么大吧？"

夏寒不答话，把高领毛衣也脱了，只剩一件长袖 T 恤，挽起袖子。

程皓抬头往上看，其实这面墙就只有 3 层楼高，也就 10 米左右，以他的体能爬上去其实绰绰有余，但是他一想到那个高度，就忍不住有头重脚轻的感觉。

夏寒把安全绳索扔给他，这里关于攀岩的防护很全面："来吧，就这个，赌一局！"

程皓顿时有种骑虎难下的感觉，苦笑着用手指虚点他，说："真有你的。"

夏寒不以为然："恐高是一种心理障碍。"

程皓硬着头皮脱外套："瞎说什么！谁恐高了？"后半句尾音上调，还刻意咬得重了些。

夏寒特无辜地说："我没说你恐高啊！来吧，你赌我先到，我赌你先到，老规矩，输的人要答应赢的人一个要求。"

他抬手，程皓上去跟他来了个击掌："没问题！"程皓脱掉毛衣，里面只有黑色背心，也开始往身上绑安全绳索。这时候夏寒已经绑完绳索，测试了一下，然后弯下腰重新系好鞋带。

程皓一边绑绳索，一边用眼角余光偷偷瞥他，试图套话："你经常来？"

夏寒点头："我体能不行，没事就过来练练，离得近，方便。"

程皓笑嘻嘻补充："而且还省钱，是吧？"

夏寒站起来，抬脚做了个踹的动作，但只是虚晃一枪："你知道得太多了！弄好了没！"

"等，等我一会儿。"

程皓在自己身上搜来搜去，他其实早就做好了防护，他不是没攀过岩，流程很清楚，只是故意磨磨蹭蹭的。

夏寒过来帮他检查，皱了下眉："不是都好了吗？你磨蹭什么？"

程皓立刻使劲笑："我不是为了安全嘛！来，我看看你的绑好了没？"

夏寒挑眉："你不是害怕吧？"

程皓撇嘴："怎么可能？来吧，上！"

他率先找准踏脚点开始往上爬，夏寒当然也不甘示弱，两个人各一边，齐头并进。程皓看着身边稳稳前进的夏寒，发现他其实体能比自己想象的要好。他只往上看，不敢低头，更不敢移开目光，整个人其实全身都是僵硬的，充满戒备。相比起来，夏寒就显得很轻松，动作也舒展自如。

可程皓当然不想被夏寒超越，咬紧牙关加速，他很快把夏寒落下一截。夏寒被落在后面，并不着急，却笑了："你怕输吗？"

这话说得随意而自然，但程皓听了，却感觉心里一凉，他意识到，夏寒的用意恐怕不只是跟他打赌。他于是停下来，维持着向上攀的动作，等夏寒跟上来。

夏寒很快追到他身边，笑道："怎么，这就爬不动了？"

程皓盯着他，慢慢地说："你骗我。"

夏寒停下来与他对视，目光坦然："嗯？我骗你什么了？"

程皓看了他一会儿，最后什么都没说，又扭头继续往上爬。夏寒嘴角勾起一抹笑，偏头松了口气，程皓就是程皓，精得跟狐狸似的，想完全诓住他是不可能了，能拖到现在才让他识破，已经很难得了。

"程皓，你到底想赢还是想输？"夏寒并没追上去，只是在他身后喊，程皓的动作骤然僵硬，他此刻已经明白，这个赌局是夏寒的陷阱，对他来说，无论结果到底是什么，这都是个必输之局。如果攀岩的比赛自己赢了，他就将输掉他们的赌局。可如果攀岩他连夏寒都比不过，那也就证明了夏寒的猜测，他真的恐高。

"我不想赢，也不想输。"程皓回答，回头看夏寒，见他仰着头，额头因为渗出汗水而闪闪发亮，他的眼睛里写满了关切，是发自真心的。

可程皓还是不想说，他竭力想要保守住自己的秘密，越是在自己最好的朋友面前，越要隐藏软弱。他不想被同情、怜悯，无论有多大的问题，他都想自己一个人承担。一眼看去，居高临下，程皓看到夏寒身后，垂直的地面在视线里仿佛摇摇欲坠，他似乎听到血液在身体里翻涌，急于寻找一个出口。大地倾覆，世界颠倒，碎裂，在身后一寸寸轰然坠落。四肢发软，使不上力气，程皓心里暗自懊悔：这下麻烦了！刚才不该回头的！

他硬撑着不适，转过头继续往上爬，可向上的速度却慢了许多，脑海里总在回荡那些画面，思维停滞，手脚都使不上力气，软得发虚。

夏寒很快追上来，与他并肩，语气苦口婆心："程皓！你就别死撑了！"

程皓听出他是真的着急，夏寒难得有违往日温文尔雅的形象，气急败坏地朝他吼："说实话才能帮你自己！相信别人对你来说就那么难吗？"

程皓决定彻底无视他，为了超过夏寒，他决定用常规手段。他放弃一步一步往上的安全稳妥的节奏，直接两级两级地往上爬。这样每一步之间的距离变大，往上更快，但也让他的动作变得更艰难。夏寒的呼吸有些急促，停了停继续跟上，也加快了节奏。他并不知道程皓为什么要逃避，他们认识两年，他之前并没有察觉到程皓的心理状况有这些异样，也许是之前一直被掩饰得很好，只是最近有些问题开始藏不住了而已。

程皓虽然四肢发软，但还在咬牙硬撑，两人向上的势头和频率几乎一致，互不相让，但是程皓始终要比夏寒领先一个身位，只是他们之间的距离开始变得越来越小，很显然，程皓的状态正在变得越来越差。

不能再这么下去了！程皓在心里暗暗地想，就算是个必输的结局，他也并不想认输，按照他的性格，总要搏一搏，决不能坐以待毙。当然，他心里很清楚，夏寒所做的一切都是为了他好，只是他还没有做好面对现实的准备。这么多年，他已经习惯了逃避，要彻底打开心防接受和相信别人的帮助，短时间内，他还没办法说服自己去接受。汗水渐渐浸透了程皓的背心，他的额头汗水不断滴落，明明是高强度的运动，但是却仿佛血液里都一片冰凉。眼看着终点就在眼前，可他真的快要撑不住了。程皓觉得胃里翻涌发酸，好像有一只手伸进他的喉咙里，揪着他的胃袋往外翻，他恶心得厉害，感觉下一刻就要吐出来了。他的动作开始慢起来，可是脑子依然转得飞快。因为在竭力隐忍不适，程皓用力咬着下唇，额头和手臂都隐约有青筋冒出来，看起来并不好过。

夏寒猜测程皓快要撑不住了，把对方逼入绝境，就是希望他能服软，现在看来，似乎只有一步之遥，程皓就能向他妥协了。夏寒心里刚有一点放松，视线里，程皓扒住岩壁的手忽然脱开，身体也随之猛然下坠，绳索被拽得哗啦啦直响，他下意识地发出一声惊呼，听起来十分惊慌害怕。他挣扎着朝夏寒伸手，眼神充满了迫切祈求帮助的渴望。夏寒心中一惊，立刻下意识地伸手去拉他。

"小心！"夏寒紧紧抓住了程皓的手，却看到程皓的嘴角微微一挑，脸上明晃晃地只写了"得意"两个字。

他并不害怕，至少，没有表面上看起来的那么惊慌失措，他刚才的那些害怕和无助，全部都是装出来的！夏寒立刻就想要撒手，但程皓反过来抓住了他的手腕，五指紧紧扣住不放，他借力向后荡开，然后用力一拉，将夏寒也从原有的位置上拽了下来！

因为安全绳的保护，两个人都悬在空中，彼此目光交错，程皓虽然行事狡诈，但目光依然坦荡，夏寒瞪他一眼，放弃了挣扎，愤愤骂道："你这个骗子！"

程皓笑："兵不厌诈。"

夏寒不想再理他，这一口气松懈了，两个人都感觉脱力，明显也没办法再加赛一轮，他松了松安全绳索，借力慢慢下降到地面。程皓跟着滑了下来，脸色有点苍白，感觉像是被抽走了所有精神，双脚刚一踩到地面，他根本什么都不管，直接原地躺了下去，放松四肢休息，平复他混乱的呼吸频率。夏寒在他身边坐下，手伸过来按住他的手腕，一边看表，一边帮他计数心跳。

时间随之静默，一分一秒流逝，只能听到呼吸声：一个粗重急促，但后来慢慢缓和；另一个清浅平和，始终如一。

一分钟后，夏寒撒开手，问："处于 10 米以上高度时出现异常情绪反应，不规律心跳每分钟 127 次，眩晕或者呕吐，严重时，也许还会出现幻觉。当然，你不承认也无所谓，欲盖弥彰也没用，你的心理评估，早晚都是要做的。"

程皓的胸口起伏瞬间停滞了一下，就听到夏寒又问："是 PTSD 吗？"

被问的人终于慢慢睁开眼，维持着现有的姿势不动，鼻音很重，终于还是妥协，不情愿地"嗯"了一声。

他难得服软承认，可夏寒却不再问下去了，他只是拍拍程皓的肩膀，说："起来吧，请你喝咖啡。"程皓顿时惊喜，跟装了弹簧一样从地上弹了起来。

夏寒的办公室里，下午的阳光很不错，这次程皓占据了窗口的躺椅，躺着的姿势放松得一塌糊涂，全无形象可言。夏寒在咖啡机前准备新鲜的咖啡豆，程皓闭目养神，虽然睡不着，但好歹进一趟心理辅导室，总归还是要做个样子。阳光暖融融地照在他的脸上，给他的脸勾出金色的轮廓。他的气色不错，已经没了刚才那脸色惨白软弱无力的样子。

这时门外响起平缓但节奏很快的脚步声，程皓在门被敲响的那一刻睁开眼睛，轻声说："张凡凡来了。"

夏寒挽起衣袖，答应道："请进。"

推开门的人果然是张凡凡，夏寒知道程皓能记住身边熟悉的人的脚步声，很显然，张凡凡在这个"熟悉"的范围内。

"夏老师，程队……"张凡凡先是问候了夏寒，然后就走到程皓身边，向他汇报案情，"派人走访过陆明的工作单位，有人曾经看到陆明下班之后跟人在门口有争吵。"

程皓猛地坐起来，不再是刚才懒洋洋的模样，整个人像一只察觉了猎物行踪的豹子，凝眉肃穆，严阵以待："哦？"

张凡凡继续说："交通队附近的监控录像我们已经找出来了，你要下去看看吗？"

程皓站起来，说："走。"

说完这句话他又看了一眼夏寒，使了个眼色。夏寒对他的意思心领神会，开口说："咖啡一会儿我给你送下去。"

程皓朝他笑了笑："真贤惠！"

夏寒把咖啡豆的罐子重新扣好，抬手点点他，说："再胡说八道，信不信我在咖啡里放点夹竹桃，毒死你。"

程皓笑得越发灿烂："好啊！我等着！"

夏寒又气又笑，随手往门的方向一挥，做了个"你可以滚了"的手势。程皓得意地晃了晃，在夏寒随手比划着要抓身边什么东西扔过去砸他的时候，灵巧地躲开了。他在走出门的时候，迅速收敛了脸上的笑意。与此同时，夏寒的脸上，也浮现出了凝重的表情。

5分钟后，夏寒敲响了周志东办公室的门，言语谨慎而恭敬："周局，我能不能打扰您2分钟？"

周志东从忙碌中抬起头看过去，夏寒站得笔直，像一棵挺拔的青竹，他点点头，放下手中的笔，站了起来："进来说吧。"

夏寒顺手带上办公室的门，按照周志东指的方向，在一旁的沙发上找了个靠边的位置坐下。

周志东走过去，在他斜对面坐下，笑容很慈祥，但说的话却一针见血，直切主题："是关于程皓的事吗？"

夏寒没想到周志东一开口就猜中了全部内容，心中稍微有点意外，但镇定地点了点头，笑着说："周局您真厉害，一下就猜到了。"

周志东笑得越发和蔼："能让你这么上心的，恐怕……也只有他的事儿了。"

夏寒明显被识破，但却仍然一本正经地说："这我可有点冤枉，难道不是周局您之前特意过来叮嘱过，要我帮程队长想想办法的吗？"

周志东哑然失笑，夏寒这个柔中带刚的劲儿，完全是什么锅都不背的架势，倒是让人没辙，他笑着说："是是是！确实是我先说的。"

　　夏寒忍不住也笑了："我知道，您关心程皓。"

　　他双手交叠，按在膝盖上，挺直了腰背对周志东说："不过，您要是真关心他，就不应该一直扣着他之前的心理评估报告。"

　　周志东还没来得及答话，夏寒已经抢在他面前继续说下去，他话说得很快，语气流利，带着让人无法抵挡的强势："我原本以为，他的心理自控能力比较不错，但是，他的情况似乎比我想象中的还要糟糕，而且，他坚决不肯配合，找不到病因，又看不到以往的病例，我就算想治好他，也真的无能为力。"

　　周志东脸色沉下来，叹了口气，看起来十分为难的样子："不是我不给你……实在是……唉……"

　　夏寒略一凝神，就猜到原委："程皓不想让别人知道他的事？"

　　周志东无奈地点头："他那倔脾气，你也不是不知道，我实在是拿他一点办法都没有。"

　　夏寒无奈地笑着摇头："周局，您就是太惯着他了。"

　　周志东笑了："他毕竟是我徒弟，这么多年，就他一个张口闭口喊我'师父'，既然当了人家师父，那自然就要护着，不能让他受委屈。"

　　夏寒垂下眼："但是，您不能护他一辈子。他总归要面对现实，走不出心里的阴影，他这一辈子，可能都好不了。"

　　周志东似乎被夏寒说服了："真的这么严重吗？"

　　夏寒回答："有慢性 PTSD 的征兆，可能还会引发某些心理疾病。恕我直言，他如果只是个普通人还好，可您应该明白，他是个警察。虽然现在还可以控制，但是保不准什么时候……"

　　周志东的神色也凝重了不少，显然是意识到了事情的严重性："你说得对。"

　　夏寒又说："我希望您能把程皓上一次的心理评估报告给我，我是真的想帮他。"

　　周志东略微迟疑，最后还是点点头："好吧。"

夏寒这时也长舒了一口气，周志东从办公桌的抽屉找出一叠材料，郑重地交给了他："我也只有这些。"

夏寒接过来翻了翻，眉峰一挑，冷笑了两声："连心理医生都敢骗，他倒是胆子够大的！"

周志东摇摇头："我是真没什么办法了，夏老师，这次真的要麻烦你了。"

夏寒浅浅一笑："您别这么说，这本来就是我的工作。"

他停了停，又说："这份报告我就先带走了，如果有什么进展，我会及时跟您汇报。"

周志东非常了解夏寒在业务方面的能力，点点头："好。"

夏寒跟周志东道了别，然后拿了程皓的心理评估报告回办公室仔细地看了起来。程皓的这份心理评估报告是九山区那边的心理专家为他做的，所有数据都十分正常，干干净净，清清楚楚。但越是这样，夏寒越觉得不对。每个人或多或少都会有点心理问题，百分之百的正常是不可能存在的，除非，接受评估的人提早就做好了应对准备，然后用成功的演技骗过了心理专家。显然周志东也猜到了这一点，才觉得程皓其实有问题。在九山区，依照程皓的水平，搞定一个心理专家绰绰有余。但是在市局要给他做心理评估的人是夏寒，程皓势必在他面前无所遁形。所以，他到现在还在逃避这一次的心理评估，每每夏寒说起来，程皓就如临大敌。

到底为什么程皓会患上PTSD？这才是夏寒目前最为关心的问题。回想起他们两年前刚认识的时候，程皓的情绪状况看起来跟普通人没什么差别，甚至在调到市局之前，他看起来也很正常，夏寒推测，多数的PTSD都需要一个外在诱因，而程皓的恐高，一定也与此有关。这个诱因恐怕是近期发生的事情，夏寒认真地读着那份报告，试图从中找到一些线索出来，只有找到诱因，才能对症下药。

认真起来的时候，时间好像总是过得特别快。

窗外的天色渐渐黑下来，程皓歪在椅子上，懒洋洋地盯着电脑画面，一帧帧地播放着视频看。

"小不点儿怎么还不回来啊？我感觉我的眼睛都要瞎了！"

程皓抱怨着，一边喝着已经凉了的咖啡。

张凡凡从他手里把电脑接过去接着看："她去警校了，说会要一直开到晚上。"

程皓继续不满地嘀咕："这什么摄像头啊！什么都拍到了就没拍到脸！"

张凡凡默默地继续看着视频，程皓要求调取附近街道各处的监控，一个一个找，按照程皓的话说："我就不信就没一个拍到正脸的！"然而视频看了一下午，还是没找到，程皓都已经看得昏昏欲睡了。

这时候方贺拿报告回来，一进门就如同献宝一样地送到程皓面前："程队，现场的鞋印检测报告出来了！经过还原可以确定，留下鞋印的鞋是男款，42号，从鞋印和鞋型综合推断，应该是一双攀岩用的鞋子。"

程皓终于来了精神，一下子从椅子上蹿起来："攀岩鞋？"

方贺翻开他的本子，刚刚他从技术部那边抄了一堆资料过来："攀岩鞋是攀岩专用的工具之一，采用黏性和摩擦力好的橡胶作为鞋底和鞋边，根据脚型设计，包裹性好。最重要的是，攀岩鞋的鞋尖相比一般的鞋要尖很多，方便将力量集中于脚尖，勾挂或者踩住岩壁上的小支点，更容易发力。"

程皓垂眸思考片刻，对方贺和张凡凡说："这种鞋，外面应该不太好买到，你们分头去找找专卖店，或者攀岩俱乐部之类的，可能会有线索。"方贺立刻点头，感觉像是听话又喜庆的跟班小弟。

张凡凡问："你呢？"

程皓长叹了口气："我继续把监控视频看完。"

张凡凡看他一脸为难又要强装镇定的样子，淡淡说："我有点累，你和方贺去，行吗？"

她已经尽量用了商量的语气，不过因为说话的人还是面无表情的样子，看起来整个人都是冷冰冰的。不过程皓觉得心里一暖，他主动把看视频这种枯燥的事情揽上身，没想到张凡凡察觉了他的感受，给他找了个台阶下不说，还记得顾全他的面子。

程皓顺杆爬这种事情已经练得驾轻就熟，更何况张凡凡确实要比他心细，他于是点了点头，说："那就辛苦你了。"

程皓带着方贺一起出外勤去了，市内这种攀岩俱乐部和专卖店其实并不多，程皓开车，方贺左边手机右边笔记本，一边查定位一边记，基本上到第一家的时候，就已经把比较大的店面都找得差不多了。于是两个人开始按着地址一家家走访，这种专业器材类的店面大部分都有售后登记，要查到一双42号攀岩鞋的买主并不难。

按照鞋底花纹样式的对照，程皓和方贺在一家名为"攀峰"的户外运动俱乐部，找到了相应的一款鞋子，而这款鞋，近1年内只卖出了3双42号的男鞋，程皓与方贺对视了一眼，顿时觉得眼前一片光明。

"男性，身高在172至180之间，身体健壮，精通攀岩运动，收入中上，曾经购买过这款攀岩鞋……"

程皓坐在车里，翻着他们已经拿到的记录单："这个人如果不在3楼住户当中，一定也是与他们有关系的人。"

方贺点头："我再去走访一下3楼的住户，重新了解一下情况。"

张凡凡的声音突然响起来，说的却是跟程皓截然相反的推论："不，不一定是男性！"

程皓骤然一愣："不是男性？"

他随即反应过来："跟陆明争吵的是个女人？"

在视频里他们能看到跟陆明吵架的人，但是因为有所遮挡，只能看到那是个身高在175左右的人，穿着也比较男性化，因此推断是个男性。张凡凡这么说，证明她已经找到了对方清晰的视频影像。

他们很快收到张凡凡发在微信群里的一张视频截图，张凡凡很冷静地配合了一段语音解说："放大之后确定，没有喉结，是个女人。"

程皓瞥了一眼，说："鞋号应该是40左右，不是42，跟进陆明家的不是同一个人吧？"

方贺问："会不会是联合作案？"

程皓深吸了口气："先查查这个人是谁。"

张凡凡说："我已经在去云泉小区的路上了。交警队没人认识这个女人，希望陆明的邻居有人见过她。"

程皓对方贺说："你不是加了刚才那几家户外俱乐部老板的微信了

吗？把照片发给他们，问问有没有人认识她。"方贺立刻运指如飞开始发微信，程皓开车拐入主路，驶向下一个目的地。

天慢慢暗下来，又一个冬日漫长的黑夜即将降临。

张凡凡最先发回消息："3楼两家住户都认出这个人名叫肖芳，是住在3楼302的业主。"

程皓闭起眼又睁开，迅速回忆："就是当天晚上唯一不在现场的那个酒店餐饮部的经理？"

张凡凡回答："是。"

方贺这时候也收到回复："'攀峰'的老板说，这个人是他们家的VIP会员，半个月前，她买了一双42号的攀岩鞋，说是要送给她男朋友的生日礼物。"

程皓迅速把车掉头："立刻找到肖芳，带她回去协助调查！"

张凡凡说："她不在家。"

程皓说："去她工作的酒店！"

张凡凡下一秒报出一串地址，是肖芳的工作单位，程皓的车速骤然加快，方贺把警灯打开，放上车顶。红蓝相间的光闪烁着，照亮了这个城市沉默寒冷的冬夜。

这一夜过去，驱散黑暗，相信又将是崭新的黎明。

第 8 章

夏寒站在望海市警察学校的大阶梯教室门口，安静地等待着下课铃声响起。

讲台上的人迅速收拾了讲义和电脑，匆匆走出教室，迎面见他，一愣，夏寒已经迎上去："韩主任你好，我是夏寒。"

韩主任与他礼貌地握了握手："你好。"

韩主任随手做了个手势，指了一个方向："到我办公室说吧。"

夏寒点点头："打扰您了。"

韩主任的办公室在楼上，有个单间，他给夏寒拿了瓶矿泉水，夏寒礼貌地接过来却没动，只是放在一边。夏寒起身双手递了张名片过去，然后把自己在市局的通行证也拿了出来，说："我最近在跟进一个心理治疗案例，这个人正好是您的学生，所以，想跟您了解一些他的资料。"

韩主任收了夏寒的名片，也看了他的通行证，算是查实了身份，这才说："秘书已经跟我说过了，不过，不知道你想了解谁的事情？"

夏寒说："2007 级刑事侦查专业，程皓。"

韩主任长叹了口气："我知道他。"

夏寒问："您还记得他？"

韩主任回答："当时那件事闹得挺大的，所以我记得特别清楚。程皓连续三年都是校优秀学生，大四时被选调去市局刑警队实习，当时学院的老师都看好他，但没想到……突然就休学了。"

夏寒说："您知道原因吗？"

韩主任点点头："他一开始只是申请要请假两天，说家里出了点事，要赶回家一趟，结果过了一个月都没回来，刑警队那边也问我他为什么一直都没回去实习，我就给他打了个电话，结果接电话的不是程皓，而是他爸爸……"

韩主任从学校的档案系统里搜索出程皓的学生档案，夏寒目光很快落在那一行字上面："2011 年 4 月 13 日，申请办理休学手续。延期至 2014 年 7 月 1 日毕业。"

夏寒挑眉："延期三年？"

韩主任点头："他的病休养了三年才彻底康复，回来办了毕业手续，就出国进修去了。"

夏寒问："他办理休学时提供病例证明了吗？"

韩主任点头："档案里也有。"

他把程皓的档案往下翻，夏寒终于看到详细的病历记录，这是他第一次了解到程皓的过去。

"我一闭上眼睛，就能看到他。"

2011 年 4 月 12 日，西双版纳市第一人民医院。

22 岁的程皓脸色苍白地对医生说："我看到他死在我面前，七窍流血，在喊我，不停地喊我……"

他双手紧紧交握在一起，指甲刺入皮肉都没有知觉，眼睛里只有空洞的黑暗，喃喃地说："他喊我，说'哥哥，你为什么不救我，为什么不救我……'"

医生神情严肃地看着他，程皓忽然歪过头，朝着某个虚无的方向伸出手，笑得诡异："你看，他在那儿……"

程皓的母亲靠在丈夫的怀里抽泣，一夜之间，他们失去了一个儿子，而另一个，也变得阴郁骇人。医生给出的初步诊断是"意识分离性障碍"，怀疑他患上了急性创伤后应激障碍。程家夫妻俩都是普通职工，听不懂专业词汇，双眼迷茫地望着身穿白衣的人，只希望他能救回膝下唯一的儿子。

医生只能再详细解释："人在遭遇或者对抗重大压力之后，可能会出现心理状态失调后遗症，出现幻觉、错觉，不断闪回重复创伤性情景，简称为PTSD。"

夏寒微微皱眉："程皓因为弟弟的死而患上了PTSD？"

韩主任点头："是的，来帮他办理休学手续的是他父亲，据他所说，他弟弟在学校里吸毒被人发现，程皓匆忙赶回家就是为了这件事，但没想到，他刚到家，就看到弟弟从家里的阳台上跳了下去……"

夏寒用手捂了一下眼睛，似乎是不忍心再听下去。

他叹了口气："原来是这样……怪不得。"

怪不得程皓一直对此讳莫如深，他曾经无数次在自己面前提起过他的弟弟，疼惜的、骄傲的、遗憾的、懊悔的……他从小离家，是因为弟弟的存在，当他为了弟弟最终选择再回到那个家，一切，却都已经来不及挽回了。

关于程皓恐高的一切心理障碍都有了合理的解释，他终于知道了程皓的秘密。夏寒站起来，觉得肩膀像是被什么东西压着一样，沉得发疼。也许程皓现在就是这种感觉吧？夏寒在心里默默地想，没人倾诉，无法分享，只能在每个夜里重复同样的噩梦，心里始终压着那个愧疚和遗憾，无法卸下。这时候门外的天色已经全黑了下来，如同他此刻的心情。

周晴抱着书包，腰酸背痛地走出警校的教学楼。

这个会开得既漫长又无聊，她用力舒展四肢，伸了个懒腰，感慨道："终于完事儿啦！"

抬头就看到楼对面的停车场闪过一个熟悉的身影，高瘦挺拔，周晴立刻眼睛一亮，兴冲冲地跑了过去："夏寒……夏老师！"

夏寒正在跟人讲电话，单手撑在车门上，驼色长款大衣搭配金丝边框眼镜，看起来风度翩翩，就算在黑夜里，在周晴眼里，他也是闪闪发光的。

周晴一路小跑到他面前，夏寒已经注意到她，于是温柔地朝她笑了笑，对电话那头说："我遇见朋友了，先这样……"

对方不知道又说了什么，夏寒无奈地笑了："今晚我一定去，但是真的，我真的不需要女伴。"

周晴在旁边竖起耳朵，认真接收夏寒说出来的每个字，夏寒语气十分无奈："嗯，对……我已经……已经有女伴了，你可别再给我介绍了。"周晴听得云里雾里，但是把"女伴"两个字听得格外清楚，心里莫名纠结。

夏寒终于跟对方说完，抬眼看向周晴的时候笑得很温柔："这么巧。"

周晴把眼睛笑成两弯小月牙："是啊是啊！"

夏寒拉开车子后座的门，问："你去哪儿，我送你吧！"

周晴幸福又有些不敢相信，眨巴着眼睛看他："你不是……晚上有约吗？"

夏寒笑道："不是什么重要的约会。"

机会千载难逢，周晴立刻钻进车里，水灵灵的大眼睛左右转了一圈，又问："咦？不是有人要给你介绍相亲吧？"

夏寒的脸有一点诡异的红，说："确实是。"

周晴咬着唇不吭声，心里不太痛快。夏寒有些无奈地解释："一开始他只说是个画展开幕的酒会，让我去帮他捧个场，谁知道刚才突然就说，要帮我介绍个女伴……"

周晴突然脑子里灵光一现："酒会一定要带女伴吗？"

夏寒说："最好是……"

话音未落，就从后视镜里看到周晴眼睛里闪着光，直盯着他，笑嘻嘻地说："你觉得我合适吗？"

夏寒看她巧笑嫣然的模样，鬼使神差地说了句："合适。"

周晴兴奋得差点从座位上蹦起来："那你带我去吧！有我在，他们就不能再给你介绍相亲对象了是不是？"

夏寒对她的撒娇卖萌完全没办法拒绝，只能说："那好吧，那就麻烦你了。"

"耶！"周晴自己偷偷攥拳欢呼了一下，动作很小，生怕夏寒看到。

夏寒其实已经把她这些孩子气的小动作看在眼里，只是笑而不语，周晴眼睛里的神情一直都是真诚的，让人觉得温暖。

他带周晴去画廊，说是酒会但看起来更像是小型的冷餐会，周晴对现场展出的作品并没有太多的兴趣，反倒热衷于在冷餐区品尝各种小甜点，她跟很多年轻女孩子一样，喜欢粉红色，喜欢巧克力，也喜欢味道甜滋滋的、柔软可爱的牛奶布丁。夏寒跟几个朋友打招呼寒暄，目光却忍不住落在认真挑拣甜品的周晴身上，那一刻他的表情格外温柔，在他眼里，她就像是柔软干净的邻家女孩，不高高在上，也不骄傲做作。

周晴笑眯眯地过来找他，踮着脚小声靠在他耳边问："你饿不饿？"

朋友误以为他们是男女朋友，纷纷羡慕夏寒好福气，夏寒不好解释，只能默认。周晴心中窃喜地认下女朋友的名号，完全不觉得有什么不妥。

夏寒摇摇头，低声说："你喜欢什么就去拿吧，不用管我。"

周晴冲他皱着鼻子笑笑，眼波流转，悄悄塞了什么东西在他手里，然后把头一歪，说："那我再去逛逛。"

她兴高采烈地走远，夏寒低头，手心里是两颗水果糖，包装靓丽，在五指间闪着色彩斑斓的光。

那道光里，瘦小的男孩双手捧着颗水果糖，咬着唇，目光随之紧紧盯着掌心，就仿佛他此刻捧着的，是这个世界上最珍贵的宝物。脑海中画面翻涌，夏寒一愣，手掌发沉，他用力握住那两块糖，任凭它们硌痛了手，却始终不肯放开。

他抬头再看向周晴时，目光全然变了。悠远深邃，仿佛穿透时光而来，感激、彷徨、惊讶、兴奋……混合而生的是欲言又止的灼热。不过周晴并没有发觉，漂亮的棉花糖布丁吸引了她全部的注意力，她捡了一个，一边吃，一边在展区里慢慢踱步，虽然看不懂，看个热闹总是好的。

一幅幅画，有的是水彩，有的是素描，周晴不懂画作手法，看得一愣一愣，只觉得都挺高大上的。最后一口布丁在嘴里慢悠悠地化开，意犹未尽的甜蜜让人喜悦，周晴毫无计划地走着走着，一抬头，正迎上一只滴血的眼睛。

"啊！"她吓了一跳，跟个大号兔子一样后退了一大步，这才看清楚自己刚才看到的是一幅水彩画。她拍着胸口念叨："吓死我了！"

再定睛看去，整幅画的色调很阴沉，戴着王冠的少女只露出半张脸，表情悲伤诡异，金色长发散落在黑色裙摆上，一只眼睛里滴落着鲜红的血泪。她的脚边铺满了白色的花朵，最大的一朵在裙上盛放，当中只有一片花瓣被血泪染成红色，如同白色肌肤上的一抹朱砂痣。

周晴忍不住往前走了一步，仰起头看那幅画，自言自语："这些花……看起来好眼熟……"

她看到画的角落有标牌，于是用手机扫了一下上面的二维码。自动链接到这幅画的介绍和作者署名，周晴握着手机的手骤然抖了一下，屏幕上，那幅画有个听起来很童话的名字：《夹竹桃公主》。周晴忽然明白，那些铺了满地的花，原来是白色的夹竹桃。她急切地继续往下翻，心里总有种强烈的感觉，自己似乎发现了什么了不得的真相。

程皓率先抵达肖芳工作的酒店，车子随意停在门口就往里冲，酒店大堂经理不明所以，被程皓随手亮出的警官证吓了一跳："肖芳在吗？"

大堂经理点头："肖经理在二楼的中餐厅。"

程皓这才勉强收了收自己凌厉的气场，态度稍微和煦了点："麻烦带我们去找她。"

肖芳在餐厅门口跟人说话，程皓第一眼看到她的时候，就确认她一定是监控录像上那个跟陆明吵过架的人。她身高174，短发，着装打扮十分中性。

程皓直迎上去对她说："我是市局刑警队的，有件案子，希望你能配合我们调查。"

肖芳安静地笑了，说："是关于陆明的案子吗？"

程皓身后，方贺接起张凡凡的电话，张凡凡的声音一如既往冷峻，只是语速快了不少："程队不接电话，你在他旁边吗？"

方贺看了一眼程皓，说："在。"

他把电话递到程皓面前，程皓接过来"喂"了一声，张凡凡听出他的声音，立刻说："刚刚，陆明家的煤气又泄漏了……"

十分钟前，煤气公司重新打开了煤气总阀，恢复向云泉小区供应煤气。然而居民们很快又闻到异味，异味的源头，仍然是13号楼的5楼，陆明家。

张凡凡站在陆明家门口的走廊上给程皓打电话，身后煤气公司的工作人员进进出出地忙碌，她说："我终于弄清楚陆明煤气中毒的原因了……"

程皓放下电话，问肖芳："你为什么和陆明吵架？"

肖芳朝着程皓伸出双手，从容地说，却所答非所问："没错，是我杀了他。"

她就像是在说一件非常平常的事情，比如像"今天天气很好"一样的语调，程皓原以为她会抗辩，但没想到竟然一上来就开口认罪，他也有点意外。

不过既然嫌疑人认罪，程皓从腰间摸出手铐，直接铐住了她的双手，说："那就麻烦你跟我们回去，把事情说清楚吧！"

肖芳点点头，程皓看到她嘴角上扬，牵动眼角泛起细小褶皱，这个时候她竟然还能笑出来，于是他假装不经意地问："需要帮你通知家里人吗？"

肖芳抬手摸了摸脖颈，答道："我没有家人。"

程皓把她的动作看在眼里，不动声色地侧身，对方贺说："带走。"

方贺带着肖芳下楼，程皓拿出手机对张凡凡说："事情有点蹊跷，我立刻向周局申请搜查令，你去肖芳家里再仔细检查一遍，我总觉得，肖芳有什么事情在瞒着我们。"

张凡凡点头，她还留在云泉小区的案发现场，因为抓获了嫌疑人，所以案件推进的进展非常快，搜查令很快签发，方贺带人去跟她会合，在肖芳家里寻找更多线索。而程皓把肖芳带回刑警队，按照程序开始进行审问。

肖芳看起来很平静，程皓给她倒了杯水，她就坐在那里慢慢喝。窗外的天已经全黑了，透过被铁栏杆重重包裹的窗户，能看到天边挂着缺了一块的月亮，被层层阴云遮挡，看起来昏暗不清。程皓站在监控室，一边隔着玻璃接电话，一边盯着审讯室里的肖芳。

张凡凡说："我们在肖芳家找到了一双 42 号的攀岩鞋，对比过，初步确认陆明家外墙上的那个鞋印和 3 楼的那个鞋印，都是那双鞋留下的。"

肖芳喝水的间隙，反复抚摸脖颈和领口，程皓静静地看着，皱着眉若有所思，张凡凡又说："在床头的柜子里找到一个日记本，里面记录了陆明每天的生活起居。"

程皓说："拍几张发过来，我看看都记了些什么。"

张凡凡的声音停了停，似乎在跟谁说话，背景声音很嘈杂，乱哄哄的有好多人说话，这时候她又说："刚刚在抽屉里，找到了一张……未完成的白色夹竹桃标本。"

程皓的脸色完全变了。他推开门冲进审讯室，门被推得力道大了，关上的时候发出"砰"的一声巨响，斜对面是队长邵彬的办公室，他听到动静，推开门探头往外看："怎么了？"

路过的有人回答："好像是程队在审问嫌疑人。"

邵彬挥挥手，叫了两个警察到门口，说："你们在外面注意着点儿，里面要是一会儿打起来，记得赶紧去拉架。"他撇了撇嘴，很嫌弃的样子。

审讯室里，肖芳放下杯子抬起头看程皓，干裂的唇被水湿润，仿佛又有了生气。

程皓突兀地问："你家里怎么会有白色夹竹桃的标本，陆明身边的标本是你放的？"

肖芳点点头，直接就承认了："是我放的，标本也是我做的。"

程皓靠上去步步紧逼："为什么要在陆明身边放夹竹桃的标本？"

肖芳被他强大的气场所震慑，手按在锁骨上，声音低下来："为了……为了……"

程皓气势汹汹地吼："你在撒谎！那天你上晚班，陆明死的时候你正在酒店值班，你怎么可能再进案发现场，把标本放在他身边？"

肖芳低声重复："是我……真的是我……"

程皓说："抚摸脖颈和锁骨是一种典型的自我安慰动作，通常人们在紧张和说谎的时候都会做这个动作，你的动作已经出卖了你，你在维护谁？那个穿 42 号攀岩鞋的男人吗？"

肖芳固执而坚持地说："不，是我，是我穿了那双鞋，偷偷进了陆明家，我知道他眼睛不好，每天晚上睡觉前都要检查一次煤气阀门，于是，我就把他家的煤气阀门反过来装，他以为关上了煤气阀，实际上，是他亲手给打开了。"

程皓也不揭穿她，只是顺着问下去："你说，是你杀了陆明，那你为什么要杀他？"

肖芳点点头，双手交叠在一起，指甲在桌上一下下地划着，她低下头深呼吸了两次，这才重新开口："给我妹妹报仇……"

程皓看了一眼户籍资料，肖芳确实有个妹妹叫肖梦，年龄21岁，显示已经死亡。花季里意外凋零的年轻少女，境遇确实令人唏嘘，只是他还是不解："你妹妹的死，跟陆明又有什么关系？"

肖芳愤愤地握紧了拳头，用力捶着桌子："如果不是他见死不救，小梦怎么会……怎么会发生那种事……"她绝望地捂住了脸。

程皓愣了一下，语气沉下来："到底怎么回事？"

他凝眉肃穆的气场足够强大，终于把肖芳的愤怒压下去了些，她咬住下唇让自己冷静，这才重新开口："三年了……"

三年前，肖梦18岁，那是她考上大学之后的第一个冬天，圣诞节前夕，一场同学的生日聚会。

肖梦是家里的小女儿，肖家夫妇生她的时候都已经四十多岁了，娇滴滴的小女孩，自然要比叛逆又像个男孩性格的肖芳更受宠，从小就娇生惯养，是家里说一不二的小公主，一直都被保护得很好。天真善良，但涉世未深，于是，在面对新奇诱惑的时候，她毫无抵抗力，更不知道要如何保护自己。

一群人从KTV玩到隔壁的酒吧，在那里遇见了其中一个同学的哥哥，以及他的几个朋友。那个"大哥哥"神秘兮兮地拿出了很多色彩斑斓的小药片混在了酒里面，对他们说喝了之后，会觉得刺激又快乐。很多人好奇地试了，肖梦胆小，一开始犹豫着不敢试，但很快就被一群人一边撺掇一边怂恿着给灌了下去。眼前的世界开始变得五光十色，意识涣散，整个人都轻飘飘的，仿佛飞到了天上去，但是并没有他们说的那种极端的快乐，肖梦只是觉得浑身无力，她在笑，但是却不是发自内心的，而是不受控制一样的做出那个动作。肖梦开始觉得有些不对了，因为有个男人的手开始不规矩地伸进她的衣襟，并逐渐向下抚摸，脸上的笑容变得狰狞猥琐，她竭尽全力地挣脱开，然后踉跄着跑出酒吧。

天黑下来的时候，仿佛每个人心里的野兽都被放了出来，在璀璨妖冶的霓虹灯下，恣意纵横肆虐。肖梦的脚步蹒跚和面颊潮红失控的笑，在外人看来，不过又是年轻少女不知自爱的举动。

她用尽力气，扑向路边一个正在抽烟的中年人求助："救命……"

那人看起来高大强壮，坐在路边的长椅上神色凝重地看报纸，听到声音去看她，肖梦还没来得及再说话，对她不规矩的那个男人此时也追了出来，抱着她按住她的手，一边赔着笑："不好意思啊！这是我女朋友，她喝多了……"

中年男人的表情看起来有点为难，他看着面前纠缠成一团的男女，也判断不清到底谁说的是真话。

肖梦觉得迷迷糊糊的，终于没力气挣扎，头一歪倒在了男人怀里。男人一边抱着她，语气关切地演着："小梦……小梦……"一边揽着肖梦就要走，中年男人站起来，正想上前拦一下再盘问，但是只迈出一步，就停住了。他突然扔下报纸，转过身朝着另一个方向匆匆走去。

"我问过陆明，他承认了，那天他也觉得那个带走肖梦的人有问题，可是，他并没有跟上去！"

肖芳的情绪还是很暴躁，眼睛通红，程皓皱着眉看着她，心绪翻涌，他觉得自己的情绪也有点不好，心跳的节奏都是凌乱的。

他盯着肖芳，一字一句地问："那一天，是不是 12 月 20 号？"

肖芳诧异地点头，看她的表情程皓就知道自己猜对了，他又问："肖梦他们去的，是乐秀大街，对吗？"

陆明身为一个警察，绝对不可能见死不救，唯一的可能，就是他那时候不得不离开。

2013 年 12 月 20 日晚上，乐秀大街，是警方联合围捕毒王康泰的那一天，陆明遇见肖梦时，正好身负追捕任务。

程皓觉得自己额角隐隐跳动："这就是你杀人的理由？"

肖芳理直气壮地反问："难道这还不够吗？"

她攥紧了拳头，盯着程皓，眼睛里含着泪："我妹妹才 18 岁，就被……被……"

程皓隐约能猜到后来肖梦经历了什么，肖芳哽咽了一下，又说："后来，她就疯了，疯了三年，不让任何人靠近她。她原来那么阳光，那么天真，现在却变成了个疯子！直到上个月，她终于受不了这种痛苦，她用一块碎玻璃，割断了自己的喉管……"

程皓无力地闭上眼，深吸了一口气，努力压制下自己心里的愤怒和痛苦。他拿出手机，当着肖芳的面，拨给了老侯。

电话接通，老侯不明所以地问："喂？程队？"

程皓声音有点哑，沙沙地仿佛谁在心上撒了一把盐："侯队，2013 年 12 月 20 日晚上，你和陆明在哪里，在干什么？"

老侯愣了一下，显然不知道程皓的用意，但他猜测程皓不会无缘无故地问这个问题，于是说："队里有抓捕任务，我们在行动地点附近观察，并等待行动命令。"

程皓对肖芳说："这位，禁毒大队副队长，陆明曾经的同事。"

肖芳整个人都呆住了，她似乎听懂了程皓的话，眼泪一下子滴落下来，在脸颊上流淌，语气颤抖着完全说不下去："他……"

程皓坚定地接下去："对，当时，他在执行任务。"

他对老侯说："谢谢你侯队，我稍后跟你解释这件事。"

随后就挂了电话，眼底燃起沉暗的火焰，看向肖芳："你明白了吗？他当时在执行一项重要任务……"

他似乎有些情绪失控，声音也高了起来："我们都是警察，我们怎么可能见死不救！你就因为这个愚蠢的原因，就杀了一个警察？当时那种情况，在没有确凿证据的情况下，他首先不能辜负的是缉毒警的身份，是任务，所以，他从来没有对不起任何人！"

他单拳重重砸在桌上，只听"砰"的一声，把肖芳吓了一跳，定睛看去，程皓这一拳，直接把桌面砸下去一个坑。门外守着的两个警察听到动静，以为发生了什么事，冲进来就看到程皓气急败坏的一张脸。他浑身散发着杀气，感觉下一秒就要扑上去把肖芳活活掐死了。

"程队……"警察们不知道发生了什么，只是隐约觉得程皓的情绪不太对，连忙上去拦着，程皓转头瞪了他们一眼，眼睛里灼烧着暗色的光，令人不寒而栗。

那是仿佛要杀人一样的眼神，两个人不约而同地后退了半步，程皓合眼定了定神，语气重新平缓下来："我没事，你们先出去吧……"

两个警察对望了一眼，他们是结结实实被程皓给吓到了，不放心，但是又不能说什么，只能默默地退了出去。

程皓站在原地深吸了一口气，掏出手机，看到张凡凡给他发来的日记本的照片，上面写得很详细，陆明几点起床做饭，几点出门，几点下班，晚上几点去厨房检查各种阀门、关窗等等。

他飞快地给张凡凡回了几句话，重新坐回肖芳的面前，无视桌上那个大坑，沉声说："你住在3楼，陆明住在5楼，你根本不可能随时监视到他的日常起居，说吧，你的同伙，那个帮你监视陆明，又给了你白色夹竹桃标本的人，他到底是谁？"

肖芳摇头："我没有同伙，只有我一个人，从头到尾都是我一个人干的。"

她态度强硬，就是什么都不肯说，程皓又不能把她真的怎么样，但是不说有不说的对策，他把人扔在审讯室里，自己出去冷静一会儿，不过脑子仍在飞快地转，合上眼回忆起整个案件当中的前因后果，所有的谎话都会有被人识破的漏洞，只是要看能不能及时发现而已。他记起陆明家和肖芳家各自的位置，他们住在同一栋楼，所以，肖芳不可能随时监视陆明的一举一动，他去过案发现场，猛然间就想明白了什么，飞快地给张凡凡打了个电话。

张凡凡看到来电显示的是程皓，于是没等他开口，电话接通了就先说："附近最高楼层是6楼，我让人在对面楼5楼和6楼排查过了，只有一户在三个月前把房子租了出去。"

程皓露出赞许的神色："干得漂亮！"

她和他完全想到一块儿去了，程皓接着说："肖芳的同伴很可能之前一直在那里监视陆明，三个月……倒是很耐得住性子啊！"

张凡凡话锋一转："不过房东说，租客已经退租了，因为他还在外地，所以一直没回来收拾房子。钥匙在邻居那里，我们正准备拿钥匙开门。"

程皓问："那租客的身份证呢，查过吗？"

张凡凡声音低下去："是假的。"

程皓叹了口气，但很快又兴奋起来："不要紧，既然他来了，又要掩饰身份，欲盖弥彰，会更容易露出马脚。这么多监控录像，总有一个是我们想要的，不过……小不点儿到底哪去了？"

这时候他特别想念周晴，虽然小网警脾气不小容易炸毛，但是专业素质真的还是不错的，至少，能帮着看很多的监控录像吧。程皓决定给周晴打个电话，心想她无论在哪儿都要把她揪回来帮忙，他心里这么想着也就立刻这么做了。

周晴正站在那幅画前愣愣地发呆，手机突然响了，她一开始还没反应过来，直到安静的全场都在看她，才反应过来是自己的电话在响，赶紧躲到角落里接。

"你在哪儿？"

他的声音冷冷的又有点低哑，跟平常稍有不同，周晴顿了一下，才缓过神来，她望了一眼那幅画，小心而郑重地说："我在一个画展上，我在这里看到一幅画，是关于白色夹竹桃的……"

夹竹桃公主，一个黑色童话故事。童话中的公主美丽高贵却冰冷骄傲，王宫里的园丁为了赢得她的芳心，在院子里种下了许多夹竹桃，白色夹竹桃盛开时，公主发现自己爱上了园丁，可是从那时候起，她身边的亲人开始一个接着一个地死去。他们死于各种各样的意外，公主追查凶手，最终发现所有人都是被刻意谋杀的，是园丁亲手设计了每个人的死亡，他是王族世仇的儿子。公主用夹竹桃毒死了园丁，然后选择自杀，她的血染红了白色的花瓣，从此，夹竹桃不再有白色的花朵。

因为白色夹竹桃，预示着一场精心设计的，始于爱情、终于死亡的复仇。

程皓看完了周晴发过来的故事，心中久久不能平静。

老侯一边从走廊另一头快步走过来，一边喊他："程队！"

程皓诧异地收敛心神："侯队？你怎么过来了？"

老侯说："我来看看。"

他说着淡淡一笑，程皓就懂了，轻声说："杀死陆明的嫌疑人已经抓到了，也已经认罪了。"

老侯低下头："陆明也没有家人，恐怕也只有我们，能帮着送他一程了……"

程皓无力地叹了口气，靠在墙边，提不起精神，低头转着他手里的烟卷。

老侯看他沮丧的模样，关切地问："还有别的问题？"

程皓说："我就是想不通，陆明跟何兴远，这两个案子之间，到底有什么关联？"

老侯突然问："你说谁？何兴远？贺州那边的老何吗？"

程皓一激灵："你认识他？"

老侯点点头："有过接触，当初康泰那个案子，其中有个重要证人，是经由贺州那边接洽送过来的，老何虽然是民警，但是他开车不错，那次还是借调他过去，帮着缉毒那边一起开的车。"

程皓觉得眼前一黑："陆明与何兴远之前唯一的联系，就是他们都曾经参与过 2013 年三地警方联合围捕毒王康泰的特别行动。所以……"

这是他最不想看到的，可是，却偏偏就是发生了。

何兴远死时的舞台倒塌，陆明死时的煤气中毒，是有人在刻意设计死亡，也许他把这当作是一场盛大的作品，而白色夹竹桃标本，就是每个作品的标志。

"疯子……他是个疯子……"程皓喃喃地说着，用手捂住了眼睛，心情复杂地蹲了下去。

10 分钟后，张凡凡回报，在出租屋里找到了一架望远镜，以及关于陆明生活起居的各种偷拍照片，除此之外，现场再没有发现任何有效线索。

又过了 20 分钟，几个人匆匆走进了警察局长周志东的办公室。他们是望海市刑警队副队长程皓、警员张凡凡、方贺、法医徐晓蒙以及信息科实习网警周晴。

周志东神情严肃地对他们说："鉴于何兴远案及陆明案的案情又出现

了新的变化，两案之间产生了联系，我已经向市领导做了汇报，根据指示，确定将两案合并调查处理，成立专案调查组，我任组长，程皓担任副组长。"

他的目光扫过同样神色严肃的一众警队精英，看到他们坚定而充满决心的脸，周志东自己也觉得心中充满了希望和勇气。

他朗声说下去："2017年才刚刚开年没多久，还没出正月，就发生了如此恶劣的刑事案件，我希望大家能够团结一致，尽快查明真相，抓到真凶，还给群众一个平安、放心的2017年。专案组即时成立，本次行动代号：2017。"

此时此刻，办公室里静默无声，但每个人的心中，都静悄悄地燃烧起了一团火焰。

不负职责所托，不负期望所载。

真正的战斗，终于要开始了。

——案件2号《不负》完

案件 **3** 号

《灰度空间》

第 9 章

　　成立专案组，其实最重要的是找个地方把大家集中到一起办公而已。局长周志东亲自坐镇，还是能够显示出案子的重要性，就连禁毒大队的队长阎硕都被紧急召回，协助专案组工作。

　　程皓在碰头会上强调两点："第一，用夹竹桃标本代表着'设计死亡'的意义，充分说明这是个高智商罪犯；第二，凶手很可能与警方三年前围捕毒王康泰的行动有关。"

　　阎硕金刀大马地坐着，脸上带着一道刀疤，正如同他的外号"阎王"，看起来有点凶神恶煞的，说话声音响，中气十足，问："会不会是宋濂？"

　　周志东摇摇头："不太可能，宋濂一贯手段残暴、直接，这种绕来绕去的，从来都不是他的套路。"

　　阎硕拍了下大腿表示赞同："就是嘛！宋濂杀人放火贩毒还行，怎么可能懂这些花草叶子。"

　　程皓在旁笃定地说："一定不是宋濂。从目前的作案手法推断，这人心思细腻，对文学艺术有着不错的修养，懂得利用别人的心理，假手于人。我猜，他的学历应该不低，康泰身边都是亡命徒，可从没见过这么一号人物。"

　　周志东一愣："你觉得是来了新人？"

　　他看向阎硕，显然禁毒大队那边关于这方面的情报比较全面，阎硕摇摇头："泰国那边没什么新情报，连宋濂回来这么大的事，他们都一无所知。"

周志东说："那就双管齐下，一边继续寻找那个监视陆明的人，一边去排查康泰和宋濂集团，泰国警方不行，就动用我们自己的情报网和线人，新人出现，我就不信金三角那边一点风声都透不出来！"

周志东说完看向阎硕，他立刻说："我让人去联络一下。"

张凡凡看了一眼程皓，提议说："我觉得夹竹桃标本这条线还要继续跟，申请痕检再复查一次吧！"

程皓在旁边补了一句："还有，得查一查那幅《夹竹桃公主》的作者，这画突然出现，你们不觉得很蹊跷吗？"

周晴在旁边听了半天，终于轮到一句跟自己有关的，赶紧插话："我问过画展的主办方，他们说，这些画未来半年内要在我市几个大型商圈做巡展。"

方贺感慨一句："这阵仗……是就怕我们看不见啊！"

程皓说："送上门的线索，不查白不查。"

周晴说："就是！查了也……呃不对，是查了不白查！"

程皓冲她挑挑眉毛，周晴皱着鼻子回瞪他一眼。

周志东把这两人幼稚的表情看在眼里，全当浮云，只看向周晴："说得有道理，既然是你发现的，那就你负责去查吧！"

周晴乐得如此，她就怕没任务分给自己，俏皮地笑着答应："遵命！"

张凡凡抿着唇沉默，等周晴说完了，又问："周局，当初康泰的案子里，有没有什么重要人物，是至今在逃的？"

她这问题倒是一针见血，看起来是并不认同程皓的观点，周志东看了一眼程皓，笃定地说："只有宋濂。"

阎硕跟着解释："三地联合围捕行动的时候，宋濂在加拿大，当时重点目标是康泰，没办法兼顾，他收到风声，就躲了起来。"

张凡凡刚想再说什么，程皓开口抢了先："周局，我想看看康泰案的档案。"

周志东愣了一下，随即点头："看是可以，但这案子是保密级别最高级，我签个条子，会后带你去档案室找老郭，只能在档案室看，不能带出来。"

程皓一口答应下来："我明白。"

张凡凡原本想说的话又收了，很显然，程皓跟她想到一块儿去了。

周志东也不知道有没有注意到张凡凡欲言又止的表情，对她说："周晴那边也需要人手，你们俩一组，另外陆明的案子还没完，一定要尽快锁定肖芳的同伙。"

张凡凡面无表情地点头："是。"

周志东又看向阎硕，严肃地说："不管这件事跟宋濂有没有关系，他这次回来接手康泰的势力，都需要打起十二分注意，千万不能让他建立起望海和香港之间的贩毒通道，康泰都没能做到的事情，我们也绝不会让宋濂做到！"

阎硕点头应了，神情郑重："明白！"

会议很快结束，周志东朝程皓挥手，示意他跟自己走，张凡凡走到程皓身边，抬眼看他。

程皓懂她的意思，冲她笑笑："我看完回来跟你分享哈！"仍是不修边幅，没心没肺的笑。

张凡凡试图从他眼中分辨出些许别的情绪来，但是望向他的眼底，只是黑漆漆一片，什么都没有。她看着程皓跟着周志东走了出去，不知道为什么，总觉得程皓隐没在阴影里的背影，显得分外寂寥。

周志东亲自带着程皓办手续，因为是一级加密的档案，所以要由资料管理科室科长郭坤亲自接待，周志东在登记簿上签字，程皓双手抱在胸前，安静地等着。郭坤收了所有手续，拿出钥匙去取档案。现在警察局也都实现全程电子化办公，不过重大的案件档案还是要留存原始的文字资料的，保证做到有备无患。

程皓不但申请了电子档案，纸质档案也一起调阅了，周志东问他原因，程皓笑得极为不靠谱，说："看纸质的更有感觉。"

周志东都拿他没辙，抬手点点他："你啊！"

程皓笑嘻嘻地说："师父，我自己看就行了。"

周志东欲言又止，显然是对他的话有异议，程皓与他对望，仍是没什么正形的样子，语气懒洋洋不靠谱地说："师父啊……你要相信你的徒弟嘛！"

周志东转而无奈地笑："行，我相信。"

郭坤把档案找出来，程皓接了档案抱在怀里，向外摆摆手，示意周志东可以先离开了。

周志东停了停，看向他的目光意味深长："那你自己注意时间。"程皓冲他比了个 OK 的手势。

三地警方联合行动，同时又涉及境外抓捕，档案是非常厚的一叠，各种原始材料、文件，程皓摊开一桌子，对照着电脑里整理好的电子档案资料，慢慢地读着，郭坤在外面的办公室里继续办公，只是档案室的门是锁着的。认真起来时光飞逝，很快天就又黑了下来，程皓的眼神有点暗，眉宇间的忧虑很深，他把散乱的文件重新归档整理好，抬头看了看窗外，重重地叹了口气。

他还了档案给郭坤，赔着笑说："不好意思，耽误你下班了"。

郭坤笑着摆摆手，说："反正晚上约了人夜骑，时间还早，晚走一会儿没什么。"

程皓知道郭坤一直是夜骑爱好者，别人都开车，就他喜欢骑车，他笑着说："今晚又去小象山骑行啊？"

郭坤点头，他这个爱好在市局里几乎人人都知道，喜滋滋地炫耀："是啊，买了辆新车，约了朋友一起去试试。"

程皓在交还档案的登记簿上签了自己的名字，然后道别："那我不打扰您啦！"他双手抄在裤子口袋里，脚步轻快地很快走远。

郭坤照常收了东西，给档案室上锁，然后仔细地把钥匙收好，下班。

程皓一路溜达着往外走，却没回自己办公室。他瞥了一眼楼下停车场，夏寒的车还停在那里，看来是没走，他爬楼梯到楼上，果然心理辅导室的灯还亮着，程皓敲了门，夏寒温和的声音很快响起来："请进。"

程皓探了半个身子进去看，夏寒正在电脑前坐着，见到是他很意外："你怎么来了？"

程皓这才推门往里走，伸了个懒腰，丝毫不掩饰疲惫的神色，说："累，想跟你借个地儿睡一觉。"

夏寒站起来，从柜子里找出毯子和枕头，随手扔沙发上，指着对他说："行啊，自便。"

程皓脱了外套扔在一边，抖开毯子，脱了鞋躺下，还不忘拽个垫子抱在怀里。

夏寒不说话，继续在键盘上打字，程皓闭着眼睛听了一会儿，忽然问："你怎么还没下班？"

夏寒手上的动作不停，回答："有份报告没写完，不想带回家。"

程皓"哦"了一声就又不说话了，夏寒也不管他，继续忙自己的。很快，程皓的呼吸平缓下来，夏寒停下手，认真侧耳分辨了一下，无奈地撇了下嘴，揣上食堂的饭卡，悄悄出门去了。他下楼的时候，正遇见两辆警车驶出市局大院，闪烁的警灯把他的瞳孔映得发亮，只是颜色有些诡异的美感。

很快，夏寒拎着一份牛排饭和一份水饺上楼，打包盒里的东西一一拿出来摆好，对沙发上那个一动不动的人说："睡不着就别装了，起来吃饭吧！"

程皓伸了个懒腰，慢吞吞坐起来，打了个呵欠抱怨："吵死了。"

夏寒扔了双筷子给他："你睡不着，当然觉得吵。"

程皓把牛排饭拖到自己面前，筷子往饭上一戳，纠正夏寒："我睡着了。"

夏寒白他一眼："你得了吧！装睡的呼吸，和睡着了的呼吸，你以为我分不出来吗？"

程皓被戳穿了谎话再不吭声，假装专心埋头扒拉面前的饭。

夏寒吃了两个饺子，放下筷子问："还是睡不着吗？"

程皓诚实地认了："嗯。"

夏寒看他："我去你们学校找过系主任了。"

程皓捂脸："那他肯定什么都告诉你了吧？唉……我这回真是丢人丢大发了！"

夏寒拍他的肩安慰："这不丢人。"

程皓问："我现在的情况，是不是吃氟西汀会比较有效？"

夏寒有点犹豫："倒是可以，不过你最好把以前的病历拿给我看看。"

程皓郁闷地在头上揉了一把，说："早扔了。"

夏寒恨铁不成钢地望着他，无可奈何："那你有没有什么药物过敏史？"

程皓摇头，夏寒想了想说："我先给你开点安眠药，再观察两星期，氟西汀一旦开始吃了，短时期内不能停药，你现在还在办案，可能会有影响，最好还是先别吃。"

程皓笑得很坦然："好，听你的。"

夏寒又说："你今晚在这儿睡吧。"

程皓皱眉，刚想说话，夏寒立刻凝眉肃穆："今晚不许加班，否则，明天我就跟周局申请停你的职！"

程皓立刻把要说的话憋了回去，夏寒向来说到做到，他要是敢说一个不字，估计夏寒当场就能把他拎到周志东面前去痛陈利害，让他彻底歇菜。

吃完饭，夏寒果然给程皓拿了片安眠药，只不过要一个失眠很久的人安安稳稳睡着并不是件容易的事情，夏寒陪着他聊天聊了很久，甚至分享到了自己某年某月某日在埃及旅游时曾经打死过一只拳头大的蚊子这种不知所云的段子，让他哭笑不得。

入夜时分，程皓歪在沙发上，筋疲力尽之后，终于沉沉睡去。夏寒看他在睡梦里仍然紧皱的眉头，合了合眼，重新回到电脑前去，将沙漏调过来，开始写他那份耽搁了很久的报告。

夜色寂寥，程皓在熟睡的时候仍然会做梦，说迷离不清的梦话，看得出梦境深处依然动荡不安，但是幸好，没有再次骤然惊醒。他梦见五光十色的酒吧里人们醉生梦死，梦见波光粼粼的河面上泛过墨色的小舟，梦见漆黑不见五指的黑暗中忽然绽开在眼前的一道光。他也梦见有人在喊他的名字："程皓，程皓……"言语极尽温柔。

程皓从虚幻的梦中渐渐苏醒，他意识到是真的有人在喊他的名字，努力睁开眼，就看到夏寒手里拎着个手机，空着的那只手在拍他的手肘："程皓，你醒醒，你电话响。"

他眯着眼睛哼了一声，语气飘忽不定："嗯？"

夏寒把电话塞进他手里："是禁毒大队的阎队长。"

这显然是跟案子有关，处于职业素养和保密要求，夏寒都不会接这个电话，只是立刻叫醒程皓。

程皓定定神，瞬间让自己清醒过来，接通电话的时候语气已经没了刚才飘忽的感觉："喂，阎队……"

电话那头，不知阎硕到底说了什么，只听得出语气急促，程皓听一句，脸色就白一分，等到挂完电话，他的唇紧紧抿着，苍白至极，全无血色。夏寒清楚地看到了这一切，但却什么都没问，只是把程皓的外套拿过来，递给他。

程皓神色严肃，匆匆披上外套，说："我去趟后楼。"

后楼是禁毒大队办公的地方，就算程皓什么都没说，夏寒此刻心里也非常清楚地知道，恐怕案子又有了新变化。

时间倒回到 5 小时前，望海市沿海街，"南岸·苏荷"酒吧。

沿海街在望海市的意义，几乎相当于北京的三里屯酒吧街。而"南岸·苏荷"，应该是其中的佼佼者，"苏荷"是英国 SOHO 区的谐音，秉承了那里的颓废和华丽、个性与自由、张扬与艺术，音乐前卫、时尚、刺激却又不吵闹，在这里人们及时享乐，不问将来。年轻而又充满激情的歌手、炫目的电视墙 DJ 台、随意打动的长筒吊灯、晶莹剔透的星座包厢……后现代主义的装修风格以及顶级的私密性，吸引了不少商界名流和演艺明星成为这里的常客。夜幕降临，人们纵情狂欢，觥筹交错，纸醉金迷，酒精麻醉大脑，让身体放松，心灵放纵，于是，更多诱惑在无声无息间悄然降临，而他们却再无抵抗的能力。

警笛声划破夜色平静，穿透动感刺耳的音乐声，将一切召回现实。两辆车身印有"望海市公安局"字样的警车自沿海街内驶过，停在了"苏荷"的门口。车门被拉开，数十名警察从车上跳下来，径直闯入了"苏荷"。

门口的保安惊诧之余没来得及做出任何反应，回过神来的时候，被一水的警徽肩章晃得眼前发白，更是动也不敢动。舞台上激情四射的钢管舞演出被突如其来的不速之客们打断，顾客们纷纷面露诧异之色看着他们。

酒吧经理匆匆忙忙地迎了过来，面色惊恐不安但勉强镇定，急促地搓动着自己的双手，努力挤出几丝笑意来："警官，您有什么事？"

带队的人是阎硕，他的身高将近一米九，块头很大，脸上的刀疤在迷离不清的灯光的照耀下，显得极其凶神恶煞。

阎硕看了一眼酒吧的经理，亮出证件来，问："你是这间酒吧的负责人？"

经理光是看他就忍不住从脚底到后背全都直冒冷汗，强装镇定地点头："是，是，我是这间酒吧的经理。"

阎硕收回警官证，冷着脸说："开灯。我们收到举报，说你们酒吧有人吸毒，现在要对现场所有人进行检查。"他说完，不等经理反应，已经向其他警察做出了"开始搜查"的手势。

经理整个状态就是一个大写的"懵"，很快，所有的灯都被打开了，整个酒吧被照得堪比白昼。警察们四散开来，检查现场每位顾客的身份证，并一一登记询问，阎硕问经理："这里有几个包间？包间里都有客人吗？"

听到"包间"两个字，经理的眼神不自觉地闪躲了几下，嘴角下撇，说话有几丝犹豫："有包间，不过……不过……没人。"

阎硕一看这就是睁着眼睛说瞎话，亮嗓子吼了一声："老侯！"

副队长老侯闻声走来："队长。"

阎硕说："带几个人，去包间看看。"

老侯点了几个人跟着，正要往包间那边走，经理有点儿慌了，快步走到他们前面挡着，言语中带着三分暗示，七分警告："我说，几位警官，这里面的人可不能查啊！"

阎硕看着他，露出一丝轻蔑的笑意来："刚才不还说里面没人吗？我倒要看看里面是什么牛鬼蛇神，怎么还见不得人了！"说着推开经理，带着人大步地走进包间。

经理在后面无力地阻拦："警官，真的……真的不能查啊！"都是得罪不起的人，这回算是彻彻底底栽了。

归功于包间良好的隔音功能，走廊里面很安静，确实像里面没人一样。不过推开门，迷幻的音乐夹杂着男男女女的调笑声，一股脑便涌了出来，排山倒海般的，里外就像是两个世界。

包间内烟雾缭绕，在开门的一瞬间，烟雾在门前袅娜散开，才看清楚里面的景象。里面一共四男三女，其中两男一女正滚在沙发上，肢体纠缠，场面极尽迷乱，不堪入目。还有两男一女歪躺在地上，面对桌子的沙发上，仰着头，有的哈哈大笑，有的表情呆滞，还有一个反复地念叨着什么，总之神志都不太正常。剩下的一个年轻女人正站在电视荧幕前面，随着音乐和画面疯狂地扭动着身体，身上的衣服被脱的只剩下背心和内裤，丝毫没有察觉到在公共场合袒胸露乳是件多么羞耻的事情。杂乱的桌面上，放着几个透明的玻璃杯，旁边散落着一小袋开了封的紫红色的药丸。有几颗落在白色绒毛的地毯上，白中染了尘，红中却带着妖冶诡异。

看到房门被撞开，警察闯进来，他们仿佛没有意识到事情的严重性，只是眼神涣散地看了他们一眼，便又自顾自地继续沉浸在自己的世界里。只有一个年轻人从沙发上翻下来，摇摇晃晃地朝着阎硕走过来，伸出手往外推了一把，似乎是想推开他，却因为眼神涣散而推了个空。

"大叔，"年轻人语气含混，却带着挑衅意味地问，"都一把年纪了，也学人家出来玩啊！"

阎硕这种瘾君子见得多了，见怪不怪，嫌恶地伸出手一拐，便把他按在了墙上，反手用手铐铐住了他的双手。老侯跟着带人冲进去，一眨眼的工夫，便将这几个不知死活的年轻人制伏，他们的挣扎在受过专业训练的警察面前简直如同小打小闹。负责录像的警察适时地将镜头对准了现场桌上散落的毒品，以证明这是一次人赃并获的缉毒行动。

其中一个年轻人被拧手按倒在地上，却还梗着脖子叫嚣："你们谁啊！竟然敢抓我！不要命啦！"

老侯蹲下去，伸手拍了拍他的脸，明知他意识不清，但还是问："你倒说说，我们怎么不敢抓你了？"

年轻人仗着自己的身份，一副天不怕地不怕的样子："我告诉你！我爸是望海市首富！小心我爸……"

他哽了一下，似乎是意识更不清楚了，声音低下来："我爸……"然后头一歪，竟然就这么昏过去了！

老侯又好气又好笑，骂了句："你爹在外面努力赚钱，就生出你这么个不成器的玩意儿，我要是你爹，非打死你不可！"

其他的同事也已经把沙发上纠缠的人给拉开，和男人纠缠在一起的年轻女子似乎已经没什么知觉了，身体绵软，像个被人随意摆弄的布偶。警察将她拉起来的时候，忽然发现竟然还有白沫从她嘴里冒出来！

"不好！"经验丰富的缉毒警顿觉不妙，立刻喊道，"叫救护车！"

老侯被这一嗓子吸引了注意力，定睛一看，当场就傻了。下一秒他声音嘶哑地发出一声惨叫："小敏！"

这个年轻的女孩儿，竟然是他的女儿侯晓敏！

5 小时后，程皓神色凝重，匆匆走在黑夜里，面前是灯火通明的禁毒大队办公室。

这里彻夜灯火明亮，所有人都在熬夜奋战，只等着 6 个吸毒被抓的年轻人从毒品带来的亢奋中清醒过来。毒瘾过去之后，这些年轻人一个个精神涣散，脚步虚浮，双眼无神，目光呆滞，苍白无力地趴在那里不动。阎硕并没有着急去审问他们，明明是最好的年纪，却已经被毒品腐蚀了全身，纵然反抗，也不过是虚张声势，所以他不急。他做了二十多年的缉毒警，大到毒贩头子，小到最底层的吸毒者，形形色色的人他见过不少，他很有信心，善恶到头终有报，所有人都注定要为他们犯过的错误，付出应有的代价。

亲属都已经到了，无论是商界首富还是社交名流，一律被拦在外面，聚众吸毒及非法持有毒品都是犯罪，无论他们是谁，有多少钱，多少权势，怎样显赫的身家背景，也逃脱不了法律的惩处。

阎硕正用那个跟了他十几年的搪瓷杯喝水，杯子的边缘已经有些生锈，还是他当初立三等功的时候警局给发的，他在等消息一个个传进来。

侯晓敏吸食毒品过量，当场就被送进了医院，老侯跟着去了，身为一个缉毒警，却发现自己的女儿吸毒，这对他的打击是空前毁灭性的，阎硕也不知道怎么安慰他，送他上救护车的时候，只能拍了拍他的肩膀，叮嘱说："好好照顾小敏。"

满脸络腮胡子，外号叫"大胡"的警察这时候走了进来，兴冲冲地说："队长，这几个人的身份问，问清楚了！"

阎硕放下杯子，挥了挥手，做了个"快说"的手势。

大胡捧着询问笔录开始念："除了侯晓敏之外，另外两位女性是MIKO网的主播，四名男性分别是望海首富的儿子王安漠、当红小生秦冠宇、唱作歌手时余，还有一个是秦冠宇新戏的副导演。"

正巧拿检验报告进来的警察"大头"听完这一串人名，随口评价了一句："哇！都是娱乐圈的！"

阎硕冷笑了一声，语带轻蔑："毒品社交。"

大胡跟着啐了一声："可不是！你说说现在的这些年轻人啊，这都是什么风气！好好的日子不过，跑去吸毒，还当流行时尚！"

阎硕没评论，随即问了一句："那个王安漠，说他爸爸是首富，是不是就王世孝，那个做电商网站的？"

大胡点点头："没错，就是他。带着律师在外面等着呢，听说是连夜从外地赶来的。"

大头感慨："难怪我们抓人的时候，他儿子这么嚣张。"

阎硕又问："秦冠宇是演电视剧那个吗？"

大胡叹了口气："对啊！就是他，听说微博粉丝有好几千万呢！还大部分是未成年人，作为一个公众人物，他的一言一行对那些孩子的影响，可能比父母和老师还要大。这会儿网上都要吵翻天了，你知道那些孩子怎么说？说他那么帅，吸毒也没什么大不了的，凭什么要抓他们的偶像……你说咱们辛苦缉毒，那么多血泪的教训，竟然还比不过这一张脸！"

大胡说完这句话，整个办公室都沉默了。

"即便如此，这事儿总得有人做吧！"阎硕开口打破平静，"做了这么多年的缉毒警，什么风浪没见过？生死一线的时候，谁还能想那么多？毒品祸害了那么多人，我们不抓人，怎么救人？就抓这么个小明星，就整得你怀疑人生了？"

大胡摸着利落的寸头笑得豪爽："队长，小看我不是！"

阎硕作势踹他一脚："那就拿出点儿干劲来！去洗把脸，一会儿接着审！"

大胡笑嘻嘻地去了，大头把报告递给阎硕："队长，缴获的毒品一共26克，经过再次确认，的确是'红冰'……"

阎硕把报告接了过来，翻着看了看，眉头皱起，脸上斜穿而过的疤痕看着更加狰狞。

他看了一会儿，对大头说："你去看看，程队长到了没有？"

大头立刻一溜烟地冲出门，但很快又转回头扒着门槛问："队长，是哪个程队长啊？"

阎硕狠狠瞪他一眼，没好气地说了一声："对面楼，3楼专案组的程皓！"

"哦哦！"大头恍然大悟，但又好奇地问，"咱们队的事儿，为什么要找专案组的人来啊？"

一叠文件直接摔过去散了一地："让你去你就去！"

阎王火了："你是队长还是我是队长啊！"

大头顿时脚底抹油跑得飞快，边跑还不忘边说："你是！你是队长！"

阎硕看着他的样子，忍不住笑骂了一句："傻了吧唧的……"

没过一会儿，程皓就晃了进来，大头跟在他后面，只冒出一个脑袋来，看起来挺喜感的。

程皓直来直去，开门见山："阎队，真的是红冰吗？"

阎硕指指地上的材料，跟大头比划着，后者立刻机灵地把文件收起来，递给程皓。

程皓打开文件夹，第一页上面有几张摊开的照片，是在现场拍下的。虽然桌子上的东西摆放得比较乱，但他还是一眼就看到了杂乱的桌面上紫红色如大粒海盐一样的毒品。

他当即愣住了："竟然真的是'红冰'？"

他抬起头与阎硕对望了一眼，两人心领神会，不约而同地说：

"宋濂！"

"宋濂。"

阎硕问："虽然不知道宋濂跟专案组在查的案子有没有关系，但是毕竟红冰跟康泰有很大关系，就叫你来了。"

程皓点点头，表情严肃得可怕，笃定地说："当初红冰的配方一直都在康泰手中，秘不外传，所以他的货是金三角独一份，供不应求。康泰死了3年了，这货必然不是他的。看来宋濂接管了他的势力之后，又找到了这份配方，开始重新生产。"

阎硕感慨："原以为打掉了康泰，红冰就此销声匿迹了，没想到，竟然又出现了。"

程皓想了想说："红冰是在冰毒的基础上进行提纯，其威力至少是普通冰毒的两三倍，吸食者一旦染毒，立刻就会深陷，而且用量持续增长，毒瘾很难戒掉，所以，危害比一般毒品都要大。"

阎硕又说："看来，宋濂的手，已经伸进望海了。"

程皓的脑子里突然想起之前顾向华所说的，不免心惊，他强压下心头的不安，问："能弄到这么高级的毒品，还拿来做毒品社交的，恐怕这几个吸毒人员的身份，也并不简单吧？"

"没错。"阎硕简单地把几个人的身份跟程皓重复了一遍，末了，用手敲打着桌面，语气里透出一丝气愤和惋惜，"这就是我们的下一代！我们国家的未来！要是人人都像他们，我们国家早完了！鸦片战争才过去多少年啊！中国是怎么被列强敲开国门的，怎么这么快就全都忘了呢！"

程皓听了这几个人的身份之后，心存疑问，又忍不住感慨："吸毒人员低龄化、多元化趋势明显，也是近几年来面临的重大问题。可冰冻三尺，也非一日之寒。我们只能尽力而为，希望能起到警示作用。"

他话锋一转："不过，从目前这几个人的身份来看，老侯的女儿跟他们应该没什么交集才是。为什么她会跟娱乐圈的人混在一起？"

"那就得让他们告诉我们答案了。"

阎硕把桌上的资料拿起来，高声喊："大头，你跟我进去。"

程皓知道这虽然可能跟专案组有关，但毕竟还是禁毒大队的主场，主动说："我在外面听。"

3个人到审讯室外面，透过单反玻璃看到被关在审讯室里面的年轻人，头发蓬乱，脸色苍白，低着头，佝偻着腰，没有丝毫年轻人的生气。

阎硕看了冷笑："看看，吸毒的后遗症出来了。"

只是他没想到，程皓竟然也很精于此道："机体停止供药一段时间后，吸毒者在精神上会表现出极端的偏执和抑郁状态，例如，不想和人说话，一沟通就会显得十分固执，等等。而滥用次数越多，抑郁状态就会越严重，严重的甚至会产生自杀倾向。"

阎硕眼神赞许地望着他："程队长不愧是在国外留过学的，就是比我们这些大老粗懂得多。"

程皓笑着摆手："您过奖了，我这个人吧，就是好班门弄个斧什么的，什么都知道一点儿，不过您要是再让我往下说，我可就真说不出来了。"阎硕也看不出他是真不知道还是演出来的谦虚，反正这都不是重点，也没什么好计较的。

这时候程皓又出声了，指着里面那人问："这个就是那个望海首富的儿子是吧？"

阎硕点头："家里有钱，又接受过良好教育，本来可以有大好的前程，可惜自己走进了死路，怪不得别人。"

程皓在单向玻璃后面站定，看着王安漠维持着长久以来的姿势一动不动，如果不是轻微起伏的胸口表示他还活着，他甚至觉得审讯室里坐着的是一个死人。

阎硕在王安漠对面坐下，翻开手边的记录本，喊他的名字："王安漠。"

这是程皓第一次见到警方审讯吸毒人员，不是当事人，而是一个彻头彻尾的旁观者。他静静地往后靠，找了面墙倚着，面如止水，看不出半点情绪。他极难有这么严肃深沉的时候，如果换了周晴在，估计又要笑他假正经。

程皓严肃，阎硕在审讯室里倒是笑得很洒脱。

王安漠一言不发，阎硕倒也不生气，粗哑的声音带着几分调侃："瞅瞅，还不理人了。我说是不是因为平常没什么人这么连名带姓地喊你啊？哎，我特别好奇啊！你身边儿那些人平常都怎么喊你啊？王大少？漠少？你是不是觉得一群人在后面跟狗似的巴结你，心里特爽，特有成就感，特别能满足你的虚荣心啊？"

王安漠抬眼看了他一眼，脸色苍白，却还是带着几分倔，冷哼一声，看起来高傲得很，依旧没有说话。

程皓把他的表情看得清楚，怜悯而无奈地评价："仗着自己家里有钱，以为有钱就能搞定一切，愚蠢。"他把目光移到阎硕身上，心里很好奇，不知道这位身经百战的缉毒警打算用什么手段让王安漠开口。

阎硕问了几个问题，结果对方一句话也不回，两个人对峙了好一会儿，阎硕终于忍不住站起来，拿着一次性杯子，兀自接了杯水，放在王安漠的桌子前，甚至因为他双手戴着手铐不方便而把水杯往他面前推了推，双手撑着桌面，笑着接近他："我知道你们家律师多。我不过就是个小警察，不想在快退休的时候收到你这种人的投诉。"

吸毒之后容易口渴，而阎王的行为恰恰就像他所说的那样，算是对王安漠的一种礼遇。王安漠舔了舔干涩的嘴唇，看着阎王，讥笑了一下之后，用两只手抓起面前的水杯，仰头一饮而尽。

阎王拿走杯子，又接了一杯放在他面前，然后吩咐大头："你在这儿待着，如果他想喝水、想吃饭，你就给他弄。如果不想吃也不想喝，那什么时候想说话了，什么时候再叫我。"说完，阎王便头也不回地离开了审讯室，出来之后，看到程皓站在门口，正似笑非笑地看着他，意义不明地说了一句："受教了。"

阎硕知道程皓看出了门道，摆了摆手，表示这没什么，然后说："走，我们去看看另外几个人去。"

其他几个人的抗拒倒是没有王安漠那么强，两个女孩儿更是当场哭了出来，一边哭一边说自己什么都不知道，就是想借着这个机会在秦冠宇的新戏里面露个脸，毕竟秦冠宇是现在最红的小生之一，而这部剧又是王安漠父亲的公司投资的，讨好王安漠和副导演也在情理之中，至于毒品的来源、种类，她们一概不知道。另外两位怎么看也是老滑头了，只承认自己吸毒，但是一口咬死了毒品是王安漠带来的，大概他们心里也清楚，"参与吸毒"和"携带毒品"及"教唆他人吸毒"是完全不同的罪行。

程皓边玩手机，边旁听完整个审讯过程，悠悠给了这两位评价："无耻。"

秦冠宇因为吸毒被抓，大概知道自己大势已去。现在的媒体无孔不入，也许外界已经吵翻了天，他必然再难有翻身机会，所以整个人的精神已经崩溃，反倒知无不言，透露出一些有用的信息来。

他慢慢地说:"昨晚的局,是严琦组的。"

阎硕听到新的人名倒是很兴奋:"严琦是谁?"

秦冠宇说:"是跟我同组的一个演员。"

大家都没听说过这个名字,显然严琦这个演员完全没什么知名度,程皓拿出手机现场搜索了一下,评价道:"长得还不错。"

秦冠宇知道的也有限,大致的来龙去脉是:严琦恰好跟秦冠宇一起拍戏,他公司想往戏里塞两个新签的女主播,于是严琦就组了个局,拉上副导演和同组的另一个演员,又让秦冠宇喊上了王安漠。不过严琦只负责组局,场地是秦冠宇选的,毒品是王安漠带的。

从审讯室里出来,阎硕朝着程皓耸耸肩,说:"这事儿越来越有意思了,严琦自己组局,结果临时有事儿,没来!"

程皓似笑非笑:"一个红过气了的小明星,组了这么大一个局,自己却没来?鬼知道他到底是有意的,还是无意的。对了,有人在'苏荷'聚众吸毒的消息,是谁爆给你们的?"

阎硕挑眉:"你怀疑严琦有问题?"

程皓把头一歪:"咱们这儿是望海,又没有神通广大的朝阳区群众,这么准的消息,肯定不是普通人随随便便就能拿到的。"

阎硕说:"我让人去找严琦回来问问话。"

程皓满意地把手里正玩着的一支笔转了个圈:"可是侯晓敏为什么在场,我们还是不知道。"

阎硕摊了摊手:"如果王安漠不说的话,那恐怕就要问侯晓敏本人了。"

程皓笑眯眯地说:"他会说的。"

看他那个胸有成竹的样子,阎硕眼前一亮,程皓冲他摇了摇自己的手机,神秘兮兮地说:"看,我定的外卖到了。"

夏寒拎着两个大袋子站在门口,一脸无奈地看程皓乐颠颠跑出来接走他手里的东西。程皓笑得又点头又哈腰,明显是在讨好他:"这么晚了,真是麻烦你了啊!"

程皓一边说,一边打开袋子看里面的咖啡,问:"给我多加糖了吗?"

夏寒指指里面的糖包,同时对程皓这种暴殄天物的行为表示惋惜,摇了摇头："过量的糖分会破坏咖啡本身的香味，脂肪含量增加容易导致肥胖症，引发糖尿病和高血脂病。真搞不懂你没事儿为什么非要摄入这么多糖分。"

程皓已经习惯了他百科全书一样的思路，耸肩："夏老师，我觉得你只当个心理专家真是屈才了……"

夏寒瞪他一眼，程皓立刻就尿了，认真解释："其实吧，这些不是给我的，我给别人准备的！"

夏寒搓着有点凉的手问："哦？你打算害死谁？"

程皓收拢起所有袋子，说："改天跟你细说，现在有正经事儿。"

夏寒也知道程皓肯定不会做出什么出格的事儿，之所以这么逗他，无非是心里不满他大半夜的折腾自己出去买东西，所以拿他消遣一下罢了。

他朝程皓挥了挥手，示意自己要走了，程皓招手道别很热情，兴冲冲地喊："谢啦！改天请你吃饭！"话音未落，转眼这人就跟一阵风一样，瞬间就跑没影了。

夏寒又好气又好笑地站在门口，侧头笑出声来："你都欠我多少顿饭了，你自己有数吗？"

程皓风风火火跑回来，把手里拎着的两个袋子搁在桌上，阴阴一笑，问："王安漠喝了几杯水了？"

阎硕把大头喊出来问了问，大头特得意地比出一个巴掌："第5杯了！"

程皓撩开袋子给阎硕看，意味深长地笑着说："不如，让我进去跟他聊聊？"

第 10 章

　　阎硕之前听过老侯的案情汇报，知道程皓的诸多传说，尤其是那个所谓的"读心术"，听起来很是邪性，但是竟然让顾向华如实供出了宋濂，这一点就让他十分好奇。

　　所以程皓提出想进去见见王安漠，阎硕是完全赞同的，毕竟王安漠什么都不说，对于案情没有半点帮助。他于是立刻就答应了："行，没问题。"

　　他挥了挥手，把大头招呼过来，说："你带程队长进去见见王安漠。"

　　程皓知道阎硕这是为他考虑，干脆地揽着大头，笑道："正好，你留下帮我做个笔录。省得我一个人问话，怪无聊的。"

　　他越说得轻描淡写，阎硕看他笑容洋溢的脸，越拿不准他心里到底想的是什么，只是开玩笑地瞥大头，嘴上说："一会儿少说多看，跟程队长好好学，知道不？"

　　程皓打着哈哈："互相学习，互相学习。"

　　他把袋子拎进审讯室，搁在桌上然后打开，开始往咖啡里加糖，顿时房间里弥漫起一股诱人的甜香。大头加了一晚上班，肚子空荡荡的，闻到那味道深深吸了吸鼻子，问："哇，什么这么香啊？"

　　程皓笑眯眯地说："焦糖布丁。"

　　打开的纸盒里装着还散发着热气的甜食，咖啡微苦，鸡蛋和奶油却甜得滑腻，在砂糖的包裹下闪着金黄的光泽，气息交融，让人忍不住食指大动。王安漠的喉头不自觉地滚动了一下，僵硬地别过头，将目光从甜食上移开。长期溜冰导致饮食不规律，吃饭吃不下多少，溜冰的时候感觉不到饥饿，可快感过去之后才觉得精力过分消耗，又饿又困。很显然，他刚刚动心了，然后又犹豫了。

程皓将他的小动作都看在眼里，把椅子拉到他的面前，跟他面对面，难得语气温柔地说："咖啡和布丁都是热的，现在吃刚刚好。"

王安漠不动，程皓又说："我要是你，我肯定不会犹豫。你昨晚被人赃并获，按照法律规定，警方有权对你进行刑事拘留，最长 37 天，超过一个月，你难道都不准备吃东西和说话吗？"

王安漠的手指搓着袖口，带动着手铐发出细小的、哗哗的声音，眼皮下垂，眼珠看向一边，眼神涣散，嘴唇微动。

程皓又说："你真的不饿吗？"

他把布丁往对方面前推了推，王安漠终于把头转过来，小声回答："饿。"

程皓勾起手指，在桌面上轻轻敲了敲，说："你们家的律师已经来了，你吃点东西，一会儿可以让你见见他们。"

王安漠的目光已经落在了布丁上，他此刻饥肠辘辘，身体的每个细胞都在叫嚣着要吃一点热食来安慰他的胃。

程皓又说："你叫王安漠，对吗？"

王安漠的手已经伸向了布丁，回答："是。"

程皓的手在桌面上又轻轻敲了两下，依然维持着刚才的节奏，再问："王世孝是你的父亲？"

王安漠犹犹豫豫地剜了一勺布丁，点头的时候停下手里的动作，又看程皓，程皓的声音温和，带着几分蛊惑的意味，手指在桌上第三次敲下，笑道："吃吧。"

王安漠终于放松下来，香甜的味道便在口腔内散开，引发了他的食欲，他端起咖啡，迫不及待地喝了几口，接着大口把布丁吃掉，也许是甜食带来的副作用，他觉得自己的精神好了许多，整个人瘫在椅子上，长舒了一口气。

这时候程皓突然又说话了："昨天的毒品，你是从哪儿弄来的？"

王安漠愣了一下，下意识地想要抗拒回答，但是程皓的手指又在桌上缓缓敲了两下，熟悉的节奏让他心中一动，竟然鬼使神差地脱口而出："找阿彪买的。"

程皓笑了，大头刷刷在本子上记录着，摄像机的指示灯闪烁，一直在默默拍摄，将审讯室里发生的一切都如实记录下来。阎硕在单反玻璃后面露出赞许的笑容，他似乎看出了点程皓问话的门道。

王安漠说完才意识到自己说漏了嘴，瞪大眼睛盯着程皓抗议："你诬我！"

程皓摊手做无辜状："我冤枉啊！我好吃好喝供着你，连句重话都没说过，哪里诬你了？！"

王安漠情绪一激动，忽然觉得肚子发胀，他皱眉不悦地吼："我要上厕所！"

程皓没动。

王安漠以为他没听到，又提高了声音重复了一遍："我要上厕所！"

程皓朝他咧着嘴笑了："可以啊！"

他抬起手，手掌向上在审讯室里环绕一圈："这儿地方这么大，您随意挑选，想在哪儿尿，就在哪儿尿。"

王安漠这才意识到阎王和程皓拼命给他喝水，还让他吃甜食的意义所在，大力晃动着椅子，戴着手铐的双手也挥舞着，怒目圆睁，骂道："你混蛋，你们合伙阴我！"

"这话说的，我就不开心了。"程皓心里乐开花，可脸上还是佯装生气，"哎，王大少爷，王公子，咱们讲讲道理成吗？我连一个指头都没动你，你凭什么说我阴你？我又不是天蝎座，这锅我可不背。"

王安漠气得要命，最重要的是他觉得自己快憋炸了："我要上厕所！"

程皓一脸委屈："我没不让你上啊！哦，我知道了，你是不是动手不方便，要不然，我帮你把裤子脱了？"旁听的大头扑哧一声笑了出来。

阎硕无可奈何地评论："见过不要脸的，没见过这么不要脸的。"当然指的是程皓无疑了。

审讯室里，王安漠恶狠狠地盯着程皓："你威胁我？"

程皓笑着的嘴角勾起一抹骄傲的猫弧来："这怎么能叫威胁呢？我这

可是关心，关心好嘛！都是文明人，有事就要心平气和地解决嘛！我就有一个不成熟的小建议，你要不要听听？"

王安漠从没见过这样的警察，嬉皮笑脸，一点正形都没有。要是遇到一群正经严肃的警察，他还可以硬碰硬扛到底，等着家里的律师来处理，可偏偏让他遇见这么一位，你明明跟他说法律，他非要跟你讲周星驰，无论你多么用力地一拳打过去，都像打在棉花上，一点劲儿都用不上。从昨天被抓到现在一次厕所都没有上，咖啡和砂糖都是利尿神器，此时仿佛翻江倒海一般全冲着膀胱处而去。王安漠很想继续和程皓对峙下去，可是他控制不了身体的本能。

程皓屈起手指再次敲打桌面，王安漠听到这个声音，肩膀终于松懈了下来，回答："好。"

程皓抿着嘴笑起来，慢条斯理地说："呐，王公子，我知道你怕什么，你怕自己面子全失，尊严扫地。可是你想想，你吸毒，你有毒瘾，等你毒瘾发作的时候你会是什么样子？"

程皓盯着他，目光渐渐犀利起来："我见过很多瘾君子，我看着他们浑身抽搐，哭爹喊娘，跪着喊着求别人给他们毒品，哪怕只有一丁点儿……"

王安漠的瞳孔渐渐放大，然后神情涣散，显然，程皓的话击垮了他最后的内心防线。

"你现在勉强还能算有个人样，可一旦你毒瘾发作，你不停地呕吐、流泪、大小便失禁，身上每一块儿骨头，每一块儿肉都在疼，针扎一样的疼，像有人用铁刷子刷你的皮肉一样的疼……那时候，你会丑态百出，会生不如死。那时候，摄像机会清楚地记录下你这个人不像人，鬼不像鬼的样子，到时候，你的面子、尊严，什么都没了……"

程皓的声音有点沙哑，低沉到恰到好处，有种历尽沧桑的沉暗落寞，但字正腔圆，每个字都仿佛一把刀，犀利地划开王安漠的心脏，逼着他亲眼看着鲜血流了一地。

王安漠终于败下阵来，骄傲和强硬瞬间碎裂成无形的烟尘，被风吹散，他耷拉着头，低声问："你们想知道什么？"

大头在一旁已经听傻了，嘴巴大张，呆呆不动，程皓照着他的脑袋拍了一下，他才猛地回过神来，赶紧临危正坐，继续记录。

程皓把阎硕喊了进来，接下来的问话，显然他要比自己更合适。

交接的时候阎硕拍了拍他的肩膀，说："辛苦你了，程队。"

程皓不以为然地笑笑，冲他摆摆手，但是额头上已经渗出了细小的汗珠。

审讯室里，问话还在继续。

"阿彪是谁？"

"我不知道，我几乎不认识他，只是在他那里拿货。"

"你们都怎么联络的？"

…………

程皓蹲在走廊的拐角，把烟卷在手里转了一圈又一圈，烟草的味道让他心动，他抿紧了唇，咬牙忍住内心的焦躁。

只有直面诱惑，才能抵挡得住诱惑。可是，人无完人，总有软弱无力，无法坚守内心的时候。

烟卷最终被程皓用力掐断在手里，他把断成几截的烟扔在地上，把脸埋在双手之间，深深地吸了口气。一只手按在他的肩头，沉稳有力，带着一股茉莉味的浅香，缓缓将他包围。

"累了？"

张凡凡清冽的声音响起，程皓这才意识到自己竟然完全没有注意到她过来时的脚步声，他刚刚是真的有些情绪失控了，以至于连一贯的水准都没能保持下来。

幸好来的只是张凡凡。

不过程皓还是迅速站了起来，揉了两把脸，搓得脸颊有些红，他笑嘻嘻地抱怨："是啊，查案太费脑子，又困，好想喝咖啡啊！"他说着伸了个懒腰，挑眉："你找我有事？"

张凡凡也不知道到底有没有看出来他这个掩饰动作，或者说，她注意的点并不在这里，她只是对他说："大家都忙了一晚上，我让他们回去休息了，你要是没事，也早点回去吧！"

程皓眨巴眨巴眼睛："就这事儿？"张凡凡不说话，只是收了下颌表示肯定。

程皓在她瞳孔凝聚起的目光里，看到了自己清晰的倒影，不知道为什么，刚刚心里的焦躁不安，被她这轻描淡写的一眼看去，顷刻间烟消云散。

他双手抄进裤子口袋里，说："我这就走，先去跟阎队打个招呼。"

张凡凡点点头，程皓以为她会先走，然而他进去晃一圈跟阎硕道了个别，回来看到她还在那里，静静地靠在墙边一盏廊灯底下，被一团莹润的光笼罩，视线却不知道飘向何处。

他想起年轻时在警校的日子，他们偶尔会约一起吃饭，张凡凡就喜欢这样一边靠墙放空，一边等他下楼，然后他走在她身边叽里呱啦地当个话痨，两人一起肩并肩走远。

时过境迁，那些好像都发生在很久以前，现在，他似乎也没那么喜欢说话了。

他们俩静静并肩走出禁毒大队的门口，走在黑暗里，但路灯依然明亮，为他们照亮眼前的路。

不知道走了多久，程皓突然说："禁毒大队昨天收到线报，在一家酒吧里面抓到了7个聚众吸毒的人员，其中有当红小生、首富的儿子、副导演，还有一个，是老侯的女儿。"

虽然不是太熟，但是毕竟打过几次交道，乍一听到这个消息，张凡凡也有些愕然。

程皓接着说："……现场缴获26克毒品，经过检验，是红冰。"

张凡凡对毒品方面并不是非常了解，尤其是这种涉及品种的，程皓于是继续解释给她听："红冰曾经是康泰集团独有的一种新型毒品。"

张凡凡很快理清楚事情的前后思路："你觉得，这次的事和之前的两个案子有关联吗？"

"我希望没有……"程皓摇头，语气有些忧虑，"可直觉告诉我，有。"

张凡凡顺着他的思路往下说："但是，从作案手法上来说，这3个案子风格不太一样，不像是一般的连环犯罪行为。"

"他在设计死亡……每一朵夹竹桃标本，每一个受害者，都是他的作品，这就是他的风格。"

程皓瞪大了眼睛，他不想承认，可他不得不承认："他是个变态，冷静的、文艺的、高傲的、才华横溢的……变态。"

张凡凡说："可是，这次并没有出现夹竹桃。"

程皓叹了口气："不知道为什么，我有点不好的预感。"

张凡凡平静地说："会不会是你想多了？"

程皓说："我也希望是我想多了，那样就好了。"

张凡凡又问："不过确实有一点非常不合理，老侯的女儿为什么会吸毒？怎么会跟娱乐圈的人混在一起？"

程皓答道："这个我们问过王安漠，也问过秦冠宇，他们都知道这个局里有她，以为是跟另外两个网红女主播一样，是严琦叫来的。"

张凡凡想了想问："严琦？那个以前演偶像剧的？"

程皓一下子愣住了，张凡凡和偶像剧放在一起，他的内心突然觉得有点不搭："你知道严琦？"

张凡凡一脸淡然："不知道，听方贺提过。"

得来全不费工夫，程皓停下脚步，直接一个电话把方贺从宿舍给喊了出来，程皓在宿舍一楼的台阶上直接就席地而坐了，方贺睡衣外面披着外套，睡眼蒙眬地捧着他的平板电脑，张凡凡靠在楼梯栏杆上旁听。

"严琦嘛！就是以前在偶像剧里老演男二男三那个嘛！"

方贺一激动差点用脑袋撞墙，躲闪的时候腿又撞楼梯上了，于是龇牙咧嘴的，动静有点儿大。

程皓懒洋洋地抬头看他戏很足的折腾，悠悠地说："看不出来啊，你还挺见多识广的，这种十八线小明星，你也认识啊？"

方贺听了不生气，反而还挺得意："程队，不要小看一个在娱乐圈潜伏多年的迷弟的基本素养好吗？！"

程皓倒是觉得挺有意思，坐直了身子："说说看。"

方贺兴高采烈地说："要说这个严琦，我记得他出道的时候还不到20岁吧，在一部全是新人的热血青春剧里面演男四号，戏份没几集，还是个黑化的角色，没想到竟然红了。那三四年严琦也演了不少剧，红过一阵子，但是后来就开始走下坡路了，说起来，他演技挺好的，但是不知道为什么，现在就混成个男三男四的人设了。不过，我之前看网上爆料说，严琦出道的时候是被人给包了，后来包他的那个人倒台了，没人捧，所以才不红了。不过，这事儿没证据，也就是大家道听途说的。"

程皓听完，慢悠悠地评价："也是个人物。"

张凡凡说："经得起诋毁和赞美，耐得住风光和低谷，要么看透了，要么，志不在此。"

方贺听得一头雾水，完全不知道张凡凡在说些什么，程皓倒是听懂了，竖起大拇指："金句，有道理，很有道理。"

张凡凡淡淡瞪他一眼，说："如果晓敏真的是严琦找来的，你说，他们之间，会是什么关系？"

程皓听够了八卦，利落地站了起来，自认帅气地拍了拍衣襟，说："那恐怕，只有两个当事人最清楚了。"

他朝着方贺挥了挥手，示意他可以退下了："我们去趟医院，你接着睡去吧！"

估计目前严琦他们还搭不上话，主要还是禁毒大队在管，但是出于同事之间的礼貌问候，去医院看看侯晓敏，却是再正常不过的事了。

人多反而可能会给老侯造成压力，程皓和张凡凡两个人正好，因为时间太晚了，超市全都关门，程皓本来想买个果篮，最后也只能将就，在路边小店买了一兜子苹果。老侯一个人站在走廊尽头，开着窗户吧嗒吧嗒地抽着烟。程皓一下电梯就看到了他，他也猜测此刻老侯的心里肯定很矛盾，对侯晓敏又怜又恨，一想到她竟然参与吸毒，就恨得想冲进去骂她，可是当真看到她沉默虚弱的样子，心又软了，根本开不了口。

张凡凡顺着程皓的目光看过去，老侯的背佝偻着，仿佛一下子苍老了10岁。她拍了拍程皓的肩，语气尽量温柔一点："你去看看老侯吧，我进去看侯晓敏。我们两个都是女人，反而比较方便。"

程皓礼貌性客气："麻烦你了。"

张凡凡轻飘飘地瞥了他一眼："我也是警察，有什么麻烦的。"说完便推门进了病房。

程皓这才朝着老侯的位置走了过去，老侯没有察觉到他的靠近，直到程皓喊了一声："侯队。"

老侯这才回过神来，看到是他，强打起精神问候："哦，程队，你来了啊！"

程皓说："我听阎队说了晓敏的事情，所以想来看看她，她没事了吧？"

老侯沉沉叹了口气："洗了胃，这会儿已经醒了，但是……"

他似乎是快要说不下去了，他心里比谁都清楚毒品是什么："这个东西，一旦沾上，就很难戒掉，就算戒了，恐怕也要脱一层皮……"

程皓安慰他："晓敏还年轻，只要她意志坚定，你陪着她一起，一定能戒掉的！"

老侯摇摇头，手里的烟已经燃到了烟嘴处，他被燃烧的烟灰烫了一下才反应过来，把烟头掐灭："你不知道，我和晓敏她……"

老侯欲言又止，只是反复摸着自己的脖子和领口，程皓知道这个动作意味着他心中对侯晓敏十分愧疚，看到他眼神中复杂又焦躁的情绪，仿佛想起了什么，声音低哑着说："无论怎样，人还活着，就有希望。侯队，说句不好听的，别等到人不在了，才想到要弥补。这世界上来不及弥补的遗憾，已经够多了。"

老侯并没有听出他这话里其他的意思，只是把脸埋在双手当中，哽咽着说："是我，是我对不起她妈妈，我没把孩子照顾好，我没有好好关心她，我不是个称职的爸爸。"

程皓看着面前这个中年男人哭得像个孩子一样，把手搭在他的肩膀上，轻轻地拍了拍："有什么需要帮忙的，尽管开口。"

老侯用力点点头，从兜里掏出红双喜香烟的盒子，抽出一支要点，被程皓按住了，指着一地烟头笑着说："少抽点儿，对心脏不好。"

老侯悻悻地把烟塞回去装起来，程皓又问："你应该也一宿没合眼了吧？我替你在这儿守着，你去睡会儿吧！"

老侯摇摇头："不用，不用，反正我也睡不着。"

程皓说："别总拿自己身体不当一回事儿，熬夜这种事，还是让我们年轻人来干吧，你再这么下去，小心你的心脏病，你可得撑住了，晓敏还要靠你呢！"

老侯一愣，似乎是对程皓知道他有心脏病这种私事很诧异。程皓笑笑，解释说："是夏寒告诉我的，他看过你的体检报告。"

于是老侯更诧异了，不懂程皓为什么又把夏寒也扯进来了，程皓接着说道："哦，是这样的，我来之前问了一下他，晓敏目前这种情况，会不会对她造成心理影响，夏寒说，他下午没课，过来看看晓敏，帮她做个心理辅导。然后他猜到你肯定是现在这样的反应，特意让我转告你，让你注意休息。"

老侯也曾经在夏寒那里做过例行的心理评估，所以看到他们的体检报告也并不是什么稀奇事，他点点头，感激地说："夏老师有心了，谢谢你们。"

程皓摇摇手："应该的，不用客气。对了，我们给晓敏带了点水果，我让张凡凡先给拿进去了，有个人陪她聊聊天，也免得她胡思乱想。"

老侯很紧张地问："没有荔枝和菠萝吧？"

程皓回忆了一下，摇头："没有，怎么了？"

老侯松了一口气："她从小就过敏。"

程皓笑眯眯地看他，问："那她喜欢吃什么水果啊？"

老侯不假思索地回答："甜瓜，还有猕猴桃。"

程皓笑出一弯猫弧来，嘴角的大酒窝尤其明显："你看，你还是挺关心她的嘛！"老侯垂下眼，扭头看向病房的方向，依旧是心事重重，无法释然的模样。

病房里，侯晓敏的胳膊上挂着点滴，她已经醒了，双眼无神地看着天花板，动都不动，像个没有生命的玩具娃娃。

张凡凡把带来的水果放到一边，把椅子挪到病床边坐下，难得语气温柔："小敏，你好。我是张凡凡，你爸的同事。"

侯晓敏依旧望着天花板，连眼睛都不眨一下。张凡凡从进来就有点后悔，毕竟与人沟通完全不是她的强项。她知道程皓路上给夏寒发了微信，问他侯晓敏是不是需要心理辅导，夏寒也答应了下午没课的时候过来。不过，夏寒的辅导毕竟还是跟她不一样，她需要从侯晓敏口中知道更多真相，尽快破案，不让这样的悲剧再次发生。

所以，她坚持着开口问：“我听说了你的事，知道你受了委屈和惊吓。所以，你不愿意说的话，其实……”她说出一半的话，却被侯晓敏突然开口打断了。

她动了动唇，发出模糊的、细微的声音，说：“我没有受委屈……”

张凡凡听到了这一句，但却因为说的内容，当场的反应是以为自己听错了，她立刻又问了一遍：“什么？你说你没有受委屈？”她没说出的话哽在喉咙里，但却立刻理解了侯晓敏的意思，难以置信地望着她。

侯晓敏把脸转向张凡凡的方向，看着她的眼睛，一字一句慢慢地说下去：“我没有受委屈，也没有受惊吓。我不是被迫的，我是自愿的。”

她说完这句，然后便把头转了回去，继续盯着天花板发呆。

张凡凡觉得有一双无形的手死死地扼住了自己的喉咙，呼吸困难，过了好一会儿才找回自己的声音，艰难地问了一声：“为什么？”

侯晓敏的嘴角浮现出一个微弱的笑容：“你知道那种感觉吗？看不到那些丑恶，什么都不用想，什么烦恼都没有，整个人很轻，就像飘浮在云彩上面一样……”

张凡凡由此看出她黑沉沉眼眸中的绝望和痛苦，很多人都是如此，因为生活过得不如人意，所以才依靠吸毒来逃避真实，可这不过都是自欺欺人而已。

她淡淡地说：“可是清醒之后，你依然要面对丑恶、烦恼、痛苦，你不想面对的真实的世界，一点也没有少。”

侯晓敏的眼底有了些许光芒，语调稍稍提高了些：“可至少，还有可以逃避的时候。在那里，我能看到妈妈，看到他，他们爱我，我也爱他们，永远不会有彼此伤害……所以，我宁可永远留在那个世界里，跟他们在一起，所以，说我堕落也好，说我被蒙蔽了心智也好，总之，这是我自己的选择，对我来说，最好的选择。”

张凡凡知道侯晓敏此刻已经钻了牛角尖，可她还是想劝一劝她：“我知道你妈妈的死，给你带来了很大的打击，你爸爸工作太忙，那段时间忽略了你。可你想想，你现在这个样子，他们看到了又会多么担心？"

提到母亲的时候，侯晓敏的表情变得柔和了许多："人死如灯灭，我妈已经不在了，她什么都看不到了……"

但她忽然又想到了什么，神色变得复杂，似乎又带着仇恨，又带着痛快："至于我爸……其实他说的没错，我爸做了半辈子的缉毒警，如果有一天亲手抓到自己的女儿吸毒，心里一定很痛苦吧？"

张凡凡骤然挑起眉梢，心中弥漫起寒意，她觉得面前的侯晓敏很可怕。侯晓敏此刻已经完全被蒙蔽了心智，她恨自己的父亲，竟然选择用自甘堕落的方式来报复。伤敌一千，自损八百，最终不过是两败俱伤而已。

线索于话语中一闪即逝，丰富的刑警经验让张凡凡立刻从侯晓敏的话中捕捉到了不一样的信息："你说的那个'他'，是谁？"

侯晓敏朝她慢慢笑了一下，然后闭上了眼睛，不再给她任何的反应。

这种消极的抵抗态度让张凡凡无计可施，大概从内心深处来说她还是觉得侯晓敏可怜，不忍心勉强和苛责她。

从病房里面出来，程皓和老侯看到她，与她碰了个头。老侯问："她……跟你说什么了吗？自从她醒了之后，一句话也不愿意跟我说。"

张凡凡摇头："她的抗拒意识很重，情绪不太好，我想，还是需要夏老师来陪她聊聊。"

她并没有跟老侯提起更多的信息，直到离开医院，才对程皓提起了关于侯晓敏口中那个"他"的信息。

程皓顺势推断："看来，这个人对于侯晓敏的影响很大。而且，他会说这句话，证明他很了解晓敏的家庭，对照晓敏现在的经历来看，恐怕，就是这个人，故意把晓敏带进王安漠的这个局里的。"

张凡凡眼睛一亮："严琦？"

程皓沉默了一下，唏嘘地说："希望阎队他们，早点从严琦那里查明真相。"

案情仍然迷雾重重，就如同窗外化不开的夜色。

披着深重浓郁的黑暗，老侯匆匆走出医院的大门口，开车离去。他将手机随手扔在座位上，上面显示收到一条短信，但屏幕随即泯灭，陷入与周围一般的黑暗之中。

车子飞快地由繁华城央直入静谧郊区，驶入洋溢着美式田园风情的小镇。这里名叫枫华小镇，远离主城十七公里，建筑伴着人工湖环绕排列，附近是望海市较为有名的几所高等学府的校区，所以整个小镇功能配套比较完善，会所、健身俱乐部、美术馆、宾馆、红酒会所、天主教堂、音乐艺术中心等——俱全，也成为附近学生和居民休闲娱乐的好去处。

老侯开着车慢慢地行驶在枫华路上，车子开得不快，嘴里还叼着一根燃着的烟，左右环视，似乎在寻找着什么。因为地处偏僻，这会儿已经没有什么人，四周的商铺已经熄了灯，静谧一片，只有两旁的路灯还散发出幽暗的光芒。

高大的教堂静静地矗立在湖边的一方空地上，白砖黑瓦，单侧的尖塔上插着一个巨大的十字架，微弱的光亮从彩绘的玻璃窗内透出来。老侯把车子停在路边，推开教堂虚掩的门，走了进去。教堂里面空荡荡的，左右各摆放了两排木质长椅，一个年轻男人坐在第一排的木椅上，低着头，只看得到他黑色的短发，静默地祷告着。

老侯一步步慢慢走过去，小心而充满戒备地问："是你约的我？"

男人转过头，看了他一眼，随之用食指按住嘴唇，做了个噤声的动作，复又低下头去，闭上眼，双手交握着将这段祷词念完。教堂里的灯光并不明亮，借助昏暗微弱的灯光，老侯看清楚了这个男人的模样。

就男人而言，他长得过于阴柔，身形单薄，带着病态一般的苍白。但他看起来又是锐利而充满锋芒的，神情冷冽清淡，给人一种不寒而栗的震慑感。

他在胸前划了一个十字，慢慢站起来，转头看向老侯，声音清冷却温柔："我已经等你，很久了……"

老侯被他看得心中一阵寒冷，但还是镇定地问："你说，有关于小敏的事情想要告诉我？"

男人慢慢扬起嘴角，冷笑之中带着一点讥讽，尾音拖得很长："你现在，终于想起来关心自己的女儿了吗？"

老侯确实心中对侯晓敏有所愧疚，声音有些轻微地颤抖："是我对不起她。因为我的工作，在她妈妈过世的时候，忽视了她的感受，也从来没有好好听一听，她心里头的想法。"

男人双手负在身后，慢慢地朝着老侯走过来。

他的身形高瘦，每走出一步都稳当而坚定，语气仍是不疾不徐的："现在后悔，又有什么用呢？"

他伸出一只手，摸过鼻尖，嘴角斜斜勾起一抹邪气四溢的笑容："我们，都已经回不去了。"

对方的话听起来似乎别有深意，老侯被他看得心里越发冰冷，毕竟是老警察，立刻就有了警觉，上前一步，用气势试图逼退对手："你到底是谁？"

男人笑开了："晓敏大概，从来没有在你面前提过我吧？哦，不，应该说，你多久没有跟晓敏好好说过话了？"

老侯回忆起，侯晓敏已经很久没有回过家了，他上一次见她时，是把她从酒吧抓出来，质问她到底要怎么丢她父亲的人才肯罢休。他气愤地打了她一个耳光，侯晓敏把自己的书包砸到了他面前的地上。

一场争吵，最终的结果是侯晓敏愤愤地说："那你就当，从来没生过我这个女儿吧！"

回忆起这些，老侯心中一阵酸楚，不禁低下头去。

男人此时又说："你或许没有听说过我，但是有一个人，你一定听说过。"

他停了停，轻笑了一声，从双唇间吐出一个名字来："他叫，易飞。"

几秒钟之后，老侯蓦地瞪大了双眼。

老侯这辈子抓过不少吸毒贩毒者，但是易飞，他确实印象很深。抓捕易飞大约是四年前的事情了，那天刮台风，他们收到举报，有人聚众吸毒，那个小区即将面临拆迁，没有电，周围漆黑一片。他们抓到几个年轻人，其中就有易飞一个。他的思维和动作都非常敏捷，警方破门而入的瞬间就跳窗逃跑，老侯紧跟着追了上去，大雨倾盆的夜里，警局配备的强光手电随着他的步伐在眼前投射出一片摇晃的白光，鞋子重重地踩在泥地上，摩擦着湿泥发出"嚓嚓"的声响，溅起的雨水打湿了裤管。

老侯撕扯着嗓子喊："站住！再不停下我就开枪了！"

对方的脚步并没有因此减慢或者停滞，他像一条湿滑的泥鳅一样在棚户区里四处逃窜。老侯又一次向他发出了警告，并且朝着天空开了一枪警示。这一枪让易飞突然停下了脚步，老侯朝他跑过去，雨水斜着扑向面前，眼前一片湿漉漉的雾气。他抓住了易飞，掏手铐的时候对方却拼命反抗了起来，年轻的身体蕴藏着小兽一般的能量，两个人迅速扭打在了一起。易飞妄图伸手去夺老侯手里的枪——他在加拿大上学的时候摸过这个铁家伙——老侯奋力抵抗，他们在泥泞的土地上互相角力，枪从手中脱落至一旁，肮脏的雨水滴到眼睛里，视线一片模糊。

他们两个什么都看不到，只是一味地凭感觉企图制服对方，撕扯间，易飞在地上翻滚，然后将枪重新抢到手里，老侯朝他扑过去……激烈地争执当中，枪声响了起来，等老侯回过神来就看到易飞倒在地上，一大团血迹从他的肋骨处冒了出来，枪从他的手上滑落。

易飞最终抢救无效，死在医院里。

老侯觉得对方来者不善，重新点了一支烟，警惕地看着眼前的年轻人："你是易飞的什么人？"

对方的脸在烟雾中显得没那么清晰。他没有直接回答他，反而像在讲一个故事一样平静地诉说着："易飞死的时候，才刚满三十岁。你知道吗，他是个天才……"

老侯理直气壮地反驳："可他聚众吸毒、拒捕还袭警，在法律面前，天才也没有豁免权。"

对方愤愤地吼道："他是被人陷害了！可你们不问是非，就杀了他！"

老侯依然不觉得自己有错："他如果被陷害了，他可以要求警方查证，还他清白，可执法过程中，他并没有解释，而是试图逃跑，拒捕。而我抓他，我只是在履行一个警察的职责。我们争执的过程当中，他被自己手中的枪误杀，中弹死亡。在这个案子当中，我依照法律程序办案，我不觉得自己有错。"

对方摇了摇头："你们没有错，只是不了解他。他宁愿死，也不会让自己变成一个笑话，被人摆在台面上评头论足。"

老侯心中有点惋惜，只是保持冷静，却听到对方又说："既然你是这么想的，那么，如果你的亲生女儿，就如同当年的易飞一样，在浑然不知的情况下染上了毒品，你，又会怎么做呢？"

"是你！"

老侯不由自主地向前走了一步，也许是因为气愤的缘故，有些脸红，呼吸急促："是你诱拐我女儿吸毒！"

对方的嘴角微微上扬，竟硬生生多出了几分阴狠的味道来……

天再亮起来的时候，又是一个风轻云淡的好天气。程皓拎着早餐晃进专案组，墙上的时钟已经过了九点钟。他的气色精神不错，显然是昨晚睡得不错。

张凡凡双手撑着桌面正在做反身下沉的练习，看到他之后，停下手里的动作："来得这么早，太阳打西边出来了吗？"

警局是八点半上班，程皓其实已经迟到了，张凡凡这句话明夸实贬，程皓竟然也厚着脸皮应了："全市就这家蛋挞最出名，当然要早点去排队。"

说着把一盒蛋挞放到桌上，环视了一圈，问："其他人呢？"

张凡凡的双脚踩回地面，双手也从桌角离开，瞥了一眼热腾腾的蛋挞，言简意赅地说："周晴去商场查画的来历，方贺感冒去医院了。"

程皓摸了摸下巴："不是说笨蛋是不会生病的吗？"

张凡凡白他一眼："人都会生病。"

程皓嘿嘿一笑，指了指蛋挞："快吃，趁热吃。"

张凡凡原本想拒绝，她其实很想说自己不爱吃甜食，皱了皱眉，还是不想辜负程皓的好意，捏起一个咬了一小口。

程皓忽然想到什么，有点自责地一拍脑袋："哎呀，我忘记了，你不爱吃甜的。"

张凡凡笑了："偶尔吃一点也挺好。不过，你怎么想起买蛋挞了？"

程皓摸摸头："买给夏寒的。昨晚让他帮忙买东西，唠叨我半宿。这不赶紧一大早买蛋挞给他送过去，权当答谢了。"

张凡凡挑眉："夏老师喜欢吃蛋挞？"

程皓"嗯"了一声，闷闷地说："跟我弟弟一样。"

张凡凡对程皓家庭的事情了解不多，毕竟他以前是不太爱提起家人的，警校放假也总不愿意回家，她问："你弟弟？"

　　程皓情绪有点低沉下来，说："我昨晚，梦见他了。"

　　他确实睡得很好，可还是做梦了。梦里有个小男孩拿着风车兴奋地跑来跑去，他静静站在那里看着，笑着，笑着，突然就哭了。

　　"我昨天看到老侯站在医院走廊吸烟的样子，一个做了几十年警察的人，不管面对多危险的状况也从没退缩过，可面对自己的女儿吸毒，我看得出，他心里很慌，很无助，很迷茫。我看到他，就想起我弟弟去世的那一年……"

　　程皓望着张凡凡，声音沙哑："这么多年了，我还欠你，一个没去赴约的解释。"

　　张凡凡陡然间瞪大了眼睛，原来，当年的那个约定，程皓还记得。

　　他慢慢地说："我弟弟，也是像晓敏那样，在朋友的聚会上，被人诱惑，吸了毒，上了瘾，然后，他开始在学校里帮毒贩子散毒品，被警方抓了个正着。他原本是个好学生，后来搞得被开除，一时想不开，就从家里的阳台跳了下去。而我……"

　　他无力地闭了闭眼，那是他最不想触及的回忆，可是，他也知道，假如不勇敢面对过去，他就永远走不出阴霾。张凡凡终于知道程皓当年没去赴约的原因，他后来休学，治疗，一切的根源。

　　"我记得小时候，他很喜欢粘着我，但又很调皮，我做风车给他玩还不够，他在地上打滚，要我给他买蛋挞，我买了他又不吃，又跑去玩风车。我吓唬他说，再这样，我就把他扔了，卖了，不理他了。他就会跑过来紧紧抱着我的手臂，鼻涕一把泪一把的哭着跟我说'哥哥我错了，别丢下我……'"

　　程皓望着蛋挞却并没有胃口，平时他是最爱吃甜食的，可是此刻却动也不想动："醒来的时候，我忍不住想，如果我不是跟家里赌气，我早点回家，多陪陪他，多关心他，他是不是就不会走上一条错误的路，不会是这样的下场。我当初明明答应了的，可是，我还是把他丢下了。"

　　他用手捂住自己的脸，张凡凡手里还举着半块蛋挞，空着的那只手，轻轻拍了拍他的肩膀："虽然这话说出来很无情,但,人的路都是自己选的,有人即便是生活在更恶劣的环境中,心中有底线,就不会走错路。他们走错了,放弃了自己的底线,所以,无论是什么原因,结果,都是错了。也许我们唯一的责任,就是没能早点发现他们的错误,帮他们纠正错误而已。"

程皓抬头看她,松了口气:"谢谢。"

张凡凡朝他露出一个浅浅的笑容:"想要谢我,改天,陪我去修一次头发。"

程皓用力点头:"好,没问题!"

张凡凡又说:"对了,方贺走的时候说,找到了云泉小区附近一个摄像头拍到的一段视频,等你来了给你看一下。"

她说着打开电脑,把方贺留下的U盘接上,里面果然存着一小段视频。张凡凡一边把视频播放,一边接着说:"他昨晚后半夜跑来加班找的,说是睡觉睡一半突然想起来的,画面里有个人很眼熟,来不及穿外套,才把自己搞感冒的。"

程皓看着方贺特意圈定的截图,虽然那个人没有露出清晰的正脸,但是方贺在截图上圈出一块儿,然后又放了张对比的照片。

程皓和张凡凡两个人四目相对,脖子上同样的位置都有一颗褐色小痣,照片上的那个人眉目如画,看起来十分年轻,但已经是出道十多年的艺人。

两个人异口同声地说出那人的名字:"严琦!"

程皓正要冲去禁毒大队找阎硕询问他们是否找到了严琦,110指挥中心的电话已经打到了他的手机上。他直接开了免提,放出来跟张凡凡一起听。

"程队长,我们刚刚接到枫华区刑警队的通知,在枫华小区的天主教堂里,发现了一具男性尸体,以及一张白色夹竹桃的标本。现在这件案子已经遵照流程,转给2017专案组……"

程皓的脸上发青,对方还在向他转告案发的时间和地点,以及现场对接人的联络方式,张凡凡在旁边默默把这些都记了下来。

等到电话挂断,程皓沉重地叹了口气说:"还是晚了一步……"

第 11 章

　　程皓和张凡凡赶到枫华小镇的时候，案发现场周围已经被警方严密控制了起来。大概因为是工作日的缘故，并没有什么人围观。在隔离带内，有几名警察正在对几个清洁工打扮的人问话。

　　程皓和张凡凡出示了证件之后钻进隔离带，看到周志东竟然也在。程皓走到他身边，喊了一声："师父。"

　　周志东的脸色不好，程皓刚想问话，他已经率先开口，说："死者的身份已经被证实，是……老侯。"

　　程皓当时就呆住了，张凡凡也是一愣，两个人异口同声地说："怎么会……"

　　程皓补充了一句："我们昨晚才在医院见过他，我们离开的时候，老侯还在医院陪晓敏。"

　　周志东是接到通知直接从家里赶来的，比程皓他们稍微到得早了些，所以更了解现场的状况，于是领着他们走到发现尸体的地点，说："尸体是被工作人员发现的。早上他们来打扫卫生，一打开告解室的门，就发现有个人直挺挺地倒了下来，他们试了一下呼吸，发现人已经死了。"

　　程皓挑眉，问："尸体旁边也有白色夹竹桃？"

　　周志东点头，抬手指向一边："就粘在告解室的门上。"

　　程皓上前查看了一下，法医带着徐晓蒙正在旁边验尸，他凑过去看了一下，对周志东说："双手被背着绑在身后，看来是凶手把他绑住呈下跪的姿态，然后把头抵在门上，所以门一开，人就倒了下来。"他说着蹲在告解室里试了试姿势，以证实自己的推测。

此刻老侯身上的绳子已经被解开了，可是因为死后被束缚的时间太长，所以身体还保持着被绑时候的蜷缩姿势。双眼紧闭，面容算不上安详，却也不见狰狞之相，只是胸口已经没有丝毫的起伏。

法医一边检查，一边做出初步判断，徐晓蒙在旁边帮忙录音和拍照："死者全身僵硬，由于跪在地上，膝盖部分出现扩散期尸斑，但是从死者的体温下降情况来看，死者的死亡时间应该是在零点到一点之间。死者的手腕部位有绳子的勒痕，表皮剥落无痂皮，并形成有黄褐色羊皮纸斑，无出血现象，他是死了之后才被人套上的绳子。头、面部位没有明显外伤，口、鼻部位无损伤，无呕吐物。死者的尸斑出现的早而强，很有可能是猝死。"

程皓一愣："猝死？"他随即反应过来："又是设计出来的死亡现场，看似意外，但又不是意外。"

法医谨慎地说："确实有这种可能性，不过具体情况还要回去进行进一步尸检。"

程皓点了点头，又看了一眼躺在地上的老侯，心里不免一阵难过。毕竟经历过几次合作，他还记得那次他假扮毒贩帮老侯他们抓人时的情形，他坐在台阶上，老侯笑呵呵地递过来一支烟。当时还是活生生的人，现在，却成了一具冰冷的尸体。

张凡凡走过来，打断他的回忆："在教堂附近发现了老侯的车，他是自己开车来的。手机放在副驾驶座上，里面有一条陌生号码的通话记录，一条短信，上面写着枫华小镇教堂的地址，我已经打电话给周晴，让她去查了。"

程皓抬眼四下环视，不接张凡凡的话，而是喃喃自语地问："你说，凶手为什么要把老侯约在这里见面？"

张凡凡猜测："因为偏僻？"

程皓信步在现场踱着，自问自答："偏僻的地方有许多，为什么要约在这儿？又为什么要在他死了之后，以这种方法处理他的尸体？教堂、告解室、下跪……代表着内心的忏悔，凶手是想要让他忏悔吗？"

张凡凡想了想，反问："你觉得杀死老侯的凶手，和小敏提到的那个'他'，有没有关系？"

程皓摇头："只是一句话，不清楚前言后语，也不知道是在什么环境下说出来的，所以不好贸然判断什么。但是老侯死了，侯晓敏再想保持沉默，是绝对不可能的！"

他拿出手机，拨通了夏寒的号码。夏寒正在上课，手机开了振动放在一边，底下黑压压地坐着一片年轻女学生，他原本上课时是从不接电话的，而程皓明知道他上课，也绝不会给他打电话，只会发个微信留言。

于是夏寒在看到屏幕上显示程皓名字的时候，立刻对学生们说了句"不好意思，我接个重要的电话"，然后将电话接起来，半转身朝着黑板，低声说："晓敏那边出了什么问题吗？"

他虽然没全猜对，但事实上也是连带的，不算错，程皓声音低沉，说："情况有点变化，我们需要晓敏立刻开口……"

他停了停，呼吸声很重，夏寒也不催，不说话，只是安静地听着。

过了片刻，电话那头说："老侯，死了。"

夏寒垂下眼睛平静了一下，从容地回答："我知道了，我立刻去医院。"

他挂了电话，转身对学生们说："很抱歉，我临时有点急事，需要马上赶过去。这堂课我会跟院里打个招呼，稍后给大家补上。"

他说完收拾好东西，在女学生们失望的哀嚎当中，脚步匆匆离去。

城市的另一边，阎硕和大胡一前一后将一个身材干扁瘦小的男子堵在了胡同里。男子神色慌张，双手撑着膝盖不停地喘着粗气，衣衫不整，慌忙逃跑间还跑掉了一只鞋。

"跑啊！"

阎硕像抓到了猎物一般露出几分讥诮的笑容，却声音洪亮，不见丝毫的喘息："不是挺能跑的吗！跑啊！"

男子虽然被控制了，但还是不服的语气，喘着粗气问："你们到底是谁啊？！我也欠你们钱吗？那你们得排队。"

大胡笑着啐了句："你这是虱子多了不痒，债多了不愁啊？"

阎王朝他走过去，一把抓着他的胳膊，把他反拧到墙上，然后掏出证件，在他面前晃了晃："警察！"

听到警察，对方反而松了一口气："原来是警察啊！早说啊！跑死我了！"

不怕警察倒怕债主，合着还是一无赖。

大胡靠过去，跟阎硕一左一右，拍拍那人的肩膀："你给我老实点儿！你是不是叫阿彪？"

男子正是阿彪："是啊！"

大胡又问："我问你，认不认识一个叫王安漠的人？"

阿彪年纪轻轻，却已经是老油条，当即打哈哈赔笑："警察同志，我认识的人那可多了去了！怎么可能个个都记住名字嘛！"

阎硕一开口立刻气势就把阿彪压下去了，他厉声喝道："少来这套！王安漠，望海首富的儿子！你认识的人里面，没几个这么有来头的吧？还用不用我提醒你更多啊？"

阿彪立刻就怂了，他也知道面前这位气场一等一的，绝对不是个好惹的主儿，觍着脸回答："哦！记得记得！"

大胡轻轻扇了他的脑袋一把："记得什么记得，我问你，前两天你是不是卖给王安漠货了？"

阿彪开始装傻："啊？什么货？"

阎硕笑眯眯地靠在他耳边说："你需要我帮你把你欠债的那些债主都喊来，让他们在这儿，帮你好好回忆回忆吗？"

他故意把"债主"两个咬得重重的："我可以把你抓进去，反正要是到你家里去搜，总会搜出点什么的，是吧？不过呢……我要是今天在这儿把你放了，然后再把你的下落，还有你手里有货的事儿通知你的债主，你说，他们会不会找你聊聊天谈谈心呢？"

阎硕越说，阿彪的脸越白："我说警察同志，你可不能陷害我啊！"

阎硕无辜地摊手："我没有陷害你啊，你觉得刚刚我哪句话说得不对吗？"

阿彪估摸着这次是踢到铁板了，脸拉了下来，说："警察同志，不是我不告诉你，是我不能说啊！我现在跟你说了，我出去还是要死啊！"

阎硕笃定地说："只要你跟我说实话，我自然有办法让你活着。"

阿彪咬了咬牙，他就是个夹缝中的小人物，横竖都是死，相信警察总好过相信那些没人性的毒贩。他点头："我前几天是卖给了王公子一批货。"

阎硕又问："这批红冰你是从哪里弄来的？上家是谁？"

阿彪摇头："我不认识这个人，没见过他，只知道他的代号叫'贪狼'，最近半年冒得很快。他隔一段时间会联系我，然后约我在某个地方拿货，地点不固定，他把货藏好，我去取。"

阎硕接着问："这么说，你没见过他，也不知道他长什么样？"

阿彪摇了摇头："没见过。做我们这行的，知道的多不如知道的少，反正他的货好，给的转手费也高，能赚钱就行。"

阎硕又问："那是谁给你介绍的'贪狼'？"

阿彪对此也并不知道："没有谁，他的名头已经传了几传了，早就找不到源头。大约三个月前，我突然接到一个陌生的电话，他自己说自己是'贪狼'，想跟我合作。他说他把货放在超市的一个储物箱里面，让我先拿一包试试，好的话再跟他联系。我当时压根儿不信，怎么会有这么好的事情，但寻思着去一趟也不吃亏，就去了，竟然是断了三年的'红冰'，我一开始还以为是假的呢！"

阎硕听完后心中也存有疑虑："你说的是真的？"

如果真的如阿彪所说的那样，"贪狼"该是不缺销货的门路才对，怎么会去找阿彪这种小人物。

阿彪用力点头："真的，绝对是真的，警察同志，警察叔叔，我说的全都是真的，我知道的都已经说了！"

阎硕看他态度还算是诚实，于是放开他，说："大胡，带他回去住两天，咱们得照顾一下他的人身安全，省得哪天睡着觉就被人砍死了。"

阿彪揉了揉胳膊，乖乖站在一边，不敢动。

大胡拍拍他的肩膀，顺势把人推走，说："走吧！"

程皓开车，张凡凡坐在副驾驶座位上摆弄手机，两个人都是心事重重的样子。

　　周晴发来追查电话号码的结果："查到了，手机号码是通过伪基站发出去的。这种伪基站设备一般由主机和笔记本电脑组成，通过伪装成运营商，任意冒用他人手机号码，而且可以频繁更改机主位置，所以很难查到实际的用户信息。"

　　程皓说："好的，我知道了。"

　　周晴眼眶微红，还是难以置信地问："真的确认是侯叔叔吗？怎么会这样……"

　　程皓说："你继续试着查查其他的记录，比如侯晓敏的手机、微信，还有其他社交账号等等，看看她最近都跟什么人联系比较频繁。"

　　周晴答道："好！我这就去查！"

　　张凡凡这才说："我跟阎队说过了，他说已经找人去找严琦了，找到了会通知我们，一起去录口供。"

　　程皓说："问问方贺在哪儿了，不行你和他带人跟着一起去找，尽快找到严琦。"

　　张凡凡点点头，程皓又说："你再去和阎队打声招呼，我要老侯从当警察到三年前参与过的所有缉毒行动的资料，以及被他击毙过的犯罪分子。还有，枫华小镇的监控录像也要查。"

　　张凡凡反问："你觉得有可能是报复？"

　　程皓摇头："我不确定。"

　　张凡凡对他的安排没有异议，只是问："那你呢？"

　　程皓说："我去医院找夏寒，他已经过去了。"

　　他停了停，叹了口气，说："希望晓敏撑住了……"

　　方贺在医院打了吊瓶，拿着医生开的消炎药，头晕眼花地擦着鼻涕，慢悠悠地晃出医院大门。但忽然某一瞬间，眼前似乎有个熟悉的身影闪过，方贺眯着眼睛刚想看得清楚点儿，就听到有人喊他的名字。

　　他看到夏寒风尘仆仆地走来，穿着黑色的大衣，围着一条黑白条纹的长款大围巾，边走边往上推他的金丝边框眼镜。

方贺对夏寒一直很崇拜，看到他立刻就笑着迎上去，虽然还是鼻涕一把泪一把的："夏老师！"

夏寒看了一眼他，手里还拿着药，于是关心地问："你感冒了？"

方贺笑着回答："没事儿，小事儿。"

夏寒说："确实是小事儿，补充点维生素，别用太多抗生素，注意休息和保暖就行。"

方贺点头答应，随即把夏寒上下打量一圈，问："夏老师您，也来看病？"

夏寒淡淡一笑："我来办点私事。"

方贺一听更好奇了，耳朵都竖起来了，夏寒看出他那发亮的眼睛里藏着挡不住的八卦，于是说："你们程队一会儿也来，要不然，你问问他？"方贺把脖子立刻缩回去了。

这时候正好张凡凡的微信就到了，方贺立刻认真回复："是！我马上就去！"

程皓在群里补充了一句："终于到用得上你的八卦的时候了，你可千万别掉链子。"

方贺用力吸了一下鼻子，好歹暂时把汹涌的鼻涕止住了，说："放心吧！没问题！"

病房门口，夏寒提着给侯晓敏带的彩虹蛋糕，站在那里等着程皓。程皓抱着在门口买的一束水灵灵的鲜花，急匆匆地走到他面前，说："对不起我来晚了。"

夏寒问："案子很棘手？逼着你现在就要问晓敏的话，而且还要我来问，这太不像你做事的风格了。"

程皓反问："我做事什么风格？我怎么不知道？"

夏寒说："只相信自己的风格。"

程皓脸色很差："没办法，我确实没得选。我承认，现在让晓敏知道老侯过世的消息，会很残忍，但是，那个凶手，恐怕拥有很强烈的反社会人格特征，他尤其仇恨警察，我必须尽快找到线索破案，否则……"

他欲言又止，夏寒追问："否则怎么样？"

程皓咬着牙说："我总觉得，他在做一个很大的谋划。你知道吗，有的时候，我觉得，我能感觉得到他，他明明内心充满了仇恨，偏偏看到死亡的时候，却会露出优雅而从容的笑。他热爱死亡，尤其热爱充满艺术感的，被精心设计过的死亡。"

夏寒笑了："你形容的这个人，听起来像个艺术家。"

程皓说："所以，必须尽快找到线索抓住他！"

夏寒无奈："好吧，不过，你真的觉得，这个时候问小敏话合适吗？唯一的亲人也不在了，她又刚刚经历了那么多事，差点被几个陌生人占了便宜。虽然听你路上说的她好像并不在乎，可怎么会有人真的不在乎？"

程皓诚恳又严肃地望着他，说："我也觉得不合适。所以我才找你来问。"

夏寒良好的教养硬是让他把到嘴边的一声脏话给憋了回去，哭笑不得地说："你就这么喜欢看我做坏人啊？"

程皓笑嘻嘻地说："术业有专攻嘛！你见过的病人多，肯定是比我合适的。"

夏寒无奈地瞪他："那可得先说好了，我可以去试着开解一下侯晓敏，但我不是警察，我是心理医生，我一定是要以病人的感受为前提的，所以，不一定问得出你想要的结果来。"

程皓笑得越发没正形："没事，总之你愿意帮忙就好。"

他们肩并肩走到病房门口，恰巧看到医生从病房里面走出来。大概因为头一天见过程皓的缘故，而他手里抱着的花又比较容易引起误解，医生一看到他就立刻问："你是不是里面那个 32 号床病人的家属？"

程皓本来想否认，可他立刻意识到侯晓敏目前也没什么其他的家属了，于是点了点头："我是她哥哥。"

医生露出欣喜的神色，说："那太好了，我们联系她父亲一直联系不上，麻烦你跟我过来一下，我有些病人的情况想跟你沟通。"

程皓把手里的花塞给夏寒，说："交给你了。"

夏寒点了点头，于是程皓跟着医生离开，夏寒站在门口平静了片刻，这才推门走进去。

侯晓敏仍是静静地躺在床上，看似在熟睡，嘴角竟然还带着一缕笑容。夏寒分辨着她的呼吸，平缓的节奏证明她是真的睡着了。之前不知道谁送来了个果篮，就搁在桌边，里面装着新鲜的各种热带水果，夏寒把它往旁边推了推，把自己带来的东西搁下。桌上有花瓶，不过里面是空的，夏寒去装了大半瓶水，安静地把程皓买的那束花拆了，一枝枝仔细插进花瓶里。白色的花朵开得正好，一如床上那个女孩素净的睡颜。她原本正是花一样的年纪，却因为家庭的不幸，错过了最应该幸福美好的花期。

这原本不应该是我们的错，可残缺的生命里，最终被惩罚的，却只有自己。

办公室里，程皓听到医生说："病人的情况想必你也知道，送来的时候真是很危险，虽然已经洗了胃，也脱离了危险期，可目前的问题是，这里毕竟是医院，不是戒毒所。她目前最需要的，是专业的戒毒治疗。"

程皓挑眉，他立刻明白过来，侯晓敏染上了毒瘾，并且，毒瘾开始发作了。

医生说："她今天凌晨突然毒瘾发作，浑身抽搐、痉挛、口吐白沫还大喊大叫，连隔壁的病人都惊动了，吓坏了不少人。而且她毒瘾发作的时候，我们打家属的电话，也没有人接听，没办法只能请示了医院，给她服用了杜冷丁。可是我希望你能明白，服用杜冷丁来替代毒品这种做法本来就是不被认可的，希望你能理解医院的难处。"

程皓眉头紧锁："对不起，给医院添麻烦了。"

他犹豫了一下又说："医生，不瞒您说，病人唯一的直系亲属今天早上刚刚去世。至于您说的情况……我会尽快想办法解决。这两天，还需要医院多费心。"

医生点了点头："这种情况，还是应该尽快送到专业的戒毒机构，毕竟医院实在是没有更好的解决办法。"

程皓眉头越皱越深："我明白，我明白。"

从医生办公室里出来，程皓拿出手机看微信，刚刚手机揣在口袋里一直在振动，周晴给他连着发了好几条信息，她说："侯晓敏似乎，很喜欢严琦。"

线都集中到了严琦身上，程皓立刻问："你发现了什么？"

周晴回答："我查了她的社交账号，发现她的微博不但关注了严琦，而且，每天都会给他转发和评论，每天问早安、晚安不说，还会说很多生活上的事情。另外，她还是个'私生饭'……"

程皓愣住了："私生饭是什么饭？"

周晴解释："就是会私下跟明星各种行程的那种粉丝，拍戏在片场等，在酒店门口等，或者租辆车一直跟着，明星去哪儿她就跟到哪儿，那种，叫私生饭。"

程皓听得各种混乱："她是严琦的私生饭？"

周晴点头："没错，严琦最近不是在跟秦冠宇拍戏嘛！侯晓敏的微博上发过好几次去片场的照片，还跟严琦合过一次影，不过，她把自己的脸挡住了。"

程皓果断地说："看来这个严琦，是问题的关键。"

他一边说，一边飞快地给夏寒发微信，说："侯晓敏喜欢一个叫严琦的明星。"

夏寒回给他一句："知道了。"

了解侯晓敏越多，他们就越容易攻破她的心防。

夏寒在手机打开一个 APP 搜索了片刻，终于满意地露出浅淡的笑容。侯晓敏睡了不久就醒了，她睁开眼睛就看到正坐在她床边的男人，刀子轻快地如同在他指尖上跳跃，金黄色的梨子皮从他手里垂下来，又细又薄。

他抬起头，半垂的眼眸微微一挑，语气温柔："醒了？吃水果吗？"

侯晓敏警觉地看他："你是谁？我爸爸的同事吗？"

夏寒把削好的梨子切成块放进碗里，递给她，回答："我是你爸爸的同事，但，我不是警察。"

侯晓敏仍是对他有所防备，把脸转到了一边。

夏寒并不强求她，而是问："你知道，为什么人有时候就会特别想吃甜食吗？"

侯晓敏并不动弹，夏寒就淡淡地自己接着说下去："人生而皆苦，所以，才要多吃点甜的，嘴里甜了，心才不会觉得那么苦。"

侯晓敏似乎有所触动，转头瞪他："你们大人怎么会懂我们心里想什么？"

夏寒自己拿了一块水果，放在嘴里嚼着，然后把碗递向她，弯起眼睛笑得很温和。侯晓敏慢慢地坐起来，小心地接过他手里的碗。

夏寒把梨吃完，见侯晓敏捧着碗并没有动，于是又说："这梨，还不够甜。"

他从口袋里摸出两块水果糖，透明包装纸里面是鲜亮的明黄色，他递了一块给侯晓敏，说："试试这个。"

侯晓敏一手拿着碗，一手握着糖，不解地说："你很奇怪。"

夏寒笑："跟别的大人不一样，是不是？"

似乎是一个成年男人随身携带水果糖这种事让侯晓敏产生了一点兴趣，看到夏寒撕开包装纸，把糖塞进嘴里，津津有味地吃着，她也开始有点动心，照着他的动作做了。

夏寒从她手里拿过碗，放在一旁，说："我其实不爱吃甜的，但是，我喜欢吃糖。"

侯晓敏越发觉得好奇，抬头目不转睛地盯着他看。

夏寒又说："六岁之前，我没吃过糖。梨这种水果，也只有过年的时候，在去别人家拜年的时候，曾经有爷爷奶奶给了，才尝过。"

他用舒缓的语气和声音继续说着自己的故事："你看过《安娜·卡列琳娜》吗？列夫·托尔斯泰在里面写了一句举世闻名的话，他说'幸福的人都是相似的，不幸的人各有各的不幸'。在你没有看到的地方，比你不幸的人，其实有很多，而他们现在，不一定过得不好。"

他指着自己，浅笑着说："比如，我。"

侯晓敏瞪大了眼睛。程皓停在病房外，听到里面隐约传来夏寒的声音，那是他从来没有听过的关于夏寒的过去，鬼使神差地，他并没有推门进去，而是立在门口，静静聆听。

"我从小就没有父亲，我也不知道他是谁，我妈有精神病，后来我学了心理学，才知道这叫双相障碍，狂躁症，兼有抑郁发作和狂躁发作的一种心境障碍类型。她不发病的时候，对我很温柔，但是多数时候，她都并不记得我是谁，她唯一记得的是，我是和我的父亲一样，给她带来不幸的人。那时候，她只想杀了我……"

侯晓敏愣愣看他，眼睛里除了惊讶，还有微微的水光。

夏寒收敛了脸上有些落寞悲伤的表情，重新露出笑容，说："很多次，我以为我会跟她一起死，可是最后，我还是活下来了。"

夏寒说着把手机打开，找出之前在 APP 里搜索的那首歌，放了出来。

"分开以后，每当想到你就会低下头，紧握的手，不知过了多久……"

温柔至极的声音，仿佛在唱那首歌的时候，耗尽了一生的守候。

侯晓敏脸上终于有了鲜活的表情，小声问："你，也喜欢严琦吗？"

夏寒摇摇头说："我不认识严琦，我只是，很喜欢这首歌。听到这首歌，我会想起一些人，也许这首歌其实应该唱的是关于失恋的感情，可是，我却每次都会想到那些给过我希望的人。人生有时候真的绝望透了，可还是很胆小，舍不得死，所以就放任自己沉沦到黑暗里，什么都不去想，不去做，也许那样，自己才会觉得快乐。但是，也许在某个瞬间，你会遇见那个给你带来希望的人，不用多，只是一句关心，一个拥抱，又或者，只是一颗小小的水果糖……"

侯晓敏似乎是想起了什么，眨巴眨巴眼睛，轻声问："那你恨她吗？"

夏寒嘴角的笑容渐冷："不恨，但是，也不爱。她生下了我，又差点杀了我，算是……扯平了。恨一个人太累了，我不想因为她，让自己的人生都活在恨里，所以我拿她当陌生人。陌生人的含义对于我来说，就是分开以后，她过得好或者不好，都与我无关。"

侯晓敏摇摇头："可我恨他，特别特别恨他。"

夏寒看他："你恨他不够爱你，还是恨他为了其他人，放弃了你？"

侯晓敏说："在他心里，我和妈妈，永远都不是最重要的。妈妈出了车祸做手术，他没来，我一个人守在手术室外面，医生让我签手术同意书，你知道那时候我有多害怕吗？妈妈在重症监护室里，他明明知道那可能是最后一面，可他还是没有来……妈妈说他有更重要的事情要做，可是，到底是多重要的事情，让他选择放弃了我们，而最后连一句解释都不肯给？"

夏寒重重叹了口气："那是职责，他不能辜负自己的职责，所以，只能辜负了你们。"

侯晓敏的眼泪慢慢地落下，那是她从进了医院之后，第一次哭。她以为自己的心已经够冷了，可是原来，最终冰还是会融化成水。

夏寒伸出手，盖在她的脖颈上，轻轻抚摸："其实，你还是在乎的，你只是不知道，该怎么面对他，你觉得自己恨他，是因为你知道，如果心里连恨都没有了，你就再也找不到理由活下去了，是吗？"

侯晓敏哭得一抽一抽，夏寒声音温柔地又问："后来，你遇见了一个人，就像黑暗里的一道光，你终于发现，没有了恨，也许，你还可以试着，找到别的理由活下去……证明这个世界上，还有人在乎你，关心你，让你觉得，活着，不是一无是处。"

侯晓敏仰起头看他，眼泪从脸颊滴落，砸在病床上："是，就是他。"

夏寒问："他是谁？"

侯晓敏的声音中充满了憧憬和深情，说出了那个人的名字："严琦。"

周晴的微信此时发到了程皓的手机上，她说："在酒吧的包间外，我们找到一段录像，证明是秦冠宇，把侯晓敏叫进了包间。"

房间里夏寒仍然在问："你为什么会去'苏荷'？"

侯晓敏说："我去找严琦，我一直都跟着严琦跑，也许你不懂那种感觉，就是在你最彷徨无助的时候，你的世界里突然出现了一个人，他可能只是个陌生人，可你就觉得他是光。"

夏寒点点头："我懂，这是移情作用，他就是你人生中新的目标和意义。"

侯晓敏对夏寒的理解表示了惊喜："对，对，就是这样！"

程皓背靠着病房的门飞快地给夏寒发微信："果然还是你厉害，她已经开始不由自主地把你当作自己的同类了。"

夏寒不动声色地看微信，又问："那是谁告诉你，严琦晚上会在'苏荷'的？"

侯晓敏说："前几天我去探班，在旁边听到严琦跟秦冠宇说的。"

程皓又打了一行字："秦冠宇带侯晓敏进的包间，问问经过。"

夏寒问："你去找严琦，后来又发生了什么？谁带你进包间的？"

侯晓敏对夏寒非常信任，如实回答："我去了'苏荷'，想找严琦的包间，但是经理不让我进去，说我没有预约，这时候秦冠宇上洗手间回来，虽然我不喜欢他，但是他说，严琦一会儿就来，他觉得我一个女孩儿在酒吧不安全，让我进包间去等，我为了等严琦，就跟他进去了。我坐下之后，有人给我递了一杯酒。"

过程已经很明确了，但是侯晓敏又说："我喝了那杯酒，很快意识到酒里有问题。我本来想要立刻离开，但是不知道为什么，我忽然想到了那句话……"

夏寒皱眉看她，他知道是侯晓敏自己选择了这样的路："那句话，是'你爸做了半辈子的缉毒警，如果有一天亲手抓到自己的女儿吸毒，心里一定很痛苦吧'吗？"

侯晓敏点了点头，可她随即像是意识到了什么，又赶紧说："不不，不是你想的那样。这句话不是严琦对我说的，是他现在在拍的那部戏的台词。"

夏寒释然："看来，他对你的影响真的很大。"

侯晓敏说："我是真的很喜欢他，他人也很好，对粉丝都很温柔。"

她甚至笑了笑，苍白的脸上有了血色："跟你一样温柔。"

夏寒问："那你现在，想吃点甜食了吗？"

侯晓敏乖巧地点点头，夏寒把带来的彩虹蛋糕打开递给她，说："据说这款蛋糕味道不错。"

侯晓敏看他："你没吃过？"

夏寒皱着鼻子笑笑："我其实很少吃甜食，偶尔吃点蛋挞。倒是有个家伙，吃这个从来都没给我剩下过。"他偏头看向门口，程皓背靠着门，在那里窃窃地笑。

侯晓敏一口口吃着蛋糕，水果和奶油混合的香气，让她想起那个人，想起回忆，于是觉得前所未有的幸福。

张凡凡敲响了严琦家的房门，开门的人裹着厚厚的被子，头发乱蓬蓬的，眼眶和鼻头还有些红，丝毫看不出是个明星的样子，一边吸着鼻子一边打量着门口一排三个人，问："你们找谁？"

方贺从经纪公司问到了严琦家的地址，来的除了张凡凡和方贺，还有禁毒大队那边儿的大头，阎硕派他过来一起，正好可以共享信息。

张凡凡出示了一下证件，自我介绍："警察。"然后又问："你是严琦吗？"

严琦点了点头，表情很友好："我是。"

张凡凡说："我们有几件事情，想找你了解一下情况。"

严琦微微侧了一下身体，将他们让进去："请进。"

三个人依次进门，张凡凡站定就习惯性环视了一圈，客厅并不大，小户型公寓倒是跟严琦的身份很搭配，房间整洁干净，客厅的窗帘是拉开的，让整个空间看起来异常通透明亮。卧室的门虚掩着，里面很黑，看严琦这个样子，确实像是刚起床。

严琦招呼他们在沙发上坐下来，自己伸手从茶几上抽了一张纸巾，擤了擤鼻涕，说："不好意思，我有点儿感冒，招待不周，多见谅哦！"

"我也是耶！"方贺在一旁兴致勃勃地说，"我也感冒了！我们真有缘分！"

张凡凡无语，大头无奈，两个人纷纷在心中腹诽，感冒你兴奋个什么劲儿啊。严琦看着方贺，两个人鼻涕对着鼻涕，大概也觉得有点儿好笑，嘴角忍不住上扬，把纸巾盒往他那边推了推。

方贺感动地眼泪鼻涕乱流，捧着纸巾说："谢谢！"

张凡凡无奈地清了清嗓子，也是对方贺这个丢人的家伙的一点儿警告："有几件事，想跟你了解一下情况。第一件就是前天禁毒大队在'苏荷'抓到了几个吸毒者，听说这个局是你组的？"

严琦坦然地点头："是的。"

方贺流着鼻涕，默默拿出本子，手机打开录音模式。

张凡凡问："你为什么组这个局？"

严琦无奈地笑笑："受人之托，我也没办法。我刚出道就签的MIKO，大概5年前吧，我合约到期，就没有续签。但毕竟是老东家，公司当初也给了我不少的资源，这次找我帮忙的经纪人以前也带过我。他说手底下有两个嫩模想在这部戏里面客串个角色，我想我和秦冠宇也算是第三次合作了，而他和王安漠的关系又很好，就说我试试吧！没想到竟然真的能搭上线。"

张凡凡目光如炬："那你为什么没去？"

严琦裹了裹身上的被子："那天拍一场落水戏，可是拍了好几场导演都不满意，一直到半夜才收工。我回去睡了没几个小时，就听说秦冠宇出事了，拍摄计划要暂停，剧组放假，我就回来吃了药，睡到现在。"

张凡凡盯着他，想从他的话里分辨出是否有撒谎的迹象："我记得，秦冠宇才是主角吧？主角不在场，配角却拍到半夜？"

严琦耸肩："秦冠宇同时还有另一部戏要拍，他在片场的时间本来就不稳定。他不在的时候也不能一直等他，所以会找替身拍一些不需要露脸的戏份。至于我们这种配角，哪轮得到我们用替身？"

大头忍不住插话："听你这么说，秦冠宇应该很忙才对，同时要拍两部戏，还有时间去参加 Party 聚会？"

方贺一副"这事儿我了解"的表情："我说，你是不是不看娱乐新闻啊？"

他一脸八卦，说得鼻涕横飞："秦冠宇在片场玩双飞、找替身演戏自己在酒店睡觉的事情已经被扒烂了！你真当他会好好演戏啊？当然是能找替身的就找替身啊！不能找替身的时候还能用绿幕抠人像呢！"

张凡凡忍无可忍："你能不能闭嘴！"方贺立刻在自己嘴上比了个叉。

张凡凡又问："那你知道当天晚上，秦冠宇他们的聚会上发生的事情吗？"

严琦回答："我是第二天在剧组里听说的。"

张凡凡接着问："你认识侯晓敏吗？"

严琦点头："她是我的粉丝。"

张凡凡侧头，略有些疑惑："你记得她？"

严琦看起来似乎是认真回忆了一下，说："我记得，因为她挺特别的。大概是一年多以前，我在横店拍戏的时候，她就来跟过，后来我的一些私下活动，她也跟着。而且她好像不上学，也不回家，一直跟着。我记得有一天我拍戏结束到凌晨四点了，她还在那儿，我就跟她说，早点回家休息。结果她笑着，就是开玩笑那种笑着对我说，不用，她反正没家。"

严琦慢慢摇着头，继续回忆着说："我对这件事情印象很深，她明明看起来不大，可是怎么会说那么悲观的话呢？"

张凡凡问："秦冠宇被抓的时候，她也在现场。"

严琦张了张嘴，露出吃惊的表情："她没事吧？"

张凡凡摇摇头："没事。不过，昨天晚上 11 点，到凌晨 1 点这段时间，你在什么地方？"

严琦想了想，有些为难地说："其实我也不是特别清楚，我昨天拍落水的戏之后就有点感冒，后来剧组因为秦冠宇被抓而停机两日，我就回家休息了，下午的时候有点儿发烧，我助理还帮我买了药，一直到晚上。后来我睡着了，也不知道她是什么时候走的。"

张凡凡看了一眼大头，他似乎没什么别的要问了，她于是又问："你喜欢攀岩吗？"

严琦笑着摸了摸自己的头，有点儿不好意思的样子："我吧，其实有点恐高，拍戏吊威亚都觉得腿软，就别说攀岩了。"

方贺在旁边擦鼻涕，严琦和他对着擦，张凡凡问："你认识肖芳吗？"

严琦一脸迷茫："不认识。"

"那云泉小区附近，你去过吗？"

他继续摇头，说："平常都是我助理开车，我真不知道你们说的那个地方在哪儿，去没去过，估计要问她。"

张凡凡站起来，表情依然淡淡的："谢谢你，你的话我们会去求证的。"

严琦擦着鼻涕送他们出门，走到门口的时候，张凡凡像是想起了什么，忽然停住脚步，又问了一句："对了，你听说过这句话吗？'你爸做了半辈子的缉毒警，如果有一天亲手抓到自己的女儿吸毒，心里一定很痛苦吧？'"

严琦愣了片刻，低声回答："这句，是我现在正在拍的戏当中的台词。"

他看向张凡凡，问："你们怎么知道这句台词的？"

张凡凡说："侯晓敏说的。"

严琦松了口气："怪不得。"

他看对面三个人都一脸不解，解释说："她前几天来探班的时候，我们正好拍到那一场。"

一切，都仿佛是巧合，却又好像冥冥之中，有一只无形的手，将一切阴差阳错，紧紧连接在了一起。

夏寒对程皓说："严琦对侯晓敏的影响很大，那句台词，也许她只是不经意听到的，可是却改变了晓敏的一生。"

程皓叹气："有时候，我们的每个选择，都会改变命运。"

两个人肩并肩往楼下走，夏寒问："你打算什么时候送晓敏去戒毒所？"

程皓盘算着日子："可能就这一两天吧？"

夏寒"嗯"了一声，说："你要是没空，我帮着联系一下吧。"

程皓忽然停下脚步，很认真地看着他："夏寒，你到底是跟晓敏建立了亲善关系，还是被她建立了亲善关系？"

夏寒无辜地回望："你在说什么啊？"

程皓说："她的防范意识和逆反心理都很重，为了让她打开心扉，首先要建立亲善关系，让她觉得你能理解她，跟她是同一类人，继而相信你、主动接近你。这一点，你成功了。"

夏寒不知道他到底在纠结什么，程皓又说："你说你小时候的事情，是真的，还是假的？"

夏寒终于明白过来，嘴角笑容十分无奈："真的。"

程皓说："可我从来没听你说过。"

夏寒慢慢摇头："程皓，你忘了 George 曾经说过什么吗？有些事，越是熟悉的人，越是说不出口。但最说不出口的秘密，最后反倒容易与陌生人分享，因为他们的聆听，是最无关紧要的聆听，在他们面前，你无须隐藏秘密。"

程皓一愣，自己倒是泄了气："是啊！"

他轻轻地感叹："在最熟悉的人面前伪装，是为了让自己看起来更从容。在陌生人面前卸下伪装，是因为，他们在你的生命中只是路过。"

第 12 章

"贪狼"的出现，成为了悬在整个禁毒大队头顶上的一把剑。继三年前康泰落网、宋濂逃亡国外之后，红冰再现，警方如临大敌。

阎硕几乎发动了手中所有的线人，但却依然打听不到关于贪狼的信息，没有人见过他的真面目，他也没有跟其他下家拿货，这让他觉得贪狼根本就是冲着阿彪去的。阎硕没别的办法，只能叮嘱线人多留意关于贪狼的信息，一有风吹草动的就立刻通知他。他烦躁地搓了搓自己的头发，几天没有洗澡洗头让他看起来像顶了一个鸟窝在头上。老侯的案子交给了专案组，鉴于严琦与王安漠吸毒案也有关联，阎硕安排了大头去跟专案组负责信息对接，和方贺轮流盯着严琦。

张凡凡马不停蹄地去了剧组查证，然后回到队里跟程皓他们一起开会。徐晓蒙带了老侯的尸检报告过来，他也是专案组的成员，负责法医室和专案组的对接及信息共享。周晴把当天娱乐新闻的报道接在大屏幕上播放给大家看，剧组已经正式发布公告，解除与秦冠宇的合同，并且洽谈另外一位一线小生接替角色，剧组内外几乎打翻了天。

张凡凡说："我问过严琦的助理，侯晓敏出事的时候，他确实在剧组拍夜戏。至于第二天，她送了药过去，大概十一点多离开严琦家。"

程皓推断："老侯死的时候，严琦并没有时间证人，他依然有嫌疑。"

周晴说："查过肖芳和严琦，社交账户上并没有关联。方贺已经把严琦的照片发给几个攀岩俱乐部了，让他们去找会员认一认，看有没有

191

见过的。"

程皓点头，说："严琦出现得太巧了……"

他在秦冠宇的名字旁边画了一个圈，扯出一个箭头，又从老侯的名字旁边也扯出一个箭头："他看似跟这些都有关，但是，又没有实质性证据。"

他在两个箭头中间打了个大大的问号："王安漠和老侯，两个案件之间，会不会也存在着某种联系，而我们并不知道？"

大家一片沉默，程皓点了徐晓蒙："这个问题先放一放，晓蒙，你说一下尸检报告的情况。"

徐晓蒙把报告投影，然后介绍说道："死因已经证实，是冠心病急死。"

程皓诧异："正常死亡？"

徐晓蒙进一步解释："身上没有发现针孔，各项检查也没有发现药物致死的痕迹。我跟师父解剖了侯老师的尸体，冠状动脉及其分支管腔有阻塞情况，并有血栓形成，心肌缺血，心肌间质纤维化，有心肌瘤膨出。这是很明显的冠心病急死。这种症状严重的话，几分钟内就会致人死亡。"

张凡凡沉默片刻，问："心脏病发作？"

程皓又问："冠心病和高血压患者都会随身携带药物，你们在老侯的身上找到降血压和控制心脏病的药，或者他有过服药的迹象吗？"

徐晓蒙摇头："我第一时间去搜了侯老师的随身物品，没有找到药。但是我找到了一盒烟，里面只剩下几根了，还有……"

他翻过一页："还有一个地方很奇怪。"说着，他打开一张照片，上面老侯的上半身赤裸，露出一大片深色的皮肤。在紫外线的照射下，竟然隐约浮现出一行蓝紫色的小字来，在心脏处围成了一个拥有完美轮廓的圆，那是一串英文："Designer。"

众人都是一愣，程皓最先反应过来，问："老侯的尸体还在验尸房吗？"

"尸体和物证都在。"

程皓听徐晓蒙说完，便一阵风似的跑了出去。

徐晓蒙只来得及喊了一句："程队你去哪儿啊？！"程皓的身影就已经消失在了楼梯口，张凡凡摇了摇头，风风火火的，也不知道到底又发现了什么。

整个法医中心拥有一层办公楼、3个独立解剖室和一个能同时容纳40多具尸体的冷藏库。老侯的尸体在解剖室还没有送去冷藏，程皓在行政处办理了手续，就在法医的带领下去了第二解剖室。解剖室内部空间很大，冷色调的装潢和摆放的金属的仪器加重了阴冷的气息，让人不由自主地变得严肃和敬畏了许多。一个尸袋放在解剖台上，里面放着的就是老侯的尸体。

程皓对随行的法医说："不好意思，能让我单独问老侯两句话吗？"

法医对他的说法感到有趣，毕竟一直以来和尸体对话好像都只是他们法医的工作，点了点头走了出去，还帮程皓拉上了门。

从案发现场带回来的所有物证都摊开了放在一旁的桌子上，因为教堂里面日常维护得非常整洁，反而证据不多。程皓走到证物台前，看到了老侯死的时候穿的一套衬衫夹克。徐晓蒙之前说的剩下的小半盒烟被拿了出来，放在衣服旁边。程皓拿起烟盒，是软包的利群。程皓几不可察地皱了下眉，拿起老侯的上衣又闻了闻，浓重的尼古丁味道钻进鼻孔。

程皓走到解剖台旁边，拉开尸袋上的拉链，老侯苍白的脸从里面一点点地浮现出来，双目微闭，面容严肃，似乎有心事郁结般积郁于心。

程皓的两只手撑在解剖台的边缘，弯下腰和老侯面对面，一双眼睛紧紧地盯着他，喃喃地说："你有冠心病，需要规律用药。可是在你身上没有带任何药物，如果不是你忘了，就是被人拿走了。我去医院的时候你抽的是红双喜，那盒烟还有大半盒，可是你死的时候身上的烟是利群。你衣服上全是烟味，所以你最少抽掉了一盒的烟，这是心脏病人的大忌。你有高血压，你不能太过激动，否则你血压会升高。你头一天晚上去抓人，第二天深夜去赴约，你没能好好地休息。你抓到了自己的女儿吸毒，甚至因为毒品过量而住进了医院。她对你排斥的反应对你的情绪来说无疑是火上浇油。可这么晚了，你到底去枫华小镇见了谁？是什么人让你丢下自己随时会毒瘾发作的女儿去见他？他又跟你说了什么，加深了你的忧思恼怒，引发了你的冠心病？"

可是，老侯只是静静地躺在那里，没有办法回答他。

程皓却仿佛从他脸上看出了什么，他拉上拉锁，掉头跑了出去。

枫华小镇的教堂门口依旧拉着警戒线，但是程皓却没进去，而是去了管理处，找发现老侯尸体的清洁工打听。

两个清洁工至今还心有余悸，被找来的时候忐忑不已。程皓安抚了她们一会儿，等她们情绪好起来才问："你们当天早上打扫卫生的时候，有没有发现异常？"

"有咯！"清洁工一边拍着胸脯一边说，"就是尸体咯！哎哟哟你都不知道，打开门的时候看到一个人倒下来，吓死人了！"

程皓又问："除了尸体以外呢？教堂里面还有没有什么别的异常？"

清洁工摇摇头："我只注意到了尸体。"

另一个清洁工说："啊有的有的！"

她比划着说："我走进去之后，先打扫的里面，那边地上好多烟头哦！我还在跟李姐抱怨，怎么可以在教堂里面吸烟，好没有公德心的！"

程皓的表情有些微的松动，清洁工的话证实了他的猜测："很多烟头？有多少？"

"那没注意。"

"是同一种烟头吗？"

"没注意。"

"烟头你们扫走了？"

清洁工的眼神有些许诧异，不懂为什么他对烟头这么感兴趣："不扫走检查的时候会被骂的。"

"烟头是在哪个位置发现的？"

这个问题清洁工犹豫了一下，然后才说："就是靠右边的第一排椅子那里！"

程皓默默思索，不忘对两位清洁工说了句"谢谢"。从管理处离开之后，程皓低着头，慢慢地走在枫华小镇的石板路上，一边走一边想事情，却没想到，直走到面前出现了一大片的阴影。他抬起头来，发现自己竟然又走到了教堂前面。

看着面前被拉起的警戒线，程皓仰起头，望着天空，自言自语："所以，我还是应该在这里寻找答案，是吗？"

他拉起警戒线走了进去，因为发生命案，所以教堂的门紧紧地关着，被推开的时候发出沉闷的声响。

程皓缓步走进去，拿出手机，看到张凡凡发了微信给他，说："去枫华小镇了吗？"

她还是懂他的，程皓打开微信，给张凡凡发语音："嗯，我在。"

张凡凡回："需要帮你确认什么？"

程皓笑，又说："我问过发现尸体的清洁工，她们说，在右手边第一排的座椅底下，发现了很多烟头。看来，老侯曾经在这里停下来，见了一个人，跟对方说了一会儿话。"他慢慢走到第一排，坐下，抬头看向前方。

"毫无疑问，这段对话给老侯造成了非常大的心理压力，我觉得，这场对话一定关乎侯晓敏，否则老侯绝不会丢下住院的女儿，在深夜来到这么不熟悉的地方赴约。"

是什么人约的他？程皓默默地问自己，他看向告解室，老侯被发现的时候，他就跪在那里，以一种赎罪的姿态。

他想了很久，终于重新站了起来，坚定地对张凡凡说："这很可能，是一场心理谋杀！"

张凡凡一愣，程皓说："让周晴去找严琦的社交账号，微博还有 INS 等等，大号小号都扒出来，看看有没有跟教堂有关的，具体是什么时间发的，什么内容，涉及什么人。"

张凡凡把语音放给周晴听，后者很快移动鼠标，在网络上搜寻跟严琦有关的内容。

程皓又说："监控记录里，案发当天晚上 11 点前后，一定有人在现场附近出现，看看能不能确认他的身份。"

张凡凡低声回答："正在找。"

她停了停，又问："老侯这几年来经手过的案子，阎队已经把资料发过来了。"

程皓想了想说："如果在严琦的微博上发现有关于教堂的内容，对照时间，查查那一段时间里，老侯经手的案子。"

张凡凡把档案摊开在桌上，走到周晴身边去，打开另一台电脑，周晴正在翻着严琦的微博，一目十行，看得飞快。

方贺这时候插进他们的对话，紧张兮兮地说："程队，严琦出门了。"

程皓叮嘱他："一定要把人盯紧了。"

方贺在车上盯梢，看着严琦拎着包出门，身边还跟着助理，他皱了皱眉，总觉得自己忽略了什么重要的信息。大头开车紧紧跟上，方贺认真在本子上记录时间。

张凡凡把监控录像翻出来看，按照时间对照，很快确认了有用的信息。

"有一辆黑色的起亚 K2，大概是晚上十点五十进了枫华小镇，停在教堂附近的停车场，离开时间是十二点半。"

视频画面上，一个男人从车上下来，他戴着黑色的棒球帽，似乎有意避开摄像头的拍摄，压低帽檐又低着头，深色的上衣和裤子让他和黑夜几乎融为一体。

"身高大约 180 ㎝左右，偏瘦，有一只腿脚不是很方便，走路有些跛。"

张凡凡看着画面形容对方，顺手把图截下来发给方贺，说："你认一认，像不像严琦？"

方贺皱眉看了半天，说："从身影上看的话，的确很像严琦……可是，严琦不是跛子啊！"

周晴要崩溃了："笨啊你！跛子怎么可能拿得到驾照！一看就是装的啦！"

方贺恍然大悟："对哦！"

张凡凡对方贺这种天然系呆萌已经无力吐槽了，简直不知道他是怎么混进警察队伍里的。

程皓努力压抑要吐槽方贺的冲动，严肃地说："如果他只是一个普通的路人，是不会特地伪装自己的走路习惯的。"

方贺用力拍手："对啊！队长你好厉害啊！"

周晴翻了个白眼："这是常识好吗！"

方贺看着前方严琦的车，是一辆普通的大众，他忽然想到严琦拎包出门时的动作，忽然一拍大腿，把大头彻底吓了一跳："啊！我想起来了！"

大头拍着胸口："我说哥们儿，你这一惊一乍的是要干啥？"

方贺激动地在群里说："我想起来了！严琦是个左撇子啊！"

程皓和张凡凡不约而同地眼前一亮，方贺又说："虽然他刻意伪装了自己走路的动作，可是，他是左撇子，所以一定有很多习惯动作，跟别人是不一样的！"

程皓忍不住称赞："干得漂亮！"

周晴评价说："没想到你还有点儿用。"

张凡凡已经在视频里截下了几段画面，说："他十二点半离开的时候，拉开车门确实用的是左手。"

她把车牌号抄下来给周晴，周晴在翻查严琦微博的间隙查了查，说："套牌车。"

程皓对方贺说："盯紧严琦，他现在有重大嫌疑。"

方贺紧张又激动地说："是！"

他盯着严琦的车拐进医院，说："唉？严琦去医院干吗啊？"

程皓说："跟着看看，但是千万别打草惊蛇。"

方贺叮嘱大头留在车上看着，自己蹑手蹑脚地跟了上去。

不一会儿周晴说："我查到了。严琦的微博上第一次出现教堂，是在四年前，他说，一起寻找心灵的平静，配图是教堂的一角。"

张凡凡对比了时间，找出一份档案，说："四年前，应该是这个。"

周晴蹦跳着凑过来看，不解地问："四年前老侯经手的案子这么多，为什么是这个呀？"

张凡凡从容不迫地解释："老侯十几年来一直都在禁毒大队，经手的案子，大多都是抓捕毒贩和吸毒者，毒贩都是穷凶极恶的亡命之徒，要杀老侯该不会有这样的耐心和细心，所以，吸毒者的可能性更大。"

周晴翻了翻卷宗，眉头一挑："易飞？"

张凡凡说："你认识？"

周晴用力点头："我上学的时候，几乎身边的同学，没有人不知道易飞。"

她回到电脑前，很快搜索出一排关于易飞的新闻。

"易飞，美籍华人，哈佛大学毕业，他的毕业作品是以自己名字命名的人工超智能软件'Wing'，可以帮助人类处理生活日常事务，比如智能管家、遥控家用电器、设置航班提醒等等。在当时智能手机应用还不是非常发达的时候，易飞的设计可谓是具有前瞻性的，当时国内外有好几家公司想要购买这项专利版权。当时有人做过统计，如果'Wing'当时能够顺利开发，到现在，至少可以给易飞带来超过 300 亿美元的利润。"

她点开另一条新闻："但是在'Wing'的成品软件研发成功之后不久，易飞因为涉嫌聚众吸毒并拒捕，当场中枪身亡。"

张凡凡对照着卷宗，上面详细地记录了当时老侯抓捕易飞的过程。

"当时网络并没有现在这么发达，易飞吸毒的事情是从网站社区的论坛里被爆出来的。大家热烈地讨论他的成长，他的家世背景，还有他的才华，以及吸毒……大家骂他，'Wing'被扁得一文不值，而他，也被骂成是吸毒的败类，一无是处。"

程皓在回程的路上边开车边旁听，忍不住评论："都是一群键盘侠，根本什么都不知道，就跟着乱喷。"

张凡凡说："易飞拒捕，老侯按照程序鸣枪示警，他在跟老侯的争执当中，抢走了枪，不慎扣动扳机，击中了自己。"

程皓果断说："查易飞和严琦的关系。"

张凡凡问："你觉得易飞和严琦有关系？"

程皓摇头："我只是觉得太巧了，一切线索都指向严琦，早知道这样，当初就该我去找他问话了……"

周晴不服地嘟囔："可严琦是个演员，专职'骗人'的呢！他在你面前说谎，你恐怕也看不出来吧？"

程皓单手撑着头，一手扶着方向盘开车，不满地嘟囔："这你就有所不知了，人类行为学上说，人的一些行为和小习惯是连自己都意识不到的，更隐藏不了，我可是会'读心术'的男人……哎？你刚才说什么？"

周晴开始给自己倒带："我说，他在你面前说谎，你恐怕也看不出来。"

程皓拍着方向盘："不是这句！"

周晴还在愣神，张凡凡已经迅速回忆，说道："他是个演员，专职

'骗人'？"

程皓兴奋地说："对！方贺！方贺呢？"

方贺窝在角落里看严琦的助理帮他挂号，迅速从微信群里冒出来，特别兴奋地说："有！到！在这儿！"

程皓说："我记得你说过，网上有传闻，说严琦刚出道的时候被人包养，还是背后有金主？"

方贺诧异地摸摸头，满脸呆萌："啊？我说过吗？哦，我好像是说过……"

方贺迷惑地抓了抓头发，他当时只是顺口八卦了一下，没想到程皓竟然能把他的话记住，此刻心里竟然还有点儿小感动！不过他嘀咕着说："可是这就是个传闻啊！"

程皓却有不同的看法："空穴来风，未必无因。"

张凡凡有不同的看法："你觉得，严琦背后的人，是易飞？但这两个人都是公众人物，假如有什么秘密关系，记者们不可能放过他们的。"

程皓静静想了一下，说："可是方贺说过，严琦出道曾经红过一阵子，是因为有人捧。"

程皓叹了口气，说："不然，咱们找个娱记打听打听？"

周晴抱怨说："都过了那么久了，谁还记得啊！这也太难查了吧。"

方贺看着严琦在病房里打吊瓶，慵懒地打了个呵欠，悠悠地说："不用啊，打听这种事，找粉丝，尤其是私生饭，绝对知道的比娱记还多。"

程皓眼前一亮："找侯晓敏！"

但脸色随即又暗下来，重重叹了口气："唉……"

张凡凡听出他的心事，说："逃避不是办法，老侯的事情，小敏总要知道的。"

程皓皱眉："我问问夏寒有空没。"

周晴顿时不乐意了："你怎么什么事儿都推给夏寒啊！你离了夏寒，是不是就活不下去了啊？"

程皓能想象周晴那腮帮子嘟起来气鼓鼓的模样，故意使坏："这话说的，怎么能是我推给他呢？我可跟你说，夏寒最喜欢小萝莉了，他们俩不知道聊得多开心呢！"

"你你你你……"

周晴顿时就炸毛了，瞪圆了眼睛："我要跟你一起去医院！"

下午的阳光有点热，夏寒抬手看表，三点多的时候，他把车停在医院的楼下，迎着温暖的阳光，摘下他酒红色的墨镜。他脱了大衣，高领毛衣的袖子挽起来，风度翩翩地走上医院的台阶，穿过大厅，一直走进了住院部的电梯。

几乎是同时，另外一边的电梯门打开，严琦按着手上的胶布，跟助理一前一后地走了出来。方贺气呼呼地从楼梯间跑下来，大头在不远处朝他招手。

他们俩继续开车跟上严琦，而夏寒走下电梯，走向侯晓敏的房间。侯晓敏呆呆地坐在床上，眼眶通红，低头正在默默地剥着荔枝壳。

夏寒轻轻敲了敲门，成功引起了侯晓敏的注意，她的手停了停："是你？"

她的眼睛里没了之前的桀骜强硬，变得柔软仿佛透明的水滴。

夏寒冲她笑笑，低头看她的手，然后笑道："又想吃甜的了？"

侯晓敏一愣，闷闷地说了句："嗯。"

夏寒已经走了过来，到她面前，抬手接过她手中的荔枝，说："人生，有时候就是这样。有甜有苦，有喜有悲，有生有死……"

侯晓敏呆呆地任凭他把自己手中的荔枝捏走，眼泪却抑制不住地落下来："夏寒哥哥……"

夏寒将她揽在怀里，轻轻拍着她的后背："放弃总是很容易，好好活着，永远都是最难的。可是，如果你死了，又怎么对得起那些拼了命想要护着你，让你活下来的人呢？"

侯晓敏在夏寒怀里哭得上不来气，她问："我爸……他真的……死了吗？"

夏寒慢慢点点头，侯晓敏抽泣着说："我以为他死了我会开心，可是，一想到以后再也见不到他了，我竟然那么，那么难过……"

夏寒安静地抱着她，声音温柔："你的日子还很长，只要你记得他，他就在你身边。"

侯晓敏哭着轻轻点头，夏寒又说："荔枝吃了容易上火，以后还是不要吃了吧。"

他侧头看着那个上午被他推到一边的装了热带水果的果篮，荔枝就是侯晓敏从里面拿出来的。他笑着放开侯晓敏，指着那个果篮说："这个，我帮你拿出去，好吗？"

似乎是他的笑容让侯晓敏放下戒备，她顺着他的目光点点头，表情柔软得一塌糊涂。

夏寒说："我一会儿就帮你办出院手续，你回家收拾点东西，然后，我们去戒毒中心。"

侯晓敏点点头，咬着唇，坚持着不再哭。

夏寒拍拍她的肩膀，说："你付出多少，就会收获多少，相反，你得到多少，总要付出相应的代价。"

侯晓敏似懂非懂地望着他，听他缓缓地说："人生，从来都是公平的。"

程皓开车疾驰在奔向医院的路上。

方贺紧张又慌张地打电话给他："程队糟了！严琦跟丢了！"

程皓气得不行："怎么就突然丢了？"

方贺无辜又无奈地说："中途出来了另一辆车，挡住了我们的车……"

程皓说："一定有问题，严琦刚刚去了哪儿？在哪里跟丢了的？"

方贺说："他刚刚去了医院打了个吊针，刚刚走到向海路东段，就不小心跟丢了。"

程皓刚想再说什么，张凡凡的电话突然接进来，程皓干脆就开了三方对话的模式，张凡凡语气焦急："程皓，出事了！"

她说："刚刚网上出现了一段视频，主人公是望海首富王世孝，他承认四年前自己设局陷害易飞吸毒。"

手机的视频播放窗口上，一个略显臃肿的中年男子跪在地上，眼睛里全是血丝，脸色惨白，嘴唇抖动着，两只手抱在脑后，身体不住地颤抖。

他早就没了往日在镜头前风光无限的模样，只是不住重复："我有罪，我有罪……"镜头看不到的地方，黑洞洞的枪口正对着他。

他惊恐地说："四年前，耀世集团有意要买断易飞研发的智能芯片，易飞却说智能芯片还只是个雏形，并不完善，所以不愿意把智能芯片的研发权和代理权交给我们。我知道易飞研发的智能芯片可以给集团带来巨大的利益，他的拒绝让我很生气，在望海市还从来没有人拒绝过我，我决定要给他一点儿教训。"

周晴飞快对比着画面，并且追踪信号的网络地址："视频上传的网络地址，应该是芳华小区。"

她飞快地报出地址："中山路 115 号。"

方贺惊呼："那不是严琦家所在的小区吗？"

程皓把手机打开放在一旁，车子掉头，他把警灯打开放在车顶，拉响警笛，一路呼啸而去。

王世孝的讲述还在继续："我让我公司的研发部主任借公事的理由把易飞约了出来，并且在他的酒水里面投放了微弱的毒品。在易飞毫无防备的情况下，我们骗他签下了智能软件的代理权和研发权。可是后来我们发现，核心程序只有易飞才有能力修正它的漏洞，我们的研发团队在代码程序面前，就像是一群废物，这个项目也就被迫停止。四年前，易飞吸毒被抓，也是我们通知的警方，我们本来想要借此要挟他，没想到，他死了……"

突然镜头之外，有个声音阴沉冰冷地说："是你的一己私利害死了他。"

他的声音经过了一些处理，方贺听得惊呆了："是严琦？不会是严琦吧？"

那人继续说下去："你最大的错误，是你的愚蠢。你以为宝贵的是软件本身，却从没想过最宝贵的是易飞本人。可惜啊，世界上再也没有第二个易飞了。"

这段话说完，从视频里传出一声细小的咔嗒声，是子弹上膛的声响，下一秒就看到王世宪的眼睛蓦地瞪大，惊恐地求饶："我知道错了！我已经忏悔了！我可以每天都向易飞忏悔！别杀我！求你了！别杀我！"

之后，画面突然陷入黑暗，死一般的寂静。

周晴说："发布视频的博主登录用的是严琦的个人微博账号，严琦自己的粉丝数量倒是不多，但是这段视频牵涉到王世孝，所以很快就吸引了上万网友在线观看，很多微博大V都参与了转发。"

方贺和大头距离比较近，率先到达，出示证件，急匆匆冲进小区。

眼前的景象让方贺蹙眉不忍看下去，他小心地上前确认，终于无奈地叹气："我们已经到案发现场了，王世宪已经死亡，一枪爆头。"

程皓和张凡凡分别赶往案发现场，两个人率先下车，后面跟着两辆蓝白相间的警车，车门打开，警察们纷纷从车上跳下来。严琦的家里，除了死亡现场，剩下的一切都是简单干净的，像是一个独自居住的人，却又洁癖得不像一个单身男人。

周晴的声音突然响起，将最新的情况汇报给程皓："程队，刚刚收到攀岩俱乐部老板的回复，当中有几个会员认出了严琦，说记得他曾经跟肖芳来参加过一次活动，自我介绍说是肖芳的男朋友。"

程皓用力深吸了一口气，所有的线索都接上了。他马上给周志东打电话，简要说明事情的经过，要求在全城范围内通缉严琦。

周志东了解情况之后，立刻果断下令："在全城范围内，调用天网系统的所有监控系统，尽快确认严琦的下落！一旦发现，立刻抓捕！"

周晴将严琦的照片和身份资料迅速发送给110指挥中心，方便他们对照排查。

方贺站在门口等着他们，一照面程皓就问："有白色夹竹桃吗？"

徐晓蒙这时候跟着法医一起来到现场，跟程皓问了个好，飞快地进入现场，开始验尸。

方贺摇摇头："没有找到夹竹桃标本。"

程皓认真打量着这间并不算大的房子。客厅一侧是电视和电视墙，对面是沙发。灰白格子的沙发布罩在沙发上，一丝褶皱都没有。靠垫分别放在沙发的左、中、右，每个靠垫之间维持着一模一样的距离。

墙上规则地挂着两排照片，张凡凡看了看，说："上次，这里没有挂照片。"

程皓知道她的意思是上次跟方贺来严琦家的时候，这些照片并没有挂在这里，他轻声说："看来，有人刻意想要把这些照片留给我们看。"

他走过去驻足细看，照片上多是两个青葱少年，一个是严琦，另一个是易飞。其中有一张照片，背景是街边的一个篮球场，易飞单手拿着球高高跃起，身体向后弯成了一个弓形，腰窝深陷，正准备将球扣入篮筐。阳光在他的背后留下了一片剪影，似乎真的在背后长出了一双翅膀，亟欲飞翔。看来，他们是非常好的朋友。

靠阳台的墙角摆放着一个花架，花架上垂着茂盛的绿萝，碧绿的叶子中一片发黄的都没有。张凡凡看着程皓像是在找寻什么一样在屋子里面徘徊。他走到卧室打开严琦的衣柜，里面的衣服按照春夏秋冬、由深到浅的规律悬挂着，抽屉里的内裤是同一个牌子、款式和颜色，袜子成对地摆放着。接着，程皓又走到厨房，拉开厨房里面所有的柜子、抽屉还有冰箱，里面的物品皆是分门别类、左右对照地摆放得整整齐齐，有的甚至形成了一条直线。洁癖、完美主义，甚至已经发展到了强迫症的阶段，难怪在老侯死的现场没有发现任何因为疏漏和错失所遗留下的证据。他又走到案发现场，王世孝的尸体旁边，不解地摇了摇头。

许晓蒙在检查尸体周围，看到地上有个用过的针管，他小心地捡起来检查了一下，辨别着味道："好像是毒品。"

他将针管装好，然后在王世孝的手臂上寻找，果然找到一个注射的针孔，他朝着程皓看了一眼，程皓就懂了，说："看来，在拍摄视频之前，王世孝被人注射了毒品，所以，视频里他才显得过度紧张和焦虑。"

张凡凡说："以彼之道，还施彼身。"

程皓不忘开个玩笑："所以凶手是姑苏慕容复吗？"

现场一片寂静，大家面面相觑，显然这个笑话实在是很冷，这个梗没人能接。

程皓干笑了两声，假装什么都没说，自己圆场："如果按照王世孝说的，易飞当年是被人设计才注射了毒品，那么，凶手对王世孝这么做，明显是有针对性的报复行为。"

方贺跟过来，小心地说："可如果是严琦的话……为什么，现场没有白色夹竹桃呢？"

张凡凡摇摇头："他说的是凶手，不是严琦。"

程皓赞许地看了张凡凡一眼，她一直都是比较严谨的："没有标本，那有'Designer'的标识吗？"

法医摇头："暂时没有发现。"

程皓又说："王世孝的死亡现场，不符合严琦，哦，或者可以这么说，不符合 Designer 的作案手法。"

众人都瞪大了眼睛，看着王世孝的尸体。他的额头中枪，额头上的枪伤四周还有火药烧焦的黑色痕迹，血液已经凝固，但中枪时候流的血却顺着黑洞流出来，在他的脸上、脖子、头发上留下了一块块黑红色的血迹。地上也散落着血迹，不过，没有找到杀人凶器。

程皓说："严琦应该有极度的强迫症，他杀老侯的时候精心计算过前后的步骤，几乎没有露出明显的破绽，也符合'设计死亡'的手法。可是，王世孝的死亡并不是这样，那只是一场公开在几万人面前明晃晃的谋杀，毫无美感可言。"

张凡凡皱眉，细想之后问："你怀疑，凶手另有其人？"

程皓想了想说："如果凶手也是严琦，那么，为什么只有老侯收到了夹竹桃标本，而王世孝没有……"

他正要往下说，忽然电话响了起来。

程皓原本不想在办案的时候接跟案子无关的电话，但一看是夏寒还是接了。

夏寒的声音听起来很浅淡，似乎是很疲倦的样子，他说："我已经把侯晓敏送进了戒毒所……"

程皓说："夏寒，我在办案，稍后再……"

夏寒开口打断了他："侯晓敏已经知道老侯去世的事情了，告诉她这个消息的人，是严琦。"

程皓觉得后背一凉，怪不得严琦会突然去医院，就知道不光是打吊针这么简单。

夏寒又说："晓敏说，她终于明白，严琦，跟她曾经喜欢的那个人，是不一样的。"

这句似乎话中有话，程皓挑眉："发生了什么？"

夏寒低声说："严琦在老侯死的那天晚上，就曾经去过医院，在他送给侯晓敏的果篮里，除了荔枝和菠萝，我还找到了一张，白色夹竹桃标本。"

程皓觉得自己被一记闷棍迎头砸中，老侯曾经说过，侯晓敏对荔枝和菠萝过敏，显然，严琦也知道了这一点。他们原本以为，是侯晓敏在追着严琦跑，可是他们并不知道，从一开始，当严琦发现侯晓敏这个人存在的时候，他的目的，就一直很明确。

老侯、侯晓敏……他们都已经被"Designer"设计好了死亡的方式。

程皓脱口而出："晓敏没事儿吧？"

夏寒笑道："有我在，你还担心什么？"

程皓长长松了一口气："幸好有你。"

夏寒说："我把果篮和标本一起带去市局，看看有没有什么线索。"

程皓点头："谢了兄弟，我请你……"

夏寒打断他："别请我吃饭就行。"

"呃……"程皓满脸都写了一个"囧"字，夏寒阴谋得逞，笑着挂了电话。

他深吸了一口气，刚刚夏寒的电话让他想明白了一件事，他闭了闭眼，说："在火车站、汽车站、机场、高速公路出口加强排查……严琦要离开望海！"

张凡凡很快打电话去安排这件事，方贺呆萌地望着程皓，半天问出一句："他都暴露了，为什么还要跑啊？他还能跑去哪儿啊？"

程皓点点他，说："总算问了句人话。"

方贺也不知道这句话是夸奖还是嫌弃，扁着嘴在一旁等着答案。

程皓定了定神，说："按照严琦的性格，他完全可以设计一场完美的死亡，洗刷易飞的冤屈，而现在他选择了最直接、最粗暴的办法，只有一个解释，他留的时间不够了。"

张凡凡补充："他还有更重要的事情要去做？"

程皓点头："对！"

方贺问："是什么？"

程皓眼底的黑暗慢慢聚集，让他的瞳孔里黯淡无光。

他低声说："何兴远、陆明、老侯……曾经与康泰案有关的警察和家人，都是他们的目标。"

他用力握紧了拳头，揪着自己的衣角："他，是为了康泰复仇而来的。"

张凡凡看着程皓有些失神的表情，她知道他是唯一看过康泰案卷宗的，知道其中很多不为人知的细节，所以，他的担忧不无道理。

她问："如果要报仇，参与案件的警察那么多，难道他要一个个这么杀下去吗？"

程皓抬起头，出神地盯着天花板，缓缓地说："假如，要复仇的话，那么有一个人，是他一定要找到的……"

——案件 3 号《灰度空间》完

设计者 下

一个人若是知道自己为什么而活，
就可以忍受任何一种生活

▶ 唐小蓝 / 辛木　著

海南出版社
HAINAN PUBLISHING HOUSE

案件 4 号

《代号》

第 13 章

2017 年 2 月 21 日，2017 专案组公开发布第一张通缉令。经由专案组组长周志东亲自批准并签署，警方正式通缉涉嫌杀害陆明、王世孝的犯罪嫌疑人严琦。

电子信息化大爆炸的时代，最先发酵的地方永远都是网络，程皓刷新了一下自己的朋友圈，发现几乎本市他为数不多的朋友都转发了，甚至还包括不怎么玩朋友圈的夏寒在内。

警用面包车上坐着他和张凡凡以及周晴，张凡凡明显已经习惯了熬夜，可小网警困得呵欠连天，抱着电脑蜷缩在座位的一角，头一点一点地还不忘对着电脑键盘打字。消息源源不断地传来，所有有关严琦的蛛丝马迹，渐渐在深沉漆黑的夜色里汇聚，程皓抿着唇，眉宇间有掩饰不住的疲倦，脸色凝重且严肃。他们正在寻找严琦的下落，对手十分狡猾，计谋百出。

周晴清了清嗓子，说出结果："严琦一共定了一张高铁票，两张机票，一张汽车票，分别往不同的方向。"

张凡凡冷哼一声，说了两个言简意赅的成语："欲盖弥彰，混淆视听。"

程皓松了松嘴角，表示认同："火车站和机场都有排查，他不可能出得去。这必然只是用来混淆我们视线的，汽车站的话，倒是有可能，不过也不排除，这是他用来迷惑我们的举动，毕竟上车之前买票也是可行的。"

周晴打着哈欠又问："方贺，你那边怎么样？"

方贺在饭店里找人，严琦的车就停在楼下，是天网系统不久之前刚刚确认的。不过这里只有严琦的助理，在陪朋友吃饭。方贺冷不防冲她亮了警官证，助理姑娘一惊讶差点把筷子扔地上去。

方贺直接就问："严琦呢？"

助理摇摇头："他说晚上有事，出了医院没多久就下车了。"

方贺十分无语地问："你知道他去哪儿了吗？"

助理一摊手："不知道，他就说自己约了人，让我今晚别管他了。"

方贺又问："那你就真的不管他啊？"

助理满脸都写着"无奈"二字："我是他助理，他是我老板，我能怎么样，我也很绝望啊！"

程皓愁得都快把五官皱在一起了，方贺到现在还抓不住重点，他真是很想抽他一顿。张凡凡清了清嗓子，对方贺说："几点下车，在哪儿下车？"

方贺这才意识到自己该问什么，赶紧重复着把这句给问了，助理想了想说："四点半多下的车，就在向海路往高架的路口，有辆车来接他。"

方贺终于顿悟了，追问："什么车？车牌多少？"

助理摇摇头："记不住了。"

程皓果断下命令："查！"

张凡凡对市内的道路很熟悉，立刻补充："向海路上高架走到头，就是汽车站。"

视频监控录像倒是很容易就找到这辆车，一路追踪，果然是在汽车站外停下了，从车上下来的人已经跟上车时的严琦打扮不太一样，显然已经做过了伪装。他手中拎着一个小行李箱，一副风尘仆仆要出远门的样子。

程皓语调不急不缓地推断："主动暴露，杀掉王世孝，说明严琦很着急，恐怕是有非常着急的事情要办。"

周晴打着呵欠："可一旦在国内被通缉，他必然办什么事情都不方便，难道他要赶着出国吗？"

张凡凡接话："他现在没办法通过正常渠道出国。"

程皓和张凡凡忽然对望了一眼，彼此眼中都亮起光，心领神会，不约

211

而同地说道："海上！"

周晴立刻清醒，飞快地调出望海市的地图，并迅速锁定了几个位置。

她把地图发到张凡凡和程皓的手机上，两人点开之后，目光飞快扫过，然后异口同声地说："月亮湾镇。"

望海市三面环海，其中位于西南边的月亮湾镇，沿岸地势复杂，接壤一片山林，位置隐蔽，同时又有一个废弃的旧码头，所以偶尔会有偷渡客出没。从这里乘船，假如顺风顺水，只需要不到 10 个小时，就能到达越南。查不到严琦是否买票，但是每个检票口都有监控录像，很快就确认，严琦在 5 时 53 分登上了一辆开往月亮湾镇的汽车。

程皓看了一下表："六点发车，车程是两小时三十五分钟，现在是九点一刻，严琦已经上船了，不过肯定不会这么快到越南，现在追，还来得及。"

张凡凡已经清楚了他心中的打算，立刻把车子掉头。

程皓说："等等，小不点儿，你先下车，抓人不需要你，你得回局里再对比一下视频。"

周晴已经困得快睁不开眼睛了，眯着眼点头，用力晃了晃脑袋让自己清醒一下，这才抱着电脑跳下车。

张凡凡将警灯放上车顶，面无表情地把车速飚到最高。

程皓又喊另一个："方贺，你立刻到高速收费站跟我们会合。"

方贺点头，急匆匆从饭店跑了出去。

张凡凡开车很稳当，左右并道轻车熟路。程皓拿出手机跟周志东通话："周局，我需要海警的支援，搜寻月亮湾镇的废弃码头周边海域的船只。"

周志东的办公室依然灯火通明，他喝了一口冷茶，继续协调安排一切。与此同时，市局宿舍楼里，徐晓蒙正在上网搜索一本新的参考书，却发现电脑上的网络连接突然断了。他诧异地推了推眼镜，习惯性想要断开网络重新连接一下，可是试了两次之后，却发现网络仍然无法连接。他踩着拖鞋，蹦蹦跳跳地到隔壁房间去敲门，才发现大家都从房间里走了出来，站在走廊上互相询问。宿舍里的网络信号确实不太好，经常卡顿掉线，可是从来没有出现过不能连接的情况。几个自认对网络比较了解的年轻人尝试着修复了一下，发现无济于事，于是只能打电话给电讯公司报修。

20分钟后，一个穿着工作服，戴着口罩的工程师从侧门走进了宿舍，出示了证件，在保安的带领下，走进了线缆机房。网络在10分钟之后恢复正常。徐晓萌又开始继续下载参考书，他的室友在看电影，一部香港电影，枪战激烈，砰砰作响。似乎一切如常，没有任何异样。

夜色掩映下的海沉寂肃穆，风声渐歇，海浪止住了激烈的翻涌，四艘带有海警标志的快艇率先破开沉静的水面，两艘巡逻船紧随其后，所有船只分为两组，在海上从两个方向进行搜寻。雷达很快探明，在东南方有一艘疑似渔船的船只正在往越南方向航行，快艇率先赶赴现场，将其包围。

双方对峙，海警首先通过高音喇叭向对方喊话，要求对方停船接受例行安全检查，但是渔船竟然完全不顾警告，开足马力继续向前。这一反常态的举动，更是让海警们确认，船上一定有问题！阻拦无果的情况下，一侧快艇上的警察按照程序，对天空鸣枪示警。枪声划破黑夜的平静，伴着高音喇叭的喊话，诡波翻涌的大海上，枪声骤然变得密集起来。子弹的方向竟然来自那艘渔船，枪声中有机关枪的连续射击，也有手枪和步枪的点发，这代表着对方持有的火力并不弱。双方在海上激烈交火，无人机迅速起飞，盘旋在船体上方，拍下船上人员的火力分布。武装直升机紧随其后起飞，很快抵达，空中火力展开压制，根据无人机提供的数据实施精准打击，船上的机枪手很快被清除。海警的火力很快取得了压倒性的优势，四艘快艇飞快地逼近船体，在密集枪声的掩护下，十几个黑影悄无声息地翻上甲板，如同鬼魅般在黑暗中将持枪者一一制服。

枪声渐渐稀疏，忽然听到"哗啦"一声响起，是水声，随后有人高喊："有人落水了！"

甲板上的探照灯不够亮，看不到是谁掉下去了，海警高声喊着，将已经投降的人控制起来，集中在甲板上，开始清查人数，核对身份。同时由快艇和直升机继续在四周巡视，寻找落水的人。15分钟后，两艘海警船抵达，探照灯将甲板照得亮若白昼。

程皓这时候刚刚到达月亮湾镇的码头，来接他的海警递过对讲，他把耳机挂上，接进对方的频道，轻声说："我是程皓，我预计20分钟后到达现场。"

带队的海警中队长与他对话："程队你好，我是中队长陆杭，现场人员经过排查，并没有发现严琦。不过，有人说在船上见过他，很可能是刚刚交火的时候，他趁乱跳船逃走了，我们正在附近海域继续搜捕。"

程皓语气波澜不惊："辛苦了，陆队，一会儿见。"

他放下对讲，遗憾地说："人跑了……海警正在海上搜捕。"

张凡凡不说话，拿过救生衣给他。他们在这里换乘快艇出海，劈开海浪的感觉像在水上飞，海风扫过脸颊发疼，功亏一篑的感觉让程皓觉得心情非常郁闷。海面上不知道什么时候开始起了一层薄雾，原本晚上能见度就很低，这样一来，想要找到人难度就更大了。他们很快抵达，程皓率先从快艇攀爬上船，面色如常，后面紧跟着脸色稍微有点发白的张凡凡，以及一上船就趴在甲板上吐得毫无形象可言的方贺。

陆杭早就等在那儿，朝着程皓伸出手，戴着战术手套的手冰冷粗糙，程皓热情地与他问候，之后便直入主题："人找到了吗？"

陆杭摇摇头："海上起雾了，搜寻难度很大，直升机在周围搜过两趟，都没有发现有人存在的痕迹。"

程皓想了想猜测："也有可能是受了伤，落水之后直接沉下去了。"

陆杭顺着他的思路推测："也有可能。"

甲板一侧蹲着几个偷渡客，正在接受登记盘查。另外一边则放着一排崭新的轮胎，方贺吐得昏天黑地，回头迎面就看到这个，诧异地凑过来问程皓："怎么？除了偷渡，他们还走私轮胎？"

陆杭听了笑而不语，看到有几个人在用军刀划轮胎上的橡胶胎，方贺不解地问："他们在找什么？"

程皓摸摸他的头顶，说："这你就不懂了吧？"

方贺瞪大了眼睛，竟然暂时忘记了自己还在晕船，精神完全集中起来。程皓抬手一指："轮胎不是重点，重点是里面的东西。"

灯光照亮了轮胎之中的黑暗，打开外层包裹得严严实实的防水纸，密封的塑胶袋里面，是红色如同海盐一般粗细的大颗粒。10 个轮胎里共找出10 包这样的东西，并排摆在地上，殷红如血，带着让人心悸的诡异。此情此景，程皓看了，只觉得心脏被人狠狠地抓了一下。那东西他再熟悉不过了，那是"红冰"。

陆杭面色凝重，感慨道："竟然这么多……"

程皓掏出手套戴好，走过去，俯下身，认真检查起来。

方贺感觉自己终于好了点儿，摇摇晃晃地走过去，问："程队，这到底是什么啊？"

程皓拆开一袋，捻了一点在指头上，分辨味道，随口答道："毒品。"

方贺眼睛又瞪大了两圈，他不是缉毒警，第一次见到这么多的毒品，完全惊呆了。

程皓正在检查袋子，突然眉梢一挑，指着上面的一个圆形的黑色标贴给方贺看："眼熟吗？"

方贺低头看去，目光骤然亮起，那个标记是他们十分熟悉的，不过，并不是如同案发现场出现的夹竹桃标本，黑色的纸张上绘出白色的夹竹桃花瓣纹路，花瓣底下是一个英文单词："WOLF。"

"狼？"方贺偏头看了一眼单词，顺口翻译过来。

程皓查过毒品，让方贺留下来拍照取证，他站起来拍掉手上的粉面，转头问陆杭："船上的负责人在哪儿？"

张凡凡在不远处朝他挥手，喊他："在这里。"

她一上船，首先就问了船主所在，此刻拿着本子正在问话，面前是个白头发的老头子，人被铐在甲板的栏杆上，靠着边蹲着，看打扮就像是个普通的渔民。程皓朝着陆杭做了个手势，示意自己先去另一边，陆杭正忙于带人清点收缴的毒品，只来得及冲他挥手示意了一下。程皓这才大步走过去，张凡凡介绍说："这就是船主。"

程皓问："查过档案吗？"

张凡凡回答："查过身份证，表面上看没问题。"

程皓笑着说："我跟他聊几句。"

张凡凡默默退后半步，拿出手机给他们录音。程皓单手撑着栏杆看了老头子一眼，然后就特别自来熟地蹲在他面前，问："这是你的船？你知不知道船上运的是什么货？"

老头子瑟瑟发抖地避开他的目光，语气委屈至极："他们只跟我说带几个人，一点货出去……我不知道，真的不知道……我只是想赚点钱而已。"

程皓歪着头，附身靠过去盯着他："你以前，帮他们带过人和货吗？"

老头子连忙摇头："这真的是第一次！我保证，就这一次！"

程皓笑了，似乎相信了对方，他站起来，又朝对方伸出手去，温柔地说："蹲着不累吗？起来吧！"

老头子被程皓拉起来，站稳了，这才松了一口气，朝着程皓鞠躬："谢谢，谢谢你，同志。"

程皓放开他的手，冲着不远处的陆杭挥挥手，语气十分随意："兄弟！我找到这群人的头儿了，这条大鱼，我一会儿就领走了哈！"

老头子的脸色变了，下意识地想要翻过栏杆往海里跳，但是动了才意识到自己的手还被铐着，脸色红一阵白一阵很是尴尬。

陆杭刷刷走过来，看了看老头子："他是头儿？"

程皓"嘿嘿"笑出声来："对啊！"

他扬起下巴看老头子，语气戏谑："跑啊？怎么不跑了？"

老头子后退半步，腰背挺直，全然没了之前唯唯诺诺的模样，语气掷地有声："你怎么看出来的？"

程皓抬手一指："你的手告诉我的。"

老头子诧异地看向自己的手，程皓接着说道："你的虎口没有茧，应该不常用枪，所以你并不害怕与我握手，是吧？"

他说着朝对方比出一根手指摇摇，笑道："你不用枪，但是，你负责验货。"

老头子反问："验货的不能是小喽啰吗？"

程皓笑道："您这话说的，是欺负我没见过世面吗？一般人根本辨别不出货的好坏，会验货的，可都是行家。"

他摊开手掌，给老头子看他的手，手套上染了一线红色的痕迹，大半隐藏在指缝间，但看起来十分显眼。

程皓轻描淡写地说："我刚刚也验了那批红冰。红色的印记，就是证据。"

老头子的肩膀垮下来，不自觉地把手往身后藏去，那个动作已经彻底出卖了他，一切无可辩驳，只能认命。

程皓想起袋子上那个单词，心念一动，做了个大胆的猜测："这批货，是贪狼的？"

见对方惊讶地盯着自己看，程皓知道自己猜对了，忍不住露出得意的表情："你认识贪狼？"

在望海市贩卖红冰的毒贩贪狼，现在是阁硕重点搜寻的目标。

老头子不情愿地点了点头，程皓又问："这批货要运去哪儿？河内？还是清迈？"

老头子说："清迈。"

方贺正在旁边旁听，忽然皱了皱眉，发出"咦"的一声。

程皓瞪他一眼："怎么了？"

方贺被看得有点儿不好意思，弱弱地说："觉得哪里不对。"

程皓说："哪里不对？"

方贺小心地说："我记得看电视的时候，毒品都是从金三角运到国内来的，我第一次看见从国内往泰国运的……"

程皓板着脸冲他勾勾手，方贺看他一脸严肃，有点胆怯，磨蹭着不肯上前，被瞪了一眼之后，立刻一溜小跑到程皓身边去了："程队，我就是瞎说的，你千万别生气啊！"

程皓盯着他看了两三秒，抬手照着他的头顶一顿乱揉，大笑："说得好！"

方贺完全傻眼了，张凡凡过来把他拉开，阻止程皓继续蹂躏他的头发，说："既然是从望海往外运货，只有两种可能……"

程皓的笑容很浓，这个发现算是个好消息了，他接着补充说下去："要么，望海已经变成了贪狼的中转站，要么，这里，就是红冰的产地。"

方贺恍然大悟，点头感慨："哦……原来是这样啊！"

程皓又说："严琦要去泰国，贪狼的这批货也要去泰国……"

张凡凡猜测："所以严琦这么着急要离开，就是为了送这批货？"

程皓眼前一亮："对！我觉得，严琦很有可能就是贪狼！"

张凡凡问："没证据，凭感觉吗？"

程皓习惯了她的直来直去，笑着反驳："我有证据。"

白色夹竹桃代表严琦，WOLF是狼，所以他们在船上发现的这批红冰，就是答案。

程皓兴冲冲拿出手机，开着玩笑："可怜的阎队，又要加班了。"

他给阎硕打电话，笑着说："阎队，我抓到条大鱼，给贪狼运货的，有兴趣吗？"

阎硕听了简直乐开了花，赶紧一边跟程皓打听情况，一边喊人过来，安排他们赶往月亮湾镇交接查获的这批毒品。程皓很耐心地给阎硕讲了事情的经过，两人还在通话，张凡凡的电话忽然响了起来。

急促的手机铃声听得所有人都心中一紧。她接电话的时候还面色平静，但只听了一句，竟然眼神都变了。程皓虽然在打电话，但还是注意到了张凡凡的神情，她难得有这么明显的情绪变化，这意味着出了非常严重的事情，他跟阎硕道了别，迅速把电话挂断了。抬头就看到张凡凡放下手机，盯着自己，语气凝重："市局的资料系统被人入侵了！周晴要我们立刻回去，因为对方想要窃取的资料是……"

程皓毫不犹豫地接下去："康泰案的卷宗，是吗？"

张凡凡点头默认，程皓朝方贺挥手，说："你马上去协调一下快艇。"

方贺一边绝望地抱怨"又要坐船啊"，一边连跑带颠地去了。

程皓觉得脑子里一团乱，好像被人塞进去了一吨炸药，下一秒再点个火星，瞬间就能把一切都炸飞。信息量太大，一时间难以消化。

程皓不知道该说点什么，但又不能不问："黑客抓住了吗？"

张凡凡回答："没有。"

程皓心中一紧，听她顿了顿，又说："不过对方也没拿到资料。"

他这才松了一口气，哀叹："亲，不带这么说话大喘气的啊！"

市局信息科办公室里，原本只能容纳4个人的办公室，现在被9个人挤得满当当的，周志东站在窗口，其余8个人都各自对着一台电脑，严阵以待地忙碌着。

周晴是大概50分钟前回到市局的，走廊上灯光暗淡，大多数人都已经下班了，只有为数不多的几个需要 24 小时值班的科室才亮着灯。寂静迅速被尖锐刺耳的示警声打破，周晴口袋里的手机突然在黑暗里亮起，这是她自己设计的一个 APP 程序，用来做整个市局办公系统的加密防御，假如一旦有人攻击防火墙，立刻就会鸣响报警，目前这个软件还在测试阶段，这是第一次，她接收到报警提示。周晴打开手机，软件提示，有不明黑客正在攻击市局办公网络，企图侵入档案系统，破解登录密码。

她抱着电脑快步冲进办公室，一手打开电脑，一手拨通了信息科科长的电话。幸好市局办公网络的防火墙之前经过信息科的两次升级，才给他们赢得了 20 分钟的准备时间，信息科几位专家刚落座，防火墙已经被轰开，档案系统密码被破解，周晴此时只能干着急，看着对方进入档案，并开始调取档案编号为"201412-01"的案件卷宗。她虽然不知道那是什么，但是四级加密的标识告诉她，那是一份绝对不可以泄露的案件资料。然而事情来得太快，几位专家都已经来不及阻拦对方的入侵程序，千钧一发之际，已经没了别的选择，当时周晴脑袋里只闪过一个念头，手比脑子反应更快，鼠标移动过去，直接点击"删除"选项，在对方打开那份卷宗之前，将其彻底粉碎。信息科科长也看到了这一幕，无声地叹了口气，根本来不及说什么，又陷入了第二轮的忙碌。对方当场就察觉档案被删除，于是发动第二轮攻击，这次攻击的不再是资料库，而是整个网络。专家们也不甘示弱，立刻展开反攻击，并借机追踪对方所在位置。

周晴有些胆怯地望着匆匆赶来的父亲周志东，心中忐忑，不知道自己没得到允许就删除档案的做法是否合适。周志东进门先问："档案呢？"

周晴弱弱地举手回答："我……给删了。"周志东气得抬手点点她，没说出来话。

倒是科长出来帮忙解释："刚才确实拦不住了，为了不让档案泄露，小周没办法才给删了。"

周志东沉了口气："唉，也是没有办法的办法。"

科长说："幸好有纸质档案，到时候让小周负责，再去录入一份吧！"

周晴连忙点头，接着又去继续帮忙修补防火墙。她在这方面十分擅长，有条不紊地进行着代码修复，同时看着反追踪程序，地图上显示出几个闪烁的红点。

"用的是国外的代理服务器。"

有人说话:"现在追踪到的位置都是假的。"

周晴对着屏幕上各种跳动的代码发晕,忽然没来由地灵光一现:"老师!资料库只限内网登录的!"

大家恍然大悟,出于安全考虑,目前只有两个区域能够登录市局的内网,一个是市局大楼的办公区域,另一个是宿舍楼的一楼到三楼的教师宿舍。周志东已经着手安排,把值班的警察们都调出去搜查。市局大楼顿时灯火通明,宿舍楼也都开始戒严排查,黑客第一次截断网络通信,但10秒钟之后就被修复。周晴将防火墙修补完毕,正遇上黑客第二次截断网络通信,并将监控系统的网络关闭,大楼里所有监控探头全部停止工作,画面黑屏,随后浮现出白色的雪花点,就那么突兀地跳动了十几帧之后,忽然从中缓缓浮现出一个图案来:白色的、半透明的、张开的、振翅欲飞的一对翅膀。

周晴愣住了。她看着那对翅膀在瞬间化为粉末,然后粉末如同风吹沙过,细细密密地凝聚在一处,组成了一个大写的英文单词:WING。

那是四年前,代表着易飞身份的标志。而此刻,有人正利用留下来的天才程序,暗中窥探着一些不应该为人所知的秘密。

第二次网络通信在中断3分钟之后,被成功修复。

程皓系紧救生衣,跳上快艇,张凡凡紧随其后,方贺一脸哀怨地正打算跟上,程皓朝他挥了挥手,说:"你留下,等禁毒支队的人一会儿过来,跟他们会合,把嫌疑人和货都带回去。"

方贺如临大赦,立正敬了个礼:"是!"

此时,周晴在微信群中冒头,打字飞快:"真是苍了个天了,网终于好了。"

程皓问:"现在情况怎么样了?"

周晴说:"黑客跑了,但是找到了线索,采用的程序是易飞留下的'WING'。另外,晚上学生宿舍的网络坏了,有人假扮电讯公司的维修员,在路由器里安装了木马程序。现在正在根据摄像头拍到的部分画面做人像还原。"

程皓低声沉吟："易飞……看来，不只是严琦，他还有同伙。"

张凡凡看到程皓抵着耳机的手指在轻微地发抖，似乎精神有点紧张。

程皓想了想，没再问周晴，而是把电话拨到了周志东那里，开门见山："师父，我知道他们要找谁。"

张凡凡回忆起那天程皓的话，他说："假如他们是为了报复而来的话，有一个人，是他们一定要找到的。"

只有他看过那份档案，其中清楚地记录着三地警方是如何联合破案。程皓告诉专案组的所有人，在康泰的贩毒集团中，有一名重要的集团成员、康泰的副手被警方策反，转为污点证人，并在之后的案件破获和审理中起到了重要的作用。这名证人，目前关押在泰国曼谷的监狱当中，受到当地警方的严密保护。但这个证人的具体身份，除了案件的几个重要负责人之外，再没有人知道。

周志东回答："你放心，档案没有泄露。"

程皓终于稍微放松了些，张凡凡望着他的背影，不经意间，眉宇深处就爬上了一缕愁思。张凡凡看得出，程皓有心事。可是他要藏住的秘密，她不能问。

因为方贺不在，所以回望海的路程安静了许多，而程皓也一改常态，没有坚持自己开车让张凡凡休息，而是两个人轮流开车。轮到程皓休息的时候，他把副驾驶的座椅放下来，半倚半躺地闭目养神。张凡凡听着他平缓的呼吸声，把车开得又平又稳。路灯照亮了前方的黑夜，道路还看不到尽头，谁也不知道等待他们的到底是什么。

程皓中途被手机铃声吵醒，看了一眼屏幕上的"未知号码"几个字，慢悠悠地往上挪了挪，把电话接了。对方话说得比较多，程皓只是偶尔"嗯"上一声，手机听筒的声音开得有点大，那边说话的声音都传出来，语速很快，张凡凡又在集中注意开车，所以只分辨出那是不太流利，似乎带着某种口音的英语，却听不清到底说了什么内容。程皓最后说了句"Thank you"，挂了电话抬眼看张凡凡，却发现对方仍然全神贯注目视前方，对自己似乎兴致缺乏。实际上张凡凡心里虽然有疑问，但是她的性格使然，绝不会刨根问底，要是换了周晴在这，估计能追着程皓打听一路。

然而程皓一贯是招猫逗狗的性格，张凡凡不搭腔，他反倒愿意主动往上贴，没话找话说："你难道不想问我点儿什么吗？"

张凡凡瞥了一眼车速，依然保持在限速范围之内，她很正经地问："我该问点什么？"

程皓顺势坐了起来，抬手抹了一把脸："你就不好奇吗？"

张凡凡很认真地回答："不好奇。"

程皓无奈地笑了："我的错，我不该问的。"

张凡凡反问："那你想对我说什么？"

程皓说："一会儿下了高速，你把我放在路口吧，我要去找个人拿点资料。"

张凡凡点点头，仍是一句话都不多问："好。"

程皓反倒被憋得够呛，只好翻了个身，接着闭目养神了。

凌晨时分，从时间轮转上来说，已经迈入新的一天。火车站里，人们却依然行色匆匆，沉浸在前一天的奔波当中，丝毫未曾有过停歇。

一辆黑色面包车安静地停放在停车场当中，与深沉的夜色几乎融为一体，从外表看起来毫无异样。然而其中，望海市刑警队队长、一队队长邵彬正掀起窗帘的一角，用望远镜向外眺望。

他身边有人正在嚼口香糖，浓重的薄荷味是用来提神的，邵彬一边观察着外面的情况，一边朝他伸手："给我来一条。"

接过对方的口香糖，邵彬一边用力嚼着，一边问："现在几点了？"

有人回答："快2点了。"

邵彬叹了口气，对方又问："邵队，你说都这么晚了，人还能来吗？"

他们在蹲守一桩伤人案的嫌疑人，邵彬放下望远镜，递给身边的人，说："他今晚再不跑，就没机会了，接着盯着吧，他肯定会来的。"

他习惯性地摸了摸口袋，里面却是空的，口香糖已经不能缓解连续加班30多个小时的疲倦睡意，于是他拉开车门，边说："你们看着，我下去买包烟。"

夜风凉爽，吹在脸上，暂时驱散了熬夜的疲惫，邵彬从口袋里摸出零钱，走向24小时营业的小超市。然而一个依稀熟悉的影子遥遥闪过他的视线，让邵彬一个激灵彻底清醒过来。那人虽然他并不常见，可是，对一个资深老刑警来说，要迅速记住一个人的身形并不难，辨认出来的同时，邵彬下意识地就跟了上去。

程皓不知道从哪儿弄来了一件黑色的连帽外套，帽子拉上来遮住了大半张脸，双手抄在口袋里，缩着脖子闪到一根柱子后面。而一个戴着棒球帽的男人则跟了上去，两个人靠在一起，低声细语起来。大概2分钟之后，那个男人将一个牛皮纸袋交给了程皓，然后拉低帽檐，很快离开。他是朝着邵彬的方向走来的，邵彬倒也并不慌张，大大方方地一手拿着钱，哼着不成调的歌往超市走去。两人擦肩而过，邵彬瞥了那人一眼，棕色皮肤，深目且身材瘦小，很典型的东南亚人长相。那人很快就匆匆走入车站的售票大厅，程皓将牛皮纸袋揣好，淡定自若地走了出来。

他第一眼就看到了邵彬，两人对视了一眼，邵彬神情严肃，程皓嘴角却慢慢爬上一丝笑意，主动打招呼："哟，邵队，买烟呐！"

两人身高相仿，彼此对峙时看起来也势均力敌。

邵彬不甘示弱："这么巧？程队也来买烟啊？"

程皓笑眯眯地回看他，故意回答道："是啊，专程跑到车站来买包烟。"

他这么一说，邵彬反倒不知道该怎么接下去了。他愣了愣才又说："我听说专案组去了月亮湾，没想到这么快就回来了。"

程皓只是笑："邵队消息真灵通。"

邵彬试图套话："程队来见朋友啊？"

程皓耸肩："是啊，好多年不见的老朋友了，从缅甸来的，给我带了点当地的土特产。"他说着拍了拍自己的口袋。

邵彬看他满脸笑容的模样，毫无破绽，他也没什么能再问的。

程皓一脸无辜地指了指超市："不是买烟吗？"

邵彬反问："是啊，要一起吗？"

程皓摇摇手："不用了，我还是回去吃特产吧！"他说完就摇晃着，脚步特别浮夸地走了。

邵彬看着他越走越远，心里的疑惑却越来越重。

程皓在路上拦了辆出租车，窝在后座的角落里，打开了刚刚收到的牛皮纸袋，袋子里面装着的是一个半旧的、有数字按键的老款手机。程皓打开手机的收件箱，里面只有一条短信，短信上只写着："联络我，就打这个号码。"

程皓攥着手机犹豫了半天，最后还是按下了通话键，电话另一端很快传来粗厚的声音："喂？"

程皓沉了口气，努力用十分平静的声音说："淳叔，是我……"

他的声音平和如同在跟一个多年不见的长辈通话，但是那只空着的手却忍不住悄悄地抬起来，搭在颈窝的位置，无意识地来回抚摸着。

凌晨时分的车速很快，街灯飞快地被抛在身后，仿佛就像光明被暂时舍弃。现在是一天里黑暗最为深重的时候，而新的黎明，即将在几小时之后姗姗而来。

望海市警察局内部的搜寻基本上结束，那个入侵的黑客不知所踪，网络攻击也随之结束。信息科和专案组办公室里的灯都是亮着的。张凡凡和阎硕在交流关于最新案情的发现，方贺向他们汇报海警的最新动态，他们刚刚从水中打捞上一件带血的衣物，怀疑可能是严琦的。

周志东抱着茶杯走进来，一进门目光就四下搜寻："程皓呢？"

程皓带着一身凉气从他身后闪出来，手里攥着一个纸杯，咖啡味悠悠散出来，周志东眉头一皱："你刚才去哪儿了？"

程皓朝他举起咖啡杯："要来点儿吗？"

周志东摇摇头，程皓又说："那茶叶要不要？"

他说着拍拍口袋："有人送了我一包不错的茶叶。"

周志东瞪了他一眼，说："我那里有茶壶，好不好喝，试试就知道了。"

他说完转身就往自己的办公室走去，程皓兴高采烈地跟上，两人一前一后进门，程皓随手关了门，周志东的脸色骤然沉下去，问："你为什么没跟张凡凡一起回来？"

程皓懒洋洋地往沙发上一坐，不以为然地说："是邵彬告我状了吧？"

周志东说："他说，看到你跟一个缅甸人见面。"

程皓喝了口咖啡，舒适地叹口气，语气都跟着轻松下来："他没看错，我去见个朋友。"

周志东恨铁不成钢地看着他，语气严肃："邵彬是老刑警，眼睛毒着呢！他说那个人形迹可疑，不像好人，你跟我说实话，跟你见面的那个缅甸人，到底是谁？"

程皓悠然一笑，却不吭声。

周志东隐约猜到了程皓的打算，顿时神色大变："你是不是疯了！"

程皓笑道："师父，你放心，那是淳叔的人，不会有问题。"

周志东勃然大怒，但顾忌还在办公室，不敢说话很大声，努力压抑着怒火："这个时候，你竟然还敢去找他？"

程皓无辜摊手："师父，你太紧张了，淳叔只当我是个小辈，不会想那么多的。"

周志东指着他，气了半天才说出一句："以后不准再跟他联系，听到没！"

程皓笑眯眯地应了句"遵命"。

周志东又问："问出什么没有？"

程皓答道："宋濂遇上了点麻烦，淳叔说，他并没有拿到红冰的配方。"

周志东一惊："那之前贪狼的那批红冰是……"

程皓笃定地说："红冰的产地，恐怕就在望海。我们怀疑严琦就是贪狼，他今晚带了一批红冰想要运往泰国，目前已经全部被海警截获，我通知了阎队，他们很快会派人过去善后。"

周志东面色凝重地点头："看来贪狼抢在宋濂之前，拿到了红冰的配方，又建造了制毒工厂。"

程皓说："淳叔还说，他收到风声，最近泰国出现了一股新的势力，抢了宋濂不少渠道和生意，宋濂前几天抓了其中一个，说是双方正在谈判，要用货换人什么的。"

周志东若有所思："这么说，贪狼应该是那股新势力当中的一员。"

程皓又说："这也能解释严琦为什么那么着急离开望海，以至于用暴露的方式杀了王世孝。他想把这批货运到清迈，用来交换他的同伴。"

周志东了解了案情，这才问："还有什么别的情况吗？"

程皓摇摇头："大概就这些了。"

周志东瞪他一眼，批评道："以后不许自作主张。"

程皓懒洋洋地趴在沙发上不肯承认："我哪有……"

周志东用力一拍桌子，差点把上面的杯子都震下来："你还敢说你没自作主张？那我问你，顾向华呢？那天他在审讯室里，到底跟你说了什么？"

程皓脸上从凝重到无奈的笑，摇头，主动解释说："他只是托我，照顾好他妹妹。"

周志东一愣："顾向华的妹妹？"

程皓仰起头看天花板，似乎是有些失落，脑海里不禁闪回出顾向华在审讯室里故意挡住摄像机对他说的那两个字。过了好一会儿，他才悻悻地说："是啊，他一直以为，他的妹妹还幸福快乐地生活在象牙塔里……"

周志东心中不禁有了更大胆的猜测："他为什么要把妹妹交托给你？难道……"

程皓先是慢慢点头，又摇头，神色无奈又悲伤："是，顾向华的妹妹，就是顾澜。"

周志东看着他放下咖啡，用双臂抱住了自己，喃喃地说："也许，这就是因果轮回的报应吧？"

周志东正想要说些什么安慰程皓，忽然听到一阵尖锐刺耳的警笛鸣叫。那是烟雾探测器发出的火警。程皓率先从沙发上跳起来，一个箭步冲向门口，周志东紧随其后。原本被搁在茶几上的咖啡杯被带倒，洒了一地。

火警是从楼下档案科里响起的，程皓跑到门口的时候，办公室的门已经被打开了，不过他们只有备用的钥匙，所以存放档案的柜子和里面内间的档案室仍然没办法打开。周志东皱着眉头，看一地水迹，东西都湿淋淋的，就像是被大雨浇过一轮。

"联系不上郭科长……"

有人给档案科科长郭坤打电话，可是电话始终无法接通，情况紧急，周志东想了想说："要不然撬门吧！"

这种力气活程皓当然是抢在前面，工具在手，三两下就撬开了门。

档案室的各种资料全都被水浇过一轮，场面简直惨不忍睹。所有值班的警察都来帮忙了，穿制服的，穿便衣的，各个科室都有，有的脸熟，有的见都没见过，大家进进出出，忙着抢救文件，大半夜简直忙得热火朝天。幸好大多数资料都装在文件盒里，才逃过了被水浇湿的命运。

程皓站在那里抽动鼻子闻了闻，忽然眉头一皱，低头四下打量，边看边走，一直到办公桌旁边才停步。他从身上找出双手套戴上，然后弯腰从桌子底下摸出个东西来。

"有人故意扔了这个进来。"程皓边将手中的东西亮给周志东看，边指着装有防护围栏的窗口说，"档案室是一楼，窗子又是开着的，恐怕是从外面扔进来的。"

那是一个小型的烟雾弹。程皓又从口袋里摸出一个证物袋，把烟雾弹装进去封好，对身边的一个警察说："这个送去痕迹，看看上面有没有线索。"

程皓又探头仔细检查了窗子，说："有被撬过的痕迹。"

周志东问："监控录像呢？"

程皓答道："不好用，之前黑客攻击，破坏了程序，现在程序还没修复。"

周志东沉了口气："看来是一伙儿的。"

他想了想又问："有档案丢失吗？"

程皓一边回想一边回答："刚刚开门的时候，门锁都是完好的，看不出有人进来过。"

他皱着眉头四下环视，忽然脑海中浮过某个令心思翻涌的想法，于是大步往里间的档案室走去！

程皓急切地问："康泰案的档案呢？柜子还是锁着的吗？"

保密文件有单独的保存柜，位于资料室的里间，而且也有专用钥匙，按理说，假如郭坤不在，柜子是无法被打开的！然而面前的一切却让程皓当场心就凉了半截！

柜门是开着的，一排档案当中空了一块，显然是原本放在那里的资料夹被抽走了。程皓转头往外奔去，走廊尽头，一个黑影闪过，他指着那人大喊："站住！"

可是一瞬间的工夫，人就不见了。

程皓对周志东说："人还在楼里！"

周志东自然知道该怎么办，打电话给保卫科："关上大门，排查每个人的身份！"

周志东说完这句话，程皓直奔那个黑影消失的方向追了上去！

天空此时已经黑到了极致，一丝光都透不进来，风声鹤唳，不安的情绪在每个人心中悄悄滋生。

这注定是个不平静的夜晚。

第 14 章

夜黑风高，雾气逐渐消散，海浪反复拍打着沙滩，气氛肃穆而沉寂。

严琦浑身湿淋淋的，蹚着海水艰难地上岸，他的左肩伤口被海水浸泡得有些发胀，白色背心几乎被血水湿透半边。

原本应该空寂无人的沙滩上，此刻竟然坐着一个人。他披着黑色的长风衣，连帽衫拉起来遮住脸，在深邃的夜里，只剩下一团昏暗的影子。严琦抬眼看去，似乎对这个黑影的存在并不惊讶，他缓缓朝对方走去。那团影子动了一下，在严琦走到他面前时，忽然抬手，银色光芒在空中划过一道弧线，稳稳地被严琦接在手中。严琦嘴角抽动了一下，似乎是扯动了肩膀的伤口。

他在距离黑影不远的地方停下脚步，自责地说："我输了，我愿赌服输。"

对方并没有说话，只是抬手一指。顺着他所指的方向，严琦看到了一辆越野吉普车。而他刚才接在手中的，正是车钥匙。

严琦语气恳切地说："我以后一切都听你的，绝不再自作主张。所以，能不能请你，救救顾澜……"

他神情殷切地望着那人，似乎沉默了许久，终于，那黑影点了点头。虽然动作幅度很小，但是对于严琦来说，那样的承诺，已经足够了。他拿着车钥匙，踉踉跄跄地朝着那辆车走去。

身后海浪依然有节奏地冲刷着沙滩，而刚刚还坐在那里的那个人，却不知道在什么时候突然失去了踪影。

此时位于东七区的泰国，与中国有着一小时的时差，时间刚过午夜不久。清迈一年四季都处于热带气候，即使到了晚上也依然炎热逼人。

宋濂穿着白色立领马褂和黑色长裤，踩着一双布鞋，手中摇着一把白色折扇，悠然地站在一棵桂树下，似乎是在纳凉。

细高跟凉鞋上的水钻在夜色中闪闪发亮，一辆银色轿车停在不远处的路边，前灯径直照过来，将路面照得格外清晰。

自白光中缓缓走来的是个年轻女人，看起来二十五六岁的模样，微卷长发松散地在脑后挽了个发髻，墨绿色衬衫搭配乳白色长裤，显得身材高挑，又英气勃勃。

宋濂回过身，将手中折扇一合，望着她笑得极为斯文优雅，像个慈祥的长辈：“几年不见，小娜变得越发漂亮了啊！”

小娜浅浅一笑：“几年不见，濂叔还是这么的会哄女孩儿开心。”

她说着双手合十，低头做出一个礼貌问候的动作。

宋濂客气地还礼，然后折扇横过，做出个“请”的手势，邀请她进房间说话。

有人为他们开了香槟，房间里很快蔓延开浓郁的酒香。小娜拆了发髻，浅褐色的长发披肩，看起来多了几分妩媚的意味。

宋濂举杯与她碰了碰，笑着说：“我以为，你不会回来了。”

小娜抿了口杯中酒，答道：“我确实不想回来，可总有些事，是不得不做的，相信这点，濂叔应该比我清楚吧？”

宋濂说得直接：“我现在真的非常好奇，顾澜到底是个什么样的女人，贪狼愿意用货来换她不说，竟然还能请得动你出面。”

小娜笑道：“请我不难，只要给我想要的东西。”

宋濂抿了口酒：“这点我赞同，等价交换，各取所需。”

小娜又说：“贪狼的货在路上遇到了点麻烦，恐怕是送不过来了。”

宋濂挑眉：“没有货，他凭什么从我手里换人？”

小娜盈盈一笑：“我既然来了，自然也带来了濂叔最想要的东西。”

宋濂却反问：“我想要的并不重要，重要的是，你想要的到底是什么。”

小娜笑得十分无辜："原来濂叔对别人的八卦，也这么感兴趣。"

她悠然站了起来，缓缓踱步，高跟鞋踩在黑色细绒地毯上，身段婀娜多姿。

宋濂却依然稳如泰山，面色如常："我也是关心你嘛！毕竟我与你父亲相识一场，我也不想看着你被人给骗了。"

小娜手肘撑在沙发上，长发自肩上倾泻而下，她只是浅笑："濂叔既然知道，又为何明知故问呢？"

宋濂叹气："你到如今还不肯死心？"

小娜答道："我想要找的人，就一定会找到。就如同濂叔你想要的东西，也一定会如愿以偿地拿到手。"

宋濂似乎意识到了什么，眼中突然有了光，似乎是对小娜充满了兴趣。

小娜点头："没错，红冰的配方，就在我手里。"

宋濂神色一变："那贪狼手中的那批货……"

小娜笑道："也是我给的。"

宋濂站了起来，与小娜面对面，问："为什么？"

小娜说："他们答应帮我拿到那份档案，那批货，是我付给他们的利息。"

宋濂神情变得十分严肃："所以工厂，也是你在管？"

小娜笑吟吟地点头："不错。"

宋濂顿时来了精神："那你打算用什么来换顾澜？"

小娜又道："濂叔想要的货，贪狼此时拿不出，可我拿得出。"

宋濂也笑了："有没有想过，在清迈小住几天？"

小娜不以为然地坐下了，靠在沙发上选了个舒适的姿势："住在哪儿我并不介意，如果濂叔愿意招待，我自然乐得如此，反正……"

她将杯中酒一饮而尽，抬起头来："工厂和配方，我都可以请贪狼帮我代管嘛！"

宋濂跟着干了杯中酒，爽朗一笑："既然你事务繁忙，那我也就不多留你了。不过以后有空可以多过来坐坐，陪濂叔喝杯酒。"

小娜笑着"嗯"了一声。

宋濂又道："选酒可有讲究，越陈越香，历久弥新。"

小娜将酒杯放在一边，自手包里取出一把钥匙，交给宋濂，笑容清浅却优雅："选酒选陈，选人，道理也是一样。"

宋濂露出欣慰的笑容，接过小娜递来的钥匙。

小娜又说："货在后备厢里，濂叔的提议，我会好好考虑，毕竟贪狼是否能拿到那份档案，现在结果还不好说。"

宋濂说道："我倒是觉得他们能拿到档案，不过嘛……拿到了也白拿，反正以他们的能力，恐怕也动不了那上面的人。"

小娜双手合十，朝着宋濂行礼："既然濂叔都这么说了，那到时候，我一定再来拜访叨扰。"

宋濂随之双手合十还礼，笑道："没关系，我非常欢迎。"

他挥了挥手，管家便礼貌地请上来一位年轻女士，她留着齐耳短发，脸色苍白，未施脂粉，眼角明晃晃一颗褐色泪痣，身上的黑色 T 恤已经皱得不成样子，只是神情依然从容自若，看不出些许示弱的模样。

小娜看到她便亲切地笑了："呀，这就是顾澜吧！比照片上要漂亮很多呐！"

顾澜点头与她示意，态度不卑不亢："你好，我是顾澜。"

她转头看向宋濂，眉宇间似是有些不屑："宋先生。"

宋濂笑着欠身："属下招待顾小姐不周，宋某在此深表歉意。"

顾澜不语，小娜笑道："既然是误会，说清楚了就好了。"

管家此时拎着一个手提箱快步走来，俯在宋濂身边说了两句，又点了头。宋濂挥了挥手，示意他先行退开。

宋濂又说："不过，这样的误会，希望以后还是不要发生的好。"

顾澜轻哼了一声，不以为然。

小娜拉起顾澜的手："那我们走吧。"

顾澜神情有些戒备，走得有些犹豫，但小娜飞快地凑到她耳边，轻声说："是严琦让我来的。"

顾澜神色略有变化，任凭小娜拽着她快步走出门口。

银色轿车在黑夜里划出一道流光，顾澜坐在副驾驶上，待车子在黑夜里疾驰起来，这才深深地松了一口气。

小娜指了指："安全带。"

顾澜系上安全带："谢谢你。"

小娜答道："不必客气，等价交换而已。"

顾澜说："等价交换也不都一样，至少，你比宋濂长得顺眼多了。"

小娜拍着方向盘，笑得前仰后合："怪不得你看上了严琦那家伙，搞了半天，是个颜控啊！"

顾澜原本也是笑的，听了这句却收敛了神情，淡淡答道："你误会了，我并不喜欢他。"

小娜在察言观色方面也是一把好手，见顾澜面色与神情都淡定如常，并没有半分年轻少女的羞涩娇态，自然能辨别出话中的真假。她随即一笑，也不多说，只答道："那也好，男人长得太帅，怕是将来容易靠不住。"

顾澜脸色忽然一变，她垂下眼，似乎瞬间神情就变得怅然若失，她不动声色地理了理头发，故作轻松地笑着说道："可能，也会有那么一两个例外的吧。"

小娜听得出她似乎话里有话，可也不再追问，只说："我们到了。"

她把车停在路边，招呼顾澜下车，路边停着一辆金光灿灿的宾利，司机西装革履站在车门旁边，恭敬地朝她们微笑。另外一个同样西装革履的人迎上前，小娜朝着他挥了挥手，随手将自己的车钥匙抛了过去，然后便率先低头坐进了车里。顾澜也跟着上车，迎宾车的气派不凡，内部装潢大气豪华而格局舒适。车子重新开动起来，顾澜注意到有人开着小娜的车跟在他们后面，一直保持着适当的距离。

小娜上了车便不再拘束，踢掉了高跟鞋扔在一边，朝着顾澜伸手："我姓叶，你叫我娜娜就好。"

顾澜冲她悠然一笑，自我介绍道："我叫顾澜。"

娜娜说："我知道。"

顾澜的唇轻轻扬起，用分辨不出情绪的淡然语调说："你也可以叫我廉贞。"

娜娜略微惊讶，却很快恢复平静："哎呀！真没想到，之前搅了宋濂几桩生意的人，竟然是你！"

顾澜轻笑："看来，宋濂的生意黄了，你似乎挺开心的。"

娜娜耸肩微笑："廉贞五行属木，北斗七星中的第五星，化气为囚，捉摸不定，所以才说，自古廉贞最难辨。说实话，我之前一直以为，廉贞是个男的。"

顾澜语调不紧不慢："有些事情，女人做起来，总归是要比男人做更容易。"

娜娜倒是十分认同这句话："说的没错。"

顾澜叹了口气："不过说到底，我也只是靠了点小聪明，我原本以为，让美国那边误以为宋濂手中也有红冰，宋濂到时候交不出，就可以趁机挑拨他们之间的关系……"

娜娜点头："谁知宋濂也不是省油的灯，他虽然没货，但只要抓了你，严琦一定会把货双手奉上。"

顾澜感慨："像我这种嘴炮，真动起手来就是个'战五渣'，一抓一个准儿。"

娜娜笑眯眯评价："不过这么看来，你还是挺值钱的。"

顾澜也笑了，忍不住吐槽自己："何止是值钱，简直是赔钱好吗？"

娜娜打量了顾澜一番，评价说："假如是美人的话，对我而言，赔钱也无所谓的。"

顾澜毫无被人调笑的羞涩，大大方方地回道："既然美人如此欣赏，那我也就却之不恭了。"

两人相视一笑，心中不禁泛起对彼此的赞赏之意。

顾澜不经意瞟了一眼窗外，她认得路，当即开口又问："我们要去机场？"

娜娜微微一笑："西双版纳。"她自前座的文件袋里抽出文件，沉甸甸一叠递给顾澜。

顾澜看到英文字体的打印纸张，她顿时脸色一变："这是……"

娜娜不以为然地说："这已经是泰国警方那里能搞到的所有资料了。不是我说，泰国人这办事效率真是不行。"

顾澜翻阅资料，脸上的疑惑越发深重："那个委托我们办事的人，就是你？"

娜娜笑着反问："不然呢？"

顾澜顿时明白了什么："原来，不是严琦让你来救我的。"

娜娜赞道："看来他说的没错，你果然是女中诸葛。"

顾澜这时候已经将事情都想通了，问："是他让我去西双版纳的，对不对？"

娜娜点头："没错，他要你去找一个人，打听一件事。"

顾澜的目光落在手中那叠资料上，诸多英文单词中，一个中文拼音的名字显得如此清晰，她目光迅速锁定在上面，笃定地说："你们只想搞清楚，到底是谁，将康泰的行踪透露给了警察……"

娜娜的脸上蔓延起浓重杀意，笃定地说："那些人，我一个都不会放过。"

车窗外，遥远的天际线尽头，仿佛在重重黑暗之中，露出了一丝光亮。这样的黑夜，到底还要持续多久呢？

程皓在幽长的走廊上一步步小心前行，市警察局大楼里此刻灯火通明，恨不得将每一个角落都照亮，让不速之客无处可藏。忽然自远处传来一声细微的响声，仿佛在蛋壳上敲出细纹，并不明显，但却还是引得程皓一愣，这层楼并不是办公区域，他循着声音，依次走过图书室、影音室以及休息室，直到走廊尽头最大的房间——心理咨询室。程皓小心地推着每一道门，因为下班，所以全都是锁的，但唯有心理咨询室的门是半掩着的。

夏寒给办公室换过灯泡，打开灯，柔和的暖黄色光芒洒落下来，地上黑色细沙散落，夹杂着玻璃碎片，程皓只看了一眼就把目光移向窗口，柔和的白纱被夜风吹动，凉意刺骨。他一阵风般的扑向窗口，一节绳索沿着窗台直顺而下，绳索尽头空空荡荡，早已见不到影子，程皓气得用力砸了一下窗台。他又走到门口，掀开地毯看了看，那里果然有把钥匙。程皓立刻打电话把正在熟睡的夏寒喊醒，让他来市局协助调查，顺便点点有没有少东西。他知道夏寒出门经常忘带钥匙，所以家里都是指纹锁。就算锁门，也会在地毯底下或者别的什么地方放一把备用钥匙，一翻就找着了。

程皓打电话叫痕检的人上来，然后戴着手套开始在办公室里转悠，自从调来市局，这地方他就经常来，对整个房间格局都非常熟悉，夏寒在这里放的东西不多，多半都是资料文件和书，办公桌上除了电脑和笔筒，就只有那个沙漏。

夏寒披着一身寒气进门的时候，痕检正在对现场拍照取证，他愣了愣，因为程皓只把心理咨询室进人的消息告诉了他，别的他并不太知道，不过他只是笑："到底出什么事儿了，这么大阵仗，我差点都进不来了。"

程皓上前低声说了两句，碍于保密，也不能说太详细，夏寒听了点点头，说："我备用钥匙确实放在门口地毯底下了。"

程皓指着地上的沙漏碎片问："它之前是放在哪儿的？桌上吗？"

夏寒想了想，走过去，用指尖在桌边一角点了点："这里。"

程皓脸色一变，夏寒只看了一眼窗口，立刻就明白了他心中的疑虑，说："位置我肯定不会记错，这么看来，有人进来了之后，没有直接从窗口出去，中间还有停留。"

程皓大步走到门口，抬眼环视，夏寒与他对视了一眼，便说："他可能在桌子底下躲了一下。"

程皓摇摇头，先往桌边走去，弯腰钻进桌底，随即又钻出来。

夏寒摇摇头："不对。"

他转到原本摆了沙漏的桌角，此刻那里已经空空荡荡，夏寒在那里站了一会儿，程皓在周围转来转去，歪着头盯着桌角看了看，从这边绕过去是书架。

那人放着窗子不逃，去书架那里做什么？

夏寒忽然说："他在藏东西。"

他在桌角的位置上站着，正对书架，将书一一抽下来查看。

程皓过去一起找，从地上到书架上一路找起，过了不久，夏寒先出了声，声音倒是依旧淡淡的："这里有把钥匙。"

上面用胶布贴着编号，程皓拿起来看，十分惊讶："这是档案室的钥匙！"

夏寒很诧异："郭科长的？"

程皓点头：“我那天看他用过。”

夏寒看他一眼，又四下翻了翻，问：“郭科长呢？”

程皓叹了口气：“还没联系上。”

夏寒想了想说：“郭科长喜欢晚上骑行，有可能在骑车，没听到手机响吧。”

程皓慢慢摇头：“这都快天亮了，这个时间骑行，会不会太晚了？”

夏寒皱起好看的眉宇：“我忽然有种不太好的预感。”

程皓失笑：“靠感觉这种，好像一直都是我的台词。”

夏寒瞪他一眼：“档案室的钥匙，郭科长向来都是随身带着的，钥匙少了，他怎么可能没发觉？”

程皓骤然反应过来：“你是说……”

夏寒没回应他的猜测，只是说：“当务之急，是赶紧找到郭科长。”

程皓想也不想就给周晴打电话，让她试着给郭坤的手机定位。周晴忙活了大半夜，正在修理监控视频的程序，觉得自己的脑子都要被烧短路了，呵欠连天地从通讯录找出郭坤的手机号，尝试确定位置。5分钟后，周晴十分诧异地报出根据郭坤手机定位显示的位置——九山公园。

九山公园位于望海市东北面的九山经济技术新区，程皓曾在这里的刑警队任职2年，对当地状况非常熟悉，当即打了电话联络九山公园辖区的派出所，让他们先派人去搜寻。

“九山公园依山傍海，盘山弯路的地理情况比较复杂，晚上找人可能不太容易。”程皓放下电话，对周志东说道。

夏寒在不紧不慢地仔细检查自己办公室里的东西，除了那把钥匙，他们并没有再找到别的什么线索，痕检的取证也已经结束，房间里只有夏寒的指纹。

程皓拍拍夏寒的肩膀，说：“早点回去休息吧！”

夏寒点点头，忽然问：“要不要来杯咖啡？”

程皓眼睛一亮：“好啊！”

夏寒笑着挽起衣袖：“我觉得你们今晚恐怕要通宵。”

程皓差点就要鼓掌了，夏寒笑着朝他挥挥手，说：“一会儿送到你办公室去。"

咖啡豆被仔细地打碎，加热，过滤，然后加入牛奶和方糖。

程皓与周志东议论着案情离开了心理咨询室，他们背后的门缓缓关闭，透过门缝仍能看到夏寒的动作如同行云流水，有条不紊。然而期待总会落空，比如程皓，他最后并没有喝到这杯咖啡。

夏寒端着杯子，站在专案组办公室外的走廊过道里，看着程皓带着一群人匆匆跑出门去，他一个人的影子，对照着纷乱的脚步与身影，显得格外寂寥。他轻轻叹了口气，低头看着杯中还冒着袅娜热气的咖啡，许久，无奈地端起来抿了一口。

警笛声在黑夜里陡然响起，尖锐又突兀，伴随着夏寒道不清情绪的低语感叹："第四个……"

九山区距离望海市大概还有一个小时的车程，程皓恨不得把车开成飞机，不知道是因为长时间没有良好的睡眠，还是情绪不好，他的眼中充满了焦虑不安，那个模样，是张凡凡从未见过的。

就在 10 分钟之前，他们发现了 Designer 发出的第四封夹竹桃花标本。

派出所的民警们经过搜寻，在九山公园山坡下海边的岩石当中，发现了郭坤的尸体。幸好正遇上退潮，海水迅速退去，卡在岩石缝隙中的尸体就这样露了出来。程皓戴上手套，一手举着电筒，看向徐晓蒙，搭在他的肩膀上按了按。

徐晓蒙深吸了一口气，戴上手套，身边的警察正拿着相机拍照存证，他俯下身，先对尸体外表做了检查："尸体衣着基本完整，衣服外观有破损痕迹，应该从山坡上摔下来时，与山壁摩擦之后造成的。"

程皓跟在旁边帮他照明，抬头向上看去，山坡陡峭，山壁被海上的湿气一熏，变得更滑，他们下来的时候都小心翼翼的，距离尸体不远的地方，自行车上面满是撞痕，再被海水浸泡过一轮，此刻早已经残破不堪。

徐晓蒙接着说道："头皮有轻微损伤，口鼻腔没有异物，颈部……颈部有一道伤口，切口整齐无撕裂，但是直接切断了喉管。"

程皓附身凑过去看，轻声感叹："创口很深，恐怕是致命伤。"

徐晓蒙点头："有可能，如果是溺死，口鼻腔应该会有白色泡沫。"

程皓皱眉："伤口这么整齐，会是什么利器造成的？"

徐晓蒙摇头，用手比着隔空在喉咙上划过："由于切割时候大小用力会有不同，一般来说，起刀的时候创底会比较深，收刀端相对会浅一些，但这个伤口很平整，用力均匀，不像是普通刀子造成的。"

程皓遥遥望着陡峭山壁上盘旋弯曲的山路，掩映在茂密的林间，声音在潮水起落的间隙平静地传出来："他有可能是先被杀，然后，连人带车从山上被推下来的。"

他将手中的电筒交给一边拍照的警察，转头对张凡凡招招手，将她叫到身边，说："我们上去看看。"

张凡凡举着电筒走过来，一声不吭就往前走。程皓跟在她身后，看她穿着的一双白色帆布鞋已经湿了大半，裤脚也湿了，她对此完全不以为然，走得很快，程皓刚想提醒她石头上有苔藓会滑，就看到前面的人影一晃就往旁边倒去！程皓眼疾手快地上前两步，长臂一勾，直接托着张凡凡的手肘和肩膀把人扶住。

张凡凡的肩膀是凉的，海边风冷，她虽然穿着外套，但仍然轻而易举被海风吹透，只是她向来什么都不愿意说，被程皓扶住了也只是淡淡说了声"谢谢"就推开他站在了一边。程皓感觉到凉意还残留在指间，于是动作利索地脱下外套披在了她的肩头，张凡凡皱眉，刚想说话，程皓从她手中趁机顺走了手电筒，大步走在前面照路。

擦肩而过的瞬间，张凡凡听见他说："你要跟方贺似的冻感冒了，会被嘲笑的。"

张凡凡想起方贺那鼻涕一把泪一把的样子，于是把要说的话全都咽了回去。

两个人沿着山壁一路向上，借着手电筒的光芒，能看到沿路草木被撞得折弯的痕迹。

在海天相接的地平线尽头，慢慢露出一线光亮。天，终于要亮了。而专案组，又是一夜无眠。

黑夜给他们的现场勘查带来了极大的困扰，很多工作直到天亮时分才算是正式展开。程皓叫来了当地刑警队的人过来帮忙，毕竟都是他以前带过的人，一见面就熟络的"皓哥""程队""程哥"什么的叫个没完，还试图趁机调侃张凡凡，结果被程皓直接打了一圈，全都扔出去搜查现场。

周晴大概是凌晨四点多发来了案发现场的监控录像，可以证实郭坤是在骑行过程中突然失控并冲下山坡的，草丛里有一摊已经干涸的血迹，随着他坠落的方向，一路蔓延开很远。程皓眉头皱得很深，这诡异的画面看得他汗毛直竖，郭坤在骑行过程中突然腾空而起，坠落的瞬间喉管已经被割开，急速涌出的血液在黑暗里显得不是那么清晰。没有凶器，没有凶手，只有黑夜如同凶残诡异的怪兽，无声无息间吞噬生命。

程皓放下手机，揉了揉眉心，又是一个通宵，他又困又累，觉得肩膀几乎要承担不起那么多的杀戮和责任，可是，他却又必须要撑下去。

车里只有他和张凡凡，张凡凡在跟周晴要郭坤的照片，便于天亮之后的走访排查，照片里身穿警装的中年男人身材健硕，没有半点发福的样子，依稀还能看出昔日的风采。

那是警队系统里存档的资料照片，程皓看着手机里的照片愣了半天，声音有些发飘："我记得我入职时，照相的师傅跟我说，这张照片通常来说只有两个作用，第一，是警官证上的证件照；第二，用来做追悼会上的遗像……"

是的，他们每个人从一开始，就做好了这样的准备。即使岁月静好，但死亡的危机对于他们来说，从未消失过。程皓觉得自己的鼻子似乎被什么塞住了，酸溜溜得发痛。

张凡凡看他的眼睛里闪着水光，少有的软弱，两人无声对望，她默默地抬起手，将手掌盖在他的眼睛上。

"你太累了。"张凡凡轻声说，"睡一觉就好了。"

掌心温和湿润的温度让程皓觉得舒适而放松，可他也只能就这么放任自己软弱一分钟而已。程皓摇了摇头，将张凡凡的手拉开，敛正神色刚想说话，忽然身体抖了一下，赶紧扭过头，"阿嚏"一声打了个喷嚏。张凡凡恨铁不成钢地叹了口气，单手把他的外套从自己身上拉下来，扔到他脸上。程皓笑呵呵地披上外套，结果下一秒又连着打了两个喷嚏。

张凡凡面无表情地吐槽："果然只有笨蛋才会感冒。"

程皓顿时觉得自己胸口中了一箭，他抽着鼻子看手机，鼻涕感觉快要淌出来了。

与此同时，市局专案组的办公室里，方贺十分幽怨地携带一身冷风冲进门，整个人无力地像一只被风干的萝卜："冻死我了……"

徐晓蒙正在整理验尸报告，白大褂脱下来整齐地搭在身旁的椅子上，他给程皓发微信语音："我和师父已经解剖完毕，确认死因是由于血液进入肺部而造成的缺氧性窒息，死亡时间，大概是在昨晚的 21 点到 23 点之间，致死伤口是脖颈上的那一道外伤。"

程皓神色凝重地听完这一段，心中的疑惑依然得不到解释："能大致推断出凶器到底是什么吗？"

徐晓蒙翻了翻死者的照片，回复："伤口倾斜度很大，创口创壁都十分整齐，师父觉得应该有两种可能，要么是一种非常锋利、非常薄的利器，要么，就是类似钢丝绳之类的东西。"

程皓皱眉："钢丝绳？"

方贺搓着手探头过去看："咦？看到这个我忽然想起前几天看到的一则新闻了！"

程皓知道方贺虽然八卦，但是某些时候他提供的信息还是挺有用的，于是说："速度招来！"

方贺拿出手机"刷刷刷"翻，终于在某段聊天记录里翻出一则新闻：

《环卫工人深夜被钢索割喉》

…………

方贺说："就是这个，那个环卫工人晚上骑车回家，结果在路上被连接两辆大货车的钢索给割喉了。"

程皓眼睛一亮："没错，就是这样！"

郭坤死前正好也在骑车，较快的车速以及黑夜光线不够，导致他无法看清前方的情况，只要一根钢索，甚至是鱼线，就可能割断他的喉管。

程皓忽然想到了什么，匆忙跳下车。张凡凡紧跟着跳下车，晨光初现的天际线似乎近在咫尺，可偏偏又远在天涯。

程皓检查了附近的几棵树，却全无发现，他十分诧异。张凡凡知道他在怀疑有人在两棵树之间绑上了细钢索或者鱼线之类的东西，但是树干上没有勒痕，更没有绳索留下，显然事情没有这么简单。

天渐渐亮起来，这段路已经被警方的警戒线包围，但依稀开始有晨练的群众远远围观，死亡并未冲淡他们锻炼的热情。

张凡凡听到他们议论的声音，定了定神，说："他们应该经常来这里锻炼。"

这句话提醒了程皓，他立刻拉上张凡凡就往围观群众当中走去："走，咱们去问问昨晚有没有人见过死者！"

答案当然是肯定的，郭坤经常来这里骑行，不少固定在公园内早晚锻炼的老年人都认识他，他们甚至还帮程皓指出了郭坤骑行的路线。

"这说明，要查到郭坤什么时候出现在这条路上其实并不难……"

可是凶器到底是什么呢？程皓想了又想，始终还是逃脱不了之前方贺所说的那个猜测。

张凡凡在跟一群正准备去跳广场舞的大妈闲谈，她只是例行常规问话，可大妈们在听到她问"昨晚有没有什么不同寻常的事情发生"的时候，竟然显得异常兴奋。

笑呵呵的大妈说："我就觉得奇怪嘛！昨天傍晚这里一直有遥控飞机在飞！"

淡定的大妈说："那不是遥控飞机，是航拍器！"

嗓门很高的大妈说："我没看到飞机，我就看到有人放风筝，天那么黑了，放能看见吗？"

笑呵呵的大妈说："能看见！老陈头他们不是每天晚上都来这儿放风筝嘛！"

张凡凡虽然被她们一人一句说得头痛，却很快理清思路，去找程皓："有人看到航拍器，还有风筝。"

程皓听到"风筝"两个字，眼睛顿时就亮了！

他对徐晓蒙说："是风筝线！"

徐晓蒙也懂了，直接拽上白大褂跑出门去法医室了。留下方贺一个人站在原地懵逼，不明白他随口八卦一句怎么突然一群人就跟打了鸡血一样。

程皓抬眼四处寻找，急切地说："我带人去附近搜一搜，有没有断了线的风筝。"

张凡凡点头："我去问问那个平时在这儿放风筝的人，看看有没有什么线索。"

在大妈们的帮助下，张凡凡很快找到了经常在公园里放风筝的陈大爷，不过他这两天感冒了，一直在家里休息没出门，所以也不知道到底发生了什么。

程皓带人兵分几路，徒步在附近的山上搜索。天越来越亮，视线也越来越清楚，不过山路崎岖，越到上面越不好走，程皓偶尔转头往身后看去，脚下陡峭，沿着山路一直往下似乎直直坠入波涛翻涌的海中，他心里莫名抖了一下，赶紧转回头继续往前走。

旭日东升，整个城市终于恢复了白日里的喧闹繁华。

邵彬狼吞虎咽地咬着手里的包子，边走边看了看表，此刻刚过上班时间，他大步飞快地向市局走去。他胡子拉碴，因为连续熬夜的关系，黑眼圈很明显，就算吃着东西，也免不了呵欠连天的。市局大院外是公共停车场，大部分非警用车辆都停在这里，从这里穿过去比绕路要近一些，所以邵彬通常都会选这条路。

一个身穿笔挺警察制服的年轻女警从他身边匆匆经过，市局常年都会出入从其他分局过来办事的警察，就算不认识也并不稀奇，邵彬原本并没想要注意她，可是那女人经过他身边的时候，亮光忽然一闪，似乎是钻石耳钉的光芒映入眼底。邵彬一愣，紧跟着转过头来。女人手中拎着一个文件袋，一双手纤细白皙，指甲保养得似乎很好，涂着豆沙色的指甲油。

邵彬当即喝道："站住！"

停车场里只有他们俩，女人满脸疑惑地转过身来看他，语气异常温柔悦耳："请问，您有什么事吗？"

邵彬单手按在腰间，手指已经触到配枪，他质问道："你是哪个分局的？"

女人愣了愣，答道："我是南城分局的。"

邵彬又问："你的警号是多少？"

女人单手抱着文件袋，笑盈盈地回答："我的警号是……"话音未落，另一只手忽然摸到腰间，手腕翻转间便多了一把手枪，袖珍勃朗宁，枪口顷刻间就对准了邵彬！

　　邵彬单手撑着身边一辆车的车前盖翻过去，躲在后面隐蔽，配枪已经拿到手中，只听"砰"的一声，子弹击中了车身，当场打出一个弹孔来！邵彬打算起身还击，但一连串的子弹袭来，逼得他无法抬头。六发之后，枪声终于短暂停歇，邵彬站起还击，那女人的动作也很利落，一个箭步飞奔，贴地一滚，躲过了邵彬的射击！

　　邵彬定了定神，追着女人的背影再开一枪，枪声刚落，女人手一抖，鲜血自手腕上涌出，文件夹掉落在地！邵彬几步追上去，但女人此时却已经钻进了一辆车里，车子发动，邵彬便上前拦车，女人有点急躁，竟然不管不顾，全速朝着他撞了过去！邵彬冷不防被撞飞出去，手中的配枪也掉落在一边，他爬起来正要去捡，但女人此时似乎铁了心要撞死他，竟然数次急刹，又再度加速，其间还开了几枪，其中一枪打中了邵彬的小腿，他身子一歪就倒在了地上，刚想爬起，那辆车已经近在咫尺……

　　停车场陆续又进了几辆车，正巧这时夏寒也神色疲乏地走出来，身边还跟着呵欠连天的周晴。周晴看到这一幕立刻就清醒了，她是文职没配枪，但下意识就要跑过去，被夏寒一把拽住，夏寒将她往身后一拉，说了句"去报警"，便朝着车子的方向跑了过去！周晴顿时不知所措，不知道是应该先回市局喊人，还是应该打110。

　　眼看着那辆车就要撞上邵彬，夏寒忽然从旁冲出，跃起扑在邵彬身上，借势将他推了出去！两人在地上滚出不远便停下了，车也一个急刹停住，女子举枪朝着邵彬和夏寒便射，夏寒将邵彬推开，下一秒子弹便擦着他的手臂而过！夏寒重重倒在地上，鲜血从伤口中涌出来，邵彬把他往旁边拖，女子几乎毫无停息地打光了一个弹夹，地上满是弹壳，场面一度十分混乱。邵彬拖着夏寒躲闪的过程中胸口和小腹各中了一枪，两人满身鲜血，夏寒脸色苍白，已经全无力气动弹，但邵彬依然坚持着想要试图拦下这人，只可惜没走出多远自己就踉跄着倒下了。

　　女人拖着流血的手，走过去捡掉落在地的文件夹。忽然"砰"的一声，鲜血从她胸前涌出来，不知道什么时候子弹从前方飞来，击中了她。周晴双手颤抖，托着手中的枪，瞪大了眼睛，看着面前的年轻女人轰然间摔倒在地。枪口还残留有火药的刺鼻气味，巨大的后坐力让周晴几乎站不稳，她的额头全是冷汗。

"我……我……杀人了……"周晴站在原地一动不动，只喃喃说着，连十根手指都全数僵硬了。

夏寒一手捂着胸口，慢慢地撑着站起来，走过周晴身边，用染了血的手，将地上那叠散乱的文件捡了起来。此时周晴的呼吸停滞了一拍，手一松，手枪摔落在地上。他们的背后，传来急促而杂乱的脚步声。鲜血在地上恣意蔓延，那年轻女人睁着眼睛，却一动不动，停止了呼吸。而当警察们赶来，试图扶起倒在地上的邵彬时，发现他的衣服已经被血浸透，身体逐渐开始变得冰冷。

周晴惊魂未定，但还是个警察，于是很快调整情绪，竭力让自己看起来镇定一些。夏寒在她的搀扶下，艰难地走向邵彬，蹲下去，用手盖住了他的眼睛。

他轻轻地说："对不起……"

邵彬睁大的瞳孔已经涣散，当夏寒的手撤走时，终于闭上了眼睛。

一切变得那么沉静，那么安详。

夏寒无力地将头靠在周晴肩膀上，仿佛是对自己说，又好像是对她说："如果我当初选择做警察，也许他……就不会死了。"

他不想看见死亡，就如同没有人喜欢暗无天日的世界。周晴不知道该说什么，忽然感觉肩头一沉，急忙看过去，才发现夏寒不知什么时候，竟然晕了过去……

他手中那叠文件散乱地飘落在地上，其中有一段话映入周晴的眼帘，她骤然一惊，心跳也跟着完全乱了节拍。

"为彻底瓦解康泰跨境犯罪集团，望海市连同贺州市、西双版纳市联合行动，并派遣一名卧底，打入康泰集团内部，行动代号……"

一摊鲜血恰好染红了最后的那两个字。

8：23，顾澜乘坐的航班在西双版纳嘎洒国际机场降落。

15分钟后，她收到一条匿名邮件："行动失败，七杀星陨。"

顾澜用手捂住了脸，挡住自己悲伤的表情。她站在原地停顿了半分钟，最后深吸一口气，戴上垂挂在胸口的墨镜，重新向前走去。

机场里依然人潮汹涌，人们行色匆匆，并没有人注意到她的异样。机场门口有一辆车在等她，顾澜上了车，摘下墨镜，露出通红的眼睛。

她迅速在手机上打下几个字，以邮件的形式发送出去："廉贞已就位。"

顷刻之后对方便回："代号仍未知，尽快查清。"

顾澜删掉邮件，看着手机屏幕一点点暗下去，她放松地靠在椅背上，沉沉地叹了口气。七杀是组织中另一人的行动代号，星陨代表此人已经死亡，昨夜的行动是严琦主导，如果行动失败，不知道他现在状况如何？顾澜想着，不禁又担忧起来。

这时候她的手机再次亮起，邮件中写道："贪狼已回仰光，即日起，任务详情可直接与我联络。"

署名：破军。

第 15 章

　　程皓风尘仆仆闯进医院的走廊，满身尘土，胡子拉碴，脚步又沉又重，气势看起来像是上门讨债的悍匪，医生和护士看见了都绕着走。

　　夏寒正靠在病床上打吊针，气色看起来还不错，另一只空闲的手在摆弄手机。

　　周晴拎着刚买来的白粥一路小跑，正走到门口就遇见程皓，看到他有点诧异："你怎么回来了？"

　　程皓根本不答话，直接问："夏寒怎么样了？"

　　周晴答道："是擦伤，不过可能有炎症，一直在低烧。"

　　程皓把她挤开，自己先进门。周晴气得直跺脚，但只来得及小心护住自己手里的粥，宝贝一样地捧着，跟在程皓后面也进去了。

　　因为只是擦伤，夏寒并没有住院，只是简单包扎了伤口，就留在公共病房打吊针了。只是像他这么年轻斯文，据说是被警车送过来，又受了枪伤，再加上还有个一身警服的周晴跑来跑去，旁边的男女老少不约而同将他当成了便衣警察，多看两眼不说，各种来自于人民群众的热情差点把夏寒给吓着。临床陪孙女打针的大妈硬塞给他一罐酸奶，对床小姑娘把巧克力分他两条，还有个看起来只有七八岁的小男孩，打完针就跑过来，肉乎乎的小手往他怀里塞枇杷和苹果。夏寒脸上的笑一直没散，持续低烧让他没什么力气说话，所以只能一直冲他们笑作为答谢。

　　程皓一进门，就看到夏寒靠在床边，冲着某个方向笑得十分温柔。他忽然觉得，自己已经好久没有见到那样平和温柔的夏寒了。

夏寒见到他来了，放下手机冲他挥了挥手，声音很低，似乎有气无力，但每个字句音节仍是清晰的："昨晚进过我办公室的那个人，是今早才离开的。"

程皓做了个制止的动作："我都知道了，你好好休息，剩下的事情交给我处理就行了。"

夏寒这才放心，笑着问："本来打算救人，结果差点就把自己也搭进去了。"

程皓说："下次拜托有点自知之明，你一个警察学校都没毕业的，瞎逞什么英雄啊！"

夏寒喃喃地说："早知道这样，我当时应该好好练练的，至少就不会拖累别人了。"

程皓看他手上包着纱布，于是只轻轻在他肩膀上搭了一下当是安慰："你做得挺好了……至少没让她把那份文件带走。"

周晴正往桌上放外卖，结果一个不慎，手一抖差点把袋子扔地上去。

程皓眼疾手快地接住了，瞪她一眼："怎么，还手抖呢？"

周晴气鼓鼓地反瞪他，夏寒抬手拦在中间："行了，别欺负她了，今天要不是她，估计你这会儿就得帮我办后事了。"

周晴立刻跳脚："呸呸呸，说什么呢！太不吉利了！"

程皓接话："就是，快吐口水重说！"

夏寒悠悠一笑："你们俩变得真够快的！"

程皓朝周晴做了个鬼脸，在旁边坐下，外套一脱搭在旁边，似模似样去看输液瓶："还要打多久？"

夏寒说："半个小时吧。"

程皓说："那我等你。"

夏寒想了想，忽然抬手把吊针给拔了，没来得及按住的伤口有点溢血，周晴吓了一跳，赶紧上去按住他的手："你干什么？！"

夏寒说："我没事儿了，别耽误专案组做询问笔录。"

周晴正想拦着，程皓笑嘻嘻地过来，把外套抖开披在他肩上，说："我看出来了，反正你也不喜欢在医院待着，我来正好把你给拯救了是吧？"

夏寒对程皓快无语了："是是是，你英雄救美，行吗？"

周晴对这两个人的对话已经彻底无语了，皱着眉头鼓着腮帮子，踮着脚帮着夏寒把外套往上拽了拽，被程皓看到，捂着嘴笑得特开心。

两个人一前一后地出了门，虽然程皓顾忌夏寒身体不好所以放慢了脚步，但架不住两人身高腿长，还是让小个子的周晴一路小跑追得十分吃力。

程皓小心往后瞥了一眼身后的小女警，靠过去轻声说："你倒是好福气啊，我们专案组就这么一朵新鲜水灵的小警花儿……"

夏寒面不改色地回："一朵？"

程皓眼前忽然闪过张凡凡面若冰霜的一张脸，心有余悸地后背一凉，立刻改了口："两朵，我们专案组警花有两朵。"

夏寒"嗯"了一声，颇有意味地说："你运气也不错。"

程皓老脸一红，故作矜持："这话可不能乱说哦！一旦人家有男朋友，多尴尬啊！"

夏寒淡淡一笑："我可什么都没说。"

程皓顿时"囧"了，这才大笑着感慨："夏寒你这骗子，又套我的话！"

夏寒一脸温和地评价："真心话。"

程皓摇摇手："哎呀，八字还没一撇呢！"

夏寒看他那少有的一脸娇羞的表情，倒是少有的上了心的样子，于是他劝道："别光顾着办案，等人被别人追走了，有你后悔的！"

此刻他们议题的主人公张凡凡正一手撑着车座，好巧不巧地打了个喷嚏。她正在停车场搜查取证，那辆车是她重点检查的目标。

方贺跟过来帮忙，张凡凡看他呵欠连天的样子，忍不住说："累了就回去睡。"

车子里的垫子都被掀开了，方贺认真起来特别"带感"，连个缝隙都不想放过，继续嘴硬："没事儿，我不困，一点都不困！"一边说一边忍不住又打了个大大的呵欠，张凡凡都懒得吐槽他了。

但是方贺搜证的能力又莫名其妙的很强大，他翻过了车里的每一个袋子和夹缝，最后竟然真让他从很隐蔽的位置翻出一部手机来。

方贺兴致勃勃地向张凡凡献宝，然而手机一按亮，看到一个非主流少女的自拍照，以及需要输入密码才能继续的提示。还没等张凡凡说话，方贺立刻就又蔫儿了，他随便试了两次都不对，正准备把手机揣起来，被张凡凡伸手给取走了。

方贺没精打采地说："没用的，没密码，打不开的。"

张凡凡根本不理他，直接下车，朝着法医的方向走过去，徐晓蒙正在那儿验尸，张凡凡把手机往他面前一递，徐晓蒙头都不抬："死者的？"

张凡凡答："是。"

徐晓蒙很从容地用戴着胶皮手套的手抬起死者的右手，用食指按在手机上，直接用指纹把密码解开了。

追上来正巧看到这一幕的方贺当场目瞪口呆："……这样也行？"

徐晓蒙冲他摊手："为什么不行？"

张凡凡已经开始翻看起了手机，首先是微信，因为微信都是长期在线的，一打开就自动登录的，这人的微信名字叫"乔小乔"，头像也是很非主流的自拍照。

方贺凑过去跟徐晓蒙八卦，好奇地问："她这身警服看起来挺真的，要换了我根本看不出来有问题。"

徐晓蒙扯下口罩"呵呵"了一声，吐槽说："破绽很明显的好吗？"

方贺一脸懵逼："哪儿有破绽啊？警徽？肩章？"

徐晓蒙把死者的一只手举起来给他看，一脸理所应当，然而方贺眨着眼睛辨别了半天，愣愣地说："哪儿啊？"

徐晓蒙特想抽他，张凡凡听到这儿终于忍不住放下手机，用关爱傻子的眼神看向方贺，说："指甲油。"

徐晓蒙补充："还有耳钉。"

方贺的脑子还在卡壳中，徐晓蒙忍无可忍："你什么时候见过咱们局里有女警上班涂指甲油还戴耳钉？"

警容风纪对此有明文规定，女警在身穿警服的时候，是不能染指甲或者佩戴首饰的。

张凡凡想起了邵彬，语气忍不住低沉下来："邵队办案经验丰富，想必一眼就看出了这个问题……"

方贺也跟着重重叹了口气，他们跟邵彬虽然不是一组，但毕竟抬头不见低头见，没想到突然就发生了这种事，令人猝不及防。徐晓蒙的神情也跟着凝重下来，戴上口罩继续检查。张凡凡低下头，接着翻看手机。方贺低下头，发现自己只能看地面，于是歪过头去看张凡凡手中的手机。

这时候正巧张凡凡在翻看聊天窗口，一个人的头像从眼前闪过，方贺突然一愣，一把按住张凡凡的手："哎！等一下！"

张凡凡依然是一副关爱智障的模样看他，方贺眨巴着眼睛，指着某个头像特真诚地看她，说："你不觉得这个人很眼熟吗？"

张凡凡仔细一看，仍是觉得眼生，方贺连忙解释："之前我和周晴去查过的，就是那个出钱开画展的老板，你记得吗？"

张凡凡似乎回忆起些什么："夹竹桃公主那幅画的画展？"

方贺点点头："上次周晴查到的，画展的投资人，一个做 P2P 的老板，当时我们去问他，他还不承认，非说自己是为了艺术才自己搞了这个画展，没别的目的。搞了半天，撒谎蒙我呢！"

张凡凡点点手机上这个人的头像，又在他朋友圈里划拉划拉，找出张照片给方贺辨认："你确定是他？"

方贺被她一问反倒有点犹豫："好像是。"

张凡凡刚往下翻去，方贺又有点犹豫："又好像不是。"

高冷如同张凡凡，现在心里也特别想把方贺扔到车底下狠狠揍一顿解气。

张凡凡面无表情地无视了方贺的纠结，然后把这个人跟乔小乔的聊天记录从头到尾看了一遍，最后下结论："就是他。"

张凡凡脸色越发冷峻，方贺好奇地凑过来看，跟着念出来："宝贝，你就是最美的艺术品，这是我给你写的诗，希望你会喜欢……你就是人间的四月天，你就是五月的微风，吹动我心灵的褶皱……呕……"

张凡凡照着方贺的后脑勺用力扇了一巴掌，方贺惊魂未定，跟被踩了尾巴的猫一样闪出去老远："天啊，这说的都是人话吗？"

张凡凡淡定依然："不是。"

方贺撇着嘴："哎哟，这种土豪暴发户真是太可怕了。"

张凡凡平静地推断："原来，金老板是为了追这个乔小乔才开了那场画展。"

方贺忽然灵机一动："所以，有可能是乔小乔故意暗示金老板那么做？"

张凡凡指着某段对话说："不是暗示，是明示。"

乔小乔在一个月之前对金老板说，自己有几幅非常喜欢的画，想做个收藏的画展，金老板为了表示他对女神的一片真心，就出钱出力又出人，把这事儿包圆了。

"而且……"张凡凡退出与金老板的对话，又翻到一个群，上面写着"乐心舞团"，"乔小乔是个舞蹈演员？"

她将聊天记录往上翻了好几屏，幸好群里聊天不多，果然在焰火晚会的前两周，看到群里有人说话，调查谁有时间参加舞蹈演出。基本上可以确定，乔小乔所在的舞团在何兴远案案发的当天，曾经登台跳了两支舞，而乔小乔恰好就是舞蹈演员中的一员。

张凡凡忽然觉得紧张起来，她说："必须立刻确认乔小乔的真实身份。"

方贺顿时严肃起来："我立刻去给舞团打电话确认！"

他走到一边打电话，乔小乔所在的乐心舞团里有她的登记资料。方贺在打听八卦这方面果然是一把好手，程皓刚走进专案组办公室的大门，他已经把所有消息都打探清楚了。

夏寒有点晕车，程皓直接把他送去了心理咨询室，下来正准备叫张凡凡上楼陪他一起做笔录，恰好就听到方贺说得眉飞色舞："她的风评不怎么好，据说跟过好几个金主，最近这一个就是金老板，送了她一辆车，还有一套房，啧啧啧啧！"

程皓挑眉一笑："哟！金主都出来了？"

方贺被他这一笑，立刻就收敛了脸上夸张的表情，张凡凡朝着程皓挥手："我们刚确认了作案人的身份。"

程皓大步走过来，坐在桌角，看向方贺："还有什么八卦，速速说来。"

张凡凡小声叮嘱："从头说，讲重点。"

方贺翻了翻他的小本本，开始认真介绍："乔安然，女，25 岁，中澳混血，一年前加入舞团，据舞团的负责人说，她之前一直在香港的舞团跳舞……烟花大会那天，乔安然也在场，她们那天负责人鱼表演。"

程皓皱眉，他知道这样的联系意味着什么："她与何兴远的死或许也有关系，又或许……"

张凡凡接话，却说中了他心中所想："白色夹竹桃标本是她放的。"

程皓立刻站了起来，说："我立刻去申请搜查令。"

张凡凡也站了起来："我跟你一起去。"

程皓摇摇头："你去楼上找夏寒，帮他做个笔录。"

他看向方贺，大声点名："方贺！"

方贺立刻站直："是！"

程皓说话语速很快："你做好准备，随时出发！"

他说完这句，大步走了出去，张凡凡用几乎同样的步速跟他在身边，两人一同出门。张凡凡边走边说："找回的档案已经送去重新归档了。"

程皓问："是周局亲自去的吗？"

张凡凡点点头："是。"

程皓又问："你看过了吗？"

张凡凡脚步一停，瞬间被程皓落下，程皓察觉到这个问题，停下脚步回头看她，这时候张凡凡已经跟了上来："看过了。"

两人肩并肩穿过走廊，程皓像是开玩笑般地笑着："这可是一级保密文件，小心周局找你灭口。"

他们站在电梯口等电梯，张凡凡平静地说："周局找我谈过话了。"

程皓一愣："他跟你说了什么？"

张凡凡见周围没人，于是用极低的声音回答："代号，一定不要外泄。"

程皓面不改色："啊？什么代号？"

电梯门这时候缓缓打开，恰好是上楼的，张凡凡在走进电梯的前一刻，看了程皓一眼，低声又说："康泰案中，警方派出的那名卧底的……代号。"

她说完这句便匆匆走入了电梯，转过身，看着电梯门缓缓合上，程皓的身影在越来越狭窄的缝隙当中，化作一道漆黑的暗影。

乔安然和严琦花费了巨大代价，不惜设局潜入市局大楼，只是为了拿到这份档案，所针对的，相信也不只是为了寻找那个证人。

他们在找警方派出的那名卧底的身份，他现在不知道身在何方，以什么样的名字和身份重新生活，但张凡凡想，他目前应该是安全的，可一旦他的身份暴露，他和他的家人，就会有性命之忧。程皓自然知道那个代号，因为他是专案组当中除了周志东之外，唯一看过那份原始档案的人。可是，从始至终，他只向专案组透露了那名警方证人的信息，而对于卧底的存在，绝口不提。或许，也是为了让更少的人知道这名卧底的存在，毕竟人多口杂。

张凡凡在心里默默地想，希望只是这样而已。

程皓站在原地看着电梯一层层爬升，脸上的笑容却一点点僵硬。

他喃喃地自言自语起来："代号……"

想查清楚这个代号的人真是太多了，其中还包括从清迈被派往西双版纳的顾澜在内。

湄公河水路悠长，一江连接六国，在中国境内被称为澜沧江，景洪港作为一类口岸，连接着中国与老缅泰三国的水运航道。商务车在距离港口不远的路边缓缓停下，往来的船只汽笛声轰鸣，悠远地在水面上回荡。

顾澜看到路边的小竹楼，门口一排青竹在风中摇曳，迎接着海风与日光的洗礼。院门是开着的，刚进小院就能看到有个清瘦矍铄的老人，脚下是一群刚长出绒毛的小鹌鹑，正跟在他脚边，满心期待等他撒落手中的小米。

顾澜定了定神，轻轻叩响了院门，开口唤到："淳叔。"

那老人转过头看她，挥着手，布满皱纹的脸上露出慈祥和蔼的笑容："进来坐。"

顾澜小心翼翼地走了进去，她已经换上了地道的傣族姑娘短衣筒裙的服饰，颜色颇为素净，也上了些淡淡的妆容，看来是刻意装扮过，让自己看起来多了几分年轻女子的温婉淡雅。

淳叔把手中的小米撒开，引得小鹌鹑们纷纷围上来啄食，他望着它们，脸上笑容慈爱安详。顾澜脚步一停，随即收敛神色，规规矩矩在淳叔所指的小凳上坐了下来。

淳叔的目光依然在那群小鹌鹑上，撒着小米引得毛茸茸的小动物跑来跑去，而他却乐在其中，那劲头，完全当顾澜是不存在的一样。

顾澜也不敢开口，只在那儿静静地坐着，等到淳叔手中的小米终于撒尽，抬头时仿佛才注意她坐在自己对面一样，拍着手笑道："没什么好招待你的，别见怪。"

顾澜欠了欠身，脸上的笑容依然得体："不会。"

她指了指地上啄完小米四散的鹌鹑们，说："它们很可爱。"

淳叔笑得越发灿烂："我这儿难得来个客，它们没怎么见过生人。"

顾澜笑："是我冒昧了。"

淳叔摇头，将面前竹筒里的水倒了半杯给顾澜，那只是白水，水中有一股植物的沁香，顾澜双手捧着喝了一小口，又跟着追了一大口。

淳叔这才悠悠开口："小姑娘，你有什么想问的？"

顾澜答道："我知道您见多识广，所以，想请您帮忙找一个人。"

淳叔忽然抬了抬手，似乎是阻止顾澜接着说下去，他道："见多识广谈不上，老头子我早就过时了，亏得你们这些年轻人还记得起我。"

顾澜也悠悠笑了："您金盆洗手已久，若不是大事，怎么会来劳烦您帮忙？"

淳叔点头，赞许地望向顾澜，跟着拍了两下手："是个会说话的女娃娃，怪不得破军会让你来。"

顾澜听到他一下就点破了"破军"这个代号，语气竟然是熟悉的，心中意外，可却不表露出来，只笑着抿唇，唇齿间还留有竹子的清香："您过奖了。"

淳叔将她上下打量一番，猜度道："贪狼主战，七杀主杀，若论智计，他们恐怕都比不上传说中的廉贞。"

顾澜也不隐瞒，点头承认道："没错，我就是廉贞。"

淳叔称赞道："后生可畏啊！记得当年我在金三角的时候，康泰在我手下办事，也是你们这么大的年纪，没想到一眨眼的工夫，已经这么多年了。"

顾澜听着淳叔感慨当年，心中却仍然在猜度对方的用意，面前这位老爷子虽然看似和蔼，但实际上深藏不露，当年曾是比金三角毒王康泰更狠的角色，在东南亚一带，提到"淳叔"这个名字，无论谁都要给几分薄面。然而，淳叔在一手提拔起了康泰之后，就迅速金盆洗手退休，回到了西双版纳的老家隐居，谁也不知道他心里到底想的是什么，更不知道他为什么要这么做。

顾澜在暗中思索，便不说话，只听淳叔又说："老头子不喜欢欠人的人情，多年前破军曾经帮过我一个忙，今天，这人情就在你这儿还了吧！"

顾澜便问："您可知道，当年跟在康泰身边那些人，如今的下落？"

淳叔笑着问："我知道你想问什么，你们想查出当年到底是谁出卖了康泰吧？"

顾澜回答："我们受人之托，便要忠人之事。"

淳叔摇摇头，似乎想起了什么，露出一抹无奈的笑容："明明是那个丫头不甘心，非要拖你们下水。"

顾澜一愣，摸索着手中的杯子，欲言又止："您认识……"

淳叔不紧不慢地回答："从康泰死后，红冰的配方和工厂都一直下落不明，上个月红冰从望海散出来的时候，我就知道，一定是那丫头回来了。"

顾澜心中暗暗感慨，虽然淳叔退休已久，但实际上江湖上的任何风吹草动，都没能逃得过他的眼睛。她不动声色地问："那您可知道……"

淳叔抬手打断她的问话，自顾自说着："当年康泰的左右手，素攀和干哈与他一起被捕，除此之外还有三个人：宋濂、巴裕、那莫……"

他停了停，忽然又说："有一个倒是不算左右手，可也算是康泰的亲信。"

顾澜单手揽杯，好奇地问："谁？"

淳叔便回答："阿阳。"

听到那个名字时，顾澜的手忽然一抖，木质的杯子顷刻间从指间坠落，原本笑容波澜不惊的年轻女子，此刻竟然是满脸愕然。

淳叔饶有兴趣地看向她："看来，你们关系匪浅啊！"

顾澜迅速冷静下来："打过交道。"

淳叔笑呵呵地说："那小子确实很有意思，康泰手下这么多人当中，我最看好的就是他，胆大心细，又懂分寸，知进退，当年康泰曾有意想把红冰的工厂交给他管，你猜他怎么说？"

顾澜眼眸一转，便答："他拒绝了。"

淳叔反问："为什么？"

顾澜轻笑："以他的性格，会担风险的事，他一概有多远就躲多远。"

淳叔也笑："若他当时真的接了，以康泰多疑的性格，再加上虎视眈眈的宋濂，阿阳恐怕早被撕得连渣子都不剩了。"

顾澜说："康泰多疑善变，身边的人大多都是跟了他十多年的，只有阿阳一个是新面孔。"

淳叔问："你怀疑他？"

顾澜回答："不，宋濂、巴裕、那莫还有阿阳，我都怀疑。"

淳叔哈哈一笑："你们要找的那个人，是巴裕。"

顾澜瞪大了眼睛，毫不掩饰自己的疑惑。

淳叔便简单解释："康泰被捕时，巴裕并不在他身边，后来便下落不明，更蹊跷的是，他的老婆还有孩子，也都很快被人从老家接走了。后来，有人告诉我，在清迈附近的某个小监狱里，见到了他。"

顾澜似乎猜到了什么："他被抓了，但警方并没有对外界披露这件事。"

淳叔回答："没错。实际上，巴裕在监狱里得到了很好的优待和保护，因为他在康泰被捕前，就已经暗中转为了警方的污点证人。就连当初康泰潜入望海市与香港买家见面的消息，也是他私下透露给警方的。"

顾澜又问："那您是否知道，康泰一案三地警方联合行动中那个特殊的代号，到底是什么意思？"

淳叔笑着摇头："这，我就不知道了。"

顾澜正想起身，淳叔却又说："但以老头子的经验，凡是代号，大多指的，都是卧底。"

她顿时恍然大悟："巴裕很可能是被警方卧底策反，这才出卖了康泰？"

淳叔意味深长地回答："那，恐怕就要找巴裕问问才知道了。"

水声隐约从遥远的地方传来，顾澜突然回忆起昔日清迈萍河畔那个年轻的男人，他站在水边，望着行来远去的商船，夕阳将他的背影笼罩在一片金灿灿的光芒之中，看起来那么安静，却又那么温暖。

她禁不住开口问："您知道阿阳他，现在在哪儿吗？"

淳叔笑着问："这问题，是破军想问的，还是你想问的？"

顾澜如实回答："我想问的。"

淳叔连声大笑："既然跟你这女娃娃这么投缘，我不妨卖个人情给你。阿阳最近……正打算找宋濂的麻烦。"

顾澜眼眸一转，顿时眼底的光芒都亮了不少："多谢淳叔！"

淳叔好奇地问："那你打算怎么找？"

顾澜一副悠然自得的样子，反问："我何必去找他？"

她笑容看似满含柔情，可背后却隐藏着嗜血杀戮的意味："只要我拿到他想要的，他自然会主动来找我……"

临近中午，程皓踏着一地灿烂的阳光敲响了周志东办公室的大门。公安局长正在一手扒拉面条一面看文件，只朝着程皓比了个"进来说"的手势。

程皓嘻嘻哈哈地进门，顺手把门带上了："师父，这么早就吃午饭啊？"

周志东抬头瞪他一眼，程皓立刻改口："这么晚才吃早饭啊！"

周志东把面条咽下去，手里文件放下，指了指面前一张椅子："一回来就折腾，正好有事找你，坐下说。"

程皓把椅子反过来，跨着坐上去，双手搁在椅背上，笑眯眯望着周志东："嗯，师父问话，徒儿我必定知无不言言无不尽。"

周志东用筷子点点他："说了你多少次了，嘻嘻哈哈没个正形！"

程皓不甘示弱："我当然没正形了，我又不是正方形的。"

周志东也不接他的话茬，神情严肃下来，说："邵彬现在的情况你也知道，局里决定由你暂代他的职务，稍后会再调一个副队长过来协助你。"

程皓收敛了脸上的笑容，迅速站起来双脚并拢，立正朝着周志东敬了个标准的礼："是！"

周志东做了个让他放松坐下的手势，程皓这才又坐下了，只是这回把椅子直接捞起来转了一圈，终于肯像个正常人一样坐下了。

周志东又说："邵彬同志虽然与康泰案没有任何关系，但鉴于与档案丢失一事有关，他的案子也并入专案组，一并调查。"

程皓这次没有起立，而是很严肃地点头回答："明白！"

两人随后同时陷入沉默，程皓想了想，轻声向周志东汇报起案情来："偷窃档案的嫌疑人基本上可以确定，名叫乔安然，她曾经出现在何兴远的命案现场，而且她与策划了夹竹桃公主画展的金老板也有关系。我们稍后就会去搜查乔安然的住处。"

周志东点点头，似乎是很满意这个结果，又问："夏老师怎么样了？"

程皓回答："他只是擦伤，已经没事了，张凡凡在帮他做问询笔录。"

周志东说："丢失的档案已经重新归档，不过……"

他欲言又止，看向程皓："档案……恐怕出了点问题。"

程皓并不紧张，只是悠悠地笑："哦？出了什么问题？"

周志东看他的表情便笑了："你个死小子，是你干的，对不对？"

程皓摊手："师父，咱们警察办案，可是要讲证据的！什么证据都没有，我拒不认罪！"

周志东作势板脸："你也曾经接触过档案，现在出了问题，难道我不该怀疑你吗？"

程皓立刻服软："怀疑，应该怀疑！怀疑得非常对！"

周志东又说："那就赶紧坦白从宽！"

程皓低下头，委屈地说："我这不是以防万一，有备无患嘛！"

周志东点点他："把档案藏起来，亏你想得出来！"

程皓说："没错，最后一页是我藏起来了，因为最后那一页记录的是……"

周志东打断他："警方卧底的身份是一级绝密，你怎么能随便藏起来！哎……等等！你再说一遍，你藏了几页？"

程皓认真地竖起一根手指："一页，师父我发誓，我就藏了最后一页！"

周志东神色大变，这种事情程皓显然没有撒谎的必要，他立刻说："可是档案不见了两页！"

程皓的脸色一下子也变了！除了他之外，还有一个人也藏起了一页纸，那个人是谁？

他迅速分析："除了我之外，能藏起档案的，只有在这个过程中接触过的人，乔安然、张凡凡、周晴……"

周志东补充说："还有徐晓蒙……和夏寒。"

程皓摇头否认："据周晴所说，夏寒当时就昏过去了，根本没机会接触到档案。他可以暂时排除嫌疑。"

周志东正在思索，但程皓忽然灵机一动，整个人从椅子上弹了起来，大喊："我知道了！那个沙漏！"

周志东记得在夏寒房间摔碎的沙漏，但并未理解程皓的意思，匆匆喊住他："程皓！你说清楚了再走！"

程皓这才想起要给周志东解释，匆匆转过头来比划："昨晚乔安然进夏寒办公室的时候，不只碰过书架，还有桌上的文件夹！所以才会碰掉了沙漏！"

周志东略一回忆就明白了，朝他挥手："快去快去！"

程皓连电梯都不想等，一路跑到楼上，从半掩着的房门里传出浓郁的奶茶的香气，虽然不是咖啡，但味道还是让程皓抽了抽鼻子，不合时宜地嘴馋了。

房间里阳光很好，正是午后，所有人都被笼罩在金灿灿暖洋洋的一片阳光里。周晴的笑声清脆悦耳，他们显然在闲聊，程皓直接推门进去，发现三个人都在笑，夏寒笑得温柔明媚，周晴捧着奶茶杯子笑得爽朗，就连张凡凡也在笑，嘴角微微抿起一点，看起来冰霜半融，是他从未见过的漂亮。

程皓一愣，就那么直挺挺杵在门口，还是夏寒先看到他，问："程队长，你这一脸花痴的表情，是要干吗？"

程皓这时候已经迅速回过神往里走："夏老师我在你这儿找个东西！"说着就去翻他桌上的那叠文件。

夏寒完全不在乎的模样，笑着对张凡凡和周晴说："你看，我就说他会猜到这事儿吧？"

程皓一愣，周晴朝着他挥了挥手中文件夹，说："程队，你要找的东西在这儿呢！"

张凡凡也不废话，言简意赅："刚才我们把从昨晚到早上发生的事情理了一遍，夏寒觉得有个地方不太合理。"

程皓从周晴手中接过文件夹，翻开一看，果然是档案中的一页，他迅速合上文件夹，径直看向夏寒，眼神别有深意。

夏寒似乎看懂了他的意思，便笑："我知道保密原则，我没看，东西是她们俩找到的。"

程皓这才放心下来，问："在桌上找到的？"

夏寒回答："没错，我总觉得那个沙漏打碎得有些蹊跷。如果只是去书柜也解释得通，不过距离远了些，如果是翻我桌上这堆文件夹，那碰掉沙漏的可能性就大得多了。"

程皓竖起大拇指："果然是夏老师，厉害啊！"

张凡凡这时候看周晴，夏寒也望过去，脸上笑容越发灿烂："要不是周晴记起档案上的页码似乎是少了页，我也不会想到这个问题。所以……"

程皓接话："所以最厉害的是小不点儿！你最棒了！"

周晴笑眯眯地看夏寒，一脸甜蜜，根本没兴趣去反驳程皓塞给她的外号。

夏寒说："既然东西都找到了，笔录也做完了，程队长，从哪儿来的，就回哪儿去吧？"

他说着就要赶人，程皓伸手阻拦："别啊，我这好不容易上来一趟，奶茶还没喝上呢！"

他可怜巴巴望着周晴手里的大半杯奶茶，要多委屈就有多委屈："你总不能，让我白忙活这半天吧？"

张凡凡对他耍无赖早已经习以为常，夏寒更是对他无语，起身倒了一杯给他，壶一直温在那儿，热度刚好，程皓喝得非常满足，几口一杯下肚，便拍拍肚子："得了，这就当午饭了。"

他放下杯子站起来，对张凡凡说："走吧，我们该去乔安然那儿看看，她还留了什么惊喜给我们！"

周晴没被点到名，立刻举手："那我呢？"

程皓点点她手中文件夹，说："赶紧去找你爸，一定要把那个亲手交给他。"

夏寒疑惑地看向周晴："你爸？"

周晴朝他吐了吐舌头，却不回答，不好意思地跑走了。

夏寒将诧异的目光转向程皓，程皓也很诧异："这么大的事儿唉，你竟然不知道？"

夏寒吐槽："我又不像你那么八卦！"

程皓指了指周晴夺门而出的背影，说："那可是我师父家的宝贝千金。"

夏寒悠悠感慨："真是没看出来。"

程皓笑："现在看出来倒也不晚。"

夏寒知道他调侃的意思，说："赶紧查案去，不然小心周局敲你！"

程皓也没空过多纠结这事儿，他拉着张凡凡就走，出门又探回头，扒着门说："兄弟，美人当前，心动不如行动啊！"然后被张凡凡一把拽着脖领子给揪走了。

夏寒在他背后无奈地笑笑，走到桌边坐下，拿了支笔，在摊开的本子上刷刷写了起来。桌上原本摆着沙漏的地方，如今却是空荡荡的。

风微微吹动窗帘，市局大院里，警笛鸣响，很快驶出门口，呼啸而去。警车很快驶入乔安然所住的小区，位于城东新区的临港高档住宅。当然，那套房子是金老板送她的。这里是全封闭小区，进出管理非常严格，程皓边等着人跟物业交涉，边左右查看附近的监控摄像头。

他环视一圈，对张凡凡感叹："这房子贵，安保做得就是好，果然一分价钱一分货……"

方贺在旁边各种捧场："是啊是啊！"

张凡凡面无表情地说："我去把监控记录都调出来。"

程皓喊住她："要近两个月的！"

张凡凡点着头去了，物业经理已经过来配合带他们上楼，因为电梯是需要刷卡才能按楼层的，程皓喊上方贺，带一拨人先上去了。指纹锁无法打开，在物业的见证下直接卸锁拆门，乔安然家房子不错，房子位于8楼，恰好是能看海的楼层，一进门，客厅大幅的落地玻璃窗就是对着海的，整个装潢风格是东南亚式的，木质结构，配色鲜明亮丽，带着几分异域风情。

程皓一边看一边摇头："啧啧啧啧……"挥了挥手，身后众人一股脑儿地跟了进去，各自分散，开始进入工作状态。程皓对物业人员道了谢，也戴上手套，开始搜查。张凡凡一会儿也上来了，找到物业经理开始做问询调查。

张凡凡问："你认识乔安然吗？"

物业经理点头："认识，乔小姐是小区的业主。"

张凡凡又问："你了解她是个什么样的人吗？"

物业经理回答："她作息时间不太稳定，有时候一天也不出门，有时候谁也不知道她什么时候出去的，特别晚才回来，我有时候值夜班，就能见到她回来。好几个保安也都向我提过她，因为怕她一个人走夜路不安全，保安会把她送上楼，所以大家印象特别深。"

张凡凡点头："你们知道她是做什么工作的吗？"

物业经理摇摇头："不知道，不过她经常回来都是画着浓妆的。"

"程队！"这边方贺不知道是被什么惊着了，喊的声音超级大，听起来嗓子都哑了。

程皓对方贺的大惊小怪已经习以为常，慢悠悠踱步去找他，结果一进主卧室，自己也被惊呆了。主卧套间一分为二，一边是床，一边是琳琅满目的衣帽间，光衣帽间就足足有半个篮球场那么大。

方贺的眼睛都快看瞎了，那一排一排一架一架的衣服鞋帽皮包首饰，闪得他都睁不开眼了。他不禁感叹："程队，我这辈子所有见过的衣服首饰加一块儿，保不住都没这里的一个零头多！"

程皓气定神闲走过去在衣架上慢悠悠翻了翻，笑说："这可不光是衣服首饰，你看看……"他边说边拣出来给方贺看。空姐制服、白大褂、服务员装、保洁员的衣服、超市收银员的工装，还有银行工装……

方贺彻底目瞪口呆："她这是要干吗？"

程皓推测："不是爱好，就是有特殊用途。"

他抬手一划："都带回去检查。"

方贺这时突然打了个喷嚏，然后就鸡血了，挽起袖子，喊来一群人冲上去彻底搜查衣帽间。

程皓不管他，自己继续往里走，主卧向南还有个半弧形的阳台，阳台拉门是合上的，阳光隐隐约约透过磨砂玻璃照进来。空气里似乎有花粉的香气，程皓皱了皱眉，他觉得自己预感到了什么，这种感觉很微妙，但又很美好。于是他快走两步，抬手猛地扯开拉门。

开门惊起的阵风扑面而来，挟着柔软芳香的花瓣，落了一两瓣在他脸上，然后又因程皓的抬头惊扰，飘然落地。阳光房里，左右各立着一棵一人高的夹竹桃树，郁郁葱葱，花开满了树冠，灿然皎洁，颜色纯白如雪。

阳台外便是海的视野，只是玻璃隔住了海风，却挡不住自远方传来的海浪声。

方贺跌跌撞撞地冲进来，站在原地，却也因为面前所看到的一切而震惊不已。

程皓转过头，方贺这才反应过来，指着身后的房间说："程队……在衣帽间的暗格里，找到了四张……夹竹桃标本。"

程皓猛地转过头，毫无停顿，跟着方贺大步而去。

原来衣帽间在衣架后面，还有一个暗格。当时是方贺把衣服都拿下来了，偶然敲过去才发觉声音不对，里面是空的，打开一看，里面竟然还有一层，里面的一个铁皮盒子里存放着四张崭新的夹竹桃标本，另外还有两部手机，都是比较旧的型号。

程皓拿起一部手机，端详着推测："乔安然这个年纪的人，不应该用这种手机……除非……"

这种手机都是用来打电话和发短信用的，不能上网，更没有安装什么智能 APP，程皓打开短信箱，发现里面有很多条短信，内容没有文字，全都是数字。

程皓一愣，对方贺说："这手机是交易时用来联络的！"

方贺完全没明白什么意思，程皓言简意赅地回了他两个字："贩毒。"

第 16 章

望海市公安局专案组办公室。

徐晓蒙将案件的照片投影出来，放大给程皓看："程队，在乔安然身上后腰的位置，发现了一个这样的文身。"

程皓看着那个被放大的文身，开到极致的花，然而并非是白色的，而是血红的一朵。

"是夹竹桃……"程皓喃喃低语，缓缓站了起来。

他看向徐晓蒙："还有其他的发现吗？"

徐晓蒙摇头："尸体没有任何异常。"

张凡凡和方贺将证物在桌上列开，在乔安然家中发现了四张夹竹桃标本，那四张是崭新的，与之前在案发现场发现的一致。

张凡凡戴着手套，将另外一个证物袋当中的夹竹桃标本放在一边，说："这是在肖芳家里发现的……"

方贺说："在肖芳家中找到的夹竹桃标本是未完成的，在严琦家没有发现标本，这还是第一次，在嫌疑人家中发现尚未使用的完整标本。"

程皓走到桌前，依次将它们拿起来看。他说："肖芳家中发现的标本显然是严琦所有，她先前一直在刻意隐瞒严琦的身份，所做的一切只是为了维护严琦。"

张凡凡皱了皱眉："未完成的标本不能算数。"

方贺顿时脑洞大开："那完成的呢？一个标本对应一个人吗？"

程皓说："现在我们发现的标本，分别对应何兴远、陆明、老侯、郭坤四个人，原本死者应该还有侯晓敏，但是因为夏寒及时发现，阻止了这场谋杀。"

张凡凡从中取出一张："这是何兴远案现场的标本，现在需要证实，这标本与乔安然之间的关系。"

方贺举手："我觉得，要不然化验组织成分吧，应该能证明这朵花是不是来自乔安然家那两棵夹竹桃树的。"

程皓皱眉，似乎是对此有所怀疑："行得通吗？"

张凡凡半信半疑："试试也好。"

方贺于是把标本都拿出来，飞快地集中在一起，等待会后送去痕检科再次化验。

程皓又把头转过去，看着乔安然身上的文身，仿佛白色的花朵染了血，看起来令人触目惊心。

他若有所思地说："未发出的夹竹桃标本还有四张……这是否代表着，凶手的目标，至少还有四个人？"

话说到此处，所有人都是背后一凉，沉默无语。

程皓抬起头，问张凡凡："通知了阎队没有？"

张凡凡说："应该快到了。"

正说着阎硕就风尘仆仆地闯进门来了，身后还跟着自己的小跟班大头，见到程皓便笑着招手，乐颠颠的。

程皓拍拍手："人齐了，可以说正事了！"

方贺左看右看："人没齐啊。"

程皓知道他在说谁，说："我派小不点儿出外勤了，先不等她，会后传达。"

方贺点点头，拿出本子开始准备做记录。程皓朝着张凡凡点了点头，后者开始把一些照片连接上投影仪播放出来。

首先是他们在乔安然家中找到的那两部旧手机，短信的内容都是数字，程皓手中拿着一支白板笔，转过来指着照片的方向问阎硕："阎队，这套路，眼熟吗？"

阎硕点点头："把跟买家交易的时间地点通过数字的方式编码发送，康泰惯用的联络手法。"

程皓拔开笔帽，开始在白板上面抄写数字：

744379839874 9464265464 74434269453

方贺看得头都大了："这都是什么鬼啊？"

阎硕："这似乎跟之前的编码方式不太一样啊！"

程皓停笔，转身回答："没错，康泰用的是编码本，所以通常编码是 4 个数字一组，对照编码本就可以查阅交易时间地点。"

阎硕："那这组……也要区分成四个一组吗？"

程皓果断地说："不用。"

他拿出手机，对着屏幕看了一下，又抬头看看白板的数字，随即再低头，来回几次，他随即灿烂一笑，说："果然是这样。"

他不等众人反应过来接着又说："这不是康泰的手法，而是宋濂的。"

他说着抬笔在上面写道："十二月十五日、鹰岩岭、十点一刻。"

方贺惊讶地问："所以说，乔安然和严琦，都是宋濂的人？"

程皓点头："确实存在这种可能。"

阎硕愣了一下，说："交易时间、地点都有了，假如调阅当时附近的监控摄像，应该能找到乔安然的行踪，或许还能找到跟她做过交易的人。"

张凡凡想了想说："或许不是乔安然，也可能是严琦，很多事情是没办法一个人完成的。"

程皓听了张凡凡的话，似乎是想起了什么，在一大堆资料里面翻来翻去半天，张凡凡最终实在受不了，动手过来拿出一份文件，塞到他手里。程皓打开一看，正是他要的昨晚相关的一些案情的笔录。他朝着张凡凡比了个大拇指，张凡凡却脸色平静，似乎对此全无反应。

程皓收敛了脸上笑容，严肃起来的样子看起来一本正经："张凡凡刚才说的话提醒了我，这桩连环案件，单凭乔安然或者严琦，根本是无法完成的。"

他用笔在白板上画了三条横线，说："昨晚在三个地方，同时发生了三件事：第一，是有人假借维修网络的名义，进入了宿舍大楼，并且入侵了市局的内部网络，企图盗取档案。"

徐晓蒙这时候出了声："是的，断网的时间是九点一刻，我们报了维修，很快就有人来，大概半个小时之后，网络就恢复了。"

程皓点头，看向张凡凡："还记得我们九点一刻的时候在干什么吗？"

张凡凡回答："在去月亮湾的路上。"

程皓在第一条线上写了"月亮湾和严琦"，又说："没错，当时严琦在月亮湾，那么假扮维修人员进入宿舍的人就不可能是他，那么，这个人又是谁呢？"

方贺忽然想到乔安然家中找到的各式各样的工作服，他忽然灵机一动："是乔安然吧？她先假扮维修员混进宿舍大楼，入侵了网络，后来整个警局大院不是都限制出入了嘛，她就换了衣服，扮成警察，然后趁机去偷档案。"

程皓也明白了，问："你是说，她家里那些衣服……"

见还有人疑惑，方贺把照片放出来给大家看："我们在乔安然家中找到了很多衣服，之前还在怀疑它们的用途。"

张凡凡推测说："扮演各种各样的人物，掩饰身份。"

程皓点着头："假设方贺的猜测是对的，在市局偷档案的人是乔安然，因为晚上不容易出去，她在这里藏到早上，等到上班时间，人来人往，便于隐藏身份带着档案离开。"

程皓在第二条线上写"乔安然、档案"两个词，又说："乔安然昨晚一直没有离开，严琦又在月亮湾偷渡，想要运红冰去泰国，可是，却有一个人，在公园杀死了郭坤并留下夹竹桃标本。他，又是谁呢？"

第三条线上，程皓写了"郭坤"，然后在后面打了个大大的问号。

张凡凡突然毫无征兆地说："还有第四条线……"

剩下人齐齐看她，就连程皓一时间脑子也没转过劲儿来："第四条线？"

张凡凡平静地说："乔安然把档案中的一页留下，是想要给谁呢？"

程皓恍然大悟："市局里还有人是她的同伙？"

方贺却疑惑了："可是不对啊，如果乔安然想把档案留给同伙，为什么只留一页呢？"

张凡凡摇摇头："我也不知道。"

程皓心中猜度："要么全都带走，要么全都留下，只冒险留一页，藏在夏寒的办公室里，一定有她的理由。"

方贺郁闷地摊手："可惜乔安然死了，死无对证。"

程皓不甘心："可是局里还有她的同伙，假如能把这个人找出来的话……"

阎硕推测："他们既然是一伙的，目标一定都是为了那份档案，乔安然没把档案带出去，她的同伙自然还会想办法再来拿。"

程皓一拍大腿："没错！"

但随即脸色垮下来："但是乔安然死了，他的同伴假如收到风声，一定暂时不会轻举妄动。"

方贺突然弱弱地问："那份档案，只有咱们局里才有吗？"

阎硕说："应该是吧，康泰案的记载，咱们局的记录应该是最全的了！贺州和西双版纳那边可能也会有，但当时行动总指挥是周局，所以大部分记录都在咱们这儿。"

程皓灵机一动："如果我是他们，既然望海不能下手，那么，绝对不能在一棵树上吊死。"

说到这里，他忽然想到了什么，脸色骤变："我有点急事，我去打个电话！"

程皓跑得飞快，冲进走廊就没影了，张凡凡看着他还搁在桌上的手机，默默地趁着旁人都没看到的时候，用一份文件挡了上去。

阎硕一脸诧异，方贺倒是习以为常，自以为知道很多地解释："我们程队他就这样，风风火火的。"

阎硕说："那个手机里的短信记录，我需要拷一份带走。"

张凡凡对方贺说："方贺，你帮阎队弄一下。"

她不动声色地从文件底下拿起程皓的手机，揣进了自己的口袋里。

程皓很快就回来了，进门时已经恢复了脸上的笑容，看起来似乎一切如常。

他说："抱歉啊阎队，我忽然想起晓敏的医生给我打了个电话，我一直没来得及回复。"

阎硕听到是侯晓敏的事情,信以为真,问:"晓敏她现在怎么样了?"

程皓说:"还好,只是需要治疗的时间比较长,有空我们一起去看看她吧!"

阎硕点头:"没问题。"

程皓又说:"关于这些交易记录,数字应该对应的是手机九宫格键盘,我怀疑这些都是红冰的交易,还要麻烦阎队你们来查实一下。"

阎硕回答:"应该的,有什么消息我及时通知你。"

方贺把拷贝好的资料交给阎硕,连声打着呵欠,程皓拍拍手,说:"那就散会吧,我去跟周局做个汇报,大家都辛苦一宿了,吃点东西回去洗个澡休息一下,明天等痕检的结果出来了再说吧!"

阎硕带着大头回去了。程皓伸了个懒腰,方贺和徐晓蒙两个人也累得够呛,勾肩搭背地收拾着东西准备去食堂吃饭。

程皓也正打算要走,张凡凡走到他身边,悄悄拉了一下他的衣袖,轻声说:"去花园,有话跟你说。"

这是张凡凡第一次主动开口约程皓,对此程皓又惊讶又疑惑,但却无法拒绝。

张凡凡所说的花园,指的是市局办公大楼和宿舍之间的一个小花园,因为距离食堂比较近,所以多数时间都是留给大家消食用的,一过饭点儿,基本上也就没什么人经过了,用来谈点私事是最合适不过的。不过程皓还是搞不清楚张凡凡到底为什么要找他私下见面,因为她极少这样。直到张凡凡站在枝叶繁茂的树下,抬手从口袋里顺出他的手机,他才瞬间明白过来。

只是他看透却不愿说破,既然张凡凡也不点破,程皓便装傻到底:"怪不得一直找不着,原来是在你这儿。"

张凡凡很平静地说:"你刚才出去打电话的时候,把它留在桌上了。"

程皓只是笑,把手机接过,攥在掌心里晃荡:"谢谢。"

张凡凡说:"下不为例。"

程皓眨着眼睛似乎一脸无辜:"什么?"

张凡凡一针见血："这样的谎话，我希望是最后一次。"

程皓被揭破也不辩解，只是反问："你就不问我为什么撒谎？"

张凡凡面无表情："你不想说，我又为什么要问？"

程皓被怼得彻底无语，他发现在吐槽和怼人这方面，他根本不是张凡凡的对手。

他停了停，语气轻柔下来："其实，你可以问的。"

张凡凡见他服软，心里倒是也没那么僵持的念头了，她本来就只是想提醒程皓，并不是真的要找他的麻烦。

张凡凡想了想说："你不要自己一个人撑着。"

程皓觉得自己的心脏在那一刻被击中了，他听过很多鼓励、很多赞扬，也承担过很多责任、很多使命，只是从来没有一个人如同张凡凡此刻这样，用那么认真而诚恳的语调，对他说，你不要自己一个人撑着。程皓原本因为熬夜就酸涩不已的眼眶，顿时禁不住就是一热，他赶紧扭过头，飞快眨了眨眼睛。

他试图用灿烂的笑容掩饰自己此刻的情绪："我没事儿，真没事儿。"

张凡凡的神情柔和了许多，她上前稳稳将手拍在程皓臂膀上："我信你。"

程皓歪头："即使我骗了你？"

张凡凡点头："嗯。"

于是程皓心中柔软得一塌糊涂，他很想张开手臂将面前这个人拥在怀里，她没来由给予他的信任，让他觉得无比温暖。但是他不敢。

他只能低声说："我刚刚去给一个人打了个电话……"

他边说边从口袋里掏出另一个手机，老旧的款式，说："他们果然已经盯上了巴裕。"

张凡凡并不是第一次见到这个名字，在那份失窃又被找回的档案当中，就曾经提到过这个名字，她瞬间就反应过来："康泰案中转为警方证人的巴裕？"

程皓点头："没错。我刚向泰国警方提交了申请，要求他们加强对巴裕以及家属的保护。"

张凡凡想了想，又说："你不能明说，是因为这个电话，不是正规渠道。"

程皓露出被识破的羞愧笑容，举起双手表示："听你的，下不为例。"

张凡凡朝他伸出手，摊开掌心。

程皓一愣，又开始装傻："什么？"

张凡凡不说话，只是目光往他手中的那个旧手机上淡淡一瞥。程皓无奈，刚想说话，却听到张凡凡又说："我听夏寒说，你的入职心理评估还没有做。"

程皓顿时就像是被打了七寸的蛇，立马就尿了，立刻服软，将手机主动交到张凡凡手中："我保证，绝对没有下次了！"

张凡凡将手机揣起来，又恢复了平静如常的样子，说："夏寒说，他要在家休息两天养伤，如果两天后你还不去找他，一切后果你自己承担。"

程皓一哆嗦，忽然察觉到问题所在："你什么时候跟夏寒这么熟了？"

张凡凡根本不理会他，摸出一张饭卡，直奔食堂而去。

程皓见状立刻三步并作两步跟上，笑嘻嘻地说："我忘带饭卡了，能不能用你的呀？"

张凡凡坦然地表示同意："可以。"说着直接把卡交给了程皓，程皓接过来还没来得及高兴，就听到张凡凡很快补充了一句："正好帮我充点钱。"

程皓当时脸上的表情简直比调色板还精彩，真想就这么一头撞死在饭卡上算了。

食堂有专门在非饭点值班的厨师，方便给加班来不及正常吃饭的警察们做饭。程皓一顿饭吃得百味杂陈，张凡凡看起来倒是挺开心的，吃了一碗抄手，然后表示要继续回去加班。

程皓诚恳地说："回家歇一歇吧。"

张凡凡坚持说不用，于是程皓一拍桌子站起来就要走，张凡凡诧异地拉住她："你要去哪儿？"

程皓笑着回答："你不回家，那我只能出去给你买双鞋了。"

张凡凡这才注意到自己脚上的那双帆布鞋已经湿透后又干了，或许是被海水泡过，又走过山路，此刻都已经脏得不像样子了。

她愣了愣，迎着程皓清澈明亮的目光，用尽全力把一句话说得完整：

"我回家去换。"

程皓笑得如释重负，仿佛是了却了心中很大的一个愿望。

只有他没有回家，他还没来得及搬家到市内，不过在九山区的住处匆匆收拾了几件衣服，反正一个人在办公室的沙发上也是能对付的。办公室里空荡荡的，大家都回去养精蓄锐了，程皓对着电脑写了一会儿案情报告，难得地看着屏幕竟然打了个呵欠，连他自己都被彻彻底底地震惊了。夏寒之前给他开了一些助眠的药物，但基本上每天只需要吃一次，不知道是精神作用还是药物起效，总之，程皓忽然觉得自己困了。对失眠的人来说，困意简直比黄金还珍贵。程皓便不再硬撑，放下电脑，在沙发上寻了个自认为舒服的位置，干脆利落地睡下了。

他这次并没有再做那些噩梦。梦里没有自阴暗处向高空的眺望，也没有放弃与死亡，血泊不见，更没有那张倒在瘆人血色中年轻的脸。程皓知道自己在做梦，可是，对于现在的他来说，假如梦里没有那些，对于他似乎就已经足够了。

只是这个梦，好像比之前那个真实了许多。他听见潺潺水声，看见小桥流水，河岸人家，中间细长而蜿蜒的河道，有小舟翩翩驶过。有人在河岸边的青石板上洗衣服，冲刷着石板的水声清澈悦耳，阳光洒落在翻着水光的石面上，闪着金色的光辉。用竹竿撑船的少女身姿曼妙，穿着地道的傣族服饰，背影被包裹在黄昏的晚霞与日光余晖当中，仿佛近在咫尺，又远在天涯。程皓觉得自己就站在岸边，只要一步迈过去，便能跳上那叶小舟，可是当他真的迈出那一步，整个世界却突然间倾覆颠倒，陷入无边无际的黑暗！他被困在密闭的黑暗当中，可当中唯有那条河是明亮的，连带着小舟与舟上的少女，倒映在他的视线里。可是，那条河之所以明亮，因为河水不知道从什么时候开始，泛起了鲜艳灿烂的红色光芒！程皓看到脚下的青石板渗出丝丝血痕，他惊讶地往后退了一步。更多的血潺潺涌出，汹涌地，放肆地，将他彻底包围。那些灿烂的颜色刺痛了他的眼睛，让他发不出任何声音，甚至，无法呼吸。

这只是梦，他心中由始至终都十分清楚，可是仍然被困在噩梦当中，无法脱身。远远的黑暗当中，小舟的少女忽然转回头，自那唯一的光明当中看向他。程皓看见她的脸，骤然一惊，仿佛脚下瞬间空无一物，身体也紧跟着下坠。虚无地摔落万丈深渊的感觉让他终于从梦境中脱身，腾地一下从沙发上坐了起来，全身已经被冷汗浸透，心脏狂跳不止。

这是一个全新的梦境，可梦里看见的那张脸，甚至比他曾在血泊中看到自己的脸，更觉得恐怖。他终于回到了噩梦的起点，可这并不是个好兆头，程皓一边胡乱擦着额头上的汗水，心里默默地想。他确实应该找夏寒好好地聊聊了，程皓拿出手机，很郑重地给夏寒发了微信，约他出来见面。

周晴看着夏寒手机屏幕上突然跳出来的微信提示，朝他摇了摇："程队找你呢！"

夏寒正在全神贯注地开车，连看都不看，说："先不管他，反正一会儿就到了。"

周晴心情愉悦，笑嘻嘻地说："真不好意思，还要你专程送我回来。"

她去九山区刑警队把当天公园命案的监控录像取回来做物证，正好遇见夏寒也在，诧异又惊喜，于是顺理成章地蹭了他的车回市局。

夏寒把车拐了个方向，他的伤势不重，身体看起来已经恢复了不少，虽然开车的动作还有点笨拙："没事，反正我就当顺路过来取个文件。"

他到九山区刑警队是去了解程皓情况的，这是心理评估之前的例行走访，原本早就应该做了，但是因为一直有事，所以耽搁了挺长时间。

周晴有点害羞地摸着涨红的脸："这哪是顺路啊，从九山区回来那么远，开车多累呀！"

她不好意思又有点藏不住的小心思："要不然，我请你吃饭吧！"

夏寒瞥了一眼那个还悬在天边的太阳："这算是个下午茶？"

他这么说就算是没拒绝，周晴开心地一口应下来："下午茶也没问题！"

夏寒想了想说："市局对面小巷子里有家甜品店的蛋挞不错，买点回去带给大家一起吃吧！"

周晴兴高采烈地点头，反正夏寒说的她一概同意，至于他到底说的是什么，完全不重要。

夏寒把车停在停车场，将刚取到的停车卡放在手边的抽屉里，周晴无意识地瞥了一眼，看到里面整整齐齐放着一叠高速公路收费站的发票。她并没有当一回事儿，已经推门下车，直奔夏寒所说的那家甜品店而去。那家店面不大，但是一进门就有一股烘焙的香气扑面而来，周晴对造型可爱的小点心和蛋糕毫无抵抗力，看了这样又要拿那样，跟个撒欢的小朋友一样。夏寒全程都是温柔地笑着看她在那里跳来跳去，只开口要了两盒蛋挞，其余的全都是周晴在絮絮叨叨地说话。

"你看这个蝴蝶酥好可爱……"

"还有粉色的饼干耶……"

"曲奇要不然也买点嘛……"

最后周晴的怀里抱不下，夏寒便走过去把东西接过来，一并拿去结账。

周晴停了停，忽然看到什么，眼前一亮，连蹦带跳地追上去，看服务员正在一样一样地扫码，于是欢快地把手一伸，手中的东西递过去："还有这个！"

说完她又拿出手机准备给钱，夏寒却率先拿出一张卡，周晴立刻就不乐意了："说好了这次我请！"

夏寒只是温柔地笑，却不收手："会员卡可以打折。"

周晴坚决不肯妥协："那单子给我，我把钱转账给你！哎，我好像还没加你微信呢！"

夏寒摸摸她的头，轻声说："不用了。"

周晴委屈地鼓起腮帮子："就算不要钱，微信还是可以加一下的嘛！"

她这个别有企图的做法连服务员都快看出来了，闷头在那里把东西装袋，笑得意味深长。

夏寒把袋子接过来提在手里，说："好啊。"

周晴顿时心中重燃希望的小火苗，乐颠颠地跟在夏寒身边，像个小跟班一样的走了。

夏寒在加周晴微信的时候看到了程皓约自己见面的留言，于是随手回了一句，问："你在哪儿？"

程皓很没创意地回："你办公室。"夏寒这才意识到自己好像下班的时候又忘记锁门了。

276

他把周晴选的点心单独拿出来帮她装好，周晴捧着手机正在心里偷着乐，冷不防就被夏寒看了个正着，连忙一路小跑，极为害羞地闪人。夏寒无奈地摇摇头，拎着袋子正要上楼，忽然听到身后传来脚步声，一转头就看到周晴竟然又跑了回来，气喘吁吁地迎上来就把什么东西塞进了他的怀里。

夏寒一愣，就听到周晴说了句："这个给你吃。"然后就再次头也不回地跑掉了。

他低头一看，透明玻璃罐子里色彩斑斓，鲜亮好看，是一颗一颗包装在透明小袋子里的水果糖。周晴进过他的办公室，见过他放在咖啡机旁边那些存着糖果的罐子，也知道他这个看起来孩子气十足的古怪嗜好。可是，她明明什么都没问，但却在心中默默地记住了。

夏寒捧着那罐糖，忽然不知道自己究竟是该无奈，还是该笑。他此刻就像是忽然间回到了很多年前，那个清瘦矮小的男孩，站在覆盖着雪白被单的床边，接过男人手中递过来的一颗糖果。对他而言，那是最初的救赎。就如同此刻，年轻少女简单真诚的憧憬，让他的心也随之悄悄颤抖。

他想，有时候命运真是神奇的东西。它将你所渴望的送至眼前，但明明近在咫尺，你们中间却依然隔着那道永远无法突破的屏障，你看不到，可是，它却一直在那里，从未消失过。奋力的挣扎，坚决的抵抗，真的就能战胜一切吗？

他觉得自己曾经看透过很多人的心，可是此时此刻他却发现，人心，依旧是这个世界上最难看懂的东西……连他也不能例外。

夏寒抱着糖果罐子走进办公室，程皓正站在窗边安静地往外看，白纱窗帘轻而易举地被风吹起又落下，仿佛将他和窗子隔离在外。程皓的手中飞快地转着一根香烟，它在指尖上的跃动仿佛瞬间与他融为一体，然而夏寒却一眼就看到，地上还有两截从当中被掐断了的烟卷，显然是人为地被丢弃在了窗台底下的一角。

夏寒一愣，似乎立刻想明白了什么，程皓此时抬起头与他对视，无力地一笑："我真的已经尽力了。"

夏寒迅速察觉到他情绪的低落，问："怎么突然烟瘾犯了？"

两年前他们认识的时候，程皓就已经成功戒烟了，据说他之前的烟瘾很大，甚至影响到正常作息，他的上一个心理医生建议他戒烟静养，然后，他做到了。

程皓鼻子有点齆，低声说："太困了，太累了，想提个神。"

夏寒顿时觉得心中最柔软的地方被戳了一下，那个永远嬉皮笑脸没个正形，失眠到连续几天睡不着觉的程皓，那个 PTSD 复发都不愿说出来宁可自己一个人硬撑着的程皓，现在竟然对他说，他困了，累了……他究竟是多困多累，以至于撑不下去，想要寻求一点来自旁人的安慰？

夏寒伸手过去，从程皓手中把那根烟顺过来，顺势在他肩膀上拍了拍，说："还记得你当初是怎么说的吗？"

程皓熟络地一歪头："什么？"

夏寒说："只有直面诱惑，才能抵得过诱惑。"

程皓皱了皱眉，总觉得夏寒微微眯起来的眼睛里，有让他觉得不安的神芒。果然如他所料，下一秒，夏寒如同一阵风般飘到桌边，从抽屉里拿出一只银色的打火机，只听铮的一声，打火机闪出火焰的光芒，在夏寒手中轻巧地跃动，然后，点燃了那根烟。程皓从来没有见过夏寒抽烟，从他们认识开始算，这是两年来，他第一次在程皓面前抽烟。程皓确信夏寒对此并不热衷，因为他从不随身携带香烟，身上更没有烟草尼古丁的味道，但，他的动作并不青涩笨拙，至少，他熟悉这个过程。夏寒半挑着眼眸看了程皓一眼，随手将香烟掐灭在一旁的烟灰缸里。程皓才发现这间办公室里其实是有烟灰缸的。他瞪大了眼睛看着夏寒，似乎从来不认识他一样。

夏寒并没有觉得有什么不妥，他所做的一切看起来都顺理成章，行云流水，他做完了这一切，抬起头看向程皓，仿佛是很随意地说："我其实一直不太认同你这句话。"

程皓一愣，就听见夏寒坦然地说："如果能坦然面对内心的欲望，那么所谓的诱惑，也就不再是诱惑了。"

程皓顿时苦笑："我说兄弟，你这是站着说话不腰疼。"

夏寒反问："你怎么知道我没有经历过？"

程皓想了想，觉得这句话他竟然无法反驳，他和夏寒虽然友情深厚，可是有些事情，他确实并不了解。也许他真的经历过，所以才会有那样的感悟。可是，像夏寒这样的人，又有什么样的诱惑，是他抵挡不了的呢？程皓边想着边忍不住露出疑惑的目光，夏寒似乎看懂了他的意思，站起身来，拎起从进门时就被他搁在办公桌上的袋子，掏出那罐色彩斑斓的糖果出来。

他从容地说："这就是我抵挡不了的诱惑。"

程皓知道夏寒喜欢吃糖，他有时候甚至还会从夏寒那里顺糖来吃，只是一个年轻的男人喜欢吃水果糖，这确实是有点令人诧异的一件事，但就如同他喜欢喝咖啡吃蛋挞，毕竟那是个人习惯，所以他从来没有主动问过。

程皓看着他，想了想还是说了一句："每个人都有自己的习惯。"

夏寒说："也许并不是好习惯。"

程皓反问："你还说摄入过量咖啡因会上瘾呢，我不是照样每天在喝吗？"

夏寒把罐子打开，抓了两颗糖扔给他："明知故犯，罪加一等。"

程皓敏捷准确地接住糖，但是却没有如同夏寒一样直接撕开糖纸就往嘴里扔，他只是指指袋子，笑嘻嘻地说："蛋挞再不吃就要凉了。"

夏寒把袋子扔在他面前，程皓其实已经吃过饭了，可是这并不影响他慢条斯理把蛋挞一个个解决掉，然后心满意足地打了个饱嗝，拍拍肚子又打了个呵欠："果然吃饱了就容易犯困。"

夏寒看他满脸倦容的模样，面无表情地用一条毯子砸在他的脸上。

程皓把自己团巴团巴躺下，说："我能睡着了。"

夏寒给自己倒了杯水："很好。"

程皓想了想又说："我觉得我该做一次心理评估了。"

夏寒很诧异地瞪着他："我开始怀疑你是不是吃错药了。"

程皓窝在沙发里回看他："我这是改邪归正。"

夏寒从桌边抽出笔，翻开本子："既然你已经很好地意识到了你的错误，那就随便聊聊吧！"

程皓回给他一个很正经很认真的微笑："嗯。"

他们是同学，曾经进修过同样的心理学课程，所以一个正常的心理评估流程到底是什么样的，两个人都很清楚。

夏寒提问："你最近的睡眠状况如何？"

程皓回答："最近连续好几个通宵，完全没睡，就更谈不上什么状况了。"

夏寒再问："有没有烦躁易怒的情况？"

程皓回答："有时候确实特别想打人。"

夏寒反问："觉得压力大？"

程皓深深地叹了一口气："已经五条人命了。"

何兴远、陆明、老侯、郭坤、邵彬……严琦逃走、乔安然死无对证，专案组最近全无进展，如果说压力不大，那一定是在撒谎。

夏寒又问："那你是怎么想的？"

程皓一愣："你指什么？"

夏寒微微一笑："假如你是那个人，你会怎么办？"

程皓毫不犹豫地回答："以静制动。"

夏寒满意地拍拍他的肩膀："那你又会怎么办？"

程皓也笑了："我会让他静不下来。"

夏寒耸肩："不好意思，我们跑题了。"

程皓说："我最近恐高的症状没那么明显了，也不会莫名其妙地感到焦虑或者控制不住自己的情绪。"

夏寒歪头安静地打量了他一会儿，问："你是不是觉得，这样反倒不正常了？"

程皓点头："假如是 PTSD 复发，至少会持续一段时间，现在这种情况，我害怕有后续的反应。"

夏寒皱眉想了想："也许你想多了，之前只是压力太大导致的失眠，并不是 PTSD 复发。"

程皓笑笑："这么快就推翻自己之前的结论？"

夏寒也笑了："你为什么突然那么执着地认为自己有病？"

程皓的笑容突然凝固在脸上："因为我梦到了害死我弟弟的人。"

夏寒说："弗洛伊德曾经说过，梦的材料主要来源于身体所受的刺激，也许是你白天曾经有过相关的经历。"

程皓神情凝重地摇摇头："说出来你可能不相信。刚醒来的时候，我一度怀疑自己到底是谁，是我，还是我弟弟……"

夏寒蓦然瞪大了眼睛，就听到程皓缓缓地说下去："在康复之前，我曾经无数次问过自己，我到底是谁。"

夏寒忽然明白，为什么程皓突然坚持这场心理评估必须立刻进行，因为现在不仅是他想知道程皓此刻的心理状态，就连程皓自己也想知道。假如程皓的病情开始逐渐回到最初的状态，那事情才是真的一发不可收拾了。

两人相对无言，静默与对视都是为了在心中飞快地检索出一个更好的对策，然而这时候门却被急促而粗暴地敲响了。

敲门声扰乱了两个人的思路，也彻底打破了平静，程皓看到门口站着气喘吁吁的方贺，他手中拎着一份最新的检测报告："程队，痕检中心经过化验比对，确认所有夹竹桃标本，与在乔安然家找到的两棵夹竹桃树上的花朵，是一致的。"

程皓站了起来，但是他还没来得及高兴，方贺又说了下一句："刚刚收到泰国警方的通知，巴裕的老婆孩子突然失踪了……"

巴裕的老婆孩子一直处于警方的严格监控和保护下，这个时候失踪，显然是有人刻意为之。

程皓沉了口气，跟夏寒示意了一下，便推着方贺往外走，边走边说："看来，他们想要从巴裕口中，问出那个代号。"

方贺疑惑地问："什么代号？"

程皓语气沉重地说："五年前，为彻底瓦解康泰跨境犯罪集团，望海市连同贺州市、西双版纳市联合行动，并派遣一名卧底，打入康泰集团内部，行动代号……暗月。"

夏寒坐在那里，只转头望着两人的背影，若有所思。这时候，放在桌边的电话突然亮了起来。

——案件 4 号《代号》完

案件 5 号

《槲寄生》

第 17 章

泰国，湄丰颂。

世外桃源般的小镇上，群山环绕当中，有一间几乎被世人遗忘的监狱。一个穿着破旧囚衣的中年男人出现在会客间的门口，他戴着手铐，低着头看着自己的脚面，看起来灰头土脸的。

狱警很客气地推搡着他："秋颂，进去！"

会客室里坐着个年轻的女人，脸有一部分逆光，隐藏在黑暗中，但还是能看得到她微卷的长发和姣好的面容。她看到男人进门，便优雅地抬起头看去，微微一笑。

被称为秋颂的人慢吞吞地走进去，下一秒却听到一个清冷的声音响起："坤巴裕……"

男人猛地抬起头来，明显已经很久没有人喊过他这个名字了，他感觉非常不习惯。当年他是以秋颂的名字入狱，然而事实上逃避并没有用，该来的，还是会来。

巴裕渐渐回忆起了对方的声音，急促地又向前走了两步，终于看清了对方的脸，用干涩沙哑的嗓音喊了一声："缇娜小姐！"

来的人正是娜娜，显然缇娜是她原本的名字，她的手里攥着手机，一边看似不经意地在掌心晃荡手机，一边朝着巴裕微微一笑，寒暄了一句："好久不见了。"

她说完这句，朝着狱警点头示意，狱警便殷勤地帮她关上了门，站在了门外守着。探监室里面就只剩下他们两个人，一坐一站，缇娜看起来表情轻松，而巴裕看起来则有些紧张。

巴裕的嘴唇有些微微抖动，但还是佯装镇定："你，你怎么知道我在这里？"

缇娜笑而不答他的问题，只是问："看起来，你似乎很不想见到我。"

巴裕不知如何作答，缇娜笑得更加灿烂："确实，谁能想到你竟然如此好兴致，躲在这么个山清水秀的地方，怪不得宋濂这么多年都没找到你的下落。"

巴裕的肩膀塌下来，似乎是已经从心里认定了某些事实，哀叹着在缇娜对面坐下，将戴着手铐的双手搭在桌上，说："我就知道，宋濂是不会放过我的。"

缇娜慢慢摇头："不，不是宋濂让我来找你的。"

巴裕一愣，看起来又有些犹豫，他已经很久没有见过缇娜，此时完全拿不准她这次来找自己的目的。假如她不是宋濂派来的，只凭借她的身份，又能够把自己怎样呢？

巴裕忍不住问："那你想怎么样？"

缇娜看着他，慢慢地、平静地说："我回国之后去见过宋濂，接着来见你，因为在他死前，你们都是他的左膀右臂，虽然我早就知道他早晚会有那么一天，可我还是想知道，他到底是怎么死的。"

巴裕急于申辩："缇娜小姐，关于你父亲的死，在那种情况下，我……"

缇娜听了他的话却突然笑了起来："您别着急，我还什么都没说呐！"

她虽然表面在笑，可语气森然，让巴裕感受到深深的寒意："趋利避害是人性本能，我能理解。说到底，虽然你出卖了他，可最后他也不是死在你手里的，我能怪你什么呢？"

巴裕用一双雾蒙蒙的倒三角眼睛看着她，企图从她脸上看出些端倪，好判断她话中的真假，却什么也没看出来。他只是忽然没来由地觉得，缇娜的那双眼底森冷的笑意，像极了记忆中那个曾经桀骜冷血的金三角毒王康泰。他们是父女，拥有一脉相承的血缘，也似乎拥有一脉相承的性格。

缇娜似乎并没有注意巴裕此刻的神情，只继续说下去："你是父亲最信任的人，他也并没有什么对不起你的地方，我很想知道，你为什么要出卖他？"

巴裕哽了一下，就听到缇娜的话锋一转："是那个卧底要你这么做的吗？"

"我并不知道卧底是谁，是那莫要我这么做的，他说，只有这样，我，还有我的家人，还能有一条活路。"

巴裕的语气十分诚恳："那时候我们已经被警方追得无处可逃，我死不要紧，可是，我的老婆和女儿怎么办？"

缇娜双手交叉放在桌上，下半张脸埋在了双手后面，沉默了片刻，又问："所以我父亲被警方围捕的时候，你们并不在他身边？"

巴裕点了点头，略一思索，说："当时负责护送他的是阿阳。"

缇娜挑了一下眉："我听说过这个名字，我父亲很信任他，是吗？"

巴裕提起阿阳的时候，也不免露出佩服的语气和神色来："是的，他原本是在清迈跟扎伊的，后来扎伊死了，大哥把他留在了身边办事。"

缇娜似乎对这个叫阿阳的人有些好奇："他是个什么样的人？"

巴裕回答："他很年轻，听说还念过大学，为人谨慎又狠辣。据说当年他在扎伊手下的时候，有人私下吞货，被他设局查了出来，当晚就带人灭了满门。"

缇娜轻轻一笑，双手抱在胸前，悠悠赞叹："这样的人，别说是我父亲，就算是我遇上，也会高看他几分。"

巴裕又说："确实，能在黑牢里待上整整三天，最后走出来的时候还是意识清醒的，我也觉得很不可思议。"

缇娜知道黑牢的存在，那是康泰用来对待敌人的手段，整个房间都用铁板覆盖，外加铁栅栏，半点光都透不出来，而且十分狭小，普通人在全黑暗的环境很容易意识崩溃，产生幻觉，而阿阳的意志力显然十分强大。

一个念头忽然在缇娜脑海中翻转而过："那出事以后呢？阿阳他怎么样了？"

她这话一出，倒是把巴裕给问住了。

他愣愣地回想了片刻，这才语气不确定地回答："我不知道。"

缇娜看他的样子不像是在说谎，将手机打开，翻出其中的一张照片："记得这张照片吗？"

巴裕点头："这是当初大哥五十大寿时，我们的合影。"

缇娜将手机递给他，问："里面哪个是阿阳？"

巴裕看着照片皱眉思索，语气仍然是不确定的："那天有很多人在场……但……好像……"

缇娜忽然敲了敲桌面，像是一种提醒，又仿佛打断了他的思考。

她说："照片里其实并没有阿阳，这张合照，如果不是请的摄影师，就是有人帮你们拍的。那个躲在镜头后面没有露面的人，是不是阿阳？"

经她这么一提醒，巴裕瞬间便想起了拍照时候的情景，立刻点了点头："对！没错！那张照片就是阿阳提议拍的！"

下一刻，他反应了过来，问："你怀疑阿阳的身份？"

缇娜摇头："淳叔说，他还活着。所有活下来的人，我都有怀疑。"

巴裕急切地摇头："这不可能，阿阳他……"

他的声音忽然低下来，仿佛带着某种惶恐和禁忌："杀过人。"

缇娜立刻明白巴裕为什么会那么说，因为对于一个警察来说，就算在执行卧底任务，也不能擅自杀人，这是身为公职人员的守则和底线。就算他是卧底，一旦手上有了人命，可能就再也回不去了。

于是缇娜决定暂时不在这件事情上深究了，转而说道："对了，来探望你之前，我先去拜访了您的妻子和女儿。"

巴裕立刻激动地从椅子上站了起来，双目圆睁，戴着手铐的双手激烈地拍打着木质的桌面，手铐和桌面碰撞发出哗啦啦的声响。

"你想干什么！"巴裕朝着缇娜声嘶力竭地大喊，"离她们远一点儿！她们是无辜的！"

狱警听到了动静，赶紧开门进来，拿手里的电棍捅了巴裕，厉声吼着："老实一点！坐下！坐下！"

缇娜悠悠摊开双手，做出一个无辜至极的表情："别紧张，我没拿她们怎么样，就只是探望而已。我还带了礼物给你女儿，我想下次她们再来探望你的时候，她应该会穿上了。"

缇娜似乎对巴裕这副带着恐惧和焦虑的样子很满意，轻笑了一声："原来你女儿已经上中学了，她长得可真漂亮。我想假以时日，她的身边一定会有很多的追求者。不过现在的这些年轻人，身上戾气都很重，也不知道会不会做出求爱未遂而伤害她的举动。"

巴裕死死地盯着她，身体使劲儿向前倾，似乎要在她的身上剜出一个洞来。如果不是有狱警压制，他一定会朝她扑过去的。

缇娜微微偏头看着他，语气平静："我从一出生就被送去了国外，活了二十多年，也没能见自己父亲几面。你女儿就不一样了，听说从小你就对她百依百顺，拿她当心肝宝贝。然而我的父亲死了，她的父亲坐牢了，所以也不知道我跟她比起来，是本来就什么都没有的我更幸运一点儿，还是从有到无的她更幸运一点儿。"

巴裕强忍怒火，重新让自己平静下来，质问："你到底想干什么？"

缇娜反问："你觉得，此刻我最想要什么？"

巴裕似乎明白了些："你想为他报仇。"

缇娜只是笑："我想知道真相。"

巴裕又说："你想得到他留下的那些东西。"

缇娜回答："我已经得到了。"

巴裕叹了口气，看着她神色有些复杂："我明白了。"

缇娜淡淡一笑，抬手将额前的长发往身后拨去："听说你喜欢吃杏仁，我顺路带了些过来，稍后狱警检查之后会转交给你。"

她说着站了起来，拿起手机看了看时间，说："时间差不多了，我该走了。"

巴裕看她低头双手合十，朝着他做了个习惯性的礼貌动作，语调平静："祝你一切安好。"

巴裕闭上眼睛，不再看她。

然而当缇娜的手按在门把上的一瞬间，巴裕突然开口："你以为你真的能得到他留下的那些东西吗？"缇娜回头疑惑地看向他。

巴裕慢慢地，用一种诡异而充满怜悯的语调说："他可还有一个儿子，假如这个孩子回来了，你现在所做的一切，都只是在为了别人作嫁衣而已。"

缇娜没有动，背对着巴裕，脸上看不出任何表情。

巴裕笑了："宋濂和我都不是你的敌人，你的敌人是你在这个世界上唯一的亲人，你的哥哥。"

缇娜的声音忽然响起，在这狭小而安静的空间里，清楚地回荡着："你错了……"

她沉默了几秒钟之后，打开门，走了出去。

巴裕听见她最后留下的那句话："你们以为的那些，并不是我想要的。"

缇娜给了狱警一叠崭新的美金，然后在对方千恩万谢的感激声中，头也不回地走出了这座监狱。

路边的山路上，停着一辆高大的天蓝色越野吉普车。顾澜坐在驾驶座上摆弄手机，门敞着，她穿着 T 恤和短裤，踩着一双越野专用的大头登山鞋，头发剪得更短，看起来像个男人。顾澜见她上车，于是重重拉上车门，把车在山村狭窄的山路上开起来。

缇娜将车窗摇下来，热浪一拨接着一拨扑面而来，她的长发被吹得在风中飞舞："接下来你要去哪儿？"

顾澜望着一眼看不到尽头的连绵山川，充满向往地回答："望海。"

缇娜随手拨开一缕散落在眼前的头发："我去仰光。"

顾澜好奇地问："你不跟我去望海吗？"

缇娜耸肩："难道我不能有自己的打算？"

顾澜诚实地点点头："也是。"

缇娜问："他派你去望海干什么？"

顾澜又摇摇头："是我自己要去。"

缇娜顿时好奇了："哦？"

顾澜似乎看懂了她的疑问，坦诚地说："我想去见个人。"

缇娜顿时来了兴趣，笑得意味深长："什么人？男的女的？"

顾澜丝毫不掩饰自己脸上渐渐蔓延开的笑意，嘴角微微翘起，语气充满了眷恋与向往："分开了很久，想重新找回来的人……"

缇娜看着她的表情，似乎也想到了什么，露出会心的微笑。那辆吉普车一路开向茂密的丛林深处，蜿蜒的山路，不知道最终通向何方。

海浪拍打着礁石，掀起滔天巨浪。脚下就是浩瀚无边的大海，山路尽头，程皓站在树林当中，听着风吹过林间瑟瑟的声响。他戴着手套，手中拿着一只样式非常普通的风筝，风筝的一段线绳是断着的，上面染着的鲜血已经完全干涸。经过搜寻，警方终于在距离案发现场 12 公里的山上，找到了一只断了线的风筝。

方贺一路跑过来，还在喘："程队，附近暂时没有找到别的线索。"

程皓拿着风筝在空中比划着，不知道想到了什么，突然问他："你说，怎么才能控制一只风筝，让它去杀死你想要杀的人？"

方贺一下子被问住了，摸摸脑袋："这个……只有风才能控制住吧？"

程皓端详着手中的风筝，说："是啊，风筝要借助风力才能飞，但是在晚上放风筝，还要保证它能在固定的时间飞过固定的地点，高度和倾斜度足够保证郭坤在骑行经过的时候杀死他，这又是怎么做到的呢？"

方贺想了想说："是啊，单靠风太难了，我小时候每次放风筝都放不起来，恨不得找个什么东西在上面拽着……"

程皓原本在思考，听到方贺的话忽然眼前一亮："对啊！"

他大笑着用力拍了一下方贺的肩膀，因为力气太大，差点把方贺给当场拍地上去："我发现你跟了我之后，智商真是见长啊！"

方贺从头到脚都是一个大写的"懵"字，完全不知道发生了什么事："程队，我不是很懂你的意思啊！"

程皓说："你还记得当晚在附近跳广场舞的大妈们说过什么吗？她们说，听见有遥控飞机飞过的声音，而所谓的飞机，说的应该就是航拍器。"

方贺立刻就明白了："用航拍器拖着风筝上天，调整到适当的高度，然后当郭坤撞上风筝线，航拍器突然加速上升，挣断风筝线，并且把风筝随意扔下，造成一切完全是意外的假象。"

程皓微微一笑，望着手上的风筝："无人机倒是好买，可是要保证万无一失，就必须多次踩点，而且当天晚上，凶手一定也在现场。"

他说着挥了挥手，对方贺说："去搞个无人机，再弄个一样的风筝来，我要还原一下作案过程。"

方贺无比钦佩地望着程皓，自豪感满满地答了一句："是。"

在这方面方贺还是很有经验的，很快就准备好了程皓要的东西，不但如此，他还搞来了一辆骑行用的山地自行车以及服装和护具。他们回到公园的山路上，方贺身边站着无人机的操控飞手，周晴坐在车里，敞着门，调试航拍器上摄像头的位置角度，徐晓蒙站在旁边，挂着相机，嘴里咬着笔，本子揣在口袋里。程皓推着自行车就要上坡，张凡凡开口喊住了他，并且递过去一个头盔。

原本是不打算戴的，程皓见了只是笑笑，想拒绝："会压坏发型的。"

张凡凡不由分说地上前两步，直接把头盔扣在了他的脑袋上。程皓无语，只能把头盔系好，这才推着车往坡上走去。

他们都戴着对讲机，随时保持联络，程皓在坡顶做了个手势，说："方贺，可以开始了。"

方贺回答了声"收到"，然后转头跟飞手讲解了具体要求。很快，无人机起飞，带着风筝一起徐徐升上高处，另一端提前就已经绑在了旁边的一棵树上，周晴看着屏幕，看着画面里的场景越来越开阔。

程皓抬头，眯着眼睛迎着天空看去。无人机升起的速度很快，很快被拉紧的风筝线在阳光中闪着浅浅的光芒。然而晚上，光线昏暗再加上快速的骑行，郭坤根本无法察觉到这根线的存在。程皓忽然从上坡冲了下来，速度很快，借助着下坡的力道，几乎如同一支离弦的箭，从路上掠过，直奔远方而去！他冲得很快，看得大家都心惊胆战。徐晓蒙拿起相机开始拍摄整个过程，张凡凡在一旁用手机记录时间，然而程皓似乎是停不下来了一样，竟然直奔那条虚无的风筝线撞了上去！

周晴率先喊出声来："小心啊！"

徐晓蒙和方贺不约而同地上前想要阻止，就连张凡凡也连着上前了几步，只是脸上此刻沉静的表情并没有崩塌。程皓这时候却突然刹车，硬生生地几乎要撞上风筝线，然后停了下来。他单脚踩在地上，转头朝着某个方向看去，露出招牌灿烂的笑容。

大家纷纷松了一口气，程皓却忽然把手一抬，指着某个方向说："他应该就在那边。"

张凡凡率先猜到他的意思，路的一侧是延伸向上的山壁，小路蜿蜒，树木繁茂几乎遮天蔽日，藏身在那其中，必定没有人能轻易发现，而且程皓所指的那个方向，应该是能够完美避开监控摄像头，并且还能看清楚附近所发生的一切的最佳位置。

周晴和方贺很快也明白了，但明显还是一脸困扰："可是摄像头没拍到的话……"

张凡凡却冷不防地说："但他一定会下山。"

程皓会心一笑："没错，而且，他为了熟悉环境，之前一定来过不止一次。"

周晴眨巴着水汪汪的大眼睛，左看看右看看，眼睛里终于亮起星星点点的光："只要他来过这儿，我就一定能找到他！"

她的脸上浮现起得意又自信的小表情，程皓随手一点："那就交给你了！"

周晴笑得跟个拿到了糖果的小孩一样："没问题！"

程皓把方贺分给了周晴当打杂的，他的原话是这么说的："现在这些高科技，还是要交给你们年轻人来弄的！"

张凡凡在旁边听着，淡淡问了一句："你什么意思？"

程皓看她一脸冷若冰霜的表情，这才想起来，他跟张凡凡同岁，而女人最不想听到的话，绝对就是类似于"老了"或者"年纪大了"这一类的。

他立刻吐舌头："我说的是我自己。"

张凡凡冷哼一声："回去你开车。"

程皓把头点得跟拨浪鼓一样，讨好地笑："没问题！"

方贺看周晴，周晴看徐晓蒙，徐晓蒙看方贺，三个人面面相觑，总觉得自己莫名其妙就被塞了一嘴狗粮。

程皓看起来心情不错，边开车边哼着不成调的歌。张凡凡靠在副驾驶座上闭目养神，车里只有他们俩，剩下的几个围观群众说什么都要坐队里的另一辆车，对此程皓不以为然，张凡凡根本懒得管。她额前略长的头发垂落下来，挡住了眼睛，她换了双新的帆布鞋，仍然是白色的，看起来清爽而干净。程皓借着看右侧后视镜的机会偷偷看她，一边在心里默默地想，还是没找到时间陪张凡凡去剪头发。也许破了这个案子之后，就有时间了吧。张凡凡这时候突然睁开眼，从口袋里掏出一直在不停振动的电话，接了起来。

　　她没说什么话，只静静听对方说了几句便挂断，然后转过头，用平静的语调说："泰国警方刚刚通知市局，巴裕……死了。"

　　程皓一愣，手上方向盘没扶住，差点把车开到路边的沟里去。

　　巴裕是康泰案件中的重要证人，他已经猜到有人会对其下手，所以还专程通知了泰国警方，没想到，巴裕竟然还是死了。

　　他定了定神，问："怎么死的？"

　　张凡凡回答："自杀。"

　　程皓当即很郁闷地抱怨："泰国警方是不是除了吃饭不会干别的啊！怎么人在监狱里都能自杀成功呐！"

　　张凡凡意味深长地说："有人去探监，给他送了杏仁。"

　　程皓眉头一皱："不是吧！自己把自己噎死啦？"

　　张凡凡点头："你猜得没错。"

　　程皓单手扶额："看来我们要去趟泰国了。"

　　他的语气听起来特别郁闷，似乎十分勉为其难，尽管如此，程皓和张凡凡还是在第一时间踏上了前往泰国的航班。程皓反扣着一顶帽子，上了飞机就直接把帽子拉下来，歪在座位上补眠。

　　张凡凡穿了件连帽衫，扣着帽子把自己的脸半掩在里面，她看了一眼身边歪着脑袋看似睡着了的程皓，眉头微微皱了一下，无声地叹了口气。程皓睡得很沉，这一次他没有再梦到那条虚无的河流与沿岸人家，更没有看到划着小舟而过的年轻少女，他的梦里只是一片黑暗，无声无息，静默深沉。压在胸口，仿佛有沉甸甸的重量。狭小的空间里，看不到过去与现在，也分不清黑夜与白天，就连时间似乎也被静止。程皓听到耳畔似乎响起虚幻的轰鸣声，一声高过一声，一声声震动他的耳膜，痛得连呼吸都费力。他开始在梦境中奋力挣扎，因为他很清楚地知道一切都是梦，只是这梦境太过真实，仿佛穿越了时间的界限，将他围困其中，无法脱身。动不了，更发不出声音。耳畔只有轰鸣声越来越响，黑暗笼罩，整个世界只剩下他一个人，死一般的孤寂与落寞。

程皓开始绝望，他想放弃挣扎，任凭自己沉入黑暗尽头的噩梦里。但正当他打算向黑暗妥协的时候，一只冰凉却细腻的手掌，毫无征兆地覆在了他的手掌上，然后微微用力收紧。肌肤紧贴，对方掌心渗出的凉意直入血脉，瞬间将程皓从黑暗中唤醒。他猛地睁开眼，发现自己仍在飞机上，冷汗涔涔地从额角滑落。张凡凡的手稳当而妥帖地搭在他的手掌上，望过来的目光安静中透着关切，如同午夜的月光，看似冷清微凉，但实际上却异常温柔。程皓无奈地朝她苦笑，不知道该如何解释。张凡凡垂下眼眸，慢慢地摇了摇头。她不善言辞，也不会轻声细语地安慰，所以此刻什么都不问，什么都不说，只是用力握住了他的手。程皓觉得两人彼此互相交握的手中，涌动着让人安心的力量。他慢慢将手在对方掌中翻转，然后温柔地将她的手收在掌心，握紧。

他的手掌宽厚而修长，她的手指白皙却有力。两双，都是执掌武器的手。可是此刻，对他们而言，那只是比问候和安慰更有力的关怀。飞机终于从高空缓缓降下，在跑道上飞快地滑行，机翼上张开的挡风板发出轰轰响声，而那无声交握的双手，却始终没有再分开过。

泰国，清迈机场。

程皓与张凡凡并肩走出机场，湿热的空气扑面而来，程皓戴着墨镜，见张凡凡迎着阳光不适地眯起了眼，于是把反扣在头上的帽子摘下来，戴在了她的头上。

见张凡凡一愣，程皓指指太阳，比划着说："太阳大，晒。"

张凡凡立刻不动声色地把帽檐往下拽了一下。程皓见状大笑，而在另外一边，顾澜拖着一个小行李箱，戴着宽边墨镜，脚步从容地走向安检通道。

那一刻，他们谁都没有注意到对方。只是在人流熙攘的机场里，渐行渐远。

程皓很快熟练地不知道从哪里搞来一辆破旧的老爷车，载着张凡凡往山间开去。老爷车开得不快，张凡凡被晒得头晕，小口地喝着白水，问："你很熟悉这里？"

程皓歪头："何以见得？"

张凡凡吞下一口水，擦掉额头上的汗，这才说："你没用导航，而且，刚刚泰语说得很溜。"

程皓从容一笑："确实，我以前来过。"

张凡凡于是不再多问，结合之前程皓向她承认过，能够通过一些其他途径接触到泰国方面的情报，她此刻心里已经有了自己的判断，程皓绝对不只是来过清迈这么简单，他开车连导航都不用，显然对路很熟，他一定在泰国待过一段不短的时间，不过具体原因，还有待确认。

从清迈到湄丰颂，走完公路走山路，蜿蜒绵长，两侧山林茂密，欣欣向荣的绿色十分浓郁，连空气中都带着叶子的清香。空气清新，阳光温暖，加上车里有点热，张凡凡趁机在车上补了个眠。

程皓中途停车休息，之前长时间的熬夜再加上坐飞机，然后又要开车，他确实有点扛不住。他一口气喝掉一瓶水，检查一番发现似乎车上的饮用水不多了，于是下车买了一些，顺路还拎回一堆吃的，结果就看到张凡凡坐在驾驶座上，正在研究这辆车。

程皓连忙上前，趴在车窗上讨好地说："别别别，你不认识路，还是我来开吧！"

张凡凡瞪他一眼，面无表情，语气平淡地说："给你一小时。"

程皓刚想再说什么，张凡凡干脆利落地把车窗给摇了上去，于是程皓闪得比兔子还快，生怕自己被夹住卡在那里。他此时才清楚地意识到自己此时的抗争是弱小的、无用的、完全徒劳的。张凡凡向来有这种说一不二的气场，程皓也只能认命。

他用5分钟狼吞虎咽地吃完了一个面包和一根火腿肠，看起来仅仅是为了摄入无趣而又无味的碳水化合物，张凡凡找出一盒酸奶，一边咬着吸管慢慢地喝，一边看着导航找路。程皓后来就睡在了后座上，那里很宽敞，足够他休息。他定了一个小时的闹钟，以便于准时起来接张凡凡的班。

老爷车继续在山路上平稳地行驶，渐渐远去。程皓和张凡凡换着开车，终于在两个人都筋疲力尽之前，抵达了湄丰颂的监狱。

狱警把有关巴裕的监控视频录像交给了他们，同时拿到了一份巴裕的尸检报告，证明他的死不存在任何可疑，是完全的自杀行为。

可是，巴裕到底为什么要自杀呢？恐怕答案，就在他死前见过的最后一个人身上。

程皓在看到巴裕与缇娜见面的视频时，第一反应是愣住了。他仔细端详了缇娜的脸很久，终于小声对张凡凡说："我见过这个女人。"

两年前，美国佛罗里达州。

佛罗里达州立大学拥有美国 NCAA 联盟第十四大球场，这里刚刚结束一场橄榄球比赛，人群渐渐散去，程皓与夏寒走在最后，不紧不慢地往所住的公寓走去。他们所住的地方距离比较远，只是有一段同路。

程皓看着身边观众意犹未尽的表情，毫无顾忌地用中文表达自己的想法："我觉得还是足球比赛更好看。"

夏寒说："那你要去曼彻斯特。"

程皓摇头："我不喜欢曼联，我喜欢皇马。"

夏寒评论："庸俗。"

程皓歪头："不然呢？"

夏寒想了想："我觉得巴萨更好。"

程皓皱眉："难道你是梅西的球迷？"

夏寒反问："难道你喜欢皇马不是因为 C 罗？"

程皓认真而诚恳地否认："不是。"

夏寒疑惑地瞪他一眼，程皓解释说："我就是喜欢银河战舰这个名，听来特别土豪。"他说着耸了耸肩，一脸无辜。

夏寒顿时觉得这话题完全没办法再聊下去了。两个人从球场一端拐进了校区，四周渐渐寂静下来，漆黑的夜色里，路灯的光落在他们肩头，将两个人并肩前行的影子拉得很长。

路的尽头，一个慌张的身影匆匆朝着他们奔来。那是个年轻的华人姑娘，昏暗的光芒下，看得出她眼底的惊慌失措，她看到迎面走来的两人便立刻跑上前，不管不顾地伸手拉住其中一个，求助道："救命！能不能帮帮我？"她说的是中文，边说边不断往身后张望。

夏寒眉梢微微上挑，只是还没来得及动，程皓已经大步上前，问："发生什么事了？"

那姑娘的语气有些发抖："有人跟踪我！"

夏寒抬眼向远处看去，看到黑暗中似乎有身影一闪，因为他们两个人的出现而匆忙离开，他不动声色地说："我们送你回去。"

姑娘惊魂未定地点点头，程皓张开手臂，将人揽到自己身后。她站在他背后，却不由自主地望向夏寒。那时候的夏寒清瘦文弱，没戴眼镜，穿着合身的运动服，看起来还带着些许少年的书卷气。她悄悄地挪过去，在黑暗中，轻轻地用手指扯住了他衣袖的一角。夏寒似乎是感觉到了，可是那时候，他并没有拒绝。

程皓一边开车行驶在山间的公路上，一边向张凡凡继续介绍事情的始末："我们就是这么认识的，Tina 向我们求助，她当时在大学里面读医科，一开始是公寓门口的垃圾袋被人翻得乱七八糟，有时候晾在外面的内衣还会莫名其妙的少了，后来变成放学回家的路上被人跟踪。我们一开始想要报警，但因为警方没有找到实质性证据，不好处理，所以，我们只能先护送她回家。"

张凡凡轻声评价："怎么会这么巧？"

程皓似乎是没有听到她这句喃喃自语的话，而是复又陷入了回忆当中。

Tina 所住的公寓就在学校旁边，房东是个慈祥的老太太，睡得很早，于是当程皓和夏寒送她回家的时候，走廊里的灯全都熄灭了。他们在房间里守到半夜，但是一切却出乎意料的平静。

但是 Tina 却因此跟他们熟悉起来，毕竟同属于华裔留学生的小圈子，彼此交流也容易。不过 Tina 对夏寒显然更感兴趣一些，经常到图书馆去找他一起学习，基本上回回都被程皓堵个正着。久而久之，程皓开始觉得自己像个大号的电灯泡。

直到大概半个月之后，Tina 再次向他们求助，说那个人又出现了。Tina 披了一件毛茸茸的外衣坐在沙发上，弓着身子，双手抱着一杯热牛奶放在膝盖上，看起来像是受了惊吓的幼兽，格外楚楚动人。

夏寒认真检查了一下房间的门窗，对她说："放心吧，门窗都锁好了。"

程皓拿着一瓶苏打水从厨房晃出来，嘴角带着笑："放心吧，有我们两个护花使者在，肯定什么妖魔鬼怪都骚扰不了你。"

Tina 瞪着水润的眼睛看向他，诚心诚意地道谢："程大哥，谢谢你。"

程皓朝她摆摆手，笑嘻嘻地说："谢什么，能为美女效劳，是我等的荣幸。再说了，说不定咱们很快就能成一家人呢！"

Tina 低下头笑而不语，程皓说完这话又意味深长地看了一眼夏寒，夏寒忍不住伸手拐了他一下，骂道："胡说八道什么呢！出去看看摄像头装好了没有！"

"是是是，我说错话了。"程皓虽然嘴上这么说，可并没有丝毫歉疚地走出门去，一边检查摄像头，一边摸着下巴笑了起来。

真要说起来，Tina 这性格也是真够好的，怎么开玩笑都不生气，这点儿倒是跟夏寒有点儿像。

大概凌晨两点多的时候，公寓客厅的电话突然响了起来。

夏寒就睡在旁边的沙发上，率先过去打开免提，就听到从电话里面传来急促而沉重的喘息声，他厉声质问："你是谁？你想干什么？"

对方沉默了两秒，"啪"一声挂断了电话。

这时候 Tina 也从卧室里面走了出来，站在房间门口平静地看着他们："他又来电话了，是吗？"

程皓之前只当对方是一个无法与女性建立正常联系的、具有挫败的人生经历的、甚至对社会性功能迟钝的年轻人，这种人往往不敢直接与受害人产生接触，所以一直以来才只做出尾随、破坏、偷窃这样的行为，却没有进一步的行动。但是没想到，他竟然曾经不止一次打来骚扰电话。

程皓难得认真，皱着眉头问道："你最近收到过几次骚扰电话？"

会打骚扰电话，就说明了对方和受害人的距离正在逐步拉近，这绝对不是一个什么好现象。

Tina 想了想，回答："第三次。"

程皓又问："那你还记得都是什么时候接到的电话吗？"

Tina 回忆了一下，然后整理好思绪："第一通电话是一个礼拜前，第二通是三天前。"

夏寒有点担心，走过来揽着她的肩膀，问："怎么没早点儿告诉我？你知不知道，你这种隐瞒的行为很危险。"

Tina 就是笑："那时候你在考试，不想你分心。"

程皓看得一个激灵，双手不由得抱着胳膊蹭了蹭，但话还是要说的："我有办法抓到那个人，不过……可能要 Tina 冒点儿险。"

夏寒想也不想，直接拒绝："不行！"

程皓显得很平静，但坚持己见："你明知道，这是唯一的办法。"

Tina 拍了拍夏寒的手，勇敢地看着程皓，问："需要我做什么？"

夏寒正想说什么，Tina 以眼神阻止了他，说："我相信，你们能保护好我的。"

张凡凡很快就察觉了程皓这段回忆当中的关键性信息："夏寒对 Tina似乎格外重视。"

程皓点头："没错，夏寒的脾气向来很好，但是那一次，他动手打了那个人。"

那是他唯一一次见到夏寒动手打人，而且将人打成了重伤，险些惹上官司，竟然是为了 Tina。

张凡凡听完，很平静地问："那个人应该有心理问题吧？"

程皓点点头："是送牛奶的工人，因为童年家庭不幸，成年后前女友又背叛了他，受到过很大的刺激。因为 Tina 戴过一条跟他前女友同样的丝巾，所以才盯上了她。"

张凡凡想了想，问："你和夏寒故意频繁出入 Tina 的公寓，让那人误以为她跟自己的前女友一样感情随便，按捺不住怒火，主动现身袭击 Tina，这样一来，就可以将他抓个正着。"

程皓笑着称赞："完全正确。"

但下一刻张凡凡又问："夏寒和 Tina 为什么后来没在一起？"

程皓朝她比了个大拇指："你问到重点了。"

他接着说："我也以为他们会在一起的，但是没过多久，Tina 就作为交换生去了英国。"

他慢慢摇着头："夏寒并没有挽留，Tina 也没有想过要留下，说起来，这两个人还真是奇怪。"

张凡凡一针见血："更奇怪的是，Tina 见过巴裕之后，巴裕就自杀了。"

程皓说："现在要做的，就是尽快查清她的身份，找她出来问话。"

张凡凡问："要不要问夏寒？"

程皓摇头："暂时不要让夏寒知道这件事。"

张凡凡点头："那我发函去佛罗里达州立大学医学院，申请查看一下 Tina 的学籍资料。"

程皓边开车边摸着下巴嘀咕："这时候去见巴裕的人……她到底跟这件事有什么关系呢？"

张凡凡问："她会不会就是严琦他们的同伙？"

程皓的语气充满了怀疑："现在不确定，等她的身份明确，再查看出入境记录之后，才能证实几次案发时她到底有没有可能出现在现场。"

张凡凡正在给方贺发微信，喊他帮自己去准备发函用的各种材料。

她推测："假如 Tina 也是为了给康泰报仇而来的话，那么……"

程皓沉沉叹了口气："没错，他们的目标应该是一致的。"

张凡凡问："那个代号为'暗月'的卧底警察？"

程皓嘴角微微上扬，可是脸上笑意不深："独穿暗月朦胧里，愁渡奔河苍茫间，不知道当时是谁取的这么文艺范儿十足的代号。"

张凡凡接着说："占星学上说，暗月，是灵魂的影子。"

程皓顺着她的话幽幽叹了口气："也代表着每个人内心深处害怕承认

和面对的自己。"

以"暗月"为名，并不是光明，而是代表着无法化解的黑暗，从现实，到内心。然而就在那一刻，程皓的脑海里忽然浮现出某个瞬间，记起有人曾经非常不经意地提起过一件事。

他骤然睁大了眼睛，手指在方向盘上骤然收紧："难道……"

第 18 章

缅甸，仰光。

夜晚的竹林深处，藏着一间不大的茶室。这里环境十分幽静，稀疏的星光洒落下来，只能听到风吹过竹林时，竹叶抖动的细碎声响。

房间里灯火通明，宽大的落地玻璃窗倒映出里面站立的一排人影，而在他们对面，一个中年男子闲适地坐在一角，面前的矮茶几上摆放着考究的茶具，一个身姿曼妙的妙龄女子蹲坐在地上，白皙显瘦的手臂裸露在空气里，十指捏着茶壶，慢慢冲淋着茶杯。热气在空气中弥漫开来，模糊了房间内所有人的容颜。满室皆是清淡的茶香，那中年男子穿着对襟的唐装，膝头横放着一把并拢的折扇，他抬起头来，望着众人簇拥之中跪在地上的那个人，眼神危险而平静。

这人正是宋濂。

跪着的人低着头，看不清楚容貌，但是不停抖动的身体还是泄露了他内心的恐惧。屋内没有人说话，似乎一切都是静止，只有妙龄女子泡茶的动作和流动的水带了一丝生气。

宋濂看着面前的茶盏被缓缓斟满，语气不冷不热："干哈，你跟我多久了？"

干哈整个人浑身上下全都在发抖，恨不得把头埋进地里去："十，十二年。"

宋濂的眼皮抬了抬，语气却依旧不紧不慢："当初你跟着我的时候，欠了一屁股的债，被人到处追杀，上天无路，下地无门。我看你可怜，替你还了债，还给你娶了老婆。没想到这么快，都十二年了，你两个儿子，现在也该上小学了吧？"

干哈猛地向前扑过去，跪在他的膝下不断地磕头哀求："对不起濂哥！我知道错了！求求您，千万不要伤害我儿子！"

宋濂稳如泰山："哦？说说看，你错在哪儿了？"

干哈战战兢兢地回答："是我大意！被人走漏了风声！丢了那批货还惊动了警方！您想怎么罚我都可以！求您……"

宋濂拿脚尖抵在他的脸上，微微一笑："你跟了我这么多年，没有功劳也有苦劳。只不过是区区一批货而已，行这么大礼，不值当。"

说着，鹰隼一般的双眼扫了一眼自己的手下，吩咐道："还不快扶起来。"

立刻有人上前把干哈架到一边，干哈却没有因为宋濂的举动而轻松，两股战战，身体瘫软，要不是有人强拽着，恐怕下一秒就要栽倒在地了。

妙龄女子终于完成了繁复的冲茶步骤，手腕轻抬，双手将茶托到宋濂面前，仿佛对身边发生的一切置若罔闻。宋濂将茶接过，端杯闻香之后，轻啜了一口。

他似乎很满意，轻柔地抚摸了一下妙龄女子的长发，转头看向干哈："这十二年，我没有亏待过你吧？"

他说着吹了吹杯子里面的茶水，却忽然停了下来。听到这句意义不明的话，干哈的身体再次剧烈抖动了起来，仿佛之前遭受到的那些毒打和虐待，都不如宋濂一句轻飘飘的话。

干哈还试图做最后辩解："濂哥！这次都是那个叫破军的人串通了我的手下，把那批货的情报卖给了警方！您给我五天，哦不，三天时间，我一定把他抓出来，交给您处置！"

宋濂隔着茫茫的水汽看着他，冷酷的表情没有丝毫的动摇。

"破军的确是个大麻烦，可他做过什么，做了多少，我心里还是有数的。干哈，你贱命一条，对我来说，就像这个杯子一样，不值钱……"

宋濂将杯中的茶水一点点饮尽，忽然间抬手一扬，将手中的杯狠狠掷在地上！

瓷杯当场四分五裂，宋濂双眉一挑，声音跟着锐利起来："但是，你的命我一定会要，你知道为什么吗？"

干哈双脚一软，扑通一声跪了下来，全身瘫软。

宋濂冷笑："因为你蠢。"

他将手中的折扇展开，站起来，随意摇着扇子，向着干哈走去："你以为，跟素察合作，借着破军的名头把这笔货给吞了，我会察觉不到？"

他并拢扇子，点在干哈的头上，逼着他抬起下巴来与自己对视："素察是条喂不熟的狼，这点你我心里都清楚。有一就有二，只顾眼前的利益，而不考虑后果，你说，我留着你这条命，留着你这蠢到极点的脑子，还有什么用呢？"

干哈也知道自己气数已尽，这条命是留不住了，他整个人像是泄了气的皮球一样，瘫坐在地上。

宋濂收了扇子，从托盘上又取了一杯茶，拿在手中仔细地喝着："我们中国人有句古话，叫'一次不忠，百次不容'。"

他看着干哈，慢慢地笑了："不过，看在你跟着我也算忠心，也帮我赚了不少钱，我会让你和妻儿在下面团聚的。"

干哈蓦地瞪大了眼睛，也不知道哪来的力气，竟然又朝着宋濂爬过去："濂哥！求求你放了我的妻儿吧！他们什么都不知道！他们是无辜的啊！"

宋濂颇为无奈地摇着头："那你就等到下一世，再替她们多考虑吧！"说完不耐烦地挥了挥手，手底下的人不顾干哈苦苦哀求，立刻把他拉了出去。

一个手下从桌上抽了一沓纸巾，弯下腰替宋濂擦了擦裤腿。

宋濂没有动，只是轻飘飘地说了一句："没用的东西。"

此时的茶室外，缇娜缓缓走来，风吹过竹林，竹叶瑟瑟地落下，而另外一头，干哈嚎叫着被人拖出门。缇娜对身边的一切仿佛熟视无睹，稳稳从他们身边走过。

门口有人拦住了她，恶狠狠地用泰语吼道："走开！"

缇娜微微一笑，用中文说道："拦住我，你会后悔的。"

那人对她完全不耐烦地大声驱赶："听不懂你说什么，不想死的话，快滚！"

这时候，有人从里面走出来，似乎是对外面吵吵嚷嚷有些不满，骂道："吵什么吵！不知道大哥在里面吗？"

缇娜看到他，便微微一笑，双手合十，朝他躬身问好："坤扎克，萨瓦迪卡。"

坤扎克被吓了一跳，看清面前的人之后，立刻踹了保镖一脚："瞎了你们的狗眼！缇娜小姐也敢拦！"

保镖并不认识缇娜，但是看坤扎克的表现，也能猜到她大有来头，连忙赔不是："对不起缇娜小姐！"

缇娜似乎并不把这事放在心上，替他们说了句中肯的解释："他们只是尽忠职守，也不认识我，不知者无罪。"

坤扎克连忙低头："缇娜小姐说得是，大哥在里面，您请。"

缇娜朝他微微点了下头，以示感谢，然后信步走了进去。

宋濂看到她，哈哈大笑了起来："没想到啊，这么快我们又见面了。"

缇娜在宋濂左手边的沙发上坐了下来，轻笑了一声，说："我回去之后仔细想过，觉得您说的话非常有道理，我确实需要好好挑选一位合作伙伴了。"

宋濂挥了挥手，侍候在他脚边的那位女子向缇娜递上一杯茶："那你想怎么选？"

缇娜接过，颔首致谢："自然是选能帮得上我的人了。"

宋濂笑笑："看来，你和巴裕谈得不错。"

缇娜点头赞同："那还要感谢濂叔的帮忙。"

宋濂依旧在摇着他的折扇："小事一桩，不值一提。"

缇娜微微一笑，说："大事倒也有一桩，只是不知道濂叔有没有兴趣。"

宋濂侧头："不妨说来听听。"

缇娜信手将杯子往旁边一递，任凭女子接走，这才说："破军。"

提起这个名字，宋濂微微眯起眼睛，语气也变得格外冰冷："这半年，我有好几笔生意，都折在了他手里！不过……"

他语气随即变得平静下来，甚至脸上还带着一丝和煦的笑容："看来，你的消息很灵通啊！"

缇娜不以为然地笑笑："破军主'耗'，变化多端，成败难论，与贪狼、七杀、廉贞共居，主战，先破，而后立。"

宋濂挑着嘴角一笑："怪不得这么棘手，原来，是你选的人。"

缇娜轻巧地点点头："但濂叔您此时此刻依然佳人在侧，清茗在手，可见破军这一局，对您而言，并不难解。"

宋濂拊掌而笑："缇娜，如果你是我的女儿，我一定会好好培养你，做我的接班人。"

缇娜却答非所问："自从父亲去世之后，我在国外这几年，一直承蒙濂叔照顾，替我解决掉了不少麻烦。"

宋濂见她说得真诚，于是答得也语气诚恳："虽然我与你父亲偶有意见不合，但一个好的对手就和知己一样，都是人生难得。对于你父亲的死，我觉得很遗憾，对于他的儿女，我自然是要照顾的。"

缇娜浅笑："我知道您并不求什么知恩图报，相比起来，我觉得还是利益二字，更合您的胃口。"

宋濂面露好奇："你的利益，不是已经许给破军了吗？"

缇娜摇摇头："他们既然没有拿到我想要的东西，我自然要选择其他的合作伙伴了。"

宋濂感慨："那真是要替他们感到遗憾了。"

缇娜又说："但我已经可以确认，当年我父亲的身边，一定有警方安插的人。否则，依照他谨慎的性格，绝不可能坐等警方找上门，却毫无动作。"

宋濂似乎也想起了什么，愣了一下便很快反应过来："说起来，你父亲身边似乎是有一个年轻人，冒得很快，也就三四年的工夫而已，就成了他的亲信。"

他说着身体前倾，离缇娜近了一些，压低了声音说道："他一生也没有真正相信过几个人，即便是巴裕，也是跟了他十几年的。"

缇娜微微蹙眉："您说的那个人，是阿阳？"

宋濂摇头："我只见过他一面，那时是他给你父亲开的车。我当时并没有留意他，现在想想，司机……反而更清楚他的行踪。"

宋濂说着敲了敲桌面，像是一种提醒："看来，巴裕已经向你提过他了，但是，恐怕谁也不清楚，阿阳现在到底在哪儿。"

缇娜却轻飘飘地说："没错，金三角找不到这个人，因为，他在中国。"

她轻声笑着："假如，他真的就是那个卧底的话……"

宋濂坐直了身体："你想怎么做？"

缇娜不答反问："您当年为什么要把毒品市场从云贵边陲转移到泰国？又为什么不得不在国外暂避了两年多的风头？"

宋濂像是想到了什么，眼神倏地冷酷起来，五指握紧了那把扇子。

缇娜从容一笑："我知道有些事您不方便做，但心腹之患早晚都要除掉，我这人籍籍无名，又无牵无挂，这件事，不如由我出面，事成之后，我们各取所需。"

宋濂上下打量了她一番，似乎有点儿怀疑："你真有办法？"

缇娜点头神秘一笑："那就要看，这一局，濂叔舍得下多大的本钱了。"因为她从来都不是慈善家，而是赌徒。

宋濂思索了片刻，忽然问："这是你的主意？"

缇娜耸肩："不然呢？"

宋濂见状便爽朗一笑："我还以为，是 Chris 在幕后为你出谋划策。"

缇娜不耐烦地甩了甩手："他那个人，独来独往惯了，现在怕是不知道在哪儿享受人生呢！"

宋濂又从桌上取了杯茶，温热的茶水入口后，借着热气感慨了一句："Chris 这个孩子，一直都很有主见，幸好他无心生意，要不然，怕是你我，都不是他的对手。"

缇娜笑笑："要让他听到您这么说，怕是尾巴都要翘到天上去了。"

宋濂露出温柔的笑容："要说你父亲这一生，能让我羡慕的，也就是你和 Chris 吧！"

缇娜慢慢摇头："亲生女儿从未承欢膝下，养子成年后便弃他而去，有儿女就有儿女债，这又有什么好羡慕的？"

宋濂听了便语焉不详地感慨："这个凉薄的性子，倒是跟他一脉传承。"

缇娜笑了笑："有其父必有其女，不是吗？"

宋濂拍掌大笑："没错！就看在你这血脉的份儿上，我也要下一份重注！"

宋濂所说的重注，就是彻底的天翻地覆。

望海市的黑夜再度降临。

警灯闪烁，警笛撕裂夜空的寂静，数辆警车行驶在路上，直奔不同的方向而去。阎硕带人在黑夜里奔忙，仅仅三天的时间里，他们就接到多个举报线索，在望海市的多家娱乐场所当中，都发现了红冰的踪迹。不同于之前小规模的私下扩散，这一次，红冰几乎是铺天盖地般袭来，令人猝不及防。搜查、暗访，甚至是启动整个望海市所有能够启动的缉毒线索和通道，周志东知道，这将是一场硬仗。因为，躲在黑暗背后那个狡猾而嗜血的敌人，终于出手了。他站在办公室的窗边，手中仍然拿着他那个喝水的茶缸，等待着程皓从清迈赶回来复命。

程皓风尘仆仆地敲开了周志东办公室的门："师父，我回来了。"

周志东放下水杯："进来坐。"

程皓将手中的文件放下："我们调查过了，巴裕确实是自己吞了杏仁，堵塞了呼吸道，把自己给噎死了。"

周志东缓缓点头："死得倒是蹊跷。"

程皓说："误咽窒息常见于意外，自杀和他杀非常罕见，因为实施起来难度高，而且窒息的过程异常痛苦，一般人往往因为抵御不了这种痛苦而产生自保机制。巴裕竟然选了这种方式自杀，可见他是一心求死。"

周志东问："当初巴裕是为了保全他的老婆孩子，才选择跟警方合作，而现在，他选择自杀，恐怕，用意也是一样的。"

程皓点头："泰国警方还在寻找他的家属。"

他说着又拿出一份档案，里面夹着几张照片，他抽出其中一张，递给周志东："根据泰国警方给我们提供的资料，巴裕死前见过的最后一个人就是她。我们向佛罗里达州大学确认过她的学籍档案，登记的姓名是叶缇娜，Tina，美籍华人。"

周志东疑惑地问："你们怎么会想到去向美国方面确认她的身份？"

程皓低头沉默了一下，这才将事情从头到尾解释了一番。

周志东听完沉默良久，这才问："你有没有想过，到底是真的无意遇上了，还是叶缇娜故意这么做？"

程皓浅笑着摇头："假如她是故意的，那她的目的是什么？我？夏寒？为什么？"

周志东神色一紧："我只是怕……"

程皓打断他的话："放心吧师父，有些事情，他们没那么容易查到的。"

他说到这里望向周志东："但假如她真的与康泰案有关的话，我觉得，不如就给她想要的……"

周志东没等他说完，猛地把茶杯重重往桌上一摔，直接将他接下来要说的都给挡了回去。他突然很生气，对着程皓怒吼："你明知道她要的是人命！"

程皓无奈地笑笑："师父，谁的命不是命呢？"

茶杯在桌上转了两圈终于停下了，周志东余怒未消："那也不行！"

程皓只能继续赔笑，试图辩驳两句："我这也就是提个参考意见……"

周志东直直盯着他看，语气严肃："程皓，我不准你再有这种想法，坚决不行，听到没！"

程皓只能连着点头："您别生气，我错了，我再也不提这事儿了。"

周志东这才彻底冷静下来，程皓见状又说："我已经查到叶缇娜的入境记录，她来了望海，我想，她很快会去见夏寒。"

周志东很疑惑："叶缇娜跟夏寒，到底是什么关系？"

程皓摇头："我也不清楚。"

周志东皱眉："夏寒毕竟是市局的专家，就算他跟叶缇娜真的只是偶然认识，也还是要注意避嫌。"

程皓对此表示赞同："我回去会跟他说的。"

此刻在市警察局办公大楼的楼梯上，周晴一蹦一跳地跟在夏寒身后，兴冲冲地问："夏老师你晚上有空吗？"

夏寒偏头看她，语气带着几分温柔："怎么，你们队长没让你加班吗？"

周晴瘪嘴："别提了，我看监控录像看得脑袋都快要炸了，今晚必须吃点好的补一补。"

夏寒停了一步，等着周晴跟上来与自己并肩："那你想吃什么？"

周晴顿时眼睛发亮兴致勃勃地提议："本帮菜怎么样？我听说最近开了一间私房菜，业内好评如潮呢！"

夏寒想了想，刚想回答，就听到身后一个懒洋洋的声音响起："哟！出去吃饭啊？正巧我也想吃本帮菜，不如一起吧！"

周晴转头一看竟然是程皓三步并作两步跨着台阶一路向上，当时气不打一处来："程队，怎么是你呀？"

程皓停了下来，抿着嘴，露出一边的酒窝，笑着打趣："怎么，看见我很不开心？"

周晴气得想跺脚，但是在夏寒面前又要故作矜持，只好僵硬地转移话题："凡凡姐回来了吗？"

程皓答道："回来了，在楼下办手续呢。"

周晴愤愤瞪了他一眼，说："我下去找她。"

说完就掉头跑了，临走还不忘朝程皓做了个鬼脸。程皓遥遥抬手点她："这个小不点儿，想单独约我们家夏寒就明说嘛！"

转头就看到夏寒面无表情地看着自己，目光波澜不惊，但看得他有点后背发凉。

他缩了缩脖子："我开个玩笑而已。"

夏寒不说话，转头继续往前走，程皓快步跟上去，勾着他的肩膀，懒洋洋地说："我有件事儿想跟你聊聊。"

夏寒对程皓这个狗皮膏药一样的举动已经习以为常："去我办公室说吧。"

程皓点点头，跟着夏寒一起进了办公室。

办公室还是老样子，弥漫着一股浓郁馨香的咖啡味。

程皓从一进门就眼巴巴地盯着桌上的咖啡豆，夏寒无可奈何地挽起袖子，站到咖啡机前去帮他做咖啡，问："你到底是来找我谈事儿的，还是来找我蹭咖啡的？"

程皓大咧咧坐在沙发上，笑嘻嘻地说："都有，都有。"

夏寒瞪他一眼，把杯子在水龙头下冲干净。

程皓依旧是那副看起来不怎么着调的表情："话说，你最近和 Tina，还有联系吗？"

夏寒疑惑地抬头看他一眼："怎么突然问起她？"

程皓笑得很真诚："我就不相信你看不出来，周晴对你有意思。"

夏寒不答反问："我看不看得出来，跟 Tina 有什么关系？"

程皓耸肩，语重心长地劝："兄弟，就算咱们长得再帅，也不能一脚踏两船，对不对？"

夏寒对他的脑回路已经无语："什么乱七八糟的？我和 Tina 从来都不是那种关系。"

程皓一脸好奇："哪种关系？"

夏寒无语，用食指虚点他比划着，边说："明知故问。"

程皓摊手："好吧，那看来小不点儿还有戏。"

夏寒把咖啡端到他面前，程皓一边满意地喝着，一边说："不过说起来，好像很久没听到 Tina 的消息了。"

夏寒点点头："她去了英国之后，就很少联系了。不过前几天她给我打过一个电话，说要来看我。"

程皓眼睛骤然一亮："什么时候的事？"

夏寒回忆了一下，说："就是你来找我，后来被方贺叫走了那天。"

程皓急切地问："她有没有说什么时候来看你？"

夏寒摇头："她只说最近可能会来一趟望海，问了我的住址，说到时候来看我。"

程皓似乎意识到自己的情绪不应该表现得那么着急，于是连忙收敛，又故作轻松地说："到时候记得叫上我，告诉 Tina，我请客！"

夏寒点点头，又问："你最近的情况怎么样？"

程皓说："好了一些，不过最近胃口不怎么样。"

夏寒站起来从办公桌上找出一张表格，又扔给他一支笔："填了。"

程皓迅速扫了一眼上面的内容，笑着说："你明知道这种东西对我来说，是完全没用的。"

这是一张心理状态的基础测试表，但是对于程皓这样精通心理学的人来说，当然知道如何答题能够隐藏自己的真实状况。

夏寒不以为然地说："你如果撒谎，我一眼就能看出来。"

程皓立刻蔫儿了："好吧。"

他知道依照夏寒的能力，确实能够判断出来他是不是在答题中作假了，所以只好认命，低下头一五一十地做选择。

夏寒一边用手机计算着时间，一边用商量的语气对程皓说："我在考虑，用想象冲击疗法来对你进行治疗。"

程皓在选项上打着对勾，轻松地说："我还以为你会直接用冲击疗法。"

夏寒说："那我不如带你去蹦极。"

程皓把测试表递给夏寒："这个可以有，反正我现在不怎么恐高了，倒是挺想试试。"

夏寒接过来看，偶尔在上面写几个字，评价道："你这个情况还真是挺特别的。"

程皓舒适地靠在沙发上："表面上看是完全正常的，但是深层次其实是不正常的。"

夏寒把测试表扔回去给他，没好气地说："我看你这个人从来就没正常过。"

程皓被表格拍了一脸，拿到手里一看，就看到夏寒在空白处清晰地写了四个大字："多半有病！"

夏寒原本正经严肃的脸上也露出了笑容，真诚而温和。看到他笑了，程皓捧着那张纸，也跟着爽朗地大声笑了起来。

夏寒最终还是没能跟周晴吃上晚饭，傍晚的时候学院临时有个会喊他去参加，他虽然只是讲师，不过因为在学生当中深受欢迎的原因，学院的不少活动都会刻意带上他。

回到家也有八点多钟了，夏寒家的门是指纹锁，但他进门前的一瞬间发现门口的地毯挪动了地方，于是会意地皱了皱眉，表面上看起来仍然是平静从容的。

他刚一进门，身后忽然一阵劲风骤起，夏寒稳稳抬起一只手，接住了对方迎面而来的拳头，温和一笑："就知道是你。"

"夏寒先生，现在怀疑你参与一起性质极其恶劣的谋杀……"

对方一副冰冷的语气，丝毫没有感情的声音，但夏寒脸上的笑容却越发柔和漂亮。微卷的长发松松地挽了个发髻，复古的黑框眼镜遮住了她杏核般的双眼，黑色丝质衬衫，白色长裤。

如果不是嘴角微扬的笑意出卖了她此时的心情的话，倒真像是那么回事儿："……对此，你有什么想说的吗？"

夏寒眼睛里带着难以掩饰的喜悦，问："又想顺理成章地逮捕我？"

叶缇娜泰然自若地挽住了夏寒的胳膊："是啊！"

夏寒亲昵地拍了拍她的手臂："既然如此，一定让你如愿以偿。"

叶缇娜笑着问："我饿了，有晚饭可以吃吗？"

夏寒回忆了一下自己家的冰箱，回答："有炒饭，还有豆浆。"

叶缇娜放开他的手臂，在餐桌边坐下，笑吟吟地盯着夏寒在厨房忙碌的身影，目不转睛。

很快热腾腾的蛋炒饭和豆浆就放在了她的面前，见她眨巴着眼睛望着自己，夏寒温柔地解释："我吃过了。"

她端详着桌上的饭食，笑着说："好久没吃你做的饭了。"

夏寒跟着她一起笑了："我也好久没做饭了。"

叶缇娜用勺子盛起炒饭吃，筷子搁在一边，夏寒说："我以为你还要过几天才来，什么都还没来得及准备。"

叶缇娜咽下炒饭，笑着说："不用准备，我不会住很久的。"

夏寒看了他一眼，神色不明："有事要办？"

叶缇娜不答，只是说："你放心，不会给你添麻烦。"

她这句似乎话里有话，然而夏寒立刻说："我从来都没觉得你是个麻烦。"

叶缇娜笑得很喜悦："你确定要是周晴知道我住在你家里，她不会误会？”

夏寒一愣："你怎么知道周晴？"随即难得露出一抹逃避的神色："好端端的，提她做什么。"

叶缇娜笑得越发灿烂："我想知道的，就一定会知道。"

夏寒似乎意识到了什么，又问："你到底为什么来望海？不要跟我说什么想我就来了这样的话，你知道你骗不了我的。"

叶缇娜放下勺子，亦怒亦嗔地瞥了他一眼，小声埋怨："还让不让人好好吃个饭了啊！"

夏寒没说话，只是盯着她，像是一种等待。

最终，叶缇娜还是败下阵来，或者说她根本也没有想要隐瞒夏寒什么："好吧，反正也骗不了你。"

她无比认真地说道："我是来逃难的，我不想让泰国警方那么快找到我。"

夏寒眉头紧锁，他希望她说的不是真的，可她的样子看不出丝毫玩笑的痕迹来，这让他感到异常不安："开玩笑也要有个限度。你做了什么，泰国警方为什么会找你？"

叶缇娜说："我去牢里见了个朋友，问了他几句话，除此之外，什么都没做。"

夏寒问："那你到底怕什么？"

叶缇娜无辜地耸肩："因为我是时隔三年之后，出现的唯一一个和案件有关联的人，他们一定会怀疑我。"

夏寒皱眉："你越说我越糊涂了，你到底去看了谁？"

叶缇娜诚实地说："巴裕。"

夏寒顿时全明白了，当即责备："胡闹！"

叶缇娜低着头，委屈地跟小孩儿一样："但是警方很快也会查到，是宋濂帮我疏通了关系，让我见到巴裕的。"

夏寒听了这话顿时用力一拍桌子："你疯了吗？一旦跟宋濂扯上关系，你要怎么从警方那里脱身？"

叶缇娜轻笑："我什么都没做，就只是去看了看巴裕，有什么需要脱身的？"

她边说边轻柔地拍了拍他的手："你太紧张了。"

夏寒脸色冷峻："你瞒着我去做这么危险的事，我当然会紧张。如果说现在这个世界上还有什么人是我在乎的、绝对不能出事的，那必定是你。"

叶缇娜愣了一下，夏寒的关心和紧张虽然是意料之中，却依然让她感动。

她看着他，眼神温柔："你放心，我有分寸。"

夏寒摇摇头："不，你不明白。程皓今天故意问起你，我就猜到，一定是你做了什么事，引起了警方的警觉。他现在是专案组副组长，假如他揪着你不放，想要脱身会很难。"

叶缇娜轻笑："既然程大哥在找我，那我就把事情向他说清楚就好了。"

夏寒一愣："你确定要这么做？"

叶提娜点头："这案子完全与我无关，就算他们再怎么查，也不可能查到我头上来的。"

她重新拿起勺子，突然又说："你也读过警察学校，你应该清楚，警方办案，是要讲证据的。"

夏寒沉默了一会儿，终于拿起了身边的手机。

此时张凡凡正在跑步机上跑步，穿着清凉，汗水从她的额发间滑落，带着一股健康清爽的气息。

程皓放下电话，认真地整理了一下自己的发型，朝她走过去，靠在跑步机上冲她露出一个痞气的笑容来："美女，约吗？"

张凡凡斜了他一眼，用毛巾擦着脖子上的汗水，问："地点、人物、重点。"

程皓撇撇嘴，抱怨道："无趣。"

他随即恢复正经，压低了声音说："夏寒刚刚给我打电话，说叶提娜在他家。这个点儿去问话，带个女的说话会比较方便。"

他说完这句，末了还看了一眼周晴，补充道："而且这件事暂时还不能让周晴知道。"

张凡凡按停了跑步机，从上面下来，平静地说："等我换件衣服。"

程皓跟在她后面，嬉皮笑脸地问："你开车还是我开车？"

张凡凡回头特别鄙视地看了他一眼，没好气地说了句："说的跟你有车似的！"

他们当然开的是专案组的车，程皓开车，夏寒在望海的房子也是刚买来不久，他去过两次，所以对路很熟。他们到的时候，叶缇娜刚刚把炒饭吃完，幸福地在客厅里走来走去地消食。

门铃响的时候夏寒去开门，看到程皓和张凡凡严肃地站在门口。程皓把警官证向他亮出来，神色平静："我们想找一下叶缇娜小姐。"

夏寒堵在门口，收敛起了笑意："查案？"

程皓幽深的瞳孔看着他，似乎想从他的脸上看出什么端倪来："是的。湄丰颂监狱当中发生了一桩命案，叶缇娜小姐是最后见过死者的人，我们希望能帮她做个笔录。"

叶缇娜听了一愣，笑容僵硬在脸上："命案？巴裕死了？"

夏寒转头看向她，也跟着露出诧异的神色来。

叶缇娜很快平静下来，对夏寒说："你让程大哥他们进来吧。"

程皓越过夏寒走进屋里，擦肩而过时对他说了声"抱歉"。

夏寒平静地关上了门，从冰箱里找出水来拿给张凡凡和程皓，他们各自在沙发上坐下。

程皓一直盯着夏寒，确认他的情绪还算正常，张凡凡已经摊开本子，开始向叶缇娜问话："根据泰国警方提供的资料，你在泰国时间三天前，上午十点二十分，曾经在湄丰颂监狱见过巴裕，是这样吗？"

夏寒轻轻拍了拍叶缇娜的手，似乎是想要给她依靠和安慰。

叶缇娜与张凡凡对视，眼神坦荡，没有丝毫闪避的意思："是的。"

张凡凡接着问："你为什么要见巴裕？"

叶提娜回答："我去找他了解一些事情。"

程皓终于开口："什么事？"

叶提娜言简意赅地回答："关于我父亲的一点儿私事。"

程皓在那一刻忽然身体僵硬了，但他几乎是瞬间就平静了下来，张凡凡和叶缇娜都对此毫无察觉。但夏寒不一样，他与程皓简直是太熟悉了，程皓每一个细微的表情变化，他都十分清楚。只是现在这种场合，他并不方便出声，沉默明显是更好的选择。

程皓正对着叶缇娜，显然已经对她产生了绝对的兴趣："冒昧问一句，你父亲是？"

叶提娜沉默了一下，终于慢慢吐出几个字来："他叫康泰。"

张凡凡完全震惊了，瞳孔也不自觉地放大，而程皓和夏寒也各有惊讶的表情，三人齐刷刷看向她。

叶提娜迎着他们诧异的目光点头，说："我也是不久之前才知道这件事的，金三角毒王康泰，是我的亲生父亲。"

程皓皱眉："可我们查到的资料上显示，你是在孤儿院长大的。"

叶缇娜的笑容里露出些许无奈和悲伤来："可能是他觉得自己做的生意迟早会有报应，所以，在我很小的时候，就让人把我送走了。相比起来，留在孤儿院，确实要比留在一个毒王身边安全得多。"

程皓转头看了夏寒一眼，见他表情依然是平静的，于是转过头继续问叶缇娜："那么，你都对巴裕说了什么？"

叶缇娜轻轻一笑："我问他，我父亲，到底是怎么死的。"

夏寒听出了她轻笑中隐藏的一抹戾气，程皓与她面对面，相信一定看到了更多。

他及时地开口打断了她的话："程皓，你刚才说巴裕死了是吗？"

程皓点头："是的，当天夜里死的，吃杏仁时窒息死亡，目前可以确认是自杀。"

夏寒又看向叶缇娜："杏仁是你带去的？"

叶缇娜点点头："我只是礼貌性地给他带了些礼物，你相信我，我从没想过要杀他。"

夏寒看程皓："杀死巴裕，对 Tina 而言没有任何好处。"

叶缇娜补充："虽然我知道他出卖了我的父亲，但是在当时的情况下，他为了老婆孩子做出那种选择也情有可原。"

程皓似乎是认可了他的意见："确实，你如果要报复，就不会当着警方的面去见巴裕。"

张凡凡之前在旁边一直不出声，但似乎想到了什么，忽然语调平静地开口："巴裕一直受到警方的严格保护，这种情况下，你怎么可能获得批准到监狱里去探望他？"

程皓钦佩地看向张凡凡，心想她果然还是她，一针见血，直入重点。

夏寒似乎想到了什么，表情有些忧虑。

而叶缇娜叹了口气，低声回答："我求助了一个人。"

程皓追问："谁？"

叶缇娜缓缓说出一个名字来："宋濂。"

她停了停，在程皓和张凡凡无比诧异的目光中，又补充了一句："康泰是我父亲这件事，也是他向我证实的。"

在这样一个不算平静的黑夜里，他们获得了很多令他们觉得无比震惊的消息。谁也没有想到案件会发展到此时此刻的地步，叶缇娜的出现，可以说为他们带来了新的线索，可是，也同样将他们拖入了另一个迷局。

从夏寒的家里出来，程皓坐在后座上，靠着椅背半天沉默不说话。

张凡凡开车往市局走，她知道他在想什么，所以主动开口打破沉默："你觉得叶缇娜说的话，是真的还是假的？"

程皓不答反问："你觉得呢？"

张凡凡脸色平静看不出情绪来，只说："我看不出来。"

程皓诧异："不是说女人的第六感都特别准吗？"

张凡凡瞪了他一眼，说："警察不讲直觉，只看证据。"

程皓无辜地耸肩："可我好像就直觉特灵验，你知道那种……跟见了鬼一样灵的。"

张凡凡知道他所说的直觉，其实很多是依靠他的心理学技能做出的辅助判断，程皓既然这么说，显然是对这件事有怀疑。

所以她并不质疑他，而是问："你在怀疑什么？叶缇娜的表现很镇定，口供也很合理。"

程皓摇摇头，若有所思："她最大的问题，就是表现太合理了。"

张凡凡被他提醒，也回忆了一下，叶缇娜似乎对他们的意图非常清楚，而且，对他们的问题也没有任何隐瞒，好像就是等着他们来问，然后把这些答案坦然地一一告诉他们。

程皓说："别的不说，就单说她敢于向宋濂提要求这一点，就绝对不是一般人能做出来的。"

毕竟宋濂是继康泰之后，金三角的又一位毒王，与他做交易的代价是什么，大家不言而喻。

张凡凡想了想又问："要不要再去确认一下叶缇娜的身份，毕竟康泰有女儿这件事，我们都不知道。"

程皓默默摇了摇头："不用了。无论她是不是，只要宋濂想要，就会让她成为康泰的女儿。"

他忽然觉得有些头痛，不久之前的怀疑，终于变成了现实。

张凡凡似乎是想到了什么，又说："叶缇娜确实没有杀死巴裕的理由，但宋濂有。"

程皓微微眯起眼眸，想到宋濂，想到叶缇娜，于是不由自主地又想起康泰，不知道从什么时候开始，他发觉自己的头痛不是幻觉，而是真的。

眼前黑夜里五彩斑斓的霓虹灯，在他的眼里迅速扭曲模糊，幻化成一帧帧摇摆不定、模糊不清的光影。他走在黑暗里，身边人潮涌动，行色匆匆。有人前一秒衣着光鲜，镇定自若，下一秒却癫狂地撕扯着身上的衣服，四处逃窜，神色惊恐，歇斯底里。也有人走在高路上，面带笑容，下一秒却忽然如同沙袋一样笔直而下，全身瘫软，不省人事。还有人衣衫破烂，全身抽搐，面容狰狞，跪在地上不断地磕头哀求着什么。他不由停住脚步，黑暗的空间不断缩小，挤压着空气，仿佛是即将被压扁的沙丁鱼罐头，一切都是扭曲的，那些精神失常的人一个个朝他走来，擦肩而过的时候，用一双双毫无生命的眼睛死盯着他，朝他桀桀地怪笑。

程皓觉得自己快要喘不过来气了，他痛苦地闭上了眼，眉头紧闭，眼皮颤动，两只手紧紧地抓着自己的裤子，指节因为用力过度而泛白。他无力而惊慌地缩在车座上，像个受了惊吓的小孩儿。

张凡凡察觉到不对，立刻把车停到路边。她两只手用力地拍打着他的脸，难得流露出担忧神色，声音都变得有些急促不安。

"程皓？你怎么了程皓？"

程皓在她连声呼唤当中，终于缓缓睁开了眼。他的眼底泛起血丝，还透露着难以掩藏的刻骨疲惫。

一睁开眼，就看到张凡凡关切地望着自己，他艰难地定了定神，忍着头痛，声音嘶哑着开口："我没事，你别担心。"

张凡凡抬手试了试他的额头，冰凉一片，她问："你哪里不舒服？"

程皓缓慢地摇着头："只是有点儿头痛。"

张凡凡找出一瓶水，扭开盖子递给他，程皓紧皱着眉，小口喝着，看起来还是不怎么舒服的模样，只是努力让自己脸上有点笑容："不好意思，吓着你了吧？"

张凡凡摇摇头，没好气地说："笑得很假。"

程皓只能继续干笑，张凡凡又说："再睡会儿吧。"

她其实有很多事情想问，但是，她什么都没问。也许每个人的心里或多或少都收藏着一点秘密，既然她当时已经选择了握住程皓的手，那么现在，她也就并不急于去探寻他的过去和秘密。

毕竟，当他想要分享秘密的时候，她必定会是他所选择的第一个听众。她只要安静地等待那个时刻的到来，就好了。

第 19 章

房间里又剩下了夏寒和叶缇娜两个人。

夏寒在煮咖啡，不经意地抬了抬下颌，并没有回头："你是故意把宋濂拖进来的？"

叶缇娜走到他身后，张开双臂环住他的肩膀，慢慢地说："巴裕老婆孩子的行踪，是我泄露给宋濂的，我就知道，他一定不会这么容易放过巴裕。"

夏寒沉默地叹了口气："你应该先跟我说的。"

他将咖啡倒进杯子里，慢慢回过头来，脸上那种清浅温柔的笑容已然不见。摘掉金丝边框眼镜，凌厉的眼神失去遮挡，于是再也无法隐藏原本的锋芒，仿佛先前所有的温柔平静，斯文优雅，都只是一种假象。

他把咖啡捧给叶缇娜，用责备的口吻说："你不该自己去找他，一旦宋濂将你扣下，后果不堪设想。"

叶缇娜不接咖啡，而是拍了拍他的脸，眉眼含笑："不会的，我手里的筹码，并不比宋濂的少。"

夏寒摇摇头，把她的手拉下来，将咖啡杯塞进她的手里，给她暖手："你以为宋濂会怕你的威胁吗？他答应跟你合作，是想从你的手中，趁机拿走他想要的东西。"

咖啡袅娜升腾的热气将叶缇娜的脸颊熏得微红，她眼中狡黠的光芒转瞬即逝："我们不也一样吗？"

夏寒无奈地拍了拍她的头："就你鬼主意多。"

叶缇娜笑得很开心："这一局棋里，宋濂是关键，既然你暂时不能离开望海，那么，就只有我把他引过来咯！"

夏寒一愣，随即明白了叶缇娜的用意："宋濂已经到了？"

确实，宋濂假如不入局，他就无法真正展开行动，而现在，既然宋濂也已经出手，那么真正的较量，终于就要开始了。

叶缇娜点头："他说，要为我下一桩重注。"

夏寒凝神思索片刻，笃定地判断："他并不在乎谁是卧底，他想要的，只是工厂和配方，以及……"

他拖长了语气，抬头望着窗外漆黑的天空，他知道宋濂要什么，叶缇娜手中的红冰可以给他一本万利的生意，而与此同时，更重要的一点，他也想到了。

夏寒仿佛看到北斗七星在遥远的天际，绽放着璀璨的光芒。

他轻声说完下半句："……击垮破军的机会。"

叶缇娜慢慢地说："他不在乎卧底是谁，可我们很在乎。"

夏寒转头看她："你从巴裕那里问出了什么？"

叶缇娜果断地说："跟淳叔对顾澜说的一样。"

夏寒略微疑惑地歪了一下头："阿阳？这个阿阳到底是谁？"

叶缇娜说："他们只知道他叫阿阳，一开始是跟扎伊的，目前没人知道他的来历，我已经让人去调查了。"

夏寒问："没有照片？"

叶缇娜摇摇头，但又拿出手机，找出一张照片，递到夏寒面前："除了这个。"

她解释说："这是他五十岁生日时候跟手下一起拍的合照，照片里的全是他的亲信，并没有我们不认识的生面孔。"

夏寒警觉地挑起眉梢，点了点照片："唯一的可能，就是藏在镜头后面拍照的那个。"

照片上，康泰坐在餐桌的主位上，其他亲信手下，位置高的分别坐在他的两边，依次排开，保镖站在他的身后，表情冷峻。康泰的背后墙上是一个大大的鎏金红底的《百寿图》，原木的几案靠墙放着，上面摆放着一尊黑檀木雕刻的寿星公。

照片用的是俯拍模式，大概是拍照者站的比较高的缘故，右边竟然露出了沙发的一角，之前不知道被什么人坐过，被人随手丢了一个白色的小物件上去，只露出一个尖尖角。也许因为在思考那个神秘拍照人身份的关系，夏寒并没有留意画面上那唯一不和谐的地方。

夏寒放下照片，认真地对叶缇娜说："你查到这里就够了，接下来的事情，交给我就好。"

叶缇娜不知道想到了什么，有些担忧："可是我没想到，负责这件案子的竟然是程皓大哥……毕竟你们俩……"

夏寒摇摇手示意她不必继续再说："事已至此，也瞒不了他多久了。"

他的眼神里透露出一丝嗜血冷傲的光芒来："他信我也好，不信我也好，我们之间这场仗，都是免不了的。"

"你相信夏寒吗？"

张凡凡和程皓在食堂吃饭，时间已经很晚了，幸好加班的大师傅给他们俩单独煮了两碗面。两人似乎各有心事，挑着面条吃得心不在焉，张凡凡虽然不太想问，但出于案情考虑，最终还是问出了自己最想问的那句话。

程皓摇头："我希望……他是真的什么都不知道。"

可是他的内心深处却产生了一丝动摇，不然，他绝对不可能会下意识地摇头。他这个人虽然表面上看起来嘻嘻哈哈，可是，有些细节其实从未逃过他的眼睛。夏寒对叶缇娜的关心程度，以及两人之间的互动，亲密程度明显不是一对分开两年有余的同学之间该有的。可是，当夏寒听到巴裕死了的时候，所表现出来的惊讶却是真的。夏寒到底在隐瞒什么？

张凡凡又说："假如夏寒要帮助叶缇娜，拿到那份康泰案的档案呢？"

程皓觉得胸口被重物狠狠地敲打了一下，脑子里嗡的一声，世界颠倒，翻天覆地："你觉得，他就是乔安然在寻找的那个警察局里的同伙？"

张凡凡不动声色地说："我只是猜测。"

程皓诧异："可是乔安然差点杀了夏寒，如果这是苦肉计，会不会演得太过了？"

从当时那个情景看，如果不是周晴阻止及时，夏寒确实是面临生命危险的，如果要演戏，他们完全不用这么拼。

张凡凡点点头："也是。"

但尽管如此，程皓还是不知道应不应该怀疑夏寒，他喃喃地说："也许明天，我该找他再聊聊。"

深夜，望海市云端会所。

宋濂从温泉池子里出来，甩了甩头发上的水。手下人适时递上了浴巾，被宋濂接过去裹住了身体。

他有着亚洲人典型的黄皮肤，粗眉深目，高鼻厚唇，同时久经锻炼的肩膀宽阔，胸肌发达，腰腹结实。

他一言不发，从温泉房内走出来，按摩师已经准备好了药油和干净的毛巾等候在一旁。宋濂趴在床上，按摩师搓热了手，开始为他按摩。然而这时外面忽然传来了一阵骚动，宋濂却兀自不动，手下早已经心领神会，开门往外去查看情况。他却在手指碰上门把手的一瞬间，被一阵强力推开来。纵然是经过专业训练，还是被这股强力震得手臂一麻。

充满威严的声音响起来，随即冲进来几个身穿制服的警察："警察临检！"

跟在一旁的手下看情况不对，正要有所行动，宋濂这时候悠悠睁开眼，不以为然地说："都别动。"

手下们自然听宋濂的话，当即收敛了攻击的意思，站在原地不动。

警察们迅速冲了进来，一边高喊着"站起来！举起手！面向墙！"，一边将人纷纷按在墙上。宋濂这时候看到门口的人影，于是慢悠悠地从床上坐了起来。他低沉地笑了几声，肩膀随着他的笑声而耸动着。周志东同样身穿警服，大步流星地走了进来。

宋濂望向他，眼睛发亮，似乎是见到多年未见的一位老朋友般露出笑容："堂堂一位公安局长，怎么临检这种小事，也要亲力亲为？"

周志东正义凛然地说："在我眼里，跟你有关的就都不是小事。"

他抬手指着对方点点，将刚才的话又重复了一次："站起来！举起手！面向墙！"

宋濂举起双手，慢慢站起来，一边转过身一边说："周局长，我可是合法入境的中国公民。"

周志东大步走到他身后，胳膊一拐便将他压到了墙上，一把枪抵在他的头上，喝道："少废话！"

宋濂的胸部重重地撞上了墙，发出一声沉闷的声响。手下人何曾见过他被人如此压制，又有些蠢蠢欲动，却被其他的警察用枪指着，只能骂骂咧咧地增强声势，并用凶狠的目光盯着眼前的警察。

宋濂的眉头皱了一下，但脸上的笑容却未减少丝毫："周局长，我愿意配合你们临检，但最起码，得让我穿条裤子吧！"

周志东压制着他，脸靠近他的耳朵，一字一顿地低声说："看不出来啊，你还挺要脸的。"

宋濂勾了勾嘴角，洒然一笑："其实主要是我有点怕冷。"

周志东反问："这世上还有你怕的东西？"

宋濂点头："当然，我怕冷，怕饿，哦对了，还怕死。"

周志东用枪抵着他的脑袋，狠狠地说："敢入境，我看你胆子挺大的啊！"

宋濂笑着放松身体，似乎是完全不在意周志东的威胁："我是来做生意的，你们应该欢迎我才对呀！"

周志东收起枪："别以为我不知道你为什么来，我警告你，如果你敢轻举妄动，我一定不会放过你！"

说完，周志东对屋里的警察说道："给我好好搜他们的身！搜仔细了！"

宋濂摸了摸被拐的胳膊，高高举起双手："我都已经这么'坦诚'了，您还想怎么搜？"

周志东勾着嘴角笑了笑："也对，难得你这么坦诚。"

他随即吩咐手里拿着摄录仪器的小警察："给我多拍点儿这位'公民'的照片，省得我们被投诉了，都没个给自己辩驳的证据。"

小警察也知道宋濂是作恶多端的大毒枭，如今能拍下他如此狼狈的照片，也有点儿兴奋，手里的照相机啪啪啪按个不停。

宋濂看着周志东，眼神里射出怨毒的光芒来，周志东毫不畏惧的与他对视。两个人之间无声的对峙，火药味浓烈到一触即发。然而两个人却谁也没有动，站在原地隔空对视，不动如山。

临检自然是检查不出什么。临走的时候，周志东看了宋濂一眼："你我这么多年没见，这只不过是个见面礼。"

言下之意，有机会还会再找他的麻烦。

宋濂露出一个捉摸不定的笑容："对于'老朋友'的礼物，我从来都不拒绝。"

周志东没再说话，做了个手势，示意警察们撤走。

看着他们扬长而去，手下人却咽不下这个口气，跟到宋濂身边轻声问："濂哥，要不要……"

宋濂看着周志东离开的方向，挑了挑眉梢，似乎是充满期待地说："在我的回礼没准备妥当之前，谁都不准轻举妄动。"

他的笑容在黑夜里，蔓延开无尽无穷的森冷寒意。

幸好黑夜再长，也有黎明降临的那一刻。

程皓再次踏入夏寒的办公室，却再也没有平时来串门找咖啡喝那般轻松愉悦，走廊里寂静无声，与楼下的熙攘喧闹形成了鲜明的对比。玻璃似乎是新擦过的，淡薄轻盈的纱质窗帘随着微风轻轻摆动，阳光透过玻璃洒落，花瓶里的郁金香枝叶花瓣上滚动着水珠，折射出暖融融的金光。新鲜的咖啡在把杯子填满，刚出炉的蛋挞整齐地摆在碟子里，热气散开，与馨香交织。

程皓晃荡着去沙发上找自己熟悉的位置，夏寒抬起头，看着他微微一笑："就知道你一定会来。"

程皓深深吸了口气，露出满足的神情："咖啡好香。"

夏寒把蛋挞也端出来："蹭吃蹭喝，屡教不改。"

程皓摸摸肚子，充满了期待地望着夏寒："你太贤惠了，我正好没来得及吃早饭。"

夏寒特别想把咖啡杯扣到他脑袋上去。当然，这只是个想法而已。

他依旧保持着温和的笑容，如同平时那样。程皓冲他歪着头笑了笑，两口吃掉一个蛋挞，又喝了口咖啡，愉悦地长舒一口气，这才说："你知道我今早一定会来找你的。"

夏寒很平静地纠正了一下他的用词："我只是'希望'你会来。"

他依然是用杯子装着热水，坐在程皓对面，慢慢地喝了一口，然后说："我欠你一个解释。"

程皓往后靠了靠，他是真的很喜欢这张沙发，每次坐下都有想睡觉的困意。

他不得不承认，夏寒在某些方面的品味，确实很符合他的喜好。警察的生活没什么规律，也不讲究什么生活质量和细节，他就算是个再有追求的人，也没什么时间捣鼓这些，现在回想起来，反倒是在美国学习的那两年，因为夏寒的关系，他的生活过得反倒是挺悠闲自在的。

他们不但是兄弟，更是能在性格上与对方互补的那个人。然而，随着叶缇娜身份的揭晓，他们之间对彼此的信任也突然被打破。

想到这儿，程皓心里的不安就涌现了出来。他看着夏寒："其实我很希望你跟这件事情无关。"

夏寒笑着摇头："我当然与巴裕的死无关。"

可他的回答并没有让程皓觉得安心，虽然还是那副事事俱全的温润样子，却觉得眼前的夏寒和之前的有所不同，又让人说不上来。而他的直觉，一向都很准。

程皓放下杯子，神情变得认真严肃起来："你与巴裕也许无关，可是叶缇娜呢？你跟她又是什么关系？"

夏寒似乎是早就料到程皓会这么问，并不慌乱，双手将水杯端在掌心："其实，我们从小就认识……"

程皓一愣，手里的动作顿了顿，用一种诧异的目光看着夏寒。

夏寒看出他神情中的疑惑，语气清浅地解释："我早就知道，那天她来向我们求助，是故意的。"

程皓被他这一句话而着实惊讶了一下："她故意接近你？"

夏寒叹了口气，笑了笑，没有急于解释，而是说："我记得上次在医院，我对你说过，我有惧旷症。"

程皓点了点头。

夏寒无奈地笑："你没说错，我确实很讨厌医院。"

医院是他的梦魇，那些遍体鳞伤的疼痛过往，就如同曾经在程皓心中挥之不去的那道弟弟自杀的阴影，他们都曾经有过不愿提及的过去，只是以为回忆被岁月埋葬了，就不会再轻易想起。

夏寒说："在我很小的时候，住过一次医院，当时我受了很重的伤，只能躺在病床上，感觉浑身上下的每一块骨头都仿佛碎了一样的疼，可是，却连动都动不了。"

程皓记得夏寒曾经与侯晓敏的对话，知道他的母亲有精神问题，在他很小的时候，曾经险些将他虐杀掉，夏寒所指的，应该就是那次的事情。

夏寒接着说："当时我真的很绝望，你应该明白那种感觉，这个世界上最可怕的不是死亡，而是失去了活下去的意义。"

程皓缓慢地点着头，若有所思地听着夏寒的讲述："后来，儿童病房里来了一个小女孩，一个年纪比我还小，却比我更绝望的孩子。"

夏寒似乎是回忆起了什么，眼神变得温柔而怜悯："那时候我还不知道什么叫作移情作用，只知道同样被父母亲抛弃的孩子拥抱在一起，或许也是可以互相取暖的。"

"那个孩子就是 Tina？"

程皓问，夏寒点点头，继续说下去："后来有一户人家收养了我们，那户人家一开始并没有打算收养我，他们喜欢的是 Tina。她当时年龄很小，又是女孩儿，长得乖巧可爱，所以深得领养人的喜爱。可是临走的那天，Tina 拽着我的手，一边哭一边说'哥哥你不要丢下我'……她哭得眼睛都肿了，一直打嗝，看得人心疼。那户人家实在不忍心，才收养了我。可是那个时候，我根本不是她哥哥。我不知道她为什么要拉着我不肯走，也许，是因为她害怕，想找个依靠吧。"

程皓似乎是明白了什么："所以，你一直当她是亲人，是妹妹？"

夏寒轻轻叹了口气："后来，养父的公司破产，他们决定搬回老家，但是那时候家里已经无法承担两个孩子的抚养费用，于是，他们丢下了我……"

程皓看到夏寒眼睛里的光一点点黯淡了下去，他用很平静的语调描述着当时的情景："屋里面的所有东西都要拍卖，所以蒙着一层白色的布。周围一个人都没有，一点儿声音都没有，我一个人被关在里面整整三天，后来是法院的人来了，才发现了我。惧旷症，也是在那个时候留下的。"

程皓轻轻握了握拳，试图安慰夏寒："抱歉，不该提起你的伤心事。"

夏寒闭了闭眼，眼皮紧缩了几下，像是想到了什么痛苦的回忆："我不介意被丢下，假如，Tina 跟着他们能过得很好，我自己一个人，怎么都能够好好地活下去。"

可是，有些事情，往往事与愿违。

两年前，美国佛罗里达州公立大学医学院实验室。

叶缇娜戴着橡胶手套，熟练地用手术刀切割试验用的小白鼠。夏寒悄无声息地出现在实验室门口，帅气俊朗的华裔面孔很快引来了实验室里诸多金发女学生的尖叫。

叶缇娜手中手术刀的利刃上染了血，她就这么从容地拎着手术刀，一路施施然走到夏寒的面前。

夏寒温柔地望着她，问："你要走了？"

叶缇娜笑得有些冷清："你都知道了？"

夏寒语气中没有波澜，两个人说的都是中文，在场的其他人都听不懂，只是好奇地安静下来，在旁围观。

夏寒被她故作强硬的目光看得有些无奈："什么时候走，我去送你。"

叶缇娜抬头认真地注视着他："你不想问我原因吗？"

夏寒摇摇头："假如那是对你好的，我会尊重你的选择。"

叶缇娜听到这句，眼睛里的光却一下子亮了，仿佛有什么在眼底燃烧了起来："对我好的？你凭什么来判断什么是对我好的，什么是对我不好的？你有什么资格替我做决定？"

夏寒看她怒气冲冲的模样，轻轻叹了口气："原来，你还在怪我……"

叶缇娜反问："难道，我应该感激你吗？"

她手中的手术刀锋利而尖锐，在夏寒面前一闪而过，却在逼近夏寒鼻尖之前，终于堪堪停住。夏寒闻到细微的血腥味，叶缇娜此刻眼中却泛起了比血更让人觉得疯狂而绝望的神情。

她一字一句慢慢地说："感激你当年丢下了我，感激你如今假装认不出我，感激你所谓的成全和尊重……全都是屁话！"

她指着自己狠狠地说："你以为槲寄生离开了树木，还能好好地活下去吗？"

夏寒仿佛看到她眼底倒映出的自己的身影，他无力地合上眼，似乎已经不想再去回忆。

程皓的额角跳动，他从夏寒此刻的神情里看到了刻入骨髓的懊恼和绝望。

他小心地问："被养父母带走之后，Tina 是不是……又发生了什么事？"

夏寒轻轻地点了点头："她醒来后发现我不在身边，于是，偷偷从家里跑了出去，想要回来找我，结果在路上……被人绑架了。"

程皓怎么也没想到叶缇娜还有这样的经历，也难怪在她身上，总能看出一种超乎年龄的冷静。

夏寒艰难地开口继续说下去："掳走她的中年男人……有恋童癖。五天后，警方才在黑人棚户区里找到了她。"

那是他从未想到的一幕。警方找到她的时候，绑架她的人已经像条死鱼一样倒在地上，全身是血，身上散发出阵阵恶臭。

年幼女孩的小小身影缩在墙角的一块儿阴影里，手上死死地握着一把水果刀，黑色的瞳孔没有焦距，也没有光，就这么直直地看着前方，粉色的裙子上沾满了血迹。

然而很多年后，已经长大的叶缇娜用力地盯着他，手中的刀刃折射着锐利的寒光。

她似乎要用目光将他看穿一样，语气里满是深沉的绝望："当初是你说过，会保护我的。"

可是最后选择离开的人，却也是他。

夏寒看了她许久，神情黯然下来，慢慢地伸出一只手按在她的头顶揉了揉，说："对不起。"

叶缇娜的眼睛里隐隐有了水光："哥，别再丢下我，求你了。"

夏寒轻声说："有的时候，分开是为了更好的相聚。"

叶缇娜脸上终于有了些许笑意："只要你别再像上次那样不告而别就好。"

夏寒从她手中将手术刀拿了过来，丢在一边，轻柔地将她拉进怀里说："我答应你。"

回忆结束，夏寒的眼中多了一层淡淡的水雾："其实，Tina 她一直很害怕见陌生人，也抗拒别人的接触，只是她掩饰得比较好而已。"

程皓点头："我能理解那种感受。"

心中的某个角落永远是黑暗无光的，无论如何挣扎都无法摆脱，那样的感觉确实很糟糕。

夏寒看着程皓，认真地说："所以，无论她是谁，做了什么，我都要守着她。"

程皓仔细端详着他的神情，沉默了许久之后才吐出一口压抑的气体，问："那，你为了保护她，会做出多大的牺牲呢？"

他的眼神里似乎带着一种让人读不懂的深意。

夏寒笑得很勉强："我不知道我会做到什么地步，我也希望不会有做出选择的那一天。"

程皓的目光一点点犀利起来："可是夏寒，你别忘记你现在的身份。"

夏寒沉了口气："我明白。"

程皓摇头，语气难得强硬："Tina 的身份，跟宋濂的关系，都无法让我不怀疑她来望海的动机，虽然我已经调查过她的出入境记录，之前几桩命案案发时，她并不在望海，可是，我仍然不能排除她的嫌疑。"

他将咖啡杯放在桌上，紧盯着夏寒继续说下去："那是五条人命，我不能放过任何一条线索。"

夏寒点头："我知道，你的职责所在。"

程皓又说："但我向你保证，我不会因为 Tina 的身份而先入为主。如果她真的是无辜的，警方一定会还她清白。"

夏寒诚恳地说："这样就够了。谢谢你。"

程皓抬手捶了一下他的肩膀，笑着说："大家都是兄弟！这有什么好谢的！"

他说完忽然戏谑地挑眉看向对方："所以，你跟 Tina，真的没可能吗？"

夏寒又气又恼地把程皓的手推开："胡说八道什么呢！我一直都当她是妹妹。"

程皓意味深长地笑："那可太好了，看来小不点儿还有机会。"

提到周晴，夏寒的表情似乎有所变化，能看出些许犹豫。程皓见了，不由得皱起了眉："我说，你小子要是对周晴没意思，就别总撩人家啊！"

夏寒没好气地瞥了他一眼："你哪只眼睛看到我撩她了？"

程皓指指自己的双眼："又给人家买饼干，又开车接啊送啊的，我可什么都看到了！"

夏寒的表情柔和下来："我的确很喜欢周晴，她让我觉得……很温暖，只不过……"

程皓没正经地笑："你害怕 Tina 不高兴？还是你想一脚踏两船？"

夏寒简直都被他给气笑了："不是！"

房间里的气氛终于开始活跃起来，不像刚才那么死气沉沉的，仿佛乌云压顶。

夏寒收敛了笑容，又说："我知道周晴对我很有好感，可是我怕她对这份感情有些误解。"

程皓又咬了一个蛋挞，腮帮子鼓鼓的，支吾着说话，看起来像只松鼠："要我说，你就是想多了，感情这种事，有什么误解不误解的？大家都勇敢往前跨出一步，不试试怎么知道不行呢？"

夏寒对他义正辞严的样子表示不屑："你有什么资格说我？你和张凡凡那一步跨出去了吗？"

他边说边撇了撇嘴，然而程皓听到这句话突然慌神了片刻，竟然少有的低下头，不自觉流露出羞涩又略有些回味的表情。

夏寒注意到他的异样，顿时来了兴趣："哎？什么情况？"

程皓回过神，笑眯眯地说："你怎么知道我们没跨出那一步？"

夏寒看他眉开眼笑，感觉尾巴都要摇上天的模样，忍不住吐槽："我发现了，你有时候真是挺欠揍的！"

程皓耸了耸肩："那又如何？"

夏寒指指咖啡杯："有本事给我吐出来。"

程皓笑得很欠揍，差点就把咖啡杯给抱怀里去了："我才不呢！"

夏寒拿他没办法，只能抬手点点他当作警告，程皓一口气把咖啡喝了个精光，站起来一把将杯子塞回给他，又顺手把剩下的半盒蛋挞全都拎走，一溜烟地闪出门口。

夏寒作势要扔垫子去砸他，程皓果然回了头，支支吾吾地又补充了一句："帮我告诉 Tina 一声，她既然来了望海，就好好转转看看，别那么着急离开啊！"

夏寒知道他这话里的意思，叶缇娜尚未洗清怀疑，按照警方惯用的套路，是会随时留意她的举动的。

他笑笑，回答说："她确实打算在这儿住一阵。"

程皓并拢双指在额头一点："那就太好了，找时间，我请你们吃饭！咱们泡温泉吃海鲜去！"

夏寒朝他挥挥手："不用您破费了，明天学校有活动，正好就要去温泉会所。"

程皓万分羡慕："好吧，那你们好好玩。"

他觉得只有夏老师才有这种好命，工作日还能去度假，而像他们这种已经很久没正经休息过的人……唉，算了，还是不想了。程皓在内心默默地忧伤，越想越嫉妒。

专案组里已经狼藉一片，看起来已经很久没有人正经收拾过了，周晴和方贺正各自对着电脑查监控。

程皓左右张望没见到其他人，问："张凡凡和徐晓蒙呢？"

方贺恹恹地抬起头，神情萎靡："凡凡姐应该在盯叶缇娜，晓蒙被他师父叫去复查现场了。"

程皓看周晴连头都不抬，双眼直盯盯地望着电脑屏幕，于是问："小不点儿，发现了什么没有？"

周晴不看他，似乎是在跟自己赌气一样地说："我一定能找到！程队你再给我点时间！"

程皓看她满脸疲惫却还要硬撑的模样，忍不住心生柔软："找线索固然重要，不过，也要注意休息。"

他说着把蛋挞放在她面前，说："吃点东西再看吧！"

方贺食指大动，正要伸手过来被程皓一把拍掉，瞪他一眼，方贺捧着爪子极为委屈，却不敢再先动手。

周晴似乎不为所动，程皓只能使出杀手锏："这可是夏寒买的。"

听了这话周晴眼睛顿时一亮，终于注意到了蛋挞的存在："夏寒买的呀？我吃！我这就吃！"

看她吃了东西，程皓这才放心下来。他看方贺还在一旁弱弱地看着，怎么看都十分可怜，于是大发慈悲地说："吃吧！"

周晴似乎是咬到了蛋挞感受到食物的香气，这才意识到肚子饿了，吃得狼吞虎咽。

程皓给泰国警方发了个邮件，写清楚了跟叶缇娜的会面情况，要求他们再确认一下她在泰国的行踪。其实基本上已经证实了叶缇娜跟 Designer 的几桩命案实际上都没有直接关联，不过程皓总觉得他们之间存在着千丝万缕的联系，不知道是第六感作祟，还是以往办案的经验使然，他心里总觉得有什么事情梗在那儿，一时半会儿没办法理顺。

不知不觉天都黑了，办公室里，大家依然在挑灯夜战。

脚步声匆匆响起，沉重但急促，程皓几乎是第一时间就听到了动静，抬头望去，果然是阎硕匆忙走了进来。

他连忙站起来，走过去礼貌地迎接："阎队，这么晚，是不是有急事？"

阎硕看起来也是连着加班了很长时间的模样，胡子拉碴，头发凌乱，但眼神依然是坚定有力的，他将文件夹交给程皓，开门见山不绕弯子："根据之前在乔安然手机中找到的那些交易记录，最近三天，我们在市里的多家娱乐场所进行了检查，截断了多条销售红冰的渠道。从抓获的几个人口中得知，宋濂集团内部，似乎出现了一些问题。"

程皓接过来翻看，略微皱眉："宋濂杀了干哈？"

阎硕点头："干哈跟了他十二年，宋濂可是一点旧情都没念。"

程皓笑笑，倒是不以为然："一次不忠，百次不容，斩草除根，断绝后患，宋濂行事风格向来如此。"

阎硕在一旁找了个地方坐下："宋濂最近来势汹汹，几批红冰都险些出境，看来，干哈给他带来的影响并不小。"

程皓听到这话便顺理成章地分析下去："当初贪狼从望海往泰国运送红冰，我就有点怀疑，这个过程是不是有点不对，现在我知道是怎么回事了，红冰的配方和工厂，都在望海。"

阎硕一愣，疑惑地问："所以宋濂这次入境，其实是为了红冰的工厂？"

程皓扬着嘴角一笑："贼不走空，就知道这个老狐狸不会无缘无故来一趟望海。"

阎硕一听倒是忍不住哈哈大笑，对他这话简直佩服得无以复加："哈哈哈哈！贼不走空！这词你怎么想出来的？"

程皓得意地摊手。

阎硕终于笑完了，这才又开始说正经事："对了。还有一件事很有趣。我们在调查乔安然的交易记录时，偶然得知，她的代号叫作'七杀'。"

程皓皱眉："七杀？"

他似乎想到了什么："贪狼？七杀？杀破狼吗？"

阎硕不解地问："杀破狼？"

程皓解释说："紫微的一种命格，七杀、破军、贪狼三星同宫，天命决然，代表着动荡不安。"

他忍不住喃喃自语道："宋濂手下这都新来了些什么人啊？不会还有个破军吧？"

阎硕对星盘之类的并没有研究，听程皓说这些就跟听天书一样，他的心思都在宋濂身上："不管都有谁，当务之急，是要想办法找到红冰的工厂。"

程皓点点头，表示赞同他的意见："还要毁掉配方。"

阎硕这时候却发了愁："可是，我们要从什么地方入手呢？"

程皓静静地思索了片刻，不知道是对阎硕还是对自己说："假如宋濂只在乎红冰，那么，一心想要为康泰报仇的人，又是谁呢？"

虽然现在从明面上看，贪狼严琦和七杀乔安然都是宋濂的人，而且就连叶缇娜探望巴裕也是宋濂在代为安排，但是宋濂的性格程皓相当清楚，他绝对不会做出如此精妙的布局来杀人。

证据表象与他所了解的情况产生了悖论，这个时候，到底哪个才是真相呢？

程皓想到这里，对阎硕说："阎队，我觉得我可能需要把案子重新梳理一下。"

漫漫长夜，用来加班梳理线索，应该是再合适不过了。程皓把之前白板上的三条线擦掉，重新又写过。

只是他仍然觉得线索太多太杂，而涉案的人员也很多，他喃喃地问自己："到底他们要的是什么？"

复仇、利益，抑或是更深层次，他们还未掌握到线索的事情？

阎硕走了之后，程皓一直在白板前面写写画画，擦掉又写，写完又擦，直到周晴他们都趴在旁边沉沉睡去，他依然双手抱着肩膀，盯着白板发呆。之前他一直坚信，对方想要找当年那个卧底警察出来复仇。可是现在，案情似乎比他所想的，要更复杂。

天边露出第一抹鱼肚白的时候，张凡凡打来的电话终于惊醒了办公室里一众熟睡的人。程皓没睡，只是站得腿有些酸，手臂发麻。

电话里张凡凡说，叶缇娜和夏寒正准备要出门，他们将继续跟踪。

程皓想起她只带了方贺一个人，方贺又不会开车，必定没人能替张凡凡开车让她休息会儿，于是飞快地说："我去找你们。"

张凡凡倒也不拒绝，只说："帮我带瓶酸奶。"

程皓眼睛一亮："你胃不舒服？"

张凡凡极少吃甜食或者喝碳酸饮料什么的，偶尔会喝酸奶，通常都是肠胃不舒服的时候。张凡凡并不瞒他，低低地"嗯"了一声。

这时候不是嘘寒问暖互相腻歪的时候，程皓只是说："随时通报方位，我们看情况再定汇合的路线。"说着就拎起钥匙急匆匆地跑了出去。

周晴在半梦半醒中抬起头来，直勾勾地盯着程皓的背影看了一秒钟，又直挺挺地转头继续去看监视录像了。

"不对……不对……"

周晴迷迷糊糊地自言自语，眉头皱得很深，她忽然眼睛一亮，从旁边随便抓过一支笔，在纸上飞快地计算起来。

程皓揣着两盒酸奶，开车一路赶，最后约在滨海大道上的一个公交站附近见面。

其实夏寒要去哪儿程皓知道，他提过学院有个外出的活动，带上叶缇娜一起去也无可厚非。所以很多事情大家不言而喻，夏寒知道有人在跟车，就如同程皓知道他们的目的地，不过无论如何，流程还是要继续下去的。

温泉山庄位于九山区的滨海大道尽头，在群山环绕的海边，山清水秀，景色宜人。

夏寒停了车之后发微信给程皓，说："不然你们过来一起玩吧！"

程皓抱歉地回："职责所在，实在不好意思。"

夏寒说："没事儿，我明白。"

张凡凡胃不太舒服，喝了点程皓带去的酸奶，在车上补眠，方贺跟程皓抱怨为什么没带吃的东西来，程皓指指山庄旁边的小超市，说："想吃什么，自己买去。"

方贺兴冲冲地就要去，程皓紧接着又补充了一句："不给报销。"

小警察顿时一张脸皱成了苦瓜，幽怨地走了。

夏寒和叶缇娜各自安顿了房间之后，出来见张凡凡睡在车里，于是叶缇娜主动提议："我房间里还空着一张床，不然让她进去休息吧。"

程皓摇摇头，将他们拉到一旁小声说："刚睡着。"

看来是不怎么想再把她喊起来了，夏寒看到程皓那个温柔的表情，微微一笑："哎……"

程皓瞪他："别阴阳怪气的。"

夏寒说："我没有。"

叶缇娜走到他们俩中间，打断这个毫无营养的对话："你们俩够了啊，这么幼稚，一个两岁一个三岁吗？"

程皓指指夏寒："他三岁。"

夏寒毫不示弱地回指对方："你两岁。"

两个人不约而同地将头转向一边："唪！"

叶缇娜哭笑不得，这对兄弟的世界她完全不懂。

与此同时在市局专案组的办公室里，周晴丢下笔，看着上面密密麻麻写满的数字和算式，奋力一拍桌子："果然是这样！"

她对着电脑运指如飞，键盘发出响亮清脆的声音，仿佛一个个化作了在指尖跳跃的精灵。不同的监控画面被飞快地调取，截取相应的时间段，然后转化成一组组照片。

在城市的黑夜里，暗藏在各个角落的天眼监控摄像，将每个人的行踪都暴露得清清楚楚。

下一秒，周晴看到了让她血液逆流的画面。她难以置信地瞪大了眼睛，几乎整个人都贴到了电脑屏幕上，试图要将那些画面看得仔细些，再仔细些。她也随之联想到了什么，她虽然没有过目不忘的能力，可是，有些生活的细节，她还是可以记得很清楚。她迅速地站了起来，合上电脑装进背包里，然后飞快地跑了出去。

徐晓蒙端着刚冲好的咖啡呵欠连天地走过来，正巧跟她打了个照面，问："要出去？"

周晴说："我有点事儿需要立刻去确认一下，程队要是回来了，你帮我跟他说一声。"

她向来这么风风火火，徐晓蒙也已经习以为常了，冲她挥挥手："好嘞！"

周晴的身影迅速消失在走廊的尽头，无声无息，如同一缕烟尘。

不知道为什么，徐晓蒙端着咖啡杯，忽然莫名其妙地觉得眼皮在跳，他皱着眉，下意识地转头望去。走廊上空空荡荡，仿佛那个娇小灵巧的身影，从未在这里出现过。

周晴迅速跳下台阶，跑出市局大楼，冲过马路到对面拦了一辆出租车，直到上了车，司机师傅问她要去哪儿，她才意识到，自己还没顾得上确认目的地。

她说："麻烦您先往前开，我问一下。"

说着周晴掏出了手机，正打算发个微信。忽然就听到从车后传来的发动机轰鸣声以及尖锐的刹车声，周晴还没反应过来，巨大的力道已经重重从身后撞来，出租车的车身剧烈震动，竟然是有辆面包车在后面重重撞了出租车的车尾！出租车师傅惊讶之余，来不及反应，车前竟然又一辆面包车疾驰而来，直接来了个一百八十度的扫尾，彻彻底底挡住了他面前的路！

职业的警觉让周晴下意识伸手要去锁车门，但是对方的动作比她更快，车门在她手指刚触碰到锁纽的那一刻被无情地拉开，两个大白天蒙面的男人直接半个身子探进来，将周晴硬生生从车里拽了出去！

周晴来不及反抗就被塞进了面包车，她是文职，身上自然没有配枪，更没有人会想到竟然有人敢大胆到在市局对面绑人，等大家完全反应过来，面包车已经呼啸着开走，而出租车司机目瞪口呆，还不能完全理解刚刚到底发生了什么事。

周晴有些慌乱，但她在面临生命危险的时候，竟然不顾一切地将装着电脑的背包从身上拽下来，在车门关闭之前，用力朝外扔了出去！对方原本想要阻拦她，只是车门即将关上，再下车已经来不及，既然人还在车上，也就不管背包，直接将周晴打晕了绑起来。她的手机静静地躺在出租车的后座上，屏幕还亮着，微信对话框里，写着一条没来得及发出的消息。

温泉山庄里，张凡凡似乎是被什么惊醒，艰难地睁开眼睛，揉了揉自己的胃部，还是隐隐作痛。

方贺坐在副驾驶座上无聊地摆弄手机，她看了一眼驾驶座上是空着的，左右看了看也没见到熟悉的身影，于是问："程队呢？"

方贺转过头，说："凡凡姐你醒啦！程队跟夏老师去海边散步了。"

张凡凡顿时心中无语凝噎，悻悻地说："两个男人有什么好散步的。"

这时候叶缇娜刚好拎着包经过，见张凡凡醒了，于是过来友好地敲了敲车窗，张凡凡推门下车，叶缇娜问："有兴趣一起去参观温泉博物馆吗？"

张凡凡沉默了一下，最终还是选择点了点头。

叶缇娜于是笑得很开心："程皓拐走了夏寒，现在我拐走他女朋友，算打平了。"

张凡凡对方贺交代说："你在这儿等程队。"

方贺当时心中很幽怨，他又一次被无情地抛弃了。

温泉博物馆里展示的多半是石头，还有一些图片和视频资料，介绍不同的温泉类型和功能。这里人并不多，大家三三两两，边走边安静地观看。叶缇娜看得津津有味，张凡凡看得索然无味。

几个人看起来像是游客，一边低声讨论着一边从他们身边经过，其中某个人的手臂不经意地撞在了张凡凡身上，张凡凡抬头看她，见对方正朝自己露出一个略带歉意的笑容："不好意思。"

张凡凡摇摇头，示意自己没事，并侧身把路让给对方。腰间忽然传来一瞬间的刺痛感，她警觉地回过头去，大家都在安静地看展，一切似乎并没有什么异常。那股刺痛感很快就消失了，张凡凡回忆了一下，觉得自己刚刚可能是有点胃痛。

撞了她的女人渐渐走远，张凡凡目光继续无意识地随着叶缇娜的视线而移动，却忽然在反光的玻璃镜面上，看到一个模糊的人影。那是个男人，站得离她们很远，但是良好的反侦察能力让张凡凡第一时间就锁定了他，他一直在注意她们，而且在跟踪她们。

张凡凡不动声色地往叶缇娜靠近了一步，低声说："往门口走。"

门口有摄像头，又有保安，对她们来说是相对安全的，张凡凡在执行任务时虽然身上配枪，但是碍于现场还有其他路人，不到万不得已，她并不想用上枪械。叶缇娜自然也不是普通人，表现得十分冷静，于是两个人假装一边看展，一边慢慢往门口移动。果然，等她们走到门口的时候，张凡凡借助一旁的玻璃再看，男人已经不在身后了。

张凡凡拉着叶缇娜往外走，两个人迅速穿过僻静的假山花园，她伸手掏手机，叶缇娜动作却比她更快，已经拿了手机开始刷刷发微信。

她一边发一边说："我告诉夏寒了，他应该和程大哥在一起。"

张凡凡稍有迟疑，这时假山后面忽然闪出两个人影，气势汹汹地朝着她们扑了过来!

"缇娜小姐,抱歉,要请你跟我们走一趟了。"

在那两人身后,一个黑影缓缓现身,叶缇娜在他开口说话的第一时间就辨认出了他的声音,质问道:"坤扎克?"

黑影不紧不慢地走上前,悠扬一笑:"缇娜小姐好记性。"

他抬起头,拉下帽子,露出自己的脸,正是宋濂的亲信坤扎克。

张凡凡这时候忽然用力推了一把叶缇娜,说:"快跑!"

她主动迎上去,反手从后腰间将配枪抽出来握在手中,动作熟练地推子弹上膛,对着天空鸣枪示警:"站住!不许动!"

在张凡凡的掩护下,叶缇娜警觉地掉头就跑。

枪声似乎响彻天空,传出去很远,此时正在海边逛海鲜市场的夏寒和程皓不约而同地停下了手中的动作。他们俩对望了一眼,便察觉到事情有所不对,立刻放下手里的东西,朝着温泉山庄的方向跑去!

叶缇娜刚跑出去几米,面前却又冒出两个高大的人影,彻底拦住了她的去路。张凡凡见对方并没有放弃的打算,只能一边警戒,一边环顾四周,对方人多势众,又不知道武器情况,她只能想办法拼一拼,好在旁边就是假山,还有个小池塘,一旦双方交火,应该能作为遮挡掩护使用。然而坤扎克似乎是对她的枪口全无惧意,他轻笑着一步步往前走,步子迈得很稳当。

张凡凡正打算再次鸣枪示警,也趁机把程皓和方贺叫来支援,忽然觉得腰间一软,四肢乏力,手竟然抑制不住地发抖,枪也拿不住,直接就从掌中滑落摔在了地上。张凡凡也随之跪倒在地,她双手撑着地试图再站起来,却发现全身的力气正在一点点被抽走。

坤扎克脸上挂着一抹诡异的笑容。张凡凡只能瞪着他,质问:"你到底想干什么?"

叶缇娜此时只能乖乖落入他人的掌控,苦笑着说:"他们的目标是我。"

坤扎克欠了欠身:"宋濂先生想请两位吃个饭。"

听他这话的意思,竟然是想连张凡凡一起带走了。

他说着挥了挥手,立刻有人上前要将张凡凡从地上拖起,叶缇娜说:

"这事儿跟她没关系，我跟你们走就好，何必要带上个警察，碍手碍脚的。"

张凡凡仿佛失去了力气，一动不动。

坤扎克笑着回答："已经有一个警察了，多这一个，应该也没多大影响，不是吗？"

一辆面包车迅速朝他们驶来，坤扎克让人将叶缇娜和张凡凡带上车，然而这时候张凡凡忽然动了，她竟然一拳挥出打在坤扎克的嘴角上，然后又跟着一脚将他踢开！然而叶缇娜身边有两个人，她根本无法接近，而且一拨接着一拨的眩晕和麻痹，让她觉得自己很快就要气力不济倒下了。

她相信自己刚刚听到的话很重要，坤扎克一定抓了另外一个警察，尽管她并不知道那个人是谁，但是必须把宋濂与此事有关的消息传递出去，所以在这种情况下，她只能做出对形势最有利的选择——自保。张凡凡向来都是当断则断，她趁着坤扎克倒地的瞬间，直接一跃向前，然后径直从假山的一侧跳进了池塘里！

水花飞溅，张凡凡直接潜入水中，冰冷的水打在脸上，让她觉得意识有短暂的清醒，坤扎克听到从不远处传来的凌乱脚步声，于是急忙挥手说："走！"

他们只来得及带上叶缇娜，车门还没关牢就如同箭一般的疾驰而去，程皓和夏寒只看到那辆车在山路蜿蜒中远去的背影。

程皓边跑边吩咐方贺："联系周晴，让她协助我们，通过天眼系统确定那辆面包车的位置，想办法设路障截住他们！"

方贺也是跑得气喘吁吁，正在手忙脚乱地打电话。

程皓冲上来就看到张凡凡的配枪掉落在假山旁边，他急得大喊："凡凡！"

只听啪嗒一声，一颗鹅卵石砸在他脚边，骨碌碌滚出去好远。程皓立刻往假山后面跑，看到张凡凡无力地坐在池塘里，靠着假山的一块石壁，全身都湿透了，手里还握着几颗水底的鹅卵石。他立刻跳下去，将她拦腰给抱了出来。

张凡凡声音很低，靠在程皓肩头，几乎是用尽了全身力气，才说了这几句话出来："叶缇娜管那个人叫坤扎克，他想抓我们，而且还说已经抓了另外一个警察……"

她的声音越来越低，身体很凉，程皓万分焦急："你哪里受伤了？"

张凡凡艰难地说："……应该是宋濂的人。"

程皓打断她："我已经安排方贺去追踪那辆车的下落了，你放心。"

张凡凡点点头，这才又说："我只是被注射了麻醉药，我没事。"

程皓紧紧抱着她，见她脸色正常，于是才松了一口气。

张凡凡勉强抬头，目光寻找夏寒，声音更低了："……对不起。"

程皓听见她靠在自己肩头无奈而又艰难地低声呓语："我没有帮你保护好她。"

然而这时候方贺急匆匆地跑过来，语气声音都完全变了调："周晴……周晴她……"

程皓和夏寒不约而同转头看他，方贺急得都快哭了："她刚刚在市局门口被人绑架了！"

他刚刚给周晴打电话，接电话的却是市局刑警一队的人。

方贺这才知道周晴那边出的事情，张凡凡听了，使劲摇了摇程皓的衣角，引起他的注意，说："怪不得他说，已经有一个警察了。"

程皓一边大步流星抱着她往外走，一边说："马上回专案组。"

他看向夏寒："你也得去。"

夏寒点点头，这个时候，他自然是要与他们在一起的。

程皓将张凡凡抱上车，脱下外套给她披上，然后坐到她身边，对夏寒说："你来开车。"

夏寒将车开出温泉山庄，程皓一边将张凡凡揽在怀里，一边对方贺交代工作："你给 110 指挥中心打个电话，让他们想办法锁定那辆车的位置，看看能不能设置路障拦截。另外，再给九山区刑警队打个电话，让他们派人帮着一起找。"

方贺迅速执行，程皓又对夏寒说："宋濂抓走周晴，很有可能是知道了她跟师父的关系，想要借此威胁。"

夏寒反问："可是宋濂为什么要抓走 Tina？他要干什么？"

程皓猜测："也许，Tina 的存在，可以威胁到另外一个人……"

夏寒问："谁？"

程皓意味深长地回答："与康泰有关，又与宋濂有仇的人。"

张凡凡这时候已经睡着了，身子缓缓倒过来，程皓怕她睡得不舒服，于是将她小心地扶好，声音也跟着低了下来："虽然我不知道到底是谁，但我相信，一定有这么一个人。"

程皓的话音刚落，手机就响了起来，他看到来电显示，是周志东打来的电话，于是他接听了电话并按下了免提："师父。"

周志东嗓子哑了，但是说话气场仍在："你们都没事吧？"

程皓突然觉得一阵难过。

周晴被绑架，最紧张最担心的人就是周志东，可他的第一句话却是问他们有没有事。

可他只能强装镇定："您放心，我们很好。"

接着他又说："师父，绑架周晴的人是宋濂的手下坤扎克。"

周志东听了忍不住骂了一句："这混蛋，我就知道是他不安分！"

程皓又说："师父，我觉得宋濂很快会给你打电话。"

周志东冷笑一声："已经打了。对方说，明天下午五点钟，让我一个人带着康泰案的所有卷宗，到望海码头的 3 号仓库交换小晴。"

程皓下意识地表现出了担忧："不行！您一个人去太危险了！我陪您一起去吧！"

周志东说："我当然不会一个人去，不过具体情况，你们先回来我们再商量。"

第 20 章

　　一股混杂着烟酒、汗液、腐烂和潮湿的味道钻进鼻腔，周晴眼皮轻颤，难受得皱了皱眉，从混沌中醒来，慢慢睁开了眼睛。这是她人生当中第一次被人绑架。

　　她虽然是一个文职警察，但还是不由自主地在醒来的那一刻，发挥了身为警察应有的职业素养，她并没有立刻动弹，而是小心地眯着眼睛，不动声色地打量四周的情况。

　　首先映入眼帘的是头顶摇晃的白炽灯泡，用一根电线吊着，摇摇欲坠。灯光有些刺眼，于是她眯了眯眼睛，把头扭过去看其他地方。

　　面积大概十平方米，还没来得及平整的水泥墙上露出半幅钢筋，地上还有建筑垃圾和吃剩的盒饭、喝了一半的水瓶，应该是一处还没完工或者废弃了的工地。光线很暗，如果不是那盏灯还亮着，就几乎看不清房间里的情况。在几乎贴着天花板的地方有一扇小窗，周晴在心里计算了一下，以她的身高是很难爬上去的。地上乱七八糟堆叠着的一堆被褥，不知道是不是很久没有人用过了，散发着一股潮湿腐败的难闻气味。在被褥的另一头，墙角里倒伏着另一个人的身影，看起来应该也是个女的。

　　周晴又把目光挪动到门的位置，那是一扇铁门，紧闭的仿佛半点缝隙都没有。黑暗里没有闪亮的红点，周晴暂时确认这里没有监控摄像头，又或者，藏在黑暗里的摄像头并没有启用。周晴悄悄地爬了过去，尽量减少自己发出的声响，挪动到那个人的身边。

接近了之后，终于能勉强分辨出她的面容，周晴看过这个人的照片，也很清楚她跟夏寒的关系，顿时心中一紧，情绪有些复杂地喊了一声："叶缇娜？"

叶缇娜的身体微微动了动，却没有立刻醒过来。

周晴艰难地从地上爬起来，但顿时感觉有些晕眩，眼前的景色虚晃了一下，她立刻用手撑住了地面，等这阵晕眩感过去了之后，才靠着墙慢慢地坐了起来，伸手推了推叶缇娜："你还好吗？醒醒……"

叶缇娜悠悠转醒，看到周晴当时愣了一下，但很快也认出对方："周晴？"

她试图坐起来，却感觉从后颈处传来一阵剧痛，忍不住呻吟出声，伸手摸了摸脖子。

周晴诧异："你认识我？"

叶缇娜反问："看来，你也认识我？"

周晴与叶缇娜对视一眼，相视一笑。

周晴说："我查过你的档案。"

叶缇娜说："我也私下打听过你。"

周晴问："为什么？"

叶缇娜回答："夏寒喜欢的，我都想了解。"

周晴眼睛一亮："你跟夏寒是什么关系？"

叶缇娜说："我应该是，需要依靠着他而存在的人吧。"

周晴还想再问下去，可叶缇娜突然开始打量起四周的环境，打断了她的思路："这里像个地下室。"

周晴问："他们为什么抓我们？"

叶缇娜说："是宋濂的人干的，我知道他为什么要抓我，我手里有他想要的东西，但是你……"

周晴眨着大眼睛，很笃定地说："我虽然没有他想要的东西，但是，我爸那里有。"

一听到宋濂的名字，周晴就立刻明白过来自己为什么会被绑架了，她的父亲是望海市公安局局长，她慢慢地说："他们以为，用我的命，可以

346

威胁到他……"

叶缇娜意味深长地说:"我早该知道,宋濂想要的,必然不会那么简单。"

周晴接着说:"我不会让他那么轻易得到他想要的东西。"

她脸上的笑容平静而充满勇气:"我爸绝不会为了我而妥协,就算他想那么做,我也不会同意的。"

叶缇娜看着她,似乎是想将她彻底看清楚:"你跟我想象的完全不一样。"

周晴笑出嘴角浅浅的梨涡:"你觉得我应该什么样?"

叶缇娜说:"我以为你会害怕。"

周晴坦然地说:"我确实很害怕。"

她停了停,坚定地看着对方说下去:"可我是警察,我必须想办法撑下去。"

叶缇娜笑了:"我终于明白夏寒为什么喜欢你了。"

周晴听到夏寒的名字,似乎是想到了什么,笑得很无力:"我曾经非常期待听到这句话,不过现在,我更希望能再见到他,听他亲口给我一个回答。"

叶缇娜点头:"我们要想办法离开这里。"

周晴指了指那扇铁门:"我们到那边看看。"

叶缇娜想了一下,慢慢又点了点头,周晴扶着她,两个人互相撑着站了起来。两个人走到门边。门是铁门,周晴尝试着拉了拉,不出所料的被从外面反锁了,只听到铁链锁头和铁门碰撞发出的撞击声。

周晴眼珠一转,忽然冲过去用力地拍打着铁门:"救命啊!有没有人啊!她快要死了!快开门啊!"

叶缇娜瞪大了眼睛看着她,一副不可思议的样子。周晴却朝她眨了下眼,叶缇娜似乎明白了她的用意,立刻躺在地上,抱着肚子把身体蜷缩成一团。周晴手掌拍打铁门,铁链与铁门急促地碰撞,声音有些刺耳,周晴拍得手都疼了,终于听到脚步声由远及近,停在门外。

是个男人的声音,淡淡的没什么感情:"我劝两位,保存点体力,说不定还能多活两天。"

周晴提高了声音反驳对方："你不是想要用我们做筹码威胁别人吗？我们死了，你就什么也得不到了。"

男人轻轻冷笑："呵呵，没想到你这个小警察，还挺聪明的。"

周晴见一计不成，立刻又生一计："要我们安静配合你们也可以，至少要给我们点吃的和水吧？"

叶缇娜颇为赞许地看着她，男人又说："可以。"

周晴高兴地朝着叶缇娜比了个手势，但男人却很快又说："不过，你们要先帮我们做一件事情……"

望海市警察局专案组办公室，阎硕也赶来了，跟程皓一起开会。

夏寒并不是编制内人员，所以只能作为相关家属，在自己办公室里等消息。

周志东看起来有点苍老，他率先开口："宋濂的目标，主要是我。"

阎硕接着说下去："宋濂这些年都比较收敛，不敢在国内造次，为什么会突然搞出这么大阵仗？"

程皓摸着下巴，似乎在思考着什么："师父，您与宋濂交手多年，在您看来，他是个什么样的人？"

周志东想了想说："如果说康泰是狼，那宋濂就是狐狸。"

阎硕点头表示赞同："宋濂警惕心很强，也很狡猾，再加上因为康泰案惊动了宋濂，他出逃之前销毁了不少证据，现在他又多了个慈善商人的身份，对他的调查实际上非常难以开展。我们也试着想要在他身边安插卧底人员，但目前还没有成功。"

程皓持续怀疑："那阎队你觉得，宋濂这么谨慎的一个人，为什么会突然行事这么张扬？"

阎硕想了想说："也许他有什么理由，非这么做不可。"

周志东慢慢点头："确实。"

张凡凡靠在沙发上，因为麻药的药效刚过，她看起来有点虚弱。她听了阎硕的话，看向程皓，轻声问："你们有没有想过，为什么宋濂要连我和叶缇娜一起绑走？"

她的话音刚落，办公室里便一片沉默。

程皓缓慢地吐出一口气，接着张凡凡的话说下去："绑走你，是不希望这件事情外泄，而绑走叶缇娜，我觉得宋濂是想引出她背后的那个人。"

周志东和阎硕不约而同地看向程皓："谁？"

程皓看向张凡凡，与她对视了一眼，张凡凡给了他一个充满鼓励的眼神，程皓便接着说下去："我有种感觉，叶缇娜背后，就是我们一直在找的那个人——Designer。"

周志东问："你觉得叶缇娜跟宋濂并不是一伙的？"

张凡凡替代程皓回答这个问题："叶缇娜毕竟是康泰的女儿，宋濂怎么都会防着她，我觉得他们之间互相利用的成分比较大。"

程皓疑惑地问："某种交易？"

周志东点点头："很有可能。"

程皓又说："我在向叶缇娜问话的时候，她的肢体动作表现得非常正常，完全没有任何不该有的细节动作。她还敢于直视我的双眼，通常来说，这种故意表现出来的镇定，试图证明她的诚实，但事实上，越是这样，我越能断定，她一定有事情瞒着我们，不过……"

张凡凡会意地接下去："我们也查过入境记录，叶缇娜从来没有来过望海，她根本不可能策划那么精密的杀人案，就算是遥控严琦和乔安然，也很难做到。"

周志东疑惑地看着他："那你们觉得，谁有可能会做到？"

程皓深吸了一口气，说："Chris。"

叶缇娜双手被反绑在椅子上，冷静地仰着头笑着说："你们死心吧，Chris 不会为了我回来的。"

坤扎克耸肩："那我们不如试试看咯！"

周晴被绑在另一把椅子上，有人在拿着手机给她拍摄视频，她好奇地问："Chris 是谁？"

坤扎克反手给她一巴掌："闭嘴！"

周晴被打了却不吵不闹，而是狠狠瞪着他看。

叶缇娜冷笑着说："Chris 跟我不一样，你们死心吧！"

坤扎克不敢打她，只是点点她，说："看在你父亲的面子上，Chris 也会回来的。"

叶缇娜脸上的笑容越来越淡："我父亲已经死了，他的面子早就一文不值！"

坤扎克不愿意再跟她说下去，只让人拍了她的视频，然后就锁上门，将叶缇娜和周晴重新关入了黑暗当中。

两个人谁也无法动弹，只能静静坐着，周晴动了动有些红肿的腮帮子，问："Chris，是你很重要的人吗？"

昏暗的光线当中，能看到叶缇娜轻轻展露的笑容："他是我的敌人。"

周晴更疑惑了："那为什么他们说 Chris 会来救你？"

叶缇娜无奈地低下头，说："他确实会来。"

周晴越发疑惑："为什么？"

叶缇娜的语气低沉下来："也许，这就是我们的命吧。"

她慢慢地抬起头，迎着白炽灯的刺眼光芒，微微眯起眼睛："假如能选择的话，我并不想成为康泰的女儿，我只是这么想，而 Chris，确实这么做了。"

周晴从她的话里听出了不一样的信息量，她并不知道叶缇娜是康泰女儿这件事，简直要惊讶地掉了下巴："你是康泰的女儿？那 Chris 呢？他不会是……"

叶缇娜无声地点了点头。

周志东皱紧了眉头问："Chris 是谁？"

程皓摸了摸鼻子，说："康泰的养子。"

阎硕十分惊讶："康泰还有个养子？怎么从来没听说过？"

周志东和张凡凡不约而同地看向程皓，程皓摸了摸脖颈，似乎是努力让自己定神，继续说下去："我怀疑叶缇娜在掩护 Chris。"

张凡凡知道是程皓答应她的事情又反悔，再次跟他在泰国的线人联系了，悄悄伸手过去，照着程皓的胳膊使劲扭了一下。程皓差点疼得叫出声来，但还是竭力忍住了。

周志东质问程皓："这件事你是从哪里知道的？"

程皓说："我重看了叶缇娜和巴裕见面的监控录像，虽然画面是无声的，但是最后，巴裕对叶缇娜提起了这件事。"

周志东和阎硕信以为真，只有张凡凡知道程皓又在胡说八道，因为画面她也看过，巴裕确实提到了康泰还有个儿子，但从未说过他是养子，而且，还名叫 Chris。张凡凡冷冰冰地瞪了程皓一眼，程皓回给她一个不怎么要脸的殷勤的笑容。

程皓接着说："假如 Chris 也与这个案子有关，我觉得所有事情就能说得通了。"

阎硕看他："比如？"

程皓耐心解释："叶缇娜到底在掩护谁？是谁指示乔安然和严琦在杀人之后留下白色夹竹桃？谁要拿到康泰案的卷宗？还有，宋濂为什么绑架叶缇娜？"

张凡凡听明白了："宋濂要逼 Chris 现身。"

程皓忽然挑眉，对阎硕说："阎队，最近宋濂在泰国和缅甸的生意是不是不太顺利？"

阎硕点头："前阵子他确实被人坑了几次，除了干哈那次，还有一次是跟美国那边交易，结果不知道为什么消息透露给了警方，被抓了个正着。但可惜都是宋濂手下干的，没有直接证据证明这些交易与他有关。"

程皓说："看来是有人给宋濂找了不少麻烦，于是，他被逼着要反击了。"

阎硕问："那到底是谁绑走了小晴呢？"

周志东果断地说："去见见宋濂，就什么都清楚了。"

程皓赶紧打断他："师父，我们要不要再想想办法？"

周志东摆摆手，自有警察局长的威严："听我说完……他们想要康泰案的卷宗，是想知道'暗月'的身份，但'暗月'当年为了将康泰伏法，已经付出太多了。我不能为了自己的女儿，将一位英雄的性命交到穷凶极恶的毒贩手上。"

程皓用力咬了一下唇，说："可小不点儿她是无辜的……"

周志东义正辞严地打断他："可她也是警察！"

张凡凡这时候说："或许，我们可以给他们一份假的档案。"

阎硕表示赞同："对，反正他们谁也没有看过真正的卷宗！我在禁毒大队挑选一位同志，然后派人将他严格保护起来。"

程皓摇头："没用的，宋濂见过'暗月'，除非是真正的卧底，否则，根本骗不了他。"

周志东吼道："程皓！"

程皓无奈地露出一个笑容："师父，这是事实。"

周志东强硬地打断他，说："按照阎硕说的来，我带着卷宗去赴约，阎硕和凡凡带人在后方策应。"

张凡凡和阎硕各自起立，敬礼回答："是！"

程皓举手："那我呢？"

周志东点点他，用不容反驳的语气命令："你到110中心，做行动总指挥。"

程皓迎上他的目光就知道自己已经没有反抗的机会了，只能站直了，并指在额角边敬了个标准礼："是！"

北京时间16：00，距离下班高峰期还有一段时间，路上的车流开始变得汹涌起来。

程皓站在巨大的屏幕前，通过不同角度的画面，将整个望海市的情况尽收眼底。

方贺坐在一辆面包车上，身边跟着两名操作无人机的飞手。背后是改装过的车厢，摆放着多台电脑，以及市局多名信息技术专家。马路上，几辆与私家车看起来毫无区别的警车悄无声息地在车流中穿梭而过，为首的是一辆黑色的私家车，开车的人是周志东，后面约两个车位的距离，开车的人是张凡凡。阎硕带领的是另外一队，率先向目标位置驶去，等待在指定位置替换张凡凡。张凡凡脸色苍白，全神贯注看着前面的黑色私家车，耳朵上挂着黑色的耳机，从车载对讲机里面传来丝丝的电流声。

程皓戴上耳机，他深深地吸了口气，挺直腰背，望着一个屏幕里，周志东的车疾驰而过。20 分钟后，周志东将车开入了滨海公路，码头就在前方。

他的电话突然响了起来："周局长，幸会。"

那是个被掩饰得很好的声音，周志东问："你是谁？想干什么？"

对方慢条斯理地回答："你看到海了吗？"

周志东当然没有欣赏海景的心情："看到了。"

对方又说："我很多年没有看过这么美的海景了……"

对方像老朋友聊天一样的语气让周志东有些不耐烦，但还是忍着开口："是很漂亮，可惜我没什么欣赏的心情。"

那人听了轻笑了一声，然后说："是啊，你心有所念，眼里又怎么会有这些风景呢？"

他不等周志东说话，又接着说："前面有个停车场，在 P8 号区域下车。"

周志东立刻转了方向，停车场就在右手边的位置，他找到对方所说的区域。

这时候，电话又到了："你看到右边那辆红色的车了吗？"

周志东抬头看去，在不远处停了一辆红色的轿车，他立刻下车，拎着装着卷宗的公文包，快步走过去。

"等等。"对方忽然说："把你身上的监听器还有手机取下来，扔到旁边的垃圾桶里。"

周志东知道对方不想警方追踪到具体位置，所以一定会采用这种手法进行反追踪，他毫不犹豫地将两样东西都丢进了垃圾桶，然后上了对方指定的那辆车。

程皓已经清楚地听到了他们之间的对话，于是立刻下令："通知交管部门，全程放行这辆车号为望 C95137 的红色马自达，随时监控确认车辆位置。"

车门没锁，车钥匙就在车上插着，周志东发动汽车之后，车载电话就响了，他注意到在副驾驶座上还放着一部电话，应该是与车里连接的。

对方不紧不慢地说："现在是下午 4 点 33 分，晚上 6 点前，到旗山隧道，我会再给你打电话。"

旗山隧道不在望海市内，离码头有一百多公里，即便是走高速，也要穿越过市区，而穿越市区的时间正好是下班的高峰期。

周志东下意识地提高了声音说道："你开什么玩笑！"

对方根本不理会他，直接挂了电话。

周志东一刻也不敢多耽误，猛打方向盘，一脚油门就把车头掉了个个儿，驶出了码头。张凡凡等人也立刻转向，尾随着那辆红色的马自达而去。

程皓抬手看表，留给他们的时间似乎远远不够，他果断下了命令："通知交管大队，赶紧找两辆警车来开道！"

从滨海大道又回到主路，车况果然开始变得举步维艰了，周志东摸了根烟点上，急得几乎坐立不安，不断看着手表，一分一秒流逝的不只是时间，更是生命。可是前面长长的车流却好像瘫痪了一样，像一条盘踞蜿蜒的长蛇。眼看已经快到五点半了，可是，他才走了不到三分之一的路程。

正在一筹莫展之际，突然从后方传来了警车鸣笛的声音，两辆警用摩托车队从后方穿过，不多时，自己所处的这条机动车道便畅通了起来。周志东虽然无法与程皓直接联络，但是心中还是不由得默默感叹了他的反应迅速。

旗山隧道就在高架路出口向左三公里处，属于两城中间的地带，前方有一个十字路口，周志东看到对面亮起了红灯，正想要停车，忽然电话响了起来，他接起来，对方就对他说："开过去！"

周志东为这声突如其来的指令而一惊，身后的张凡凡目前始终与他保持着两个车位，现在闯红灯，她必然就会跟丢了。但是，此时他已经别无选择。

周志东咬了咬牙，猛踩了一脚油门，汽车无视红灯笔直地向前开出去，两边过往的车辆发出刺耳的刹车声，急刹车横在了路中间，而司机的谩骂声也随即响起，整个十字路口顿时瘫作一团。程皓一愣，就看到周志东的车已经径直驶向前方，眼看就要冲入隧道！张凡凡也没想到情况会突然变化，然而她前后左右都被车夹着，眼睁睁看着周志东的车越驶越远。

阎硕和队友这时候已经等到了隧道外守着，但是隧道内的情况瞬息万变，没有人跟着，谁也不知道会发生什么事！

程皓立刻问："阎队，你们在什么位置？"

阎硕回答："我们这边一共两辆车，正在隧道外的加油站待命。"

程皓扫了一眼监控录像："想办法在前方设置路障，拦截所有从隧道里驶出的车辆！对方可能会让周局换车！另外，派一组人进隧道里去搜！"

阎硕立刻推开车门从车上下来，答道："明白！"

两组人各自行动，一组进入隧道，果然看到那辆红色的马自达停在路边的安全区。而交通大队也早有准备，很快拉开路障，依次检查开出隧道的车辆。可是，他们并没有找到周志东。

就在隧道外警方热火朝天展开排查的时候，一辆白色的厢式货车从隧道中间的安全通道掉头，缓缓从另一个方向驶出了隧道。周志东坐在黑暗里，感觉卡车开得并不快，并且走走停停，应该是进了市内。他在心里一直计算着车辆的行驶时间，大概走了 40 分钟左右，车子便停了下来。

车厢门被打开，周志东看到外面的天色已经黑了下来，这里是一个荒废了的小型游乐场，娱乐设施陈旧而落后，入目所及之处没有看到高楼大厦的影子，空旷寂静，除了他们之外连半个人影都没有。

两个人正在外面等他，其中一个是个年轻女人，生面孔，周志东并不认识，而另一个人他看过照片，宋濂身边的头号亲信坤扎克。

他看起来风度翩翩，周志东冷静地瞪着他，问："我女儿在哪儿？"

坤扎克抬手做了个"请"的手势："你很快就可以见到她了。走吧，周局长。"

旁边的年轻女人浅浅一笑，转身走在前面领路。周志东也不犹豫，径直向前走去。

他们走到一间低矮的平房前面，门梁处挂着一块摇摇欲坠的牌匾，用红字写着"鬼屋"两个字。很多游乐园都有鬼屋，但大多都是粗制滥造，赚个噱头罢了。

坤扎克掀开厚布遮挡着的门帘，年轻女人先走了进去，周志东紧随其后，门内的景象却和他想象中的大相径庭，令他心中一惊。不但没有阴暗的气氛和怪异的道具，反倒亮得晃眼。那是一面面镜子呈不规则形分布在周围，却又角度刁钻地互相反射，倒映出无数的人影来。寻不到光源，也感受不到空间的大小，上百面的镜子把空间切割得异常复杂，周志东也不知道那年轻的女人是如何来辨别方位，走得没有丝毫犹豫。周志东只知道跟着她，从一面面镜子中间穿梭而过。

周志东走在她背后，看到她后颈隐约有个白色的事物一闪一闪，依稀有些眼熟的样子。

他想了想，开口问："你是谁？"

年轻女人脚步骤停，悠悠转身，身后无数面镜子里的她也跟着一并转身，仰起头，一副骄傲优雅的模样："周局长贵人事忙，我的名字怕是说出来，你也不知道。"

她微微一笑，笑容在这样的环境里显得极为诡异骇人："但我哥哥，您也许听说过。"

目光从周志东身边越过，径直望向坤扎克，说："我的哥哥，是顾向华。"

周志东顿时神色大变："你是顾向岚？"

年轻女人摇了摇头，笑容越发灿烂："不，我叫顾澜。"

她正是提前从清迈返回望海的顾澜，但对她来说，昔日的顾向岚已经是散落在烟尘里不可挽回也不愿忆及的过往。

周志东紧盯着她，似乎是十分诧异她为什么会出现在这里："你和严琦、乔安然，是什么关系？"

顾澜从容自若地回答："一如你所看到的那样，周局长……"

她抬起手展开，似乎是在向他炫耀她的作品："我们，都是设计死亡的人。"

她站在镜子当中，骄傲如同一位尊贵的女皇，正在俯视她的王国与子民，而这间精心设计过的镜子屋，将成为下一个全新的死亡舞台，注定成为葬送希望和荣光的坟墓。顾澜说完这句，便再次转身，徐徐向镜子屋的深处走去。

他们在镜子间穿梭了约莫有两三分钟的时间，顾澜忽然身影一晃，快走了几步，整个人便突然从周志东面前消失了。周志东一惊，他立刻快步追上去，拐入一边，就看到前方周晴被双手反剪绑在椅子上，蒙着眼，坐在镜子中间。顾澜手里拿着一把枪，枪口正顶着她的后脑勺。

周志东见周晴衣着整齐干净，看起来并没有受太大的罪，但还是不放心地喊了一声："小晴！"

周晴猛地抬起头来，因为看不到而四处晃动着头颅，身体也不自觉地挣扎了起来："爸！是你吗？"

周志东举起手中的公文包："你们要的东西，我带来了。"

周晴开始剧烈挣扎："爸！不要管我！"

顾澜摇摇头，连看都不看周志东手中的公文包："我知道你必然不会带真的卷宗过来，半个小时之内，警方一定会找到这里来，所以……"

她缓缓将子弹上膛，在周志东面前，用枪口抵紧了周晴的后脑。

"我给你三十秒，二选一，是要带你女儿活着离开，还是为了那个卧底，以命换命？"

周志东双手颤抖，心里也慌得很，毕竟周晴是他唯一的亲人，他的选择，将决定三个人的命运。他必须想办法拖延时间，等待程皓带人找到这里。

于是他慢慢上前半步，说："你给我一点时间，让我考虑一下。"

顾澜忽然移开枪口，"砰"的一声枪响，子弹在周晴的脚底炸开了花，周晴发出一声刺耳的尖叫！

周志东的心也跟着一颤，安慰道："小晴，你别怕！爸爸在这里！"

周晴这才又安静下来。

周志东迅速让自己冷静，又说："顾向岚，你真的想知道卧底是谁？"

顾澜被他叫到以前的名字，心情有点复杂，但她并没有清楚地听出周志东话里面其他的意思，只是冷笑："我劝你还是别拖时间了，现在你还剩下十秒……"

周志东不答，反而说："你哥哥被警方逮捕之后，曾经向我们提出了一个要求，是与你有关的……"

顾澜冷酷地打断他的话："抱歉，我不想知道。"

周志东无视她的拒绝，仍然说下去："他说，希望你还是生活在象牙塔里那个简单干净的你，忘记他，好好地生活下去。"

顾澜慢慢摇着头："我们都走了同样的路，注定会有同样的结局，我从没对他有任何期待，而他对于我，也不该有那些虚伪而无力的奢望！"

顾澜将枪口对准周晴："最后十秒，女儿，卧底，周局长，选一个吧！"

周志东紧张地看着周晴，周晴虽然因为害怕而颤抖着，但还是梗着脖子，挺直了腰背，努力用最大的声音喊道："爸！不要说！"

顾澜像是听到了什么笑话一样，嗤笑了一声："卧底是一条人命，女儿也是一条人命。都是人命，没什么贵贱的。谁的命，不是命呢？"

周晴却开口厉声反驳："我是警察，不能为了活下去出卖我们自己的战友！"

周志东脸上有欣慰，又有不舍："小晴……"

周志东强迫自己冷静下来，上前一步，质问："我凭什么相信我把卧底身份告诉你们，你们就能放了我女儿？"

顾澜开口笑得很爽朗："你说的没错！"

周志东一愣，忽然意识到什么："你们也在拖延时间？"

顾澜得意洋洋地说："我在等那个真正的卧底现身，我想，他很快也该到了。"

周志东惊讶地反驳："不可能！他不可能来！"

顾澜笑道："事情闹得这么大，如果他在望海，就一定会来。"

她拍拍周晴的肩膀，说："所以，今天真正的好戏，马上就要开始了！"

话音未落，这个空间里忽然发出镜子碎裂的巨大声响，随即是一声沉闷的、人体砸在地上的声音，瞬间便又安静了下来。

顾澜看着面前鲜血飞扬的画面，愣了一下。开枪的人是坤扎克，他正缓缓将枪口对准了顾澜和周晴。周晴看不见，却闻到了鲜血的气味。

她颤抖着声音喊了一声，带着不确定又带着期盼："爸？爸……"

可是，并没有人回答她。

顾澜迅速冷静下来，从口袋里掏出一张早已经准备好的白色夹竹桃标本，然后扔在了周志东身边。做完这一切，她望着坤扎克说："你们太心急了。"

坤扎克说:"缇娜小姐既然答应了这场交易,就要付出相应的筹码。"

顾澜冷笑:"可惜,心急吃不了热豆腐!"

她向身边的镜子开了一枪,镜子顿时裂成碎片,而镜子中的顾澜和周晴也随之消失不见。坤扎克立刻追了上去,但是镜子屋交叠倒影的深处,哪还能见到她们的踪迹?

早就等在后门的商务车接上顾澜和被绑着的周晴,迅速驶离现场。

然而此刻,游乐园外,警笛声已经响起。仿佛从四面八方而来,迅速将这里重重包围起来。率先抵达的一辆车上,程皓动作敏捷地跳了下来,带人上前搜查停在一旁的货车。

"果然是这辆货车!"

他从旗山隧道的监控摄像里看到了这辆厢式货车,它明明是从入市方向驶入隧道的,可是偏偏又从入市方向出去了。而且周志东的车进去之后没多久,厢式货车就出来了,所以,程皓对这辆车产生了强烈的怀疑,立刻对车辆进行了追踪。

此时顾澜鬼使神差地回头,却已经看不到红蓝警灯闪烁当中,那个高大挺拔的身影。

几辆警车跟着停下,张凡凡和阎硕等人也随后抵达,既然货车里没人,程皓便挥了挥手,说:"凡凡跟我进去搜!阎队,你带几个人,搜一下周边,防止有人逃跑。"

阎硕点点头,喊上禁毒大队的人一起去周围搜查。程皓率先冲进镜子屋,可找到周志东的时候,所有人都傻了。他整个人笔直地躺在地上,额头上有一个洞,正在向外冒着血,人已经断了气了。而在他的旁边,白色的夹竹桃标本上染了血,画面显得如此触目惊心。

暗月行动总指挥,摧毁康泰集团的头号功臣,现任望海市警察局局长周志东,最终为了保护他的卧底,死在了毒贩的枪口下。

周志东的死仿佛击溃了程皓的最后一道心理防线,只听他发出像野兽一样的悲鸣声,像是全身的力气被瞬间抽走一般,重重地跪在了地上,膝盖和地板碰撞发出沉重的声响，似乎还带着骨头裂开的声音。

眼泪从程皓的眼睛里面摔在了地上，他嘴皮颤动，许久才喊出了一声："……师父……"

张凡凡不忍再看，背过身去，因为心中悲痛而肩膀颤动着。跟随而来的警察看到这一幕，也不由得悲从中起，不约而同地脱下了帽子，低下头，向这位英勇的警察局长致敬。

程皓使劲用手捂住了眼睛，语气含混不清："师父，对不起！"

他喃喃地似乎是对自己，又像是对周志东说："我假如再勇敢一点，也许你和周晴就不会……"

方贺气喘吁吁地跑过来大喊："没有找到周晴！没有！"

程皓猛地抬起头："她可能还活着！一定要找到她！"

他握紧了拳头，仿佛在满地鲜血里许下某种誓言："我一定会找到她的！"

——案件 5 号《槲寄生》完

案件 **6** 号

《暗月》

第 21 章

周晴隐隐约约听到有人在说话，声音仿佛从遥远的时空传来，却又听得那么清楚。

"……贪狼已经就位，随时可以开始行动。"

说话的人应该是顾澜，她认得对方的声音，眼前的光亮变得开阔，她睁开眼，看到的是明亮的天花板，终于不再是那个狭小昏暗的地下室，似乎又换了个地方。

她听见另一个声音悠然响起来，清冷而坚韧，似乎是她熟悉的腔调，可字字句句，又都带着截然不同的腔调，他说："我去见宋濂，你守着她。"

顾澜的声音有些激动，音量也跟着提高："那太危险了！你不能一个人去！"

周晴慢慢恢复意识，忍不住皱起眉头，那人到底是谁……

对方的声音略有些沙哑："他所做的一切，不过是为了逼我现身而已。我如果不去，他又怎么会轻易善罢甘休？"

周晴似乎回忆起了什么，睁大了眼睛，那些足以令人血液逆流的画面，她并没有错，事实似乎证明了她全部的猜测。

顾澜又说："可是你只有一个人……"

男人似乎轻笑了一声，言语当中充满了不屑："对付宋濂，我一个人足够了。"

那人又说："我承诺过她，无论如何，我都是她生命里的那棵树，永

362

远做她的依靠和守护者。更何况，我们都知道，这一局从一开始，就是没有退路的。"

此后静谧许久，不知道又发生了什么，周晴听到顾澜压低声音，平静地回答了一句："那，你要小心。"

周晴努力撑开眼皮，终于看清了四周的情形，全然陌生的房间，看起来干净整洁，只是家具都是雪一样的白色，看起来压抑至极。

她想要坐起来，身上却没什么力气，不知道是不是因为吸入乙醚的后遗症。慢慢回忆起晕过去之前的情形，周晴的眼里很快又蓄满了泪水。她记得那声枪响和鲜血的味道，但是她并不知道父亲此刻的情况，只能努力在心中祈求，他仍然是安全的。

然后她听见脚步声，很轻，似乎迈出的每一步都很小心。越来越近，周晴眼底的泪水终于贴着眼角滑落。她艰难地扭过头，看到隐在门外的那个黑影的轮廓。

他穿着墨绿色的连帽风衣，帽檐拉得很低很低，让人根本看不清他的脸。但是在那一瞬间，周晴却什么都懂了。

她咬着唇，用力合了一下眼睛，敛藏了眼底黯然悲伤的光，所有的泪水在那一刻倾泻而出。

够了，都够了。

再睁开眼睛时，她眼中忽然又有一团星光亮了起来，那是坚定而决然的光芒，驱散了先前所有的悲伤。

"我是个警察，"周晴在心里默默地对自己说，"即使再伤心难过，我也要继续做身为一个警察该做的事情。"

她没有动，甚至连呼吸都屏住了。

门口那个人影只是停留了一下，然后很快就消失了。

周晴知道他一定是去见宋濂了，她艰难地移动了一下手臂，看到自己戴着的手表还在，她的手机虽然丢在被绑架的出租车上了，可是并没有人知道，她自己一直在开发一些小型的功能APP，比如她的手表上，就带有定位功能。幸好，并没有人注意到这一点，周晴想，希望有人找到了她的手机，这样，他们就能通过提示收到她发出的求救信息。

她悄悄地打开定位功能，并且用尽了自己最大的力气，确认点击按下了"发送"的按钮。接下来，她只能期待着，有人早点发现手机上的最新提示。然而，此刻她的手机正静静地和其他的证物躺在一起，那条弹出的提示消息仿佛耗尽了所有的电量，屏幕在下一刻迅速转为黑暗。并没有人留意到周晴手机这短暂的异常，因为专案组办公室里此刻空无一人。所有人都在车上，寻找周晴，是他们当下最为急迫的任务，

程皓仍然是行动总指挥，短暂的悲伤之后，他必须打起精神来重新投入战斗。

张凡凡放下电话，对他汇报情况："110指挥中心确认，在松江路和滨江路的十字路口，找到了那辆疑似带走了周晴的车。"

经过确认现场附近的监控录像，他们锁定了一辆嫌疑车辆，因为在警方到达现场的同时，这辆车刚好从附近的岔路口开出，而且，是半小时之内唯一的一辆。

方贺说："跟交管部门确认过了，车牌照是假的，套牌车。"

程皓说："能不能想办法确认开车司机的样貌？"

张凡凡摇头："伪装得非常好，反追查能力很强。"

程皓想了想又说："跟阎队确认一下，宋濂目前在什么地方。"

阎硕在另外一辆车上，禁毒大队仍有一组人在对宋濂进行布控，方贺已经开始打电话，很快回复："在酒店里，没什么异常。"

程皓扶着方向盘，目视前方，但仍不忘抽空思考："不可能，这个时候他怎么可能按兵不动？"

他自己给阎硕打电话："阎队，我觉得宋濂很快会有动作，你们的人一定要盯紧了。他让人抓走了叶缇娜到底是什么用意，相信很快就有答案了。"

阎硕回答："我明白。"

程皓挂了电话，张凡凡轻轻地推了他一下，说："夏寒呢？"

这句话让程皓脸上有了一点动容的表情，他叹了口气，说："我让徐晓蒙暗中跟着他了。"

方贺诧异："你怎么让个法医去跟着啊？就徐晓蒙那跟踪水平，被发

现了怎么办？"

程皓轻笑："被发现，就被发现吧！"

他见方贺一脸不解，于是解释说："夏寒以前上过警察学校，虽然射击和体能成绩不怎么样，但是，侦察和反侦察能力一定不会弱，徐晓蒙是必然会暴露的。"

张凡凡立刻就明白了："你想给他机会证明自己。"

程皓点头："反正也没人盯得住他，依照夏寒的性格，如果问心无愧，基本上可以当徐晓蒙不存在，随便他跟着自己。假如他故意把人甩掉，反倒证明有问题。"

方贺听了兴致勃勃地说："那我问问什么情况！"

他打电话给徐晓蒙，问："小蒙蒙，你在哪儿呢？"

徐晓蒙正坐在书店一角，咬着奶茶吸管喝珍珠奶茶，回答："在海韵中心的城市书店。"

程皓回手指指方贺，对他说："免提。"

方贺于是把免提打开了，放给大家一起听。

徐晓蒙接着说："夏老师上完课就来这儿了，一直坐着没走。"

程皓问："他在干什么？"

徐晓蒙说："应该是在办公，一直在用电脑。"

张凡凡问："夏寒经常去这家书店吗？"

她这话显然是问程皓的，因为最了解夏寒生活习惯的人就是他。

程皓并没有立刻回答张凡凡的问题，而是想了想，问徐晓蒙："他是不是坐在最靠里临窗的位置，背后有一排书架，窗外能看到海景？"

徐晓蒙探头悄悄看了一眼，轻轻地回答："没错。"

程皓说："那你继续盯着，假如他换地方了，立刻打电话。"

徐晓蒙紧张兮兮地回答了一声"是"，视线所及的地方，夏寒仍然在对着电脑打字，看起来神色严肃，眉头皱得很紧。

这确实是夏寒的生活习惯之一，他通常都喜欢坐在临窗能看海的位置，而程皓所说的话，其实也在另一个角度回答了张凡凡的问题。

张凡凡说："他没有问你关于寻找叶缇娜下落的进展吗？"

程皓说："问了，他给我发过几条微信，大概平均一个小时一条。"

张凡凡说："看来，他还是很担心叶缇娜的安危。"

程皓说："他着急的时候，其实也会下意识地保持冷静。一个小时一条微信，已经是他的极限了。"

张凡凡问："现在看来，夏寒似乎并没有刻意甩掉徐晓蒙。"

程皓的脸色稍微好看了些："希望如此。"

他们的车驶过喧闹的十字路口，天已经完全黑了下来，夜幕降临，不知道从何时开始，城市的上空乌云密闭，空气沉闷而压抑，湿漉漉的，其中似乎蕴含着泥土的气息。

灯火绚烂依旧，可在市中心最繁华的区域，车流依然熙熙攘攘，黑夜，给他们的搜寻带来了更大的难度。

感觉到冰冷的水滴打在脸上，张凡凡下意识地把手伸出车窗，果然感觉到雨水的湿润感，她面无表情地说："下雨了。"

这并不是什么好事。

从天而降的雨水迅速掩盖了人们出没的痕迹，他们在泥土路上留下的脚印，他们在空气中留下的各种味道，甚至是，一把把迅速在黑夜中撑开的伞，让视线都变得迷离不清，一眼望去，只能看到街上色彩斑斓的伞面，而每一张藏有目的，行色匆匆的面孔，也都被隐藏在了伞底……

禁毒大队的人很快传来消息："宋濂出门了。"

他穿着对襟的宝蓝色唐装，看起来像个钟爱古玩字画的富态商人，只是如果近看，就会发现他的眼神与那些商人是完全不一样的，他的眼睛里有血的光芒，嗜血杀戮，宛若修罗。

银色的商务车停在旋转门外接他，身边有人手持纯黑色带金边的大伞，张开之后足够容纳下两个成年人的身形。宋濂上了车，随行的还有两个手持长伞、保镖打扮的人。禁毒大队的车辆很快跟上，并且在频道里开始确认跟踪以及交接的位置。

位置实时传送到程皓的手机上，宋濂去了位于九库附近的大剧院，那里晚上有一场交响音乐会。大剧院附近的车辆很多，路况一度有些拥堵，来往的人也不少，各种各样的雨伞在黑夜里闪动。

宋濂在保镖的护送下，一路从停车场步行到达剧院的入口，与所有人一样，凭票安检入场。禁毒大队的两名警察想要跟上去，但是被检票人员拦住，他们只能悄悄出示了证件，才又跟了上去。

停车场里，也有一辆车上留人，随时监视着停在那里的商务车。车上还留着一名保镖，他一直撑着伞在跟司机低声闲聊，两个人似乎很无聊的样子。

进入会场的警察看到了已经坐在第三排座位上宋濂的背影，那件宝蓝色的唐装确实很显眼，他们这才松了一口气。

停车场里，那名保镖不知道和司机说了些什么，忽然撑着伞，朝着剧场超市走去。立刻有人跟上去，守在门口，一会儿那人又出来了，手里多了包香烟和两瓶矿泉水，很快又回到了车上。

一切似乎平静如常，观众们陆续进场，喧嚣拥堵的车流渐渐散开，停车场里的车辆停满了，音乐会也开始了。然而谁也没有注意到，一辆车就在那时候开出了停车场，并向着主城区的方向驶去。开车的人是宋濂的亲信之一，而坐在后座上的人，穿着一身黑色西装，如同刚才停车场里的保镖一样，而他的脸，当不再被雨伞遮挡的时候，一切都变得清晰起来。

他的眼底有血腥的杀气，他是宋濂。

司机对他说："Chris 回话了，他愿意用工厂和配方，交换缇娜小姐。"

宋濂脸上露出得意的笑容："我就知道，缇娜是他唯一的软肋。"

他又问："坤扎克回来了吗？"

司机回答："还没有，警方还在搜捕，所以他躲在附近，不敢轻举妄动。"

宋濂把头转向窗外，悠悠地说："Tina 现在怎么样？"

司机说："有人在看着她，很安全。"

宋濂笑着说道："Chris 想用 Tina 诱我入局，而我也正好用 Tina 拉他入局，然而他要保住那位大小姐的命，可我不需要……"

司机问："您想要借此一举除掉 Chris？"

宋濂点头："毕竟康泰留下的工厂和配方都在他们手中，而且，于我而言，Chris 才是真正对我有威胁的人。"

他太像康泰，甚至，比康泰更可怕。作为康泰唯一的养子，他能够脱离对方的控制，全身而退，留学海外，只要熟悉康泰那睚眦必报、说一不二的性格的人就都知道，这本身就是一件不可能的事情，但是，他却做到了。

大部分人都没有见过他，只听说过他的名字，Chris 十二岁被康泰收养，十六岁时曾经短暂出现在康泰身边，但是十八岁之后，就再也没有人见过他了，但谁都知道康泰有个养子，那是毒王十分欣赏的一个孩子。

只是谁也没想到，康泰死后，工厂和配方竟然都落在了他的手中。虽然叶缇娜一直都是站在最前面的那个人，但是宋濂一直都在怀疑，她做出每个决定的背后，都站着一位神秘的决策人。

外面的雨越下越大，但是在海韵中心的城市书店里，一切仍然都是安静平和的。

夏寒站起来，走到背后的书架上去取了一本书，站在那里慢慢地翻看着，仿佛世界都因此静谧无声，只有书页沙沙的翻动和电脑键盘被不断敲击的声响回荡在耳畔。

徐晓蒙一动不动地盯着夏寒的背影，高瘦挺拔，在视线里十分显眼。

夏寒翻看那本书似乎看了很久，他看得很认真，外界的一切都影响不了他。徐晓蒙抬手看了看表，21：22，海韵中心闭店的时间是 22 点，这么看，今晚似乎不会发生什么事情了。

夏寒在 21：45 的时候离开了书店，他直接乘坐电梯到了地下一层的停车场，然后开车离开。徐晓蒙依旧跟在他后面，一路跟他回了家。

他看着夏寒上了电梯，然后如实向程皓汇报："程队，夏老师已经回家了。"

程皓说："小区只有一个出入门，你先守在那儿，一会儿我让方贺来换你。"

徐晓蒙按照程皓所说的把车开到大门口，停了车熄了火，坐在那里守着。

夏寒房间的灯很快亮了起来。

程皓把方贺打发过去替班，他和张凡凡还在去往 110 指挥中心的路上。然而阎硕突然打来的电话打乱了他的思绪，禁毒大队的人在音乐会即将结束的那一刻发现，坐在座位上的人，虽然穿着同样的衣服，但并不是宋濂。

程皓眼底有了些许波动，语气坚决地说："把宋濂的照片下发到110指挥中心，还有各支队、辖区派出所，一定要尽快找到他！"

他不知道宋濂到底要干什么，但是，无论他干什么都必然不是好事。

张凡凡担忧地问："这样会不会惊动宋濂？"

程皓摇头："无所谓了，我觉得他今晚可能真的有大动作。"

110指挥中心的全屏铺开，天罗地网般的监控摄像，仿佛覆盖到了城市的每一个角落。

程皓向阎硕详细询问了宋濂出行的整个过程，听完后他笃定地说："去超市买烟的那个保镖，应该就是宋濂！"

那段视频很快就被发送到了程皓的手机上，他已经跟张凡凡交换了位置，张凡凡开车，程皓把视频快进，果然在五分钟看到了另一个穿黑西装的人悄悄从超市走了出来，他在雨中撑起一把伞，伞檐挡住了他的脸，帮助他成功地在雨夜里隐藏了行踪。但他们乘坐的车辆行踪还是掩藏不了的，一路追查，最终锁定那辆车最后出现的位置是汇海商业步行街。

那是一条高端的休闲娱乐商街，因为临海较近，所以汇聚了不少大品牌的旗舰店，还有西餐厅、咖啡厅和红酒会所等等。

程皓看了一下表，果断下令："到汇海商业步行街，一见到宋濂，立刻抓捕！"

阎硕有点犹豫："可我们现在并没有证据。"

程皓说："张凡凡亲眼看到坤扎克抓走了叶缇娜，为了找人，我们请宋濂回来问话，再找他的犯罪证据，也是可以的。"

张凡凡并没有说话，阎硕知道事情的严重性，于是也不再反驳。

程皓挂掉电话看了她一眼，问："你不反对我这么做吗？"

张凡凡轻轻摇头："我们已经别无选择。"

他们似乎已经被对手逼到了绝境，假如今夜不能找到周晴和叶缇娜，明天宋濂只要离开望海返回清迈，他们就注定将一败涂地，而周志东，也就白白牺牲了。

所有人先后接到命令，驱车赶到汇海商业步行街，雨夜中，红蓝警灯闪烁显得格外耀眼。然而正当程皓和阎硕正在不约而同地发愁，要如何在这么长的商街当中迅速找出宋濂的行踪时，似乎从近在咫尺的地方，忽然爆发出了一阵巨大的轰鸣声，就连地面都在剧烈颤抖，建筑摇摇欲坠，在最暗无天日的黑夜里，炸开一团极为耀眼的火光。

程皓单手撑着车，正在跟阎硕分析现场地形图，两个人不约而同地被吓了一跳！

火光冲天，尽管被大雨浇灌，但依然在熊熊燃烧。这仿佛是悖论，一边是火焰，一边是雨水。

张凡凡迅速扫了一眼地形图，然后确认爆炸发生的方位，做出判断："是红酒庄。"

此时幸好商业街已经停业，没有游客，商家只留着守夜的人，三三两两地听到动静冲了出来，在街上看着警车林立，迅速将着火的地方包围了起来。

消防车和急救车相继赶到。紧闭的安全铁门被拆开，程皓等人全部套上防弹衣，戴上防毒面具，随同消防员一起入内。因为下雨的关系，火势得到了很好的控制，并没有蔓延开来，只是浓烟呛得人几乎睁不开眼睛。会所里电路已经全部短路，只能依靠手电筒来进行照明。

一层的火情并不严重，浓烟是从地下一层传来的，消防队员一边喷水降温，一边在烟雾里穿行。他们听到从浓烟深处传来咳嗽的声音，还有脚步声，似乎是有人正在艰难地往外走。程皓立刻做了个手势，消防队员后撤，而所有警察的枪口一致对准了楼梯口。所有人都在屏息等待，警笛声依然在整条商街之中久久环绕不散，气氛一度紧张到了极点。

脚步声越来越近，程皓高举的手慢慢握紧了拳头。浓烟之中，两个人影变得清晰起来。宋濂被司机搀扶着，用一条手帕捂着嘴巴，深一脚浅一脚地从烟尘滚滚当中走了出来。

程皓一步上前，枪口直指他的眉心："不许动！"

宋濂眯着眼，努力辨认出浓烟中的人，但是他此刻的视线已经有些模糊了，只是天生能辨认出子弹与火药的气息，于是慢慢地推开搀扶着自己的人，举起了双手。

当冰冷的手铐扣在他手腕间的那一刻，宋濂忽然无声地笑了起来。他笑得很灿烂，却也很绝望。

四名警察持枪将他押送出门，阎硕和张凡凡等人先后摘下了面具，望着那个曾经不可一世的枭雄坐上警车，然后放声大笑着离去。程皓看着那辆车开走，这才缓缓摘下面具。

背后有人迅速走来向他们汇报："程队，阎队，在地下一层，找到了一个暗室，里面是一间……制毒工厂。"

程皓和阎硕顿时对望了一眼，眼中不约而同地涌起喜色。

这是个不同寻常的雨夜，因为在这个大雨遮天蔽日的夜晚，望海市警方终于发现并成功捣毁了制造红冰的地下工厂，并在现场将活跃在金三角一代的头号大毒枭宋濂绳之以法。

然而宋濂似乎比他们想象的还要平静，他冷静地面对一切，一言不发。夜间突审似乎没有起到任何效果，而此时周晴与叶缇娜依然下落不明。

程皓站在单向玻璃后面看了许久，终于等到张凡凡的电话："搜查令批下来了。"

他立刻推门走出观察室，走到审讯室门口敲了敲门。

阎硕走到门口，将门拉开一半，就听到程皓说："阎队，搜查令下来了。"

宋濂似乎听到了门口的声音，微微抬起眼皮，看了过来。

阎硕说："那我带队。"

程皓点头："这里交给我。"

阎硕立刻推门出去，门完全打开时，程皓站在那里，正好迎上宋濂看来的目光。他朝着对方悠悠一笑，神色平静从容，而宋濂却愣了一下，目光有异。

程皓拍了拍跟着做笔录的缉毒队同事，说："你跟阎队一块儿去吧！"

那人收了本站起来，追着阎硕一起走了。张凡凡这时候快步走了进来，程皓想了想，说："你来帮我记录。"

宋濂一动不动地看着程皓，嘴角扯平了似乎有了一丝笑意。

程皓没有坐下，而是走到宋濂斜对面，坐了个桌角，笑眯眯地望着他。

宋濂也笑了，问："警官，我们之前是不是曾经在哪里见过？"

程皓扬起嘴角："我是望海市 2017 专案组副组长，我姓程。"

宋濂于是问候："程警官，你好。"

程皓又说："我现在其实心情不太好，如果你不是中了 Chris 的计，我想，我应该是抓不到你的。"

宋濂饶有兴趣地感叹："看来，程警官知道的可真不少。"

程皓注意到他的双手交叠在一起，手指微微叩动，他不动声色地说："巴裕曾经说过，康泰还有一个儿子。"

宋濂点头："没错，不是养子，是亲生儿子。"

程皓问："你绑架叶缇娜，是为了威胁 Chris？"

宋濂叩动的手指忽然停住，程皓知道自己应该是猜中了他的心事，于是追着问下去："那周晴被绑架，又是谁布局安排的？"

宋濂抬头看他，程皓皱眉，略一思索，接着问："是叶缇娜？"

这个问题他曾经怀疑过，但是，并没有实质性的证据。

宋濂笑了："何以见得？"

程皓说："叶缇娜想找当年那个卧底，而这件事对你来说，毫无意义。你来望海，显然是因为她许给了你某种更有诱惑力的承诺，红冰的配方、工厂，抑或是……帮你除掉那个最有威胁的敌人……"

宋濂欣然点头："程警官，你很聪明。"

程皓对这种赞扬毫不客气的一股脑儿接受了："确实，我一贯如此。"

宋濂说："表面上是叶缇娜，实际上，是 Chris。"

他看向旁边自始至终没有说过一句话的张凡凡，问："这位警官怎么称呼？"

张凡凡连头都不抬，沙沙地在本子上写着字。

宋濂于是自己继续自说自话："有人告诉我，专案组当中有位很漂亮的女警，叫张凡凡。如果可以，一定要抓到她。"

张凡凡这才慢慢抬起头，用审视的目光打量着宋濂，双眼散发着冰雪一般的寒意。

宋濂笑着说："因为她的安危，可以威胁到程警官。"

张凡凡眼底的寒意渐深，终于开口发问："叶缇娜告诉你的？"

宋濂说："那不重要。"

程皓却借着他的话说下去："重要的是，你原以为可以借机把一切都推到 Chris 和叶缇娜头上，可是，他们却利用了你。"

宋濂点头："是的，不过既然是豪赌，那我只能愿赌服输。"

程皓质问："叶缇娜和周晴在哪儿？"

宋濂只是笑："既然我输了，她们就只能给我陪葬了。"

程皓注意到他的双手此时交叠在一起，五指收拢得很紧。于是他说："你在等坤扎克来救你吗？"

宋濂将双手往下移了移，表面上却在否认："我不知道你在说什么。"

程皓轻笑："可他已经自身难保。"

坤扎克还潜藏在废弃的游乐场附近，但是警方并没有进行非常严格的搜捕。

程皓说："我想要有人帮我带路，自然要在天罗地网当中，给他留一线出路。"

大雨中，坤扎克从藏身的废墟当中悄悄现身，骑着不知道从哪里找到的一辆旧摩托车，迅速离开了现场。

他以为这一切做得神不知鬼不觉，然而他并不知道，在他离开的同时，已经有无数双眼睛在黑暗里盯上了他。跟着他，就能找到叶缇娜。

宋濂有些失望却又不甘心，说："那你们也找不到周晴，带走她的不是我的人，而是廉贞。"

这是第一次出现全新的名字，程皓瞪大了眼睛："廉贞？"

宋濂呵呵一笑："贪狼、七杀、廉贞……不正是你们一直在找的人吗？"

程皓皱眉，越来越多的代号，意味着越来越多的真相，他毫不避讳地问："他们是你的合作伙伴，还是对手？"

他看到宋濂在听到这句话的时候，眉梢上挑，眼睛里再次显现出杀意，于是他明白了："看来，是很难缠的对手啊！"

宋濂说："他们都是破军的人。"

张凡凡看向程皓，程皓倒是有点诧异、有点尴尬，说："原来我没猜错，真的有破军这个人。"

宋濂对破军的存在全无好感："他这半年来，破坏了我不少的生意，所以，我想通过叶缇娜找到他，除掉他。"

程皓笑笑："或许他也是这么想的。"

宋濂直率地说："我怀疑，Chris 就是破军。"

程皓反问："你没有见过他？"

宋濂摇头："他很多年前就离开清迈，去了国外，几乎没有人见过他。"

程皓又问："今天是谁让你去汇海步行街的？"

宋濂只说："你何必明知故问。"

程皓说："那你们之间是怎么联系的？"

宋濂回答："邮件，他告诉我工厂的地址和进门的密码，但是我们刚一进去，里面就爆炸了。"

看来是早有安排。

程皓推测："你以为他会顾忌叶缇娜的安危，不会把你怎么样。"

宋濂自嘲地笑："事实上，我还是太低估他了。"

程皓接着说："你确实低估他了，泰国警方半小时前传来消息，根据知情人提供的线索，一举捣毁了你在金三角地区的共计 6 个工厂和仓库。"

宋濂双手重重砸在桌子上，他终于愤怒了。

程皓抱着双手看他，用商量的口气问："我帮你报仇如何？"

宋濂抬头饶有兴趣地看他，甚至挑起眉毛："你确定？"

程皓摊开双手："有什么不可以吗？"

宋濂笑着说："看来，程警官跟我们，很有缘分。"

张凡凡警觉地看了程皓一眼，程皓笑眯眯地回答："能坐在这里聊聊天，确实很有缘分。"

他停了停，接着又说："我需要关于 Chris 的线索，越多越好。"

宋濂想了想，回答："我只知道，康泰是从曲靖把他领回来的，当时他 12 岁，算起来他今年应该已经……27 岁了。"

程皓问："但他几乎从来没有在康泰身边出现过？"

宋濂点头："11 年前，有人曾经在康泰身边见过他，后来，康泰就把他送走了，听说是送来了中国学习，再后来，听说他没有遵照康泰的安排，而是离开了中国，去了别的地方。从那以后，就再也没有人知道他的下落了。"

程皓若有所思："他这么多年，一直在国外……"

宋濂笑得意味深长："他和叶缇娜都在寻找那个卧底……程警官，你可要小心了。"

程皓双手环着肩膀看向他，语气是平淡从容的："他是个不错的对手，我很期待。"

宋濂想了想，又说："对了，我想，我可以附赠一份大礼给程警官。"

他当然也不希望 Chris 能够如愿以偿，所以，敌人的敌人，此刻可以做暂时的合作伙伴。

他说："虽然我不确定到底谁才是真正的破军，但是，有一个人，我能够百分之百确定她的身份。"

程皓顿时来了兴趣："谁？"

宋濂稳稳地回答："廉贞，她此刻就在望海。"

他的意思很明确，抓住了廉贞，就能获得关于破军更多的线索。

程皓饶有兴趣地挑起了眉毛："哦？"

宋濂说："她叫顾澜，她的哥哥应该是你们禁毒大队的老朋友了……"

程皓的脸色骤变，通过宋濂的话，他立刻就想到了唯一一种可能性，他急促地脱口而出："她是顾向华的妹妹？"

宋濂神秘莫测地一笑："没错。"

他就那么从容地瞪着程皓，试图从他眼中，捕捉到一丝不同以往的情绪。

程皓表面冷静，但手放下去，却在宋濂看不见的地方用力攥住了桌角。

张凡凡却注意到了这一点，程皓极少有这么反常的时候，她迅速判断出情况有些不对，于是开口打断两人之间的无声对峙："怎么才能找到顾澜？"

宋濂悠悠回答："很简单，去该去的地方，就能找到想找的人。"

程皓已经恢复了从容镇定的模样，站起来，对着宋濂笑容可掬地说："多谢指点。"

他朝张凡凡做了个手势，示意她跟上自己。张凡凡虽然不太明白到底发生了什么事情，但还是很配合地站了起来。

两个人一前一后离开了审讯室，程皓走到墙边，放松身体无力地靠了上去，长长地叹了口气。

张凡凡问："你是不是认识顾澜？"

程皓身体贴着墙慢慢滑了下去，然后直接蹲在墙根，抬起头，神情极为无辜地望着她："你相信我吗？"

张凡凡静静望着他："信。"

程皓继续问："即使我隐瞒了你很多事情？"

张凡凡说："我想，我可能猜出来了一些。"

程皓顿时非常诧异："你知道了什么？"

张凡凡也蹲了下来，与程皓面对面，声音难得温柔："但我还有很多没有想通。"

程皓歪着头看她，眼底仿佛落满了星光："想不通什么？"

张凡凡抬手贴着他的鬓角一路向下，轻轻抚摸他的脸颊："我想不通，怎么会是你？"

程皓按住她的手，贴近自己的脸颊，张凡凡的手掌一年四季仿佛都是冰凉的，可是，那种凉意让他觉得心里平静而舒服。他说："因为，我是个警察。"

张凡凡问："你要去找顾澜，是吗？"

程皓说："我答应过顾向华，会照顾好她的妹妹。假如她在那条路上已经回不了头了，那么，我会帮她结束这一切。"

张凡凡轻轻地"嗯"了一声，她愿意对于程皓每一个决定都给予最大的支持。

程皓说："假如这一切真的都与破军有关，那么说不定，周晴现在，也在他那里。我们必须尽快找到顾澜，时间越久，周晴就越危险。"

他们没有更多的奢望，只希望尽自己最大的努力，让她平安地回到他们身边。

程皓和张凡凡携手走到专案组门外，方贺正在和徐晓蒙窃窃私语，宋濂一被捕，程皓就把正在盯梢的他们俩给撤了回来。

宋濂和叶缇娜的嫌疑增大，但全程都没有任何证据能证明夏寒参与了这件事。

张凡凡知道程皓还在怀疑，但是，他和夏寒的交情深厚，所以也非常为难。

程皓看到他们俩凑在一起交头接耳于是问："你们俩捣鼓什么呢？"

方贺抖出几张纸片儿，哗啦啦作响："我们在研究这个。"

程皓好奇地凑过去看，见两张白纸上密密麻麻写满了数字，似乎是在计算什么，但肯定不是方贺跟徐晓蒙这两位狗爬一样的字迹。

程皓问："这谁写的？"

方贺说："在周晴桌上发现的，可能是她写的。"

程皓顿时来了兴趣，把纸接过来："哦？小不点儿在算什么？"

他身子侧了侧，给张凡凡让出位置来，张凡凡很自然地靠过来，从他手里接过一半，两人一起撑着一张纸看。

张凡凡说："似乎是在算车速和距离。"

程皓皱起眉头："搞不懂你们这些年轻人的脑洞。"

张凡凡用胳膊肘怼了他一下："别闹！周晴很可能发现了什么重要的线索。"

程皓想着也对，于是说："那你们留下来继续研究，我出去办点事儿。"

方贺好奇地问："需要我们帮忙吗？"

张凡凡推他一把，无情地否决了他的提议："你就别去添乱了！"

程皓朝着张凡凡笑了一下，边掏手机，边快步走了出去。

不知道为什么，方贺总觉得张凡凡的脸色看起来不太友善，不知道哪里来的，对谁的敌意，他觉得房间里的气温又往下降了几度。

程皓很少用微博，但是他并不是没有。他坐在车上，认真地输入他的账号和密码，微博头像还是一张夕阳的照片，名称叫"海上斜阳"，最后一次更新，还是 2011 年的 5 月。

"海上斜阳：愿一切如你所愿，我们将永不再见。"

程皓盯着那条没有任何评论和转发的微博，似乎看了很久，终于沉沉地吐出一口气，点开了关注人的页面。关注的第二个人，名字已经改了，头像也换了。

程皓记得当年他关注她的时候，她的头像还是个可爱的小兔子，名字也充满了生机，叫作"落落大方"，而现在，那个微博已经改成了"Mansemat"，《旧约》当中，为人类带来诱惑、告发、背叛的堕天使。与她当年所做的一样。

他慢慢地用手机打字，一个字一个字，谨慎而小心地写出来，私信给她，问："你在找我？"

顾澜没有想到，在这个时候，她会收到这样一条私信。那个号她其实几乎已经废弃不用，只是因为他们俩是因此认识的，所以她刻意地保留了其中的信息，甚至定期登录去改名字和换头像，她的内心依然渴望能联系到他，尽管希望已经非常渺茫。

她一度以为，他已经死了。所以当收到私信提示的时候，她在那一瞬间真的惊呆了。她几乎用尽了全身的力气，才握住了自己的手机，没让它摔到地上去。

她用了一秒钟冷静下来，快步走到客厅，飞快地打字回复，但是写完却又开始犹豫，删掉重写，反复几次，她觉得似乎有千言万语想要问，可是最后只问出一句："你过得还好吗？"

程皓没有立刻回复，因为他收到了阎硕的电话，此时，他正开车赶去跟他会合。

他们跟踪坤扎克，找到了宋濂的另一个据点，然而令他们惊诧的是，叶缇娜并不在这里，而且，除了坤扎克，据点里的所有人都死了。死得简单粗暴，多数一枪爆头，鲜血满地，他们在其中找到了一件属于叶缇娜的外套，上面血迹斑斑。

而几乎是与此同时，泰国、清迈和老挝三地的贩毒集团内部也发生了剧烈的变动，宋濂被捕的消息迅速传开，有人趁机展开铲除行动，清缴宋濂集团的势力，并将生意据为己有。这个人的代号对于程皓和阎硕来说并不陌生，贪狼，也就是他们一直在追捕的严琦。

阎硕已经向三地警方递交了跨境追捕的申请，在破军身份不明，尚未抓到廉贞的情况下，贪狼的口供十分重要，假如他能够落网，对于整个2017案来说，将起到关键性的作用。

这时候，顾澜依然盯着手机认真地等待着回复，因为太过投入，所以她并没有发现，周晴的房间不知什么时候已经空了，原本将她一只手靠在床头的手铐被撬开了，那一端空荡荡的，在风里头摇晃。

周晴沿着窗口爬下去，心中感慨幸好自己的体能还算不差，否则连跑都跑不出来。

这里是远离城区的山间别墅，周围几乎没有其他人家，院子很大，外面是被重重铁丝网围住的高墙。周晴也不知道自己饿了多久，只是觉得手脚发软，全无力气，可是硬撑着也要往前走，因为她发现了案情重要的线索，她必须想办法立刻传给程皓他们知道。否则，后果将不堪设想。

然而，她的运气实在是太差了，周晴想，也许她这辈子所有的好运气，都用来遇见了一个她喜欢的人，所以现在，当幸运耗尽，她发现自己所拥有的一切，其实不过都是命运与她开的一个小小的玩笑。

院门开了，一辆车缓缓开了进来。周晴认得那辆车，她在九山公园郭坤死亡现场附近，曾经看到过那辆车。她花费了很久才锁定了那辆车，因为那辆车连续在公园停放了三天没有挪动地方，中途有人上下过车，但是因为停车的位置，恰好让那人很巧妙地避开了摄像头。

看着那辆车在面前不远处停下，周晴和他们正巧撞了个正着，避无可避，只好低头看了一下马上就要没电了的手表，再次按下了定位求救的按钮，然后迅速将表摘下，扔进了附近的草丛里。

周晴眼中关于希望的光芒熄灭了，因为她看到了车里的两个人，一个是叶缇娜，而另一个用一件墨蓝色的长风衣挡住了身形和面容。

第 22 章

与此同时，市局专案组办公室，方贺与徐晓蒙还在针对那张白纸展开热烈讨论，他们都不太懂数学，看不出周晴计算的用意，张凡凡要技术部试图修复周晴被绑架时摔坏的电脑，不知道说起什么，方贺突然怪叫一声，问："周晴会不会算出来了什么？然后把线索存在手机里了？"

徐晓蒙也跟着发出一声怪叫："对啊！周晴的手机呢？"

两个人奔去痕迹中心，在一堆证物里很快翻出周晴的手机，充上电，很快就弹出了周晴所发来的两次定位提示。

方贺于是捧着手机大呼小叫地去找张凡凡："凡凡姐！周晴！周晴发来的定位啊！"

这意味着她还活着！张凡凡完全不敢耽搁，一边通知程皓，一边带人根据定位赶去现场。

一队警车在路上呼啸而过，众人纷纷停车让路，不知道到底是怎样的突发状况，才会让他们这样着急。

张凡凡亲自开车，内心焦急，脸色却还尽量保持平静。她只希望留给他们的时间还够。

程皓接到通知的时候，还在宋濂的据点勘查现场，死了一地的毒贩，让画面看起来相当恐怖血腥，连他都有点受不了，被呛人的血腥味熏得头痛，于是跑出去，在墙角偷偷地点了一根烟。

他已经很多年没有碰过烟，他曾经对老侯说过，只有直面诱惑，才能敌得过诱惑，然而有时候，人总是要向现实妥协，比如现在。

那人枪法准得可怕，一枪一个，没有丝毫犹豫，也没有放过一次空枪。如出一辙的伤口，完美到极致的死亡，要多么果决坚定且内心冷血的人，才能这样杀人？

他杀了宋濂的手下，然后，带走了叶缇娜。这怎么看都像是一场救人的行动，而最大的嫌疑人有两个，一个是破军，另一个，是夏寒。

夏寒读过警校，所以必然学过如何开枪射击，他所说退学的原因之一是体能不及格，而不久之前，他刚在攀岩当中险些赢过了程皓。程皓不得不怀疑他，自从得知叶缇娜是康泰的女儿开始，她接近夏寒的真实目的，就成了谜。

不是自己，就一定是他。猎人对待自己的猎物都有天生的警觉和敏感，而此刻，程皓也是这样。

燃烧的烟头烫到了他的手，才让他瞬间回过神来。阎硕揉着头走出来，也开始点烟，试图驱散这令人恶心的血腥气。

程皓一边帮他点火，一边问："阎队，你知不知道，海韵中心到汇海步行街大概有多远？"

阎硕慢慢吐出烟雾，想了想说："步行的话，大概 20 分钟吧。"

程皓又问："那开车呢？"

阎硕回答："也就 5 分钟吧！"

程皓皱着眉，打电话让人马上搞一张商场平面图来，他看了之后忽然一惊，说："原来这两个地方的停车场是连通的！"

所以，夏寒当时看似与宋濂毫无关系，但实际上，他当时距离案发地点其实非常近，这绝对不可能只是个巧合。

这当然不只是个巧合。

叶缇娜在看到周晴的那一刻，脸上露出了欣慰的笑容，她对身边的人说："你看，我就说廉贞看不住她吧？"

那人微微抬头望去，目光从阴影的遮挡下透露出来。这是他第一次在黑暗中现身，周晴的身体仿佛被那道目光扫过，便瞬间被抽离了所有的力气。

那是强大、周密、完美而又嗜血的凶手，他们拼尽全力也要绳之以法的幕后真凶。同时，也是她曾经寄托所有美好少女心思的倾慕对象。不，那现在已经不重要了。无论他是谁，周晴此刻的心中只有一个念头，她必须将他留下。

她努力挺直了腰背，还不忘整理了自己凌乱的头发，让自己看起来体面一点儿。

然后，她用上了平时那种活泼而开朗的语调，试探地叫了一声她早已经在心中猜测已久的名字："夏寒，是你吗？"

顾澜这时候从门口急促地冲了出来，单手拎着把手枪，四处张望，显然是终于察觉到周晴不在房间里。

一直遮挡在夏寒身上的阴影终于全部散去，他摘下帽子，戴着金丝边框文质彬彬的面容在此情此景之下，显得如此格格不入。

他朝着顾澜挥了挥手，示意她不必急于抓住周晴，语调依然平和温柔："是我。"

顾澜不敢怠慢，于是也靠过来，在距离周晴不远的地方警戒着。

周晴终于看清了他的脸，心里也一分一分地沉下来，冷下来，她之前曾经怀疑过，也否定过自己的猜测，可是，现实却又这样毫不留情地证实了她所有的推测。

夏寒语调不疾不徐，那种温和又亲近的感觉，与平时跟周晴说话时没有半分差别："你怎么发现的？"

周晴脸上浮现出骄傲的表情："我计算了从九山公园到高速公路收费站再到望海市主城区路线长度和限速情况，根据案发时间，推测了凶手可能经过高速公路收费站的时间……"

夏寒露出一丝苦笑："真有你的。"

周晴坚定地看向他："那天，你不该让我上你的车。"

夏寒知道她说的是哪一天，他们一起从九山区返回市内，然后，他陪她去买了很多可爱的小点心和糖果，记忆里，她笑得很开心，快乐得像个孩子。

夏寒伸手在口袋里摸索着，揣着的水果糖还剩下两颗，被他摸出来托在手心里。

叶缇娜想伸手取走一颗，然而夏寒却没给她这个机会，而是往前走了两步，那动作，似乎是想要邀请周晴一起分享。

周晴摇了摇头，退后半步："我不会再相信你了。"

夏寒依然维持着原有的动作，问："还是要谢谢你，曾经相信过我。"

周晴无奈地笑了笑："不只是相信。"

她的眼睛里泪光闪闪，歪着头打量着夏寒，似乎要将他的身影深深刻入心底："我一直觉得，你比程队更像个警察，更符合我心中关于警察的想象。所以……"

她悠悠地说着，上前一步："当第一次见到你的时候，我好像听到心里有个声音在对我说，'没错，就是他了'。"

她的脸上露出笑容，眼底仿佛散落了五月绚烂盛放的樱花，柔软的，有粉嫩新鲜的颜色，带着年轻少女应有的憧憬和期待，羞涩却坚定地说："不管你相不相信，我都想对你说，我是真的，非常非常喜欢你……"

她眼中散发出的灼灼光亮让夏寒瞬间愣住了，而在旁边的叶缇娜和顾澜也都丝毫没想到周晴竟然说出了这样一番话，她们俩也有点因此而走神。

就在那一瞬间，周晴忽然朝着顾澜扑了过去！

顾澜手中的武器是她唯一的目标，她积攒了半天的力气，都用在了这一刻，再加上大家都知道周晴是个文职网警，所以完全对她没有防备，谁也没有想到，她的身手竟然也十分利落，顷刻之间就扭住了顾澜的手腕，然后迅速地往下一掼！

顾澜手中的枪械顿时脱手，顺势被周晴接在手中！她一手捞过手枪，转身时已经确认子弹上膛，枪口抬起，坚定而决然地对准了她心中唯一的目标！

夏寒因为突如其来的变故而猛地回了神，看到周晴的枪口已经对准了自己！

她比他想象中的还要坚强勇敢，几乎是在不可能的情况下，硬生生地被她撕出了一条反击的道路！

他分不清她之前所说的话到底有几分真几分假，但这些话真的扰乱了他的心绪。他的内心当中一直很明确一件事，他对她有愧疚。所以在面对周晴枪口的时候，夏寒是有一刻迟疑的。

当局者迷旁观者清，叶缇娜和顾澜反应的速度要比夏寒快，两个人一个上前试图阻止周晴，而另一个已经闪身挡在了夏寒身前！

周晴毫不犹豫地扣动了扳机。这是她第二次开枪，上一次在市局外的停车场里，她开枪杀死了乔安然，救了夏寒的命。而这一次，她要做的，是以打伤他为代价，想办法将他留下！

然而第一枪却被突然冲出的叶缇娜挡了个正着，砰的一声巨响，巨大的后坐力让周晴险些跌倒，她来不及站稳便紧接着又是一枪！这一枪打在了夏寒脚边，溅起一丛尘土。顾澜已经扑了上来，一脚踹掉了周晴手中的枪！

鲜血从叶缇娜小腹上的伤口中飞快地涌出来，她跌在夏寒的怀里，面色苍白，全无力气。

周晴战斗力不如顾澜，两下就被她打倒在地，顾澜抢了枪，瞄准周晴的要害就要开枪，夏寒却突然喊道："住手！"

顾澜冷哼一声，反手一枪，打中了周晴的右肩，周晴一下跌在地上，用力按着冒血的伤口，已经完全失去了爬起来的力气。

然而周晴脸上却露出了笑容，血色映着她苍白至极的面容："你跑不掉的……"

她的神色虚弱，目光却是坚定的，望向夏寒的时候，甚至多了几分怜悯的意味："你为了给康泰报仇而让自己满手血腥，你欺骗了信任你的朋友和兄弟，我……我看不起你。"

周晴的话音未落，警笛声骤然响起，由远及近，似乎很快已经近在咫尺。

顾澜急切地说："警察来了！我们必须马上走！"

周晴也听见了警笛声，于是笑得很开心，叶缇娜用力推开夏寒，对顾澜说："你带他走，我来善后！"

周晴已经知道了夏寒的真实身份，所以，必然不能留下活口。

夏寒心中也十分清楚这一点，他先前一直都一言不发，此刻却忽然从顾澜手中夺过手枪，命令顾澜："带她上车！"

叶缇娜绝望地挣扎："带着我，你们走不了的！"

夏寒上前一步，将枪口抵在了周晴的额头上。

周晴从未见过这样的夏寒，周身杀气四溢，仿佛无尽的黑暗，张开血盆大口，将她彻底吞噬。

那一刻，周晴却记起了那个阳光灿烂的下午，他们身后，皑皑白雪铺了满地。他往上推了推金丝边框眼镜，笑如同久封开启的酒，醇香在每个烟波荡漾的梦里。他的目光如同笑容一样拂过她的心上，却将温柔内敛。他说："你好，我是夏寒。"

而此时，他敛去温和与笑意，眼神狠绝，她却从他的痛苦中感受到了久违的快意。

既然我们注定不能在一起，不妨就这么彼此憎恨下去。

于是，她笑了，用充满柔情的语调对他说："刚才我对你说的话，全都是真的。"

她慢慢地又重复了一遍："我是真的，真的，很喜欢你。"

那双深邃的目光闭了起来，掩盖绝望和悲痛的神色，因为痛苦而眼皮颤抖。

枪声响了起来，温热的血溅在了他的脸上。

周晴的身体如落叶般滑落的一瞬间，他伸手抱住了她，这是他们认识以来，最近的距离。

他的唇贴着她的耳朵，无声地说："我也是。"

叶缇娜被顾澜搀扶着上车，却依然朝着夏寒大喊："夏寒！夏寒！"

夏寒终于放开了周晴，那个曾经笑靥如花的人，此刻已经变成了一具没有知觉的尸体。

顾澜将车速飙到了极限，在警车抵达之前，飞一般地冲出了院子。

夏寒将叶缇娜拥在自己的怀中，用自己的外套用力按住她的伤口。鲜血渐渐模糊了他的视线，他想起周晴，又看到叶缇娜此刻的模样，心里突然有了深深的怀疑。他这么执意要为康泰报仇，牺牲了这么多的人，到底值不值得？

看到他的恍惚，叶缇娜用手抓着他的衣服，缓慢地说："你要走这条路，我阻止不了你……但是我可以帮你……走了就不能回头……"

她喃喃地说着，眼泪缓缓从眼眶里涌了出来。

身后的警车紧追不舍，叶缇娜慢慢地把手枪从夏寒的指缝抠出来，一边用衣服擦掉上面的指纹，一边艰难地说："我已经没有了父亲，不能再……没有哥哥了……"

夏寒惊诧地看着她："你什么时候知道的？"

叶缇娜只是朝他笑了笑，然后突然将夏寒一把推开，转身拉开车门，毫不犹豫地跳了出去！

迎着凛冽的风，叶缇娜的心中却在那一刻无比平静。已经听不见夏寒声嘶力竭的呼喊，她滚落在地的瞬间，迎着急速驶来的警车举起了枪！枪里还剩下三颗子弹，她连开了两枪，先后打爆了两辆警车的轮胎。最后一颗子弹，她打算留给自己。就这样结束这一切，对她来说，似乎也算是个不错的选择了吧？

程皓用力扭动方向盘，将车勉强停住。爆裂过的轮胎摩擦地面，发出尖锐的声响，刺痛耳膜，他几乎是用尽全力，才避免了翻车的风险。追上来的两辆警车都爆了胎，于是只能眼看着他们要追的人消失在了黑夜里，枪声此起彼伏，可是，终究没能把人留住。

程皓冲下车，看到叶缇娜将枪口抵在了自己的太阳穴上，他上前想要阻止已经来不及，只能绝望而急切地高喊："不要！"

叶缇娜朝他笑了笑，闭上了眼睛。

黑夜里，决然的枪声传得很远。

程皓奔跑的脚步硬生生停住，海风扫过他的脸颊，就如同一把刀子，正在一下下削掉他身上的血肉。

他的眼前仿佛又浮现出周志东倒在血泊中的画面，接下来是年轻的周晴，之后是叶缇娜，最终那些画面交错缠绕，却在一瞬间汇聚在一起，结成一个虚无的场景，他仿佛看到脚下鲜血汩汩流动，顺着沥青色的柏油路流淌，一路无情地缠绕着，盖住他的脚面，然后爬上他的双腿……

他定睛看去，倒在血泊里的人是周志东，是周晴，是叶缇娜，更是顾澜，最终，变成了他自己的脸！程皓知道为什么会这样，这是他的心魔，他的梦魇，也是他必将面对的宿命。

他慢慢地俯下身，扶着双膝，无力地喘气。

阎硕从他背后一路小跑跟上来："程队……已经安排了路障，不过，前面是城郊公路，有很多分岔路，恐怕，很难拦截。"

程皓站起来，咬着唇思索片刻回答："确实，这条路应该是新修的，恐怕摄像头还没启用，车号可能也是套牌的，看来很难取证。"

他说到这里叹了口气，转头看向阎硕："阎队，恐怕现在，我们只剩下一个办法了。"

阎硕的眼睛骤然睁大。他听到程皓说了一句话，那句话足够令他震惊，因为就算是周志东，恐怕也不敢做出那么大胆的决定。

程皓用十分平静的语调对他说："把'暗月'的真实身份，告诉破军吧！"

天快亮了。

张凡凡将手从周晴的脖颈收回来，慢慢地站了起来。那是距离周晴最近的地方。就在他们抵达现场的时候，程皓带人率先去追那辆逃走的车，而她理所应当地留了下来，负责管理现场的一切。

她是第一个确认周晴死亡的人。

探过她的鼻息，也摸过她的颈脉，她一直很冷静地做着这一切，就如同处理其他案件一样，在她面前的，只是个从未见过面的陌生人。亲眼看着年轻的生命在面前逝去，那是一直与她并肩战斗的亲密伙伴和朋友。她所能做的事情，只是背过身，低下了头。身后的警察们随着她的动作，纷纷摘下警帽，低首默哀。

大家不约而同地做着这一切，在黎明到来之前最黑暗的时刻，默默地送走他们亲爱的战友。张凡凡的眼泪终于落下，无声无息，在没有人看到的地方。

她默默地用手指抹过脸颊，然后重新抬起头，瞪了身后已经开始哽咽的方贺和徐晓蒙一眼，说："彻底搜查，决不能放过任何线索。"

方贺咬着唇用力点点头，捧着本子开始四处寻找线索。

徐晓蒙把工具箱从车上拎下来，戴上手套，走向周晴的尸体。

张凡凡面无表情地走向远处的三层小楼，这里人迹罕至，周围也都是废弃的工厂，只有小楼似乎还是有人住的。她谨慎地一层层看过，来来往往都有痕检的同事在进行取证，有人在负责拍照，张凡凡避开她们，直接从楼梯往上走去。

三层是顶层，走廊尽头是天台，另外一边是卧室，卧室的床上有人睡过的痕迹，有一部打开了一半的手铐。外面有个不太大的小会客厅，放着一张沙发，面前的茶几上，摆着一瓶喝了一半的瓶装饮用水。张凡凡戴上手套，从口袋里拿出一个大号证物袋，小心地把这半瓶水装了进去。

她把袋子放在一边，开始检查沙发，沙发上有女人的长头发，或许茶几和水瓶上也会留下指纹，这些都可以作为证据，甚至有可能在 DNA 数据库中找到吻合的身份信息。

突然，有什么东西在沙发的夹缝里骤得一闪。张凡凡眼前跟着一亮，伸手过去，将一个手机从里面拽了出来。这手机必然不是周晴的，那就只有一种可能，就是囚禁了周晴的那个人不慎留下的。手机的锁屏画面是拥有黑色翅膀的堕天使。

张凡凡将手机装进证物袋，再次确认没什么其他的重大线索，于是快步下楼，正想问问能不能找个技术员把手机密码破解掉，正巧看到一辆警车拐进院子，车停稳了之后，程皓推门从车上走了下来。

张凡凡于是走过去，看程皓此刻的模样，眉梢都要耷拉到地上去了，肯定就是没抓到人，于是她也没问什么，只把手机往前一递："在楼上找到的。"

程皓接过来按亮了屏幕，瞬间愣了一下。张开巨大黑色翅膀的堕天使神色冷峻而邪恶，仿佛充满了对人世间的厌恶。他瞬间想起了什么，飞快地输入了几个数字。

张凡凡原以为他是什么灵光一现，心中还有些期待，结果就看到"密码错误"四个字，忍不住瞪了程皓一眼，眼神里充满了无奈。

程皓不好意思地笑着摸摸头，随手又输入了几个数字。

张凡凡刚想对他说"你别瞎试了"，没想到屏幕竟然就这么跳转到了APP界面。

程皓耸了耸肩膀，说："蒙对了。"

张凡凡没跟他说话，而是把手机打开，飞快地开始翻聊天记录。微信里的对话是跟破军的，大部分讲的都是行动计划，而微博没更新，只是在不久之前，收到了一条私信，也发出了一条私信。而最后 Mansemat 的私信箱里，还存着一条没来得及发出的消息。

她说："老地方见，做个了断吧！"

张凡凡诧异地轻声说："'海上斜阳'是谁？为什么一个好几年都没更新过的微博，会突然跟顾澜联络？"

程皓若有所思地念叨："你知道 Mansemat 是什么意思吗？"

张凡凡坚定而果断地回答："堕天使。"

程皓定睛看她，似乎是有点儿诧异，见她正用自己的手机搜索，网络时代，想要寻找某种信息的来源并不难。

张凡凡坦然地回看："难道我不知道还不会查吗？"

程皓悻悻地笑："那是。"

张凡凡挑起眉毛，一脸严肃："到底怎么回事？"

她说的"怎么回事"自然指的是这一连串的事情，从程皓猜出了顾澜手机密码的那一刻开始，张凡凡就已经察觉到事情的问题所在，程皓对于顾澜的熟悉，已经超出了他们所能想象的范围。

程皓伸了个懒腰，笑得漫不经心："什么什么事？"

张凡凡面无表情地瞪他一眼，字正腔圆地吐出一个字："说！"

那杀气估计方圆五百米之内都能感觉到，方贺从旁边经过本来想跟他们打个招呼，结果看到张凡凡此刻的表情立刻就识相地绕路走了。简直就是一副生人勿近、寸草不生的架势。

于是程皓毫无悬念地怂了，声音跟着也软下来："哎，我说……你别激动嘛！"

张凡凡把握紧的拳头松开，很平静地反问："我哪里激动了？"

程皓皱眉刚要说话，张凡凡又瞪他一眼，他立刻指着自己的鼻子说："我，我激动啊！"

张凡凡被他那个笨拙小心又一本正经胡说八道的样子逗笑了，他很明显是在哄她，于是无奈地摇摇头，还是尽量让自己保持严肃，说："你跟顾澜到底什么关系？"

程皓小心地用食指戳戳她的手臂，抿着唇憋着笑的模样看起来又有点小得意："哎，你吃醋啦？"

张凡凡此时特想把手机都拍到程皓脸上去，但还是很严肃地说："我吃抄手从来不放醋。"

程皓笑得人畜无害，张凡凡手一扬，把手机扔进他的怀里，说："你如果不想解释你跟顾澜的关系，那一会儿可以去禁毒大队的审讯室解释。"

程皓接了手机，乖乖举起双手回答："我说，我说。"

他把暗下去的手机屏幕又按亮，说："Mansemat，因为对人世间的爱有所留恋而被处罚的天使，然而他为人间带来的不是温暖，而是引诱、告发和堕落。"

而顾澜，也是那样的人。

他在键盘上输入了881027，顺利打开了手机，证明那就是顾澜的手机密码。张凡凡看到那串数字，忽然想起了什么，但是皱了皱眉头，似乎又觉得哪里不太对。

她想不通，只能问："可1027并不是……"

程皓于是笑了："原来你还记得，1027不是我的生日。"

张凡凡说："应该也不是顾澜的生日。"

程皓点头："没错，1027是我弟弟的生日。"

张凡凡瞬间就明白了些什么，程皓似乎在一瞬间陷入了回忆之中，那是一段漫长而悠远的回忆，其中带着青涩少年时光无忧无虑的记忆。

他目光飘向了很远的地方："他出生在凌晨，新的一天开始的时候。"

也许那样的生命因此承载了黎明给予的祝福，他热情阳光，开朗上进，从小就是父母和旁人眼中的好孩子，而程皓却调皮捣蛋，性格顽劣，谁更得到父母的喜欢，显而易见。

但是，活在阳光底下的孩子，却也在某一天，被身后的阴影吞噬。

　　程皓怅怅地说："顾澜是顾向华的妹妹，原名叫顾向岚，和我弟弟是同校同学。"

　　张凡凡知道顾向华是谁，一直活跃于望海市最大的毒贩之一，无论是康泰在时，还是后来上头的那个人换成了宋濂，顾向华一直都掌管着几条重要的贩毒通道。而他的妹妹，并未如他所想，无忧无虑地生活在象牙塔里，度过单纯美好的校园生活。从某些方面来说，他们兄妹俩十分相似。

　　顾澜在西双版纳市读大学，天生血液里就有与哥哥类似的凶狠与疯狂，以及纵横江湖的气势和手腕，她结识了不少朋友，也自他们手中，将一些违禁的合成类毒品带进了校园。

　　"'海上斜阳'是他的微博账号，顾澜曾经是他的女朋友……"

　　程皓欲言又止，但是张凡凡却已经搞清楚了整个故事的走向：引诱、告发，以及堕落。

　　顾澜利用了她的爱慕者，最终将他当作了替罪羊。

　　然而有一点，她却始终不明白，于是她问："可是顾澜依然用他的生日做手机密码，那么是不是意味着……"

　　程皓点头："她一直没有忘了他。"

　　或者说，顾澜依然留恋着那个记忆里的人，留恋着那段与他有关的记忆，所以她才想要告诉他，在老地方见，彻底了结这一切。

　　张凡凡说："你知道顾澜所说的'老地方'是哪里？"

　　这毫无疑问是个确认的肯定句，因为程皓显然十分了解顾澜的这段往事，就如同那是自己的事情一样。

　　程皓垂下眼："我知道。"

　　他随即又说："但我猜不出她到底想干什么。"

　　张凡凡问："是什么地方？"

　　程皓回答："篮球场……"

　　见张凡凡不是很明白的模样，程皓便又补充了一句："学校的篮球场。"

　　西双版纳民族大学的篮球场，他们初识的地方。

　　程皓的眼睛瞬间亮起来，与此同时张凡凡似乎也察觉到了什么，但两人都没有点破，而是神情凝重地彼此对望了一眼。

皓说："我明天就去。"

张凡凡语调平缓地说："一起。"

程皓刚想开口，张凡凡又说："就我们两个。"

她知道程皓有很多不想让人知道的秘密，所以她愿意与他一同涉险，为他保守秘密。

程皓朝张凡凡笑得很暖，她冷然的面孔底下，却有着一颗始终在为了他而灼热燃烧的心，让他知道自己不再是孤军奋战。这让他更勇敢，去面对往日那些他曾经刻意逃避的真实。

望海市警察局档案室，程皓郑重地将档案交给阎硕。

阎硕翻开文件夹，最后一页清晰地记录着代号为"暗月"的卧底的身份资料。他在康泰集团卧底多年，后来在案件结束，康泰伏法之后，就恢复了原本的身份，并开始了新的生活。

这次重启档案，并对外透露卧底的真实身份，无疑是要重新将他曾经如同噩梦般的过往再度掀开，谁都知道，那对于一个卧底来说，到底意味着什么。

犹如是久经黑暗，终于迎来行走在光明中的某一刻，忽然黑暗降临，再度笼罩他的世界，只剩绝望。

阎硕的目光落在那张端正的证件照上，骤然一愣，脱口而出："怎么会？"

程皓平静地笑："我已经向方副局汇报过案情，他同意我全权处理。"

他所说的似乎并不能平复阎硕此刻诧异的心境，阎硕定了定神，终于冷静下来，问："你真的决定了？"

程皓笃定地点了点头："我相信，这是最好的选择。"

阎硕其实也在心中认同，此时此刻，这确实是最好的选择，然而以身犯险的，只有那名卧底了。

程皓又说："当初'阿阳'并没有落网，此时出现，倒也不那么突兀。"

阎硕知道他口中所说的"阿阳"，指的就是当初的那名卧底，他其实心中充满了疑惑，但是他也相信，程皓能够处理好一切。

他只是点了点头，然后合上了手中的文件夹，重新交给了程皓。

程皓迎上他心事重重的眼神，漫不经心地一笑："阎队，放心吧，一切都会顺利的。"

阎硕并没有他的自信，只是犹豫地说："希望如此吧！"

两个人站了起来，去交还档案，肩并肩往外走时，程皓又说："还有一件事。"

阎硕问："什么？"

程皓说："夏寒。"

夏寒是警察局特聘的心理咨询专家，就意味着，在决定聘用他之前，已经有人详细地调查过了他的身份档案，假如那时候查不出问题的话，现在也未必能查出来。可程皓对于夏寒的怀疑，从来就没有停止过。

阎硕问："派人盯着夏老师倒不难，可一直没有什么证据证明他跟案子有关，而且他的身份特殊……"

夏寒是能够自由出入市局，而且能够间接接触案情的人，在与他的对峙当中，他们很容易落于被动下风。

程皓果断地说："叶缇娜已经死了，假如夏寒真的是破军，唯一能够指证他的人，只剩顾澜。"

这也是他为什么那么急于去见顾澜的原因。

阎硕问："可顾澜并不那么容易对付，当初连宋濂都在她手里吃了亏。"

程皓笑："人总有弱点，或者江山天下，或者儿女情长。"

他这话说得文绉绉的，阎硕笑得很豪迈，仿佛他们此刻都成了仗剑走天涯的大侠。

程皓笑得眼角都有了褶子："人一旦有了弱点，就不再无懈可击，我们所要做的，就是找到他们的弱点，迅速出手，一击毙命。"

阎硕心领神会："那这几天，我就让人继续盯着夏寒，不松不紧，例行常规动作就好。"

程皓会心点头："没错，阎队英明。"

两个人说话间走出档案室，阎硕往右转，正好是回办公室的路，按理说专案组也是要往右的，但程皓却往左转。

左转是往大门口走的，阎硕立刻就问："出去？"

程皓笑笑："没错，有点私事要办。"

阎硕想到什么事，面色沉静下来，说："周局和周晴的追悼会，定在下周三。"

程皓眼中不自觉流露出悲伤的神色，但很快表情又重新变得坚毅起来："在那之前，我们肯定会抓到凶手。"

阎硕安慰似的拍拍他的肩膀："一定会的。"

程皓冲着阎硕点头示意了一下，然后转头大步飞快地走远。

阎硕站在原地，看到他的身影在悠长的走廊里渐渐远去，阳光穿过窗子，在他身上投下斑驳光影，他就那么坦然无畏地走在光明与阴影之间，忽明忽暗，令人捉摸不定。

谁能想到，隐藏已久的真相，竟然会是这样呢？

夏寒已经换上了居家服，一边用白色毛巾擦着头上的水，一边不紧不慢地走出浴室。仿佛已经洗去了身上所有血腥的气息，空气里只剩下草木的馨香，以及水汽升腾，带着微微湿润的触感。

顾澜盘着腿坐在客厅的沙发上，抱着一个靠枕，慢慢喝着杯子里的水。她的神色很平静，看不出刚刚经历过生死与杀戮。

而夏寒似乎比她还要从容，只是看起来脸色苍白而憔悴，之前周晴死在他怀中的景象，还有跳车的叶缇娜，仿佛都历历在目，可是，他似乎已经习惯了用一颗冷硬的心来面对每一次生离死别。

他挑起眉梢，看了顾澜一眼，却是顾澜先开腔："我要走了。"

夏寒将毛巾规规矩矩地叠好，放在一边，说："是差不多了。"

顾澜说："我明天去西双版纳，见阿阳。"

夏寒眼中终于流露出一丝好奇："我父亲很赏识的那个'阿阳'？"

顾澜点点头，但很快又摇摇头："我认识的不是跟在康泰身边的那个阿阳，而是萍河的阳哥……"

她认识他很早，有些事情不知道为什么，她并不想告诉夏寒，比如她和阿阳在大学校园里的初识，那是她心中唯一的秘密，值得永远在心中珍藏下去。

夏寒给自己倒了杯水，抿着水，悠悠"哦"了一声，语气似乎有些疑惑。

顾澜预估夏寒会有这样的反应，她接着又说："淳叔和巴裕都曾经猜测过，怀疑阿阳就是那个卧底。"

夏寒点头："我知道，我已经让人查过，但假如他真的是卧底，甚至能骗过我父亲，获取他的信任，他的身份应该是无懈可击的。"

顾澜说："阿阳原本是个大学生，在学校里帮我散货，后来被警方发现，我就把他推出去挡了灾。"

夏寒轻笑："看来，你以前看人的眼光，并不是那么准。"

顾澜哑然失笑："那时候的他，可怎么看都不像个警察。"

她回忆起当初那少年对自己虔诚而笨拙的示好，真心到不惜背叛一切的疯狂，心情百感交集，假如他真的是卧底，只能说明他的演技实在太好，连她的感情，也一并算计在其中。

夏寒问："他的全名叫什么？"

顾澜仿佛陷入了回忆，慢慢地，说出了此刻在记忆中依然清晰的名字："程阳。"

夏寒却觉得胸口被重重地砸中，五味翻腾，说不出是什么滋味："他也姓程？"

顾澜并不知道夏寒想到了什么，只是点了点头，却一下子反应过来夏寒的意思："也？还有谁？"

夏寒指的当然是程皓，但顾澜并不认识程皓，所以她很诧异。

不过夏寒没打算仔细解释这件事，只是说："你该走了。"

顾澜停了停，正想再问，夏寒说："很快会有朋友来找我。"

当然不能让人看到她在夏寒家，于是她点点头，收拾东西，推开客厅的一面墙，从那里离开了。那其实是一道隐藏的拉门，由此可以通向另一个单元，可以适当避开在楼下盯梢的人，也不会和来找夏寒的人正面撞见。

夏寒估计得很准，顾澜几乎离开之后还不到20分钟，就有人敲响了他家的门。来的人是程皓。

程皓敲门的时候，夏寒正在煮咖啡，整个房间里弥漫着微苦却又馨香的气息。

拉开门的一瞬间，两个人打了个照面，彼此仍然像平常那样相视微笑，可是眼睛里却都有了点不一样的东西。

夏寒苦笑着说："看来，你带来的并不是好消息。"

程皓想起周晴和周志东，表情也跟着悲伤起来："我是不是太没用了？"

夏寒将手搭在他的肩膀上安慰："你又不是超人。"

程皓闻到咖啡的味道，放松地深吸一口气又吐出："有咖啡啊？太好了。"

夏寒把他往房间里推，然后去倒咖啡拿给他。

程皓看似不经意地坐在沙发上，却暗暗私下观察，夏寒家他之前曾经来过，一切似乎没什么变化，他其实很想从中找到一些什么线索的，可是看起来，夏寒仍然像个置身事外的人，干干净净，清清白白，毫无破绽。

夏寒捧着一杯热水，手指握着杯子握得很紧，认真地望着程皓，说："你说吧，我撑得住。"

程皓说："叶缇娜和周晴，都没能救得了。"

夏寒的眼底渐渐有了湿润的水汽弥漫，就听到程皓接着说："在现场发现的手枪上，找到了叶缇娜的指纹，经过弹道对比，跟周晴尸体上发现的弹头吻合，基本上可以确认，叶缇娜就是杀死周晴的凶手。"

夏寒慢慢闭上了眼睛，一滴眼泪顺着脸颊缓缓掉落。

程皓很想问，这滴眼泪，究竟是为了叶缇娜，还是周晴而流的呢？也许，连夏寒自己也不知道吧？

夏寒用手捂住了自己的眼睛，因为假如不是那样做的话，他害怕自己还会流下更多的眼泪。他同时失去了两个最爱他的人，忽然感觉到前所未有的孤独。

以前他并不害怕孤独，因为他觉得孤独会让他获得前所未有的平静，可是，当一个人失去了爱情、亲情和友情之后，就算他拥有再多的财富，能够用死亡平复所有仇恨，可是到最后，他仍然一无所有。

程皓喝了一大口咖啡，温度仍然是烫的，可是，他的心是冷的，温热的咖啡暖和了他的胃，也让他有了力气，去进行下一次的交涉。

他说："你似乎并不意外。"

夏寒仍是苦笑："也许，从知道叶缇娜是康泰女儿的那一刻起，我的心里，就已经有了预感。所以现在无论发生什么，我应该都能平静面对。"

程皓说："但我没办法平静……"

他低头看了看自己的手，指尖挺直，却有微微地颤抖，他说："这是我最不想看到的局面。"

程皓的手在不自觉地抖动，他的心理承受能力似乎已经到了极限。

他慢慢地合上眼，说："死的人已经够多了。"

夏寒对他的反应有些意外："你？"

程皓说："这一切早就该结束了。从哪里开始，就从哪里结束吧！"

夏寒听出了他话里决绝的意味，只是他那时候并不太明白，程皓为什么会说那样的话。直到程皓很认真地看着夏寒，郑重地问："昨天晚上，你在什么地方？"

夏寒笑了，风轻云淡："当然在家。"

程皓反问："谁能作证？"

夏寒站起来，走到窗前，掀开半幅纱帘往外一指，似笑非笑地说："他们都可以吧？"

他虽然看不到，但是他知道警察一直都暗中在这里盯梢，他们并没有发现他昨晚乔装出门，对他来说，就是最好的证明。

程皓假装听不懂："谁？"

夏寒说："我知道最近一直都有警察跟着我，无论是监视也好，保护也罢，总之没有影响到我的生活，所以对我来说，这些都无所谓。"

程皓收敛了神色："对不起，这是我们职责所在。"

夏寒摇摇手："没关系。"

程皓走过去，郑重地拍了拍他的肩膀："我希望这个案子真的与你无关。"

他与他几乎一样高，年纪相仿，彼此熟悉了解，毫无疑问，他们是最好的朋友。可是，他们其实都在彼此面前隐藏了自己最真实的一面。

因为真相是残酷的，人们贪恋美好，所以宁可用谎言堆砌，掩饰真相。

程皓的语气有些怅然："因为这些年来，我一直把你当成弟弟……有的时候，会觉得你很像他。"

他的声音仿佛从很远很远的地方飘来："笑起来的时候，像阳光一样灿烂……"

夏寒曾经听程皓提起过弟弟，他还记得那个风车的故事，但是当这一刻程皓再次提起这件事的时候，他脑海中所有零散的碎片，却莫名其妙地开始相互吸引，瞬间拼接在了一起。

他想起顾澜说过，阿阳的全名叫作程阳，是个大学生，父母都是普通工人。他姓程，和程皓一样，他希望这只是一个巧合。他也想起了程皓说过，他的弟弟在学校里被人诱骗，参与贩毒，最终被学校发现，然后从家中的阳台上跳了下去，就死在他面前。

他更想起仿佛很久很久之前，第一次遇见程皓时，他在帮助做公益活动的女学生们做风车，于是程皓对他说："好巧，我弟弟也喜欢风车。"

他最后的记忆，落在了后来他们在翻找康泰遗物时，发现的那张合照上。夏寒曾经看过那张照片很多次，他试图搞清楚这张照片上有没有那个卧底，抑或是拍摄这张照片的人到底是谁。但是他一直都忽略了一点，其实早在很久之前，那个卧底就曾经为自己留下了一个致命的线索……

在照片最不起眼的位置，沙发旁边的一角，露出了大半个白色的角，那是一只纸折的风车。

他仍然理不通这件事的逻辑，似乎一切顺理成章，但又充满了各种漏洞。假如程阳是程皓的弟弟，是那个卧底警察，那么为什么程皓会说他死了？假如程阳已经死了，那么顾澜所看到的那个萍河畔狠辣无情的阿阳又是谁？

他忍不住低声问："你弟弟，叫什么名字……"

程皓脸上露出悲伤的笑容，仿佛在怀念什么，又仿佛在祭奠什么，慢慢地回答："他叫程阳。"

夏寒的心终于无可抑制地沉向了无底深渊。那一刻的绝望，如同身处深海中央，只能眼睁睁看着陡然而生的巨浪，将自己彻底淹没。

程皓说："他出生在凌晨，太阳升起之前。"

那是父母对于孩子最美好的期望，希望他的生命充满阳光，灿烂热情，永远不会被黑暗侵蚀。

但是愿景始终只是愿景，太阳底下仍然有阴影出没，就如同这个世界上，有太多我们看不到的罪恶，无声无息间，诱惑每个简单纯真的生命，将他们拉向堕落的深渊。

一如当初的顾向岚。

一如曾经的程阳。

第 23 章

　　顾澜走在校园篮球场边的小路上，脚下是茵绿的草地，不远处，一对对情侣亲密依偎着经过，空气中仿佛都弥漫着粉红泡泡。抬眼就能看到球场上年轻的男生们在打球，旁边站满了围观的女同学，一边喝彩一边鼓掌。那是令人羡慕的、无忧无虑的青春年少。他们恣意燃烧着自己的生命，去换取与众不同的岁月与精彩。

　　顾澜换了一身白色的连衣裙装，她依稀环视整个球场，寻找着当年曾经站过的那个位置，似乎是篮球架下的某个角落，那时候，她还留着齐腰长发，只安静地伫立着，就能成为男生们眼中一道别样的风景。

　　时光就是如此神奇，它让我们学会在残忍和真实中长大，可是，却又让我们不由自主地去怀念单纯和美好。

　　顾澜想，这真是讽刺，明知道一切早已经回不去了，可她心里还是留念，见了鬼的舍不得。

　　篮球场上，年轻的男生正敏捷地运球，三步上篮，然后高高跃起，将篮球扣入篮筐。那个跳跃在空中的身影，尽情挥洒着年轻的汗水，与记忆中的那个人，似乎在某一瞬间合二为一。

　　年轻的程阳笑容如同阳光般灿烂，张开双臂，在球场上奔跑欢庆。他穿着红色的篮球服，黑发在风中飘舞。

　　可下一秒，跑到她面前的人，却突然改变了模样。那是时隔多年，他们再次见面。顾向岚已经成为顾澜，而程阳也变成了众人口中的阿阳。

400

那是在泰国清迈的萍河水畔，在城市中蜿蜒的河道上，她撑着小舟悠悠划行，蓦然回首，却见他站在青石板上，嘴角挂着漫不经心的笑容看向她，银灰色的头发在阳光下显得冷漠而骄傲，挺拔如同一棵雨后的青竹。

一眼万年，也不过如此。

精明如同顾澜，却也早已经无法在心中明确地区分，她一直念念不忘的，到底是当初篮球场上灿烂如同阳光的少年，还是河畔与她重逢的那个年轻嗜血的男人。她不知道。

直到此时此刻，当银灰色的发色重新在她眼中燃起，顾澜觉得自己忽然懂了。她记得的，眷恋的，难忘的，不舍的，是阿阳。他似乎没有什么改变，仍是记忆中的样子，阳光落在他身上，似乎都被淡漠了温度。

程阳从小径的尽头缓缓走来，脚步轻快，嘴角仍挂着一抹漫不经心的笑容。顾澜觉得四肢都失去了动弹的能力，她仿佛在那一瞬间被无尽的冰雪封印，可是就算在寒冷之中，她仍然目不转睛地望着他。

倒是程阳先开口说话："好久不见，你还是跟以前一样好看。"

顾澜吞了一口口水，润湿干裂沙哑的喉咙："这么多年，还是改不了一开口就胡说八道的毛病。"

两人相视一笑，顾澜主动提议："陪我走走吧！"

程阳问："去哪儿？图书馆的天台，还是教学楼的礼堂？"

顾澜悠悠一笑："听你的。"

程阳双手抄在裤子口袋里，耸了耸肩："好啊，跟我来。"

他转身走在前面，为顾澜带路。

停车场就在路的尽头，他们都已经很久没有回来过，可是仿佛对这里的记忆从来没有消失过，还是那么的熟悉。

这条路显然不是去图书馆，也不是去教学楼，看到程阳掏出了车钥匙，顾澜皱了皱眉，问："你要去哪儿？"

程阳悠然地笑着回答："你不是说都听我的嘛！"

他说着走到一辆车旁，随手拉开车门，做了个"请"的手势。顾澜向着遥远的地方看了一眼，随即上了车。

程阳把车开出校门口，顾澜坐在副驾驶座上，两个人的表情看起来都很从容，仿佛真的是一对多年不见的同学，然而，他们的一举一动，其实都充满了戒备。顾澜假装不经意地通过后视镜试图往后看，似乎在寻找什么。

程阳笑着说："你放心，我不会开那么快的。"

顾澜也跟着悠悠一笑："确实，与人方便，也是与己方便。"

车很快汇入城市的车水马龙当中，程阳开得不紧不慢，趁着停车，不时转头打量街景。在他们身后，几辆车不断变换着位置，交替前行，紧紧跟在程阳的车后。

顾澜轻轻叹了口气，也看着窗外不断倒退的城市景象，说："我不是来杀你的。"

程阳点头："我知道。"

他说着瞥了一眼后视镜，跟踪他们的车里有两辆他并不认识，这代表着，那是顾澜派出的人。

假如顾澜真的想要取他的性命，那么在学校里只要他一现身，恐怕立刻就会有狙击手将他击毙。她一直没有动手，是他也在赌，赌她的心软，也赌她探寻真相的心情，到底有多迫切。

顾澜看起来有恃无恐，其实她也在赌，赌对方是警察，为了要用她指证破军，所以势必要将她活捉。

他们各怀心思，这场较量，不过才刚刚开始。

程阳把车开进一个陈旧的小区，这里是最老式的居民楼，用的还是20世纪七八十年代的那种红砖，楼面看起来斑驳沧桑，楼道狭窄，地面石板残破。

他开门将顾澜迎下车，然后一言不发地带她走进最近的一个单元，沿着楼梯一路向上。这样的小区自然不会有电梯，楼梯间也是敞开的，每走出一步，就能惊起一地灰尘，呛得人有点呼吸困难。

顾澜不解程阳为什么会带她来这里，但是她很快就想明白了，因为他在顶楼的一户门口停下了，然后拿出钥匙，熟练地打开了门。她想起很早之前程阳曾经对她说过他从小长大的地方，这里这么多年依然未变，与他的描述没什么差别。

这里，是他的家。

房子似乎已经很久没人住了，家具上盖了白布用来遮挡灰尘，显得房间里空而寂静，不知道为什么，越往里走，越能感觉到，这里弥漫着死亡一般的气息。

程阳掀掉客厅沙发上的白布，对顾澜说："请坐。"

顾澜从容地坐了下来，问："这里是你家？"

程阳笑笑："应该说，这里是我们的家。"

他走过去，推开连接阳台和客厅的那道门，阳台是敞开的，风径直吹进来，落在他们的脸上。

在陌生的环境里，顾澜习惯性四下环视，寻找逃生通道和躲避的掩体，这是她多年生活所养成的本能，就如同一只野兽，无论身在何处，都充满警觉。

程阳又问："有兴趣四处看看吗？"

顾澜点了点头，但双手抱在胸前，显然是充满防备的姿势，她的脚尖偏向门口的方向，代表她其实并不想留在这里。

程阳自己先悠然走在前面，信手推开一扇门，介绍道："这是我爸妈的房间。"

"这是厨房"、"这是储藏室"……最后他推开了一扇紧闭的门，说："这是程阳的房间。"

顾澜注意到他说的是"这是程阳的房间"，而不是"这是我的房间"，这种说法，代表着两个完全不同的角度和立场。顾澜一愣，程阳已经走进了房间，房间很小，基本上一张床和一张书桌就填满了，地上丢着一个已经撒了气的篮球，书桌上，相框倒在一边。

顾澜注意到书桌上并没有盖白布，原本应该盖在桌上的白布已经被扔在了桌角，相框上有个清晰的指纹，只有那里是干净的。有人提前来过，动过那个相框，并且，刻意也让她注意到这一切。

程阳静静地靠在桌角，望着她。

顾澜不由自主地上前，抬手拿起那个相框，她有种预感，在这里隐藏着一个巨大的秘密。然而事实证明，她猜对了。

她只看了相框里的照片一眼，便惊讶地抬起头来，惊呼："你不是程阳！"

对方悠悠地笑了，单手撑在桌角坐着，双脚悬空晃荡："看来，足智多谋的廉贞，也被我骗了。"

他当然不是程阳，因为，他是程皓。只不过，顾澜手中照片上的两个年幼的男孩，有着几乎一模一样的脸。

程皓半扬起下巴看她，骄傲地说："看来，我的演技还不错。"

耳机里，张凡凡的声音骤然响起："说正事。"

那冰雪一样冷的声音，却让程皓觉得心中温暖，他其实并不是孤军奋战，因为随时随地，张凡凡都在盯着他的一举一动，她就在楼下的指挥车里。

顾澜这时候有点慌了，迅速后退一步："你是谁？"

程皓看着她笑得意味深长："你觉得呢？"

那样的语气和眼神，对于顾澜来说都是熟悉的，可是，面前这个人却不是程阳。她低头看向照片，努力分辨两个孩子的区别，但却越看越觉得他们的面容是一模一样的。

程皓终于揭晓了谜底："我是程阳的双胞胎哥哥。"

顾澜的心中顿时满是绝望，却还是坚持问："那程阳呢？他在哪儿？"

程皓慢慢地摇头："他不会来了。"

顾澜努力反驳："不可能！他给我发过私信，他一定会来的！"

程皓提高了声调："他不会来了！因为……给你发私信的人，是我。"

顾澜踉跄着又往后退了一步，不小心撞上了桌子，手中的相框也被打翻，掉落在地上，相框散开，与照片交叠在一起。她很少有这样神情慌乱的时候，内心难以接受的是，程皓的话，彻底打破了她心中所有关于过去美好的想象。

她来这里只有两个目的：第一，是搞清楚程阳卧底的真实身份；第二，是再见他一面。

她并不想杀他，这个想法是发自真心的。因为破军势必不会放过他，所以她出不出手，其实也没什么意义。

可是，她却没有想到，来的人并不是程阳。

程皓望着她轻轻地笑了，说："你哥哥是我亲手抓的，他向我提了一个要求……"

他从桌角跳下来，然后慢慢走到顾澜面前，抬起手，轻柔地贴着她的短发拂过："他希望他的妹妹能好好地活着。"

程皓的眼神前所未有的温柔，顾澜在那一瞬间仿佛产生了一种幻觉，用那样眼神凝望着自己的人，是阿阳，她被那样的眼神蛊惑，情不自禁地脱口而出："阿阳……"

她的眼底有了水光。

指挥车停在楼下，那是一辆外表看似普通的面包车，只是所有的窗帘都拉上了，遮挡住里面的电脑屏幕和各种仪器。

张凡凡清楚地看到程皓与顾澜之间的"亲密动作"，面无表情地翻了个白眼。身边的人是西双版纳市警察局禁毒大队派来协助他们的缉毒警，神色略微有点尴尬，因为搞不清楚这位专案组的副组长和这次要抓捕的毒贩，到底是什么诡异的关系。

张凡凡轻轻咳嗽了一声，问："狙击手就位了吗？"

有人回答："制高点已经全部控制，观察手每隔5分钟报告一次周围情况。"

张凡凡瞥了一眼画面里低声交谈的两人，又问："顾澜的人现在什么情况？"

"他们也在附近，不过按照之前安排，并没有惊动他们。"

张凡凡点了点头，按着麦克风对程皓说："别拖太久。"

程皓面不改色，似乎顾澜柔软的眼神对他的情绪没有任何影响，他只是淡淡笑着说："是差不多了。"

这话显然是对张凡凡说的，顾澜合上眼定了一下神，随即就笑了："你要动手了吗？"

程皓耸肩："你觉得呢？"

顾澜反问："难道，你不应该先给我一个答案？"

程皓从口袋里顺出一个证物袋，里面装着顾澜的手机，他说："你已经有答案了，不是吗？"

顾澜接过手机，打开就看到私信箱里的那条私信已经发出去了，而对方也有了回应："不见不散。"

她说："没错，这曾经确实是我想要的答案。"

程皓问："这手机是你故意留下的？"

顾澜点头："假如阿阳真的是警察，他一定会看到我没有发出的那条私信。"

程皓笑："可你没想到，看到私信的人是我，来见你的人，也是我。"

顾澜又说："所以，我现在想要的答案，不是这些。"

程皓慢慢摇头："他不会来的，你死心吧。"

顾澜追问："那他现在在哪里？"

程皓朝着地上一指，正指着那张照片："他在那里，一直都在那儿。"

只有张凡凡清楚程皓话里的意思，她知道程阳的死到底给程皓造成了什么样的影响，甚至说，改变了他前半生的命运。

他艰难地在过去的伤痛中挣扎，努力对抗心中环绕不去的黑暗，一切，都源自于很多年前，程阳所做出的那个选择。

死去的人，总是轻易就获得解脱，而活下来的人，才是最难的。因为他要坚强地活下来，去承担一切痛苦。

顾澜不解，可却情不自禁地弯下腰，将那张照片捡了起来。她将照片捧在手心，视线里有一模一样的双胞胎男孩，一样的面容，一样的穿着，她的目光在他们的脸上流连而过，试图想要努力分辨出，到底哪个男孩才是程阳。

但当她全神贯注的时候，一些过往的画面却不自觉地涌入脑海。打篮球的阳光少年，萍河畔的冷峻男人，那些画面，同样的面容交叠错乱，一幕一幕，瞬间在她眼前被放大了无数倍。

顾澜有着不错的记忆力，毕竟廉贞更多依靠的就是她的脑力，她的目光在落到某一点的时候，所有错乱的线头仿佛在瞬间被接续起来，成为一条完美的线索。她想明白一切的时候，感觉全身的血液都在逆流。

她想笑，想要嘲笑自己的愚蠢，却已经笑不出来。这个布局确实十分精妙缜密，可是，她其实原本就拥有破解谜底的筹码。可是，她却没有。

她想哭，为自己刚刚在心中承认的眷恋而默哀，原来，她一直以为让自己念念不忘的那个人，从头到尾，都是个错误。

顾澜将照片合在掌心，垂下眼眸的那一刻，终于流下了一滴眼泪。她以为自己早已经忘记了要怎么流泪，可原来，再坚硬的一颗心，终究还是会在温暖的血液里，因为跳动而变得柔软。

程皓发现了她留下的那滴眼泪，他有些诧异地轻轻皱了皱眉，他不懂顾澜的心，就如同当初他对张凡凡说的那样，他猜不到她到底想要干什么。

谁又能猜透廉贞的心呢？

只有张凡凡注意到顾澜此刻的神情，她忽然想到了一种可能，这种可能让她觉得心里有点不舒服，酸溜溜的。

但她还是对程皓说："你试着，劝劝她。"

他们需要廉贞的证词，她是唯一见过破军，也清楚整个计划的人。

程皓虽然不明白张凡凡为什么要他这么做，但他心里总是盲目觉得张凡凡是对的，他抬起头，重新认真地观察着顾澜。

她咬着下唇，这意味着她正在心里揣摩着他说话的意思，她潜意识里已经认同了他。在与她的交涉当中，他已经占据了上风。

于是程皓对顾澜说："他一直都记着你。"

顾澜猛地抬起头看他，眼睛瞪得很圆，她分不清程皓所说的那个"他"，到底指的是谁。

程皓慢慢地说："他记得在清迈的时候，你曾经对他说过的那句'你的心还是不够狠'，他也记得那天爆炸发生的时候，她开口喊了他的名字……"

顾澜泪光朦胧地笑了："还有那天他站在青石板上，脚下是潺潺流水，朝着我伸出一只手，说'小心滑'。"

程皓忽然问："你想知道他留下的最后一句话是什么吗？"

顾澜死死盯着他，见程皓径直走了出去，她紧跟在他的身后，看他大步穿过客厅，走向阳台。她的心中，忽然升腾出些许不好的预感。

程皓站在阳台边，低首向外看去。这里是顶楼，一眼望去，天空清澈，阳光温暖。可风吹在脸上，仍然带着萧瑟又冰冷的气息。

程皓喃喃地说："那天，他就站在这里……"

顾澜看他缓缓转身，背后就是碧蓝天空与白色云朵，阳光肆无忌惮地落在他的身上，勾勒出金色的轮廓。她不解地望向他，想知道他此刻眼中流露出的伤感到底是从何而来。

程皓张开双臂，慢慢地向后仰去……

顾澜看着他的身体渐渐探出阳台，顿时冲上去伸手拉住他的手腕。

程皓笑了，并不挣扎，却顺手指向某处，说："你知道吗？那天他从这里跳下去的时候，我就站在那里，看着……"

他脸上带着笑，可是眼底却蔓延开无止境的悲伤。

顾澜一下子愣住了，她仔细凝望面前这个男人的表情，他的眼睛很亮，皎洁璀璨如同午夜明月洒落的光芒，一瞬间便能刺入心底。

他说："我们是双胞胎，我出生在凌晨之前，他出生在凌晨后，所以，他是程阳，我是程皓。"

这是他们名字的由来，阳代表太阳，皓则寓意着月亮。

说到这里，他好像有些无力地合了一下眼，但下一秒，眼中的光芒却骤然大盛！

顾澜注意到他的眼神变化，心中下意识地已经警报大作，可是她本身就是个"战五渣"，想要反击几乎是不可能，就连逃跑都很难。她毫无疑问地感觉到手腕上传来一阵巨大的力道，然后整个人就被掀了出去！

程皓反手攥着了顾澜的手腕，将她一拉一拽，毫不留情地将她制住，牢牢按在阳台的墙壁上！

顾澜手中的照片从指间滑落，飘飘荡荡地掉落在地上。

张凡凡在这时候下令："行动！"

埋伏在各处的警察已经迅速出动，将顾澜事先安插的人手一一清除。

两人距离已经贴得很近，能望见对方在彼此眼中的倒影。程皓神色冷峻，顾澜眼神复杂。

顾澜并没有害怕，她只是直视着他的眼睛，问："程阳已经死了，是不是？"

程皓目光中不自觉流露出杀气："是。"

顾澜追问："怎么死的？"

他居高临下地望着她，语气锋芒毕露，仿佛是对她的审判："自杀。"

顾澜眼中的光芒瞬间熄灭了："我明白了。"

她彻底明白了一切，但瞬间又笑了起来："哈哈哈哈……原来，我们都被骗了！"

程皓质问："如果不是因为你，程阳怎么会死？"

顾澜此时眼中只剩冷漠："我不会愧疚，更不会自责，在你看来，我是错的，可在我看来，这是对我来说最好的选择！"

程皓不说话，只是冷冷看着她。

顾澜却又笑着说："可你呢？那样的过去，你还走得出去吗？"

程皓从腰间摸索出手铐，一手铐在顾澜的手腕上，一边扣住了自己的手腕。

顾澜已经完全放弃了挣扎，只死死盯着程皓。

程皓这时候才说："只要我知道自己想要什么样的生活，我就可以忍受任何一种生活。"

就如同他的名字一样，在无尽的黑夜里，月亮一直都在努力坚守着自己的光明。

顾澜歪着头，轻轻摇头："这话听着，倒真是跟破军说得差不多。"

门外传来匆忙的脚步声，是警察们上来接应程皓了，顾澜无力地靠在墙边，眼神黯淡，看起来像个做工精致的玩具娃娃。

程皓拿出手机，找出一张跟夏寒的合影给顾澜看，问："他是不是破军？"

顾澜看到两人互搭着肩膀，笑容真诚而明亮的模样，忍不住放声大笑起来。她不回答，只是笑。

还有什么比这更讽刺的吗？彼此用尽全力想要寻找的人，注定不死不休的对手，原来一直都在彼此身边。

警察们冲进门，便看到这么一幕。

程皓觉得他已经得到了答案，可是，顾澜偏偏又什么都没说，没有口供，他仍是一败涂地。

他又问了一遍："他到底是不是破军？"

顾澜笑容清浅地回看，意味深长地冲他摇了摇头。

程皓见她眼神坚定，知道她不会那么容易松口，于是松开了铐着自己的手铐，挥了挥手，让来帮忙的警察将她带走。

他站在原地，看她被两个警察控制着，脚步缓慢地往外走去。那个背影看起来纤瘦而落寞，却依然挺拔，仿佛自己从未犯过任何错一样理直气壮。

他轻轻松了一口气，对张凡凡说："收队。"

他却没看到顾澜忽然转过头来，她嘴角勾起一抹冷漠又邪气的微笑，无声地看了他一眼。只是那样的笑容转瞬即逝，程皓抬起头重新看她时，顾澜已经恢复了之前的平静，她像个最普通的年轻姑娘一样，低着头，盯着自己腕间的手铐，慢慢地走了出去。

程皓又走到阳台上，弯腰捡起刚刚掉在地上的那张照片，郑重而小心地拍掉上面并不存在的灰尘，揣进了口袋里。

他这时候已经不再恐高，双手撑在墙边向下俯瞰，四下平静如常，他们提前已经疏散了周围的居民，做好了一切准备，无声无息的，希望能够结束这一切。

现在的结果，他很满意。

只是此情此景，让他有些怅然，忍不住摸着自己的新染的银灰色的头发，站在那儿喃喃自语起来："程阳啊……"

曾经无数次在黑夜里，他被噩梦困扰，也因此想要沉沦黑暗，从此不再醒来。可是，记忆中弟弟的笑容，依然清晰明亮。假如不是因为毒品，也许现在程阳还好好地活着，大学毕业，找一份体面的工作，带一个温柔的女朋友回家吃饭，说不定，还能再陪他一起去球场打打球。

他们的人生，都因为顾澜而改变，但是，既然现在他还活着，就要努力将一切都拉回正轨。

他脸上慢慢露出笑容，闭上眼睛："你终于可以瞑目了。"

他就这样安静地在风里站了一会儿，楼下一切正在有条不紊地进行当中，张凡凡站在车前，看着顾澜被带出来，两人目光交汇，却都是冰冷而充满力量的。张凡凡依然面无表情，侧身把路让开。顾澜并不想走，歪着头看她，似乎对她有些好奇，上下打量她。张凡凡对这样探寻的目光熟视无睹，抬头看向站在阳台上的程皓。

他正在用新的记忆，覆盖过去那些不好的记忆。程阳的死在他心中的那个结，直到此刻，才真的算是解开了。

忽然，不知道谁的眼前闪过一个明亮耀眼的光点。就在那一瞬间，程皓猛然睁开了眼睛！

张凡凡的目光随之而去，神情骤然变得严肃起来！

顾澜终于迈步继续向前走去，嘴角的笑容越来越浓。

那是阳光落在某个镜面上折射出来的光芒，最有可能出现在这里的镜面，是狙击枪的瞄准镜！

程皓刚刚已经下达了收队的命令，那么还留在现场的狙击手又是谁？程皓的脑海里瞬间闪过无数的可能性，然后又一一推翻，电光火石间，他忽然想到了一个人，除了破军之外，至今仍然在逃的那个人，贪狼严琦！

他立刻对张凡凡说："保护顾澜！"

只来得及说这一句，他便夺门而出，直冲下楼！

张凡凡动作敏捷地扑向顾澜，枪声骤响，从高处而来的子弹贴着顾澜的衣角击中了地面，飞溅起满面尘土！

所有人立刻四散戒备，各自寻找掩体，举枪还击！

第二枪紧跟着响起，但是方向似乎有了变化，张凡凡将顾澜拉扯到车后躲避，警觉地寻找子弹射来的方向还击。

程皓从楼道里冲出来时，枪声却突然停了。谁都不敢动，生怕惊扰了谁，又害怕先出手暴露自己的位置。

程皓远远地与张凡凡对望了一眼，使了个眼色，张凡凡点头，程皓随手从脚边捡起一块石子，朝外扔了出去！响声之后，并没有他们所预计的枪声响起。

程皓挥手，果断下令："搜！"

立刻有人散开，四处寻找那个开枪人的下落。

张凡凡将顾澜拉起来，然后自动站在了她身边，对走过来的程皓说："我守着。"

程皓点点头："我留下来带人继续搜。"

周围一直有警察走来走去，他们一路走到警车旁边，立刻有人来帮他们开门。

张凡凡对顾澜说："走吧！"

顾澜微微一笑，却不动，只反问："你以为，这件事这么容易就结束了吗？"

张凡凡一愣，身后的枪声已经响起！

她连忙回头看去，站在程皓身边的一个警察举着手枪，依旧维持着射击的动作。而程皓已经倒在了地上，艰难地捂着胸口，鲜血从他的指缝中渗出来，让人看得触目惊心！

那个"警察"抬起头，露出一张经过伪装的脸。程皓的所料不错，来的人正是严琦！严琦手中的枪口还对着程皓，于是没有人敢轻举妄动。

只有顾澜不以为然，径直看向他，微微一笑，说："你果然来了。"

严琦关切地问："你没事吧？"

顾澜双手交叠在一起，抬起来给他看："还成。"

张凡凡看到程皓受制于人，此时她是距离顾澜最近的人，于是想也不想，敏捷地掏出手枪，对准了顾澜！她确信严琦的目的是救走顾澜，那么，她就拥有唯一可以钳制他的筹码。

严琦看向顾澜的目光确实是充满忧虑的："你放心，我带你走。"

顾澜慢慢地摇了摇头："带我走，就是违背了破军的命令。"

严琦神色一变："你怎么知道？"

顾澜说："我当然知道，从破军问也不问就让我走的那一刻开始，我就知道他要干什么了。"

他不过是想用她引出那个卧底而已，至于过程如何，那并不重要。破军并不方便离开望海，而一旦她落入警方手中，无论她会不会转为证人，他都一定会派严琦来，将她灭口，以避免暴露身份的风险。

她看也不看受了伤的程皓，也不管张凡凡的枪口还对准着她的要害，而是一步步，慢慢地走向严琦。

　　她问："你真的要背叛他吗？"

　　严琦握枪的手有些发抖，因为顾澜在步步向他逼近，张凡凡也紧跟在她身后，而最重要的是此刻他内心的矛盾。

　　顾澜接着说："如果不是他，你怎么可能设计王安漠吸毒被抓，又怎么能有机会杀死他的父亲，为易飞报仇？"

　　严琦眼中充满了犹豫："是……但，我也帮他杀了他要杀的人。"

　　顾澜在他面前停步，站定，又说："你以为背叛了他，还能全身而退吗？"

　　他是破军，连宋濂都栽在了他设下的局里，连公安局长周志东也没能幸免，背叛他的代价，是显而易见的。

　　张凡凡听着他们的对话，心中实际上却心急如焚。她不知道程皓的伤势到底如何，更分不清顾澜的立场，假如她和严琦合谋挟持程皓逃走，那局面就真的不好控制了。

　　程皓一直都没有动，这让张凡凡的心里更加没底。

　　严琦看起来有些犹豫，显然是顾澜的话说动了他，顾澜接着又说："他让你来杀了与我见面的人，然后，再杀了我灭口，原本这是个很好的计划，可是，你却没有照做。"

　　他乔装改扮很成功，再加上距离很近，当时也亏得程皓反应够快，再加上严琦开枪时有所犹豫，于是他只是打伤了程皓，却没有一击毙命。

　　严琦定了定神，打定了主意："我们走！"

　　他弯腰将程皓从地上拖起来，用枪抵着他的太阳穴，对张凡凡说："放开她，不然我杀了他！"

　　张凡凡一把将她拉住，枪口对准了顾澜的后脑，冷声喝道："他要是死了，你们谁也跑不了！"

　　众人看得面面相觑，第一次看到对待劫持人质的歹徒态度这么恶劣的，这到底是怎么个情况？

　　顾澜轻轻一笑，对严琦说："我不会走的。"

她扬起下巴，神色坚韧而骄傲："要么，杀了我，要么，陪我一起留下。"

严琦惊呆了，他没想到顾澜会做出这样的回答。

就在他惊讶闪神的瞬间，程皓忽然动了！他一把抓住了严琦的手腕，头一低，闪身从他的钳制当中脱身出来！

张凡凡原本对着顾澜的枪口忽然掉转，朝着严琦射去！

严琦难以同时防备两人的攻击，冷不防被射中了小腿，身子一歪，就被程皓一个过肩摔扔出去，扭着手腕牢牢压在了地上！

在他们争执时，顾澜悄无声息退到一边，趁人不备，忽然纵身朝着一名警察撞去！对方冷不防被这一撞，手枪掉落在地，顾澜顺势在地上翻滚而过，将手枪捡在了自己手里。

程皓制服了严琦，和张凡凡几乎是不约而同地注意到顾澜，然而顾澜并没有给他反应的时间，先是朝着距离她最近的张凡凡连着开了两枪！张凡凡向旁边扑去，堪堪躲过第一枪，第二枪却已经又到了眼前！程皓这时候扑了上来，将张凡凡牢牢护在怀里，第二枪擦着他的手臂飞了出去！

而四面八方而来的子弹，也不约而同地朝着顾澜飞了过去！严琦扑上来将她推开，子弹先击中了他的身体，顾澜跃到一侧的车后，看着倒在血泊里的严琦，微微一笑，说："谢谢你。"

她刚才已经开了两枪，这把手枪里，最多也不过六颗子弹，而其中有一颗，她选择给了严琦。

严琦看着她稳稳举起手枪的模样，禁不住想起第一次见顾澜的时候，她似乎也是这样英姿飒爽的模样，举手之间，就了断了一个人的性命。

他闭上了眼睛。一声枪响，严琦瞬间倒了下去。

程皓跌坐在地上，因为剧烈动作牵动，伤口真的疼得让他连喘气的力气都没有了，但他还是勉强站起，把手从肩膀上移开，用鲜血淋漓的右手艰难地拽出了自己的配枪，对准了顾澜躲避的方向。

他的声音沙哑，因为失血过多而显得有些虚弱："你跑不掉的。"

顾澜的声音从车后响起来："我没想过要跑。"

她慢慢地站了起来，仍然举着枪，枪口对着程皓，嘴角依然挂着笑容："我只想，跟你一起死。"

她说完这句，便毫不犹豫地扣动了扳机！

程皓神色骤变，顿时大喊"不要开枪"，可依然没办法阻拦持枪还击的众人。毕竟在生命受到威胁的时刻，他们有权利直接当场击毙罪犯。于是，顾澜的身上迅速炸开了几团血花，她微笑着看着程皓，然后，缓缓地倒了下去。

程皓绝望地捂住了自己的眼睛。

顾澜射向程皓的那一枪，故意打歪了方向。她并不想要跟他一起死，她只是单纯地想死而已。

张凡凡走上前，关切地询问程皓的伤势，程皓脸色苍白，嘴唇也全无血色，艰难地摇了摇头。

程皓按着肩膀，在张凡凡的搀扶下，走到顾澜身边，见她倒在血泊里，眼睛睁着，嘴角却挂着一抹释然的笑。

张凡凡俯下身，按了她的脖颈，又探了呼吸，这才确认地摇了摇头。

顾澜还是死了。

程皓不知道她到底是怎么想的，她明明有机会杀了他，可是，却亲手放弃了这个机会。

他轻声叹了口气："我还是猜不到她心里到底在想些什么。"

张凡凡轻柔地帮顾澜合上双眼，站起身来，看向程皓："你真的不懂？"

程皓皱眉："我应该懂吗？"

张凡凡却不再问，而是说："先处理一下伤口。"

旁边忽然有人喊："他还活着！"

顾澜已经死了，可是，严琦还活着。谁也不知道顾澜当时到底是故意射偏了那一枪，还是天意使然，总之，子弹没有打中严琦的要害。

救护车一路呼啸尖叫着，把严琦和程皓一起送进了医院。

对于专案组来说，这无疑是个天大的好消息。

严琦立刻被严密地保护起来抢救，程皓和张凡凡都守在手术室外面等待。程皓的伤已经处理完毕，他因为失血过多而脸色苍白，人也看起来没什么精神，但他坚持着要守着，张凡凡也不拦着。有人买了粥送过来，悄悄地对张凡凡劝说："要不要让程队先回去休息一下？"

张凡凡摇摇头，淡定地说："累了就知道去休息了。"

她果然什么都没说，把粥塞给程皓，程皓朝她笑笑，伸手去拿勺子，但因为半个肩膀都打了麻药，基本上没什么知觉，总觉得动作十分笨拙。张凡凡面无表情地把粥又抢了过来，打开盖子，然后双手捧着，递到程皓面前。

程皓伸手要去接，张凡凡瞪了他一眼："别动！"

他默默地又把手收了回来，不明所以地看她。

张凡凡又说："用勺子。"

程皓看到张凡凡拖着粥碗的高度，正好是在他嘴边，他顿时明白了什么，嘴角扬起抑制不住的喜悦笑容，禁不住甜蜜地说："谢谢。"

张凡凡被他这个明媚的笑容看得晃眼，有些不好意思，但努力保持冷漠，假装不耐烦地说："快吃！"

程皓被训了也觉得心里暖融融的满是幸福，立刻抄起勺子埋头猛吃。

张凡凡看着他的侧脸，趁他看不见的时候，也慢慢地笑了。她的笑容很淡，可是却拥有温暖人心的力量。

他们还活着，还能这样静静地坐在一起，还有希望找出最后的凶手，这是多么会让人觉得高兴的一件事啊！

手术进行了大概4个小时，程皓一开始还硬撑着，后来确实越来越觉得疲惫，最后歪倒在张凡凡的肩膀上睡着了。他的伤并不轻，本来医生就建议他住院观察几天，是他死活不肯。张凡凡无奈地喊来两个人，让他们把睡熟了的程皓扶进病房。

他有些发烧，伤口发炎，于是医生例行给他开了些头孢一类的消炎药，让他睡觉休息。但程皓还是很快就醒了，被手机的微信提示吵醒的。

他迷迷糊糊地躺在病床上，睁开眼就看到白色的天花板，这里是个单独的病房，房门紧闭，看起来环境很安静，有一瞬间，程皓忽然觉得自己回到了很久以前，那时候他也曾经住过院，因为亲眼看见了程阳的死，看到血泊里那张与自己一模一样的脸，他总是有种自己也跟着一起死去了的感觉。再之后，他总是在白天看见程阳在问他："哥哥，你为什么不救我？"

直到很久之后，他的 PTSD 症状才开始逐渐消失。而此时此刻，他仿佛又看到程阳站在窗口，静静地朝着他微笑。

他听到程阳说："哥，我走了。"

程皓知道那是他心里的声音，一直以来，程阳的死都在困扰着他，而现在，他终于能彻底放开了。

他望着窗口，露出一样的笑容，在心里无声无息地说："再见。"

从此开始，他只是程皓。

又一声微信消息的声响将他唤回现实，程皓艰难地爬起来，四处寻找自己的手机，才发现手机被张凡凡放在了床头的柜子上。微信是夏寒发来的，事情说得很简略，问他有没有兴趣陪自己一起去玩密室逃脱。

一切都像平常他们相处那样，夏寒会时不时约程皓出去玩，看演出、骑行、自驾游等等，他们都曾经试过，而密室逃脱，倒是第一次。他看了看他们的对话记录，发现夏寒已经很久没有约过他了。

夏寒说："九库那边新开了一家恐怖主题的密室逃脱，有没有兴趣？"

程皓飞快地回复："当然有！"

这个时候，夏寒主动开口约他，到底是什么用意，程皓自然心中有数。

顾澜的反应其实已经印证了他心里的想法，夏寒就是破军，然而，没有证据，他只能逼他再次出手。

这也是他在来西双版纳之前特意去见夏寒的原因，他有意向夏寒透露了程阳的存在，然后来见顾澜，看似一步一步都被夏寒的计划牵制，然而实际上，夏寒的身份也在这个过程中，一步步露出破绽。

他们一直是最好的朋友，也是最势均力敌的对手。现在，终于到了他们正面对决的时候了。

过了几分钟，夏寒再次回复："明晚九点。"

然后发来了一家密室逃脱主题店的地址定位。程皓看着那行字，脸上的笑容有些苦涩。

护士见他醒了，正要监督他吃药。

程皓忍不住问："那个中枪抢救的人现在怎么样了？"

护士知道他是警察，看了他一眼，把药塞进他的手里，回答说："还活着，不过，暂时醒不了。"

严琦的情况并不太乐观，一直都在加护病房里观察，程皓和张凡凡肩并肩站在门口，看着病床上需要呼吸机才能维持正常呼吸的严琦，心里都有些烦躁。

张凡凡说："顾澜一定是故意的。"

程皓把手机攥在掌心里翻来翻去，问："我一直不明白，她到底为什么这么做。"

她不肯跟严琦一起逃走，在现场故意开枪逼迫警方将她开枪击毙，却又偏偏给严琦留下一条生路，这一切看起来实在是矛盾。

张凡凡忍不住白了他一眼，说："她在帮你。"

程皓差点闪了下巴："啊？"

张凡凡说："也许是愧疚，也可能是别的什么。"

程皓一头雾水："别的什么是什么意思？"

张凡凡平静地耸了耸肩，扬起下巴，什么也不说，转身走了。

程皓简直要被她打败了，连忙追上去问："你倒是说啊，别的什么，到底是什么啊？"

张凡凡目视前方，连看都不想看他："你猜。"

程皓站在原地，无奈地用手点着张凡凡的背影，说："你，你……你学坏了张凡凡！"

张凡凡的声音悠悠从走廊尽头传来："我去买抄手，你自己慢慢想吧！"

她的语气很轻快，总感觉有种大仇得报的得意。

程皓从没有见过这样的张凡凡，他望着她的背影，笑得很甜蜜。然而随着她越走越远，程皓的笑容终于凝固在嘴角。

手机一直被他攥在手里，能感觉到手心渗出的汗水。10分钟前，顾澜的微博有过一次更新，应该是事先就设置好的定时发布。那时候程皓才明白张凡凡几次欲言又止问他那些问题的意思。

顾澜说："无论你是谁，无论用什么方式，我都想让你记住我，永远……"

而现在，她成功了。

程皓静静地靠在走廊的墙边，看了那条微博很久。最后他选择了"取消关注"，再次刷新，终于看不到她的任何消息。

　　他会记得她，但也会把她的故事告诉更多的人，假如当初的顾向岚能够如同她哥哥所愿，选择普通人的生活，远离毒品，也许现在，她会过得很幸福。

　　有时候，人并没有说"假如"的权利，一步踏错，从此便没有了回头的权利。她的经历，就是前车之鉴，希望能警示更多人，那样，记住她也有了意义。想到这里，程皓心满意足地笑了。

　　张凡凡拎着两份抄手回来，就看到程皓正靠在角落里傻笑，她无奈地打断他的遐想："吃抄手吗？"

　　程皓把手机揣起来，立刻殷勤地回答了一句"吃"。张凡凡大步走过去，把一个餐盒递给他。

　　护士面无表情地路过，然后无情地制止了他们试图在走廊长椅上吃抄手的行为："这里不能吃东西。"

　　程皓和张凡凡对望了一眼，程皓笑嘻嘻地朝着护士点了点头，对张凡凡说："我们去外面吃吧。"

　　最后变成两人坐在楼下花园的台阶上，各自捧着一份抄手吃。

　　张凡凡的那碗调了红油和香菜，看颜色就充满了吸引力。

　　程皓幽怨地看着自己碗里清清淡淡的白汤，又瞥了一眼张凡凡手里的碗，问："我能不能跟你换？"

　　张凡凡说："医生说，你受了伤，不能吃辣。"

　　程皓被她一句话怼回来，十分悲伤，只能埋头喝了一口汤。

　　结果这口汤喝得他差点一激灵把碗扔地上去："怎么是酸的？"

　　张凡凡一本正经地说："医生说，适当吃醋对身体有好处。"

　　程皓无奈地笑了，盯着张凡凡，语气柔软下来，听起来好像是在撒娇一样："喂……"

　　明明是她吃醋，怎么最后变成他在喝醋？

第 24 章

望海的春天来得很早。路边的迎春花已经开得很灿烂，只是天气总有些阴雨蒙蒙的，不见晴朗。

夜色渐渐深重，城市的春色被黑暗笼罩，隐没在璀璨的霓虹灯之中，开始变得迷离不清。

程皓坐在后座上，尚未染回来的银灰色短发显得他的脸色更白。

广播里正在播放新闻，女主播的声音平稳而有力："海西隧道大修工程于昨日启动，届时原有高架道路将被拆除，市民出市可绕行707国道……"

正在开车的方贺觉得有点吵，于是关掉了广播。

窗外的黑夜仍是雾蒙蒙的，感觉就像谁一直在哭。

方贺说："周局和周晴的葬礼，定在后天上午。"

程皓轻轻地，无声地笑了，说："幸好，还来得及把头发染回来。"

他说着摸了摸自己的短发，方贺也笑了，一不小心实话就脱口而出："程队，说实话，您这个头发，看起来特别像……"

说到这里立刻咬住了舌头噤声，程皓听了用力敲敲他的后座，说："像什么？"

方贺下意识地缩起脖子："我不敢说。"

程皓说："你说吧，我保证不揍你。"

方贺扁了扁嘴，心想反正你现在是伤员，也不能把我怎么样，于是大胆地说："像阎队他们抓的毒贩！"

程皓听了一愣，然后开始哈哈大笑起来："说得没错！"

他得意地掀了掀自己的头发，往后甩去，继续笑："不过当年，我应该比现在还帅一点！"

他和方贺似乎说的是两件事，但又好像在说一件事，方贺听得懵懵懂懂，程皓却笑得很开心，意味深长地说："我真没想到，过了这么多年，我竟然还要再演一次。"

他说完这句，长舒了一口气，方贺好奇地问："演什么？"

程皓抬手轻轻地摸了摸自己的脖颈，似乎是有点不安，低声回答："程阳。"

就如同他明明已经知道了夏寒的身份，却没有证据将他定罪一样，夏寒恐怕也已经彻底猜出了他的身份，然而欠缺的，是当中最关键的那一环。

严琦一直没有醒来，给案情的进展带来了不少麻烦。程皓把张凡凡留在西双版纳，而自己动身返回望海。

临别时，张凡凡握着他的手，没有阻拦，没有叮嘱，只是不浅不淡地说："过几天，陪我去剪头发。"

她的手指依旧冰凉，可这句话却带着滚烫的温度。

很多年以前，他也曾经做过同样的承诺，陪她去修剪头发，而那一去，就是物是人非。这一次，仍是这个承诺，她从未忘记，也希望他不要忘记。这是比"一定要活着回来"更让人觉得心潮澎湃的话语。

程皓笑着点头，说："正好，你去剪头发，我去染头发……"

希望这一次，他们都能回到原点。

方贺把车停在高耸的大厦楼下，已经是晚上 8：44，这栋大楼是商住两用，大多数人都已经下班回家，亮着灯的窗子并不多。

程皓下车，抬头向上望去。夏寒约他见面的地方是顶楼，在夜色掩映之中，那里显得越发孤寂而宁静。

仰望的时候，总让人有种眩晕的感觉，天空黑沉沉地压下来，空气里弥漫着湿漉漉的水汽，呼吸都显得不那么顺畅。

程皓闭了闭眼，他的脑海中，已经不再会回荡着鲜血飞扬的画面，他觉得自己已经彻底放下了，再睁开眼，转头看向不远处的停车场，很快在那里找到了夏寒的车，他总是习惯先到，无论什么时候，都想要居高临下地看着一切，掌控一切。

他朝着方贺挥了挥手，方贺于是郑重地点一点头，迅速地开车离开。

只剩程皓一个人，站在大厦的楼下。他定了定神，然后迈步走了进去。

这栋楼高 22 层，顶楼与天台经由后期的改造，连接在了一起，做成了一个巨大的密室。

入口就在天台，程皓推开门的时候，夜风径直吹在他的脸上，让他汗毛直竖，顿时觉得自己穿得有点少。

夏寒穿着立领的运动连帽衫，帽子反扣在头上，手腕上戴着护腕，看起来像个正打算要约人去球场打球的大学生。他左右手各端着一个纸杯，咖啡的香气四散。

他笑吟吟地望着程皓，盯着他那一头银灰色的短发，露出会心的表情："你，终于来了。"

那个"你"字他咬得很重。

程皓手上扣了一个金色的手环，随手抬起看了看时间，还没到 9 点，于是他不满地抱怨："我没迟到啊！"

夏寒悠悠地说："我等你很久了。"

程皓迎着他的目光看去，坦然地回答："真的，本来不想来的。"

夏寒随手把杯子递过去："你总是口是心非。"

程皓从容地把杯子接过去，闻到那味道就笑了："可惜了，不是你煮的……"

说着喝了一口。

夏寒随手把另一杯放在了旁边，笑着说："星巴克的咖啡豆也不错。"

程皓又喝了一大口，这才幸福地长舒一口气，说："说真的，不如你的手艺好。"

他朝着夏寒举了举杯，问："你不喝？"

夏寒只是笑："我觉得水更好喝。"

程皓大口大口吞着咖啡，说："你还记不记得，有一天，我说你咖啡煮得好、贤惠，你说了什么？"

夏寒瞪了他一眼，回答："再胡说八道，就在咖啡里下夹竹桃，毒死你。"

程皓突然指着放在一边的那个纸杯问："那你为什么没给我那一杯？"

夏寒停了停，语气跟着低沉下来，似乎是想了一会儿才说："因为，你相信我。"

他确实做了这个打算，刚刚程皓如果当场要求跟他换杯子的话，恐怕，他现在已经不会坐在那里喝咖啡了。

可是，程皓也一样了解他。

夏寒对任何人，任何事都带着探究的念头，他总是有意无意想要证明些什么。

程皓笑出酒窝："我一直很相信你。"

他朝着夏寒举起纸杯："你给我煮的咖啡，你请我吃的蛋挞和水果糖，甚至是你开给我的药，我从来都没有怀疑过……"

在瑟瑟的夜风里，夏寒站得很直："我知道。"

看着他脸上平静的表情，程皓接着问："可是，你并不相信我。"

夏寒缓慢地摇了摇头："抱歉。"

程皓失望地说："从一开始，你就在骗我。"

夏寒慢慢地说："谁让你是警察。"

程皓理直气壮地打断他的话："算了，反正这种事，你跟我实话实说，才是真的有病。"

夏寒说："我真没想到，竟然会是你。"

程皓耸肩："我才意外好吗？知道是你，我整个人都不好了。"

两个人在言语交谈间对峙，一切表面上仿佛风平浪静，但又仿佛剑拔弩张。

夏寒停了停，没再接着程皓的话往下说，只是指了指入口，说："现在进去吗？"

程皓耸肩，做出一副无所谓的表情。

那里是在天台上搭起的一个玻璃房子，贴着黑色的壁纸，仿佛将所有的光线都隔绝在外面。里面黑漆漆的，在黑夜里，亮着一盏灯。

那里就是入口，进门之后就是前台，昏暗的灯光阴影底下，呵欠连天忙着玩手机的看店小哥对两个人相约来玩密室逃脱这件事表示了万分诧异。虽然他们远远没有达到常规人数，但是碍于已经这么晚，也不会再有人来，于是看店小哥决定随他们去，交给两个人各自一个对讲机，仔细讲解了游戏规则，并告诉他们这个地方需要分别从两个入口进，最后在某个地方会合。

程皓极少玩这种游戏，对一切都非常好奇，兴奋地左看看右看看，对游戏规则更是仔细研究了半天。

夏寒却对规则没什么特别注意，只是简单看了看两个不同的入口，然后平静地拍了程皓的肩膀，异常严肃地问："你准备好了吗？"

程皓握紧了手中的对讲机，说："当然。"

两人面对面站着，背后各自是一道门，代表着他们不同的出发方向。

夏寒问："左，还是右？"

程皓抬手，风度翩翩地说："你先选。"

夏寒笑了笑，没再说话，也没推辞什么，而是坚定地迈步往前走去。在他迈步的时候，程皓也动了，他与夏寒所走的是反方向，两人从面对面擦肩而过，到背对背而行，以房间里唯一那盏昏暗的灯为起点，彼此，渐行渐远。

他们谁也无法避免这一刻的到来，就如同他们两个人此刻的身份，永远互相缠绕，看似紧紧相连，实际上死生难容，直至一方不死不休。

这是一个恐怖故事主题的密室逃脱。

17世纪的欧洲，一个医生的妻子因为难产而死，医生受到了刺激，诱骗活人并杀死他们用来做实验，寻找复活自己妻儿的办法。而死去的人变成了怨灵，杀死了医生，但却被一直困在这里无法离开。很多年后，一场暴风雨中，一个路人误入这栋房子，由此开始了这段故事。

两个人的面前，各自有一道紧闭的门。那两扇门是相同的，但是等待他们的，却是不同的选择。

程皓听到了房间里故意播放的恐怖音乐，尖叫或者是嘶吼，电吉他拉动撕心裂肺的节奏。夏寒听到了一声声轰鸣的雷声，他仿佛能看到一道道闪电，毫不留情地击中了他的心。

他们同时推开了门，对讲机的频道里发出滋啦啦的一点声响，两个人的身影不约而同地隐入了门口的黑暗之中。

面对夏寒那道门的门后，是漆黑一片，只有小小的显示屏上，悠长而平缓的节奏跟随着心电图的延伸，仿佛真的有一颗心在平缓地跳动。

对讲机上的手电在黑暗里形成一束光线，直投向病床上，身穿条纹病号服的半边身影。

夏寒下意识地往后退了一步，手中的对讲机跟着坠落，磕在门上，发出沉闷的一声响动。

面对程皓那道门的背后，也是漆黑一片，是真正的黑暗，地上依稀有什么事物散落，七零八落的，在迈步的时候无意中触碰，发出闷响。

程皓无意识地打了个寒颤，按亮了手电，看着那一束光穿透黑暗，投向对面的墙面，隐约露出墙根一角仿制得非常拙劣的断臂。他觉得自己有点头痛，于是停下脚步，摸了摸脖颈的位置，试图让自己的呼吸平复下来。

事实上，他们原本都不应该害怕。毕竟这里一切都是假的，从一开始他们心里就都知道，无论音乐多么吓人，尸体多么逼真，但一切都是不会成真。但他们都无法忽视一点，门后的一切，在不经意之间，触碰了他们旧日的回忆。

密室逃脱并不可怕，但，有些回忆却是可怕的。

夏寒在墙上摸索许久，终于找到了照明灯的开关，整个房间里亮了起来，那是一个微缩的病房，只有一张床，床上躺着一个假人，敞开的胸口上有无数刀口，旁边散落着六把带血的刀子。

他的眼前忽然浮现出童年记忆中最为深刻的那个画面，空旷而死一般寂静的病房里，病床上的女人脸色苍白，身体早已冰冷，而年幼的男孩蜷缩在窗边，呆呆地望着房间的吊扇在一下下转动，仿佛整个世界都已经完全静止，只有他眼前的风扇在不断转动，转动……

然后，高大的男人的身形轮廓忽然出现，挡住了视线中那不断转动的风扇，成为他黑白记忆中，唯一鲜活的存在。他牵着一个年幼的女孩，那个女孩正用好奇的目光打量着他，那是他第一次见到康泰和叶缇娜。

　　已经是很多年前的事情了，仿佛久远到连他也记不清时间和年份。他只记得康泰朝自己摊开手，手掌中，放着两块色彩鲜艳的水果糖。

　　夏寒闭上眼，把那些景象纷纷泯灭在记忆深处。

　　他手中的对讲忽然响起，程皓的声音有些嘶哑低沉，他问："夏寒，你看到了什么？"

　　夏寒深吸了一口气，慢慢吐出，这才开口回答："医院的病房。"

　　程皓轻轻笑了："难道设计这个密室的人知道你害怕医院？"

　　夏寒也笑了："如果你好几次差点被掐死在病床上，你也会讨厌医院。"

　　程皓知道他并不是开玩笑，这一切都是真的，他曾经对侯晓敏说过，他有一个狂躁症的母亲，几次想要杀死她的亲生儿子。

　　他说："所以你没有旷惧症，你只是单纯的对医院有恐惧感。"

　　夏寒说："如果不是他救了我，恐怕，我早就死在医院里了。"

　　程皓自然能猜到夏寒所说的那个"他"指的是谁，宋濂曾经说过，康泰将 Chris 带回去的时候，他只有 7 岁，他是私生子，但同时也是康泰唯一的儿子。

　　夏寒仔细端详过床上的尸体，又看着旁边散落的病历本，目光最后落在门口的一个密码锁上。他想了想，很快明白了一切，一边从容地跟程皓说话，一边将那些刀子插入刀口当中。

　　他说："按照伤口出血的顺序，可以判断下刀的先后。病历本上所标明的每一道刀伤的长度，以及致命的先后顺序，排列之后，就是开门的密码。"

　　程皓揉了揉太阳穴，不知道是不是因为在狭小的空间里站得太久了，总觉得有些发闷："听起来，好像意思是，杀了这个人，你才能离开这里。"

　　夏寒点头："确实是这样。"

　　他对照病历本，很快解出了六位密码。他倒是不急于验证对错，反正他对于自己的判断信心十足，于是靠在门边问："我可以出去了，你呢？"

程皓仍然站在黑暗里，脚下是七零八落、残破的假的尸块。

他随意地踹了一脚，无奈地抱怨说："这些尸体也做得太假了。"

夏寒忍不住被他逗笑了："你以为谁都跟你一样，见过真的尸体吗？"

程皓把手电筒转向旁边，看到墙壁上的壁纸已经破旧不堪，写满了狰狞而不成形的血字，还有血色的手掌印，红油漆喷溅开，落下大小不一的圆点，他的呼吸急促起来。

他忽然想起很多年前的一段往事，忍不住轻轻笑了。他说："夏寒，你真会选地方。"

夏寒与程皓有着同样的经历和感受，他答应道："我也这么觉得。"

黑暗的，狭小的，暗无天日的，仿佛永远无法逃离的压迫和囚禁。这里很像那个曾经关押过很多人，逼死过很多人，但最后阿阳却平安走出来的那个地牢。

夏寒又说："上次在医院的电梯里，断电的那一刻，你用双手抱住了自己的手臂，我就猜到，你可能害怕密闭的黑暗空间。"

程皓轻声笑："你难道不知道康泰的地牢有多可怕？"

夏寒诚恳地解释："我真没进去过。"

程皓在墙上摸索着一寸寸移动，他一直找不到照明灯的开关，又或者，这里根本就没有灯，黑暗中，那些血字是唯一的线索，因为他发现有些血字看起来像是倒着或者是斜着的字母。他跟夏寒开玩笑："你真应该进去体验一下。"

夏寒说："我 17 岁就离开金三角了。"

程皓想到了夏寒以前曾经提过的某件事，于是问："他送你去警察学院？"

夏寒说："对。"

夏寒本来就拥有一个干干净净的身份，就算他是 Chris，是康泰的养子或者是私生子，但他的户籍资料上，都清楚地写着他的父母姓名——与康泰完全无关。所以，康泰将他送到了昆明，让他去考警察学院。他想在警队里安插一个自己的内应，将来成为他最强有力的臂膀和支持。

夏寒叹了口气，说："可惜我的射击成绩和体能都一塌糊涂，想当警察也当不了。"

程皓笑着摸完了最后一块墙壁，最后终于撕下半块墙纸，撬开暗格，找到了那个藏在后面的密码锁，这才说："我看，你是不想当警察吧？"

没有人能改变夏寒的决定，就算是他的父亲抑或是救命恩人，也不行。他轻易地伪装了自己，变成一个头脑发达但四肢简单的弱者。

夏寒似笑非笑地反问："谁想成为别人的棋子，任由别人决定自己的人生？你愿意吗？"

程皓说："当然不愿意。"

他接着又说："我找到开门的密码了。"

夏寒不耐烦地说："我已经等你很久了。"

两个人几乎是同时输入了密码，密码锁发出清脆的声响，然后，他们面前的门缓缓打开了。在他们身后，是一道向下的楼梯，两侧亮着灯，将他们脚下的路照亮，但那些台阶一级级向下，却仿佛延伸到一望无际的黑暗里。

程皓觉得眼前晕开一团绚丽的光彩，然后瞬间归于黑暗，总有种站不稳的感觉。他想起很多年前的那一天，他也是这样，一步一步走下台阶，走向未知的前路。一直走，一直走，仿佛走到了时间的尽头。

他闭上眼睛，思绪却仿佛飞得已经很远，好像已经想不起来，过去那些事情到底是什么时候发生的了，过了很远，很久，但又好像就发生在昨天。

5 年前，西双版纳市第二人民医院。

程皓一步步走下台阶，回廊尽头，是一间医生办公室。他还穿着医院的病号服，比起之前瘦了很多，但眼神一直都是坚定的。

他越走越近，终于在推开门，看到里面站着的人时，眼中灼烧的炽热，渐渐聚集成一簇明亮的光。那是个神情慈祥的中年人，看起来精瘦，但极有精神。他的身姿如同一棵松柏，挺拔有型，虽然没有穿警服，但是，却能看出他身上的杀气与威严。程皓见过他，望海市警察局副局长周志东。他立刻就紧张了起来，胸腔里的心脏跳得怦怦作响，抬手就要敬礼，但是又立刻转过头，把门关上了。

周志东颇为赞许地看向他，眼神中透着肯定的神色，程皓这才回到他面前，立正敬礼："周局！"

他之前一直在市局刑警队实习，再加上周志东曾经给他们做过一次讲座，所以，他对这位副局长的印象很深。

周志东笑眯眯地看他，并拢手掌还了个礼："程皓同学，你好。"

房间里只有他们两个人，程皓紧张地盯着周志东，一个警察学院的学生与一位副局长之间的单独谈话，无论怎么想，都有种令人期待又担忧的感觉。

程皓摸了摸头，很尴尬地说："实际上，我不是太好。"

他说的是实话，他的病情刚刚得到控制，正在逐步恢复当中，但还没能得到医生出院的许可。

周志东拿起一份档案，递给他："我们请医生为你做过评估，你的情况还没有达到完全正常的标准，不过，影响不大。"

被他这么一说，程皓顿时觉得浑身上下都轻松了不少。

他翻看了两下病历记录，认真看了看，微微收拢下巴颔首，看起来，似乎是认同了周志东的话。

周志东忽然问："你懂心理学？"

一般人并不能看懂这种专业的心理治疗病历，但是程皓却看得很认真，而且露出了理解的神色，周志东自然看出了些许端倪。

程皓说："挺感兴趣的，就在学校里听了几节选修课。"

周志东说："那等你回来，局里可以送你去国外读心理学课程。"

程皓合上手中的病历本，抬起头，他此时感觉浑身的血液都在燃烧，因为他已经完全听懂了周志东这话所说的意思。这是一个承诺，而承诺的前提，是他能够平安归来。

可以想象，等待他的究竟是什么。

程皓还没有毕业，理论上来说，他还不是一个正式的警察，可这样的特殊任务，对于一个年轻的警察学员来说，已经足够让他热血沸腾。

他努力让自己平静下来，问："我现在这样，还可以接受任务吗？"

周志东并没有回答他的问题，而是说："我们已经全面封锁了程阳的死讯。”

程皓似乎明白了什么，但是他并没有问周志东的打算，而是问：“他在学校里吸毒和协助贩毒这件事，证据确凿吗？”

周志东点点头：“但他并不是主犯，而且数量很少，所以应该可以轻判。”

程皓闭了闭眼，问：“多久？”

周志东想了想回答：“最多一年。”

程皓这时候才问：“那我的任务是什么？”

周志东说：“西双版纳市禁毒大队追查了毒品的来源，怀疑其可能来自一个境外的贩毒集团，集团首领名叫康泰，活跃在金三角一带，目前他的贩毒集团已经渗入昆明、西双版纳以及望海市区域，并且想要借由海上通道，再次打通金三角与港澳之间的通路。”

程皓差不多全明白了，他说：“确实，派人直接打入康泰集团内部很容易被人怀疑，反倒是一个在学校里贩过毒，坐过牢的大学生，更容易成为他们的伙伴。”

周志东拍了拍程皓的肩膀，语重心长地说：“你真的想好了吗？”

程皓微笑着点点头：“假如没有毒品，就不会再出现程阳那样的悲剧。更何况，我是程阳的哥哥，他犯的错，我有责任去帮他弥补。”

周志东用力捏了捏他的肩膀，程皓从中感受到了责任的重量。

他说：“从现在起，你将正式加入三地警方联合行动小组，代号‘暗月’。为了保护你的身份，关于程皓的一切，都会被刻意隐藏，直到你完成任务，胜利归来。”

程皓缓缓抬头挺胸，立正站直，并拢手掌，缓慢而郑重地朝着周志东敬了个礼：“是。”

周志东笑着，行云流水地抬起手，对着程皓回礼：“我期待着那一天，早日到来。”

程皓也笑了，信心满满地回答：“一定会的。”

两人相视微笑，目光有些深沉的炽热，但神情依然安静而从容，只是彼此内心灼灼燃烧的血液中，都带着前所未有的澎湃与光荣。

从那一天开始，周志东成为了他的老师，也是唯一知道他卧底身份的人。

程皓的父母在警方的暗中安排下，离开了西双版纳，而"程阳"就这样再次出现在所有人的视线当中，被学校处分，被禁毒大队抓走，然后，被判入狱八个月。

八个月后，他经由狱中认识的朋友介绍，到清迈投奔当地毒枭扎伊。从此，他变成了萍河水畔，活在众人传说中的"阳哥"，而也就是在那个时候，他见到了已经改名为顾澜的顾向岚。

他曾经在程阳的微博上，见过顾向岚的照片，清楚他们两人之间发生的故事。那时候的顾澜，还是留着长发，穿着傣式长裙的年轻少女，然而她的眼睛却似乎比萍河的水还要幽静深邃，有着与她年龄不符的沧桑和坚硬。

他对她的接近，从一开始，就是有目的的。

他远远地朝她伸出手，似笑非笑地说："好久不见。"

而此时重逢，只因为她是大毒贩顾向华的妹妹，唯有借助她的身份，才能迅速获得信任，便于打入康泰集团核心。

黑暗里，夏寒的声音再度响起，打破了程皓的回忆。

他说："顾澜想见的人，到底是程阳，还是你？"

程皓轻轻笑了一声："看不出来，你竟然连顾澜的八卦也打听。"

夏寒说："我只想确认，我的猜测到底对不对。"

程皓坦率地说："应该是我。"

夏寒用手电筒照过门边的密码锁，上面隐约能看出某个数字键磨损的痕迹，他于是从容地把那个数字重复按了六次，然后门就被打开了。程皓也做了同样的事情，留给他们的这道题是相同的。

夏寒说："她念念不忘的那个人，其实一直都不存在。"

程皓按着额头叹了口气："我觉得，她已经明白了。"

所以她宁可选择死亡，也不想再逃亡，但又在死前的最后一刻，给程皓留下了严琦这个证人。

在面对死亡降临的时候，顾澜的心里，曾经有过一丝一毫的后悔吗？

谁也不知道。

夏寒推开面前的那扇门，然后他看到了程皓也站在那里。

他们从不同的起点出发，最后走向了同一个终点。

程皓笑着朝他晃了晃手里的对讲机："终于可以不用这玩意儿说话了。"

夏寒笑笑："那可说不定。"

这间房间看起来更像是个研究室，两侧的墙都是书架，上面摆满了各种各样的书籍。雷声和尖叫声似乎小了很多，灯光昏暗，不过幸好能够看清楚这里的一切。

此刻他们的身份是误入这里的路人，不但要逃出去，更要揭开这里所有的秘密。

除了他们刚刚走进来的两扇门，夏寒发现这里并没有其他的出口，他们不可能原路返回，所以，书架是很可能的线索。

书架很高，程皓走过去抽了一本出来看，发现很轻，笑着朝着夏寒扬了扬，说："是假的。"

还有些书是动不了的，夏寒试着抽了抽，没抽出来。

程皓把能动的书都拿下来看了看，说："后面有电线，看起来是有机关的。"

夏寒说："总不能把书架拆了吧？"

程皓迅速地把书架都检查了一边，发现只有两排书是可以动的。夏寒抿着唇思考，目光四下游移，猜测地说："这些书……"

程皓已经开始根据封面给图书分类，夏寒摸索着书架上空着的位置，在浅浅的尘土底下，摸索到凹凸不平的痕迹。

他说："书上有标记吗？"

程皓随手拎起一本给他看，每本书的书背上都有一个圆形的标记："你说这个吗？"

夏寒用手电照亮了上面的痕迹，果然是跟书上的圆形标记差不多的图案，他说："应该是对照这个图案来的。"

突然他手中延展出的那道光亮消失了，夏寒诧异的声音响起："咦？怎么不亮了？"

程皓猜测说："是不是没电了？"

夏寒摆弄了两下，无可奈何地放弃："应该是。"

程皓要把自己的对讲递给他，夏寒摆摆手拒绝了："你照着就行了。"

他退到一边站着，借着程皓手中的光亮看清楚前面的景物。这时候程皓已经眼疾手快地把书放了上去，不同的图案对照不同的位置，重新又摆满了书架。

两个人站在那里，看到书架缓缓向着两侧移动，露出一个空洞，仿佛通向黑暗之中。

夏寒看了程皓一眼，程皓已经举起手电，往那里面走了进去。那是一个铁质的梯子，垂直向上，通向上一层。

程皓用手电照亮，看到上面似乎很亮，亮得他有些眩晕，但这种感觉并不影响他爬上去，很快他就稳稳站上了地面。

一个实验室，桌上摆着各种试管和瓶装的药剂，还有摊开的一本厚厚的书上，写着奇怪的文字。

夏寒紧跟着爬了上来，看到旁边还有一扇门，他便朝着那里走去。

这是唯一一个光线明亮的房间。

程皓忍着越来越强烈的眩晕感觉，认真研究桌上摊开的那本书，夏寒推开旁边的那扇门，惊讶的声音顿时响起："程皓！"

程皓跟过去，看到那扇门里放着一个婴儿车，里面躺着一个玩具娃娃，孩子睁着眼，房间里顿时响起孩子"咯咯咯"的笑声，明知道是假的，却有种令人毛骨悚然的感觉。

忽然整个房间的灯光全都熄灭了，只有婴儿车背靠着的那面墙上，升腾起一个巨大的黑影。

夏寒朝程皓招手："手电呢？"

程皓跑过来给他照亮，夏寒说："婴儿车会不会有问题？"

他说着却慢慢地后退了半步，程皓举起手电，往前走去，到婴儿车那边去仔细检查，他发现婴儿车底下也有电线，刚想转头喊夏寒过来看，却听到身后忽然猛地传来了"咔嚓"一声闷响。

所有的光全部在瞬间熄灭，他被关在了黑暗当中，而那扇门，被锁死了。

夏寒站在那扇门后，程皓此刻看不见他的表情，但是他能想象对方此刻脸上的表情。他应该是带着笑的，笑容平静又优雅，一如从前的某个时刻。

对讲机里传来夏寒的声音："程皓，你输了。"

程皓用力拽了两下那扇门，忽然感觉到从某处传来气流的声响，白色的烟雾迅速在房间里弥漫起来，无色无味的干冰，但却有种让人窒息的感觉。

所有的背景声音戛然而止，有人在说话："游戏已经结束。"

按照密室的故事走向，想要走出这里，唯一的办法，是用同伴的生命作为交换，或者，在那道门关闭，"毒气"释放之前，找到婴儿车里的线索，打开大门。

然而，是夏寒赢了。

程皓迅速反应过来："你的对讲一直都有电！"

夏寒说："是的。"

程皓用力呼吸，纯黑的空间让他觉得极度不适，那些昔日里最血腥、最深刻的记忆瞬间涌入脑海，他努力地撑着说话："你骗我。"

夏寒又说："这只是个游戏，不是吗？"

程皓说："然后呢？像杀死其他人那样，杀死我，也是你的游戏之一吗？"

夏寒摇摇头，盯着那扇门，目光纠结却又凝重："我多希望那个人不是你……"

程皓跌坐在婴儿车旁边，背靠着，慢慢地说："真可惜啊……让你失望了。"

夏寒语气平缓地说："他是我的父亲，他曾经救过我，所以，我必须为他报仇。"

程皓的目光望向无边无尽的黑暗中，问："就算他十恶不赦吗？"

夏寒背过身，眼神中没有思考迟疑："是。"

程皓闭上了眼睛："夏寒，你太让我失望了。"

夏寒说："我有同感。"

他还以为，至少程皓应该有些防备和反抗，但没想到他竟然这么轻易就落入了他的设计当中，似乎毫无还击的能力。

程皓又说："你以为我死了，你还有机会可以走出去吗？"

他说话很慢，气息越来越急："天台四面早就已经埋伏了狙击手。"

夏寒反问："你有证据吗？"

程皓慢慢地说："我就是证据。"

夏寒轻笑："密闭空间里二氧化碳浓度过高而导致的窒息，只能算是意外。"

他一直在设计死亡，从何兴远到陆明、郭坤，每一次，都是他精心设计的作品。

程皓也笑了："Designer，我看到了你的白色夹竹桃。"

他看起来是真的快要喘不过气了，揪着领口，看起来呼吸有些艰难。

那张标本就安静地躺在程皓的脚下，白色的花朵散发着死亡降临的气息，如同之前的案子那样，那是夏寒的作品，也是他的标记。

夏寒原本正要往外走去，脚步一停，缓缓举起戴着手套的一双手，说："没用的，那上面，不会有我的指纹。"

说完这句话，夏寒推开门，飞快地往外走去。

只要程皓死了，他的最后一件作品也就能圆满完成。

但是他手中的对讲还在响，程皓说："夏寒，回头是岸……"

夏寒平静地回答："回不去了……"

他将对讲机揣进口袋，率先走出密室，前台的小哥已经趴在那儿睡着了，旁边放着一杯喝了一半的咖啡。他于是从他身上拿下一串钥匙，这才转身走向了另外一道门，看起来，他对这里的一切都十分熟悉。

为了完成这个计划，他之前曾经玩过很多密室逃脱，这里是最适合他们的地方。

他亲手挑选了他们之间的结局。

夏寒没有走天台，这里还有一个通向大厦其他地方的通道，从这里出去，就能顺利避开埋伏在四周的狙击手。

他手中的对讲，已经没了声音。

天台上无声无息，仿佛一切都正在按照他所设定的轨迹前进。

夏寒很快从电梯下到大厦地下二层的停车场，他的车就停在出口旁边，他迅速上车，但当他坐进驾驶座的那一刻，他忽然意识到，身后竟然不知道什么时候多了一个人。

张凡凡用手枪对准了他的后脑，冷清的声音缓缓响起："不许动。"

夏寒顺从地举起双手。张凡凡又说："下车。"

夏寒依然没有任何反抗地走下车，张凡凡也从车上下来，两人对视了一眼，夏寒嘴角噙着笑，说："看来，你们发现了周晴留下的线索。"

张凡凡平静地说："是的。在她的电脑里，我们发现了你和这辆车有关。"

这辆车曾经出现在九山公园的案发现场，也是唯一位于凶手行动路线上的车辆。

夏寒的脸上笑容依然平缓："来不及了。"

他抬手看了看表："在密闭空间里，乙醛中毒15分钟。"

那扇门，是打不开的，而钥匙此刻在他身上。

张凡凡皱了一下眉头，夏寒已经上前一步朝她出手，目标是她手中的枪！

两人顿时打成一团，张凡凡算是擒拿格斗比较出色，但没想到夏寒竟然也不落下风，他的手在张凡凡手腕一捏，然后顺势就抢走了她手中的枪！

这时候三辆车分别从不同的方向冲进停车场，试图包围夏寒，夏寒反手就着手中的枪连开三枪，将三辆车的前胎全部各打爆了一只！三辆警车有些失控，一边急刹车一边各自拐向不同方向。

夏寒的枪口已经对准了张凡凡，她立刻警觉地跳开，躲在一根柱子后面，子弹擦着墙壁飞出火花，枪声瞬间在空旷的停车场里回荡着。

在他们还没做出任何反应的时候，夏寒的车已经冲了出去！张凡凡望着他的车一路飞驰而去，却并没有急着追。

方贺从警车里爬出来，惊出一身冷汗，说："吓死我了！"

张凡凡冷静地给阎硕打电话："夏寒跑了。"

阎硕此时正站在 110 指挥中心担任行动总指挥，他说："路障已经全部安排好了。"

张凡凡朝着方贺挥了挥手，喊他上了另外一辆车，然后把警灯点亮。

方贺手中拿着一个手机，手机上，心电图的频率平稳跳动着。张凡凡看了一眼，这才放心地开车追了上去！

警灯闪烁，再次划破黑夜的寂静。

夏寒的车一路驶离城市，往偏僻的山中开去。

从这里穿过两座山，到潞西最快，那里已经是与缅甸的交界，趁着夜色，基本上天亮之前，就能穿越边界线，抵达金三角。而三辆与他一模一样的车，也正在城市的各处行驶，试图混乱警方的视线。

只要穿过海西隧道，就能离开望海市的范围。

夏寒在黑夜里把车速飙到了极限，眼看着他就能全身而退。然而，通往隧道的路口拉起了警戒线，"前方施工"的牌子在黑夜里被车灯一照，显得十分清晰。

夏寒一愣，他忽然想起前几天看的新闻，于是只能转而绕行 707 国道。好在绕行的距离并不远，707 国道有一部分是跨海而建，海浪声依稀可辨，夏寒将车窗摇下来一点，却忽然听到从海风里传来不一样的声响。那是螺旋桨撞击空气发出的巨大轰鸣。

前方灯火通明，似乎为了他的到来，已经等待了很久。

他只能一个急转，想要掉头沿着来路逃走，然而天空中一辆直升机缓缓在他背后的路中央降落，呼啸而过的气流几乎能在瞬间碾压一切。

夏寒一个急刹车，看到直升机的螺旋桨停止了转动，然后，从直升机上跳下一个人。那人他无比熟悉，但是却出现地让他无比惊讶。

程皓。

夏寒已经被包围，前后夹击，无处可逃。可他最不明白的，是程皓为什么还活着。

程皓穿着防弹背心，缓缓向他走去，而手里，还拿着刚刚那个对讲机。

夏寒听到对讲机里再次发出声响："有件事，刚刚我忘了告诉你。"

他把对讲机从口袋里拿出来，问："什么事？"

程皓边走边说："从泰国回来之后，我就很少用抗生素了，昨天医生开给我的药，我并没有吃。"

他的手臂还包着白纱，上次的伤口仍未彻底痊愈，但是炎症已经消退了。

夏寒的脸色一变，程皓又说："所以，你在咖啡里加的止咳糖浆，也就没用了。"

夏寒苦笑："是啊，头孢加上止咳糖浆里的酒精，才能导致乙醛中毒。"

程皓说："刚刚我只是不太适应黑暗的密闭空间，所以有点呼吸障碍。让你误会了，实在抱歉。"

夏寒无力地合上眼："原来，是我输了。"

程皓停在距离他不远的地方，继续说下去："严琦已经醒了。"

张凡凡的车也已经追了上来，警灯闪烁在黑夜里，所有警察都已经严阵以待，做好了随时抓捕夏寒的准备。

程皓仍然试图劝说他："夏寒，我还是那句话，回头是岸。"

夏寒停了停，终于又缓缓说了一句："我也是那句，回不去了……"

他忽然把手伸出车窗，摊开手掌，对讲机从他掌中飞快地坠落，摔在柏油路面上，迅速碎裂成几块。

一切，真的都已经回不去了。

程皓从夏寒的动作当中察觉到了决然的意味，上前一步试图阻止："夏寒！"

宁为玉碎，不为瓦全，更何况，他已经无路可逃！可他偏偏不愿意束手就擒！

那么，可以选择的，只有唯一的那条路。

夏寒突然踩下油门，那辆车在众人的注视下，飞快地在原地拐出一个半圆的弧线，然后，一头向着路边的围栏撞了上去！

程皓和张凡凡不约而同地掏出配枪，试图打爆他的车胎阻止他的行为，然而，夏寒的车速实在是太快，张凡凡的枪打飞了，程皓开出的一枪击中了后胎，但那辆车还是如同飞驰的箭一样冲向了围栏！

电光火石，瞬间仿佛永远。

画面被定格，然后迅速倒回。

程皓望着那辆车决然地撞破了围栏，冲出大桥，冲向一望无际的大海。

他忽然想起了与夏寒初见的那天，被微风吹动而自他掌心飞出的风车。那么自由，那么快乐，那么单纯。

坠落的瞬间，夏寒的脸上露出如释重负的笑容。

一切，终于可以结束了。

天终于又亮了。

海风吹动着张凡凡新修剪好的短发，她郑重地戴上警帽，理了理警服前襟的褶皱。

程皓的头发重新染回了黑色，也剪短了一些，他将警帽捧在手中，极少穿上制服，让他稍微感觉有点不自在。

张凡凡自然地帮他整理领口，方贺目不斜视地经过，把站在原地目瞪口呆的徐晓蒙拉走。

程皓捧着警帽，走到周志东的墓前。而旁边就是周晴的墓碑，在白色花束映照下，照片上是她依然笑得灿烂明媚的脸。

他的身后，跟着专案组的其他成员。在他的带领下，大家都取下警帽，朝着两座墓碑三次鞠躬。

"师父，小不点儿，案子终于破了。"

他喃喃地说："你们，可以安息了。"

说着，程皓郑重地戴上了警帽，身后的人也都纷纷跟着重新戴上帽子，然后立正挺胸，抬手向着两座墓碑，严肃而真诚地敬礼。

阳光洒满了城市的每个角落。

一年中最冷的冬季，已经彻底过去。而新的四季轮转，又将自此刻，重新开始。

墓园里，所有人终于全数离去。

重归平静之后，只有风吹动周晴墓碑前的白色花束，发出细微的声响。

花瓣掩映之中，一颗粉色的水果糖，静静地躺在其中。

颜色鲜亮灿烂，一如往昔。